Helene Sommerfeld
Die Töchter der Ärztin
Zeit der Sehnsucht

HELENE SOMMERFELD

DIE TÖCHTER DER ÄRZTIN

Zeit der Sehnsucht

Roman

dtv

Von Helene Sommerfeld ist im dtv außerdem erschienen:
Polizeiärztin Magda Fuchs –
Das Leben, ein ewiger Traum
Polizeiärztin Magda Fuchs –
Das Leben, ein großer Rausch
Polizeiärztin Magda Fuchs –
Das Leben, ein wilder Tanz

FSC www.fsc.org
MIX
Papier aus verantwortungsvollen Quellen
FSC® C019821

2. Auflage 2022
Originalausgabe 2022

Lektorat: Anne M. Hilliges
Zitat auf S. 7 aus: Vicky Baum, Menschen im Hotel
© 1988, Verlag Kiepenheuer & Witsch GmbH & Co. KG, Köln
Liedzeile auf S. 220 aus: Ich küsse Ihre Hand, Madame
Musik: Ralph Erwin – Text: Fritz Rotter
© Musikverlag August Seith München.
Karte »Berlin« und »Ostafrika«: © Peter Palm, Berlin
Stammbaum: © Katharina Netolitzky, www.katharina-netolitzky.com
Umschlaggestaltung: Hauptmann & Kompanie Werbeagentur, Zürich
Umschlagmotive: lee avison/Arcangel Images; Rekha Arcangel/Arcangel Images; ullstein bild/H. Lehmann und shutterstock.com
Satz: C.H.Beck.Media.Solutions, Nördlingen
Gesetzt aus der Stempel Garamond 10,25/13,5·
Druck und Bindung: Druckerei C.H.Beck, Nördlingen
Printed in Germany · ISBN 978-3-423-22026-2

»Ich bin ein Mensch,
der ein viel zu schweres Gewicht stemmen muss,
immerfort, das ganze Leben lang.«
»Lassen Sie das, bitte, niemanden merken,
Elisaweta, sprechen Sie nicht von Schwere.
Die ganze Welt ist schwer geworden.
Ihre Mission ist es, das Leichte zu sein.
Verändern Sie sich gütigst nicht,
es wäre ein Weltunglück.«

aus: *Menschen im Hotel*
von Vicki Baum (1888–1960)

OSTAFRIKA
1928
UGANDA-
PROTEKTORAT
(Britisch)
Port Florence
KRONKOLONIE KENIA
(Britisch)
Rift Valley
Victoriasee
Teeplantage Kiambu
Nairobi
Massai
Mara
Ngong-Berge
RUANDA-
URUNDI
(Belgische
Provinz)
Muansa
Serengeti-
Savanne
Natron-
see
Kilimandscharo
Mombasa
Pemba
Sansibar
TANGANJIKA
Ehemaliges Deutsch-Ostafrika
(Unter britischer Verwaltung)
Daressalam
Tanganjikasee
ELGISCH-
KONGO
N
W
O
S
NORD-
RHODESIEN
(Britisch)
Nyassa-See
NYASSA-
LAND
(Britisch)
0
300 km
PORTUGIESISCH-
OSTAFRIKA
(MOSAMBIK)
SÜDRHODESIEN
(BRITISCH)
Lourenço
Marques
Berlin
Kairo
Rotes Meer
Victoria-See
Nairobi
TANGANJIKA
ATLANTISCHER
OZEAN
INDISCHER OZEAN
Lourenço
Marques

DIE KAPITEL

DIE WICHTIGSTEN PERSONEN

Ricarda Thomasius »Rica« * 1863, Ärztin
Henriette Vandenberg »Henny« * 1890,
ihre älteste Tochter
Antonia Thomasius »Toni« * 1900, ihre jüngste Tochter

In Berlin und Freystetten

Siegfried Thomasius * 1860, Pensionär, Ricardas Mann
Victoria Vandenberg »Vicky« * 1918, Hennys Tochter
Rosamunde von Freystetten »Rosel« * 1865,
Ricardas Schwester
Karla Petersen * 1842, Ricardas und Rosels Mutter
Friedemann von Freystetten * 1864, Rosels Mann
Frieda von Freystetten * 1907,
Friedemanns und Rosels Tochter
Franz von Freystetten * 1888,
Friedemanns und Rosels Sohn
Florentine von Freystetten »Flora« * 1862,
Friedemanns Schwester
Victor Vandenberg * 1892,
Hennys Ex-Mann, Florentines Sohn
Josefine Daldrupp * 1896, Ricardas Sprechstundenhilfe
Cornelia Herz »Nelly« * 1890, Hennys Freundin
Celia Fahrland * 1898, Tonis Freundin
Guntram Harrich * 1901, angehender Arzt

Auf der *Wangoni* und in Afrika

Benjamin Jackson »Ben« * 1899, Agraringenieur
Iris Whatley geb. Schneider, 26, Auswanderin
James Jackson * 1870, Gutsverwalter, Bens Vater
Andrea Jackson * 1878, Bens Mutter
Sir Roderick Finterton * 1867, Plantagenbesitzer
Dr. Damian Lancaster * 1884, Klinikdirektor
Mathilde Bitterli »Matti« * 1891, Diakonisse

WENN TRÄUME WAHR WERDEN

— ◆ —

Berlin, im Spätherbst 1927

Warum nur musste die Sonne jetzt schon aufgehen? Viel zu kurz war die Nacht gewesen und viel zu schön, um vorbei zu sein. Guntram schlief noch, einen Arm über dem Kopf, den anderen auf der Brust, sein Gesicht ihr zugewandt. Er wirkte so entspannt, wie Antonia ihn kaum kannte. Sein sinnlicher Mund konnte zwar zärtlich küssen, aber auch Dinge sagen, die sie am liebsten überhörte. Seine dunklen Haare, durch die ihre Finger gern glitten, auch wenn sie es nur selten durften, waren in wilder Unordnung. Er war ein schöner Mann. Sie wagte kaum zu atmen, um den Moment nicht zu verlieren.

Da schlug er die Augen auf, stutzte, blickte auf seine Armbanduhr, die das Einzige war, was er am Leibe trug, und sagte: »Oh mein Gott, du musst gehen.«

Die Nähe, die diese Nacht zwischen ihnen geschaffen hatte, verflog schlagartig. Entsetzt sah er sich um, als würde ihm in diesem Moment erst bewusst, was sie beide getan hatten.

»Hast du …? Ich meine, werde ich …? Ist es möglich, dass ich dich geschwängert habe?«

War das alles, was ihm zu dieser Nacht einfiel? »Wir haben gestern unser zweites Physikum gefeiert«, sagte sie. »Du kannst davon ausgehen, dass ich über die Vorgänge im männlichen wie im weiblichen Körper Bescheid weiß.«

»Na ja, nur weil du jetzt fast Ärztin bist …«

Ihr empörter Blick ließ ihn verstummen. Guntram stieg aus dem Bett, bemerkte offenbar, dass er nackt war, und wandte sich verschämt ab. Sie musste lächeln und setzte sich auf. Ihr Oberkörper war nun ebenfalls entblößt. Mit einer leichten Kopfbewegung ließ sie ihre langen Locken über die Schultern fallen.

»Komm wieder her«, sagte sie sanft. »Es war schön mit uns. Fandest du nicht?«

»Wir haben den Verstand verloren, Toni.«

»Es war an der Zeit, ihn zu verlieren. Wir haben viel zu lange damit gewartet, uns einzugestehen, was wir fühlen.«

»Vielleicht sollte man nicht alles tun, wovon man träumt.«

»Was ist das Leben wert, wenn Träume nicht wahr werden dürfen?« Antonia streckte die Hand nach ihm aus. Ihr war, als zuckte er zurück.

Er zog sich an, hektisch, geriet ins Straucheln, als es ihm nicht sofort gelang, in die Hosenbeine zu steigen. Es war fast schon komisch, wie er zu fliehen versuchte. Sie bedeckte sich mit dem Leintuch. Erst jetzt bemerkte sie, wie kalt es in dem karg möblierten Raum war.

»Ich warte nebenan, bis du dich angekleidet hast«, sagte Guntram. »Bitte sei leise. Es könnte sein, dass mein Onkel nach Hause gekommen ist.«

Nur Hemd und Hose trug er, als er hinaushuschte.

Diese Nacht, von der sie sich erhofft hatte, ihm beweisen zu können, dass sie wie füreinander geschaffen waren, hatte nichts verändert.

Sie fischte nach ihren Sachen, steckte ihr Haar mit einem Kamm lose hoch und fand nicht einmal einen Spiegel, in dem sie ihre Frisur hätte überprüfen können.

Antonia wusste, dass man ihr an diesem frühen Morgen ansah, dass sie die Nacht nicht im eigenen Bett verbracht hatte. Unter ihrem Mantel lugte das Abendkleid hervor, ihre Locken quollen unter dem Hut hervor. Sie ignorierte die Blicke der Männer in der Ringbahn, die auf dem Weg zur Arbeit oder ins Büro waren. Je länger die Fahrt dauerte, umso mehr Frauen fielen ihr auf, die in ähnlicher Aufmachung unterwegs waren.

Eine zwinkerte ihr verschwörerisch zu, als wollte sie sagen: Es ist vorbei, aber es war gut.

Antonia hatte mit dem höchstmöglichen Einsatz um Guntram gekämpft. Allerdings ließ seine Reaktion nicht darauf schließen, ihn für sich gewonnen zu haben. Im Moment wusste sie nicht, was sie von diesem Abschied halten sollte. Sie konnte nicht richtig denken, weil es sich eher so anfühlte, als hätte Guntrams Kälte ihr Herz gebrochen.

An der um diese Uhrzeit überfüllten Station Friedrichstraße stieg Antonia aus und ging mit raschen Schritten zur Luisenstraße. Schräg gegenüber vom Haupteingang der Charité befand sich in einem schlichten Gründerzeitbau die elterliche Wohnung. Hier war ihr Zuhause, seit ihre Mutter und sie vor mehr als zwanzig Jahren aus Afrika zurückgekehrt waren. Schmerzhaft wurde Antonia bewusst, dass sie immer noch bei den Eltern wohnte wie ein Mauerblümchen, das keiner wollte.

Im selben Moment, in dem sie die Wohnungstür aufsperrte, wurde sie von innen geöffnet. Ihre Mutter Ricarda stand ausgehfertig vor ihr.

Ausgerechnet Guntram hatte Ricarda Thomasius vor Jahren den *Adel der Charité* genannt. Und das nicht ohne Grund: Antonias Mutter hatte nicht nur als erste Frau die dortige Gynäkologie geleitet, sondern war auch eine der ersten Berliner Ärztinnen überhaupt gewesen. Sie war eine elegante Dame und für Antonia schon immer ein Vorbild.

»Guten Morgen«, sagte Ricarda überrascht. »Ich dachte, du schläfst noch, und wollte dich nicht stören.« Sie stutzte, als sie bemerkte, dass ihre jüngste Tochter kurz vor einem Zusammenbruch stand. »Ach, du meine Güte, Toni! Wie siehst du denn aus? Woher kommst du überhaupt?«

»Von Guntram.«

Ricarda zog ihre Tochter in den Wohnungsflur hinein und schloss die Tür. »Ich dachte, du hast mit Celia Fahrland und den anderen weitergefeiert, als Vater und ich gegangen sind?«

»Ich bin so dumm!«, platzte Antonia statt einer Antwort heraus.

Das entsetzte Gesicht ihrer Mutter machte ihr bewusst, dass sie versucht hatte, etwas zu erzwingen, das man nicht erzwingen konnte.

»Dumm wird wohl eher das falsche Wort sein. Du handelst doch sonst sehr intelligent.«

»Was nützt einem Intelligenz, wenn einen niemand will!«

Die Mutter seufzte. »Du wolltest also unbedingt Guntram Harrich von dir überzeugen.«

Wider besseren Wissens sagte Antonia: »Ich weiß, dass er mich liebt.«

»Das hat er zumindest heute Nacht getan. So, wie du aussiehst.«

»Mutter! Wie redest du denn!«

»Stimmt es denn nicht?«

Sie grinste schief. »Doch. Es war schön.«

»Dann nimm es für das, was es war, Toni.«

»So flexibel waren deine moralischen Prinzipien auch nicht immer.«

»Meine Güte, Toni, man geht mit der Zeit. Was meinst du, was ich jeden Tag zu hören und zu sehen bekomme.«

Die einstige Oberärztin der Charité führte seit einigen Jahren eine Praxis in Charlottenburg, die sie von der damaligen Polizeiärztin Berlins, Magda Mehring, übernommen hatte. Damit war Ricarda für die Damen des horizontalen Gewerbes eine wichtige Anlaufstelle. Eine Untersuchung bei Dr. Thomasius gestattete ihnen die Ausübung ihres Berufs.

»Mach dich frisch. Und dann fahr bitte zu deiner Schwester. Sie braucht deine Hilfe. Heute wird der Röntgenapparat geliefert. Ich komme später nach. Du bist doch bestimmt auch gespannt, was Henny sich da angeschafft hat.«

Toni nickte stumm. In dieser Familie drehte sich alles um Medizin. Mutter und Schwester waren Ärztinnen, und es war der Beruf des Vaters.

Ricarda Thomasius gab ihrer Tochter einen Kuss auf die Wange. »Sieh nach vorn und nicht zurück. Oder hast du dir etwa in den Kopf gesetzt, Guntram zu heiraten?«

»Nein!«

»Am Ende müsstest du womöglich Herrn Guntram Harrich um die Erlaubnis bitten, arbeiten zu dürfen.«

»Darum geht's doch gar nicht.«

»Es gibt schon genügend Frauen mit abgeschlossenem Studium, die dasselbe gesagt haben.« Ihre Mutter lächelte müde. »Schreib deine Dissertation. Da drüben warten sie auf dich.«

Sie deutete zum Fenster des Wohnzimmers, das zur Luisenstraße hinausging. Durch die leichten weißen Vorhänge waren die Umrisse der Charité zu erkennen.

Das soll also meine Zukunft sein, dachte Antonia. Jeden Tag derselbe Trott. Und wo bleibe ich dabei?

Doch das sagte sie ihrer Mutter nicht – sie hatte einen anderen Plan, einen größeren.

Das Küchenfenster stand offen, aus dem engen Innenhof drangen die fröhlichen Stimmen spielender Kinder zu ihr herauf. Antonia starrte gedankenverloren ins Nichts und umklammerte die heiße Kaffeetasse. Guntrams Geruch haftete noch an ihr, hing in ihren Kleidern, oder sie bildete es sich ein.

Die schlurfenden Schritte ihres Vaters und das Klopfen seines Stocks auf dem Teppich, der im Flur über dem Dielenboden lag, rissen sie aus ihrer Zerstreutheit. Wenn er den Stock brauchte, hatte er Schmerzen. Die hatte er eigentlich immer, aber manche Tage waren schlechter als andere. Anmerken lassen wollte er sich das nie. Früher hatte Antonias Vater stets die Uniform eines Stabsarztes getragen. Mit der gleichen Würde kleidete er sich nun sogar zu Hause in einen streng geschnittenen grauen Anzug mit Weste, Hemd und Krawatte. In zwei Jahren würde er siebzig werden, und er verbarg seine Zerbrechlichkeit nach Kräften.

Sobald er Antonia in der Küche stehen sah, erwachten seine müden Gesichtszüge. »Das war wohl eine lange Nacht, Toni.«

»Sie ist noch nicht ganz vorbei. Ich habe den Kaffee für dich gleich mitgemacht. Magst du Spiegeleier?«

»In dem teuren Abendkleid solltest du dich vielleicht nicht an den Herd stellen.«

Sie blickte an sich herunter; das hatte sie ganz vergessen. »Ich zieh mich schnell um.«

»Lass nur. Das hier ist wichtiger. Es kam gestern mit der Post.«

Siegfried Thomasius griff in die Innentasche seines Sakkos und holte einen Brief hervor.

Antonia war, als setzte ihr Herz für einen Moment aus. Dann raste es wie wild. »Sie haben geschrieben?«

»Ja, Toni, das haben sie. Ich habe den Brief einkassiert. Ich wollte nicht, dass Mutter ihn sieht, bevor du ihn gelesen hast.«

»Oh, Vater!« Toni stürzte auf ihn zu und schloss ihn in die Arme. »Ich danke dir.«

»In meinem eigenen Interesse handle ich damit gewiss nicht.«

»Umso mehr liebe ich dich.«

»Ich fürchte, ich habe mich vor vielen Jahren mit einem Bakterium namens Fernweh infiziert«, sagte Siegfried Thomasius und lächelte zerknirscht. »Nun habe ich dich damit angesteckt: Du willst in die weite Welt hinaus.«

Er gab ihr den Brief, sie riss ihn hastig auf.

Die vier Männer waren frühmorgens gekommen, als es noch nicht einmal richtig hell war. Dennoch war die Behrenstraße bereits voller Fahrzeuge gewesen: Taxis, Lieferwagen, Handkarren, überall Geschrei und lautes Hupen. Und so hatte der große Lieferwagen der Firma *General Electric* den Verkehr nahe dem Brandenburger Tor und dem Pariser Platz nahezu lahmgelegt. Schließlich war hier immer viel los, da sich nicht weit entfernt das »Hotel Adlon«, die Verwaltungssitze der großen Banken und Versicherungen, einige Botschaften und der Reichstag befanden.

Noch immer waren die Monteure von *General Electric* nicht fertig. Henriette Vandenberg war etwas schockiert darüber, wie groß das Gerät war, das sie geliefert hatten. Nicht, dass sie nicht schon etliche Röntgenapparate gesehen hätte. Im Gegenteil, die Arbeit damit war ihr seit Jahren vertraut. Es in ihrer eigenen Praxis stehen zu sehen, war jedoch etwas ganz anderes. Die Behandlungsräume im

Erdgeschoss des Hauses waren von Hennys Patentante Henriette von Freystetten geplant worden. Damals, als Deutschland noch von einem Kaiser regiert worden war, hatte Tante Jette nicht ahnen können, dass eine Ärztin derart große Gerätschaften benötigte. Was waren das für Zeiten gewesen, als eine Ärztin mit Stethoskop und Blutdruckmesser bestens ausgestattet gewesen war!

Doch seit heute war Henny die erste Berliner Ärztin, die die Körper ihrer Patientinnen durchleuchten konnte. Das flößte ihr ein wenig Ehrfurcht vor dem eigenen Mut ein. Denn der Apparat war irrsinnig teuer. Das Geld dafür musste erst einmal verdient werden. Henny verbot sich, in diesem Moment daran zu denken, und versuchte einfach nur, sich zu freuen.

Leider war sie nie ein Mensch gewesen, der sich *einfach nur freuen* konnte. Sie musste immer alle möglichen Konsequenzen bedenken. Wie denn auch nicht!

»Werden Sie heute noch fertig?«, fragte sie den leitenden Ingenieur. Hier zu stehen und nur zuzusehen, das kostete sie kostbare Zeit. Die Erkenntnis, dass der technische Fortschritt sie auch zur Sklavin der eigenen Praxis machen könnte, verdrängte sie lieber.

»Noch ein, zwei Stunden, Frau Doktor.«

Das hatte er vor ein, zwei Stunden auch schon gesagt.

Henny machte sich auf den Weg zurück in das helle, große Sprechzimmer. Sie ging kurz ins Bad, um sich vor dem Spiegel frisch zu machen. Sie war achtunddreißig, mit blassem Teint, hoher Stirn, offenem Blick, das gelockte schwarze Haar stets streng zurückgenommen. Dass sie attraktiv war, interessierte sie nur insofern, als sie auf ihre Patientinnen den Eindruck machen wollte, jede Situation zu beherrschen. Allerdings war es nützlich, dass ihre perfekte Aufmachung innere Wunden gut kaschierte.

Es war fast Mittag, und noch immer warteten Patientinnen, die allesamt einen Termin hatten. Ohne ging es gar nicht mehr. Zahllose Frauen setzten ihre Hoffnung auf Henriette Vandenberg, seit sie bei einer Dame der Gesellschaft – der einflussreichen Gattin eines Bankiers – rechtzeitig Brustkrebs diagnostiziert hatte. In diesen Kreisen verbreiteten sich schlechte wie gute Gerüchte mit der gleichen Schnelligkeit, wie der Krebs im Körper wachsen konnte.

Wie Röntgenstrahlen Krebs zerstören konnten, hatte Henny in einem New Yorker Krankenhaus gelernt. Eine ihrer Patientinnen war dort sogar die eigene Mutter gewesen; es war Henny gelungen, Ricardas Brustkrebs zu behandeln. Seitdem war sie restlos überzeugt von der Therapie.

Der Behandlungsraum war nur mit wenig Mobiliar ausgestattet. Das gab ihm eine weltläufige Eleganz, auf die sie Wert legte.

»Frau Doktor Vandenberg, darf ich mich als Erste von Ihrem Röntgenapparat durchleuchten lassen? Bitte!«

Die Dame auf der anderen Seite von Hennys Schreibtisch litt an Unterleibsschmerzen. Henny vermutete, dass die Ursache dafür in ihrem Dickdarm lag. Das neue Gerät kam für diese Dame zum richtigen Zeitpunkt. Henny erklärte ihr, dass der erste Termin frühestens in zwei Wochen möglich wäre.

»Erst so spät, Frau Doktor? Der neue Apparat ist doch schon da.«

»Lassen Sie mich erst Erfahrung in der Bedienung des Geräts sammeln«, erwiderte Henny freundlich.

Die neueste Ausführung wies deutliche Unterschiede zum Vorgängermodell auf, mit dem Henny durch ihre frühere Arbeit in der Charité bereits vertraut war.

»Als Ärztin ist es mir wichtig, jeden Fehler auszuschließen.«

»Sie werden doch nicht etwa zuerst Ihre eigene Hand röntgen, Frau Doktor?«, fragte die Patientin schmunzelnd.

Der alte Scherz! Der eigentlich keiner war, sondern eine Legende deutschen Erfindergeists des vergangenen Jahrhunderts. Wilhelm Carl Röntgen, der Entdecker dieser segensreichen Erfindung, hatte in der Tat seine eigene Hand zum ersten Testobjekt erwählt.

Sobald die Dame draußen war, blickte Henny auf die Standuhr, die den Takt für die Dauer ihrer Patientengespräche vorgab.

Ihre jüngere Schwester Antonia hätte längst hier sein müssen.

Als Toni vor ihr stand, sah Henny ihr an, dass etwas Wichtiges geschehen sein musste. Henny, die ebenfalls am Vorabend an der Feier zu Antonias bestandenem zweiten Physikum teilgenommen hatte, brachte es mit dieser Veranstaltung in Verbindung. Und vor allem mit einem entscheidenden Tanz.

Nur die *Crème de la Crème* von Berlin war im Ballsaal des »Hotel Esplanade« am Potsdamer Platz anwesend gewesen, also wer Geld, Ansehen oder beides hatte. Vor allem jedoch Söhne, die Medizin studiert hatten. Und nur ganz wenige angehende Ärztinnen, die daran zu erkennen waren, dass sie allenfalls zu Pflichttänzen aufgefordert wurden. Denn die Herren Kommilitonen hatten ihre Herzensdamen fast ausnahmslos mitgebracht. Junge Frauen, die ihrem Gatten niemals beruflich Konkurrenz machen würden, weil sie das alte Ideal von Hausfrau und Mutter hochhielten.

An genau dieser Herausforderung war Hennys eigene

Ehe gescheitert. Es gab noch andere Gründe, aber ihr Wunsch nach Selbstverwirklichung hatte den Ausschlag gegeben.

Dennoch hatte sie ihrer Schwester Toni zuliebe versucht, den Abend zu überstehen. Dann dieser Tanz. Damenwahl. *Die Kleine* hatte sofort gewusst, was sie wollte. Nämlich den hübschen Kerl mit der verwegenen Locke in der Stirn, der sie zuvor nicht ein einziges Mal aufgefordert hatte. Stattdessen hatte er kaum einen Tanz mit Tonis bester Freundin Celia Fahrland ausgelassen, dieser energischen blonden Person mit bewegter Vergangenheit, einmal verwitwet, einmal geschieden, sehr vermögend und doch von dem Ehrgeiz getrieben, eine Karriere als Ärztin einzuschlagen. Eine Person, die ganz so war, wie Henny sich eine selbstbewusste Frau vorstellte.

Dem jungenhaft wirkenden Guntram war Henny schon ein paarmal begegnet. Er erinnerte sie ein bisschen an Victor, die einzig wahre Liebe ihres Lebens und gleichzeitig die größte Enttäuschung. Vielleicht war sie deshalb voreingenommen.

Guntram hatte auf Tonis Aufforderung prompt mit einem schnellen Blick zu Celia reagiert. Es schien, als erbitte er deren Zustimmung. Oftmals verrieten solche Bruchteile einer vollkommen subjektiven Wahrnehmung alles über die Beziehung zweier Menschen. Die äußerlich ätherisch wirkende Celia war optisch das Gegenteil der kräftigeren Toni, die schon als Mädchen sehr viel Sport gemacht und auf dem Gut des Onkels mitgeholfen hatte. Celia hatte etwas verwundert, aber fröhlich lachend zugestimmt, als Toni Guntram aufforderte. Auf der Tanzfläche schmiegte Toni sich eng an Guntram, und auch später gelang es ihr zwar, seine Aufmerksamkeit weiter in Anspruch zu nehmen. Aber Henny war überzeugt, dass Toni keine

Chance bei Guntram hatte. Er war eindeutig verschossen in ihre blonde Freundin.

Daran dachte Henny, als sie die kleine Schwester nun fragte: »Seid ihr ein Paar geworden?«

»Wie meinst du das?«, fragte Antonia zurück. Eine Sekunde später hatte sie die Anspielung richtig eingeordnet. »Guntram und ich? Nein, ich habe ihn mir aus dem Kopf geschlagen.«

»Das ging ja fix.« Erleichtert nahm Henny ihre Schwester bei der Hand. Gott sei Dank hatte *die Kleine* eingesehen, dass Guntram der Falsche war. Kurz fragte Henny sich, ob Toni dem verlorenen Flirt nachtrauerte. Aber, mein Gott, so viel wird in der einen Nacht schon nicht geschehen sein, beruhigte sie sich und wandte sich dem Anlass von Tonis Besuch zu. »Du kommst gerade richtig. Der Röntgenapparat ist fertig aufgebaut. Der Ingenieur wird uns eine Einführung geben.«

»Uns?«

»Ich dachte, das wäre vielleicht interessant für dich.« Henny hatte geahnt, dass Toni sich nicht für die neue Errungenschaft interessieren würde, und war entschlossen, sie umzustimmen.

Besonders eng war das Verhältnis zur zehn Jahre jüngeren Toni, die einen anderen Vater als sie selbst hatte, noch nie gewesen. Doch die Erinnerung daran, ihre kleine Schwester gleich nach deren Geburt auf dem Arm gehalten zu haben und für immer um die Zerbrechlichkeit ihres Lebens zu wissen, hatte Henny geprägt. Sie spürte so etwas wie eine Verpflichtung, für sie mitzudenken.

»Henny, ich muss dir etwas sehr Wichtiges sagen«, brachte Toni hervor.

»Das kann gewiss warten. Guck dir erst einmal den Apparat an.«

Der Ingenieur, ein bebrillter Techniker von höchstens Ende zwanzig, führte den beiden Frauen den neuen Röntgenapparat mit einer Mischung aus Stolz und Lehrerhaftigkeit vor. Abwechselnd beugten sich die Schwestern über die Untersuchungsfläche und schoben die Platten darunter.

»Dies ist nur eine einführende Demonstration«, sagte der Ingenieur. »Sie werden selbstverständlich geschult, bevor Sie täglichen Umgang mit dem Gerät haben. Eines ist besonders wichtig: Verändern Sie nie die Einstellung des Geräts, wenn es einmal eingeschaltet ist. Eine Röntgendermatitis gilt es unbedingt zu vermeiden.«

»Was ist das?«, fragte Antonia.

»Einigen Ihrer Kollegen mussten wegen der fehlgeleiteten Strahlung Fingerglieder oder sogar die Hände amputiert werden«, erklärte der Techniker emotionslos.

»Dann dürfte der Begriff Dermatitis wohl arg beschönigend sein«, erwiderte Antonia knapp.

»Die Firma *General Electric* hat dieses Gerät nach neuesten physikalischen Erkenntnissen konstruiert. Wir werden Sie so instruieren, dass Ihre kostbare Gesundheit keinen Schaden nimmt, Fräulein Thomasius.«

Obwohl Henny in Tonis Gesicht Widerwillen erkannte, war sie weiter fest entschlossen, sie zur Mitarbeit zu gewinnen.

Ricarda Thomasius mochte ihre jetzige Praxis, weil sie ganz anders war als die ihrer Tochter Henny. Hier in Charlottenburg, am gutbürgerlichen Savignyplatz, strahlten die deckenhohen dunklen Regale mit medizinischer Literatur, die schweren Vorhänge und die Sessel, die dringend aufgepolstert werden mussten, eine leicht gestrige Gemütlichkeit aus, die Ricardas Hausarztpraxis charakterisierte. In einem Nebenraum des Sprechzimmers gab es einen Untersuchungsraum samt Liege und darüber hinaus ein Labor mit Grundausstattung. Das alles stammte noch vom Vater ihrer Vermieterin. Ricardas Vorgängerin, Polizeiärztin Magda Mehring, hatte bis auf die hellen Vorhänge und die weiße Wandfarbe kaum etwas verändert. Ricarda war also die Dritte, die in diesen Räumen praktizierte.

Vor knapp drei Jahren war sie als Schwangerschaftsvertretung in die Praxis eingetreten, ehe Frau Mehring entschieden hatte, Berlin den Rücken zu kehren. Seitdem war es Ricardas eigenes Reich. Im Vorzimmer war Platz für sechs Stühle, aber man konnte bis zu zehn hineinstellen, oft warteten weitere Patientinnen im Stehen. Das war auch das Dilemma: Die Praxis war zu erfolgreich für eine Ärztin von vierundsechzig Jahren, die sich vorgenommen hatte, demnächst kürzer zu treten. Daran versuchte sich Ricarda jeden Tag zu erinnern – und verwarf es gleich wieder.

Sie ging in ihrer Arbeit auf, sie wollte den Menschen helfen und fühlte sich in ihrem Beruf noch immer als Pionierin. Ricarda behandelte die Kranken nach alter Schule. Die neue Technik, für die Henny schwärmte, sah sie mit gemischten Gefühlen. Würde das altmodische Arztgespräch noch Bestand haben, wenn eine Ärztin in ihre Patientinnen ohnehin hineinsehen konnte? Wie auch immer: Für sie selbst kamen diese Neuerungen zu spät. So verließ sie sich wie in diesem Moment auf das diagnostische Gespräch.

»Dieses Kopfweh, Frau Doktor! Helfen Sie mir, dass das aufhört.«

Die Dame, die gerade vor Ricardas Schreibtisch saß, war Mitte vierzig und wog siebenundachtzig Kilo bei einer Größe von einem Meter sechzig. Die Überprüfung von Puls und Blutdruck bestätigte die anfängliche Vermutung der Ärztin. Eigentlich brauchte die Patientin keine Medikamente, sondern eine ganz andere Art von Behandlung.

»Womit verbringen Sie Ihre Tage?«, fragte Ricarda im Plauderton.

»Meine Tochter ist frisch verheiratet, mein Sohn studiert in Heidelberg. Ich treffe mich mit meinen Freundinnen regelmäßig zu Kaffee und Kuchen beim ›Kranzler‹. Und ich schlafe ja auch so schlecht.«

»Das macht Ihr Blutdruck, der ist zu hoch. Als ich ein junges Mädchen war, hat man in einem solchen Fall einen Aderlass vorgenommen. Ich schlage Ihnen etwas Besseres vor. Mögen Sie Hunde?«

»Hunde? Ja, schon ...«

»Kaufen Sie sich einen, den Sie gern haben. Gehen Sie jeden Tag viel mit ihm im herrlichen Charlottenburger Schlosspark spazieren und dafür seltener ins Kaffeehaus.«

»Keine Medikamente?« Die Frau klang enttäuscht.

»Jeder Mensch braucht etwas, wofür er lebt. Vielleicht kommen Ihre Freundinnen ja mit, wenn Sie mit dem Hund unterwegs sind. Das ist sehr gesellig und gesund.«

Nachdem die Patientin fort war, blickte Ricarda auf ihre Wanduhr. Ihre Töchter erwarteten sie in einer Viertelstunde in der Behrenstraße. Die Zeit würde für die fünf Stationen mit der Ringbahn gerade noch reichen. Sie hängte den Arztkittel in den Schrank und trat in dem kleinen Bad, das zur Praxis gehörte, vor den Spiegel.

Ihr einst pechschwarzes Haar war eisgrau geworden, aber sie trug es immer noch lang und bändigte es mit einem Nackenknoten. Ihre Haut sah müde aus, die Jahre machten sich bemerkbar. Wieso hatte sie der Patientin zu etwas geraten, an das sie sich selbst nicht hielt? Sie kämpfte aber nicht mit Bluthochdruck und Übergewicht. Stattdessen war sie schlank, hatte aber längst nicht ihr altes Gewicht zurück, das sie vor den Brustkrebs-Operationen gehabt hatte.

Die Sprechstundenhilfe meldete eine Patientin, die unangemeldet eingetroffen war. »Tut mir leid, Frau Doktor. Ein Notfall.«

»Was ist es denn, Frau Daldrupp?«

»Den Symptomen nach der Blinddarm.«

Auch Josefine Daldrupp hatte Ricarda von ihrer Vorgängerin übernommen. Sie konnte sich blind auf die junge Frau verlassen, die ihr Medizinstudium wegen einer Schwangerschaft abgebrochen hatte.

Ricarda schlüpfte erneut in den Arztkittel. Sie würde zu spät kommen. Ausgerechnet heute. Obwohl sie sich so sehr vorgenommen hatte, Henny nicht zu enttäuschen.

Die Schwestern saßen sich in Hennys Wohnzimmer gegenüber. Ihre Privatwohnung befand sich in der Etage über der Praxis in der Behrenstraße. In dem weitläufigen Salon war die bewegte Vergangenheit der Familie allgegenwärtig. Teure Teppiche bedeckten das Eichenparkett, die Wände waren mit kostbaren Gemälden geschmückt, in Vitrinen standen Mitbringsel aus Afrika, Amerika, China und südeuropäischen Ländern. Toni war selten hier, aber sie mochte die Andenken; sie erinnerten daran, dass es mehr gab als Sprechzimmer, Arbeit und Pflichten.

»Das kann doch nicht dein Ernst sein, Henny!«, ereiferte sich Antonia nun. »Nur weil du jetzt einen General in deiner Praxis stehen hast, soll ich nach deiner Pfeife tanzen? Ist dir nie der Gedanke gekommen, mich zu fragen, ob ich das überhaupt will?«

Henny lächelte schmallippig. »General? Das gefällt mir. Bei diesem Namen sollten wir bleiben.«

»Nimm mich nicht auf den Arm!«

»Keineswegs, Toni. Du wirst promovieren und in dieser Zeit schon hier arbeiten. Damit verdienst du endlich dein eigenes Geld. Du willst doch unabhängig von unseren Eltern werden. Als Röntgenärztin wirst du eine gesuchte Spezialistin sein. Die meisten Kollegen sind nach wie vor nicht in der Lage, ein Röntgenbild richtig zu lesen.«

»Ich auch nicht. Das war nicht Teil meines Studiums.«

»Die Lehrpläne sind mir bekannt. Die Charité hat noch immer nicht aufgeholt ...«

»... was sich *dein* Mount Sinai Krankenhaus in New York während des Krieges an Vorsprung erarbeitet hat«, beendete Toni den Satz. »Die ganze Stadt weiß, was du darüber denkst, Frau Doktor Vandenberg.«

Fast hätte sie hinzugefügt: Damit hast du dir in der Charité so viele Feinde gemacht, dass man dir deine Stelle als Dozentin für Onkologie weggenommen hat. Aber diese Bemerkung verkniff sie sich. Sie bewunderte Henny für ihr Können und Wissen, ärgerte sich jedoch über die ständige Bevormundung durch sie.

»Nur geht es jetzt nicht um die weltweite Krebsforschung«, fuhr Toni fort, »sondern ausnahmsweise einmal um mich. Du willst über mein Leben bestimmen. Das Recht hast du nicht.«

»Bestimmen? Nein, Toni. Ich weiß, was gut für dich ist.«

»Weshalb glaubst du das? Weil du zehn Jahre älter bist?« Sie holte tief Luft, und dann ließ sie heraus, was sie schon sagen wollte, als sie die Praxis betreten hatte: »Ich breche in ein paar Wochen nach Daressalam auf.«

Richtig stolz war sie, Henny das geradewegs ins Gesicht gesagt zu haben.

Mit dieser Reaktion hatte sie allerdings nicht gerechnet: »Du spinnst.« Das war alles, was ihre Schwester erwiderte.

»Warum sagst du das?«

»Kind, du kennst Afrika nicht.«

»Ich bin definitiv kein Kind, Henny.«

»Verzeih. So meinte ich das nicht.«

Die große Schwester stand vom Sofa auf und begann unruhig durch den Raum zu wandern. »Du warst ein Kind«, versuchte sie sich zu rechtfertigen. »Ein kleines Kind, als du dort gelebt hast. Du hast nichts von den Grausamkeiten mitbekommen.«

»Welche meinst du? Etwa die Geschichte, als ein Python deinen Hund verschlungen hat? Das war gewiss schrecklich. Henny, in Freystetten ist ein Wolf wie aus dem Nichts aufgetaucht. Er sprang auf den Leiterwagen und riss vor meinen Augen unseren Badili.«

»Und du hast den Wolf erschossen. Auch so eine Familienlegende«, ergänzte Henny trocken.

»Es liegt in der Natur, dass der Stärkere gewinnt. Das kannst du Afrika nicht vorwerfen.«

»Du glaubst also, mit Afrika zurechtzukommen?«

»Ja«, erwiderte Antonia.

»Du hast keine Ahnung, worauf du dich einlässt. Und wozu? Was willst du dort?«

»Ich habe eine schriftliche Zusage erhalten: Ich werde als Assistenzärztin im Gouvernements-Krankenhaus von Daressalam arbeiten.«

»Ach, du meine Güte. Das hat Vater damals geleitet. Wir haben dort gewohnt.«

»Das weiß ich, auch wenn ich mich zugegebenermaßen nicht an Einzelheiten erinnere. Genau darum geht es: Ich habe zu wenige Erinnerungen an diese Zeit.«

Henny setzte sich neben ihrer Schwester auf das Sofa und nahm ihre Hand. »Sei vernünftig, Toni. Du kannst die Uhr nicht zurückdrehen. Das alles ist Vergangenheit. Es wird niemand von damals noch dort sein. Ein Jahrzehnt ist vergangen, seit die Deutschen aus dem Land gejagt wurden. Jetzt sind die Engländer in Tanganjika. Ich weiß nicht, was sie dort verändert haben, aber sie haben keinen guten Ruf. Die Briten pressen ihre Kolonien wie Zitronen aus.«

»Haben wir Deutschen das nicht genauso gemacht?«

»Du wirst ganz auf dich gestellt sein, Toni.«

»Genau das ist mir so wichtig«, betonte die Jüngere der beiden Thomasius-Schwestern. Ihre Augen funkelten abenteuerlustig.

Ricarda besaß einen Schlüssel für die Wohnung in der Behrenstraße, in der Henny seit einigen Jahren mit ihrer Tochter Victoria wohnte. Schon als Ricarda aufsperrte, hörte sie das Klavierspiel ihrer Enkelin. Das Musikzimmer befand sich gleich neben dem Eingang. Ricarda streckte den Kopf zur Tür hinein. Die neun Jahre alte Victoria war ihrer Mutter wie aus dem Gesicht geschnitten und hatte das gleiche dunkel gelockte Haar. Sie bewegte sich so geschmeidig wie Henny. Ihre schlanken Finger flogen über die Tasten.

Ricarda verstand nicht viel von Musik, sie konnte nur sagen, ob ihr etwas gefiel oder nicht. Doch sie erfreute sich immer wieder aufs Neue daran, dass ihre Enkelin in der Geborgenheit dieses Heims aufwachsen konnte und dass Vicky kerngesund war. Dieser Gedanke überkam sie jedes Mal voller Dankbarkeit, wenn sie das Mädchen sah.

»Großmutter!« Nun hatte ihre Enkelin sie bemerkt und das Spiel abgebrochen, um sie zu umarmen.

»Ich wollte dich nicht stören, Vicky.«

»Ich übe nur und mache schrecklich viele Fehler.«

»Es hörte sich sehr gut an.«

»Mutter sagt immer, wirklich gut ist man erst, wenn man kein Lob mehr braucht.«

Das sah Henny ähnlich!

Ricarda beugte sich zu ihrer Enkelin hinunter und blickte ihr tief in die Augen. »Lob ist wie der Regen, der eine Pflanze wachsen lässt. Jeder Mensch braucht Lob, sogar deine Mutter.« Sie lächelte müde. »Als sie ein Mädchen war, wie du es jetzt bist, hat sie zu wenig davon bekommen.«

Gerade eben hatte sie unten in Hennys Praxis den Röntgenapparat bestaunt und nahm sich vor, ihre Älteste für ihre weitsichtige Anschaffung zu loben.

Aus der großen Tasche, die sie bei sich trug, holte sie eine Rebe Weintrauben. »Die habe ich gerade am Savignyplatz gekauft. Es sind die ersten in diesem Jahr. Der Händler sagt, sie kommen aus Sardinien, einer Insel im Mittelmeer.«

»Danke! Ich übe noch ein wenig, dann nasche ich davon.«

Welch einen Ehrgeiz dieses Kind hatte! Es war derselbe, der sie selbst einst angetrieben hatte, Medizinerin zu werden, obwohl sie aus einem Elternhaus stammte, das ihr nie die Chance zum Studium hätte geben können.

Ricarda zog die Tür hinter sich zu und lauschte noch einen Augenblick Vickys Fingerübungen. Mit einem Seufzer machte sie sich auf den Weg zu ihren Töchtern, die sie diskutieren hörte.

Als sie das Wohnzimmer betrat, meinte Ricarda die Spannung zwischen ihren beiden Töchtern geradezu körperlich zu spüren. Sie ahnte noch nicht einmal, weshalb die beiden in Streit geraten waren, doch es ging selten gut aus, wenn sie aufeinandertrafen. Sie waren eben sehr unterschiedlich.

Entgegen ihrer Neigung, Konflikte direkt anzusprechen, sagte sie: »Ich hatte früher hier sein wollen. Verzeih, Henny. Ich habe noch rasch deinen Röntgenapparat bestaunt.

Ohne die Funktionsweise wirklich zu verstehen. Gratuliere. Eine gute Entscheidung.«

»Findest du wirklich?« Henny schenkte Ricarda das unsichere Lächeln und den misstrauischen Blick einer Tochter, die von ihrer Mutter viel zu oft Ablehnung erfahren hatte.

»Sonst würde ich es nicht sagen.« Im Grunde war es Ricarda in dem kurzen Dialog mit Vicky nicht ums Lob gegangen, sondern um Liebe. Von ihr als Mutter hatte Henny davon viel zu wenig bekommen. Sie hatte sich immer Mühe gegeben, doch irgendwann musste sie sich eingestehen, wie sinnlos es war, eine Mutterliebe in sich zu suchen, die nie die Möglichkeit hatte zu entstehen. Denn von dem Moment an, als sie realisiert hatte, dass sie nach einer Vergewaltigung schwanger geworden war, hatte sie das in ihr heranwachsende Leben als etwas Fremdes empfunden. Als etwas, das ihr aufgezwungen worden war.

»Hast du sie auch für ihren Weitblick gelobt?«, wandte sie sich an Toni.

»Auf mein Lob gibt Henny nicht so viel wie auf deines, Mutter.«

»Nun, ihr beiden, worüber seid ihr so uneins?«

»Du stimmst mir doch zu, dass Tonis Vorhaben unsinnig ist, Mutter, nicht wahr?«, erwiderte Henny sogleich.

Ricarda sah ihre Töchter ratlos an. »Hast du etwas gegen den Röntgenapparat, Toni? Der ist wichtig. Das ist die Zukunft.«

»Toni, hast du Mutter etwa nicht eingeweiht?«

Die Kleine, die sie auch für ihre Mutter für immer bleiben würde, schlug die Augen nieder und schüttelte schuldbewusst den Kopf, was ihr überhaupt nicht ähnlich sah. Antonia war eine Draufgängerin, die selten bereute, was sie getan hatte.

»Oh mein Gott! Du, Vater und Toni, ihr drei wohnt unter einem Dach. Redet ihr denn nicht miteinander?«, fragte Henny.

»Mutter, ich reise nach Tanganjika und werde in dem Krankenhaus arbeiten, wo Vater Chefarzt war. Ich habe eine Stelle als Assistenzärztin in Daressalam bekommen.«

Ricarda setzte sich in den Sessel, der neben dem Sofa stand, und atmete tief durch, um sich zu beruhigen. Vor allem ein Gedanke kam ihr in den Sinn: Es war ihre Schuld. Sie hatte Toni so oft von den schönen Zeiten in Daressalam erzählt. Von den Afrikanern, die so aufgeschlossen waren, der Wärme, den Farben, der klaren Luft, der üppigen Pflanzenwelt. Wie ein Paradies musste es Toni erschienen sein. Von den schlechten Tagen hatte sie kaum berichtet.

»Es wäre klüger, du würdest zuerst deine Dissertation schreiben«, sagte Ricarda, nachdem sie sich gefasst hatte.

»Was heißt klüger, Mutter? Sie hat dort nichts verloren. Afrika ist viel zu gefährlich!«

»So schlimm wird es nicht gleich werden, Henny.«

»Mutter, ich habe zweimal erlebt, wie du an der Malaria fast gestorben bist.«

»Du warst nur einmal dabei. Und du hast mir sehr geholfen. Beim zweiten Mal warst du schon abgereist.«

»Geflohen bin ich! Weil ich es nicht ertragen konnte. Und die Schwarzen haben Vater Siegfried fast umgebracht. Deswegen kann er heute kaum mehr laufen.«

»Es war Krieg, Henny. Kriege gibt es überall.«

»Was soll das, Mutter? Du willst Toni sehenden Auges in ihr Unglück rennen lassen?«

Ricarda richtete sich auf. Sie musste wieder die Oberhand über dieses Gespräch gewinnen. Henny hasste Afrika. Sie hatte sich dort nie eingelebt und war vor Heimweh fast eingegangen.

Vor allem verlor ihre von gewissen Kindheitserlebnissen traumatisierte Tochter das Wesentliche aus dem Blick. Das musste sie klarstellen: »Wir haben uns hier in Deutschland von den Wirren des Krieges erholt. Es geht uns wieder ganz gut. In Afrika ist das nicht so. Die Menschen brauchen unsere Hilfe.«

»Das stimmt gewiss, aber nicht deshalb will ich dort hin«, meldete sich Toni zu Wort. »Wenn es mir nur ums Helfen ginge, könnte ich hierbleiben. Ich will diese Reise für mich selbst machen.«

Ricarda sah das leidenschaftliche Funkeln in den Augen ihrer Jüngsten.

»Ich will wissen, woher ich komme, und den Ort meiner Geburt sehen. Ich habe Bilder vor meinem inneren Auge, die ich nicht zuordnen kann. Sie tauchen in meinen Träumen auf. Mutter, du hast von einem Brunnen im Hof und von Palmen erzählt. Und von Affen, die überall herumsprangen. Auch die sehe ich in meinen Träumen. Ihr wart dort und könnt euch daran erinnern, wie es wirklich war. Auch wenn du, Henny, heute behauptest, du hättest es gehasst. Ich hatte nie die Möglichkeit, Afrika kennenzulernen und vielleicht ins Herz zu schließen. Oder meinetwegen auch zu hassen. Das muss ich herausfinden. Deshalb muss ich dorthin.« Toni blickte zu ihrer Mutter. »Du weißt, wovon ich spreche, nicht wahr? Vater hat heute gesagt, er hätte mich mit Fernweh infiziert. Das habt ihr beide, Mutter.«

»Wir haben von Afrika geträumt, als ich dich schon unter meinem Herzen trug, Toni«, sagte ihre Mutter. »Wir wollten der Enge Deutschlands entkommen. Und nicht nur wir. Unzählige Menschen träumten damals von einem Platz an der Sonne. Es waren die Zeiten, als nicht die Zugspitze, sondern der Kilimandscharo der höchste Berg

Deutschlands war. Wir wollten bei diesem Abenteuer dabei sein.«

Sie erschrak über ihre eigenen Worte. Hatte sie sich nicht vorgenommen, das Schwärmen zu unterlassen? Aber die Begeisterung ließ sich nicht verleugnen.

»Ihr wart zu zweit. Toni, wer steht dir bei, wenn dir etwas zustößt?«, fragte Ricardas Älteste.

»Damit hat Henny recht«, räumte Ricarda ein. »Eine Frau sollte nicht allein ein derartiges Wagnis eingehen.«

»Als Frau?« Antonia sah ihre Mutter verwundert an. »Auch wenn ich ein Mann wäre, müsste ich die Augen offenhalten, dass mir niemand zu nahe kommt. Ich kann auf mich aufpassen!«

Antonia hatte schon immer das Abenteuer gesucht. Aber noch nie ein solches wie dieses. Ricarda kannte ihre Tochter gut genug, um zu wissen, dass sie nichts mehr aufhalten konnte.

Die Warnung ihrer Mutter beschäftigte Toni noch Tage später.

»Wie sonst hätte sie reagieren sollen?«, fragte ihre Freundin Celia Fahrland, als sie ihr jetzt von dem Gespräch erzählte. »Sie liebt dich und will dich festhalten.«

Antonia wusste, dass Celia wenig Glück mit allen Formen der Liebe hatte – weder was Männer betraf noch ihre Familie.

Während sie sich unterhielten, packten die beiden Freundinnen auf dem Flughafen Staaken Celias kleines Flugzeug an den kurzen Heckflügeln und drehten es einmal um seine Längsachse in die Startrichtung. Der kleine Doppeldecker war komplett aus Holz gefertigt, ein Leichtgewicht für zwei Personen.

»Und wenn ich nun doch einen Fehler mache?«, fragte Antonia.

»Es ist kein Fehler, wenn du in die Tat umsetzt, was du dir vorgenommen hast«, stellte Celia fest.

Dann warf sie mit aller Kraft den Propeller an, sodass der Motor ansprang. Celia war wie ein Mann in eine Ledermontur aus Jacke und Hose gekleidet. Das zum Bob geschnittene blonde Haar war unter einer Kappe verborgen.

Kurz bevor sie nacheinander in die *Kinner* kletterten, rief Antonia gegen das Lärmen des Motors an: »Danke für deine Ermutigung. Die habe ich gebraucht!«

Der Flughafen lag weit draußen im Westen von Berlin, nur Kleinflugzeuge durften ihn nutzen. Das Ziel der beiden Freundinnen befand sich auf der anderen Seite der Stadt, die als eine der größten der ganzen Welt galt. Sie wollten zu Schloss Freystetten fliegen, wo Antonias Mutter aufgewachsen war. Für Antonia war es immer ein Ort der Zuflucht gewesen, während sie die Großstadt nie so richtig gemocht hatte.

Jetzt streckte sie die Arme in die Luft und stieß einen übermütigen Jubelschrei aus, als das Flugzeug abhob. Wenig später lag Berlin unter ihnen, und bald war nur noch das Grün der Wälder und Wiesen zu sehen. Eine Lokomotive zog ihre Waggons Richtung Osten. Hier verlief die Bahnstrecke nach Königsberg. Eine Station auf ihrem Weg dorthin war der kleine Bahnhof des Weilers Gusow. Ganz in der Nähe, eine halbe Stunde zu Fuß entfernt, lag Schloss Freystetten. Wann immer es möglich gewesen war, war Antonia hierhergekommen.

Für Pilotin Celia Fahrland war es der erste Anflug auf das herrschaftliche Anwesen mit seinen weitläufigen Ländereien. Antonia lenkte ihre Freundin mit der Ortskenntnis der Einheimischen zu einem Feldweg, auf dem sie landen konnten. Celia flog die Strecke zunächst ab und zog die Maschine dann wieder hoch. Nach einer weiten Schleife setzte sie die *Kinner* schließlich behutsam auf dem Feldweg auf.

»Ich dachte schon, du hättest es dir anders überlegt«, sagte Antonia, als sie beide aus dem Flugzeug geklettert waren.

»Das mache ich immer so, wenn ich auf unbekanntem Terrain landen will«, erwiderte Celia. »Das ist sicherer. Ich muss vorher überprüfen, ob der Boden eben ist. Das Flugzeug ist so leicht, dass es sich bei einem Hindernis schnell überschlagen könnte.«

Wenig später stieg die kleine Maschine wieder auf. Toni hätte ihre abenteuerlustige Freundin gern auf eine Tasse Tee ins Schloss eingeladen, doch Celias Zeit war stets knapp bemessen. Gewiss wäre sie auch die ideale Reisegefährtin für das Abenteuer Afrika gewesen. Allerdings war Celias kleine Tochter Frieda erst drei Jahre alt und brauchte die Mutter.

Während Antonia zum Schloss ging, dachte sie über das Gespräch nach, das sie mit ihrer Freundin geführt hatte, bevor sie ins Flugzeug gestiegen waren. Toni hatte Celia offen gesagt, dass sie mit Guntram die Nacht verbracht hatte.

»Hast du dich verliebt?«, hatte Celia ebenso unverblümt gefragt.

»Guntram liebt doch dich, Lia.«

»Ich fürchte, du hast recht.«

»Das fürchtest du?«

»Weil er jedes Mädchen, das ihn liebt, unglücklich machen wird. Du weißt, was ich Guntram gesagt habe: Er und ich können bestenfalls Freunde sein. Er glaubt es einfach nicht.«

»Warum willst du Guntram eigentlich nicht, Lia?«

»Ich will überhaupt keinen Mann. Ich habe festgestellt, dass die Liebe unfrei macht.«

Mit lautem Knattern flog das kleine Flugzeug nun über Antonia hinweg, zurück nach Berlin.

In schnellem Galopp näherte sich vom Schloss her ein Reiter. Schon aus der Ferne konnte Antonia Graf Friedemann von Freystetten erkennen, dem das Anwesen und die Ländereien gehörten. Obwohl der Feldweg, den sie für ihre Landung gewählt hatten, mehrere hundert Meter vom Herrenhaus entfernt war, hatte der Lärm des Flugzeugs sicherlich nicht nur ihn aufgeschreckt.

»Antonia! Ich war in Sorge: Ein Flugzeug, das bei uns landet ... Ich vermutete einen Notfall.«

Der Graf war Mitte sechzig und hatte eine sportliche Figur, er hielt sich kerzengerade im Sattel. Nun sprang er geschmeidig herunter.

Toni schüttelte den Kopf: »Das war meine Freundin Celia von Fahrland. Sie musste zu ihrem Kind zurück.«

»Sie scheint die Fliegerei wirklich zu beherrschen – und noch dazu eine junge Mutter. Das muss eine erstaunliche Frau sein!«

»Celia versucht, jede Woche mindestens zwei Flugstunden zu absolvieren.«

»Lass dich umarmen, Antonia. Was für eine erfreuliche Überraschung! Bitte Celia doch das nächste Mal herein.«

»Es wird wohl viel Zeit vergehen, bis ich wieder zu euch komme«, sagte Toni. »Ich bin hier, um mich zu verabschieden, Onkel.«

Erst an ihrem fünfundzwanzigsten Geburtstag hatte der Graf sie gebeten, ihn nicht mehr mit *Durchlaucht* anzureden. »Du bist mir wie eine Tochter«, hatte er gesagt, auch wenn sie nicht blutsverwandt waren. Seine Gattin war die Schwester von Antonias Mutter.

Der Graf nahm das Pferd am Zügel. Nebeneinander gingen sie in Richtung des Marstalls, wie die Pferdestallungen genannt wurden.

»Was meinst du mit Verabschieden?«, fragte er.

»Ich reise nach Afrika.«

»Ja, deine große Sehnsucht.« Er sagte es in einem verständnisvollen und gleichzeitig melancholischen Tonfall. »Was sagt deine Familie dazu?«

»Eigentlich unterstützt mich nur Vater. Was denkst du darüber?«

»Ich war immer hier oder in Berlin. Ein typisches Landgrafen-Leben. Ich versuche, dich zu verstehen, muss aber zugeben, dass es mir schwerfällt.«

Friedemann von Freystetten war nach einer der vielen Wahlen, die in diesen Zeiten abgehalten wurden, Abgeordneter im Berliner Reichstag geworden. Er hatte Antonia erklärt, dass er in die Politik gegangen war, um seine Interessen als Großgrundbesitzer zu vertreten.

»Du hast immer an mich geglaubt.«

»Weil du mir so oft bewiesen hast, dass ich dir vertrauen kann. Damals, als alle Knechte an die Front geschickt wurden und ich nur noch den alten Gaul hatte, hast du gesagt: ›Ich helfe Ihnen, Durchlaucht.‹ Wie ein junger Bursche hast du mir beigestanden mit der Landwirtschaft und den Tieren. Und dann die Sache mit dem Wolf …« Er blieb stehen und sah sie bewegt an. »Du bist eine tapfere junge Frau. Wie deine Mutter und deine Großmutter. Doch versprich mir etwas, Antonia.«

»Ja?«

»Afrika ist weit weg. Aber ich würde hier alles liegen

und stehen lassen, wenn du mich brauchst. Versprich mir, dass du mich dann zu Hilfe rufst«, sagte der Graf.

»Großmutter! Hier ist Toni!«

Antonia öffnete die leicht verwitterte Holztür. Am oberen Rahmen war der im protestantischen Brandenburg seltene, mit Kreide geschriebene Sternsinger-Segen *19+C+M+B+27* der Heiligen Drei Könige gut zu lesen, denn Karla Petersen war eine tiefgläubige Frau. Das einstöckige Haus, in dem sie wohnte, lag schräg gegenüber der breiten Auffahrt des Schlosses. Es war das einstige Gesindehaus. Großmutter Karla war Köchin gewesen, ihr Mann der Gärtner.

Von ihrer Profession hatte die Großmutter bis zum heutigen Tag nicht gelassen. Als Toni die Küche betrat, wehte ihr der Duft von frischen Küchenkräutern entgegen, die zu kleinen Sträußen gebunden kopfüber zum Trocknen aufgehängt waren. Die Decke war niedrig, der Holzboden wie immer geschrubbt und gebohnert. Auf dem Herd schmorte in einem großen Topf eindeutig Schweinefleisch, daneben kochten Kartoffeln.

Die Großmutter bevorzugte seit je ihre kleine Küche, obwohl sie die im Schloss hätte benutzen dürfen. Nun kam sie durch die rückwärtige Tür vom Garten herein, ein Tuch um den Kopf gewickelt, ein Bund frisch gerupfter Möhren und ein Bund Petersilie in der Hand. Ein glückliches Lächeln belebte die vielen Altersfurchen ihres Gesichts.

»Ach, wie schön, dass du da bist, Toni! Hilfst du mir, die Möhren zu putzen? Es gibt gekochten Schweinebauch. Ist gleich fertig. Du hast sicher ordentlich Hunger mitgebracht.«

Die alte Frau hatte nicht wissen können, dass ihre Enkelin sie besuchen würde. Und doch war sie immer willkommen – und so selbstverständlich fühlte es sich auch an, hier zu sein. Deshalb dachte Antonia mit schlechtem Gewissen an den Grund ihres Besuchs. Während die Großmutter aus Butter und Mehl eine helle Mehlschwitze anrührte, durfte Antonia die frisch geschnittene Petersilie hacken.

»Du bist so still, Toni. Bedrückt dich etwas? Bist du unglücklich verliebt?«

»Nein und ja, Großmutter. Ich gehe fort. Nach Afrika.«

Karla, die in diesem Jahr ihren fünfundachtzigsten Geburtstag gefeiert hatte, hörte auf zu rühren und sah sie verständnislos an. »Du hast alles hier. Warum willst du fort?«

»Weil ich in Afrika geboren bin.«

»Meine Mutter hat mich irgendwo in einem Dorf in Spanien zur Welt gebracht. Trotzdem war ich nie dort. Und mir fehlt nichts.« Sie tippte sanft gegen Antonias Brust. »Da drin musst du zu Hause sein, Toni, bei dir selbst. Woanders wirst du es nie sein.«

»Ich weiß. Aber ich weiß nicht, wie ich das anstellen soll.«

»Die Liebe, meine kleine Toni, was ist mit der? Liebe kann ein Zuhause sein. Gibt es keinen Mann, der dein Herz erobert hat?«

Antonia schüttelte den Kopf.

Großmutter Karla musterte ihre Enkelin mit zärtlichem Blick. »Du läufst doch nicht etwa vor der Liebe davon?«

»Andersherum, Großmutter: Die Liebe läuft vor mir davon.«

Die alte Frau nahm den Schweinebauch aus dem Sud und schnitt ihn in kleine Stücke, die sie mit den Karotten wieder in den Topf legte. »Weiß der Mann, den du liebst, dass du fortgehst?«

»Nein.« Antonia hielt ihre Tränen zurück.

»Dann sag es ihm.«

»Er hat mich fortgeschickt.«

»Er wird es sich überlegen, wenn er weiß, dass er im Begriff ist, dich für immer zu verlieren.«

»Ich kann doch nicht einfach zu ihm gehen, Großmutter. So etwas macht man nicht.«

»Gott kann zwei Menschen nur aufeinander zuführen. Was danach kommt, darum müssen diese beiden Menschen sich selbst bemühen.«

Später, nachdem sie zusammen gegessen hatten und Antonia sich von ihrer Großmutter verabschiedete, nahm die alte Frau einen Anhänger aus einer Porzellandose. »Das ist der Heilige Christophorus, der Schutzheilige der Reisenden.« Sie zeichnete Antonia mit dem Finger ein Kreuz auf die Stirn. »Möge Gott dich schützen.« Dabei lächelte sie mit Tränen in den Augen.

Der Wecker zeigte kurz nach fünf, draußen war es noch dunkel, denn es ging auf Ende November zu. Antonia hatte kaum geschlafen. Heute war der Tag ihrer Abreise, in drei Stunden würde der Zug abfahren. Ihr großer Rucksack aus Segeltuch wartete gepackt neben der Zimmertür. Antonia hatte das Gefühl, ihr Herz würde jeden Moment zerspringen.

Sie stieg aus dem Bett. Das Zimmer war kalt, die Öfen mussten eingeheizt werden, was an jedem Morgen ihre Aufgabe war. Während sie die Kohlen einlegte, die sie am Vorabend aus dem Keller heraufgeholt hatte, fragte sie sich, ob die Nächte in Afrika wohl kalt werden würden. Es gab so vieles, was sie bislang nicht bedacht hatte!

Als die Familie ein letztes gemeinsames Frühstück eingenommen hatte und Antonia reisefertig war, schloss ihre Mutter sie in die Arme.

»Ich begleite dich zum Bahnhof«, sagte sie.

»Lieber nicht. Lass uns hier Lebewohl sagen. Ich muss allein gehen.« Zum Lehrter Bahnhof waren es nur ein paar Minuten Fußweg.

»Toni hat recht, Rica«, sagte ihr Vater. »Ich bin zwar immer gern in die Fremde gereist, aber den Blick zurück auf die Lieben am Bahnsteig habe ich verabscheut.« Er küsste Toni auf die Stirn. »Halt die Augen offen. Die Welt ist wunderschön, wenn man genau hinschaut. Komm gesund wieder zurück.«

Toni spürte, wie viel Kraft es ihn kostete, sich seinen Abschiedsschmerz nicht anmerken zu lassen. Er hatte für sie das Beste gewollt – auch um den Preis, sie loszulassen. Für diese Selbstlosigkeit liebte sie ihn.

Am Vorabend hatte sie Henny Lebewohl gesagt. Die große Schwester war sehr beherrscht gewesen: »Schade, dass du so einen großen Umweg machen musst, um zu dir selbst zu finden. Aber ich wünsche dir viel Glück. Pass auf dich auf, Toni.«

Es hatte geklungen, als wollte sie sagen: Ich bezweifle, dass du das kannst.

Nun meinte ihre Mutter bei der letzten Umarmung: »Ich hoffe, du entdeckst, wovon du träumst. Doch wenn ich mir als Mutter etwas wünschen darf, Toni, dann würde ich sagen: Bleib so lange, bis du weißt, wer du bist oder ob du die werden kannst, die du sein möchtest. Das hier möge dich daran erinnern, woher du kommst, und deine treue Begleiterin sein.«

Toni sah ihre Mutter ungläubig an. »Deine Arzttasche!«

»Es ist meine erste. Ich habe sie damals von Komtess Henriette bekommen. Das gute Stück ist viel älter als du. Ich habe alles hineingetan, das nützlich sein könnte.«

Antonia wusste, wie schwer die Erinnerungen wogen,

die an diesem Gegenstand hingen, der für den Beruf ihrer Mutter so wichtig war. »Du hattest sie in Zürich dabei, als du studiert hast, nicht wahr?«

»Ich habe sie überallhin mitgenommen. Selbstverständlich war sie auch in Afrika dabei.« Ricarda lächelte versonnen. »Möge sie dir Glück bringen.«

Den schweren Rucksack auf den Schultern, die Ledertasche in der Hand, ging Antonia durch die vollen, so vertrauten Straßen der Berliner Friedrichstadt. Ihr fiel ein, was niemand sie gefragt und was sie selbst auch nie gedacht hatte: Was wäre, wenn ihr Afrika so gut gefiel, dass sie dort bleiben wollte?

Der Bahnsteig, an dem der Zug nach Hamburg abfuhr, war voller Menschen. Als Antonia deren umfangreiches Gepäck und die teils aufgeregten, teils angespannten Mienen sah, beschlich sie der Gedanke, die Reisenden könnten dasselbe Ziel haben wie sie: den Überseehafen. Mit einem Mal schöpfte sie Kraft aus dem Gefühl, nicht allein unterwegs zu sein. Sie war sich sicher, das Richtige zu tun, indem sie aus dem Leben ausbrach, das für sie vorbestimmt zu sein schien. Plötzlich fiel ihr die Last des Abschiedsschmerzes von den Schultern.

Inmitten des Gedränges stellte sie überrascht fest, dass Guntram auf sie zu kam. Verlegen lächelnd, eine weiße Rose in der Hand.

»Ach.« Dieser Ausruf war alles, wozu sie fähig war.

Seit ihrer einzigen gemeinsamen und so schroff beendeten Nacht hatten sie sich nur wenige Male und stets in Beisein anderer Studenten gesehen, mal im Café in der Ziegelstraße nahe dem Hörsaal, mal auf dem Uni-Campus. Kein privates Wort war gefallen. Toni hatte sich immer schnellstens aus dem Staub gemacht. Guntrams Reaktion nach der

Liebesnacht war eine Zurückweisung zu viel für sie gewesen. Da half auch kein großmütterlicher Rat.

»Ich habe über uns nachgedacht, Toni. Ich war ein Trottel«, sagte Guntram jetzt.

»Es fällt mir schwer, dir zu widersprechen.«

»Ich glaube, ich liebe dich, Toni.«

In diesem Augenblick rempelte jemand Toni an, was Guntrams Worten ihre Unwirklichkeit nahm.

»Achtung an Gleis 3! Der Zug nach Hamburg fährt in fünf Minuten ab«, ertönte eine Durchsage.

»Du *glaubst*, dass du mich liebst?«, fragte Antonia.

»Ich … ich weiß es.«

»Warum weißt du es erst jetzt?«

»Lia meint, ich wäre ein wenig verstockt, was Liebesdinge betrifft.«

»So? Hat Lia dir auch gesagt, dass ich jetzt wegfahre?«

»Ja.«

»Wann hat sie dir das gesagt, Guntram?«

Celia wusste es seit Wochen.

»Ich musste über uns nachdenken«, fuhr er fort. »Schließlich ist es eine wichtige Entscheidung, wenn man einen anderen Menschen für sich wählt.«

»Nach Hamburg bitte einsteigen!«, wurde durchgesagt.

»Denk weiter nach, Guntram. Ich muss jetzt los.«

»Bitte, Toni, geh nicht so.«

»Doch, genauso gehe ich«, sagte sie mit einer Verärgerung, die sie sich noch nicht ganz eingestehen wollte. Immerhin hatte er ihr gerade eine Liebeserklärung gemacht.

»Nimm wenigstens die Rose.«

Wie hätte sie auf seine Liebeserklärung reagiert, wenn Guntram sie früher ausgesprochen hätte? Hätte sie die Stelle in Daressalam dann überhaupt angenommen? Wäre es so gekommen, wie Großmutter Karla gesagt hatte: Wäre sie dann in ihrem Herzen zu Hause gewesen? Oder hätte sie Guntram gefragt, ob er mitkommt? In ihm wohnte dasselbe Fernweh, das wusste sie. Es war eine der wenigen Gemeinsamkeiten, die sie teilten.

Wie auch immer – jetzt stand er da, wie vom Himmel gefallen. Und zu spät.

Antonia nahm ihm die Rose aus der Hand, hauchte einen Kuss auf die weißen Blätter und gab sie zurück. Sie dachte an Großmutters Küchenkräuter, die im Herbst geerntet wurden, um sie im Winter zu genießen, wenn der Schnee im Garten meterhoch lag. Vielleicht war es mit der Liebe auch so. Sie kannte sich mit der Liebe nicht aus.

»Hier, für dich. Mach ein Bändchen ans Ende des Stiels und häng sie kopfüber auf, damit sie trocknet.«

»Und dann?«

»Wenn die Rose für uns steht, dann wirst du dich in Geduld üben. Und wirst irgendwann wissen, ob wir eine Zukunft haben.«

Antonia warf Guntram eine Kusshand zu, nahm die Arzttasche und stieg in den Zug. Als er losfuhr, verbot sie sich einen Blick zurück nach draußen.

UNTER STERNEN TANZEN

— ◆ —

Auf dem Roten Meer, Dezember 1927

Die Delfine schienen auf den Wellen zu reiten, die der Rumpf der *Wangoni* in das ruhige Wasser des Roten Meers schnitt. Morgens, mittags und abends begleitete eine Schule dieser eleganten Tiere den Passagierdampfer der *Deutsch Ost-Afrika Linie*. Sie tauchten auf, sobald der Küchenjunge Fritz seine Abfälle über Bord kippte. Die eleganten grauen Delfine waren dann so nah, dass Antonia das Lächeln der Tiere zu sehen glaubte und sie fast berühren konnte. Der Anblick ließ ihr das Herz leichter werden; er erinnerte sie daran, wie unbeschwert das Leben sein konnte.

Antonias Alltag auf der *Wangoni* war härter, als sie es sich vorgestellt hatte. Umso kostbarer waren diese Minuten, wenn die letzten Sonnenstrahlen des Tages ihr Gesicht wärmten. Seit der Passagierdampfer vor drei Tagen in den Suezkanal eingefahren war, hatten die weiten Wüsten zu beiden Seiten der Wasserstraße das Licht unwirklich hell werden lassen. Die Luft war nicht mehr salzig wie im Mittelmeer, sondern in der drückenden Hitze schwerer und weicher.

Nachdem Fritz seinen Blecheimer geleert hatte, riskierte er noch einen scheuen Blick in Antonias Richtung. Mit seinen höchstens vierzehn Jahren wagte er es nicht, das Wort an sie zu richten. Sie nickte ihm mit einem angedeuteten Lächeln zu.

Seit sie in Hamburg zur Crew des Dampfers gestoßen war, trug Antonia die schmucklose graue Uniform einer Krankenschwester. Das weiße Häubchen setzte sie nur ab, wenn sie aus privaten Gründen die Station verließ. Lediglich drei viertelstündige Pausen standen ihr zu. Es war bekannt, dass die Reedereien nur schwer Frauen fanden, die bereit waren, auf den Passagen als Krankenschwestern zu arbeiten. Denn die Arbeit führte einen lange von zu Hause fort, und der Ton an Bord war rau. Antonia hatte sich dennoch darauf eingelassen, weil es die einzige Möglichkeit war, die teure Überfahrt ohne fremde Hilfe zu finanzieren. Was ihr wichtig war.

Als die Delfine abtauchten, ging sie zurück in die Krankenstation des Schiffes auf Deck 1. Seit der Einfahrt in den Suezkanal war dort nicht mehr so viel los wie in den Wochen zuvor. Während der Fahrt durch den Atlantik und das Mittelmeer hatte teilweise schwerer Wellengang das Schiff schaukeln lassen. Den Passagieren war übel geworden, einer hatte einen Herzanfall erlitten, zwei Passagiere waren aus ihren Betten gefallen, eine Dame war ausgerutscht und unglücklich gestürzt. Ihre gebrochene Elle hatte Antonia selbst geschient. Zu diesem Zeitpunkt war sie schon daran gewöhnt gewesen, auf die Hilfe des Schiffsarztes verzichten zu müssen. Dr. Olafsen war selbst krank, woran er litt, wusste sie nicht, nur dass er seine ständigen Schmerzen mit großen Mengen Morphium betäubte. Ihn nach der Ursache zu fragen, hatte sie sich bislang nicht getraut, denn ihr Vorgesetzter war ein stolzer Mann, der sich seine Gebrechlichkeit nicht anmerken lassen wollte.

Während ihrer Pause hatte eine zarte junge Frau um Hilfe nachgesucht. Sie saß neben der Krankenliege auf einem Stuhl, während der Schiffsarzt mit der Nadel in ein Fläschchen stach und versuchte, den Kolben hochzuziehen. Seine Hände zitterten. Aber das hier war Dr. Olafsens Station, und Antonia war nur die Krankenschwester.

»Am besten, Sie übernehmen diese Spritze«, knurrte Olafsen, ein früh gealterter Mann von Mitte fünfzig.

Die Patientin, die etwas jünger als Antonia zu sein schien, sah zu ihr auf und fragte: »Kommen Sie aus Deutschland?«

Die Mehrzahl der Passagiere stammte aus England und reiste in die benachbarten britischen Kolonien Kenia und Tanganjika an der afrikanischen Ostküste.

»Ich bin aus Berlin. Und Sie?«

»Ich war bei meiner Familie im Schwarzwald und muss jetzt zurück.« In der Stimme der jungen Frau schwang Wehmut. »Mein Mann besitzt eine Farm bei Nairobi.«

»Das muss wundervoll sein.« Antonia bemühte sich, fröhlich zu klingen, obwohl die Patientin, der sie Morphium spritzen sollte, nicht so aussah, als wäre sie glücklich. Ihre Haut war bleich, und unter den Augen lagen bläulich-graue Schatten, was auf eine Krankheit schließen ließ.

»Jeder sagt, dass es wundervoll sein müsse.«

Erst jetzt sah Antonia, was ihr wegen des weiten Kleides der Patientin nicht aufgefallen war. Obwohl sie nicht nur schlank, sondern geradezu mager war, zeichnete sich unter ihrem leichten Sommerkleid ein Bäuchlein ab.

»Sind Sie in anderen Umständen?«, fragte Antonia.

Die junge Frau nickte mit zusammengepressten Lippen.

»Um Ihren Fötus nicht zu gefährden, darf ich Ihnen kein Morphium geben«, erklärte Antonia.

»Sie sind Krankenschwester«, ging Dr. Olafsen dazwischen. »Tun Sie, was Ihnen aufgetragen wurde.«

Antonia verkniff sich eine Erwiderung. Natürlich wusste Dr. Olafsen, dass sie ein Medizinstudium abgeschlossen hatte, es fehlten ihr nur die Praxis und der Titel. Eine Konfrontation würde ihr jedoch das Leben an Bord nur erschweren. Sie drehte sich also mit dem Rücken zu Olafsen, sodass er nicht mitbekam, dass sie den Großteil des Spritzeninhalts nicht verwendete.

Sie beschloss, bei Gelegenheit nach der Unbekannten Ausschau zu halten. Die junge schwangere Frau brauchte dringend Beistand.

Als Crewmitglied durfte Antonia grundsätzlich nicht auf das Promenadendeck der *Wangoni*. Der vermutlich schönste Platz auf dem Dampfer war den rund einhundertsechzig Passagieren der ersten und zweiten Klasse vorbehalten. Den etwa einhundert in der dritten Klasse Reisenden war es nicht erlaubt, das Unterdeck zu verlassen. Das galt auch für Krankenschwester Antonia, die sich mit einer Wäscherin, einer Näherin und einer Küchenhilfe eine Vierbett-Kabine teilte. Wegen der Nähe zur Wasserlinie ließ sich nicht einmal das Bullauge öffnen. Deswegen entkam sie, wenn das Wetter es zuließ, dieser Enge so oft wie möglich.

Wie an den meisten Abenden spielten auch heute die feinen Damen Bridge und Rommee in den Salons, die Herren rauchten Zigarren und genossen teure Drinks. Durch die Fenster, an denen sich Toni vorbeimogelte, sah Antonia, dass alle festlich gekleidet waren. Niemand von ihnen wollte riskieren, dass die Frisur von einer plötzlichen Windböe zerzaust wurde. Das war auch der Grund, wieso Antonia es wagte, das in aller Regel verwaiste Promenadendeck aufzusuchen – und sei es nur für ein paar Minuten.

Auf der obersten Plattform des Schiffs brannten nachts so wenige Lampen, dass Toni von künstlichem Licht ungestört die Unendlichkeit des Sternenhimmels bewundern und die Schönheit der lauwarmen Tropennächte genießen konnte. Sie trug ein leichtes geblümtes Kleid und das Haar offen, um das graue Äußere einer Krankenschwester zumindest für eine Weile abzustreifen. Sie spürte das sanfte Vibrieren des Schiffs und wusste, dass sie sich ihrem Ziel, dem Ort ihrer wahren Herkunft, langsam näherte.

Das weckte allerdings auch Fragen: Wie lange würde sie in Daressalam bleiben? Wer würde sie dort erwarten? Und was? Die Position jeder Assistenzärztin hing von der Laune des Stations- oder Oberarztes ab. Würde man sie überhaupt arbeiten lassen oder ebenfalls wie eine bessere Krankenschwester behandeln? So vieles war ungeklärt, weil Tonis letzter Brief an das *Ocean Road Hospital,* dem einstigen deutschen Gouvernements-Krankenhaus von Daressalam, in dem sie diese Details erfragt hatte, unbeantwortet geblieben war. Schließlich hatte sie die Entscheidung zu fahren dennoch getroffen. Übereilt, wie sowohl ihre Schwester Henny als auch die Mutter gemeint hatten. »Immer muss bei dir alles sofort geschehen«, hatten sie getadelt. Seitdem sie von Guntrams innerem Ringen wusste, hatte Antonia ihnen widerwillig recht gegeben. Zumindest während der kalten Stürme auf dem Atlantik. Aber nicht jetzt, jetzt war es gut, dass sie hier war. Endlich hatte sie das ersehnte Gefühl von innerer Freiheit.

»Haben Sie über mein Angebot nachgedacht, gnädiges Fräulein?«

In ihre Gedanken versunken erschrak Antonia. Dann erkannte sie den Mann wieder, der neben sie an die Reling getreten war.

Zwei Abende zuvor hatte Herr Stolze sie schon einmal hier oben angesprochen. Da hatte Antonia ihm bereits gesagt, dass sie an dem Geschäft, das er ihr vorschlug, kein Interesse hatte. Stolze war um die siebzig, von makelloser Eleganz und sein Auftreten voller Würde. Was sein Gewerbe bestens kaschierte – er bahnte Ehen an, so nannte er das. Der Kandidat, den er Antonia ans Herz legen wollte und von dem er ihr nicht einmal ein Foto zeigen konnte, war Jahrzehnte älter als sie und besaß angeblich eine Sisalplantage an der Küste von Tanganjika.

»Wie ich Ihnen schon sagte, Herr Stolze. Ich bin nicht interessiert. Vielen Dank.« Nicht nur, dass sie in ihrem Herzen aufräumen musste. Mit einem Unbekannten als Ehefrau auf einer Plantage zu leben, klang obendrein nicht verlockend.

»Die Ehe würde über einen Vertrag abgesichert, Fräulein Thomasius.« Herr Stolze senkte vertraulich die Stimme. »Darin würde Ihnen eine jährliche Apanage zugesichert, deren Höhe Sie selbst aushandeln können.«

So etwas hatte sie sich schon gedacht. In den Zeitungen fanden sich viele Inserate von Instituten, die alleinstehenden jungen Frauen ein *auskömmliches Leben an der Seite eines gutsituierten Herren* versprachen. Gleichzeitig warnte zum Beispiel die seriöse »Vossische Zeitung« davor, sich an einen reichen Mann gewissermaßen zu verkaufen. Die Berichte zeigten Fotos von weinenden jungen Frauen, die ein Los beklagten, das ihnen wie Sklaverei anmutete. Und das versprochene Geld blieb zudem oftmals aus.

Vielleicht war Herr Stolze dennoch ein Ehrenmann, außerdem war die Nacht schön. So sagte Toni versöhnlich: »Sollte ich je heiraten, dann nur aus Liebe. Sie verschwenden also Ihre Zeit, Herr Stolze.«

»Verzeihung, wenn ich Ihnen zu nahegetreten bin.«

Stolze steuerte entschlossen auf eine andere Person zu, die einige Schritte entfernt im Halbdunkel stand. Es war ein Herr im Smoking, wie ihn die Passagiere zum Dinner trugen. Wegen der schlechten Lichtverhältnisse hatte Antonia ihn zuvor nicht bemerkt. Das Gespräch verlief auch dort kurz. Ein Nein zu übermitteln, dauerte schließlich nicht lange, wenn der Fremde der Heiratswillige mit der Sisalplantage war. Wovon Antonia ausging, da sie hier sonst nie jemanden antraf.

Sobald der Ehevermittler verschwunden war, wandte sie sich amüsiert an dessen letzten Gesprächspartner: »Entschuldigen Sie, warum haben Sie mich nicht direkt gefragt, ob ich mit Ihnen auf Ihrer Sisalplantage leben möchte?«

Der Herr war jedoch nicht Jahrzehnte älter als sie, sondern in ihrem Alter. Er sah so gut aus, dass sie ihre übliche Keckheit schlagartig bereute.

»Weil ich keine habe«, erwiderte er.

»Oh. Ja, natürlich.« Sie glaubte ihm kein Wort. Weshalb sonst hätte Stolze ihn ansprechen sollen?

»Ich habe wirklich keine«, beharrte er.

O Gott, war das peinlich! Was hatte sie sich bloß gedacht? Antonia war froh, dass es zu dunkel war, um ihr Erröten zu offenbaren. Sie versuchte, ihre Kühnheit zu überspielen: »Das wollte ich nur wissen. Nun bin ich beruhigt.« Sie wandte sich zum Gehen. »Schönen Abend noch.«

»Sie gehen schon wieder? Das ist aber schade. Wollen wir uns nicht ein wenig unterhalten? Meinetwegen auch über Sisal. Obwohl ich davon keine Ahnung habe.«

»Ich weiß nicht einmal, wie eine Sisalplantage aussieht.«

»Todlangweilig. Agaven, die kilometerweit in Reih und Glied auf sandigem Boden stehen. Ich wünsche Ihnen nicht, dort leben zu müssen.« Mit einem charmanten Lächeln streckte er ihr die Hand entgegen. »Ich heiße Benjamin. Normalerweise sagt jeder Ben zu mir.«

»Ich bin Antonia.« Sie hatte ihre plötzliche Verlegenheit noch nicht überwunden und wusste auch nicht, wie sie ihre alte Selbstsicherheit so rasch zurückgewinnen konnte.

Bens nächste Bemerkung erinnerte sie zudem daran, dass sie sich an einem Ort befand, an den sie nicht gehörte:

»Ich habe Sie noch nie gesehen. Wo halten Sie sich versteckt?«

»Versteckt? Keinesfalls. Vielmehr arbeite ich an Bord. In der Krankenstation. Offenbar hatten Sie es bislang nicht nötig, uns aufzusuchen. Aber wenn Sie Bedarf haben, wissen Sie nun, wo Sie mich finden.«

»Sie könnten ein guter Grund sein, krank zu werden!«

Sie hörte sein Lachen, konnte aber seinen Gesichtsausdruck nicht gut genug erkennen. Hatte er ihren Scherz als solchen verstanden oder flirtete er mit ihr? Als gutaussehender Mann war er von sich selbst vermutlich so überzeugt, dass er Zweiteres versuchte.

»Ich bin lieber ein Grund, gesund zu bleiben«, gab sie zurück und setzte nach einer winzigen Pause hinzu: »Für mich selbst.«

»Der gute Stolze beißt sich also an Ihnen die Zähne aus?«, fragte er.

»Machen Sie es ihm leichter?«

»Nein. Wie sagten Sie so schön? Kein Bedarf. Aber einen Heiratsvermittler wie den wackeren Herrn Stolze schreckt wohl kein Nein so schnell.«

Das mochte stimmen. Oder war es Ben peinlich, in Wahrheit doch dessen Dienste in Anspruch zu nehmen? Während einer Reise zwischen den Kontinenten mochte alles möglich sein …

Da es windstill war, klangen die im Salon des Panoramadecks aufspielenden Geiger wie die Ahnung einer angenehmen Vergangenheit.

Ben tippte mit dem Finger eine Ohrmuschel nach vorn. »Hören Sie? Walzer. Haben Sie Lust zu tanzen?«

Sie schüttelte den Kopf und dachte: Ja, sehr.

»Ich bin ein guter Tänzer. Das dürfen Sie gern überprüfen.«

»Das geht nicht. Tut mir leid.« So ganz traute sie ihm nicht über den Weg. War er ein Charmeur, der gerade Lust auf ein kleines Abenteuer hatte?

»Weshalb?«

»Es ist mir nicht gestattet, mich unter die Passagiere der Ersten und Zweiten Klasse zu mischen. Das steht in meinem Vertrag.« Das stimmte sogar!

»So sittenstreng ist das? Mögen Sie denn tanzen?«

»Durchaus.«

Ben streifte seine Lackschuhe ab, klemmte einen hinter die Tür zum Salon, sodass sie einen Spalt breit offenstand, und kam zu ihr zurück.

Er reichte ihr eine Hand. »Darf ich bitten?«

Das war schon ein sehr ungewöhnliches Ansinnen! Doch es passte zu diesem Augenblick, der sich auf so unvorhergesehene Weise ergeben hatte. Es war genau nach Tonis Geschmack, im Licht des Mondes und der Sterne über das ansonsten menschenleere Deck zu schweben und dabei auf die schwarze Fläche des Wassers zu sehen. Als tanzte sie über diese glitzernde Unendlichkeit aus winzigen Wellen. Ohne Schuhe, nur auf Strümpfen, bewegte Ben sich mit spielerischer Leichtigkeit. Auch sie hatte ihre zum Tanzen ungeeigneten Schuhe ausgezogen und war fast so groß wie er.

Die Hand, mit der er sie hielt, fühlte sich trocken und fest an. Sein Arm lag lose um ihre Taille, ohne die Gelegenheit zu nutzen, sie eng an sich zu ziehen. Er schien ein richtiger Gentleman zu sein, selbst in diesem Moment völligen Ungestörtseins. Sie schwiegen beide, ihre Blicke trafen sich nur flüchtig, und als der letzte Ton aus dem Salon verklungen war, glitten sie voneinander fort. So, als teilten sie nichts. Nur diesen Tanz auf dem Meer. Und Antonia dachte, dass allein das ein wunderbares Geschenk war. Von dem sie gern mehr gewollt hätte. Sie glaubte zu spüren, dass Ben ähnlich empfand. Sicher war sie sich nicht.

Schließlich war sie überzeugt, nichts von der Liebe zu verstehen.

Außer seinem Namen hatte Antonia über Ben nur erfahren, dass er gut tanzte und Deutsch mit einem leichten britischen Akzent sprach. In den folgenden Nächten ließ er sich nicht mehr blicken. Wenn sie bei Dunkelheit am Salon des Promenadendecks vorbeiging, linste sie vergeblich durch die runden Bullaugen. Vermutlich reiste er nicht allein. Gewiss hatte er Ehefrau und Kinder. In dem Alter, in dem sie beide waren, war man für gewöhnlich vergeben.

Durch das Studium hatte Antonia sich gegen die geltenden Ideale eines Familienlebens entschieden. Bewusst war ihr das erst geworden, als die männlichen Kommilitonen ihre deutlich jüngeren Freundinnen zum Physikum-Ball im »Esplanade« mitgebracht hatten. Die Herren würden bald gut verdienen, um Hausstände zu gründen und die Gattinnen versorgen zu können.

Während sie in ihre schweren Gedanken vertieft an der Reling stand, dachte sie an Guntram und wie leicht es gewesen war, ihn zu verführen. Was hatte sie sich davon erwartet? Die Frage hatte sie sich oft gestellt, und die schlimmste mögliche Antwort war: nicht das Gefühl haben zu wollen, nicht begehrenswert zu sein. Die beste mögliche Antwort war die, an die sie sich am liebsten klammerte: Sie hatte den Abend mit dem Genuss einer Liebesnacht krönen wollen. Das war obendrein so schön frivol wie in den Kinofilmen, die gerade erfolgreich waren.

Die Wahrheit war nichts von beidem: Sie wusste nicht, wie ihr Leben aussehen sollte. Ärztin und Mutter gleichzeitig zu sein, das war nicht einmal ihrer eigenen Mutter gelungen. Und auch Hennys kleine Tochter hatte ihrer Mutter den Satz entgegengeschleudert: »Deine Patienten kennst du besser als mich!«

Genau darum stand sie hier, allein, bei Dunkelheit, unbemerkt. Ein Gefühl von Ärger überkam sie wegen jenes magischen Tanzes – wurde sie sich doch gerade darüber klar, wie widersprüchlich sie empfand. Ihr Herz sehnte sich nach etwas, das ihr Kopf ablehnte.

Ein Schwall Tanzmusik drang an ihr Ohr, als die Tür zum Panoramasalon geöffnet wurde. Sofort wandte sie sich um, obwohl sie Ben nicht zeigen wollte, dass sie auf ihn wartete. Umso enttäuschter war sie, als er es nicht war. Eine Frau kam heraus. Sie trug ein helles Abendkleid und bewegte sich unsicher. Das mochte am stärkeren Wellengang liegen, der vor ein paar Stunden eingesetzt hatte. Morgen würde die *Wangoni* das Horn von Afrika umfahren, das für seine Stürme berüchtigt war. Dann wäre es wohl ohnehin unmöglich, an Deck zu tanzen.

Die Frau, deren Gesicht im Halbdunkel nicht zu erkennen war, strebte der Reling zu. Antonia behielt sie im Auge, denn mit der Fremden schien etwas nicht zu stimmen. Sie verschwand jedoch in einer Nische seitlich des Salonaufbaus und war damit Antonias Blick entzogen. Der Wind frischte auf und eine Böe jaulte, dennoch war Antonia, als hätte sie ein Aufschluchzen gehört. Entschlossen ging sie um die Ecke.

Hier war die Gangway noch schwächer beleuchtet, aber es war eindeutig, dass die Fremde über die Reling klettern wollte. Ihr weites Kleid hatte sich dabei an den Streben verheddert; sie konnte weder vor noch zurück. Antonias erster Schreck legte sich, als sie die Situation einschätzen konnte. Das Vorhaben der Unbekannten – sollte sie tatsächlich aus dem Leben scheiden wollen – war unsinnig.

Bei einem Sturz würde sie höchstens wenige Meter tief fallen, auf das vorgesetzte Hauptdeck.

»Kommen Sie herunter.« Antonia streckte ihr die Hand entgegen.

»Lassen Sie mich. Gehen Sie. Bitte«, sagte die Fremde. Es klang eher nach: Helfen Sie mir.

»Wenn Sie fallen, brechen Sie sich nur Beine oder Arme«, sagte Antonia.

»Was?«

»Na ja, gucken Sie nach unten.«

»Ich kann nicht. Ich habe solche Angst.«

Nun packte Antonia die Frau mit einer Hand am Arm und mit der anderen entwirrte sie deren Kleid. Als sie vor ihr stand, erkannte sie trotz der schlechten Lichtverhältnisse, mit wem sie es zu tun hatte. Der erste Eindruck hatte nicht getäuscht. Die junge Frau brauchte nicht nur Hilfe. Sie war verzweifelt.

Zum zweiten Mal setzte Antonia das Hörrohr auf den Bauch der Schwangeren. Erneut musste sie abbrechen.

»Bitte, beruhigen Sie sich. Sonst ist es mir nicht möglich, die Herztöne Ihres Kindes zu hören«, sagte sie.

Direkt vom Panoramadeck hatte sie die junge Frau hinunter geführt in die Station des Schiffsarztes. Dr. Olafsen war zu dieser späten Stunde wie stets unerreichbar in seiner Kajüte. Was Antonia gerade jetzt mehr als recht war. Schon allein, dass er einer Schwangeren Morphium gab, anstatt der Ursache ihrer Schmerzen nachzugehen, bewies seine Unfähigkeit, hier nützlich zu sein.

Wieder schluchzte die Patientin auf. »Ich will auch gar nicht, dass Sie etwas hören.«

Es war nicht schwer zu erraten, dass Iris Whatley sich nichts sehnlicher wünschte, als kein Kind zu bekommen.

Den Verdacht hatte Antonia schon bei der ersten Begegnung mit ihr gehabt, als sie darauf bestanden hatte, Morphin gespritzt zu bekommen. Wie oft Dr. Olafsen diesem Wunsch nachgekommen war, wusste Antonia nicht; in die Aufzeichnungen des Bordarztes hatte sie keinen Einblick.

Antonia nahm sich einen Stuhl, setzte sich neben Iris und nahm deren Hand. »In Ihrem Bauch befindet sich Ihr Kind«, sagte sie so sanft wie möglich. »Warum wollten Sie Ihrem Leben ein Ende setzen?«

»Das nächste Mal mache ich es richtig.« Womit sie wohl auf ihre versuchte Selbsttötung anspielte.

»Wer vor dem Tod Angst hat, meidet ihn. Sie selbst haben vor ein paar Minuten gesagt, dass Sie Angst haben.«

Iris schluckte ihre Tränen herunter. »Sind Sie Ärztin?«

»Nein. Ich muss erst ein praktisches Jahr machen. Ich arbeite auf der *Wangoni*, um in Daressalam als Assistenzärztin anzufangen«, sagte sie.

»Sie wissen aber, wie man ein Kind wegmacht.«

Die Frage ließ Antonia leicht zusammenzucken. Natürlich wusste sie es. In der Fachliteratur wurde das Vorgehen bei jeder denkbaren Art von Abtreibung genau beschrieben. Sie wäre vor Jahren fast verblutet, als sie gemeint hatte, sich auf diese Weise selbst helfen zu können.

»Wegmachen«, sagte sie mit plötzlich sehr trockenem Mund, »das klingt so einfach. So ist es nicht. Und überhaupt: Wir beide reißen uns jetzt zusammen und finden erstmal heraus, was bei Ihnen los ist.«

Sie legte erneut das Hörrohr an und lauschte hochkonzentriert. Und da war es, das regelmäßige Geräusch, das von einem zweiten kleinen Leben kündete. Die Frage nach der letzten Regelblutung ergab, dass Iris etwa im achten Monat war. Nun, da sie sich auf der Liege befand, war der Bauch deutlich zu erkennen.

»Warum lassen Sie sich Morphin spritzen?«, fragte Antonia.

»Mein Bauch tut sonst so weh. Das zieht so.«

»Haben Sie Dr. Olafsen gesagt, dass Sie in anderen Umständen sind?«

Iris kaute schweigend an ihrer Unterlippe.

»Begannen die Schmerzen, als wir auf dem Mittelmeer so schweren Seegang hatten?«

»Woher wissen Sie das?«

»Ich vermute, dadurch setzten bei Ihnen die Senkwehen ein.«

»Ich will das Kind nicht!«

»Warum?«

»Ich kann nicht in Kenia leben. Ich gehe ein vor Heimweh. Aber meine Mutter hat gesagt, ich muss zurück. Sie sagt, wenn ich mich scheiden lasse, muss sie das Geld zurückgeben, das mein Mann für mich bezahlt hat. Dabei hat sie das doch längst ausgegeben!«

Die gekauften Bräute – das war also eine dieser Schauergeschichten, dachte Antonia.

»Sie dürfen mich nicht verraten«, sagte Iris.

»Wie meinen Sie das?«

»Ich ...« Iris rang um Worte. »Ich war bei uns daheim bei einem Kräuterweible. Die gab mir etwas. Wir haben lange gewartet, aber es kam nicht raus. Da hat das Kräuterweible gesagt: ›Dann will der Herrgott, dass es am Leben bleibt.‹ Jetzt habe ich Angst, es kaputtgemacht zu haben und bestraft zu werden. Darum will ich nicht mehr leben.«

Welch ein Gefühlsdurcheinander! Sie tat Antonia so leid. »Nein, Iris, Sie haben Ihr Kind nicht getötet. Das Herz schlägt kräftig.« Was auch immer ein Kräuterweible sein mochte – mit der Angst unsicherer Menschen ließen sich überall Geschäfte machen. »Ich untersuche Sie jetzt richtig.«

Sie nahm die große alte Arzttasche hervor, um sie zum ersten Mal einzusetzen. Ihre Mutter, die erfahrene Frauenärztin, hatte an alles gedacht, was ihre Tochter jetzt benötigte.

Nach der Untersuchung richtete sie sich auf. »Ihre Bauchschmerzen waren Übungswehen. Es dauert noch, bis das Kind herauskommen wird. Sie werden Mutter, Iris. Und Sie sind nicht die Erste, die Angst hat zu versagen. Das ist normal.«

»Und wenn ich das Kind nun auf hoher See bekomme?«

»Dann stehe ich Ihnen bei. Wichtig ist, dass Sie nicht in Ihren schweren Gedanken stecken bleiben. Gehen Sie nach oben, setzen Sie sich in den Salon.«

»Ich traue mich nicht.«

»Reisen Sie allein oder steht Ihnen jemand bei?«

»Ein Nachbar meines Mannes in Kenia, aber ich kenne Mister Jackson kaum. Wir trafen uns erst in Hamburg für die Rückfahrt.«

»Weiß Mister Jackson, wie es um Sie bestellt ist?«

Iris schüttelte den Kopf.

Dr. Olafsen blickte Antonia missmutig an. Er saß hinter dem kleinen Schreibtisch seiner Krankenstation.

»Das Morphium, das Sie Iris Whatley ohne eingehende Befragung gaben, hat die Übungswehen verhindert«, sagte Antonia. »Die sind notwendig, Doktor. Das hätte böse enden können. Mit einer Fehl- oder gar Totgeburt.«

»Ich zweifle Ihr Urteil an, Fräulein Thomasius.«

Das zu erwidern, war naturgemäß die simpelste Lösung, mit der sich ihr Vorgesetzter aus der Verantwortung für sein Versagen stehlen konnte. Antonia spürte, wie ihre mühsam zurückgehaltene Verärgerung hinauswollte.

»Frau Whatley darf auf keinen Fall weiteres Morphium

bekommen. Sollte das Kind während der Überfahrt zur Welt kommen, müssen wir vorbereitet sein.«

»Wie stellen Sie sich das vor? Meine Krankenstation ist kein Kreißsaal!«

»Gemeinsam können wir Frau Whatley entbinden.«

»Weder bin ich Gynäkologe, noch werde ich mit Ihnen zusammenarbeiten, Fräulein Thomasius! Sobald wir in Mombasa ankommen, wird sie in die dortige Klinik gebracht. Damit ist dieses Gespräch beendet.«

»Geben Sie mir die Erlaubnis, Frau Whatley gelegentlich in ihrer Kabine aufzusuchen.«

»Mit Ihrer Hartnäckigkeit werden Sie es weit bringen. Oder aus jedem Krankenhaus achtkantig rausgeschmissen werden.« Er machte eine unwirsche Handbewegung. »Meinetwegen. Aber tragen Sie Sorge, dass sie nicht auf dem Schiff niederkommt.«

War das die Arroganz eines Mannes, dem das Wohlergehen einer Schwangeren gleichgültig war? Oder versuchte er schlichtweg, seine ärztliche Unfähigkeit zu verbergen, fragte sich Antonia empört.

Wenig später klopfte Antonia an eine Kabinentür der Zweiten Klasse. Wie die Erste, in der Iris Whatley reiste, befand sie sich auf demselben Gang im Hauptdeck, nur weiter vorn. Jemand antwortete mürrisch auf Englisch, aber sie verstand nicht, was gesagt wurde. Im nächsten Moment wurde die Tür geöffnet.

Welch eine verrückte Situation! So viele Abende hatte Antonia gehofft, ihm erneut zu begegnen. Nun stand ihr Beinahe-Flirt unerwartet vor ihr, ganz nah.

Verblüfft fragte sie: »Sie sind Mister Jackson?«

Er sah sie nicht weniger verwundert an. »So eine angenehme Überraschung, Sie zu sehen! Was führt Sie zu mir?«

Verlegen nestelte Antonia an ihrer grauen Krankenschwester-Uniform und linste durch die geöffnete Tür in die Kabine. Sie sah ein ungemachtes Bett.

Ihre Mutter hatte Antonia nicht mit allzu vielen Ratschlägen für die Reise versorgt. An einen jedoch erinnerte sie sich in diesem Moment: »Es gibt sehr wenige Weiße in Ostafrika. Die meisten kennen sich untereinander. Sie alle nutzen dieselbe Schiffsverbindung nach Europa. Wer auch immer dir also auf dem Dampfer begegnet – du wirst diese Person womöglich irgendwann wieder treffen. Das koloniale Leben wird von den meisten als langweilig empfunden. Darum lieben sie alle den Klatsch. Bedenke also gut, wie du dich verhältst – besonders in heiklen Situationen.«

Ben hatte ihren Blick bemerkt. »Ich teile mir die Kabine mit einem Gentleman aus Manchester. Er handelt mit Baumwolle. Leider ist er nicht sehr ordentlich«, sagte er zur Erklärung. »Der Gentleman ist selten hier. Die Bar ist ihm lieber. Vielleicht sollten auch wir unser Gespräch an einem geeigneteren Ort fortsetzen.«

Ben trug helle Anzughose, Weste und Krawatte, die standesgemäße Tageskleidung eines reisenden Herrn, egal bei welcher Temperatur. Nur das Jackett fehlte. Er griff in die offenbar enge Kabine und streifte sich das Sakko über.

»Tut mir leid, aber in meiner Aufmachung darf ich nur Krankenbesuche machen«, sagte Antonia.

»Und in Privatkleidung dürfen Sie nicht einmal an Deck. Sehr viele Freiheiten scheinen Sie nicht zu genießen.«

In dem engen Gang roch sein Herrenparfüm intensiv. Es war ein angenehmer Duft, den sie nicht kannte.

»Wegen meiner Freiheiten bin ich auch nicht an Bord, sondern wegen Pflichten, die ich zu erfüllen habe«, gab sie zurück.

Er zog erstaunt die Augenbrauen hoch. »Meinetwegen

klopfen Sie also zu dieser späten Stunde nicht an meine Tür. Gehen wir doch an Deck. Dann sagen Sie mir, was ich für Sie tun kann.« Er grinste amüsiert. »Tanzen werden wir ja wohl nicht können. Oder wären Sie dazu bereit, wenn es Ihre Pflicht wäre?«

»Tanz als Behandlungsmethode? Darüber müsste ich in Ruhe nachdenken«, scherzte sie.

Sie fanden eine windgeschützte Stelle zwischen zwei Rettungsbooten.

»Für einen Briten sprechen Sie gut Deutsch«, stellte Antonia fest.

»Nur mein Vater ist Engländer, meine Mutter stammt aus Deutschland.«

»Ihre Frau Mutter lebt noch dort?«

Ben schüttelte den Kopf. »Sie wäre gern mitgekommen, aber sie hat Angst, dass die Briten sie nicht wieder ins Land lassen würden. Eine lange Geschichte …« Mit einem Seufzen kürzte er den Satz ab und drehte sich eine Zigarette.

»Iris erzählte mir, Sie wären Nachbarn«, sagte Antonia.

»Im Grunde kenne ich Iris Whatley nicht. Die Farm der Familie ihres Mannes ist benachbart zu der Farm, auf der mein Vater als Verwalter angestellt ist. Dazwischen liegen etwa fünfzig Meilen mit Bergen und Tälern. Whatley hat vor allem Rinder und Mais. Er ist ein Bauer, würde man in Deutschland sagen. Bei uns heißt das Farmer. Ein Mann, der mit seinem Land verwurzelt ist.«

»Iris' Worten zufolge hat ihr Mann sie gewissermaßen gekauft.« Antonia fand, dass Ben das wissen sollte, damit er Iris besser verstand.

»Gekauft?« Er schüttelte den Kopf. »Man sollte nicht glauben, dass so etwas geschieht.«

Antonia wunderte sich. Hatte Ben nicht selbst am Abend

des Kennenlernens Kontakt zu Herrn Stolze gehabt? Sie widersprach dennoch nicht. Für diese noch sehr zerbrechliche Phase ihrer Bekanntschaft taugte ein derartiges Thema nicht.

»Ich möchte Sie bitten, Iris während des letzten Teils der Reise beizustehen«, sagte sie stattdessen.

»Wenn es mir möglich ist, werde ich das tun. Und wie?«

»Sie ist sehr allein. Dinieren Sie hin und wieder mit ihr im Salon. Oder spielen Sie Karten. Was ein Herr wie Sie so macht.«

»Ein Herr wie ich?« Er schmunzelte. »Welche Art von Herr bin ich Ihrer Meinung nach?«

Er war eine elegante Erscheinung, mit schönem dunklen Haar und Augen voller Energie. Seine Hände waren zu gepflegt, um von harter Arbeit zu künden.

»Sie können es sich gut gehen lassen«, sagte Antonia.

»Wollen Sie damit andeuten, dass Sie mich für einen Mann halten, der sich dem Müßiggang hingibt?«

»Das ist eine Formulierung, die mir so nicht eingefallen wäre.«

»Es träfe auch nicht zu. Ich habe an der Hochschule Weihenstephan Landwirtschaft studiert. Von dort komme ich gerade, weil ich mein Diplom als Agraringenieur erlangt habe.« Er klang, als hätte die Einschätzung, die sie von ihm hatte, ihn gekränkt.

»Ich gratuliere Ihnen«, sagte sie rasch, um die Wogen zu glätten. »Ich wollte Ihnen nicht zu nahetreten.«

»Schwamm drüber. Und Sie? Warum arbeiten Sie auf diesem Schiff? War Ihnen danach, sich die Welt anzusehen?«

»Wenn ich es recht bedenke: Ja, ich will den Ort besuchen, an dem ich geboren wurde.«

»Sie wurden in Afrika geboren?« Er musterte sie. »Zur deutschen Kolonialzeit vermutlich.«

»Was schließen Sie daraus?«

»Dass man Ihre Eltern aus dem Land gejagt hat, als die Briten dabei waren, den Krieg zu gewinnen.«

»Meine Mutter ist mit mir schon früher gegangen, weil meine große Schwester sie in Berlin brauchte«, sagte Antonia. »Sind Sie in Kenia aufgewachsen?«

Ben warf seine Zigarettenkippe ins Meer. »Sagen wir so: Ich habe viel Zeit bei der Familie meiner Mutter in Bayern verbracht.« Es war deutlich, dass ihre einfache Frage einen wunden Punkt berührt hatte. Schon lenkte er von sich ab: »Sind Sie lange Krankenschwester?«

»Im Grund bin ich keine. Ich werde mein praktisches Jahr als Ärztin in Daressalam machen.«

»Das *Ocean Road Hospital* hat einen sehr guten Ruf«, sagte Ben. »Ich hoffe, Sie werden dort an der richtigen Adresse sein.«

»Das hoffe ich auch.« Sie atmete tief durch.

Er lächelte. »Sie wirkten in jener Nacht etwas bedrückt. Unser Tanz hat Sie strahlen lassen. Was meinen Sie, wollen wir noch einmal nachts auf dem Deck tanzen? Ich fand es nämlich sehr schön.«

Antonia erwachte davon, dass sie in ihrem Kajütenbett herumgeworfen wurde. In letzter Sekunde gelang es ihr, sich festzuhalten, da hörte sie schon von unten einen dumpfen Schlag, dem ein spitzer Aufschrei folgte. Dann erklang das helle Lachen von Küchenhilfe Sünje.

Das strohblonde, stets gutgelaunte Mädchen aus Kiel lag am Boden der Kabine und rieb sich den Kopf. »Das nenne ich mal ´nen richtigen Seegang.«

»Hör bloß auf«, erwiderte die alte Gunilla vom unteren

Stockbett gegenüber. »Die Landratten werden wieder reihenweise ihre Betten vollkotzen. Und ich komme nicht mit der Arbeit nach!« Bei der etwa fünfzig Jahre alten Wäscherin landeten die verschmutzten Laken.

Antonia machten die Nickbewegungen nichts aus, mit denen die *Wangoni* den Wellen folgte. Selbst die schweren Atlantikstürme hatte sie ohne die leisesten Anzeichen von Übelkeit weggesteckt. Damit hatte sie vor allem die etwa gleichaltrige Sünje beeindruckt, die von sich behauptete, Seemannsblut in sich zu haben. Antonia hatte ihr nicht verraten, dass sie ihre erste Seefahrt im Bauch ihrer Mutter überstanden hatte. Sie führte ihre Unempfänglichkeit für die Seekrankheit genau darauf zurück.

Allerdings hatte sie den Sturm geahnt und praktisch nichts mehr gegessen. Um bei einem Notfall sofort bereit zu sein, hatte sie ihre Uniform gar nicht erst für die Nacht ausgezogen, war nun sofort bereit, um gelenkig von ihrem Stockbett herunterzuspringen. Ob Tag oder Nacht war, wusste sie nicht; die Innenkabine hatte kein Fenster, nur ein Notlicht glimmte stets. Ihre Armbanduhr zeigte kurz vor fünf.

»Wenn bei dem Seegang deine Schwangere nicht niederkommt, sollte mich's wundern«, meinte Gunilla.

Genau damit hatte auch Antonia gerechnet. Auch deshalb hatte sie ihren Kabinen-Gefährtinnen von Iris Whatley erzählt und sagte nun: »Kann sein, dass ich gleich jemanden brauche, der mir hilft.«

»Mach ich gern«, sagte Sünje und zog sich an, um ihren eigenen Dienst zu beginnen. »Hab erst vor ´nem Jahr meiner Schwester geholfen.«

»Und die Laken bringt schnellstens zu mir. Bevor alles eintrocknet«, brummte Gunilla.

Iris Whatleys Schreie gellten durch den schmalen Gang. Türen öffneten sich, die kreidebleichen Gesichter der Reisenden sahen die vorbeieilende Antonia an.

»Ich brauche etwas gegen meine Übelkeit«, sagte ein Mann, der seine eingeölten Haare mit einem Haarnetz schützte.

»Ich komme später zu Ihnen«, sagte Antonia und hastete zu Iris' Kabine, aus der nun ihr Name laut gerufen wurde.

Als Krankenschwester verfügte Antonia über einen Generalschlüssel, mit dem sie sich nach kurzem Klopfen Zutritt verschaffte. Im Licht einer Taschenlampe erkannte sie, dass sich der Muttermund bereits weiter als bisher geöffnet hatte. Konnte das möglich sein – eine Spontangeburt bei einer Erstgebärenden? Das war selten. Und die Kabine war zu eng, um das Kind hier zur Welt zu bringen.

»Iris, Sie müssen zur Krankenstation. Nur dort kann ich Ihnen helfen. Aber allein will ich Sie bei dem Seegang nicht hinunterbringen. Das ist zu gefährlich. Ich hole Herrn Jackson, damit er hilft. Das dauert nicht lang. Ich bin gleich zurück.«

Ben öffnete sofort nach ihrem heftigen Klopfen. »Was ist los?«, fragte er verschlafen. Nachdem sie ihm die Lage erklärt hatte, meinte er: »Ganz schöner Seegang. Dem Kindchen wird wohl übel sein.«

»Sie haben einen trockenen Humor, Ben.«

Als er kurz danach in Iris' schmerzverzerrtes Gesicht blickte, sagte er: »Wie gut, dass Männer keine Kinder bekommen können.«

Bevor sie sich's versah, nahm er Iris behutsam auf den Arm und trug sie behände zur Krankenstation. Antonia schickte ihn nach draußen und untersuchte die Gebärende gründlich. Das Köpfchen war schon zu erkennen. Jetzt musste alles schnell gehen.

»In der Küche finden Sie eine blonde junge Frau, Sünje. Die holen Sie bitte her, damit sie hilft«, sagte sie zu dem im Gang wartenden Ben.

Während sie beruhigend auf Iris einsprach, bereitete sie alles für die Geburt und die Versorgung des Säuglings vor. Da fiel ihr etwas ein: »Haben Sie irgendetwas, das wir dem Kind anziehen können?«

»Nein!«, stöhnte die Kreißende. Die Wehen kamen jetzt in immer kürzeren Abständen.

Offenbar war es Iris gelungen, den tiefen Schlaf von Schiffsarzt Olafsen zu unterbrechen. Verärgert stürmte er in die Kabine. »Das hat Konsequenzen!«, bellte er Antonia an.

»Natürlich hat es das – ein Kind kommt zur Welt«, sagte Toni. In diesem Moment traf Ben mit Sünje ein.

»Ich habe Ihnen gesagt, dass das Kind nicht hier zur Welt kommen darf«, sagte Olafsen wütend.

Antonia schob ihn wortlos an die Seite.

Als der Arzt sich das nicht gefallen lassen wollte, mischte sich Ben ein. »Es wird besser sein, wenn Sie die junge Ärztin in Ruhe ihre Arbeit tun lassen«, meinte er und baute sich vor Olafsen auf. Er überragte ihn kaum, trat aber sehr selbstbewusst auf.

Sie schenkte ihm einen dankbaren Blick und rief Sünje herein. »Du beruhigst Iris und unterstützt sie beim Atmen«, bat sie die Küchenhilfe. »Und Sie, Iris, können jetzt pressen!«

In der Charité hatte Antonia schon bei einigen Geburten assistiert. Ihre Handgriffe waren deshalb so sicher, als hätte sie nie etwas anderes gemacht. Die Geburt verlief zwar ohne Komplikationen – der kleine Junge fiel ihr gewissermaßen in die Hände –, doch schon als sie ihn abnabelte, bemerkte sie, dass etwas mit ihm nicht stimmte. Besorgt dachte sie an das Morphium, von dem sie nicht wusste, wie oft es verabreicht worden war. Dem Kleinen fehlte die Kraft zum ersten Schrei. Behutsam massierte sie den zarten Körper.

»Ist es tot?«, fragte Iris. Ihre Stimme war voller Panik. Sie machte Anstalten aufzustehen.

»Sünje, halt Iris bitte zurück«, sagte Antonia und spürte in sich selbst ebenfalls eine zunehmende Besorgnis.

Es war nicht erforscht, was Morphium bei einem Fötus bewirkte. Aber es sah so aus, als führte es zu verminderter Herztätigkeit. Antonia kämpfte um den kleinen Jungen, bis er endlich den ersten zaghaften Ton von sich gab. Erst als sie sicher war, dass er es schaffen würde, legte sie ihn der jungen Mutter auf die Brust.

Iris traten Tränen in die Augen, als sie ihr Kind nun zart berührte. »Da ist er. Oh Gott, ich bin so froh. Danke, danke.«

»War mir eine Freude.« Antonia spürte, wie die Anspannung langsam von ihr wich.

»Ich habe einen Namen für mein Kind«, sagte Iris. »Er soll Anthony heißen.«

»Ja«, bestätigte Antonia. »Das ist ein schöner Name: Anthony Whatley.«

»Allerdings«, bestätigte Sünje grinsend. »Der geborene Seemann.«

»Geben Sie ihm alle Liebe, die Sie haben«, sagte Antonia. »Anthony braucht Sie.« Und Iris möglicherweise dieses Kind, um in Kenia ein Zuhause zu finden, dachte sie. Zu gern hätte sie gewusst, ob den beiden eine glückliche Zukunft beschieden sein würde.

Im engen Gang vor der Krankenstation hatte sich ein kleiner Menschenauflauf gebildet. Direkt vor der Tür stand Dr. Olafsen.

»Sie haben meinen Befehl missachtet, Fräulein Thomasius. Ich leite die Station. Eine solche Insubordination dulde ich nicht.«

»Insub… was? Ist das 'ne Krankheit?« Sünje trat nun ebenfalls aus der Stationstür.

»Eine Befehlsverweigerung ist das. Wer sind Sie überhaupt? Was tun Sie hier?«, fragte der Schiffsarzt.

»Wie wäre es, wenn Sie sich nach der Gesundheit von Mutter und Kind erkundigen würden?«, fragte Sünje und kehrte zu ihrer Arbeit in der Küche zurück.

Dr. Olafsen ignorierte Sünjes Frage. Zornig wandte er sich an Antonia: »Sie wollen im *Ocean Road Hospital* arbeiten, nicht wahr, Fräulein Thomasius? Oh, ich kenne die Leitung dieses Krankenhauses. Sehr gut sogar. Ich werde dort Meldung machen über das, was sich hier zugetragen hat. Ihre Eigenmächtigkeit ist verantwortungslos. Was hätten Sie denn getan, wenn es zu Komplikationen gekommen wäre? Haben Sie sich das einmal gefragt? Ich schwöre Ihnen: Sie bekommen in Daressalam keinen Fuß auf den Boden.«

Nun mischte sich Ben ein. »Mir scheint, Sie drohen dem Fräulein, weil es eine Arbeit getan hat, die Sie zu feige waren, selbst zu übernehmen.« Er sah zu Antonia und fragte: »Wie geht es dem Kind?«

»Gut. Frau Iris Whatley ist Mutter eines kleinen Anthony geworden.«

»Gratulation! Hoch soll er leben«, jubelten die Leute, die vor der Station gewartet hatten. Offenbar hatte das Ereignis sie trotz der schweren See herbeigelockt.

Sobald Ruhe eingekehrt war, fragte Antonia: »Hat jemand von Ihnen zufällig so etwas wie die Erstausstattung für ein Neugeborenes dabei?«

»Da wird sich was finden lassen!«, rief eine Frau.

»Bringen Sie alles zu mir«, sagte Ben. »Ich leite das weiter.«

Nachdenklich kehrte Antonia zu Iris zurück. Ihren kleinen, in ein Handtuch gewickelten Sohn im Arm ruhte sie erschöpft auf der Liege.

»Ich habe gehört, was der Doktor gesagt hat. Meint er das ernst, dass er Ihnen schaden kann?«, fragte Iris.

Antonia hob ratlos die Schultern. Sollte Olafsen über einen solchen Einfluss verfügen, würde sie in der Tat vor großen Schwierigkeiten stehen. Nicht nur, dass sie die Stelle als Assistenzärztin für ihre weitere Laufbahn brauchte. Sie musste sich damit auch das Geld verdienen, um nach Deutschland heimkehren zu können.

Das nächtliche Meer lag zum ersten Mal wieder still unter einem klaren wolkenlosen Himmel, der gesprenkelt war mit einer Sternenpracht, in der sich Antonias Blick verlor. Die afrikanische Küste, an der die *Wangoni* nun schon seit einigen Tagen entlangfuhr, war manchmal so nah, dass sie vereinzelt an Land ein paar Lichter aufleuchten sah. An diesem späten Abend kam der Wind vom Land und wehte einen seidenweichen Duft heran, unter den sich gelegentlich die scharfe Note eines Holzfeuers mischte. Er erschien ihr seltsam vertraut. Wie etwas, an das sie sich erinnern konnte, das sie aber mit anderen Bildern verband. Mit dem, was sie Afrika nannte. Das aber, wie sie nun erkannte, das diffuse Gefühl eines Kindes war, das für das Unbekannte nur ein Wort hatte.

Sie wartete an der Reling auf dem verwaisten, wie immer fast dunklen Panoramadeck, weil sie wusste, dass Ben kommen würde. Dies war die letzte Nacht, die ihnen gemeinsam an Bord blieb. Morgen, irgendwann gegen Mittag, würde das Schiff im Hafen von Mombasa einlaufen. Er würde von Bord gehen. Und mit ihm Iris und ihr kleiner

Anthony. Beide, Mutter und Kind, waren bester Gesundheit. Vor allem ging von Iris ein inneres Leuchten aus. Die verhärmte Person, die an Bord gegangen war, hatte sich in eine lebensbejahende Frau verwandelt. Daran hatte auch Ben einen Anteil, denn er hatte ihr täglich Gesellschaft geleistet. Nun, da sie stark genug war, herumzugehen, begleitete er sie zu den Mahlzeiten im Salon. Und er würde auf sie aufpassen, wenn sie zu dritt von der Küste in das Landesinnere von Kenia aufbrächen.

Während sie auf das spiegelglatte Wasser hinaussah, dachte Toni, dass sie Iris ein wenig um Bens Begleitung beneidete. Es musste wundervoll sein, mit einem Mann wie ihm zu reisen. Einem Mann, der geradlinig, aber nicht stur, ernsthaft und dennoch voller Humor, zupackend, aber nicht dominant war. Ein Gefährte im besten Sinne. Ein Mann, wie es wohl auch ihr eigener Vater für ihre Mutter gewesen war, als sie vor über einem Vierteljahrhundert genau an dieser Stelle gewesen waren.

Sie seufzte. Ben würde irgendwo in Afrika verschwinden. Auf Nimmerwiedersehen. Es machte keinen Sinn, ihr Herz an ihn zu binden. Schiffsreisen – auch das so eine Weisheit ihrer Mutter – waren Reisen, die Menschen nur für kurze Zeit zusammenbrachten. Man entdeckte einander. Und verlor sich wieder aus den Augen.

Ein Schwall Musik wehte vom Salon herüber, und sie drehte sich um. Ben schob seinen Lackschuh in den Türspalt, ließ den zweiten achtlos stehen, breitete die Arme auffordernd zum Tanz aus.

»Darf ich bitten?«

Als er näherkam, sah sie sein breites Lächeln.

Es war ein Wiener Walzer, zu dem sie über das Deck schwebten. Er zog sie dieses Mal etwas fester an sich heran, und er suchte ihren Blick.

»Ich würde das gern öfter machen«, sagte er.

»Was?«, fragte sie mit klopfendem Herzen.

»Mit Ihnen tanzen, Antonia.«

»Ich fürchte, das wird unser letzter Tanz sein.«

»Ich fürchte nicht viel, aber das fürchte auch ich.« Er grinste.

»Ich mag, wie Sie mit Worten spielen«, sagte sie.

»Ich mag Ihre Entschlossenheit«, erwiderte er.

»Ich mag Ihre souveräne Art«, sagte sie.

»Ich mag Sie«, erwiderte Ben.

»Ich mag Sie auch«, sagte Antonia. »Sehr.«

»Darf ich Sie küssen?«, fragte er.

»Ja, aber nur einmal. Es tut sonst zu weh, wenn Sie weggehen.«

»Dann lasse ich es lieber. Ich möchte Ihnen nicht wehtun.«

»Dann tanzen wir nur.«

»Ja, tanzen wir nur«, sagte Ben, und ihr war, als zöge er sie noch ein weniger fester an sich heran. Zu gerne wäre Toni jetzt ihren Empfindungen nachgegangen …

In Mombasa, am Quai des *Kilindini Harbor,* drängten sich die Menschen. Nur einmal im Monat traf ein Schiff aus Europa mit den Schätzen ein, die den Fabrikhallen des alten Kontinents entstammten. Moderne Küchenherde wurden auf wacklig wirkende Karren geladen. Oftmals waren die überglücklichen weißen Besitzer gleich mit zum Hafen gekommen und gaben ihren schwarzen Bediensteten Kommandos. Währenddessen standen schon Waren bereit, die von Kenia nach Tanganjika – beides britische Kolonien – verschifft werden sollten. Mombasa war der wichtigste Hafen Ostafrikas.

Antonia nahm die Rufe der Männer, das Hupen von

Lastwagen, das Geschrei eines die Arbeit verweigernden Esels kaum wahr. Ihr Blick von Deck 1, dort, wo Fritz die Küchenabfälle entsorgte, galt der Gangway. Gerade geleitete Ben die junge Mutter Iris an Land, die ihren Säugling auf dem Arm hielt. Ben trug wieder seinen hellen Anzug aus leichtem Leinenstoff und einen breitkrempigen Hut, der sein Gesicht verschattete. Gleich würden die drei Menschen vom Gewühl an Land verschluckt werden.

Auch bei ihrem zweiten Tanz hatte Antonia nicht viel über Ben erfahren. Absichtlich, aus Selbstschutz. Verliebt zu sein in einen Mann, der letzten Endes und aus welchen Gründen auch immer für sie unerreichbar war, war ihr durch Guntram vertraut. Das wollte sie kein zweites Mal erleben. Dennoch spürte sie, dass dieser Vorsatz nichts änderte. Ihr war danach zumute, alles stehen und liegen zu lassen, um ihm nachzulaufen. Zu rufen: Bleib, geh nicht!

Doch wie angewurzelt stand sie da.

Ein Bild hatte sich ihr für immer eingebrannt. Henny an einem kalten Wintertag in Freystetten vor vielen Jahren. Ihre Schwester hatte versucht, sich mit einer Pistole das Leben zu nehmen. Denn die Familie wollte sie und ihre große Liebe Victor voneinander trennen. Danach war Henny mit Victor bis nach Amerika geflohen. Die beiden hatten ein Kind bekommen: Vicky. Henny hatte gekämpft um ihr Glück und gesiegt. Und dennoch verloren. Schon seit Jahren waren sie und Victor geschieden, sein Name durfte in Hennys Anwesenheit nicht einmal erwähnt werden. Die wahre Liebe – das war die Lektion, die Antonia bereits als Backfisch daraus gelernt hatte – war ein riskantes Spiel. Der Einsatz durfte nur so hoch sein, dass es nicht zu sehr schmerzte, wenn man verlor.

Sie wusste über Ben zu wenig. Und gleichzeitig zu viel, um ihn wieder aus ihrem Herz zu verbannen.

»Vielleicht wäre alles bei einem Tanz im Mondschein geblieben«, hatte er zum Abschied gesagt. »Aber dann halfen Sie Iris. Sie hat mir erzählt, wie es um Anthony stand. Ich bewundere Ihre Entschlossenheit. Vermutlich werde ich immer an Sie denken, wenn ich den kleinen Jungen ansehe.«

Ihr war keine kluge Erwiderung eingefallen. »Ich habe doch nur meine Arbeit getan«, stammelte sie. Mit einem Kloß im Hals hatte sie noch gesagt: »Leben Sie wohl, Ben.«

»Auch Ihnen ein schönes Leben, Antonia.«

Nun hatten Iris mit Anthony und Ben das Ende der Gangway erreicht. Auf dem Quai, mitten im hektischen Treiben, blieben sie stehen, blickten zurück, winkten zum Schiff.

Antonia schwenkte ihr Taschentuch als Abschiedsgruß und wischte sich dann damit ihre Tränen fort.

Dummes, einsames Herz, dachte sie. Das Leben geht weiter. Er war nur ein Mann, den ich aus Zufall getroffen habe. Mehr nicht.

Als sie sich umdrehte, stand der Küchenjunge Fritz neben ihr, ein Stück Kuchen auf einem Teller. »Fröhliche Weihnachten«, sagte er.

»Wie?«, fragte sie verblüfft.

»Na, heute ist doch Heiligabend.«

EISPANZER DER VERGANGENHEIT

— ♦ —

Freystetten, Weihnachten 1927

Im Licht des Nachmittags lag flirrende Leichtigkeit. Der Himmel trug jene Pastelltöne aus hellem Blau, sanftem Rosa und blassem Gelb, die Ricarda so mochte. In einigen hundert Metern Entfernung, eingebettet in weite Wiesen, erstreckte sich der kleine See in einem leichten langen Bogen und wurde von einer filigranen Brücke überspannt. Dahinter Wälder, unterbrochen von Feldern. Vor einigen Tagen war Schnee gefallen. Gehalten hatte er sich nur in den Senken, die tagsüber kaum von der Sonne gewärmt wurden. Das ließ die Landschaft hügeliger erscheinen, als sie es tatsächlich war.

An so vielen Orten hatte Ricarda schon gelebt, doch die Schönheit von Freystetten übertraf die meisten von ihnen. Es war der Ort ihrer Geburt, und die dem weiten Park zugewandte Terrasse des Schlosses bot ein prächtiges Panorama. Je länger Ricarda den Blick schweifen ließ, umso stärker spürte sie Frieden in sich und atmete freier.

Ein Mantel wurde ihr um die Schultern gelegt, und eine Hand strich ihr liebevoll über den Rücken, als sollte ihr die Geste zusätzliche Wärme geben.

»Verkühl dich nicht, Rica«, sagte ihre Schwester Rosel. »Du Stadtfrau.« Ein Lächeln lag in ihrer Stimme. »Du bist die gute Landluft nicht mehr gewohnt. Du solltest öfter zu uns kommen.«

»Ja, ich weiß.«

»Aber die Arbeit hält dich davon ab, nicht wahr?«

Ricarda riss ihren Blick von der einem Gemälde gleichenden Idylle los und wandte sich Rosel zu. »Es ist nicht nur die Arbeit an sich«, sagte sie. »Es ist das Gefühl, den Menschen helfen zu können, die in meine Praxis kommen. Davon kann ich nicht lassen.«

Gerade kam einer der Weimaraner des Schlossherren zu den Schwestern, einen alten Tennisball im Maul. Er setzte sich und blickte Rosel aufmerksam an.

»Ich bin wie einer von Friedemanns Hunden«, sagte Ricarda schmunzelnd. »Solange ein Ball da ist, jagt der Hund ihm nach. Es geht nicht anders: Ich muss meiner Arbeit als Ärztin nachgehen.«

Rosel warf den Ball, indem sie ganz undamenhaft Schwung holte, und der schöne graue Hund federte hinaus in den Park.

»Es ist wohl nicht nur die Arbeit, Rica«, widersprach Rosel. »Du vermisst Antonia. Sie ist deine Jüngste. Ich weiß doch, wovon ich spreche: Die lässt man nicht ohne Weiteres gehen. Keine Liebe lässt gerne los, erst recht nicht die mütterliche.«

Ricarda schloss die nur zwei Jahre jüngere Schwester in die Arme. Zweiundsechzig war Rosel. Fünf Kinder hatte sie geboren, einen Jungen kurz nach der Geburt verloren, der Krieg hatte ihr zwei weitere Söhne genommen. Obwohl seitdem neun Jahre vergangen waren, konnte Ricarda die ewige Trauer darüber selbst dann in Rosels Gesicht erkennen, wenn sie lächelte. Das kräftige Weizenblond ihrer Haarpracht war längst zu einem hellen Grau erloschen. Sie war nach wie vor eine schöne Frau und voll innerer Stärke. Obwohl gerade noch in tiefen Gedanken, bückte sie sich nach dem Ball, den der Weimaraner zurückgebracht hatte, und schleuderte ihn mit fast mädchenhaftem Lachen fort, damit der Hund sich austobte.

»Du weißt ja, wie vernarrt Friedemann in Antonia ist«, sagte Rosel. »Ich bin überzeugt, dass er recht hat. Sie wird sich in Afrika behaupten.«

»Heute ist Weihnachten, und das macht mich ohnehin jedes Jahr melancholisch. Wer weiß, wo Toni gerade ist. Sie liebt das Fest doch so.«

»Sie hat es so gewollt, Rica. Lass uns wieder reingehen.«

Sanft dirigierte Rosel sie zurück zum Gartensaal. In den vielen Glasscheiben der hohen Fenster brach sich das Licht zahlloser Kerzen.

Die alte Dame ließ es sich nicht nehmen, den Kuchen selbst in den Salon zu bringen. Auf der Türschwelle stockten ihre Schritte, skeptisch blickte sie in die um den Tisch versammelte Runde.

»Nanu? Wo sind die jungen Leute?«, fragte Großmutter Karla. »Wo ist Henny, ihre kleine Vicky und unsere wilde Frieda?«

Graf Friedemann erhob sich und ging seiner Schwiegermutter entgegen, um ihr die Platte abzunehmen. »Es duftet köstlich!«, lobte er. »Wir danken dir, dass du die Familientradition am Leben hältst.«

Zu jedem Weihnachten backte Großmutter Karla ihren gerühmten Apfelkuchen. Seitdem Gewürze aus Übersee verfügbar waren, verwendete sie wieder reichlich Zimt.

»Henny kann erst am Abend hier sein«, sagte Ricarda.

»Sie arbeitet doch nicht etwa auch am Festtag?«, fragte die alte Dame mit einem leichten Rügen in der Stimme.

»Das neue Röntgengerät, Mutter, du weißt doch.«

»War das so kostspielig, dass sie darüber ihre Familie vernachlässigen muss?« Karla Petersen schüttelte den Kopf.

»So viel Arbeitsehrgeiz hast ja nicht einmal du früher an den Tag gelegt.« Sie bedachte kurz ihre eigenen Worte und verbesserte sich: »Wenn ich mich richtig erinnere, haben wir etliche Weihnachten ohne Siegfried und dich gefeiert. Aber dafür mit den Mädchen.«

»Das waren andere Zeiten, Mutter«, widersprach Siegfried Thomasius. »Und in Gedanken waren wir euch stets nah.«

»Für wann erwarten wir eure Tochter?«, fragte die Großmutter.

Anstatt zu antworten wechselte Hausherrin Rosel das Thema: »Wollen wir nicht deinen köstlichen Kuchen anschneiden?«

Karla kam Rosels Aufforderung nach. »In diesem Jahr habe ich einige Mandeln hinzugetan und einen kleinen Schuss Rum. Ich hoffe, euch gefällt diese leichte Veränderung. Ich dachte mir, ich kann ja nicht immer dasselbe backen.«

Rosels Kalkül, von ihrer Tochter abzulenken, war aufgegangen.

Die noch abwesende Frieda war in diesem Jahr zwanzig geworden. Bis zu ihrem neunten Lebensjahr war sie das behütete Nesthäkchen gewesen. Ihre Unbeschwertheit hatte mit der Nachricht vom Tod ihres Lieblingsbruders Florian geendet. Das unbarmherzige Kriegsgeschehen hatte ihr kaum Zeit gelassen, sich davon zu erholen, als wenig später auch ihr Bruder Ferdinand, ein Jagdflieger, bei einem Abschuss ums Leben kam. Nur der älteste Sohn der Familie lebte noch: Franz, ein hochrangiger Offizier. Er war nach seinem Großvater benannt. Auch er war beim Militär gewesen, wie schon einer seiner Vorfahren, der wegen seiner Verdienste um das Königreich Preußen Freystetten zum Geschenk erhalten hatte.

»Letzte Woche traf ich unseren Großen im Offizierskasino«, sagte Friedemann.

Ricarda hatte erwartet, dass er der Familie Neuigkeiten über Franz mitteilen würde.

»Er war schon lange nicht mehr hier«, warf Großmutter Karla ein. Ihre dunklen Augen blitzten hellwach. »Er wird sich doch nicht etwa ebenfalls ein Röntgengerät gekauft haben?«

Es war kein Geheimnis, dass die Älteste der Familie und deren Oberhaupt nur in einem Punkt übereinkamen: Sie beide liebten Rosel. Dasselbe galt für Antonia, obwohl sie und Rosel sehr unterschiedlich waren. Hingegen war alles, was Enkel Franz tat, in den Augen der Großmutter das Schlimmste, zu dem Menschen fähig waren: einen Krieg zu planen und ihn auszuführen.

Franz von Freystetten war während des Kriegs Adjutant von General Ludendorff gewesen, dem Chef der Obersten Heeresleitung des Kaisers. Wenn Friedemann nun also anhob, um Neuigkeiten aus dem Offizierskasino zu berichten, so würde es wohl in diese Richtung gehen, vermutete Ricarda.

»Franz hat sich natürlich kein Röntgengerät gekauft, Schwiegermutter.« Friedemanns Lächeln war sehr dünn. »Unserem Franz wurde vielmehr angeboten, in die Politik zu wechseln. Man sieht in ihm den künftigen Minister für die Verteidigung unseres Vaterlands.«

»Wer sieht das denn so?«, fragte Ricarda spitz.

Sobald es um jene Politik ging, die ihr Schwager für gut befand, musste sie sich sehr beherrschen, um keine Konfrontation heraufzubeschwören. Im Gegensatz zu Friedemann hatte Ricarda den Krieg erlebt. In der deutschen Kolonie Tsingtau in China hatte sie schwerverletzte Soldaten versorgt. Viele waren ihr unter den Händen weggestorben.

»Die neue Kraft, die NSDAP, die unser Vaterland wieder zu alter Größe führen will, wirbt um unseren Filius«, sagte Friedemann.

»Seit wann befürwortest du deren Treiben?«, mischte sich Siegfried ein.

»So weit ist man politisch nicht voneinander entfernt. Aber ich habe Franz gesagt, dass ein deutscher Oberst sich nicht dem Kommando eines österreichischen Gefreiten unterstellen sollte. Unsere Partei hat sich deshalb entschieden, Franz ein entsprechendes Angebot zu machen«, sagte der stolze Vater.

»Auch wenn wir in Friedenszeiten leben, so brauchen wir dennoch Strategen, die das Vaterland mit einer wehrhaften Truppe schützen«, pflichtete Siegfried ihm bei.

Ricarda wusste, dass es für ihren Mann ebenso schwer war, bei solchen Gesprächen die eigenen Gefühle außen vor zu lassen. Als Kind aus einfachsten Berliner Verhältnissen hatte er nur deshalb Medizin studieren dürfen, weil er sich für sein gesamtes berufliches Leben verpflichtet hatte, als Stabsarzt im Militär zu dienen. Seite an Seite hatten Ricarda und er in China versucht, Menschenleben zu retten.

»Wir brauchen vor allem Strategen, die den Frieden schützen«, sagte sie nun. »Das wäre eine lohnende Aufgabe für Franz.«

»Mein lieber Schwiegersohn, hast du Franz auch einmal gefragt, wann er zu heiraten gedenkt?«, fragte Großmutter Karla. »Er wird nächstes Jahr vierzig, wenn mein alter Kopf richtig rechnet.«

»Gespräche solcher Art führt man für gewöhnlich nicht in einem Offizierskasino.« Der Graf nahm einen Bissen vom Kuchen. »Wie immer sehr delikat, Mutter«, sagte er.

Ricarda las in Rosels Gesicht, dass sie sich über die Zukunft ihres Ältesten die gleichen Gedanken machte.

Nicht nur, weil Freystetten einen männlichen Erben brauchte.

Von draußen war lautes Autohupen zu hören. Die Runde tauschte überraschte Blicke.

Der livrierte Diener Radomir trat sogleich ein und verbeugte sich. »Durchlaucht, das gnädige Fräulein ist gekommen und bringt Gäste mit. Eine Vielzahl Gäste, wenn ich das so sagen darf.«

Ricarda hatte das Gefühl, jemand hätte alle Fenster und Türen zum Salon gleichzeitig aufgestoßen. Lachend und schwatzend, einander an den Händen haltend oder sich die Arme um die Schulter gelegt, strömte eine kleine Gruppe junger Leute herein. Vorneweg Frieda, die langen rötlichen Locken aufgelöst, erinnerte sie Ricarda entfernt an ihre Schwester, als die im gleichen Alter gewesen war. Allerdings war Rosel damals ein stilles, strebsames Mädchen gewesen, das einen derartigen Auftritt niemals gewagt hätte.

»Fröhliche Weihnachten!«, rief Frieda. Mit glühenden Wangen wurde sie dem Attribut gerecht, das ihre Großmutter ihr kurz zuvor verpasst hatte – die Wilde.

Als niemand aus der verdutzten Runde sogleich reagierte, bemerkten auch Friedas Freunde, dass ihr Auftauchen nicht in die besinnliche Runde bei Kerzenschein passte, und verstummten.

»Weihnachten ist ein Geburtstag! Das ist ein Grund zu Fröhlichkeit und zum Feiern«, verkündete die junge Gräfin dennoch überdreht.

Niemand am Tisch rührte sich, auch Ricarda hielt den Atem an.

In beiden Händen hielt Frieda Champagnerflaschen. »Davon haben wir noch viel mehr mitgebracht. Lasst das

Geburtstagskind hochleben!« Sie machte sich daran, eine Flasche zu öffnen.

»Frieda«, sagte Großmutter Karla streng, »nicht irgendjemand wurde geboren. Es war Jesus Christus, der Herr.«

»Braucht hier jemand einen Herrn?«, fragte Frieda in die Runde ihrer Begleiter und Freundinnen.

Ein junger Bursche schob sich an sie heran. »Ich stehe bereit für alles«, gurrte er, rollte clownesk mit den Augen und legte dabei den Arm um Friedas Hüfte.

Friedas Vater erlangte seine Fassung zurück. Er wandte sich an den verschüchtert neben den jungen Eindringlingen stehenden Diener: »Radomir, führen Sie Friedas Gäste in den Gartensalon und lassen Sie Gläser bringen. Bitten Sie die Küche, Kanapees herzurichten. Und das bitte eilends. Danke.«

»Sehr wohl, Durchlaucht.«

Kichernd und mit albernen Verbeugungen strömten die jungen Leute hinaus.

»Was war das?«, fragte Großmutter Karla.

»Tut mir leid, Mutter«, flüsterte Rosel beschämt.

Ricarda legte die Hand beschwichtigend auf Rosels Unterarm. »Gestatte, dass ich mit meiner Nichte rede.«

»Danke. Ich glaube, ich würde jetzt etwas sehr Falsches sagen.«

Ricarda war, als durchbräche Friedas ungewöhnliches Betragen den dicken Eispanzer der Vergangenheit. In Freystetten hatte es schon einmal jemanden mit genau jenem Überschwang gegeben, der nicht zur Seriosität eines gräflichen Schlosses passte. Sie selbst war ein Kind gewesen, als der damalige Schlossherr, Friedemanns älterer Bruder Raimund, Freystetten mit seiner Vergnügungssucht nahezu in den Ruin getrieben hatte.

Mehr als ein halbes Jahrhundert war vergangen, seit sich

Graf Raimund ebenfalls zu Weihnachten eines der schrecklichsten Verbrechen schuldig gemacht hatte, das hier je geschehen war: Eine rücksichtslose Feier hatte den Tod von Ricardas und Rosels älterer Schwester zur Folge gehabt.

Die junge Frieda wusste davon nichts. Denn diese unseligen Zeiten waren mit einem familiären Schweigegebot belegt. Nur das Vergessen hatte diese Wunde heilen können.

Wegen der großen Feste, die gelegentlich im Gartensalon stattfanden, gab es dort vor der langen, geschwungenen Fensterfront einen Flügel. Jener von Friedas Begleitern, der sie in Gegenwart ihrer Eltern ungeniert umschwärmt hatte, entlockte dem Musikinstrument gerade Töne, die für Ricardas Ohren ungewohnt waren. Dabei saß der junge Musiker nicht einmal richtig an dem Instrument. Er schien eher davor herumzuturnen, während seine Finger in aberwitzigem Tempo die Tasten bearbeiteten. Offenbar machte er das so gut, dass der Rhythmus seinen Freunden und Begleiterinnen derart ins Blut fuhr, dass sie lachend tanzten. Das Ganze wirkte auf Ricarda wie die freundliche Übernahme des ehrwürdigen Schlosses durch eine amüsierwütige Jugend. Zwar vollkommen unpassend für den Tag, aber in gewisser Weise auch sehr erfrischend. Wenn man – wie sie – eben nicht die dunklen Seiten der Vergangenheit dieses Schlosses unauslöschlich im Hinterkopf hatte. Dieser Anblick erinnerte sie unweigerlich daran.

Nachdem sie eine Weile von den anderen unbemerkt das Treiben beobachtet und sich ihr Eindruck verstärkt hatte, dass der junge Pianist es auf Friedas Gunst abgesehen hatte und ihrer Nichte das sehr gut gefiel, ging sie festen Schritts direkt zum Klavier.

Frieda schenkte ihr aus einer der Champagnerflaschen in eines der vom Personal herbeigeschafften Gläser ein. Sie strahlte dabei wie das Kind, das sie einmal gewesen war und das von ihrer Mutter unglaublich verwöhnt worden war, weil Rosel sich an ihre Jüngste geklammert hatte.

»Erich, hör mal kurz auf zu klimpern«, sagte sie zum Pianisten, der ihren Befehl sofort befolgte. »Ich möchte euch meine Tante Rica vorstellen!«, rief Frieda. »Rica ist die klügste meiner beiden Tanten. Sie ist Ärztin. Jemand hat sie das Urgestein der Charité genannt.« Sie hob ihr Glas. »Heißt Tante Rica willkommen!«

»Auf Tante Rica!«, jubelte die Runde.

Ricarda rührte ihr Glas nicht an, weil der Geruch des Getränks in ihr grundsätzlich unangenehme Erinnerungen wachrief. Sie stellte es beiseite.

»Tante Rica, trinken Sie mit uns!«, forderte Friedas Favorit.

»Man sollte niemanden zum Trinken auffordern, junger Mann. Und nennen Sie mich Doktor Thomasius.«

Die eisige Kälte ihrer Stimme blieb nicht unbemerkt. Die Gläser sanken, die Mienen wurden ernst.

»Spüren Sie eigentlich, wann Sie in einem Haus willkommen sind und wann nicht?«, fragte Ricarda in die Runde. Sie gab ihrer Stimme einen wärmeren Ton: »In einer Woche ist Silvester. Frieda, wie wäre es, wenn du dann hier mit deinen Freunden feierst? Wäre das nicht viel schöner?«

»Ich wollte mal ein Weihnachten, das wirklich fröhlich ist«, erwiderte Frieda kleinlaut.

»Veränderung ist gut. Aber es gibt Traditionen, die wie das Fundament eines Hauses sind. Wenn man die einreißt, fällt alles in sich zusammen.«

Frieda sah Ricarda ratlos an. »Es tut mir leid, Tante Rica.«

»Dann ist es gut.«

»Was ist jetzt?«, fragte Erich.

Da ihre Nichte nicht weiterwusste, sprang Ricarda ein: »Es war nett, dass Sie Weihnachten revolutionieren wollten. Aber für heute ist die Revolution vorbei. Nehmen Sie sich etwas zum Essen mit und fahren Sie vorsichtig heim. Frohe Weihnachten.«

»Schöne Weihnachten«, murmelten die jungen Leute, während sie sich Kanapees von den Tabletts nahmen und den Raum verließen.

Erich streckte Frieda die Hand entgegen, damit sie ihn begleite, aber sie schüttelte stumm den Kopf. Daraufhin schloss er sich den anderen an.

»Bist du mir böse, Tante Rica?«

»Nein, Frieda, überhaupt nicht. Du lachst, aber tief in deinem Inneren ist eine große Wut, nicht wahr?«

»Woher weißt du das?«

Ricarda war überzeugt, dass die Geschichte der Familie Freystetten eine mögliche Antwort war. Es gab zahllose Tabus, über die mit Schweigen oder geheuchelten Erklärungen hinweggegangen wurde, obwohl Frieda so viele Fragen gehabt hatte, vor allem als Kind. Da war zum Beispiel der plötzliche Tod ihres Lieblingsbruders Florian. Sie müsse nicht traurig sein, denn er wäre wie ein Held gefallen, hatte Rosel ihrer Tochter gesagt. Die Kleine hatte damit nichts anfangen können und Ricarda ihre Verzweiflung eingestanden: Sie wollte keinen Helden, sondern einen lebendigen Bruder haben. Und Florian war nicht der Einzige seiner Generation, den Frieda nie wiedersah. Nicht nur in Freystetten fand Frieda niemanden, der darüber sprechen wollte. Das ganze Land weigerte sich, die große Niederlage des Kriegs zu verarbeiten. War es ein Wunder, dass die jungen Leute ein Schloss stürmten, um einmal alles auf den Kopf zu stellen?

»Deine Wut ist für mich so offensichtlich, Frieda. Letzten Endes tust du nur dir selbst damit weh«, sagte Ricarda. »Darf ich dich in den Arm nehmen und einen Moment ganz fest halten?«

Frieda nickte heftig. »Hast du etwas von Toni gehört?«, fragte sie dann. »Geht es ihr gut? Ich vermisse sie jetzt schon so sehr.«

Antonia war für sie wie eine große Schwester.

Von draußen erklang das Hupen, das schon die Ankunft angekündigt hatte. Diesmal war es die letzte Aufforderung, von hier zu verschwinden.

Ihre Nichte entfernte sich ein paar Schritte. »Ich muss fort. Verstehst du das?«

Ricardas Antwort wartete Frieda nicht ab. Sie rannte geradezu hinaus.

Zunächst sah es aus wie ein großer heller Punkt, der auf Henny zuraste. Er kam immer näher, und ihr Gefühl sagte ihr, dass er eine Bedrohung war. Sie nahm den Fuß vom Gas, obwohl der Verstand ihr sagte, dass sie sich täuschen musste.

Für gewöhnlich war auf diesem Stück Straße nachts nie jemand unterwegs. Obendrein war Weihnachtsabend, die Menschen waren zu Hause und feierten. Was Henny auch vorhatte, obwohl ihr ganz und gar nicht danach zumute war. Sie hielt sich ungern in Freystetten auf, weil sie dort zu viele Erinnerungen belasteten. Das Einzige, wonach sie sich sehnte, waren ein Bett und ein langer, tiefer Schlaf. Sie war überarbeitet, hatte es Vicky sogar überlassen müssen, ein paar Geschenke für die Familie einzupacken. Ihre Tochter saß neben ihr, war längst eingenickt. Die Fahrt von Berlin-Mitte bis nach Freystetten dauerte mit dem Auto über zwei Stunden; der Zug war für gewöhnlich schneller.

Er verkehrte jedoch nie zu den Zeiten, wenn Henny ihn hätte nehmen wollen.

Inzwischen hatte Henny keinen Zweifel mehr, dass es sogar mehrere Scheinwerfer waren, die direkt auf ihren Wagen zukamen. Sie stieg auf die Bremse. Da sie ohnehin nicht schnell fuhr, gelang es ihr auszuweichen und den Wagen an die Seite zu lenken. Im nächsten Moment rasten zwei schwere Autos vorbei. Sie spürte ihr Herz rasen.

»Mutter, was war das?«, fragte Vicky, die von der abrupten Bremsung aufgewacht war.

»Ich weiß es nicht«, erwiderte sie und hatte dennoch eine ziemlich konkrete Vermutung: Wer auch immer in diesen Fahrzeugen saß, kam geradewegs aus dem nahen Freystetten. Am Weihnachtsabend, welch ein Irrsinn! Sie wandte sich Vicky zu. »Hast du dir weh getan, mein Schatz?«

»Nein, mir geht es bestens.«

Erst jetzt, als der Schreck über die unheimliche Begegnung ein wenig abflaute, dachte sie, wie gespenstisch das alles war. Leben und Tod konnten so nah beieinanderliegen. Wieso musste sie jeder Besuch in Freystetten an diese simple Erkenntnis erinnern?

Der Motor war abgestorben, sie musste aussteigen und den Anlasser mit der Kurbel neu betätigen. Als sie wieder einsteigen wollte, sah sie einen Feuerschein weit hinter sich in der Nacht. Genau in der Richtung, aus der Vicky und sie gekommen waren. Sie wendete den Wagen, was auf der schmalen Straße lange dauerte.

»Mutter, was machst du?«

»Da ist was passiert, Vicky. Wir müssen helfen.«

»Aber im Schloss warten sie auf uns! Da hinten ist doch Gusow. Vielleicht macht jemand ein Feuer.«

»Die beiden Autos, die uns von der Straße gedrängt haben …« Henny ließ den Satz unbeendet. Ihre Tochter hatte das alles kaum mitbekommen, und vielleicht irrte sie sich ja auch.

Da sprach Vicky auch schon aus, was sie selbst sich kaum eingestehen wollte: »Du willst doch gar nicht nach Freystetten.«

Henny ließ das so stehen und fuhr konzentriert weiter. Die Flammen schlugen nun meterhoch in den nachtschwarzen Himmel. Die Kurve bei Gusow! Die musste man langsam durchfahren. Ortsfremde waren hier – nach der langen Geraden zuvor – oft zu schnell. Offenbar auch diese beiden Fahrzeuge!

»Oh Gott, Mutter, da brennen Autos!«, rief Vicky.

»Bitte guck nicht hin, Schatz. Ich steige aus und versuche zu helfen. Du bleibst im Wagen. Du entfernst dich nicht einen Schritt davon. Versprich das!« Henny war schon ein paar Meter entfernt, da rief sie zurück: »Drück auf die Hupe, Vicky. Pausenlos. Damit man uns im Dorf hört!«

Wie Gespenster wirkten die schattenhaften Gestalten vor dem hellen Feuerschein, die auf Henny zu taumelten. Es waren zwei Männer.

»Hilfe«, sagte einer von ihnen kraftlos, bevor er zusammenbrach.

»Wie viele Menschen waren in den Autos?«, fragte Henny und bekam keine Antwort. »Wie viele?«, brüllte sie gegen den Lärm der Flammen und des Hupens an.

»Acht.«

Henny sah ein, dass sie sich dem Inferno nicht weiter nähern durfte, ohne sich selbst in Gefahr zu bringen. Sie beugte sich zu dem noch ansprechbaren der beiden Männer hinunter. Er war ein ganz junger Bursche.

»Es tut mir so leid«, flüsterte er.

»Saßen Sie am Steuer?« Sie spürte Ärger in sich aufsteigen.

»Nein, hinten mit Frieda.«

»Wie bitte?« Er war schlecht zu verstehen. »Frieda?« Hennys Herz setzte für einen bangen Moment aus. Es war nicht schwer zu kombinieren: Der Wagen war aus Richtung des Schlosses gekommen. »Frieda von Freystetten? War sie in einem der Wagen?«

Im Feuerschein sah sie Tränen über das verrußte Gesicht laufen.

»Es ist meine Schuld. Sie hatte nicht mitfahren wollen. Und jetzt ist sie tot.« Er verlor das Bewusstsein.

Vielleicht hat Henny sich mit Vicky gar nicht erst auf den Weg gemacht, vermutete Ricarda und beschloss, bei ihr zu Hause anzurufen.

»Es meldet sich niemand«, sagte das Fräulein von der Vermittlung.

Rosel gesellte sich zu ihrer großen Schwester. »Was für ein misslungenes Weihnachtsfest«, sagte sie leise. »Henny weiß doch, wie gern Vicky uns vorspielt.« Sie seufzte. »Danke, dass du mit Frieda gesprochen hast. Warum führt sie sich ausgerechnet heute so auf?«

Die Schwestern gingen zurück zum Salon, als das Telefon läutete. Der helle Ton ließ Ricarda zusammenzucken; ein diffuses Gefühl signalisierte ihr eine drohende Gefahr. Sie war als Erste an dem altmodischen, an der Wand festgeschraubten Apparat, bei dem der Hörtricher noch separat ans Ohr geführt wurde.

»Schloss Freystetten hier. Wer spricht?«

»Hier ist Henny. Mutter, bist das du?«

Ricarda erkannte an der Stimme ihrer Tochter sofort, dass etwas Schreckliches geschehen sein musste.

»Henny, was ist passiert? Wo seid ihr?«

»In Gusow, beim Bürgermeister. Es gab ein Unglück. Ist Tante Rosel in der Nähe?«

»Ein paar Schritte entfernt. Warum?«

Noch während sie das fragte, erinnerte sie sich, wie ihre Nichte Frieda sagte: *Ich muss fort. Verstehst du das?*

»Tante Rosel soll sich auf einen Stuhl setzen. Sag ihr das«, bat Henny.

Ricarda formulierte Hennys Bitte in besonders beiläufigem Ton: »Das ist Henny. Ich erzähle dir gleich, wo sie bleibt. Geh schon mal rein, Rosel.«

»Sag Henny, wir warten alle auf Vicky und sie.« Ihre Schwester zog sich in den Salon zurück.

»Es geht um Frieda? Ist es schlimm?«, fragte Ricarda in den Hörer.

»Ein Autounfall. Nur zwei junge Männer haben schwer verletzt überlebt. Alle anderen sind …« Henny rang hörbar um ihre Fassung. »Die Wagen gingen in Flammen auf.«

»Oh Gott!« Ricarda war machtlos, die beiden Silben kamen viel zu laut über ihre Lippen. Erschrocken blickte sie sich um, aber sie war allein. »Warst du dabei?«

»Ich kam einige Minuten, nachdem es geschehen war. So etwas habe ich noch nie gesehen. Ich zittere noch am ganzen Leib.«

Nachdem Ricarda den Hörer eingehängt hatte, bemerkte sie, dass auch sie ihre Hände kaum kontrollieren konnte. Wie sollte sie diese entsetzliche Nachricht überbringen? Rosels außer Rand und Band geratenes Nesthäkchen – der Mutter aus dem ohnehin schon verwundeten Herz gerissen! Sie musste nachdenken, wie sie es sagen konnte. Dafür brauchte sie Zeit und eine Notlüge.

Sie betrat den Salon, in dem die Kerzen Gemütlichkeit vortäuschten. Aller Augen richteten sich auf sie.

»Eine Panne«, sagte sie. »Henny hängt fest.« Sie bemühte sich, ihren hektischen Atem zu kontrollieren. »Friedemann, kannst du deinen Fahrer bitten?«

»Natürlich. Und das bei der eisigen Kälte. Hoffentlich verkühlen sie sich nicht.« Er war schon an der Tür. »Wo findet Gramzow denn Henny?«

»Ich komme mit«, sagte Ricarda schnell und fing Siegfrieds fragenden Blick auf.

Er ahnte offenbar, dass sie etwas zu verbergen versuchte, und folgte ihr hinaus. »Was ist passiert, Rica?«

Sie ging mit ihm in das sogenannte Gelbe Zimmer, welches das Ehepaar stets im Schloss bewohnte, um ihre Arzttasche zu holen. Im Umkreis von dutzenden Kilometern gab es kein Krankenhaus.

»Henny und Vicky? Sind sie verletzt?«, fragte Siegfried.

»Nein, es geht um Frieda … Sie ist bei einem Autounfall gestorben, sagte Henny gerade.«

»Was? Sie ist gerade zwanzig geworden. Das ist furchtbar.« Siegfried starrte sie entsetzt an. »Bleib bei deiner Schwester. Ich lasse mich von Gramzow fahren, um die beiden abzuholen.«

Ricarda schüttelte den Kopf und fasste ihre Tasche. »Vielleicht muss noch Erste Hilfe geleistet werden. Das ist zu anstrengend für dich. Ich muss auch einen Moment raus und mich sammeln.«

Henny versorgte gerade die beiden jungen Männer, die den Unfall überlebt hatten. Sie hatte sie selbst in ihrem Auto zum Haus des Bürgermeisters gebracht, während die Leute aus dem Dorf tatenlos zusehen mussten, wie die Fahrzeuge verbrannten. Sie konnten nichts ausrichten; das Löschwasser war gefroren. Zumindest hatte der Bürgermeister als Einziger im Dorf einen Telefonanschluss, über den sie im Schloss angerufen hatte.

Die beiden Burschen hatten Abschürfungen, aber keine schweren Verletzungen. »Plötzlich wurde ich aus dem Auto geschleudert.« Das war alles, woran sich Erich erinnerte, der neben Frieda gesessen hatte. Und dass die Autos zu schnell gewesen waren, um eine plötzliche Kurve nehmen zu können. Die Champagnergläser hatten noch während der Fahrt gekreist, auch das wussten die beiden Überlebenden noch.

»Wir waren alle guter Dinge«, sagte der andere. »Ich verstehe das nicht. Es ist so furchtbar.«

Henny ertrug es kaum. Was sollte sie ihrer Familie erzählen? Wie konnte man einen derartigen Irrsinn in Worte fassen? Für die Trauer um ihre Nichte war in diesen hektischen Minuten noch gar kein Platz.

Jetzt stürzte Vicky in das zum Behandlungsraum umfunktionierte Wohnzimmer des Bürgermeisters. »Mutter, Mutter!« Sie weinte und lachte gleichzeitig. »Komm schnell hinaus!«

Graf Friedemanns Fahrer war noch keine Dreißig, schätzte Ricarda. Ihr Schwager ließ sich von ihm stets chauffieren, vor allem nach Berlin, seitdem er dort im Reichstag Abgeordneter war. Gramzow, der auch jetzt eine Art Uniform mit Schirmmütze trug, galt als geübter Fahrer. Ricarda hatte, wie wohl alle Frauen ihrer Generation, keinen Führerschein. Sie war aufgewachsen im Zeitalter der Kutschen. Schon Geschwindigkeiten jenseits von dreißig Stundenkilometern beunruhigten sie. Und Gramzow fuhr die ganze Zeit über so schnell, dass sie sich fragte, wie er überhaupt etwas erkennen konnte. Die Scheinwerfer erhellten nur ein winziges Stück Dunkelheit.

»Bitte, Herr Gramzow, nicht gar so rasant.«

»Verzeihung, Frau Doktor. Ich dachte, wir wären in Eile.«

»Sind wir auch«, räumte sie ein.

Der Fahrer verlangsamte das Tempo, aber ihre Beklommenheit wich nicht. Wie auch? Ihre Gedanken waren bei Rosel. Wie sollte sie Friedas Tod nur ertragen? Sie dachte an jene Nacht, als ihre älteste Schwester gestorben war. Antonia hatte sie geheißen, und die drei Mädchen hatten sich im Gärtnerhaus ein kleines Zimmer geteilt. Die Nacht, in der Antonias Bett zum ersten Mal leer geblieben war, hatte sich ihr für immer eingebrannt.

Die Scheinwerfer erfassten die Umrisse einer Person, die am Straßenrand entlangging. Gramzow wich im letzten Moment aus.

»Halten Sie!«, rief Ricarda.

Es waren nur Sekundenbruchteile gewesen, in denen sie die Gestalt gesehen hatte. Nicht ihr Verstand, sondern nur ihr Gefühl hatte die Entscheidung zum Anhalten getroffen.

Sobald der Wagen stand, bat sie Gramzow, zurückzusetzen. Schließlich hielt er, sie stieg aus.

»Brauchen Sie Hilfe?«, rief sie in die Nacht hinein und ging der Person nach, die sich langsam und – wie sie nun erkannte – hinkend vorwärtsbewegte. In ihrem Rücken lärmte der Motor der wartenden Limousine.

Es war eindeutig eine Frau. Sie trug einen Mantel, das Haar war offen, sie hatte nur einen Schuh an. In der klaren Winterluft war der Geruch nach Feuer und Ruß deutlich wahrnehmbar.

»Frieda?« Ricarda rannte zu ihr.

Langsam drehte sich die Frau herum.

»Kind, du lebst!«, rief Ricarda, als müsste sie sich selbst vergewissern, dass es so war.

»Mir ist kalt«, sagte Frieda.

Ricarda hatte den Eindruck, dass ihre Nichte nicht wusste, mit wem sie gerade sprach. Vor Jahren, im Krieg in

China, hatte Ricarda viele junge Männer in genau diesem Zustand erlebt. Sie hatten dem Tod ins Auge gesehen, aber der Tod hatte sie gehen lassen. Manchmal hatte es Tage gedauert, bis die Überlebenden wieder in die Gegenwart zurückfanden.

»Ich bin's, Tante Rica«, sagte Ricarda sanft, aber eindringlich. »Du bist in Sicherheit.«

Im Schloss angekommen beriet sich Ricarda zunächst mit Henny: »Bringen wir Frieda ins Krankenhaus?«

»Nach Berlin? Mitten in der Nacht? Bei der Kälte?«, gab Henny zu bedenken. »Gefährdet die Fahrt Frieda nicht eher, als sie ihr nutzen kann?«

Nur in der Hauptstadt hätte man röntgen können. Krankenwagen gab es auf dem Land nicht. Man hätte einen aus Berlin kommen lassen müssen. Die beiden Ärztinnen entschieden deshalb, den Morgen abzuwarten und sich bis dahin mit jenen Untersuchungen zu behelfen, die sie vor Ort leisten konnten.

Bei ihrer Ankunft hatte dort helle Aufregung geherrscht. Rosel war entsetzt gewesen: »Um Himmels willen, Frieda, wie siehst du denn aus!« Nachdem sie die Zusammenhänge erfahren hatte, machte sie ihrer Schwester Ricarda schwere Vorwürfe: »Mein Kind in so großer Gefahr! Und du sagst mir kein Wort!«

Friedemann sprang seiner Schwägerin bei: »Ricarda hat es gut gemeint, Rosel. Sie wollte dich schonen.«

Fast ihre ganze Familie begleitete Frieda hinauf in ihr Zimmer. Aber Ricarda hielt es für klüger, zunächst ihrer Schwester Rosel ein leichtes Beruhigungsmittel zu geben, während Henny sich um Frieda kümmerte. Für die schweren Herausforderungen, die das Leben ihr oftmals abverlangte, schien die Schlossherrin nicht gemacht zu sein.

»Ich passe auf sie auf«, versprach Friedemann. »Bitte halte mich auf dem Laufenden, Ricarda.«

Sie versprach es und suchte Frieda und Henny auf. Das Mädchen lag in ihrem eigenen Bett und war nicht ansprechbar. Henny hatte ihr eine geringe Menge Morphium gegeben. Großmutter Karla hielt die Hände vor der Brust gefaltet, die Augen geschlossen, und alle wussten, dass die tiefgläubige Katholikin sich in Dankesgebete und Fürbitten vertieft hatte.

»Soweit ich das feststellen kann, scheint sie keine Frakturen zu haben. Ich werde heute Nacht bei ihr bleiben«, entschied Henny.

Zwei Diener trugen bereits ein zusätzliches Bett in Friedas großes Zimmer hinein.

»Ich bleibe bei Frieda«, verkündete Großmutter Karla.

»Aber, Mutter, du …«

»Keine Widerrede, Rica. Das Kind braucht die Kraft meiner Gebete. Sie hat gefrevelt, und Gott der Herr hat ihr eine schwere Lektion erteilt. Aber Gott der Herr wird ihr beistehen. Bringt mir eine Glocke. Wenn ich eure Hilfe brauche, melde ich mich«, sagte sie.

Was hatte Großmutter Karla in ihrem langen Leben nicht schon alles mitgemacht! Das Schicksal war für sie stets eine große, ernsthafte Herausforderung gewesen, der sie sich gestellt hatte. Und wie Henny ihre Mutter kannte, hatte sie es ebenso gehandhabt, und für sie selbst galt das auch. Wieso nur war ihre Nichte Frieda, die behütet aufgewachsen war und der es an nichts fehlte, so anders?

»Also, ich weiß nicht, Mutter«, meinte Henny, als sie zu ihren Zimmern gingen. »Dürfen wir das Großmutter wirklich zumuten?«

»Du wirst sie nicht davon abbringen, Henny. Was weißt du über das Unglück?«

Henny berichtete detailliert, und Ricarda ergänzte mit ihrem Wissen um die Vorgeschichte. Die Bilanz, die sie nach dieser furchtbaren Nacht zog, war schlicht: »Ihr Übermut hat die jungen Leute das Leben gekostet.« Nachdenklich setzte sie hinzu: »Weshalb sind sie so leichtsinnig? Gerade sie, die Brüder, Onkel oder Väter im Krieg verloren haben, müssten doch wissen, wie kostbar das Leben ist.«

»Die Weisheit ist schon immer dem Alter vorbehalten gewesen«, erwiderte Henny und küsste ihre Mutter sanft auf die Wange.

Auch am zweiten Weihnachtstag wurden die Berliner Zeitungen zuverlässig ins Schloss geliefert. Sogar die seriösen Blätter brachten die Nachricht des Tages gleich auf der ersten Seite. *Fünf Tote bei Verkehrsunfall*, las Ricarda.

Rosel hielt ihre Teetasse auf eine Weise, als klammere sie sich daran. Eine der Zeitungen lag aufgeschlagen vor ihr. »Ich wusste gar nicht, in welchen Kreisen Frieda verkehrte«, sagte sie und legte das Blatt beiseite. Denn die jungen Menschen, mit denen sie unterwegs gewesen war und von denen fünf ums Leben gekommen waren, entstammten allesamt prominenten Familien.

Eine Erwiderung lag Ricarda auf der Zunge, die sie sich verkniff: Rosel, ich fürchte, du hast den Kontakt zu deiner Tochter schon vor einer ganzen Weile verloren. Weshalb interessierst du dich so wenig für ihre Ziele, obwohl du Frieda sehr liebst?

Gerade hatte Ricarda nach ihrer Nichte gesehen. Seit dem Unfall sprach sie kein Wort. Nicht einmal mit ihrer Großmutter, wie Karla versicherte. Frieda schlief oder döste vor sich hin, hatte aber tatsächlich keine Blessuren davongetragen, nicht einmal eine Gehirnerschütterung. Es war wie ein Wunder.

Siegfried gesellte sich zu den Schwestern, warf einen flüchtigen Blick auf die Zeitungen und schenkte sich eine Tasse Tee ein. Ricarda wusste, dass er sich ungern im Schloss aufhielt. Weder mochte er es, bedient zu werden, noch behagte ihm die Großspurigkeit gräflichen Lebens.

»Möglicherweise wird Frieda eine Weile brauchen, um den Unfall psychisch zu verkraften«, sagte er.

»Du bist kein Psychologe, Siegfried«, erwiderte Rosel prompt.

»Seit dem Ende des Kriegs betreut er Soldaten«, sprang Ricarda ihrem Mann bei.

»Das sind junge Männer, die für das Vaterland gekämpft haben. Ich denke nicht, dass ihr das vergleichen könnt mit dem, was unsere Frieda durchmacht.«

Siegfried nahm einen Schluck Tee, bevor er antwortete: »Frieda stieg voll jugendlichem Übermut in ein Auto. Und als sie wieder zu sich kam, hatte sie viele ihrer Freunde verloren. Dasselbe haben jene jungen Männer erlebt, die nach einem Beschuss im Schützengraben nach rechts und links blickten und ihre Kameraden sahen, tot, in ihrem Blut.«

»Siegfried, du bist so drastisch!«

»Rosamunde ...«, er hatte sich stets geweigert, sie mit ihrem Kosenamen Rosel anzureden, »... ein solcher Unfall ist drastisch. Ich möchte dir nur sagen, dass du mit Frieda viel Geduld haben solltest.«

Ricarda und ihr Mann hatten bereits am frühen Morgen darüber gesprochen. Deshalb sagte sie jetzt: »Wenn es dir hier zu viel wird mit ihr, kannst du sie jederzeit zu uns schicken, Rosel. Tonis Zimmer ist ungenutzt, und Frieda liebt Toni wie eine Schwester.«

»Ich bin ihre Mutter«, wandte Rosel ein. »Ich muss für sie da sein.«

Ricarda sah ihrer Schwester an, wie sehr sie die Situation an ihre Grenzen trieb.

In der Nacht war Schnee gefallen. Der Himmel war klar und blau, es war eiskalt. Henny liebte die Reinheit, die solche Tage verströmten; sie machte den Kopf frei. Ihre Mutter hatte sich bei ihr eingehakt, als sie durch den Schlosspark spazierten.

Die neun Jahre alte Vicky war ein Stück zurückgeblieben und holte sie nun ein. In den Händen hielt sie einen dicken Schneeball. »Den bringe ich Frieda mit. Damit sie sieht, wie schön es draußen ist.«

»Bis wir zurück sind, wirst du eiskalte Hände haben, Vicky.«

»Na gut. Dann mache ich daraus den Bauch eines Schneemanns.«

Sie rollte den Ball direkt auf einen bräunlichen Felsbrocken zu, der am Seeufer lag. Flocken hatten sich in den darin eingravierten Buchstaben verfangen.

Antonia zum Gedenken. Weihnachten 1876

»Wer war das eigentlich, Mutter?«, fragte Vicky. »Du hast mir das noch nie gesagt.«

Weil du dafür zu klein warst, dachte Henny und setzte zu der inzwischen wohl überfälligen Antwort an.

Ihre Mutter antwortete schneller: »Das war meine Schwester und damit deine Großtante.«

Henny sah ihrer Mutter an, dass auch sie hoffte, das kindliche Interesse mit ihrer sachlichen Antwort im Keim zu ersticken. Der Zeitpunkt, die Vergangenheit aufzurollen, war ungünstig.

»Warum ist sie hier begraben?«, wollte Vicky zwar wissen, aber sie begann eine zweite Schneekugel zu formen.

Noch einmal versuchte Ricarda, dem Thema mit einer

Tatsache zu entkommen: »Antonias Grab ist auf dem Friedhof. Der Stein ist ein Denkmal.«

Henny blickte hinaus auf den zugefrorenen See, der im Sonnenlicht glitzerte. Seit sie irgendwann in ihrer Jugend erfahren hatte, was hier geschehen war, war ihr der See unheimlich. Im Sommer hatte auch ihre Tochter am Ufer geplanscht, aber Henny hatte sie keine Minute aus den Augen gelassen.

»Wenn Antonia noch leben würde, wie alt wäre sie dann?«, fragte das Mädchen.

Ricarda unternahm einen weiteren – wie ihre Tochter ahnte – sinnlosen Versuch, vor ihrer Enkelin die Wahrheit zu verbergen, die der Findling gefangen hielt. »Meine große Schwester war ein Jahr älter als ich.«

Vicky starrte ihre Großmutter mit Entsetzen im Blick an. »Dann war sie vierzehn, als sie starb! Aber es war Weihnachten, steht da. Dann war der See bestimmt zugefroren. Oder?«

»Das Eis trug nicht. Antonia brach ein und ertrank«, sagte Ricarda.

Sekundenlang stand Vicky reglos, vergaß ihr Vorhaben und sah die beiden Erwachsenen verwundert an. »Aber Großmutter Karla sagt, Gott beschützt uns Kinder.«

»Das tut er auch«, sagte Großmutter Ricarda. »Denn meine Schwester starb, weil sie einem anderen Mädchen das Leben rettete.«

»Wem?«

»Sie hieß Florentine«, sagte Ricarda.

»Sie war auch auf dem Eis?«

»Wir waren zu dritt«, sagte Ricarda. »Es war Nachmittag. Florentine hatte neue Schlittschuhe geschenkt bekommen. Sie brach ein, Antonia wollte sie herausholen. Ich war hier, auf diesem Weg, und rannte hin. So schnell ich konnte. Ich sah die Gefahr, in der sie schwebte, und warnte sie. Aber Tonja, wie wir sie nannten, wollte Flora nicht im Stich lassen.« Ricarda wählte ein versöhnliches Ende: »Viele Jahre später war aus dem Kind Florentine eine schöne junge Frau geworden. Sie bekam einen Sohn.«

»Er hieß Victor und wurde ein junger Mann, ich traf ihn und verliebte mich in ihn«, fuhr Henny fort.

»Das ist mein Vater!«, rief Vicky.

»Wir heirateten und bekamen eine Tochter.«

»Mich!«, folgerte Vicky und erkannte die Gelegenheit, den wunden Punkt in ihrem Leben direkt anzusprechen: »Mutter, warum kann ich Vater nie treffen? Ich habe ihn doch auch lieb.«

»Natürlich hast du das«, antwortete Henny. »Sollen Großmutter und ich dir jetzt helfen, einen Schneemann zu bauen? Einen so großen, dass Frieda ihn vom Schloss aus sehen kann?«

»Oh ja, das wird sie fröhlich machen!«, rief Vicky.

Vor den Abteilfenstern zog die verschneite Brandenburger Landschaft gemächlich vorbei. Ricarda mochte das Geräusch der über die Schienen rollenden Räder, es versetzte sie in meditative Ruhe. Morgen würde sie wieder in ihrer kleinen Praxis arbeiten, vormittags die Frauen, nachmittags die Kinder behandeln. Gerade grassierte die Grippe. Auch Henny würde durch ihre Tage hetzen. Friedas Unfall und die Begegnung mit der kleinen Vicky hatten Ricarda jedoch ins Grübeln gebracht.

»Hast du mit Henny eigentlich mal über Vickys Vater gesprochen?«, fragte sie Siegfried, der sich gerade in ein Buch vertieft hatte. »Mit mir redet sie ja nicht über ihn.«

Ihr Mann sah auf. »Du meinst Victor?« Siegfried lächelte. »Ist es nicht endlich an der Zeit, dass du zumindest seinen Namen aussprichst?«

Ricarda spürte Widerwillen in sich aufsteigen.

»Egal, was du von Victor hältst, Rica: Er ist der Vater dieses entzückenden, hellwachen Mädchens. Wenn du damit fortfährst, ihrem Vater gegenüber stets negative Gefühle zu haben, wird Vicky das mitbekommen. Sie ist ein kluger Mensch.«

»Er ist seit Jahren wie vom Erdboden verschluckt, Siegfried.«

»Darum geht es nicht, Rica, das weißt du. Vicky hat ein Anrecht darauf, dass wir nicht das Verhältnis zu ihrem – meinetwegen nenn es so – Erzeuger belasten.«

Ricarda beugte sich vor und griff nach seiner Hand, um sie liebevoll zu drücken. »Ich bin so glücklich, dich zu haben. Du rückst mir den Kopf zurecht.«

Als Siegfried ihr das erste Mal begegnet war, hatte sie als Helferin in der Praxis weiblicher Ärzte gearbeitet. Die Frauen hatten nur Patientinnen behandelt, die sich die damals teure medizinische Hilfe durch die Stadt nicht leisten konnten. Dazu hatte auch Siegfrieds Familie gezählt. Seine jüngere Schwester war chronisch krank gewesen, und Ricarda hatte ihr beigestanden in jener Wohnung im Armenviertel Krögel an der Spreeschleuse, in der auch Siegfried aufgewachsen war. Siegfried war der Armut seiner Herkunft zwar entkommen, aber sie hatte ihn geformt. Sowohl als Student als auch als Stabsarzt hatte er spartanisch gelebt und verabscheute bis heute Verschwendung. Für ihn zählten stattdessen Werte, die nicht mit Geld zu bezahlen waren: Liebe, Verantwortung, Verlässlichkeit.

»Zurück zu meiner Frage«, sagte Ricarda. »Hat Henny Neuigkeiten von …«, sie tat, als müsste sie mit einem Räuspern ihren gespielten Widerwillen überwinden, »… Victor?«

»Ich weiß von nichts, Rica. Es war Toni, die mir hin und wieder etwas erzählt hat. Aber ich glaube, auch sie wusste nichts. Ich vermute mal, der Herr Filmproduzent wird nach wie vor in den Vereinigten Staaten Geld verpulvern.«

Ricarda lächelte in sich hinein. Gerade hatte ihr Mann sich verraten. In Wahrheit konnte er Hennys geschiedenen Mann nämlich ebenso wenig leiden. Victor Vandenberg war, wie man so sagte, mit einem goldenen Löffel im Mund geboren worden. Nicht ihre adelige Herkunft hatte seine Mutter steinreich gemacht, sondern die Scheidung von diversen Ehemännern, darunter auch jenem, der ihren Sohn adoptiert und dem er seinen Nachnamen verdankte. Victors eigentlicher Vater hatte kein Geld gehabt. Wer er war, hatte Florentine nie verraten.

»Bislang kennen wir Victor als Taugenichts«, sagte Siegfried. »Wenn solche Männer älter werden, stellen manche fest, dass ihnen etwas Wichtiges fehlt: ein Lebensinhalt. Es ist möglich, dass es ihm ebenso ergeht.«

»Und dann?«

»Dann steht er bei Henny auf der Türschwelle und verlangt Vicky.«

Ricarda erschrak. »Meinst du? Das wäre ja furchtbar.«

Aus der Luft gegriffen war Siegfrieds Vermutung keinesfalls. Im Gegenteil.

»Genauso hatte es Florentine mit ihrem Sohn gemacht. Wenn sie Sehnsucht nach ihm hatte, kreuzte sie von irgendwoher in Freystetten auf und spielte mal eben Mutter«, erinnerte sich Ricarda.

So waren sich Henny und Victor das erste Mal begegnet – als kleine Kinder. Danach hatte Lebedame Florentine ihren Sohn mit sich genommen. Floras damaliger Mann Jeremy Vandenberg hatte Victor adoptiert und in seiner Familie in den USA heranwachsen lassen. Henny und

Victor hatten sich deshalb jahrzehntelang aus den Augen verloren.

Ricarda gab ihrem Mann recht. Es würde wohl nicht vorbei sein mit Henny und Victor. Leidtragende wäre dann wieder ein Kind.

DER GARTEN DER KINDHEIT

— ◆ —

Daressalam, Januar 1928

Heute war der Tag, dem Antonia so lange entgegengefiebert hatte. Sünje, die immer als Erste raus musste, um in der Küche das Frühstück für die Passagiere vorzubereiten, lag noch in ihrer Koje im Tiefschlaf. Aber Toni war so aufgeregt, dass sie sich im Halbdunkel durch die Schiffsgänge tastete. Im Unterdeck vermischte sich der Gestank des Dieseltreibstoffs mit der süßlich-feuchten Luft der nahen Küste. Für Toni war es der Duft einer unerfüllten Sehnsucht. Irgendwann, als sie ein kleines Mädchen gewesen war, hatte sie ihn das erste Mal und vollkommen unbewusst wahrgenommen. Damals war sie mit ihrer Mutter auf dem Rückweg nach Deutschland gewesen. Gewisse Gerüche, sagte man, wurden nicht von jedem als schön empfunden und gleichzeitig von anderen wie Parfüm geschätzt.

Oben auf dem Panoramadeck war zu dieser Stunde kein Mensch. Immer, wenn Toni sich hierher stahl, dachte sie an jene letzte Nacht, als sie mit Ben getanzt hatte.

Eine Woche war vergangen, seit er von Bord gegangen war. Die *Wangoni* hatte geschlagene fünf Tage im Hafen von Mombasa gelegen, was nicht vorgesehen gewesen war. Gelegentlich war intensives Hämmern aus dem Maschinenraum zu hören gewesen, und Küchenjunge Fritz hatte ihr von einem Motorschaden berichtet. Antonia hatte so gut wie nichts zu tun gehabt, sich nur ausgemalt, wie Ben,

Iris und der neugeborene Anthony durch Afrika reisten. Während sie festsaß und Weihnachten wie ein Tag wie alle anderen verstrich. Gedanken an das gemütliche Zusammensein mit der Familie in Freystetten versuchte sie sich zu versagen. Stattdessen bündelte sie ihr Heimweh in einen Packen langer Briefe, der mit der *Wangoni* heimreisen würde. Irgendwann, zu Beginn des Frühlings, würden ihre Zeilen wie eine Art Flaschenpost ihre jeweiligen Ziele erreichen. Eine Vorstellung, die sie wehmütig stimmte, denn umgekehrt erfuhr sie monatelang nicht, was daheim geschah. Zumindest gab es in Daressalam eine Poststation, die Telegramme empfangen und senden konnte, hieß es.

Im Moment war wichtig, dass ihre lange Reise ein Ende gefunden hatte: Im Morgengrauen zeichnete sich die Küste ab. Doch selbst im Näherkommen war keine Besiedelung zu erkennen, die auf die Hauptstadt der britischen Kronkolonie Tanganjika schließen ließ. Schließlich fuhr das Schiff in eine Flussmündung ein. Jetzt, wo sie ihr Ziel fast erreicht hatte, erinnerte sich Antonia an die Segenswünsche ihrer Großmutter. Sie berührte das Amulett des Heiligen Christophorus, das sie seit dem Abschied stets bei sich trug. Was würde sie in Afrika erwarten? Plötzlich wurde ihr ein wenig bang.

Henny hatte von einer langgestreckten Bucht erzählt, mit feinem weißen Sand, die den natürlichen Hafen von Daressalam darstellte. Er lag geschützt hinter einer Halbinsel. Auch die *Wangoni* drosselte vor diesem Strand die Maschinen, bis sie verstummten. So wie damals die großen Dampfer im Fluss ankerten und die Passagiere in kleine Boote umsteigen mussten, die sie auf dem Strand absetzten, würde es auch jetzt sein. Ein Bild, das Toni mit der Romantik abenteuerlichen Reisens verband. Dazu gehörte auch jene Geschichte, die ihre Mutter erzählt hatte, wenn sie in

Nostalgie geschwelgt hatte. Bei ihrer Ankunft war eine Kiste mit medizinischer Ausrüstung umgeladen worden und ins Wasser gefallen. Einheimische waren der kostbaren Fracht nachgetaucht und hatten sie geborgen.

Nun, da die *Wangoni* mit lautem Tuten der noch im Morgennebel vor sich hindämmernden Stadt ihre Ankunft mitteilte, tauchten die Boote auf. Männer mit dunkler Haut und nackten Oberkörpern paddelten in Einbäumen zu beiden Seiten des Dampfers entlang.

»Die Afrikaner sind abhängig vom Wohlwollen der Weißen«, hörte Antonia die mahnende Stimme ihrer großen Schwester Henny sagen. Aber sie wollte es nicht glauben, denn was sie sah, wirkte auf sie wie die Freude über die Ankunft von Freunden. Und diese Freundlichkeit wischte ihre Sorgen vor dem, was kommen würde, fort.

Wenn sie Ärger vermeiden wollte, durfte Antonia sich nicht viel länger auf dem Panoramadeck aufhalten. Andererseits: Schiffsarzt Olafsen würde sie ohnehin anschwärzen. Was scherte sie sich an ihrem letzten Tag noch darum!

Entlang des Strandes erstreckte sich die Stadt Daressalam. Die Häuser und Kirchen wirkten so deutsch, als hätte ein Riese kurzerhand sein Spielzeug auf die andere Seite des Äquators versetzt. Toni strengte sich an, um das Krankenhaus zu erkennen, in dem sie arbeiten würde. Es lag oberhalb der Stadt auf dem Felsen der Halbinsel zwischen Meer und Flussmündung und war umgeben von Palmen, richtigen Palmen!

Einer der Männer in den schlanken Booten neben dem Schiff hatte Toni ausgemacht. *»Bibi, karibu!«* – Willkommen, junge Frau!

Sie hatte die Küstensprache Swahili ein wenig erlernt und erwiderte fröhlich winkend: *»Asante sana«* – vielen Dank.

»Machen Sie sich nicht gemein mit den Schwarzen«, zischte Heiratsvermittler Stolze, der plötzlich neben ihr auftauchte und sich wie sie an die Reling lehnte. Seit jenem Treffen auf dem Panoramadeck, durch das sie Ben kennengelernt hatte, hatte sie ihn einige Male in der Station wegen seiner Seekrankheit behandelt. »Zeigen Sie denen, dass wir hier das Sagen haben.«

Anstatt Stolze zu antworten, winkte Toni den Männern in den Booten umso heftiger zu.

In Afrika war Hochsommer. Die Sonne schien von einem wolkenlosen Himmel. Die kleinen Zubringerboote mit ihren flachen Kielen rauschten vom Wind in den Segeln angetrieben bis auf den weißen Strand. Antonia hielt mit einer Hand ihren Sonnenhut fest, als sie die andere einem jungen Afrikaner reichte, der ihr hinaus half. Sie fühlte sich in diesem Moment, als ihre Füße den Boden berührten, so glücklich, dass sie vor Freude hätte jauchzen mögen. Das Gepäck wurde neben ihr abgestellt. Es war ja nicht viel.

Mit einem letzten Blick verabschiedete sie sich von der *Wangoni*, auf der sie fast zwei Monate verbracht hatte. Jetzt erneut wehmütig an Ben zu denken, war unvermeidlich. Irgendwie gehörte er zu der Erinnerung an diesen Dampfer. Sie waren nur Reisende, Menschen, die sich auf Zeit denselben Weg teilten. Und sich trennten. Ein Wiedersehen? Kenia war weit weg, auf dem Landweg so gut wie gar nicht erreichbar; dazwischen lagen mehrere Gebirge. Und was sollte Ben auch in Daressalam? Oder gar sie in Kenia? Das war undenkbar.

Sie seufzte und schulterte den Rucksack, packte die Tasche, linste in die Richtung, in der sie das Krankenhaus vermutete.

»Bibi Fraulein Antonia Thomasius?« Ein junger Schwarzer hatte sich größte Mühe gegeben, ihren komplizierten Namen richtig auszusprechen. Er trug Hose und Hemd und erinnerte sie entfernt an den Küchenjungen Fritz – auch er traute sich kaum, sie offen anzusehen.

»Ja, das bin ich«, erwiderte Antoia gut gelaunt und erkannte, dass sie die Sprache wechseln musste. Denn sein falsch ausgesprochenes *Fraulein* zeigte ihr, dass sie nicht nur in Afrika war, sondern auch in einer britischen Kronkolonie.

»*My name* Badili«, sagte der Junge und machte Anstalten, ihr das Gepäck abzunehmen.

»Badili?« Das war unmöglich!

»*Yes, madam. Work for hospital.*«

Jener andere Badili hatte bei der Post gearbeitet. Antonia hatte ihn zwar nie kennengelernt, aber Henny hatte einige Male von ihm erzählt. Dass er ihr beigestanden hatte, als sie voller Heimweh am Strand gesessen und auf ein Schiff gehofft hatte, das sie mit nach Europa nähme. Wenn Henny von ihrem Badili gesprochen hatte, hatte sie geklungen, als wäre er der einzige Freund gewesen, den sie gehabt hatte. Wie lange mochte das her sein? Ein Vierteljahrhundert? Auf jeden Fall zu einer Zeit, als dieser Badili noch nicht geboren war; er mochte etwa fünfzehn oder sechzehn sein. Ob er der Sohn war? Gar der Enkel?

Antonia versuchte, neben ihm herzugehen, als er den Weg zum Krankenhaus einschlug. Irgendwie gelang es ihm, stets vor ihr zu sein, als wäre es wichtig, nicht gleichauf zu laufen. Sie hatte ihm Rucksack und Tasche überlassen, beides lastete so schwer auf der schmächtigen Person, dass sie ein schlechtes Gewissen hatte. Aber ihr war durchaus klar, dass es eine Arbeit war, die sie ihm nicht verweigern durfte, weil er davon lebte. Überdies spürte sie nun, da sie windgeschützt eine leichte Anhöhe hinaufspazierte, die wahre Hitze. Ihr war danach, den Hut abzunehmen, aber sie hatte sich gemerkt, was ihr eingeschärft worden war: Hitzekoller und Sonnenstich brachten die Weißen um den Verstand.

Was sie Badili nie erzählen würde, sollte sie ihn von nun an öfter treffen, war die Geschichte über den Hund, den der andere Badili Henny zum Abschied geschenkt hatte. Kurz bevor das Schiff, mit dem ihre Schwester schließlich nach Deutschland fahren würde, abgelegt hatte, hatte sie ihn in ihrer Kabine entdeckt. Und ihn nach dem Schenker benannt, obwohl es ein Weibchen gewesen war. Henny hatte den Hund später in Antonias Obhut gegeben, und er war ihr steter Begleiter geworden. Bis zu jenem Tag im Winter, als der Wolf auf den Heuwagen gesprungen war und ihn gerissen hatte.

Vielleicht trafen sich in dem Jungen, der gerade ihr Gepäck trug, somit auf eigentümliche Weise Gegenwart und Vergangenheit. Oder es war einfach nur ein schöner Zufall, der in der Fremde Mut machte, dachte sie.

Nun lag das von der einstigen deutschen Kolonialregierung erbaute Krankenhaus in seiner ganzen Pracht vor ihr. Ein Gebäude, umringt von Palmen, das dem äußeren Schein nach einem Palast ähnelte, mit großen, oben spitz zulaufenden Fenstern, weit überstehendem Dach und zwei schweren, achteckigen Türmen zu beiden Seiten.

Und sie erkannte es nicht wieder. Das kleine Mädchen, das sie damals gewesen war, hatte keine Augen gehabt für die Großartigkeit dieses Krankenhauses. Fast schämte sie sich, den Freunden in Berlin von Afrika vorgeschwärmt zu haben. Denn im Grunde wusste sie nichts. Nicht nur, dass ihr das Haus, in dem sie als Tochter des Leiters geboren und aufgewachsen war, fremd erschien. Sie hatte auch nie daran gedacht, dass die Menschen an diesem Ort eine andere Hautfarbe als sie hatten. Und dass sie von ihnen möglicherweise so angesehen worden war, wie gerade jetzt von dem jungen Badili. Es war nicht der Blick eines Freundes, sondern der eines Bediensteten. Ernüchternd fühlte sich diese Erkenntnis an.

»*Madam, take you to director*«, sagte Badili nun.

Antonia hatte an Bord der *Wangoni* reichlich Gelegenheit gehabt, an ihrem Englisch zu arbeiten, denn viele Passagiere waren Briten. Deshalb fiel ihr Badilis holprige Grammatik auf.

Im ersten Stock platzierte der Junge ihr Gepäck in einem langen Gang behutsam auf einer Bank und ließ sie allein. Sie sah sich ratlos um. Roter Linoleumboden, Türen entlang des Flurs, alles nahezu wie daheim in einem der Charité-Gebäude. Mit dem Unterschied, dass sich hier zwischen den Lampen an der Decke träge Ventilatoren drehten.

Dr. Damian Lancaster, Medical Director, stand auf dem Schild jener Tür, vor der Badili sie abgeliefert hatte. Antonia klopfte, hatte aber keine Ahnung, wer sie erwarten mochte. Denn die Briefe aus diesem Krankenhaus waren von einem anderen Arzt unterzeichnet gewesen.

»*Come in*!«

In diesem Moment hörte sie die brüchige Stimme von Schiffsarzt Dr. Olafsen sagen: *Ich kenne die Leitung dieses Krankenhauses. Ich schwöre Ihnen: Sie bekommen keinen Fuß auf den Boden.*

Vor den geöffneten Fenstern blähten sich die hellen Vorhänge im leichten Wind. Das Zimmer war geräumig, ein Schreibtisch in der Mitte. Erst auf den zweiten Blick entdeckte Antonia den Mann, der ihr den Rücken zuwandte, während er an einem flachen Schrank mit Akten hantierte.

Dass sie eingetreten war, schien ihn nicht zu interessieren. Sie räusperte sich vernehmlich.

Mit einem »*Who are you?*«, das klang, als fühlte er sich gestört, richtete er sich auf und wandte sich ihr zu.

Im ersten Moment dachte Antonia erleichtert: Schwer vorstellbar, dass der verknöcherte Olafsen diesen Mann so gut kennt, dass er mich bei ihm anschwärzt. Denn der Herr, der auf sie zukam, war bestenfalls Ende dreißig. Sein dunkles Haar brauchte dringend einen Schnitt. Seine hellen Augen musterten sie fragend. Der Anzug dürstete ebenso wie das Hemd danach, aufgebügelt zu werden, und war obendrein zu weit, was auch für den Hemdkragen galt, den eine verknitterte Krawatte mühsam zusammenhielt. Obwohl Antonia der Ansicht war, nicht viel von Männern zu verstehen, sah dieses Exemplar eindeutig danach aus, als ob es ordnender Pflege bedurfte. Dann wäre er vielleicht sogar attraktiv. Sie rief sich zur Disziplin: Das war ihr zukünftiger Chef.

Sie stellte sich vor mit dem Hinweis, dass sie der letzte Brief ihres hiesigen Ansprechpartners nicht erreicht habe. Dass sie also nicht wüsste, mit wem sie zusammenarbeiten würde. Sie gab sich alle Mühe, ihr Englisch flüssig klingen zu lassen.

Dennoch sagte Dr. Lancaster: »Sie sind deutsch.«

Dass er ihre Sprache beherrschte, war eine Überraschung.

»Wie heißen Sie? Thomasius? Das klingt familiär für mich. Nicht familiär. Wie sagt man das richtig auf Deutsch? Vertraut. Ich kenne den Namen. Siegfried, einer meiner Vorgänger. Sind Sie verwandt?«

Damit hätte sie rechnen müssen! Obwohl so viele Jahre vergangen waren. »Ja, das ist mein Vater.«

»Interessant!« Er lächelte.

Antonia war sich nicht sicher, wie sie dieses Lächeln interpretieren sollte. Machte er sich über sie lustig? Sie wartete ab. Noch stand sie etwas verloren im Raum. Der Direktor umkreiste sie einmal, dann lehnte er sich gegen seinen Schreibtisch, die Arme verschränkt.

»Was können Sie?«, fragte er.

Sie legte ihm die Dokumente vor, die ihren Abschluss bewiesen. Sie waren ins Englische übersetzt worden. Dann fragte sie zurück: »Was braucht das Krankenhaus?«

Sein Lächeln wurde breiter. »Vielleicht jemanden wie Sie. Das werden wir herausfinden.«

Dr. Lancaster sah auf die Uhr. »Mittagszeit. Zeit für den *lunch*. Haben Sie Hunger, Fräulein Thomasius?«

Er stieß eine Tür auf, die ein Schild mit dem englisch geschriebenen Wort *private* als seine Dienstwohnung auswies. Dahinter begann ein gediegen eingerichteter Flur. Da Antonia die ersten fünf Jahre ihres Lebens hier verbracht hatte, folgte sie Lancaster voller Neugier und ohne Argwohn. Sie erwartete sogar, sich sofort heimisch zu fühlen. Doch alles erschien so fremd, als wäre sie nie hier gewesen. Sie wandte sich um in der Hoffnung, zumindest von dieser Seite aus so etwas wie einen Moment des Wiedererkennens zu haben. Durch die Tür war sie jedoch nie zuvor gegangen. Ihr Vater war damals sehr streng gewesen, was die Trennung von Beruf und Privatem anging. Kinder hatten ohnehin in keinem Krankenhaus etwas zu suchen – außer sie waren krank.

Als hätte er Antonias Verwunderung bemerkt, sagte Dr. Lancaster: »Das Krankenhaus wurde vor etwa zehn Jahren umgestaltet. Die Wohnung des Direktors war früher unten. Einer meiner Vorgänger fand es angenehmer hier oben. Es gibt mehr Luft.«

Auch hier blähten sich die Vorhänge leicht, die Ventilatoren an der Decke waren eingeschaltet. Die Räume verströmten eine behagliche Atmosphäre.

»Einer Ihrer Vorgänger? Waren es so viele?«, fragte Antonia.

Er musterte sie mit skeptisch hochgezogenen Augenbrauen. »Sie werden sehen, Fräulein Thomasius, dass es nicht einfach ist, hier zu leben. Entweder Sie akzeptieren die Dinge wie sie sind, oder Sie gehen wieder fort. Und zwar schnell.«

»Ich habe vor zu bleiben.«

»Ja, das wollten wir alle«, erwiderte er resigniert.

»Wie meinen Sie das?«

»Sie sind jung und voller Optimismus. Den will ich Ihnen nicht rauben.«

So sprach man nicht mit Ende dreißig, dachte sie. Oder irrte sie sich in der Einschätzung seines Alters?

Sie hatten den mit schweren Eichenmöbeln eingerichteten Salon erreicht. Zwei schwarze Bedienstete, eine junge Frau und ein älterer Mann, servierten so formell, dass Antonia unweigerlich an Freystetten denken musste. Die Suppe hatte einen ungewohnten Geschmack, der ihr dennoch vertraut vorkam. Und sie hatte eine Schärfe, die sie nicht kannte.

Da sagte Dr. Lancaster schon: »An den Geschmack von Kokos werden Sie sich gewöhnen. Und der Koch verwendet immer Chilis. Ich kann es ihm nicht austreiben.« Er wischte sich den Schweiß von der Stirn. »Er sagt, es sei gesund. Ich hoffe, er hat recht.«

»Ich habe den Eindruck«, sagte Antonia, »dass Sie nicht gewusst haben, dass ich hier arbeiten werde. Oder täusche ich mich?«

»Sie haben recht. Mein Dienst hier begann vor sechs Wochen. Mein Vorgänger starb überraschend. Ich wurde gebeten, seine Arbeit zu übernehmen.«

Sie fragte sich, ob das eine Wendung hin zum Guten oder eher zum Schlechten war. Zumindest würden Dr. Olafsens Versuche, sie anzuschwärzen, auf diese Weise wohl ins Leere laufen. Hoffentlich. Wobei ohnehin fraglich war, wie gut seine Beziehungen waren, wenn es ständige Wechsel in der Krankenhausleitung gab.

»Sie kommen direkt aus England?«, fragte Antonia.

Er schüttelte den Kopf. »Ich springe von einem Job zum nächsten. Zuvor war ich in Südrhodesien. Es war ein Jahr in der Hölle.«

Er nahm einen Schluck Wasser und lockerte seine ohnehin lose gebundene Krawatte noch weiter. Antonia hatte den Eindruck, dass die *Hölle* aus ihrem Gastgeber jenen gemacht hatte, der vor ihr saß: einen früh ausgebrannten Mann.

»Ich kann Ihnen gerade nicht folgen«, sagte sie.

»Folgen?« Er lachte. »Nein, folgen Sie meinem Beispiel besser nicht. Denn dann müssten Sie erleben, dass Menschen nur einen Feind haben – den Menschen. Ich warte nur auf meine Ablösung. Genug mit Afrika. *For ever*. Für immer.«

»Sie hören hier auf? Das ist schade.«

Der Arzt lächelte müde. »Noch bin ich da, Fräulein Thomasius. Ich zeige Ihnen jetzt erstmal das Krankenhaus.«

Antonia hatte ein mulmiges Gefühl. Was war von einem Chef zu halten, der so gar nicht den Traum teilte, für den sie um die halbe Welt gereist war?

Einen größeren Gegensatz als zwischen den Krankenabteilungen der Charité und dem *Ocean Road Hospital* konnte sich Antonia nicht vorstellen. In Berlin waren die Gänge und auch die Zimmer eng und dunkel. Hier waren die Räume groß, vor den Fenstern erstreckte sich eine Veranda, was für Kühlung sorgte. Das Eigentümlichste war jedoch, wie wenige Patienten es gab. Mehr als die Hälfte der Betten waren nicht belegt.

»Wird hier niemand krank?«, scherzte Antonia und fragte ernster nach: »Oder ist die Behandlung so teuer, dass sie sich kaum jemand leisten kann?«

»Für Briten ist es umsonst«, sagte Dr. Lancaster.

Er öffnete die Tür zu einem Zimmer, in dem ein Herr lag, dessen Bein geschient war. Der kurze Dialog ergab, dass der Mann bei einem Sport namens Polo, den Antonia nicht kannte, vom Pferd gefallen war.

»Wenn es nichts kostet, warum haben Sie dann so wenige Patienten?«, fragte sie, als sie wieder auf dem Gang standen.

»In der gesamten Kronkolonie leben nur einige tausend britische Staatsangehörige«, erklärte der Klinikleiter. »Wir könnten Dutzende von Menschen täglich behandeln.« Er klang, als wollte er sagen: Wenn es sie gäbe. »Zumindest sind wir auf dem neuesten Stand«, fügte er hinzu und führte sie in den Operationssaal. »Der Regierung in London ist es sehr wichtig, dass die Bürger in der Kolonie gut versorgt sind.« Er lächelte schief. »Nach Tanganjika kommen sowieso nicht viele. Kenia ist schon allein wegen seines Tees bekannter. Wir Briten lieben nun mal den Tee.«

»Ihr Deutsch ist phantastisch«, lobte sie ihn.

»Auf alle Fälle besser als mein Französisch. Mein Vater legte sehr viel Wert auf die Bildung seiner Söhne.«

Lancaster öffnete die Tür zu einem Nebenraum. Antonia erkannte das Gerät darin sofort wieder.

»Sie haben einen Röntgenapparat«, stellte sie fest.

»Kennen Sie sich damit aus?« Er sah sie verwundert an.

»Meine Schwester hat in Berlin das gleiche Gerät. Sie wollte, dass ich geschult werde, damit umzugehen.«

»Ich habe niemanden, der das kann, Fräulein Thomasius. Das Problem in den Kolonien ist: Man hat Geld, aber zu wenige Menschen, die qualifiziert sind.«

Seine Botschaft war eindeutig. Aber war sie auf die andere Seite der Welt gereist, um genau das zu tun, was sie in Hennys Praxis erwartet hätte?

Lancaster bemerkte ihr Zögern, überging es jedoch, indem er ihr den *maternity room* zeigte, den Kreißsaal. Ein blitzblanker Raum mit – soweit Antonia es überblickte – allem Erforderlichen.

»Die letzte Geburt war vor meiner Zeit«, sagte der Arzt sogleich. »Trauen Sie sich zu, diese Station zu leiten?«

»Grundsätzlich schon. Wie viele Krankenschwestern haben Sie? Gibt es eine Hebamme?«

»Einige Diakonissen arbeiten hier. Sie wohnen in der Nähe in einem eigenen Haus. Ohne diese gläubigen Frauen, die ohne Bezahlung arbeiten, wäre der Betrieb nicht aufrechtzuhalten. Nicht viele Damen sind willens, im wilden Afrika zu leben. Grundsätzlich geht man lieber nach Indien oder eben nach Nairobi, wenn es denn Afrika sein muss.«

Sie merkte auf – Nairobi, irgendwo in der Nähe lebten Ben und auch Iris. Doch ihr Lieblingsthema war ihr im Moment wichtiger. »Was ist an Tanganjika so schlimm?«, fragte sie rundheraus.

Lancaster seufzte. »Es ist nicht die Schuld von Tanganjika, Fräulein Thomasius. Wir selbst sind es: Wir kommen nicht als Freunde voller Aufgeschlossenheit und Neugier, sondern unterwerfen die Menschen, die hier leben. Anschließend wundern wir uns, dass man uns nicht mag.«

Sie verließen den Kreißsaal, um sich dem Erdgeschoss

zuzuwenden. Als Lancaster dort im Flur eine Tür öffnete, war es für Antonia, als hätte er eine Art Vorhang niedergerissen.

In Antonias Erinnerung hatte es immer einen Ort von mystischer Schönheit gegeben, den sie nur in ihren Träumen betreten konnte. Darin war sie fast immer ein kleines Mädchen. In diesem Moment, als sie das erste Mal sah, was hinter der Tür lag, verschmolz die Vision mit der Wirklichkeit.

»Hier war ich schon einmal«, sagte sie mehr zu sich selbst.

Der Klinikleiter schien es nicht gehört zu haben. Mit sachlicher Stimme meinte er: »Das ist der Garten. Er steht den Wöchnerinnen zur Verfügung.«

Antonia hatte ihn wesentlich größer in Erinnerung und lachte unwillkürlich über sich selbst. Kinderwelten waren schließlich immer größer als jene von Erwachsenen. Ein Zauber lag nach wie vor über dem Garten, allerdings ein vollkommen anderer als damals.

Rund um einen kleinen Springbrunnen wuchsen verschiedene Sorten von Palmen, dazwischen drängten sich am Boden Pflanzen mit breiten grünen Blättern. Auf einer Seite gediehen sogar Orangenbäume. Aber das Ganze mutete nicht an wie ein Idyll, denn überall lagen vertrocknete Blätter am Boden, harte Palmwedel waren abgebrochen. Die Orangenbäume ließen die Blätter hängen und der Springbrunnen stand wie tot. Bei den hölzernen Liegestühlen fehlten Streben. Wären nicht überall die hübschen grünen Meerkatzen herumgesprungen, hätte der Traumgarten ihrer Kindheit gewirkt wie in einen Dornröschenschlaf gefallen.

»Warum kümmert sich niemand um den Garten?«, fragte sie, obwohl sie die Antwort durchaus ahnte.

Dr. Lancaster gab sie denn auch: »Es scheint niemanden zu geben, der sich dafür interessiert. Auch ich war nur an meinem ersten Tag hier, als ich einen Rundgang machte. So, wie wir es gerade tun.« Er bemerkte die plötzliche Melancholie, die sie umfing. »Wenn Sie Zeit haben, Fräulein Thomasius, können Sie gern versuchen, den Garten zu neuem Leben zu erwecken.«

Am Boden verlief eine Leitung vom Brunnen zu einer Wand, an der sich ein Wasserhahn befand. Sie versuchte, ihn aufzudrehen: Er war eingerostet.

Das Krankenhaus wurde von hohen Mauern umschlossen, nur wenige Tore aus Schmiedeeisen führten hinaus. Es war Nachmittag, die Wärme war wegen einer leichten Brise, die vom Meer kam, angenehm. Die Ocean Road, ein breiter Sandweg, verlief zwischen Krankenhaus und Indischem Ozean. Das Meer dehnte sich in unendlicher Weite und schimmerte in Blau- und Grüntönen. Antonia drehte sich einmal um ihre eigene Achse, um die Schönheit tief in sich einzusaugen. Was für ein paradiesisches Fleckchen Erde! Wer sich hier auskurieren durfte, konnte sich glücklich schätzen. Aber all dies wurde nur Privilegierten zuteil, hatte sie mittlerweile erfahren.

Seit ziemlich genau dreißig Jahren existierte das einstige Kaiserliche Gouvernements-Krankenhaus. Als ihr Vater hier gearbeitet hatte, war es gerade erbaut worden. Damals hatte er nur Deutsche behandeln dürfen. Darüber gesprochen hatte er nie mit ihr, auch später nicht. Als Frau durfte ihre Mutter nicht als Ärztin arbeiten, obwohl sie ebenfalls einen Doktortitel in Medizin hatte. In Deutschland war das normal gewesen und darum auch in der Kolonie. Zumindest das hatte sich seitdem geändert.

Von der Anhöhe, auf der das Krankenhaus lag, führte ein

Weg hinunter zum Strand. Antonia folgte ihm neugierig. Offenbar zog sich das Wasser gerade zurück und legte handtellergroße Meeresschnecken frei. Nur die obere Hälfte der dunkelorange- und cremefarbigen Gehäuse war sichtbar. Wie große Perlen strahlten sie im von der Ebbe freigelegten Schlick und schienen unerreichbar. Zumindest, wenn man wie gerade Antonia die eleganten Schnürpumps aus Glanzleder trug und dazu, wie sich das gehörte, seidene Strümpfe. Beides war für dieses Klima ausgesprochen ungeeignet!

Sie blickte sich um. In weiter Ferne ging eine Frau spazieren. Sonst war niemand zu sehen. Kurzerhand löste Antonia so diskret wie möglich die Strümpfe vom Halter, rollte sie herunter, öffnete nacheinander beide Schuhe und streifte sie mit den Strümpfen ab. Sie sank leicht ein, Meerwasser umspülte die Füße. Wie gut das tat! Sie hätte jauchzen mögen vor Freude. Langsam ging sie den sanft auflaufenden Wellen entgegen, den Kleidersaum leicht gelupft. Schließlich würde sie hier demnächst als Ärztin arbeiten. Da war Anstand oberstes Gebot!

Nun hielt sie inne und ließ das Wasser ihre Waden umspülen. Wie wenig es brauchte, um sich glücklich zu fühlen, dachte sie. Gleich neben ihr wurde das leere Gehäuse einer der dicken Meeresschnecken vom Wasser hin und her gerollt. Sie bückte sich und holte es heraus, um es sich genauer anzusehen. Mit welcher Perfektion die Natur etwas hervorzubringen vermochte, das sogar schöner als ein Kunstwerk war. Weil sie abgelenkt war, schwappte eine Welle gegen den herabhängenden Kleidersaum.

»*I didn't meet you here before*«, rief eine weibliche Stimme.

Antonia blickte in ein Paar graublaue Augen und ein schelmisch grinsendes Gesicht. Eine weiße Haube krönte brünette, hochgesteckte Haare. Die Frau, die wohl Mitte dreißig war, trug ein schlichtes zweiteiliges, langärmeliges Kostüm, ihre schwarzen flachen Schnürschuhe hielt sie in den Händen. An einer Halskette hing unübersehbar ein großes Kreuz. Offenbar war es die Frau, die zuvor noch so weit entfernt am Strand gewesen war. Ihre Tracht verriet, dass sie eine Diakonisse war. Vermutlich eine der Schwestern, von denen Dr. Lancaster gesagt hatte, dass sie im Krankenhaus arbeiteten und in einem nahen Heim lebten.

»I just arrived«, erwiderte Antonia.

»Ach, ein deutscher Akzent! Das höre ich doch gleich. Sind Sie das, die im *Ocean Road* als Ärztin arbeiten soll?«

Antonia nickte und nannte ihren Namen, um sich vorzustellen.

»Ich bin Mathilde Bitterli«, erwiderte die Diakonisse. »Ihr Name kommt mir bekannt vor. Die Mutter einer Mitschülerin hieß so. Sie war Ärztin.« Frau Bitterli strahlte über das ganze Gesicht. »Ihretwegen wollte ich diesen Beruf ergreifen.«

»Bei Gelegenheit werde ich meiner Mutter erzählen, welche Spuren sie hinterlassen hat.«

»Ihre Mutter? Das dachte ich fast. Ist schließlich ein seltener Familienname. Einmal habe ich meine damalige Mitschülerin besucht. Henriette.«

»Das ist meine Schwester.«

Das Gesicht der Fremden glühte jetzt vor Freude über das unerwartete Treffen. »Sagen Sie: Was wurde aus Henriette? Sie war hier damals so unglücklich.«

»Sie hat in Berlin eine Praxis. Und es stimmt«, Antonia lächelte zustimmend, »Henny mag Afrika noch immer nicht.«

»Wie schade! Aber ich bin auch fortgegangen, um in meiner Heimatstadt Zürich ein Studium zu beginnen. Dort hatte auch Ihre Mutter studiert. Ich erinnere mich genau, wie sie mir davon erzählt hat.« Ein Schatten legte sich auf Frau Bitterlis sympathisches Gesicht. »Ein Verwandter finanzierte mein Studium. Er starb überraschend, und ich musste abbrechen. Nun ja: Für die Ausbildung zur Krankenschwester hat es gereicht. Ich habe nie daran gezweifelt, danach wieder in Daressalam leben zu wollen. Verzeihen Sie: Ich wollte Ihnen nicht meine Lebensgeschichte aufzwingen.«

»Im Gegenteil! So ähnlich war es auch bei mir. Nur dass ich fünf war, als ich zurück nach Berlin gebracht wurde.«

»Sie sind eine Afrikanerin im Herzen. Ich dachte mir das schon, als ich Sie ins Wasser spazieren sah. Weiße Frauen tun das sonst nie. Außer mir natürlich.« Sie lachte herzlich.

»Ich hatte tatsächlich Bedenken, dass es sich nicht ziemen würde.«

Frau Bitterli verwies auf ihre Schuhe, die sie nach wie vor in Händen trug. »Das Meer ist als Teil der Natur ein Geschenk Gottes. Warum sollte nicht gestattet sein, es zu ehren?« Sie lächelte. »Ist dies Ihr erster Tag? Darf ich Sie als Willkommensgeste auf einen *Chai* einladen?«

Die beiden Frauen saßen auf der Terrasse eines kleinen Teehauses, das sich in der Nähe der Klinik befand und ebenfalls auf der langen Küstenstraße Ocean Road lag. Es war eine aus grob bearbeiteten Hölzern gezimmerte Hütte ohne jeden Schmuck und schlichten Hockern und gehörte einer älteren Inderin, die ein Kleidungsstück trug, das Antonia zum ersten Mal sah – einen dunkelgrünen Sari. Ihre neue Bekannte hatte Antonia erklärt, dass sich Weiße nie hierher verliefen. Das karamellfarbene Getränk wurde in Blechbechern serviert. Es schmeckte ungewohnt und köstlich zugleich, eine seidig weiche Mischung aus fremden Gewürzen, Milch und sehr viel Honig.

»Alle möglichen Nationen haben die Küste von Ostafrika für sich erobert«, sagte Mathilde Bitterli gerade. »Die Araber ließen ihre Sprache hier, aber die Menschen haben sie zum Swahili vereinfacht. Die Portugiesen bauten Kastelle, die Deutschen Krankenhäuser und ebenso wie die Briten Eisenbahnen. Die Inder kamen, um an der Küste Handel zu treiben, und brachten den Tee aus ihrer Heimat mit. Und den Brauch, daraus diesen *masala chai* zu machen.«

Die Sonne versank glühend rot im Meer, dessen Farben sich dabei von Türkisblau zu Nachtblau veränderten. Das geschah mit einer Schnelligkeit, die Antonia schon während der Schiffsreise aufgefallen war, die sie jedoch immer noch erstaunte. In der Nähe des Äquators kam die Nacht mit überraschender Geschwindigkeit.

»Sie wissen viel über diese Gegend«, sagte sie.

»Meine Eltern waren als Missionare nach Afrika gekommen. Ich habe sie aus ganzem Herzen verehrt. Was sie taten, habe ich nie infrage gestellt. Wie eine christlich erzogene Tochter eben denkt. Während sie hierblieben, studierte ich in unserer eigentlichen Heimat, der Schweiz. Mein Blick auf das Land, in dem ich aufgewachsen war, veränderte sich dadurch«, sagte die Diakonisse und fügte nach einer kurzen Pause hinzu: »So wurde auch die Meinung über die Arbeit meiner Eltern eine andere.«

»Inwiefern?«

»Missionare sehen in aller Regel ihre Aufgabe darin, den Menschen zu sagen, was sie tun und glauben sollen. Ich möchte den Einheimischen zuhören, um herauszufinden, wie ich helfen kann. Ob Sie es glauben oder nicht: Auf diese Weise habe ich Methoden gelernt, wie man hiesige

Erkrankungen behandeln kann.« Frau Bitterli musterte Antonia. »Wir werden vermutlich im Krankenhaus zusammenarbeiten. Sie als Ärztin werden mir sagen, was ich zu tun habe.«

»Das kann sein«, erwiderte Antonia vorsichtig. »Allerdings werde ich Ihren Rat gern annehmen, denn Sie haben viel Erfahrung.«

»Danke für die Vorschusslorbeeren.« Frau Bitterli lächelte zurückhaltend. »Wären Sie einverstanden, mich beim Vornamen zu nennen? Ich heiße Matti.«

»Gern! Zu mir sagt niemand Antonia. Ich bin für alle Toni.«

»Matti hat mich mein Vater genannt. Er wollte eigentlich einen Matthias. Als Prediger hätte er eben gern einen Apostel an seiner Seite gehabt.« Mathilde Bitterli lächelte und gab Antonia die Hand: »Freut mich, dich kennenzulernen, Toni. Doktor Lancaster überlässt dir die gynäkologische Abteilung, nehme ich an.«

»Ich habe den Eindruck, dass es nicht viel zu tun geben wird.«

»Nicht im Krankenhaus. Das ist wahr.«

Die Lichtverhältnisse waren zu schlecht, um an Mattis Miene ablesen zu können, wie das gemeint war. Antonia entschied sich, das Gesagte erstmal so stehen zu lassen. Es würde sich früh genug zeigen, was es mit dieser Klinik auf sich hatte. Machte es überhaupt Sinn, eine derart große Anlage aufrechtzuerhalten, wenn es keine Patienten gab?

Es war Nacht geworden. Entlang der Küstenstraße brannten einige offene Feuer. Nur im großen Krankenhauskomplex gab es elektrische Lampen, was die Anlage in der Schwärze ihrer Umgebung eigentümlich fremd wirken ließ. Die Menschen, die im Schatten der hohen Einfriedung kauerten, waren deshalb kaum zu erkennen. Matti blieb vor einer Frau stehen, die vor sich am Boden einen Grill aufgebaut hatte – ein paar Steine und ein Rost. Darauf lag etwas, dessen Duft Antonia das Wasser im Mund zusammenlaufen ließ.

»Ich habe einige Male bei ihr gekauft«, sagte Matti. »Du kannst essen, was sie anbietet.«

»Was ist es denn?«

Ihre Begleiterin tauschte mit der Afrikanerin ein paar schnelle Worte in Swahili, von denen Antonia nichts verstand. Matti gab ihr Geld und nahm im Gegenzug ein großes Bananenblatt entgegen, das als eine Art Teller für einige Stückchen Fleisch diente. Das übergab sie an Antonia.

»Sie sagt, es sind kleine Schweine. Also vermutlich Ferkel.«

Das Fleisch war scharf gebraten und schmeckte gut. Antonia wunderte sich jedoch: »Du selbst magst nichts essen?«

»Oh doch.«

Was sie meinte, erschloss sich kurz darauf. Nun erstand Matti von einer anderen Frau etwas und erklärte: »Ich habe selbst nicht viel, das ich geben kann. Aber das verteile ich auf möglichst viele.«

Ein kleines Kind lief auf Matti zu und zupfte an ihrem Rock.

»Er will mir etwas zeigen.«

»Kennst du ihn?«, fragte Antonia.

»Nein, die Leute kennen mich.« Sie begründete ihre nebulöse Erklärung nicht näher.

Der Knabe führte die beiden Frauen zu einer Ansammlung von Hütten. In der Dunkelheit waren sie nur dadurch auszumachen, dass hier offene Feuer brannten. Es wirkte heimelig und abenteuerlich zugleich. Aus einer der aus langen, dünnen Baumstämmen, Gräsern und Palmblättern errichteten Behausungen erklangen deutliche Schmerzensschreie und ebbten wieder ab.

»Klingt, als bekäme jemand ein Kind«, stellte Antonia fest. »Will der Kleine, dass wir seiner Mutter helfen?«

Zwangsläufig dachte sie an den blitzblanken Kreißsaal einige hundert Meter entfernt. Hinter der hohen Mauer. Das Kind lief jedoch an der Hütte vorbei.

»Dafür brauchen die Frauen uns nicht, Toni. Die bekommen im Laufe ihres Lebens so viele Kinder, dass sie wissen, wie sie sich gegenseitig beistehen können.«

»Nicht jede Geburt läuft glatt«, wandte sie ein.

»Das ist dann der Wille des Herrn.«

»Dafür haben wir den Beruf nicht ergriffen.«

»Haben wir ihn ergriffen, um in einem kaum genutzten Krankenhaus zu arbeiten?«, fragte Matti.

Ich muss erst Erfahrungen sammeln, stehe ganz am Anfang meiner Laufbahn. Ein Krankenhaus, in dem es ruhig zugeht und ich lernen kann, ist genau das Richtige. Diese Entgegnungen schwirrten Antonia durch den Kopf. Nichts davon kam über ihre Lippen. Sie spürte, dass etwas falsch war an dem, was sie hier vorfand, konnte aber nicht erkennen, wie es zu ändern war.

»Warte einen Moment.« Matti verschwand mit dem Jungen in einer Hütte.

Es roch nach offenem Feuer, darunter lag schwer der süßliche Geruch von Fäulnis und Feuchtigkeit. Antonias Augen hatten sich inzwischen an die Finsternis gewöhnt. Wenn sie sich konzentrierte, ließ sie die Abwesenheit des Lichts durchaus viel mehr erkennen als erwartet. So kamen von allen Seiten Kinder verschiedenen Alters herbei. Scheu hielten sie Abstand, aber Antonia hörte sie kichern.

Von dem, was die Kinder sagten, verstand sie vor allem

ein Wort – *msungu*. Laut Swahili-Wörterbuch bedeutete es Fremdling, wurde aber nur für Weiße verwandt.

»*Watoto*!« – Kinder!, rief sie in die Runde und erntete befreites Lachen.

Nun gesellte sich Matti zu ihr. »In der Hütte liegt ein Mann mit einem gebrochenen Arm«, berichtete sie. »Er ist schon sehr schwach, die Wunde ist hoffnungslos entzündet.«

»Du meinst, man müsste dringend amputieren?«

»Der Wundbrand bringt ihn sonst um.«

»Wo gibt es ein Krankenhaus?« Sie hatte die Frage bereits gestellt, als ihr bewusst wurde, wie unsinnig sie war: Sie selbst würde dort arbeiten!

»Siehst du«, sagte Matti, »jetzt bist du in die Falle getappt.«

»Falle?«

»Du gehst wie selbstverständlich davon aus, dass die Einheimischen nichts vom *Ocean Road* zu erwarten haben.«

»Es ist alles neu für mich.«

»Ich mache dir keinen Vorwurf, Toni. Im Gegenteil: Schade, dass du ausgerechnet an deinem ersten Abend die Schattenseiten siehst.«

»Ich spreche mit Doktor Lancaster«, sagte sie. »Es ist Unrecht, wenn die Einheimischen in ihrem Elend alleingelassen werden. Meinst du nicht auch, er denkt ähnlich wie wir?«

In den folgenden Tagen lief ihr Dr. Lancaster weder über den Weg noch traf sie ihn in seinem geräumigen Büro an. Zu tun gab es nicht viel: Eine englische Dame brachte ohne Probleme mit Antonias ärztlicher Begleitung und unter Mattis Beistand einen gesunden Knaben zur Welt. Und ein

Junge wurde mit starken Bauchschmerzen eingeliefert. Weil Antonia eine Blinddarmentzündung vermutete, erfuhr sie überhaupt erst, dass dem Krankenhaus zwei Chirurgen zur Verfügung standen. Einer war im Inland unterwegs, um in einem mehrere Tagesreisen entfernten Krankenhaus überfällige Operationen durchzuführen. Der andere musste durch einen Boten herbeigeholt werden. Dr. Coleman war ein rothaariger Brite von etwa fünfzig, der sie so behandelte, wie sie es befürchtet hatte – wie eine Krankenschwester.

»Ich bin Ärztin«, sagte sie zu ihm auf Englisch.

»*I don't like Germans*«, lautete Colemans Erwiderung.

»Sie kennen mich doch gar nicht«, gab sie in seiner Sprache zurück.

»Ich will Sie auch nicht kennenlernen«, schnarrte der Kollege.

Zumindest konnte Antonia Herrn Coleman zugutehalten, sein Handwerk als Operateur zu beherrschen.

Als Antonia Matti von dieser Begegnung erzählte, meinte sie: »Der Krieg ist immer noch in den Köpfen der Menschen. Er sieht dich einfach nur als Deutsche, den Feind. Nimm es dir nicht zu Herzen und erledige deine Arbeit so gut wie möglich. Dann wird er dich respektieren lernen.«

Da sie als Ärztin kaum zum Einsatz kam, nutzte Antonia die Gelegenheit, um den vernachlässigten Garten zu verschönern. Der Gärtner, dem bislang offenbar niemand aufgetragen hatte, auch hier sein Können zu zeigen, wollte zunächst nicht zulassen, dass sie mit anpackte. Der Mann sprach kein Englisch, und ihr Swahili war lückenhaft. Schließlich verstand sie, was er ihr sagen wollte: Das gehöre sich doch nicht für eine Lady!

Sie machte ihm begreiflich, dass sie schon als Backfisch in der Landwirtschaft mitgeholfen habe.

»Von wegen: Lady!«, setzte sie lachend hinzu.

Gemeinsam entfernten sie Totholz und altes Laub. Vor allem wurde der Wasserhahn repariert. Als der kleine Springbrunnen leise plätscherte, war es zwar noch immer nicht so wie in ihrer Kindheit, aber es wirkte freundlicher. Sobald die Liegestühle instand gesetzt waren, legte sie sich in einen hinein und ließ den Blick schweifen.

Sie hielt es nur kurz aus. Im ersten Moment dachte sie, es läge an ihrer inneren Unruhe. Aber es war eindeutig das Heimweh, das sie wie ein heimtückisches Raubtier überfiel. Schon als Ben von Bord gegangen war, hatte sie eine leichte Melancholie überkommen. Diesmal war es stärker. Denn hier, im mühsam wiederhergestellten Garten ihrer Kindheit, war es so offensichtlich: Sie suchte weniger nach ihren Wurzeln. Nein, mit dieser Reise wollte sie die Zeit zurückdrehen. Und gestand sich ein, dass die Verklärung, mit der sie an Afrika gedacht hatte, der Betrachtung durch ihr erwachsenes Ich nicht standhalten konnte.

Ihre Mutter hatte einmal etwas erzählt, das ihr nun einfiel: »Nach deiner Geburt wurde der Wunsch immer stärker, noch etwas anderes zu tun, als Mutter zu sein. Obwohl dein Vater die Klinik leitete, durfte er mich nicht beschäftigen. Also suchte ich mir selbst Arbeit.«

Ja, das war die Lösung! Und die Arbeit wartete gewissermaßen auf sie. Aber nicht in diesen Mauern, sondern auf der anderen Seite. Denn da war zum Beispiel der Afrikaner, der an einer Sepsis litt. Solch einem Menschen müsste sie helfen. Aber wie, wenn die Mittel dazu den Patienten im *Ocean Road* vorbehalten waren?

Später, als sie gerade zu einem Abendspaziergang am Meer aufbrechen wollte, begegnete ihr endlich Dr. Lancaster. »Ich habe eine wichtige Aufgabe für Sie«, sagte er. »Mit der *Wangoni* wurden neue Medikamente aus Europa geliefert. Machen Sie bitte eine Bestandsaufnahme.«

»Selbstverständlich.« Sie hatte sich erhofft, dass er ihr etwas Wichtigeres zu tun geben würde. »Noch eine Frage: Durch Zufall hörte ich von einem Einheimischen, der an einer Sepsis zu sterben droht. Es ist notwendig, dass der Mann hier behandelt wird.«

Lancaster zog die Augenbrauen skeptisch hoch, als er antwortete. »Es wird Möglichkeiten geben, wohin er sich wenden kann.«

»Die gibt es nicht. Wir hingegen haben fast nichts zu tun. Können wir nicht die Möglichkeit nutzen, die dieses moderne Krankenhaus bietet?«

»Bedaure«, erwiderte Lancaster. »Diese Regeln habe nicht ich erfunden.« Er wollte schon gehen, als ihm noch etwas einfiel: »Dr. Olafsen wird für morgen erwartet. Es wäre nett, wenn Sie sich uns zum Lunch anschließen würden.«

Dr. Olafsen saß bereits an Dr. Lancasters großem Esstisch, als Antonia eintrat. In seinem Blick lag stiller Triumph.

Sie war jetzt seit einer Woche in Daressalam. Erst die Einladung zum Lunch hatte sie an Dr. Olafsen erinnert. Als sie ihn nun in Lancasters Salon sitzen sah, dachte sie prompt als Erstes an Ben. Er war ihr zur Seite gestanden, als Olafsen gegen sie Front gemacht hatte. Das Gefühl dieser kurzen Zusammengehörigkeit verlieh ihr in diesem Augenblick eine Kraft, als wäre er bei ihr.

»Doktor Olafsen, wie schön, Sie zu sehen«, sagte sie in gespieltem Überschwang.

Von dem Schiffsarzt erntete sie einen Blick, der ihr sagte: Ich habe mich schon über Sie beschwert und rate Dr. Lancaster, Sie auf der Stelle vor die Tür zu setzen.

»Der Kollege kommt gerade aus Lourenço Marques zurück und verbringt einige Tage bei uns«, plauderte Dr. Lancaster höflich.

Tanganjika grenzte im Süden an die portugiesische Kolonie Mosambik. Dessen Hauptstadt, mit deren Namen ein Elfenbeinhändler des 16. Jahrhunderts gewürdigt wurde, war der Endpunkt der *Deutsch Ost-Afrika Linie*. Von dort traten die Dampfer ihre Heimfahrt an. Das wusste Antonia, aber sie hatte nicht ahnen können, dass Olafsen sich für seine Rache so viel Zeit lassen würde.

»Sie werden sich prächtig in diesem schönen Krankenhaus erholen«, sagte Antonia.

»Vor allem sorge ich dafür, dass Klarheit herrscht«, erwiderte der Schiffsarzt. »Kollege Lancaster wird meine Beschwerde über Ihre Eigenmächtigkeiten telegrafisch an die *Deutsch Ost-Afrika Linie* weiterleiten.«

Anstatt dazu etwas zu sagen, blickte der Klinikleiter auf die aufgetischten Köstlichkeiten.

»Da wir die Speisen nicht kalt werden lassen wollen, fasse ich mich kurz«, sagte Antonia. »Doktor Olafsen, Sie legten mir nahe, die bevorstehende Geburt eines Kindes auf dem Schiff zu verhindern. Dies konnte ich mit dem ärztlichen Ethos nicht vereinbaren und setzte mich deshalb über Ihre Anweisung hinweg.«

Lancaster schwieg einen weiteren Moment, dann sagte er: »Das Huhn, das der Koch hier bereitet, ist wirklich exzellent.« Er machte eine kurze Pause. »Vielleicht etwas zu scharf, wie die restlichen Speisen. Aber wir sind schließlich in Afrika, nicht wahr?«

Das war alles, was zu diesem Thema gesagt wurde. Antonia kochte vor Wut.

Antonia traf Dr. Lancaster erst am nächsten Nachmittag. In einem Raum neben dem Schwesternzimmer sortierte sie gerade die von der *Wangoni* aus Europa mitgeführte Lieferung. Es war alles dabei. Medikamente, Spritzen, Verbände, Gummihandschuhe, chirurgisches Werkzeug. Vieles war sogar noch in einer Menge im Bestand gewesen, die angesichts dieses Patientenaufkommens über Monate ausgereicht hätte.

»Finden Sie alles zu Ihrer Zufriedenheit oder fehlt etwas?«, fragte Dr. Lancaster.

»Ich hätte mir gewünscht, dass Sie Dr. Olafsen auf seine Pflicht hingewiesen hätten, das Leben einer Schwangeren und ihres Kindes zu retten.«

Der Klinikleiter schloss die Tür. »Sie sind mit meiner Reaktion auf Olafsens Wunsch, seine Beschwerde weiterzuleiten, nicht zufrieden. Mir sind die Hände gebunden, Fräulein Thomasius.«

»Warum haben Sie keine Aussprache ermöglicht?«

»Weil ich weiß, wie so etwas ausgeht: Aussage steht gegen Aussage. Und der Kollege war Ihr Vorgesetzter. Haben Sie den Kapitän der *Wangoni* über die Sache informiert?«

Sie schüttelte niedergeschlagen den Kopf. »An die Möglichkeit habe ich nicht gedacht. Aber es gab viele Zeugen.«

»Letztlich zählt das Wort des Kapitäns.« Er seufzte. »Ich glaube Ihnen, dass Sie richtig gehandelt haben.«

»Ist das Telegramm schon abgeschickt?«

»Ja.« Er machte eine kleine Pause, setzte leiser hinzu: »Darauf durfte ich keinen Einfluss nehmen.«

»Was hat er geschrieben?«

»Keine Details. Natürlich nicht. Sie hätten sich der Insubordination schuldig gemacht.«

»Kann Dr. Olafsen mir schaden?«

»Ich weiß es nicht, Fräulein Thomasius. Auf den Schiffen bin ich ein Passagier wie jeder andere.« Er lächelte wieder zurückhaltend. »Ich bin froh, dass die Winde Sie hierher geweht haben. Dieses Krankenhaus ist voller griesgrämiger alter Männer. Es war an der Zeit, dass jemand wie Sie gekommen ist. Sie sind engagiert. Die Sache mit dem Garten ... Das ist wunderbar. Ich habe von der Entbindung gehört. Machen Sie weiter so, dann werde ich Ihnen ein glänzendes Zeugnis ausstellen«

»Danke, dass Sie das sagen.«

Mit einer linkisch anmutenden Geste deutete er auf die vielen Dinge, die sie sortieren musste. »Ich wollte Sie nicht aufhalten.« Damit ging er hinaus.

Sie blieb zurück mit dem Gefühl, dass Lancaster versucht hatte, ihr menschlich näherzukommen. Was war er eigentlich für ein Mann? Hatte er eine Ehefrau, eine Freundin? Zumindest war sein Anzug frisch gebügelt. Im Raum hing zudem ein frischer Herrenduft. Hatte er den zuvor auch benutzt?

Hatte er etwa versucht, mit ihr zu flirten?

»Das wollte ich dir zeigen«, sagte Matti.

Es schien nichts Besonderes zu sein, auf das sie Antonia hinwies. Die Umgebung hinter dem Krankenhaus bestand aus Gestrüpp, Büschen, dazwischen Bananenstauden, Palmen, einige Hütten. Hunde verteidigten mit lautem Gebell und gleichzeitig angstvoll eingezogenen Schwänzen Anwesen, deren Grenzen nicht zu erkennen waren. Kleine Kinder guckten aus großen Augen, riefen »*Msungu*!« und rannten kichernd weg. Alles wirkte chaotisch und ursprünglich zugleich. Eine Welt, die nach eigenen Regeln funktionierte.

»Hier ist das Krankenhaus, das deine Mutter aufgebaut hat«, schob die Diakonisse zur Erklärung nach.

»Wo?«, fragte Antonia.

In der Wildnis verbarg sich ein kaum erkennbarer Weg. Wohin er führte, war unklar.

»Erschreck nicht, wenn dir eine Ratte vor die Füße läuft«, sagte Matti.

»Oder eine Schlange«, ergänzte Antonia, die sich an die Horrorgeschichte erinnerte, dass Hennys erster Hund von einem Python verschlungen worden war.

»Vor Schlangen musst du keine Angst haben. Die hören dich kommen und verkriechen sich.«

»Du bist ganz schön abgebrüht, Matti.«

Die Diakonisse ging jetzt vor Antonia her und warf ihr grinsend einen kurzen Blick über die Schulter zu. »Man gewöhnt sich an alles.«

Antonia stimmte schweigend zu. Sollte sich das einstige Krankenhaus, das ihre Mutter an diesem Ort aufgebaut hatte, jedoch tatsächlich in diesem Dickicht verstecken, so war das schockierend.

Nach einer kurzen Wanderung blickte Antonia auf die Ruine eines Hauses. Aber es entsetzte sie nicht mehr. In gewisser Weise hatte sie nichts anderes erwartet.

»Da ist wohl nichts mehr zu machen«, sagte sie.

»So schnell darf man nicht aufgeben, Toni. Sieh nur, da sind sogar noch Fenster vorhanden.«

»Ohne Glas.«

»Da war nie welches drin.«

»Wirklich?«

»Man spannt einen engmaschigen Draht vor den Rahmen, damit keine Meerkatzen, Ratten oder Mäuse hineinkommen. Und sieh: Das Dach ist auch noch da.«

»Ein Teil davon.«

»Ach, Toni, sei nicht so pessimistisch! Das wird der letzte Sturm fortgeweht haben. Oder der vorletzte. Das kann man flicken.«

Matti stieß eine schief im Rahmen hängende Tür auf. Sollte das Haus einmal einen Fußboden gehabt haben, so bestand er nun aus einem Pflanzenteppich. Antonia erschrak, als direkt vor ihr ein Vogel laut schreiend hochflog und durch ein Loch im Dach entkam.

»Es ist ein Anfang, Toni. Wir können aus dem, was deine Mutter einmal begann, etwas Neues machen. Jenen Menschen helfen, für die sich die Briten nicht interessieren. Wir können an ihnen etwas gutmachen.«

»Das wird viel Geld kosten.«

»Du denkst zu weiß, Toni. Versuche wie eine *mwanamke mweusi* – eine schwarze Frau – zu denken!«

»Was meinst du? Du bist doch selbst weiß.«

»Ja, aber ich versuche es zumindest. Sieh dich um: Wir werden improvisieren. Also aus dem, was wir haben, das Beste machen. Ringsum sind so viele Menschen. Sie werden uns helfen.«

Antonia zögerte einen Moment, bevor sie eine Frage stellte, die sich ihr aufdrängte. »Warum hat man nicht erhalten, was meine Mutter aufgebaut hat?«

»Es hängt wohl mit dem Krieg zusammen, der auch hier zerstört hat, was unter Mühen entstanden war.« Matti sah Antonia mit einem hoffnungsvollen Lächeln an. »Die Leute können sich nicht selbst helfen, und ich schaffe das nicht alleine. Sie brauchen dringend eine Ärztin. Was meinst du, machst du mit?«

So ähnlich wie sie hatte sich wohl vor vielen Jahren ihre Mutter gefühlt. Mit fast leeren Händen stand sie vor einer großen Aufgabe.

»Na, das ist eine Überraschung! Wo kommst du denn her? Fährst du etwa schon wieder mit uns zurück nach Deutschland?«

Sünje, den Blondschopf in ein weißes Tuch gewickelt, musterte Antonia mit einem Gesichtsausdruck, der zwischen Verwunderung und Amüsiertheit lag. Sie stand in ihrer Küche, die Hände in die Hüften gestemmt, auf den Tischen Unmengen von Vorräten, die gerade vom Land herübergebracht worden waren. Mit demselben Boot hatte sich Antonia zur *Wangoni* übersetzen lassen.

»Dein Platz in unserer Kajüte ist noch frei. Der olle Olafsen hat niemanden gefunden, der ihm die Arbeit abnimmt«, sagte Sünje. Sie wurde ernst: »Afrika hat dir wohl nicht gefallen, was?«

»Es ist nicht so, wie ich erhofft hatte, aber ganz so schnell gebe ich nicht auf«, antwortete Antonia. »Ich bin hier, um dir Briefe mitzugeben.«

Sie reichte ihr, was in aller Eile entstanden war.

»Was denn? So viele?«

»Ihr lichtet gleich den Anker«, sagte Antonia. »Ansonsten hätte ich wohl noch ein paar Briefe mehr geschrieben.«

»Wer so viel schreibt, hat Heimweh und will zurück«, lautete Sünjes Schlussfolgerung. »Bist du sicher, dass du nicht doch mitkommen willst?«

Antonia holte aus ihrer Handtasche eine der hübsch leuchtenden Meeresschnecken heraus, von denen es am Strand so viele gab. »Du hast ja nie Zeit, an Land zu gehen. Das hier ist einer der Gründe, weshalb es mir dort, wo ich bin, letzten Endes gefällt«, sagte sie.

»Danke, das bekommt einen Ehrenplatz über meinem Kajütenbett.«

»Irgendwann fahren wir wieder gemeinsam zurück. Aber noch nicht heute.« Es war ein Versprechen, das sich Antonia auch selbst gab.

Wenig später war sie die einzige Person, die sich mit einem der Boote zurückbringen ließ. Aus der Ferne mutete Daressalam mit den deutschen Häusern und den beiden Kirchen paradiesisch schön an. Mittlerweile kannte Antonia einige der Schattenseiten. Die gab es überall, doch sie war nicht so weit gereist, um sich damit abzufinden. Die Welt konnte stets ein besserer Ort werden. Egal, wo man war.

Gedankenschwer lief sie vom Strand zurück zum Krankenhaus. Als sie die Anhöhe erreicht hatte, ertönte das vertraute Horn der *Wangoni* zum Abschied, und sie sah dem Dampfer nach. Er drehte in Richtung des offenen Meers und nahm Fahrt auf. Das sah so endgültig aus: Frühestens in einem Monat würde wieder ein Schiff gehen. Antonia spürte ihre Wehmut und zwang sich, tief durchzuatmen.

Was würden die Lieben zu Hause denken, wenn sie ihre vielen Briefe lasen?

ICH KÜSSE IHRE HAND, FRAU DOKTOR

— ◆ —

Berlin, Mai 1928

Ihre Toni hat endlich geschrieben! Ach, Frau Doktor, das müssen Sie mir aber auch mal erzählen, wie's ihr so ergeht im fernen Afrika.«

Frau Priwitz trug die Post wohl schon seit anderthalb Jahrzehnten in der Luisenstraße aus. Ricarda vermutete, dass ihre Fantasie durch die vielen Absenderangaben auf den Umschlägen jeden Tag aufs Neue angestachelt wurde.

Ricarda war an diesem Morgen etwas spät dran, denn Siegfried hatte unruhig geschlafen. Die Schmerzen im Bein machten ihm zu schaffen, aber sie vermutete, dass es noch etwas anderes war. Allerdings würde er nie zugeben, dass er sich Sorgen machte, weil Antonias Briefe überfällig waren. Er war doch so stolz auf seine unternehmungslustige Tochter!

Erwartungsvoll blickte er sie an, als sie mit dem Brief zur Tür hereinkam. »Antonia?«, fragte er.

Sie küsste ihn erleichtert auf die Wange und setzte sich neben ihn. Seite an Seite saßen sie am Küchentisch und sogen die Worte auf wie Honig:

Meine Freundin Matti und ich dürfen nicht untätig bleiben. Sie sagt, es wäre schon damals so gewesen, dass die Schwarzen nicht im Gouvernements-Krankenhaus behandelt werden durften. Stimmt das? Ich komme mir so töricht vor, von nichts gewusst zu haben.

»Wir hätten sie besser vorbereiten müssen auf das, was sie erwartet«, sagte Siegfried.

»Mach dir keine Vorwürfe«, erwiderte Ricarda. »Du hast zwar formell die Verantwortung getragen. Aber als Sanitätsoffizier warst du in die Befehlskette eingebunden.«

»Durch das ganze riesige Deutsch-Ostafrika bin ich damals wochen-, monatelang gereist und habe die Krankenhäuser kontrolliert, in denen unsere Soldaten und Siedler behandelt wurden. Das Elend der einheimischen Bevölkerung habe ich kaum wahrgenommen. Ich habe diese Leute im Stich gelassen«, bekannte Siegfried.

Er gehörte nicht zu jenen Menschen, die getröstet werden wollten, wenn sie sich mit unbequemen Tatsachen selbst belasteten. Darum konnte Ricarda ihm rundheraus zustimmen. Es gab jedoch auch eine andere Seite der Wahrheit, an die sie ihren Mann nun erinnerte: »Du hast damals kaum mitbekommen, wie ich versucht habe, direkt zu helfen. Viele wollten das nicht, weil sie ihren eigenen Ärzten mehr vertrauten. Wir waren immer die Fremden, die Eindringlinge, denen man mit Vorsicht begegnete.«

»Das hat sich bis heute nicht geändert. Die Briten haben uns nicht vertrieben, weil sie sich für die besseren Menschen halten.« Siegfried seufzte. »Ich fürchte, Toni wird noch sehr ernüchternde Erfahrungen machen.«

Schweigend lasen sie zu Ende.

»Oh, da hat sie sich ja was vorgenommen«, lautete Siegfrieds Kommentar.

»Mein schönes Eingeborenenspital – eine Ruine!«, sagte Ricarda.

»In den Tropen ist ein Haus nach einem Jahr eine Bruchbude, wenn man es nicht ständig repariert.«

»Wir müssen etwas tun, Siegfried. Antonia braucht unsere Hilfe.«

Ricarda faltete ein Blatt auseinander, das eine lange Liste mit Gegenständen enthielt, die ihre Tochter für den Betrieb ihres kleinen Krankenhauses benötigte. »Lass uns zusehen, wie wir zusammenbekommen, was Toni braucht.«

»So etwas Schönes habe ich noch nie erlebt«, flüsterte Vicky hingerissen.

Wenige Meter entfernt, nur getrennt durch den Orchestergraben, sang der weltberühmte Tenor Richard Tauber. Henny und ihre musikbegeisterte Tochter saßen im Deutschen Künstlertheater auf einem der besten Plätze: Parkett Mitte, Reihe 1. Die Charlottenburger Bühne in der Nähe des Zoos war gerade einer der Favoriten der Kunstszene der Metropole. Der ebenso berühmte Komponist Franz Léhar hatte seine diesjährige Operette »Der Zarewitsch« seinem Freund Tauber auf den Leib komponiert und ließ sie hier uraufführen. Ein Weltereignis! Die Operette handelte von einem Zarensohn, der nichts von Frauen hielt, bis ihm ein Mädchen namens Sonja begegnete.

Mit der sang Richard »Zarewitsch« Tauber gerade »Liebe mich, küsse mich«. Die Stimmlage der Sonja war – wie sich das für eine Operette gehörte – die einer Soubrette.

Zu Hennys anderer Seite hielt sich ihre Freundin Cornelia Herz ein Opernglas vor die Augen, richtete es allerdings nicht auf die Bühne. Nellys Aufmerksamkeit galt vielmehr dem Geschehen weiter oben in den vorderen, der Bühne nahen Rängen, denn sie war für die *Public Relations* des Künstlertheaters zuständig. Der Saal war gespickt mit Prominenz, die Cornelia eingeladen hatte, damit morgen in den Zeitungen stehen würde, wer alles Herrn Tauber bejubelt hatte. Das war gut für die Bekanntheit des Künstlertheaters.

Als die Freundin das in Perlmutt gefasste Fernglas absetzte, kreuzten sich ihre Blicke. Sie grinsten sich an. Um hier, auf den besten Plätzen zu sitzen, waren sie beide einen weiten Weg gegangen. An dessen Anfang hatten sie nicht absehen können, dass er sie ausgerechnet hierherführen würde. Vor bald zwanzig Jahren hatten Henny und Cornelia sich während des Medizinstudiums kennengelernt. Nelly hatte sich jedoch entschieden, Schauspielerin zu werden, und danach mehrfach den Beruf gewechselt. Noch aus einem anderen Grund hatten die Freundinnen eine enge Verbindung: Vickys Vater war früher ein guter Bekannter von Nelly gewesen.

»Du hast doch anschließend noch Zeit?«, wisperte Nelly. »Ich stelle ihn dir vor.« Womit sie Richard Tauber meinte.

Um anzudeuten, dass sie auf dieses Treffen nicht erpicht war, verzog Henny ein wenig das Gesicht. Worüber sollte sie mit einem Tenor reden? Von Musik verstand sie rein gar nichts.

»Er will dich unbedingt treffen«, flüsterte die Freundin geheimnisvoll.

Der große schwere Mann mit dem leicht rötlichen Haar im tadellos sitzenden Smoking wurde von seinen Verehrerinnen bestürmt. Zu einem geselligen Beisammensein hatte Cornelia in das nahe dem Theater gelegene »Romanische Café« eingeladen. Es war der Treffpunkt des schönen, prominenten und reichen Berlins.

»Herr Tauber, ein Autogramm, bitte.«

Schellackplatten wurden ihm gereicht, auf dass er sie mit seinem handschriftlich hinzugefügten Namen veredelte.

Richard Tauber wirkte äußerlich sehr gelassen, als er den Wünschen seiner Verehrerinnen nachkam. Nur ab und zu warf er einen kurzen Blick zur Seite. Direkt neben ihm unterhielt sich eine zarte, dunkelhaarige Frau mit einem attraktiven Herrn. Sie schien deutlich jünger zu sein als der Tenor, der Ende dreißig war, und flirtete mit ihrem Gesprächspartner. Der Typ Frau, den sie verkörperte, war gerade modern. Die Augen mit dunklem Make-up umschattet, das zum Bob gestylte Haar kinnlang, der Mund knallrot geschminkt.

Ein Vamp, wie Henny fand und dabei immer an das verwandte Wort Vampir denken musste. Wenn das Taubers Gattin war, sollte er gut auf sein Eheglück aufpassen.

»Nun ist's genug, meine Damen«, sagte Cornelia Herz resolut. »Lassen Sie noch etwas von Herrn Tauber übrig. Er soll ja auch noch morgen singen können.« Obwohl Hennys Freundin selbst eine zierliche Person war, gelang es ihr durch ihre natürliche Autorität, Tauber gegenüber seinen Fans abzuschirmen.

»Mein lieber Richard, wie versprochen. Das ist sie: Doktor Henriette Vandenberg.«

»Gnädige Frau, ich bin entzückt.« Der Tenor verbeugte sich leicht, um einen Handkuss anzudeuten.

Auf sie wirkte das aus der Zeit gefallen, aber Nelly hatte sie vorgewarnt: »Tauber ist Österreicher. Er liebt es theatralisch.«

Taubers Gattin Carlotta wurde aufmerksam. »Eine Frau Doktor? Wie interessant. Was heilen Sie?«

Das klang seltsam feindselig.

»Die Krankheiten meiner Patientinnen«, gab Henny zurück.

Tauber lachte und schien sich dabei zu verschlucken, denn er hustete. Gleichzeitig drängte Vicky heran.

»Meine Tochter«, stellte Henny sie vor. »Vicky verehrt Sie und ist sehr musikalisch.«

Tauber zog einen Monokel aus der Brusttasche und schob ihn sich vor das rechte Auge: »Ganz entzückend.«

»Darf ich Sie etwas fragen, Herr Tauber?« Vicky sah zu dem großen Sänger empor.

Scheu vor Berühmtheiten war ihr fremd. Sie war es gewohnt, dass ihre Eltern mit bekannten Menschen verkehrten.

»Natürlich. Möchtest du auch eine Sängerin werden?«, erkundigte sich der berühmte Mann.

»Ich spiele lieber Klavier. Aber stimmt es eigentlich, dass man nicht singen sollte, wenn man heiser ist?«, fragte Vicky.

»Aber Vicky, Herr Tauber ist doch nicht heiser«, sagte Cornelia sofort.

Einen heiseren Tenor wollte niemand hören!

»Sehr richtig, mein Kind«, erwiderte Tauber. »Heiser zu singen, ruiniert die Stimmbänder.« Damit ließ er die Sehhilfe wieder aus seinem Gesicht gleiten und wandte sich Henny zu. »Meine Frau und ich logieren im ›Adlon‹. Fräulein Herz sagte mir, das wäre nicht weit entfernt von Ihrer Praxis, Frau Doktor.«

Henny fing einen weiteren skeptischen Blick von Taubers Gemahlin auf. Worauf lief das hinaus?

»Ich wollte Sie fragen, ob Sie Zeit hätten, mit uns morgen einen Tee zu trinken. Am Nachmittag, so gegen sechzehn Uhr«, sagte Tauber.

Henny wusste, dass der folgende Tag komplett mit Terminen belegt war, aber sie willigte ein.

Im Taxi auf dem Heimweg schmiegte sich Vicky an sie. »Danke, Mutter, dass du mich mitgenommen hast.«

»Warum hast du das mit der Heiserkeit gesagt?«

»Tante Cornelia hat sich darüber geärgert. Ich weiß. Aber ich dachte, jeder hätte es gehört.«

»Was denn, Vicky?«

»Er trifft nicht alle hohen Töne, und seine Stimme klingt, als hätte er Halsschmerzen. Ich glaube, er wird dich bitten, ihn zu behandeln.«

Mit der Arzttasche in der Hand am helllichten Tag in einem Luxushotel zu einer Verabredung zum Tee zu gehen, machte vielleicht keinen beruhigenden Eindruck. Allerdings wusste Henny keine andere Lösung.

»Im Theater waren mehr als tausend Menschen«, hatte sie am Vorabend zu Vicky gesagt. »Sie haben Herrn Tauber stehend applaudiert. Meinst du denn nicht, dass einige davon gehört haben könnten, was du gehört hast?«

»Das haben sie auch gehört, Mutter«, hatte ihre selbstbewusste Tochter erwidert. »Aber sie denken, dass Herrn Taubers Stimme so klingt.«

Henny hatte sich diesem Argument geschlagen gegeben; es war ihr schließlich nicht anders ergangen. Nun, da sie mit dem Fahrstuhl zu Taubers *Kaisersuite* im zweiten Stock emporfuhr, fragte sie sich längst nicht mehr, ob ihr Töchterchen recht hatte. Tauber hatte es zwar nicht ausdrücklich gesagt, aber es konnte nur einen Grund geben, sie zu treffen. Und den hatte Vicky benannt.

Tauber öffnete die Tür selbst. Er trug einen Hausmantel, den Hals durch ein blassgelbes Seidentuch geschützt. Am Ritual des Handkusses hielt er fest, während sein Blick auf ihre schwere Tasche fiel. Er räusperte sich. »Sie sind gerüstet?«, fragte er lächelnd.

»Wenn ich die Tasche nicht dabeihabe, habe ich das Gefühl, mir fehlt etwas.«

»Sie haben eine bemerkenswerte Tochter, Frau Doktor Vandenberg. Ein Wunderkind.«

»Danke. Ich wundere mich gelegentlich, dass Vicky mein Kind ist«, scherzte sie lächelnd. »Anders als ihr ist mir an Ihrer Stimme nämlich nichts aufgefallen.« Sie war entschlossen, nicht lange drumherum zu reden: »Haben Sie Beschwerden?«

Tauber führte sie zu einer kleinen Sitzgruppe nahe dem

Fenster, hinter dessen Vorhängen das Brandenburger Tor zu erkennen war. Drei Porzellantassen standen bereit, eine war bereits benutzt, die Kanne wurde von einem Stövchen warmgehalten. Tauber räusperte sich erneut und schenkte ein.

»Vielleicht war es ein Fehler, Sie hierher zu bitten«, sagte er. »Ihre Tasche.«

»Oh, Sie meinen, jemand könnte mich erkannt haben?«

»Sie sind eine Krebsspezialistin. Ich möchte vermeiden, dass man über mich redet. Mein Impresario handelt sehr gute Gagen für mich aus. Mit anderen Worten: Es geht um viel Geld.«

»Ebenso wie um Ihre Gesundheit.«

Tauber bedeutete ihr, Platz zu nehmen, und trank einen Schluck Tee. »Ich fürchte, ich bin ein sehr kranker Mann. Ich bitte Sie, meine Stimme zu retten, bevor ich sie verliere.«

Also hatte Vicky recht! Nur hatte Henny viel zu selten im Hals-Nasen-Ohren-Bereich gearbeitet.

Die Tür zum Nebenzimmer öffnete sich, und die ausgehfertige Gattin des Startenors kam lächelnd auf Henny zu. »Glauben Sie ihm kein Wort. Richard ist kerngesund. Nur ein wenig melancholisch und voller Selbstmitleid. Das sind Tenöre im Allgemeinen.«

»Ach so?«, sagte Henny.

»Ja, das ist so. Glauben Sie mir. Tenöre hätten gern das Stimmvolumen eines Baritons. Aber da ist immer ein bisschen zu wenig.« Sie lächelte falsch.

Der berühmte Sänger, im Sitzen annähernd so groß wie seine zierliche Frau, schwieg mit betroffen gesenkten Augen. Es war offensichtlich, dass sie mit ihm machen und über ihn sagen konnte, was sie wollte. Er würde es hinnehmen.

»Nun, ihr zwei Hübschen, dann viel Spaß bei euren Doktorspielen. Adieu«, sagte Carlotta Tauber und stöckelte auf hohen Absätzen mit schnellen, kleinen Schritten hinaus.

»Sie hat gerade keine gute Laune. Verzeihen Sie, Frau Doktor. Carlotta hatte gemeint, dass sie die Stella hätte singen müssen. Die Direktion war anderer Meinung. Mir ist es nicht gelungen, das zu ändern.«

»Ich wusste nicht, dass Ihre Frau ebenfalls singt«, gab Henny freimütig zu.

Eifersucht auf die Arbeit des Partners war Gift für jede Ehe. Henny kannte dieses Gefühl – es machte ihr Carlotta dennoch nicht sympathischer.

»Wollen wir mit der Untersuchung beginnen?«, fragte sie und holte ihren Kehlkopfspiegel hervor.

Es hatte nicht ausgereicht, Herrn Taubers Stimmbänder im Hotelzimmer zu untersuchen, so hatte er sie in die Praxis begleitet. Nun waren die Röntgenplatten entwickelt und hingen an der Leuchtenwand in Hennys neuem Röntgenlabor, einem karg mit Tisch und Stühlen eingerichteten Raum. Der berühmte Mann klemmte sich das Monokel vors Auge und starrte gebannt auf die Glasplatten. Darauf zu sehen waren sein Inneres, auf dem einen der Bereich des Halses, auf dem anderen die Lungen.

»Sie haben gesagt, Sie hätten meine Heiserkeit nicht gehört«, sagte Richard Tauber und trat voller Respekt von den Aufnahmen so weit zurück, wie die Größe des Raums es erlaubte. »Und ich sehe nicht, was Sie sehen, Frau Doktor.«

»Zum Glück«, sagte Henny. »Denn das lässt mich hoffen, dass es nicht zu spät ist.«

»Wie nennt man das, was ich habe?«

»Ein Glottiskarzinom.«

»Ein was?« Er räusperte sich.

Henny hatte sich mit einem Kollegen beraten, der den

Sänger operieren würde. Die Röntgenaufnahme zeigte nun, dass dies der einzige Krebsherd war. Sie wollte Herrn Tauber seine Symptome erklären, ohne ihn in Existenzängste zu versetzen. Denn er verdiente sein Geld ausschließlich mit dem Organ, das zu verstummen drohte.

»Der Röntgenapparat, den meine Schwester *der General* getauft hat, ist ein erstaunliches Ding«, sagte sie im Plauderton. »Er offenbart die Vergangenheit meiner Patienten. Zumindest, was deren Gesundheit betrifft.«

»Was sehen Sie da?«

»Sie hatten vor vielen Jahren Tuberkulose«, stellte sie fest.

»Frau Doktor! Niemand darf das wissen!«

»Von mir erfährt das auch niemand.«

Tauber sank auf einem Stuhl in sich zusammen. Jetzt hustete er. Henny ließ ihm Zeit. Sie war lange genug Ärztin, um zu wissen, dass Priester und Mediziner oft die einzigen waren, die von den wahren Geheimnissen eines Menschen erfuhren. Sie trugen damit eine große Verantwortung, die mit Respekt und Sanftheit gehandhabt werden musste.

Tauber richtete sich auf. »Die Leute sehen mich auf der Bühne als strahlenden Helden. Aber das ist nicht der wahre Richard.«

Er stand auf, ging ein paar Schritte, kam zurück zum Tisch. Es war ein wenig, als spielte er auf der Bühne.

»Ich war ein Bastard, ein uneheliches Kind. In einer kleinen Stadt an der Donau zog meine Mutter mich allein groß. Wir waren arm, sehr arm. Armut schwächt, und sie macht krank. Sie haben recht: Ich hatte Tuberkulose. Aber ich hatte auch eine Mutter, die um mich kämpfte. Es gelang ihr, meinen Vater aufzusuchen. Er lebte weit entfernt in einer anderen Stadt und wollte nichts mit uns zu tun haben. Meine Mutter schaffte es, dass er dafür sorgte, dass ich gesund wurde.«

Taubers Miene nahm einen verklärten Zug an.

»Vaters Eingebung war es, dass ich Stimmübungen machte, um meine Lungen zu kräftigen. Er war am Theater beschäftigt, deshalb lag seine rettende Idee nah. Diesem Umstand verdanke ich die Entdeckung meiner Stimme.« Seine Gesichtszüge entglitten ihm. »Werde ich sie verlieren?«

»Wir werden darum kämpfen, dass das nicht geschieht, Herr Tauber.«

Im Sprechzimmer erklärte sie ihm anhand des Anatomiebuchs die Lage von Kehlkopf und Stimmbändern.

»Die Glottis ist die Heimat Ihrer Stimme. Dort hat sich eine Veränderung gebildet. Dies Karzinom entfernt man und anschließend wird *der General* es bestrahlen.«

»Können wir das heute machen?«

»Ich fürchte nein. Das wird ein paar Wochen dauern.«

»Wochen? Ich muss auftreten!«

»Aber doch gewiss nicht um den Preis, Ihre Stimme zu ruinieren.«

»Nein, natürlich nicht. Aber gibt es wirklich keine andere Lösung?«

»Leider nein. Andernfalls ...« Sie ließ den Satz unbeendet

Er gab sich geschlagen. »Carlotta, meine Frau, darf nichts von dem erfahren, was Sie dank Ihres *Generals* über mich wissen. Und lassen Sie sie bitte im Unklaren darüber, was ich habe.«

»Selbstverständlich.«

Offenbar hatte sie ihre Verwunderung nicht verbergen können, denn der berühmte Sänger sagte: »Carlotta nutzt jede meiner Schwächen aus. Ich liebe sie abgöttisch, auch wenn sie der größte Fehler meines Lebens ist.«

Er war ihr Patient, sie seine Ärztin. Stand ihr angesichts

dieses bewegenden Eingeständnisses eine Meinungsäußerung zu?

»Haben Sie schon einmal so verzweifelt geliebt, Frau Doktor?«, fragte er.

Natürlich erwartete der Künstler keine Antwort von seiner Ärztin. Es ging ihm viel mehr darum, die große Verzweiflung über seine unglückliche Liebe zum Ausdruck zu bringen. Dennoch traf Henny seine Frage ins Herz: Sogar sterben hatte sie wollen für die Liebe zu Victor. Vielleicht war der große, nachgiebig wirkende Star ihr unbewusst sympathisch, weil sie seine Gefühle verstand. Für sie beide war Liebe untrennbar mit Leiden verbunden.

»Weil Sie so tief empfinden können, liebt Ihr Publikum Sie so«, sagte Henny.

»Dann retten Sie mich, Frau Doktor.«

Am nächsten Tag rief Nelly an. Die umtriebige Freundin klang aufgelöst: »Henny, wir müssen reden. Aber nicht am Telefon!«

Es war bekannt, dass manches Fräulein vom Amt bei gewissen Gesprächen in der Leitung blieb, um zu lauschen.

Der Tiergarten war wenige Minuten Fußweg entfernt. Die Freundin hatte sich an einem Stand gegenüber vom Brandenburger Tor einen Zuckerkringel gekauft.

»Was hast du mit Richard gemacht?«, platzte sie sofort los. »Er rief gestern Nacht an, dass er sterben müsse.«

Henny konnte sich das Lachen nur schwer verkneifen. »Nelly, wir beide verkehren länger mit Künstlern, als uns lieb ist. Sie alle neigen zu theatralischen Auftritten.«

»Muss Richard sterben? Mir kannst du die Wahrheit sagen, Henny.«

»Nein, muss er nicht. Jedenfalls nicht wegen seines Glottiskarzinoms.«

»Kehlkopfkrebs? Du meine Güte! So schlimm?« Als einstige Medizinstudentin kannte Nelly sich aus. »So ein Desaster. Wird er je wieder singen?«

»Ich weiß es nicht. Ich kann ihn nicht selbst operieren. Das macht ein Kollege im Jüdischen Krankenhaus, der auf dem Gebiet mehr Erfahrung hat. Ich habe alles mit ihm besprochen und werde dabei sein.«

»Das heißt, Richards Auftritte müssen abgesagt werden.« Nelly warf den angeknabberten Kringel ärgerlich zu Boden, wo sich die Spatzen darüber hermachten. »Was soll ich den Leuten sagen, Henny?«

»Auf keinen Fall die Wahrheit, das ist klar. Irgendetwas mit Überanstrengung und dass er Ruhe braucht.« Dann hatte sie die Lösung: »Ein leichtes Rheuma. Das kann alles Mögliche bedeuten, und jeder Mensch kennt das.«

»Henny, du bist genial!« Nelly wirkte wie erlöst. »Der große Tauber hat, woran so viele leiden. Er ist zwar ein Gott, aber letztlich einer von uns. Ich werde sofort ein großes Interview mit ihm arrangieren. Da soll er das erzählen. Dann gehört er dir. Machen wir's so?«

»Die Diagnose Rheuma bring bitte nicht mit meinem Namen in Verbindung.«

»Natürlich nicht, Henny. Bei dir merke ich, dass du lange in diesem Hollywood gelebt hast. Du kennst die Spielregeln.«

»Erinnere mich bitte nicht daran, Nelly. Es war eine schreckliche Zeit.«

»Es tut mir leid, dass ich von Hollywood spreche. Aber ich habe einen Grund ...«, meinte Nelly etwas verdruckst. »Nicht so wichtig.« Sie verstummte.

Doch nun war Hennys Neugier geweckt: »Sag schon!«

Die Freundinnen hatten im Tiergarten das Luisen-Denkmal erreicht, das an die einstige Königin von Preußen erinnerte. Inmitten eines Teichs, in dem die Frösche quakten, träumte die bleiche, schöne Luise vor sich hin.

»Ich habe gehört, dass Victor in Berlin ist.« Es kostete Nelly hörbar Überwindung, es auszusprechen.

Henny starrte ihre Freundin, die unendliche viele Menschen aus dem Kunstbetrieb kannte, entsetzt an: »Hast du es gehört oder weißt du, dass es so ist?«

»Ich weiß es.«

Henny hatte das Gefühl, von der Vergangenheit eingeholt worden zu sein. Victor in Berlin! Um sich auszumalen, was das bedeutete, brauchte sie keine Fantasie. Früher oder später würde er vor ihrer Tür stehen. Er wusste, wo sie lebte. Schließlich hatte dieses Haus einmal seiner Mutter gehört. Im Zuge der Scheidung war es durch eine komplizierte Regelung an ihre gemeinsame Tochter Victoria gefallen.

Vicky, mit ihrem Feingefühl, spürte an diesem Abend, dass ihre Mutter etwas beschäftigte: »Warum bist du so nachdenklich?«

»Meine Arbeit, Vicky, sonst nichts.«

»Na klar.« Vicky glaubte ihrer Mutter kein Wort.

»Weißt du was: Spiel ein Stück auf dem Klavier, das meine Laune hebt. Vielleicht etwas Neues, worauf du stolz bist, dass du es endlich kannst.«

Vicky setzte sich ans Klavier, drehte die Sitzbank höher, lockerte die Finger. Ganz großer Auftritt. Dann legte sie los. Und spielte den Flohwalzer, wobei sie sich vor Lachen ausschüttete. Henny bemerkte sehr wohl, dass sie auf den Arm genommen wurde, aber sie lachte mit.

Als Vicky eingeschlafen war, sichtete Henny in ihrem Arbeitszimmer noch ein paar Unterlagen, konnte sich aber nicht konzentrieren. Denn in ihr war eine alte Grundangst erwacht. Als sie alle drei noch in Amerika gelebt hatten, hatte Victor versucht, ihr Vicky wegzunehmen, obwohl sie ein Kleinkind war. Henny hatte es gerade noch verhindern können. Würde er es erneut versuchen?

Wie hatte Richard Tauber gesagt? Wunderkind. Ob es so war, konnte Henny nicht beurteilen. Aber mit einem Talent, wie Vicky es besaß, ließe sich viel Geld verdienen. Denn sie trug ein Geschenk in sich – ihre musikalische Begabung kombiniert mit der Fähigkeit, sich darüber lustig zu machen.

Ihr Kind vereinte damit genau das, was ihre Eltern in der Phase ihrer größten Verliebtheit zueinander gezogen hatte. Victor war damals Pianist gewesen, ein junger, hübscher Kerl ohne jeden Ehrgeiz und mit unglaublich viel Charme. Henny hingegen hatte sich von ihrer Mutter ungeliebt gefühlt und das mit extremem Fleiß im Medizinstudium kompensiert. Von Victor umgarnt zu werden, hatte sie verunsichert; er schien mit ihrer Zuneigung zu spielen. Sie hatte ihn mit Karikaturen veralbert, die sie von ihm zeichnete.

Ihr Herz wurde schwer, als sie daran dachte. Sie hatte ihn vom ersten Augenblick an gemocht. Mehr als das, aber daran verbot sie sich zu denken. Denn es war alles schiefgegangen. Aus so vielen Gründen. Zuletzt gesehen hatte sie ihn vor über acht Jahren in New York, wo sie damals wohnte und arbeitete. Er hatte die Scheidung verlangt.

In Freystetten hatte Vicky nach ihrem Vater gefragt. Nun war er in der Stadt. Es sah so aus, als würde genau das geschehen, was sie vermeiden wollte. Also würde sie sich dem Unvermeidlichen stellen, indem sie sich gut vorbereitete. So hatte sie es schließlich auch geschafft, dass er bei der Scheidung nicht das Sorgerecht erhielt, obwohl das ganz selten die Kindsmutter zugesprochen bekam.

Sie blickte zur Standuhr neben dem Schreibtisch. Gleich

neun Uhr abends. Das mochte die richtige Zeit sein, um mit Florentine zu telefonieren.

Der Begriff Schwiegermutter hatte zu Florentine nie gepasst. Daran musste Henny denken, als sie die Tür öffnete. So frisch, als wäre sie gerade einem Jungbrunnen entstiegen, stand Victors Mutter vor ihr. Und das um halb zehn abends. Das vermutlich längst ergraute Haar strahlte im ewig jugendlichen Rot, ihr Teint war frisch, und auch die Blume fehlte nicht, die so etwas wie ihr Markenzeichen war. Diesmal war sie aus Diamantsplittern zusammengesetzt und zierte den Kragen ihres Mantels. Hätte Henny nicht gewusst, dass sie es mit einer Frau von sechsundsechzig Jahren zu tun hatte, hätte sie sie auf höchstens Anfang fünfzig geschätzt.

Da sagte Florentine: »Ach, du siehst aber ein bisschen abgekämpft aus, Henny. Geht's dir nicht gut?«

»Der Tag war lang. Ich hatte in der Praxis zu tun. Du weißt ja, wie das ist«, erwiderte Henny etwas gedankenlos.

»Nettes Kompliment, Henny, aber tatsächlich weiß ich es nicht. Ich habe nicht einen Tag in meinem Leben gearbeitet. Je älter ich werde, desto richtiger finde ich das. Arbeit macht alt und hässlich.« Während sie fröhlich drauflosredete, schwebte sie leichtfüßig in Hennys Wohnung ein.

»Florentine, sei bitte leise. Vicky schläft«, mahnte Henny und bemühte sich, ihre Besucherin auf dem kürzesten Weg in den Salon zu lotsen. Was angesichts der Größe der Wohnung nicht so schnell ging.

»Du hast nichts verändert«, stellte Florentine fest.

Sie hatte hier auch einmal gelebt, allerdings nur für einige Monate. Dann hatte sie sich ein Haus in Zürich direkt am See gekauft und fortan die beschauliche Schweiz dem hektischen Berlin vorgezogen.

»Könnte es sein, dass du noch den 22er Riesling im Weinlager hast?«, fragte der Gast, der sich offensichtlich sofort heimisch fühlte. »Wollen wir mal nachsehen?«

Die Ereignisse wuchsen Henny gerade über den Kopf. Ursprünglich hatte sie ihre Schwiegermutter am Zürichsee vermutet. Die dortige Hausdame hatte die Auskunft gegeben, dass die gnädige Frau gerade in Berlin weile – im »Adlon«. Bei Henny hatten alle Alarmglocken geläutet, und sie hatte, wie sie nun einsah, den Fehler gemacht, daraufhin sofort in dem nahen Hotel anzurufen. Prompt war Florentine am Apparat gewesen: »Ach, was für eine schöne Überraschung, Henny. Ich komme rasch vorbei!«

Da war sie nun und fand zielsicher den fensterlosen Raum neben der Küche, den Henny in der Tat kaum betrat. Zum Trinken oder gar zum Feiern nahm sie sich so gut wie nie die Zeit.

»Da ist er ja, der 1922er«, freute sich Florentine. »Ein herrlicher Jahrgang.« Sie reichte Henny die Flasche. »Öffnest du bitte?«

»Florentine, versteh mich nicht falsch: Ich muss morgen früh raus.«

»Unten steht, deine Sprechstunde beginnt um neun.«

»Ich muss mich zuvor um Vicky kümmern und etliches vorbereiten.«

»In Zürich traf ich neulich einen Arzt, der nach dem Homöopathen Hahnemann behandelt. Er sagte: Fünf Stunden Schlaf reichen. Mehr braucht der Körper nicht. Mir reichen vier. Und sieh mich an!«

»Würdest du noch weniger schlafen, wärst du bald wieder knusprig frisch wie ein Säugling«, gab Henny zurück und schenkte im Salon zwei Gläser ein. »Es ist doch kein Zufall, dass du in Berlin bist, wenn gleichzeitig Victor hier ist.«

»Ich dachte, ich könnte dich mit der Neuigkeit überraschen.«

»Darum hast du auch nicht gefragt, ob du hier wohnen kannst.«

»Ach, Henny, ich hätte dich nur gestört.«

Es lag ihr fern, zu widersprechen. »Was führt euch an die Spree? Wie lange warst du nicht hier? Vier, fünf Jahre? Und Victor – warum hat er sein geliebtes Hollywood verlassen?«

»Beides hängt zusammen. Ich bin hier, um mich an einem Filmprojekt meines Sohns zu beteiligen. Mal wieder etwas Neues machen, das tut mir gut.«

»Victor dreht in Berlin?«

»Irgendwo außerhalb. Der Ort heißt Babylon oder so ähnlich.«

»Babelsberg«, verbesserte Henny und begriff schlagartig: Ihr Ex-Mann würde nicht für Tage bleiben. Sondern für Wochen. Oder Monate. Die Geborgenheit, in der Vicky aufwuchs, würde enden. Dafür kannte sie Victor viel zu gut.

Und es war nichts mehr aufzuhalten, denn in diesem Moment streckte Vicky den Kopf zur Tür herein. In ihrem Schlafanzug und den verwuschelten Haaren sah sie aus wie eine süße Neunjährige und nicht wie das altkluge Mädchen, das seiner Mutter gelegentlich zusetzte.

»Großmutter! Ich dachte, ich hätte geträumt. Aber du bist wirklich da!«

Ricarda legte den Telefonhörer auf. Obwohl sie es nicht erwartet hatte, dass ihr Körper so reagierte, spürte sie doch, dass sie diese Nachricht nicht gleichgültig ließ. Seit Jahren hatte sie nichts von Florentine gehört.

Und nun rief sie einfach so an: »Henny hat mir gesagt, dass ich dich in deiner neuen Praxis erreichen kann. Ich bin seit ein paar Tagen in der Stadt. Wir sollten uns treffen.«

Obwohl sie überrumpelt worden war, hielt Ricarda es für richtig, der Verabredung zugestimmt zu haben. Schließlich war das Band des Schicksals zwischen ihnen auf vielerlei Arten geknüpft, mal enger, mal lockerer. Letzteres war Ricarda entschieden lieber.

Je mehr Jahre vergingen, desto öfter musste sie an das Unglück auf dem Eis denken. Bis heute suchte sie der Moment in ihren Träumen auf, als die beiden Mädchen unter der Oberfläche des Wassers waren. Bäuchlings hatte sie selbst auf dem Eis gelegen und hinabgeblickt. Flora hatte auf Tonjas Schultern gestanden und die Arme nach oben gestreckt. Ricarda hatte zugepackt und Flora gerettet. Währenddessen war Ricardas Schwester ertrunken.

Das Klopfen an der Praxistür riss Ricarda aus ihren schweren Gedanken. Ihre Sprechstundenhilfe Josefine Daldrupp brachte Unterlagen herein.

»Frau Steins Furunkel. Sie kommt zur Nachkontrolle«, sagte Josefine. »Ich habe noch eine Frage, Frau Doktor. Ob Sie sich mal meinen Sohn ansehen können? Samuel hat schon den dritten Tag in Folge Fieber, fast vierzig Grad.«

»Selbstverständlich. Wenn wir hier fertig sind, begleite ich Sie nach Hause, wenn es Ihnen recht ist.«

»Das wäre zu freundlich, Frau Doktor!«

Wenig später rief Henny an. Sie klang gehetzt. »Victor und Florentine sind in der Stadt.«

»Flora hat mich schon kontaktiert. Wir treffen uns später im ›Adlon‹.«

Erst jetzt fiel Ricarda ein, dass sie eben zugesagt hatte, zum gleichen Zeitpunkt den kleinen Samuel zu untersuchen. Das war wieder mal typisch für das Verhältnis zu

Flora: Am liebsten verdrängte sie alles, was mit ihr zusammenhing.

Henny stöhnte auf. »Wenn du Florentine schon triffst, kannst du versuchen herauszufinden, ob die beiden vorhaben, mir Vicky wegzunehmen?«

An der Rezeption des »Adlon« stritt gerade eine zierliche junge Dame mit dem Chefportier.

»Mein Mann ist nicht irgendwer. Richard Tauber ist der berühmteste Sänger der Welt. Auch wenn er für eine Weile nicht in diesem Haus weilt, so ist es eine Unverschämtheit, dass man seine Suite einfach anderweitig vermietet. Als seine Gattin verlange ich einen angemessenen Ausgleich!«

Einer der Portiers bemerkte Ricarda. Seit ihrer Backfischzeit war sie viele dutzend Male in diesem Hotel gewesen, das nur ein paar hundert Meter von ihrer Wohnung entfernt lag. Er trat zu ihr und fragte: »Frau Doktor Thomasius, wie kann ich helfen?«

»Frau von Freystetten erwartet mich.«

»Die *Kaisersuite*, Frau Doktor. Zweiter Stock.«

»Was!«, rief die zierliche Frau aus. »Wer ist denn Frau von Freystetten? Wieso bekommt die meine Suite?«

Dass Tauber alle Konzerte wegen eines leichten Rheumas abgesagt hatte, stand mittlerweile in den Zeitungen. Dass er Hennys Patient war, wusste kaum jemand. Ricarda war es ebenso bekannt wie die Tatsache, dass Florentine wohl erheblich reicher war als jeder Sänger dieser Welt; sie konnte sich kaufen, was immer sie wollte.

Ricarda lächelte die Dame an, die gerade aus der Rolle fiel. Sie sah gar nicht aus wie ein Vamp, wie Henny gemeint hatte, eher wie ein gerupftes Huhn – irgendwie tat sie Ricarda leid.

»Ihrem Gatten gute Besserung«, sagte sie.

Ein livrierter Diener öffnete die Tür, und Ricarda hatte das Gefühl, die Zeit wäre zurückgedreht worden. Denn es waren immer die gleichen Männer, die Florentine begleiteten. Südländischer Typ, schwarze Haare, helle Augen, kräftige Nase, harter Zug um den Mund, breite Schultern und – wie Ricarda sah, als dieses Exemplar nun vor ihr herging – kleiner Hintern. Während Flora jedoch alterte, blieben die austauschbaren Herren stets jung, dachte Ricarda, als sie den Salon der Suite betrat. Florentine war zwar ein Jahr älter als sie, wirkte jedoch viel jugendlicher.

Zu ihren jahrzehntealten Begegnungsritualen gehörte, dass Florentine auf Ricarda zuging, falsch lächelte, die Arme ausbreitete und sagte: »Ach, meine Liebe, so lange haben wir uns nicht gesehen. Wie geht es dir?«

»Immer dasselbe, Flora.«

»Ich sehe es!«

Womit sie darauf anspielte, dass der eilends eingeschobene Besuch bei dem kranken kleinen Samuel auf ihrem Rock Spuren hinterlassen hatte. Er hatte sich so unglücklich erbrochen, dass die Reinigungsversuche seiner Mutter Josefine wenig gefruchtet hatten; der helle Fleck auf dem dunklen Stoff war geblieben.

»Ein Hausbesuch konnte nicht verschoben werden. Tut mir leid, Flora, dass ich mich deshalb verspäte.«

Das war in aller Regel Ricardas Anteil am Begrüßungsritual. Stets musste sie für irgendetwas um Verständnis bitten, das mit ihrer Arbeit in Verbindung stand.

»Auf dich warte ich doch immer gern«, sagte Florentine prompt. »Ich war gestern schon bei Henny und Vicky. Was für ein entzückendes Kind. Sie kommt ganz nach Victor, findest du nicht?«

»Ach ja?«

»Sie hat sich ans Klavier gesetzt, Rica. Für mich gespielt

hat sie. Kurz vor Mitternacht. Ich war überwältigt! Welch eine Begrüßung! Ein Sonnenschein, dieses Kind.«

»Ja, wir lieben sie alle sehr.«

»Aber ihr habt nie Zeit! Vicky ist so viel allein. Henny arbeitet immer. Sie ist gewiss auch sehr gut in dem, was sie macht. Da fällt mir ein: Ich habe Henny gar nicht gefragt, *was* sie macht. Was darf ich für dich kommen lassen, Rica? Steak? Oder Fisch? Hummer? Lass dich ein wenig verwöhnen, meine Liebe.«

»Danke, Flora, gedünstetes Gemüse wäre genau richtig.«

»Du bist so schlank, Rica. Wie kommst du zurecht nach der schweren Krebs-Operation? Alles gut verheilt?« Ohne Ricardas Antwort abzuwarten, gab Florentine ihrem jungen Diener ein Zeichen, näherzukommen. »*Portaci delle verdure per la signora, presto*!« Sie wandte sich Ricarda zu: »Francesco ist neu, ich lerne ihn an.«

»Damit kennst du dich ja aus.«

Auf ihre kleine Spitze ging Florentine nicht ein. Ihr Ruf in der Familie war wegen ihrer vielen Männergeschichten denkbar schlecht. Weil sie das Verhältnis mit einem ihrer früheren Diener in Freystetten offen ausgelebt hatte, war sie von ihrem Bruder, Graf Friedemann, sogar aus dem Schloss gewiesen worden. Seitdem mied sie den Familiensitz.

Florentine führte ihren Gast zu einem Tisch am Fenster. Den Ausblick auf den Pariser Platz empfand Ricarda als ebenso heimisch wie einige Tage zuvor Henny.

»Wir sprachen über Vicky«, nahm Florentine den Faden des Gesprächs auf. »Bald sind Sommerferien. Ich habe sie eingeladen, mit mir ein wenig zu reisen. Ich will in mein Haus an der Côte. Vicky sollte erleben, wie angenehm es ist, im Mittelmeer zu baden.«

»Das hast du mit Henny abgesprochen?«

»Ich hab's wohl erwähnt. Henny könnte in der Zeit ungestört in ihrer Praxis arbeiten. Oder sonst was tun. Hat sie eigentlich einen neuen Mann?«

»Flora, das geht uns beide nichts an.«

»Ihr seid alle so schrecklich preußisch. Meine Güte! Was ist dabei? Liebe hält jung.« Sie warf Francesco einen anzüglichen Blick zu.

»Victor ist auch in Berlin, höre ich.«

»Ja, er will Vicky sehen, Rica. Sie ist seine Tochter.«

»Hat er wieder geheiratet?«

»Nein. Vicky wird sein einziges Kind bleiben.«

»Es wäre unangemessen nachzufragen. Doch wenn du es so direkt ansprichst: Warum? Victor ist fünfunddreißig.«

»Du hast ein gutes Gedächtnis.«

»Er war schon immer zwei Jahre jünger als Henny. Er kann noch viele Kinder haben.«

»Victor hatte einen Unfall«, sagte Florentine mit plötzlicher Ernsthaftigkeit. »Er ist zeugungsunfähig. Kann das bitte unter uns bleiben, Rica? Victor leidet sehr darunter.«

»Ja, natürlich«, erwiderte Ricarda voller Verständnis.

Aber sie meinte es nicht so. In diesem Augenblick bedachte sie nämlich die Konsequenzen dessen, was Flora nicht ausgesprochen hatte: Victor war ihr einziger Nachkomme. Folglich würde Vicky ihr einziges Enkelkind bleiben. Womit sich genau das abzeichnen könnte, was Henny befürchtete: dass Flora versuchen würde, ihr die Tochter wegzunehmen.

»Das darf nicht wahr sein!« Siegfried stöhnte auf. »Diese Leute glauben, Sie könnten sich nehmen, was sie wollen. An die Côte d'Azur möchte Florentine mit Vicky reisen? Du weißt, dass man von dort mit dem Dampfer in die Vereinigten Staaten fahren kann. Möglich, dass Henny die Kleine nie wiedersieht, wenn sie das erlaubt.«

Von dieser Schifffahrtsroute wusste Ricarda in der Tat noch aus Kriegszeiten. Gleichwohl hatte sie Florentine derart finstere Absichten bislang nicht unterstellen mögen: »Wir sind Familie. Letzten Endes, oder? Da tut man so etwas doch nicht.«

Es war früher Morgen. Ricarda hatte nicht schlafen können. Sie war in die Küche gegangen, hatte die Kochmaschine eingeheizt, die in dem alten Mietshaus mit Kohle betrieben wurde. Während das Wasser für den Tee warm wurde, hatte sie den letzten, vom Winter übrig gebliebenen Kürbis klein geschnitten, um daraus für das Mittagessen eine Suppe vorzubereiten. Währenddessen war sie jenen Gedanken nachgehangen, die sie aus dem Bett getrieben hatten. Nicht sehr viel später war Siegfried aufgewacht und hatte sie am Küchentisch sinnierend vorgefunden. Sie hatte ihm von Flora erzählt und ihrer Sorge um Vicky und Henny.

Siegfried sah sie lange nachdenklich an. »Doch, Rica, genau deshalb passieren solche Dinge. Weil es heißt: Wir sind Familie. Henny muss sich wappnen. Sie braucht jemanden, der sich auskennt. Einen Anwalt.«

Das Telefon läutete. »Ich geh schon«, sagte Ricarda und eilte zum Apparat.

Vielleicht war es Henny. Toni konnte es nicht sein. Der schnellste Weg, um mit dem östlichen Afrika zu kommunizieren, war das Telegramm. Wegen all der übrigen Aufregungen hatte sie ihre Jüngste fast vergessen.

Aber sie hatte sich geirrt. Es war keines ihrer Kinder.

»Rica, hier ist Rosel. Ich glaube, wir brauchen eure Hilfe.«

Henny zog die Fotoplatte routiniert und behutsam aus dem Röntgengerät heraus. »Wenn Sie schon mal im

Sprechzimmer Platz nehmen. Ich bin gleich bei Ihnen, Herr Tauber.«

Der Sänger erhob sich langsam und schwerfällig. Er nickte ihr stumm zu und schrieb auf seinen Notizblock: *Habe ich es überstanden?*

Das Sprechen war ihm seit der Operation im Jüdischen Krankenhaus strikt verboten.

»Gleich wissen wir mehr, Herr Tauber«, sagte Henny und übergab die Platte dem eigens für den *General* neu eingestellten Assistenten.

Auf dem Weg zum Sprechzimmer nahm Nelly sie beiseite. »Richards Nerven sind zum Zerrreißen gespannt.«

Die Freundin hatte sich bereiterklärt, den Tenor während seiner Therapie zu betreuen. Da er sich aus der Öffentlichkeit komplett zurückziehen musste, logierte er in einer verschwiegenen Pension beim Grunewald. Vorsichtshalber hatte Nelly nicht einmal seine Ehefrau über seinen Aufenthaltsort informiert. Da die Dame ein streitlustiges Auftreten hatte, musste unbedingt vermieden werden, dass Tauber mit ihr in Kontakt geriet. Er hätte sich womöglich nicht an das ihm auferlegte Schweigegebot gehalten und damit die ganze Behandlung gefährdet. Nicht zu wissen, was seine exzentrische Gattin tat, setzte dem berühmten Mann mindestens so sehr zu wie die Strapazen der Strahlentherapie. In der kurzen Zeit hatte er deutlich an Gewicht verloren.

»Ich habe solche Angst, dass es nicht geklappt hat«, meinte Cornelia.

Das sah Henny genauso. Sie war sehr vorsichtig vorgegangen, hatte eine extrem niedrige Strahlenmenge eingesetzt. Bedeutend weniger, als sie es zu Anfang ihrer Ausbildung in New York für richtig gehalten hatte. Überhaupt war seitdem viel geforscht und veröffentlicht worden.

Dann brachte der Assistent die entwickelte Platte. Henny betrachtete sie und telefonierte mit dem Kollegen im Jüdischen Krankenhaus. Da auch er ihrer Meinung war, bat sie sowohl den Patienten als auch Nelly dazu.

»Es ist alles, wie es sein sollte«, sagte sie. »Das Karzinom ist verschwunden, Herr Tauber. Aber bitte, sagen Sie jetzt nichts. Halten Sie noch eine Weile durch.«

Es war Tauber anzusehen, wie gerührt er war. Darüber vergaß er, was er sonst immer tat, als er sich verabschiedete.

»Ich hatte mich schon so auf Ihren Handkuss gefreut, Herr Tauber«, neckte Henny ihn. Sie freute sich, dem berühmten Sänger geholfen zu haben.

Da holte Tauber den Handkuss mit gewohnter Galanterie nach.

»Richard«, sagte Nelly, »schreiben Sie Doktor Vandenberg bitte noch etwas in ihr Patientenbuch.«

Tauber kam dem Wunsch, sich in dem nur für ihre diskreten, privaten Zwecke geführten Buch zu verewigen, lächelnd nach:

Ich küsse Ihre Hand, Frau Doktor. Ihr dankbarer Richard Tauber

Vicky stürzte ihrer Mutter mit einem glücklichen Lachen entgegen, als Henny am Abend in die Wohnung heimkehrte.

»Ich habe Vater getroffen!«, rief sie.

»Oh!« Henny hatte ein Gefühl, als wäre ihr schwer in den Bauch geschlagen worden. Das war Florentines Werk, keine Frage! Sie war wieder einmal vorgeprescht.

»Vater hat mich von der Schule abgeholt. Dann ist er mit mir in den Zoo gegangen. Wir haben Sahneeis gegessen. Im Restaurant stand ein Klavier, und wir haben gemeinsam gespielt!« Sie grinste lausbübisch. »Vater ist ein wenig aus der

Übung. Er sagt, er kommt nicht mehr zum Klavierspielen, weil er jetzt Filme produziert.« Sie strahlte über das ganze Gesicht. »Das war der schönste Tag meines Lebens!«

Wir hatten auch schon ein paar sehr schöne gemeinsame Tage, dachte Henny, aber das sagte sie natürlich nicht. Sie war der Alltag, der plötzlich aus dem Nichts herbeigezauberte Vater eine Art Wunder.

»Im Sommer fahren wir ans Meer! Großmutter ist auch dabei. Das hat sie versprochen.«

»Da habe ich aber auch noch ein Wort mitzureden.«

»Großmutter sagt, du brauchst mal Urlaub von mir. Ich bin doch so anstrengend.«

»Das sagt auch Großmutter?«

»Nein, das sage ich.«

»Vicky, du bist nicht anstrengend. Du bist mein Kind.«

»Du hast nie Zeit für mich.«

»Ich habe eine Arbeit.«

»Du müsstest gar nicht arbeiten.«

»Und wer sagt das jetzt?«

»Vater.«

»Woher will er das wissen? Vicky, dein Vater hat uns beide vor Jahren verlassen.«

»Er sagt, du bist einfach mit mir weggegangen.«

Henny spürte, dass dieses Gespräch nicht gut enden konnte, wenn ihr Kind die Argumente seines Vaters benutzte. Sie musste raus aus der Rolle der verbitterten Ex-Frau. Sie zog Vicky sanft an sich.

»Ich liebe dich, Vicky. Liebe heißt nicht, dass man Eis kauft, wenn die Sonne scheint. Liebe bedeutet, an den grauen Tagen zu versuchen, die Sonne hinter den Wolken zu entdecken. Das sind wir beide.«

»Ich will keine Regenwolken. Ich will Sahneeis und Sonne.«

»Wenn nur noch die Sonne scheint, verdorrt alles.«

Ihre Tochter befreite sich aus der mütterlichen Umarmung. »Vater und du – ihr seid so unterschiedlich. Er ist die Sonne und du die grauen Wolken.«

Fast hätte Henny geantwortet: Genau deshalb haben wir uns einmal unglaublich stark geliebt. Und aus demselben Grund die Liebe zueinander verloren. Aber das würde wohl selbst den Horizont ihrer altklugen Neunjährigen übersteigen. Jetzt ging es nur noch darum, ihre Tochter nicht an einen Sonnenschein-Vater zu verlieren.

Der Kampf um Vicky würde nicht wie von Henny erwartet verlaufen. Nicht Anwälte würden ihn entscheiden, sondern das Herz eines kleinen Mädchens, das sich nach Liebe und Aufmerksamkeit sehnte.

Vater hat mich von der Schule abgeholt. Vickys Satz gellte Henny in den Ohren wie ein Alarmsignal. Es war lange her, dass sie selbst das getan hatte. Doch was zählte Vickys Selbstständigkeit, wenn sie plötzlich von ihrem Vater mit Aufmerksamkeit umgarnt wurde? Von einem Vater, der nur dieses eine Kind haben würde! Denn natürlich wusste Henny von ihrer Mutter, was die von Florentine erfahren hatte.

Nun näherte sich Henny festen Schritts Vickys Schule, die sich nur ein paar Straßen von ihrer Wohnung entfernt befand. Es war der Samstagmittag vor den Pfingstferien; Vicky hatte nur zwei Stunden Unterricht gehabt. Einige Autos warteten mit laufenden Motoren. Darunter ein schwerer Rolls-Royce mit Schweizer Kennzeichen. Henny hatte keinen Zweifel, dass die Insassen dieses Fahrzeugs auf Vicky warteten. Sie sah auf die Uhr: In wenigen Minuten würde ihr Kind aus der Schule rennen und schnurstracks in dieses Auto einsteigen.

Kurz entschlossen öffnete sie die hintere rechte Tür und blickte direkt in das verdutzte Gesicht ihres Ex-Mannes.

»Rutsch rüber«, sagte sie.

Victor war so verblüfft, dass er ihren Befehl anstandslos befolgte und sie einsteigen ließ. Wie früher war er wie aus dem Ei gepellt gekleidet. Schon als er ein armer Klavierspieler gewesen war, hatte er das Auftreten eines Dandys gehabt. Auch jetzt trug er einen dunklen Anzug samt roter Rose im Knopfloch. Er duftete unverschämt gut nach einem teuren Parfüm.

»Henny! So eine Überraschung!«, sagte er.

»Du nimmst mir die Worte aus dem Mund«, entgegnete sie schroff.

Hinter dem Lenkrad saß ein blutjunger Chauffeur, der Henny neugierig musterte.

»Du bist doch früher immer selbst gefahren«, sagte sie, obwohl das vollkommen unerheblich war. Ihre Spontaneität brauchte gerade ein Ventil, bis sie sich beruhigt hatte. Victor nach Jahren wiederzusehen, brachte sie weit mehr aus dem Lot, als sie erwartet hatte.

»Das ist Francesco, der Chauffeur meiner Mutter. Wenn er fährt, kann ich mich unterhalten mit Vicky«, sagte Victor in jenem verdrehten englisch geprägten Deutsch, das er gelegentlich benutzte. Sie hatte es einmal sehr amüsant gefunden. Inzwischen ärgerte es sie, weil sie überzeugt war, dass es eine Masche war, um seine Andersartigkeit herauszustellen.

»Er soll aussteigen. Ich will keine Zuhörer.«

»Francesco ist Italiener. Er versteht kein Deutsch.« Victor lächelte.

Um seinen Mund zeichneten sich Magenfalten ab, die ihn männlicher wirken ließen. Das Jungenhafte von früher war verschwunden, was ihn attraktiver machte.

»Du triffst Vicky, ohne mich vorher zu informieren. Und du behauptest ihr gegenüber Dinge über mich, die falsch sind. Die ganzen Jahre war ich für meine Tochter da, während du sonst was gemacht hast. Das akzeptiere ich nicht, Victor!«

»Henny, hast du eine Stange Dynamit zum Frühstück gegessen?«

»Wie bitte?«

»Du explodierst, als hätte ich ein Streichholz an deine Zündschnur gehalten. Beruhige dich, bitte. Ich will niemandem wehtun. Ich will auch nichts Böses. Ich möchte nur sehen unsere Tochter. Das Beste, was wir beide je gemacht haben.«

Dazu hatte er ihre Hände in seine genommen. Sein Blick war sanft und warm.

»Ich lasse mich nicht von dir einlullen!« Sie zog ihre Hände zurück. »Ich weiß genau, was du vorhast. Du willst Vicky für dich.«

»Nein, Henny. Für uns will ich sie.«

»Was soll das denn nun wieder heißen?«

»Wir waren einmal eine Familie.«

»Eine Familie, die du verlassen hast. Ich werde den Tag nie vergessen. Ich war in unserem Haus in Hollywood. Plötzlich steht eine wildfremde Frau vor der Tür und sagt: ›Ihr Mann liebt Sie nicht mehr. Er wird sich scheiden lassen und mich heiraten‹.«

»Nancy ist Schauspielerin. Die lügen alle. Das habe ich dir damals schon gesagt.«

»Der Lügner bist du, Victor. Denn das Gericht hat dieser Nancy geglaubt. Darum wurde Vicky mir zugesprochen.« Sie wollte das Gespräch nicht fortsetzen. »Wenn du Vicky nahekommst, werde ich dir Ärger machen, Victor. Ich verbiete dir, sie zu sehen.«

Sie stieg aus, klopfte resolut auf das Autodach und sagte zum Chauffeur, der nach wie vor hinter dem Steuer saß: »Fahren Sie los!«

Zu Hennys Erstaunen funktionierte es. Als der Rolls-Royce um die nächste Ecke bog, kam Vicky bereits aus dem Schulgebäude.

»Mutter! Du holst mich ab. Das ist aber schön!«

Die Gefahr war erstmal gebannt. Henny hatte jedoch keinen Zweifel daran, Victor lediglich überrumpelt zu haben. So schnell würde er nicht aufgeben. Dazu war er zu hartnäckig.

Ricarda hatte sich viel vorgenommen für das lange Mai-Wochenende zu Pfingsten, zu dem sich die Familie in Freystetten verabredet hatte. Zum einen wollte sie die Gelegenheit nutzen, um in Antonias Sinne Geld für ein Eingeborenen-Krankenhaus aufzutreiben. Ihre größte Aufmerksamkeit würde jedoch Frieda gelten müssen.

Rosels Anruf war in der Tat ein Hilfeschrei gewesen: Frieda machte die eigenen Eltern für die Misere verantwortlich, in die das Weihnachtsunglück ihr Leben verwandelt hatte.

»Meine Tochter wirft mir vor, dass ihre Brüder gefallen sind«, sagte Rosel kurz nach der Begrüßung. »Was können wir für das, was vor mehr als zehn Jahren geschehen ist? Es war Krieg, du weißt es selbst.«

Von dem Autounfall zu Weihnachten und den Toten war keine Rede mehr. Wer der Familie Freystetten angehörte, kreiste um seine eigene Befindlichkeit. Ricarda kannte es nicht anders.

Sie fand ihre Nichte in ihrem Zimmer bei zugezogenen Vorhängen, die nichts vom herrlichen Frühlingslicht hereinließen. Das junge Mädchen lag im Bett, die Decke bis ans Kinn gezogen. Laut Rosel war das seit Tagen so.

»Magst du mich teilhaben lassen an deinen Gedanken?«, fragte Ricarda.

»Nein, Tante Rica.«

Sie hatte keine andere Antwort erwartet, nahm sich einen Stuhl und setzte sich neben ihre Nichte.

»Machst du dir Vorwürfe wegen des Unfalls?«

»So viele Menschen sind gestorben. Und ich muss weiterleben«, flüsterte das Mädchen.

»Leben ist ein Geschenk, Frieda. Das kostbarste, das es gibt. Und du durftest es in dem schrecklichen Moment, der alles veränderte, behalten. Ein Geschenk verdient man nicht. Es ist plötzlich da. Man sollte es schätzen, weil man es bekommen hat, ohne etwas dafür getan zu haben.«

Ricarda beugte sich vor und strich Frieda zart die wilden roten Locken aus dem Gesicht. »Wir selbst sind unser größter Gegner. Nicht nur im Verhältnis zu anderen Menschen. Auch zu uns selbst. Weil wir nicht sehen, dass wir unser eigenes Geschenk sind. Wir halten uns für selbstverständlich und sind uns dennoch oftmals selbst fremd. Wie sollen wir das Geschenk, das wir sind, mögen, wenn wir es doch gar nicht wirklich kennen? Wir sehen gewissermaßen nur die Verpackung, aber nicht den Inhalt.«

»Du hast viele Menschen sterben sehen, Tante Rica, nicht wahr?«

»Viel zu viele.«

»Wie kommst du damit zurecht?«

»Manchmal kam ich damit gar nicht zurecht«, gestand die einstige Front-Ärztin. »Ich wollte helfen, aber ich kam zu spät, weil jemand kurz zuvor eine Granate geworfen oder eine Kugel abgefeuert hatte. Ich konnte nur trauern, aber ich musste weitermachen, um für den nächsten jungen Mann stark zu sein, der da vor mir in seinem Blut lag.«

»Für wen soll ich weitermachen, Tante Rica?«

»Für dich, Frieda. Du selbst bist das Geschenk, um das du dich kümmern musst.«

»Du hast gesagt, wir sehen nur die Verpackung. Alle sagen, ich sei hübsch. Ich solle heiraten und Kinder bekommen. Niemand fragt, ob ich das will. Ich muss. Weil ich eine Freystetten bin. Mein ältester Bruder wird nicht heiraten. Ich sage es dir im Vertrauen: Franz hasst Frauen. Er wird nie Vater werden. Also bleibe nur ich, die die Linie unseres Hauses fortführen soll. Sonst sterben wir aus. Ich hatte weitere Brüder. Ferdinand und Florian sind tot!« Sie brach in Tränen aus. »Sie können nicht den Druck von mir nehmen, kleine Freystettener in die Welt zu setzen.« Sie sah Ricarda verzweifelt an. »Ich will keine Kinder bekommen, damit sie so sterben wie meine Brüder. Ich will …« Frieda ließ den Satz unbeendet.

»Was willst du?«, fragte Ricarda.

Sie bekam keine Antwort. Für den Moment konnte sie Frieda nur tröstend in die Arme nehmen.

Die beiden Schwestern spazierten untergehakt durch den Schlosspark. Die Bäume hatten sich bereits in ein zartes Grün gehüllt, und der Weizen auf den Feldern stand schon so hoch, dass sich die Hasen darin verstecken konnten. Aber so wie gerade jetzt hatte Ricarda dieses Land noch nie gesehen. Nämlich mit der Frage im Hinterkopf, wie die Zukunft von Freystetten aussehen sollte. Alles schien darauf hinauszulaufen, dass eine junge Frau die einzige Hoffnung darstellte, damit dieses prächtige, weitläufige Anwesen im Besitz der Familie blieb.

Ricardas Schwester Rosel war durch und durch Bauchmensch, strategisches Denken war ihr fremd. Vor allem war ihr wohl nicht klar, was Frieda Ricarda verraten hatte: Franz, der natürliche Erbfolger, würde keine Nachkommen zeugen. Ricarda beschloss, sich behutsam an dieses heikle Thema heranzutasten. Denn Freystetten bedeutete für sie Heimat. Falls es keine rechtmäßigen Erben geben würde, wäre der Erhalt der Besitzungen nicht gesichert. Für Ricarda war es unvorstellbar, dass alles in fremde Hände fallen könnte. Ihr Einfluss darauf war zwar gering, aber zumindest wollte sie nicht tatenlos den Ereignissen zusehen, die sich anbahnten.

»Ich liebe diesen Park«, plauderte sie. »Weißt du noch, wie unser Vater das alles mit dem alten Graf geplant hatte?«

»Ich war so klein und verträumt. Nichts von Vaters Arbeit habe ich mitbekommen.«

»Friedemann bewunderte seinen Großvater. Er war der Einzige aus seiner Familie, der ihm nahestand. Und natürlich unser Vater, den er wie einen Sohn behandelte.« Ricarda deutete auf eines der Wäldchen, die den weitläufigen Park schmückten. »Vater sagte: ›Irgendwann werden in einem Meer aus Gras Waldinseln sein.‹ Das konnte ich mir nicht vorstellen. Inzwischen wurden schon einige der Bäume gefällt und verheizt. Ist das nicht erstaunlich, wie man der Zeit dabei zusehen kann, wie sie vergeht?«

»Ich war immer hier. Du, Rica, warst stets Besucherin.«

Der Vorwurf, der darin lag, war deutlich. Sie entschloss sich, die Worte ihrer Schwester anders zu interpretieren: »Ja, du hast recht. Deshalb fällt mir auf, wenn sich etwas verändert hat. Wann kommt Franz denn mal wieder vorbei?«

Rosel schüttelte stumm den Kopf.

»Wann hast du ihn das letzte Mal gesehen? War er an seinem Geburtstag hier?«

»Franz? Ach, Rica! Franz ist an Silvester geboren. Für eine Mutter ist das kein guter Tag, wenn die Kinder erwachsen geworden sind. Noch dazu in seinem Fall. In Berlin ist er so ein wichtiger Mann. Man lädt ihn zu vielen Festen ein.« Rosel blickte verklärt in die Ferne. »Er hat keine Zeit für uns.«

»Weiß er, was letztes Weihnachten hier geschah?«

»Er wird Zeitungen lesen, vermute ich.«

»Niemand hat direkt mit ihm gesprochen?«

Wieder verneinte Rosel schweigend.

»Er weiß also nicht, wie es um Frieda steht?«

»Was soll Franz denn da auch machen? Er ist ein Mann, Frieda ein junges Mädchen, fast zwanzig Jahre jünger als er. Sie ist unser Nesthäkchen. Du hast mit ihr gesprochen. Was sagt sie?«

»Vermutlich habe ich mehr als sie gesagt«, erwiderte Ricarda ausweichend. »Von Ferdinand und Florian hat sie geredet. Sie kommt über den Tod der beiden nicht hinweg, weil sie darin keinen Sinn sieht. Vor allem Florian vermisst sie.«

»Rica, du musst ihr sagen, wie es war: Ihre Brüder starben für Kaiser, Volk und Vaterland.«

Ricarda schluckte die Erwiderung herunter, die ihr auf der Zunge lag. Schon immer hatte sie diese millionenfach bemühte Formulierung abgelehnt. Sie zwang junge Männer in eine Pflicht, die das eigene Leben zu einem Instrument abwertete. Weil Ricarda ihre Schwester liebte, hätte sie ihr das so niemals sagen mögen. Denn es hätte Rosel um das Einzige beraubt, das sie aufrecht hielt: die Überzeugung, die Söhne für ein edles Ziel geopfert zu haben.

»Ich weiß nicht mehr weiter, Rica«, sagte Rosel. »Vielleicht tut es Frieda doch gut, für eine Weile bei euch zu leben.«

»Ja, sie braucht ein Ziel. Zum Beispiel einen Beruf, der sie erfüllt.«

»Setz ihr einen solchen Floh nicht ins Ohr, Rica! Frieda soll heiraten und Kinder bekommen, das ist ihre Aufgabe als eine gebürtige von Freystetten.«

Interessant, dass Rosel das so betont, dachte Ricarda. Denn die Herkunft war der große Unterschied zwischen Mutter und Tochter: Vor sechseinhalb Jahrzehnten, als der Säugling Rosel drüben im Gärtnerhaus in der Wiege gelegen hatte, hatte niemand geahnt, dass sie einmal die Herrin des Schlosses sein würde. Aber tief im Herzen der heutigen Gräfin verbarg sich noch immer eine Rosamunde Petersen. Und für die gab es nichts Höheres als das, was sie erreicht hatte. Ricarda war überzeugt, dass nicht einmal das, was sie als Ärztin geschafft hatte, daran heranreichte.

In den alten Apfelbäumen in Großmutter Karlas Garten summten die Bienen. Auf dem schlichten Tisch dazwischen standen eine Kanne mit Tee, einige Tassen und ein Streuselkuchen.

»Es ist das Privileg der Jugend, Fehler machen zu dürfen«, sagte Karla. »Und es ist die Pflicht des Alters, der Jugend dieses Recht zuzugestehen. Wenn wir uns nicht die Mühe machen zu verstehen, können wir auch nicht vergeben.«

Die alte Frau hatte ihre Töchter Ricarda und Rosel sowie die Enkelinnen Henny und Frieda und Urenkelin Vicky um sich versammelt. Es war das erste Mal, dass sich Frieda unter Menschen traute.

Die grundsätzliche Bemerkung ihrer Großmutter tat Frieda offensichtlich gut. »Danke. Ich hatte Angst, mein Verhalten zu Weihnachten hätte dich gekränkt.«

»Es hat uns alle verstört. Natürlich, Frieda«, bekannte

die Älteste der Familie. »Aber blicken wir nach vorn. Wie soll es weitergehen in deinem Leben?«

»Tante Rica hat mich gefragt, ob ich bei ihr und Onkel Siegfried in Berlin leben will. Tante Rica, nimm es mir bitte nicht übel: Ich möchte das nicht.«

Das traf Ricarda unvorbereitet. »Es war nur ein Angebot, Frieda. Wichtig ist, was du willst.«

»Ich habe nachgedacht.« Frieda schien nun um jedes Wort zu ringen. »Tante Florentine hat mich gefragt, ob ich mit in ihr Haus an die Côte d'Azur fahren will.«

»Sieh an«, warf Henny ein. »Sammelt Flora jetzt unsere Mädchen ein, wenn sie von ihren Müttern genug haben?«

»Wie kannst du so etwas Gemeines sagen!«, rief Vicky empört.

»Es ist reine Taktik«, erwiderte Henny ungerührt, und Ricarda stimmte ihr stillschweigend zu.

»Was ist das?«, fragte die Jüngste in der Runde.

Ricarda sah Rosel an, dass sie die Vorstellung ablehnte, dass ihre Tochter ausgerechnet bei der exzentrischen Florentine inneren Frieden finden wollte. Denn ihr eigenes Verhältnis zur Schwester ihres Mannes war schon immer angespannt gewesen.

»Wenn ich einen Menschen benutze, um eigene Ziele zu erreichen, dann ist das Taktik«, sagte Rosel jetzt.

»Tante Flora macht das für uns«, erklärte Vicky sehr entschieden. »Damit Frieda und ich zusammen Urlaub machen können.«

»Es wäre für Frieda klüger, allmählich daran zu denken, dass sie heiraten muss«, sagte Rosel.

»Du redest, als wäre ich nicht anwesend«, stellte Frieda fest. »Denkst du auch so über mich? Du siehst mich nicht als Mensch und was ich möchte.«

Sie klang müde, nicht kämpferisch, fiel Ricarda auf.

Rosel sah ihre Tochter verständnislos an. »Was soll denn das, Frieda?«

Hier schwelte ein Konflikt, von dem Ricarda fürchtete, dass er nicht gut ausgehen könnte.

Später spazierte Ricarda mit Henny durch den Park. »Vicky hat recht«, sagte sie. »Wenn Frieda dabei ist, können die zwei aufeinander aufpassen. Dann wird Flora nicht mit Vicky nach Amerika verschwinden. Und in Vicky ist so viel Lebensfreude, dass Frieda geholfen sein könnte.«

»Du heißt einen Plan für gut, den Florentine sich ausgedacht hat?«

Im Grunde nicht, gestand sich Ricarda ein. Für den Moment hielt sie es jedoch für klüger, wenn Frieda eine Weile in einer anderen Umgebung lebte.

Und dann war da ein weiterer Punkt: »Ein wenig geht es auch darum, dass wir unsere Töchter loslassen müssen, Henny. Es ist unmöglich, dass du Vicky ständig von der Schule abholst. Versuche stattdessen mit Flora und Victor eine Einigung zu finden.«

»Du warst immer so sehr gegen Victor. Und jetzt schlägst du milde Töne an?«

»Mir geht es nicht um Victor«, widersprach Ricarda. »Sondern einzig um Vicky und um deine Gesundheit. Vicky braucht einen Vater. Auch wenn wir beide unsere eigene Meinung über ihn haben, so sollten wir Vicky nicht vorschreiben, was sie von ihm zu halten hat.«

Henny fasste ihre Mutter an den Schultern und drehte sie sanft zu sich herum. »Immer habe ich dir vorgeworfen, dass du mir verschwiegen hast, wer mein wahrer Vater gewesen ist. Ich glaube, in diesem Moment beginne ich endlich deine Motive zu erahnen.«

»Ich musste verhindern, dass du jenen Teil in dir verabscheust, ohne den es dich nicht gäbe«, sagte Ricarda.

Jahrelang hatte sie darum gerungen, wie sie ihre Tochter vor der unbarmherzigen Wahrheit behüten konnte. Darüber nun in so einfachen Worten sprechen zu können, tat gut. Schließlich ging es auch um das, was Großmutter Karla gemeint hatte: sich mit dem Vergangenen aussöhnen.

»Hast du mich nicht abgelehnt?«, fragte Henny. »Meine Geburt hat dein Leben verändert. Gegen deinen Willen.«

Die unerwartete Offenheit des Gesprächs freute Ricarda. »Ich hatte großes Glück: den Beistand zweier lebenskluger Frauen. Deine beiden Patinnen Henriette und Käthe gaben mir so viel Rückhalt, dass in mir keine Verbitterung aufkam.«

Dass daran noch ein weiterer Mensch beteiligt gewesen war, erwähnte Ricarda nicht, denn Henny wusste es: Durch Käthe hatte Ricarda Georg Kögler kennengelernt, ihren ersten Mann. Er hatte Henny sofort nach ihrer Geburt adoptiert. Drei Jahre später war er der Vater von Ricardas einzigem Sohn Georg jun. geworden, der seit Langem in München wohnte. Ricarda sah ihn nur selten.

»Es wäre gelogen, wenn ich sagen würde, dass ich versucht habe, für deinen leiblichen Vater Verständnis aufzubringen«, fuhr Ricarda fort. »Umso wichtiger war es, meine schlechten Gefühle nicht auf dich zu übertragen. So ähnlich ist es bei Vicky. Sieh sie dir an, Henny. Ob wir es wollen oder nicht, sie hat die Gaben in sich, die du an Victor gemocht hast. Sonst hättest du ihn doch nie und nimmer so sehr geliebt, dass du dafür uns aufgegeben und mit ihm in die Vereinigten Staaten gegangen wärst. In eine vollkommen ungewisse Zukunft.«

»Du hast damals nicht verstanden, warum ich das tun musste.«

»Ich wollte dich nicht einem Mann überlassen, den ich für den falschen hielt.«

»Letzten Endes hattest du recht, Mutter. Er war der falsche.«

»Zu diesem Urteil musstest du aber selbst kommen. Ich wollte dich vor einer Erfahrung bewahren, die eine Mutter ihrer Tochter letztlich nicht ersparen kann. Ist es nicht auch so mit Vicky in Bezug auf ihren Vater? Sie sollte erleben, wie er ist, und eigene Schlüsse ziehen dürfen.«

»Ist sie nicht zu jung dazu?«

»Eine Neunjährige urteilt mit dem Herzen, Henny. Ist darauf nicht mehr Verlass als auf den Verstand?«

»Es wird mir wehtun, aber ich werde deinen Rat annehmen, Mutter«, sagte Henny. »Hoffentlich ist es nicht ein riesengroßer Fehler. Vicky meint, ich stünde für die Regenwolken in ihrem Leben und ihr Vater für den Sonnenschein. Und nun fährt er mit ihr in die Sonne.«

Ricarda hörte die leichte Resignation durchaus, aber sie ließ sich nicht von ihrer Meinung abbringen: »Das sind die Worte eines kleinen Mädchens, das sich vielleicht gerade ärgert. Wenn sie von dir getrennt ist, wirst du ihr fehlen. Denn nur du bist ihre Mutter.«

»Du willst mir also sagen, wenn man ein Kind loslässt, kommt es umso lieber zurück?« Henny lächelte. »Sag bloß, du sprichst aus Erfahrung!«

Siegfried schlief bereits, als Ricarda sich im Gelben Zimmer an den Schreibtisch setzte. Noch immer gab es hier kein elektrisches Licht; sie entzündete eine kleine Öllampe. Der Brief an Toni musste endlich beendet werden. Die Neuigkeiten über Henny, Frieda, Vicky und Flora hatte sie bereits aufgeschrieben. Nun fuhr sie fort:

Du sollst aber auch erfahren, dass ich in Deiner Ange-

legenheit durchaus etwas unternommen habe. Von allen unseren lieben Verwandten habe ich Geld eingesammelt. Die Ausrüstung für Dein kleines Spital ist bereits bestellt, und ich werde alles bezahlen können. Das meiste wird an die Spedition in Hamburg geliefert. Ich weiß also noch nicht, wie viele Kisten es sein werden.

Meine liebe Toni, ich denke sehr viel an Dich. Schade, dass Du so weit entfernt bist. Darum bitte ich Dich aus ganzem Herzen: Pass gut auf Dich auf.

Deine Mutter

Ricarda löschte die feuchte Tinte, als ein Tropfen auf das Blatt fiel und ausgerechnet das M in Mutter traf. Rasch versuchte sie, den Schaden zu begrenzen. Aber ihre verräterische Träne hatte bereits Spuren hinterlassen, die Toni vermutlich erkennen würde.

Über das Loslassen zu sprechen, das klang so klug, dachte sie. Und war so schwer umzusetzen. Wie mochte es ihrer *Kleinen* im fernen Afrika ergehen?

EIN GEFÄHRLICHER MANN

— ♦ —

Daressalam, August 1928

Durch die großen Fenster des Kreißsaals sah Antonia, wie sich die tiefrote Scheibe der Sonne aus dem Meer erhob. In diesem Moment war nur ein schmaler sichelförmiger Bogen zu erkennen, der jedoch mit jeder Minute größer wurde. Es kam Antonia so vor, als gemahnte die Geschwindigkeit der Sonne sie daran, sich sofort zu einer Entscheidung durchzuringen. Denn sie brauchte nicht auf die Uhr zu blicken, um zu wissen, wie spät es war. Stets ging die Sonne in diesen Breiten kurz vor oder nach sechs morgens auf und abends wieder unter.

In diesem Fall bedeutete das, dass ihre Patientin seit nunmehr vierzehn Stunden in den Wehen lag. Die Fruchtblase war längst geplatzt. Als diensthabende Ärztin trug sie zwar die alleinige Verantwortung, aber sie war keine Chirurgin. Um einen Kaiserschnitt durchzuführen, brauchte sie Dr. Coleman. Der rothaarige Brite würde ihr für immer unvergesslich bleiben: *I hate Germans*, hatte er sie angeblafft. Vor nunmehr zwei Stunden hatte sie den Krankenhausboten Badili losgeschickt, um Coleman zu benachrichtigen, dass er gebraucht wurde.

Die zarte, leicht dunkelhäutige Patientin war Anfang zwanzig, von guter Konstitution und sehr tapfer. Doch inzwischen war sie am Ende ihrer Kräfte und spürte wohl, dass sie das Kind nicht allein herauspressen konnte. Offenbar hatte sie selten mit Briten zu tun, denn sie machte sich in gebrochenem Englisch verständlich.

Nun kam Matti wieder in den Kreißsaal. »Badili ist endlich zurück. Ohne Doktor Coleman: Der wird nicht kommen.« Die Diakonisse verdrehte die Augen, um ihre Verärgerung zu unterstreichen. »Weil die Patientin Inderin ist.«

Mehr als das zur Kenntnis zu nehmen, konnte Antonia jetzt nicht. Sie würde sich bei Dr. Lancaster beschweren; Coleman verstieß eindeutig gegen die ärztliche Ethik. Aber dienstliche Konsequenzen würden diese Patientin jetzt nicht retten.

»Was sollen wir machen?«, fragte sie mehr sich selbst.

»Vielleicht versuchst du es eben doch mit der Zange«, schlug Matti vor.

»Das darf ich nicht riskieren. Das Kind liegt nach wie vor quer, und drehen kann ich es nicht.«

»Dann bleibt dir nichts anderes übrig, als selbst zu schneiden«, sagte Matti sachlich. »Ich bereite die Anästhesie vor. Schwester Nyota wird uns helfen. Ich habe Badili schon nach ihr geschickt.«

Antonia spürte, wie sich in ihrem Körper ein unruhiges Kribbeln bemerkbar machte. Ihr Fachwissen auf dem Gebiet der Gynäkologie war gut, aber in einem deutschen Krankenhaus hätte keine Assistenzärztin zu einem Skalpell greifen dürfen, denn der Kaiserschnitt war Sache des Chefarztes.

Während sie alles für die Operation vorbereitete, sprach sie beruhigend auf die Kreißende ein. Auf Deutsch, die Worte waren nebensächlich. Die Gebärende durfte nur nicht das Gefühl haben, im Stich gelassen zu werden. Auch wenn die Schmerzen sie davon abhielten, klar denken zu können, so durfte ihr wohl bewusst sein, in Lebensgefahr zu schweben.

Schließlich kehrte Matti zurück. Sie trug ebenso wie Schwester Nyota die sterile Kleidung einer OP-Schwester. Nur die schmale Partie zwischen Stirn und Nase ließ erkennen, dass Nyota Afrikanerin war.

Die Patientin hob den Kopf und schrie mit vor Wut verzerrtem Gesicht: »*No Africa! Go!*«

Die drei medizinisch ausgebildeten Frauen, die antreten wollten, dieser Gebärenden beizustehen, tauschten überraschte Blicke.

Als Antonia der gewiss weit über Sechzigjährigen Nyota vor einigen Wochen vorgestellt worden war, hatte die Diakonisse sie lange gemustert. Um dann mit einem warmherzigen Lächeln in gebrochenem Deutsch zu sagen: »Du erinnerst mich an deine Mutter. *Karibu*, willkommen.« Dann hatte sie ihre eigenen Fingerspitzen angehaucht und ein Kreuz vor Antonias Stirn gezeichnet, obwohl das kein evangelischer Brauch war.

»Sie kennen meine Mutter?«, hatte Antonia gefragt.

»Oh ja. Ich habe ihr beigestanden, als sie dich auf die Welt brachte.«

Antonia hatte nichts mehr zu sagen gewusst. Von ihren Gefühlen übermannt, hatte sie Nyota umarmt. Es war der Moment gewesen, in dem sie gespürt hatte, dass es richtig war, hier zu sein.

Umso mehr schockierte sie die Reaktion der Kreißenden, aber sie musste sich zusammenreißen. Für sie als Ärztin zählte in einer so entscheidenden Situation nur das Leben der Patientin und des Ungeborenen.

Sie wandte sich an Nyota: »Es tut mir leid. Kommen Sie bitte in ein paar Minuten zurück, wenn die Patientin eingeschlafen ist.«

An ähnliche Demütigungen offenbar gewöhnt, antwortete Nyota darauf mit einem angedeuteten Lächeln und ging schweigend hinaus. Matti reichte Antonia die Äthermaske, mit der Antonia die Schwangere betäubte.

»Hol das Kind«, sagte Matti. »Du kannst das, Toni«, wiederholte sie beschwörend.

Antonia blickte noch einmal kurz zum Fenster. Die Sonne stand in all ihrer Schönheit und Kraft über dem Meer. Und in diesem Moment ertönte ein langgezogenes Tuten, das sich mehrfach wiederholte. Sie hatte es etliche Male aus nächster Nähe gehört. In jedem Hafen, den die *Wangoni* angelaufen war.

Das Schiff aus Deutschland war eingetroffen. Mit all den Nachrichten aus der Heimat, denen Antonia seit Wochen entgegenfieberte.

Nyota war zurück. Konzentriert setzte Antonia das Messer an.

Das Glutrot der Sonne hatte sich zu einem blassen Orange abgemildert, das hinter einem Schleier aus Dunst lag. Die Bucht von Daressalam war übersät von kleinen Booten, die zwischen Strand und Schiff pendelten, um Reisende und Waren an Land zu bringen. Die halbe Stadt schien auf den Beinen zu sein, um diesem Spektakel beizuwohnen. So lange hatte Antonia diesen Tag herbeigesehnt, um nun aus der Ferne zuzusehen.

Während die *Wangoni* angekommen und begrüßt worden war, hatte sie einen winzig kleinen Jungen mit feinem schwarzem Haar auf die Welt geholt. Er war gesund und hatte schon den ersten zarten Schrei von sich gegeben. Seine Mutter war stabil und schlief noch. Matti schob sie gerade aus dem Kreißsaal in eines der geräumigen Zimmer, wo sie aufwachen konnte. Antonia brachte den Säugling zur Station, wo die aus Finnland stammende Diakonisse Hilla nur ein weiteres Kind zu betreuen hatte.

Dr. Lancaster begegnete ihr, als sie auf dem Rückweg zu ihrer Patientin war. Er begrüßte sie gutgelaunt, die Kleidung aufgebügelt, frisch rasiert und frisiert. Er achtete schon seit Wochen auf sein Äußeres.

»Sie sind hier?«, fragte der Klinikleiter erstaunt. »Ich hatte gedacht, Sie wären am Strand in der Postmeisterei. Sie freuten sich doch so auf die Briefe aus der Heimat.«

»Wir hatten heute um sechs Uhr sechsunddreißig die Geburt eines Jungen«, sagte sie. »Ein Kaiserschnitt. Wir wurden gerade fertig.«

»Kaiserschnitt? Ich habe Doktor Coleman noch gar nicht gesehen.«

»Er weigerte sich, die Operation durchzuführen.«

Dr. Lancaster legte die Stirn in skeptische Falten. »Wieso?«

»Fragen Sie ihn das bitte selbst? Die Herkunft der Patientin hat ihm wohl nicht zugesagt.«

»Das heißt: *Sie* haben operiert? Sind Mutter und Kind wohlauf?«

»Ja.«

»Haben Sie das zuvor schon einmal gemacht?«

Sie zögerte, dann sagte sie rundheraus: »Nein. Ich hatte keine andere Wahl, da ich die Patientin oder das Kind nicht verlieren wollte.«

»Sie haben Mut, Fräulein Thomasius. Herzlichen Glückwunsch. Ich begleite Sie zur Patientin.«

Die junge Inderin wachte gerade auf, war aber noch nicht ansprechbar. Matti saß neben ihrem Bett und fühlte den Puls.

»Das ist Ihre Patientin?«, fragte Dr. Lancaster. Als sie bejahte, meinte er: »Ich verstehe.«

Was er verstand, erklärte er nicht, aber Antonia ahnte es. Er lebte seit Jahren in den britischen Kolonien; Rassismus war er wohl gewohnt. Sie war gespannt, ob die Sache ein Nachspiel haben würde für Dr. Coleman.

»Zeit für Sie, Pause zu machen, Fräulein Thomasius.« Er legte ihr den Arm um die Schulter, und sein Gesicht kam ihr nah, als er lächelnd sagte: »Aus Deutschland erwarten Sie gewiss ausschließlich schöne Neuigkeiten.«

»Danke«, sagte sie. Ihre Verwunderung über seine unerwartet mitfühlende Geste verflog, als sie voller Vorfreude zum Strand eilte.

Antonia strich mit der Fingerspitze über das verlaufene M des letzten Wortes im Brief ihrer Mutter und lächelte still in sich hinein. Es mochte unterschiedliche Gründe geben, weshalb sich ausgerechnet hier ein Wasserfleck gebildet hatte, der wieder getrocknet worden war. Sie war gerührt, endlich ein Lebenszeichen von zu Hause bekommen zu haben. Dieser Brief war vor über zwei Monaten geschrieben worden. Vermutlich waren Frieda und Vicky inzwischen längst zurück aus Südfrankreich … Ob Victor sich an die Vereinbarung gehalten hatte? Mehrere Wochen alte Neuigkeiten zu erfahren, war fast noch schlimmer, als gar keine zu bekommen. Längst konnte alles ganz anders sein.

Hier hingegen verlief das Leben mit großer Langsamkeit. Die Hitze lähmte jeden, am besten auszuhalten war sie hinter den dicken Mauern des Krankenhauses. Wenn Antonia und Mathilde an ihrem Eingeborenenspital arbeiten wollten, waren die frühen Morgenstunden dafür am besten geeignet. Es sei denn, sie hatten Dienst im *Ocean Road*. Entsprechend schleppend ging es voran.

Eine kleine Klinik aufzubauen – die Hoffnung erschien Antonia inzwischen als viel zu großspurig. Sie begnügte sich mit der Vorstellung, eine permanente Hilfsstation zu erschaffen. Matti hingegen ließ nicht locker. Es kam Toni so vor, als sähe die Diakonisse sich als Erbin des hiesigen Vermächtnisses ihres Vorbildes Ricarda Thomasius. Selbst die sintflutartigen Regengüsse Anfang Mai hatten sie nicht entmutigt, als das mit einer Konstruktion aus dicken Ästen, Palmwedeln, Bananenblättern und Seilen neu gedeckte Dach unter der Last der Sturzfluten zusammengebrochen war. Sie hatten alles, was bereits fertig gewesen war, unter sich begraben. Matti hatte nur die Schultern gehoben und sich ins Unvermeidliche gefügt: »So etwas passiert hier ständig.« Sie hatten von vorn beginnen müssen.

»Deine Mutter hat uns eine Krankentrage und einen Operationstisch geschickt!« Mattis Worte rissen Antonia aus ihren Gedanken.

Die Diakonisse kam vom Hafen. Endlich hatte der englische Zollbeamte die Sendung freigegeben. Die Fracht war als *Geräte für den Haushalt* ausgewiesen; die übliche Formulierung, die in den Kolonien niemanden Verdacht schöpfen ließ. Deklariert war sie zudem für das Schwesternheim, um die britischen Behörden nicht auf das Vorhaben der Freundinnen aufmerksam zu machen. Denn bislang war das Spital noch nicht angemeldet.

Rasch steckte Antonia den Brief ihrer Mutter ein und machte sich wieder an die Arbeit. Sie hockte gerade auf einem Schemel im Hinterhof des Schwesternwohnheims. Im Licht einer von Insekten umschwirrten Petroleumleuchte hatte sie sich vorgenommen, den Inhalt der beiden anderen Pakete ihrer Mutter zu sichten, die heute angekommen waren.

Matti ließ sich neben ihrer Freundin nieder. »Du wirkst bedrückt. Dabei ist dies ein Tag der Freude. Du hast dich im OP ausgezeichnet geschlagen. Und jetzt die Post. Zwei Glanzlichter an einem Tag. Lass uns beten und dem Schöpfer danken.«

Toni faltete die Hände, murmelte nach, was Matti sagte, und kam sich albern vor. In einem düsteren Hof zu sitzen, inmitten eines Durcheinanders aus Medikamenten, Mullbinden, Operationsgerätschaften, Bruchschienen und vielem anderem irgendwann Nützlichem. Und wohin damit? Im unfertigen Spital konnten sie es nicht lassen. Matti hatte eingeräumt, dass dort alles sofort gestohlen werden würde, um kurz darauf auf dem Schwarzmarkt wiederaufzutauchen. Wo es für viel Geld zurückgekauft werden musste.

»Du sitzt da wie ein Äffchen, das nachahmt, was man ihm vorspielt«, sagte Matti grinsend, als sie ihr Gebet geendet hatte.

Ich fühle mich auch so, dachte Antonia. Da sie wusste, wie wichtig ihrer Mitstreiterin der Dank an Gott war, sagte sie: »Ich war nicht ganz bei der Sache; meine Gedanken waren mehr zu Hause als hier.«

»Heimweh ist wie eine Wunde, die allmählich verschorft, Toni. Der Brief deiner Mutter hat sie aufgerissen. Aber sie heilt wieder.«

Noch während sie sprach, begann sie die herumliegenden Utensilien einzupacken. Im Schwesternheim hatte sie eine Kammer ausfindig gemacht, in der alles aufbewahrt werden konnte. Als Diakonisse teilte sich Mathilde mit der finnischen Glaubensschwester Hilla ein winziges Zimmer. Persönliche Güter besaßen die gläubigen Frauen so gut wie keine.

Einiges aus Ricardas Paket legte Matti für eine spätere Verwendung zur Seite. Dass es ein Tropfen auf den heißen Stein war, darüber wollte Antonia lieber nicht nachdenken. Denn manchem Patienten konnte sie mit ihren beschränkten Mitteln nicht helfen. Auch nicht dem Mann, dessen Sepsis durch eine Operation im *Ocean Road* hätte aufgehalten werden können; er war gestorben.

»Wir haben da eine Frau, die sich am Bein verletzt hat. Der helfen wir jetzt. Das bringt dich auf andere Gedanken«, sagte die stets unverdrossen weitermachende Matti.

Geschlafen habe ich seit sechsunddreißig Stunden nicht, wandte Toni in Gedanken ein. Aber sie gab Matti recht. Grübeln änderte nichts. Manchmal war es besser, einfach etwas zu tun, um sich abzulenken.

Wieder einmal stolperte Antonia hinter Matti her durch die Finsternis der afrikanischen Nacht, und unter ihrem festen Schuhwerk knackten Zweige und erschreckten sie ebenso wie ein plötzliches Rascheln. Weil der Boden so trocken war, seien keine Schlangen unterwegs, hatte Matti gemeint. Gesehen hatte Antonia tatsächlich während der kurzen Regenzeit im April und Mai nur einige kleine, die angeblich harmlos waren. Damit war Hennys Erzählung von dem riesigen Python, der ihren Hund verschlungen hatte, keinesfalls vergessen.

Auf rätselhafte Weise fand Matti immer dahin, wo sie erwartet wurde. Stets entspann sich dort ein schneller auf Swahili geführter Wortwechsel zwischen den Afrikanern und Matti, die ihre Sturmlaterne – die robuste Ausführung einer Petroleumlampe – erst jetzt entzündete. Irgendwann fiel immer ein Begriff, der gewissermaßen Antonias Einsatz markierte: *daktari*, Ärztin.

In dieser Nacht war es ein angebrochenes Schienbein, das versorgt werden musste. Die Wunde hatte bereits zu eitern begonnen, was wegen der Wärme und der hohen Luftfeuchtigkeit schnell in eine Blutvergiftung übergehen konnte. Antonia reinigte, desinfizierte und verband die Stelle, um schließlich eine Schiene anzulegen. Das Material, das sie ihrer Mutter verdankte, würde die Patientin genesen lassen.

Sobald Antonia eine Behandlung beendet hatte, sagte

Matti mit großer Ernsthaftigkeit auf Swahili: »Lasst uns Gott danken.«

Demnach standen ihre und Antonias Hilfe im Dienst der höheren Macht und verdienten keine weitere Erwähnung. Ganz einverstanden war Antonia damit nicht. Denn ihre Mitstreiterin hatte bei ihrem Kennenlernen betont, dass sie die Einheimischen nicht missionieren wollte. Was sie hiermit indirekt tat. Antonia machte Matti auf diesen Widerspruch jedoch nicht aufmerksam. Für sie zählte einzig, dass sie an einem Ort war, an dem sie gebraucht wurde. Auch jetzt wiederholten zahlreiche Stimmen die Lobpreisung des Herrn. Es war stets ein unwirklicher Augenblick. Die Gesichter zu den kraftvollen Stimmen waren kaum zu erkennen.

Schweigend folgte sie bald darauf Matti und fand sich wieder in dem kleinen Teehaus der Inderin, wo es den stark gesüßten *masala chai* gab.

Antonia war zu erschöpft, um sich auf ein Gespräch einlassen zu können. Eine Frage jedoch beschäftigte sie seit diesem Morgen: »Doktor Coleman wollte die aus Indien stammende Patientin nicht behandeln. Die wiederum ließ nicht zu, dass Nyota ihr beistand. Warum? Gibt dir dein Glaube darauf eine Antwort?«

»Hast du sie nicht schon selbst gefunden?«

»Indem ich einen Schienbeinbruch behandelte?«

»Liebe deinen Nächsten wie dich selbst.« Matti grinste. »Das ist die Antwort auf alles.«

»Einen Coleman mache ich dadurch nicht zu einem besseren Menschen.«

Die Diakonisse nickte gedankenschwer. »Aber wir beide haben heute den Einheimischen, denen von den Weißen fast ausnahmslos Verachtung entgegengebracht wird, gezeigt, dass das nicht für alle von uns gilt.«

»Die Mehrheit – und das sind Coleman oder die Patientin – wird dennoch nur die Haut eines Menschen sehen, aber nicht dessen Charakter.«

»Dann haben wir wohl eine weitere große Aufgabe: die Liebe in unseren Herzen nicht sterben zu lassen. Denn sie sagt uns, dass jeder Mensch ein Geschöpf Gottes ist.«

Antonia lag auf der Zunge zu sagen: Du bist eine Idealistin. Was normalerweise ein Vorwurf war, denn in der Welt, aus der Antonia stammte, zählten keine Ideale, sondern nur die praktischen Lösungen. In Mattis Fall war *Idealistin* ein Lob, denn sie lebte ein Ideal: die Nächstenliebe. Ob sie selbst das jemals könnte? Hier oder gar – sie wagte kaum daran zu denken – in Berlin, diesem Ameisenhaufen voller Menschen, die sich gegenseitig mit den Ellenbogen zur Seite boxten?

Seitdem Antonia ihn instand setzen hatte lassen, plätscherte der kleine Springbrunnen im Krankenhausgarten Tag und Nacht. Auch um die Bäume und Büsche kümmerte der Gärtner sich nun regelmäßig. Vor allem, um der Mittagshitze zu entgehen, aber auch, wenn sie Sehnsucht nach einem Rückzugsort hatte, setzte sich Antonia in einen der Liegestühle. Bis auf die Meerkatzen war hier niemand, denn das *Ocean Road* war nach wie vor kaum belegt. In der Bibliothek hatte sie sogar noch deutsche Bücher entdeckt, nutzte aber auch die englischen, um ihre Sprachkenntnisse zu verbessern. Heute jedoch galt ihre Aufmerksamkeit den noch ungelesenen Briefen. Gerade öffnete sie jenen ihrer Freundin Celia, wobei ihr einige hundert Pfund Sterling entgegenkamen.

Ich weiß nicht, schrieb die einstige Mitstudentin, *wie viel Medizin oder Ausrüstung Du davon kaufen und Hilfskräfte Du damit bezahlen kannst. Sieh es bitte als meine Unterstützung für Deine Ziele an.*

Gewiss, Celia besaß sehr viel Geld. Dass sie es verschenkte, war dennoch nicht selbstverständlich.

Von sich erzählte die Freundin, dass sie bereits an ihrer Promotion schrieb: *Ob ich wirklich als Ärztin arbeiten werde, weiß ich noch nicht, Toni. Ich habe festgestellt, dass mir das Forschen sehr viel Erfüllung bringt. Vielleicht kann ich mein Vermögen später auf diese Weise sinnvoll einsetzen.*

Und dann erwähnte sie, dass sie sich ein neues Flugzeug kaufen wolle: *Es wird eines sein, mit dem ich weite Strecken fliegen kann. Vielleicht bis nach Afrika! Wer weiß? Natürlich scherze ich, denn das ist nur ein Traum.*

Schließlich stand da noch ein bemerkenswerter Satz: *Ich habe Guntram gesagt, wohin er Dir schreiben kann. Ich hoffe, das ist Dir recht. Er spricht nämlich so viel von Dir.*

Einer der Briefe stammte tatsächlich von ihm. Antonia hatte sich ihn bis zum Schluss aufgehoben, um die Spannung zu erhöhen.

Im Garten waren wieder einige Meerkatzen unterwegs. Zwei jagten sich gegenseitig bis hinauf in die Kronen der hohen schlanken Palmen. Das Weibchen nahm Reißaus, griff ins Leere und konnte sich in letzter Sekunde an den Stamm retten. Kreischend fletschte es die Zähne. Sich zu lieben, tat wohl manchmal weh, dachte Antonia und lächelte in sich hinein. Guntram. Wie er am Bahnhof aufgetaucht war mit seiner weißen Rose. Eiskalt abserviert hatte sie ihn, ohne sich zu fragen, ob sie ihn damit verletzte. Hatte er je darüber nachgedacht, wie sehr er ihr an jenem Morgen wehgetan hatte? Sie spürte einen leichten Stich.

Nun öffnete sie seinen Brief. Unzählige winzig kleine, rote Stückchen rieselten auf ihr Kleid. Es waren getrocknete und durch den Transport zerbröselte Rosenblätter.

»So ein Verrückter«, flüsterte sie gerührt und las seine Zeilen:

Ich vermisse Dich, Toni. Es tut mir leid, dass ich nicht wusste, wie sehr ich Dich brauche. Ich wünsche Dir viele wunderbare Erlebnisse. Bleib nicht zu lange. Komm gesund heim. Ganz der Deine. Guntram

Antonia lehnte sich zurück und schloss die Augen. Oben in den Bäumen gurrten jetzt Tauben, irgendwo miaute eine Katze, ganz leise war das Rauschen des Meeres zu hören, und der Springbrunnen plätscherte seine gleichmäßige, beruhigende Melodie.

Etwas fehlte in Guntrams Brief. Das Wort *Liebe*. Stattdessen *brauchte* er sie. Es gab auch Menschen, die *brauchten* einen neuen Mantel … *Ganz der Deine.* Das schrieb man so, aber was bedeutete das in diesem konkreten Fall? Hielt er sich alle Möglichkeiten offen? Aber verschickte man dann getrocknete rote Rosenblätter? Das war schon recht widersprüchlich.

Verstockt, was Liebesdinge betrifft, hatte er gesagt, als sie am Lehrter Bahnhof voneinander Abschied genommen hatten.

Wie wahr! Nachdenklich ließ sie den Brief sinken.

»Fräulein Thomasius, störe ich?«

Dr. Lancaster stand ein paar Schritte entfernt, in jeder Hand eine Tasse. Antonia war über die ungeklärte Guntram-Frage eingenickt und hatte nicht bemerkt, dass er zu ihr in den Garten gefunden hatte.

»Ich habe Weißen Tee gemacht«, sagte er.

Er hatte ihr einmal erklärt, dass dies eine besondere Kostbarkeit war. Blumig und leicht, genau richtig bei der Hitze.

»Oh ja, danke. Das ist sehr nett!«

»Ihr Verlobter hat geschrieben?« Lancasters Blick galt den roten Blütenstückchen, mit denen ihr helles Kleid übersät war.

»Nein, nein.« Sie lachte und wedelte die trockenen Blättchen vergeblich mit den Händen fort. Es machte sie verlegen, dass ihr Chef Einblick in ihr Privatleben bekommen hatte. »Ich bin nicht verlobt und auch nicht verheiratet.« Sie war noch nicht ganz wach und scherzte mehr, als dass sie sich in einem ernsthaften Gespräch wähnte.

»Dann bin ich erleichtert.«

Nun merkte sie doch auf. Was hieß das? Etwa das, was sie sich überhaupt nicht vorstellen wollte? Lancaster war ihr Vorgesetzter, ein etwas eigentümlicher Brite, mindestens zehn Jahre älter als sie. Erst jetzt, als sie den fast kalten Tee trank, fragte sie sich, wie lange er wohl schon im Garten gewesen war und ihr beim Schlafen zugesehen hatte.

»Ich bekam heute Vormittag ein Telegramm«, sagte der Krankenhausleiter. »Ich werde noch einige Monate bleiben können.«

»Bleiben können? Ich dachte, Sie hätten den Tag herbeigesehnt, an dem Sie endlich in die Heimat dürfen?«

»Eigentlich wäre es in einer Woche so weit gewesen. Wenn die *Wangoni* auf dem Rückweg aus Mosambik ist, wollte ich abreisen. Meine Ablöse, den Kollegen aus Muansa, hat unglücklicherweise ein Krokodil kurz vor seiner Abreise ins Wasser gezogen und – ähm – getötet. Sie müssen wissen, Muansa ist eine Stadt am Victoriasee. Nun bleibe ich also bei Ihnen – ähm – hier im *Ocean Road*, meine ich natürlich. Aber ich sehe Ihnen an, dass Sie sich nun mit mir freuen.«

»Nun ja. Natürlich.« Sie fühlte sich überrumpelt und suchte nach Worten, denn sie wusste nicht, wonach Lancaster der Sinn stand: Ging es um seine Arbeit oder ihre? Gar um sie als Person? Etwa als Frau?

»Ich sagte Ihnen bereits, wie glücklich ich bin, dass Sie hier sind, nicht wahr?«, fragte er.

Sie nickte nur.

»Da ich nun bleibe … und Sie bleiben auch … Das ist ja immer schwierig, nicht wahr, wenn man als *expatriate* lebt … Fern der Heimat. Man wohnt heute hier, morgen dort. Man lernt jemanden kennen … Und verliert die Person wieder. Gerade dann, wenn man spürt, dass man eigentlich zusammengehört.«

Meine Güte! Er war im Begriff, ihr sein Herz zu Füßen zu legen! »Doktor Lancaster«, begann sie, »Sie bringen mich …«

»Oh nein, sagen Sie bitte nichts, Fräulein Thomasius. Ich will Sie nicht in Verlegenheit bringen. Es ist nur so: Das Telegramm von heute Morgen bewegt mich sehr. Daran wollte ich Sie Anteil haben lassen.«

Sie wusste nicht, wie sie reagieren sollte. »Das mit Ihrem Kollegen vom Victoriasee ist eine schreckliche Sache«, sagte sie schließlich.

»Ja, nicht wahr? Hier sind Sie sicher, Fräulein Thomasius. Sie reisen besser nicht ins Landesinnere. Es ist dort sehr gefährlich.« Er räusperte sich. »Wenn Sie mir noch eine Bemerkung gestatten. Nachts, draußen in der Stadt, das ist auch sehr gefährlich. Räuber, wissen Sie. Es blieb mir nicht verborgen, dass Sie nach Einbruch der Dunkelheit in unsicheren Gegenden unterwegs sind. Gerade eine hübsche junge Frau sollte da sehr gut auf sich aufpassen, nicht wahr.«

Lancaster zog sich mitsamt seiner Tasse, deren Inhalt er kaum angerührt hatte, zurück.

Das hat mir gerade noch gefehlt, dachte Antonia, ein Chef, der mir den Hof macht. Sollte sie so tun, als hätte das

Gespräch nie stattgefunden, oder wie sollte sie damit umgehen?

Oben in den Palmwipfeln lärmten wieder die sich jagenden Meerkatzen.

Es war nicht allein das Geld, das Celia Fahrland ihrer Freundin geschenkt hatte, das den Bau der Krankenstation rasch voranbrachte. Sondern das Signal, das davon ausging: Antonia konnte alles kaufen, was an Baumaterial gebraucht wurde, und die Arbeiter obendrein bezahlen. So sprach sich herum, dass es schon bald ein *hospitali* geben würde. Das zog Freiwillige an, die mithalfen, weil sie sich im Gegenzug dafür Hilfe versprachen. Vier Wochen später war alles eingerichtet.

Dem Krankenhausboten Badili waren diese Entwicklungen nicht verborgen geblieben. Er brachte eines Tages seine Schwester Atija mit. Sie war offensichtlich ein paar Jahre älter als der schmächtige Junge. Auf ihrer Hüfte trug die junge Mutter ein schätzungsweise einjähriges Kind, während sich ein zweites an Atijas buntem Rock festhielt. Es mochte drei sein.

»*Sister work here*«, sagte Badili in seinem Englisch, das etwas unwirsch klang. Jetzt wollte er die Bitte ausdrücken, sie zu beschäftigen.

Matti, die gerade neben Antonia stand, schaltete sich ein. »*Two children. You are not good worker*«, sagte sie ebenso unverblümt.

»Matti, das kannst du nicht machen«, protestierte Antonia. »Die Frau wird Geld brauchen.«

»Alle brauchen Geld, Toni. Wir aber auch, denn jenes deiner Freundin Celia ist fast alle. Das *hospitali* ist kein Platz, an dem kleine Kinder spielen dürfen.« Sie wandte sich an Badili und sagte: »*No.*«

Atija drehte sich ohne Widerworte um und ging davon.

Matti hatte ein anderes Gesicht gezeigt als jenes, das Antonia zu kennen glaubte. »Warum konnten wir nicht mit Atija reden, bevor du sie wegschicktest? Vielleicht wollte sie die Kinder nicht zur Arbeit mitbringen. Wir kennen Badili. Wenn er seine Schwester empfiehlt, kann man ihr vertrauen.«

»Toni, ich lebe seit Jahrzehnten in diesem Land. Meiner Menschenkenntnis darfst du getrost vertrauen.«

»Dein Verhalten war ohne jedes Mitgefühl«, erwiderte Antonia.

Matti starrte sie sekundenlang sprachlos an. Dann sank sie förmlich in sich zusammen. »Ja, das ist wahr, Toni. Verzeih. Ich war gerade wie mein Vater. Er behandelte die Einheimischen wie Kinder. Das war so falsch.« Sie drückte Antonia kurz an sich. »Ich werde Atija um Verzeihung bitten. Bin gleich wieder da.«

Matti stürmte aus dem *hospitali.* Nach wenigen Augenblicken kam sie mit Badili, Atija und deren kleinen Kindern zurück. Alle plauderten vergnügt in Swahili miteinander, und Antonia erinnerte sich an Mattis Ausführungen zur Nächstenliebe. Gerade hatte sie erlebt, wie schwer es der Freundin fiel, die eigenen, hochgesteckten Ideale einzuhalten. Umso bewundernswerter war, wie schnell sie ihren Fehler eingesehen hatte.

Seitdem es das *hospitali* gab, begann jeder von Antonias Tagen gegen halb sechs. Dies war die Zeit eines fast magischen Lichts. Die noch nicht über dem Horizont aufgestiegene Sonne sandte die Vorboten ihrer kraftvollen Helligkeit – ein ätherisches Blau. Das dauerte genau so lang, bis Antonia das *hospitali* erreicht hatte.

Wie sehr sie sich auch beeilte, stets wurde sie bereits von

einigen Einheimischen erwartet. Atija brachte ihre beiden Kinder kein einziges Mal mit. Schreiben konnte sie zwar nicht, aber sie besaß ein phänomenales Gedächtnis. Sie konnte mit den Hilfesuchenden in deren eigener Sprache reden und trug Matti alles auf Swahili vor. So konnten die leichten Fälle zuerst abgearbeitet und die Zahl der Wartenden schnell verringert werden. Bezahlt wurde mit dem, was die Menschen auf ihren Feldern ernteten. Wer nichts hatte, dem wurde dennoch geholfen, denn das verstanden Matti und Antonia unter Nächstenliebe.

An diesem Tag waren wieder mehrere Kinder gebracht worden, die an Krätze litten. Die Kleinen hatten sich die Ausschläge blutig gekratzt, was in der feuchten Hitze zu weiteren Entzündungen führte. Mit einer Tinktur aus stark verdünntem *Lindan*, von dem ihre Mutter ihr eine Flasche geschickt hatte, erzielte Antonia gute Erfolge. Das war für den Ruf des *hospitali* von großer Bedeutung. Entsprechend rasch ging das Mittel zur Neige.

»Wenn wir mit der Behandlung der betroffenen Kinder aufhören, werden die Leute fragen, weshalb wir ihre Kinder im Stich lassen«, sagte Matti.

Während ihres regulären Dienstes im Krankenhaus *Ocean Road* betrat Antonia mehrmals am Tag den Raum mit den medizinischen Vorräten. *Lindan*-Tinkturen waren in ausreichender Menge vorhanden und sogar nachgeliefert worden, obwohl es kaum benötigt wurde. Ein rascher Griff, ein veränderter Eintrag in der Bestandsliste – und schon konnte im *hospitali* Kindern geholfen werden. Sorgen, bei der Veruntreuung erwischt zu werden, machte Antonia sich nicht. Schließlich kontrollierte nur sie die Bestände.

Gerade kam sie aus dem Apothekenzimmer, eine kleine Flasche der Tinktur in der Hand, als ihr Dr. Lancaster begegnete. Seit dem Gespräch im Garten hatte sie es vermieden, mit ihm allein zu sein. Bislang hoffte sie, dass er von selbst erkennen würde, dass er bei ihr keine Chancen hatte. Sein Gesichtsausdruck sagte etwas anderes. Er lächelte sie glücklich an.

»Ich wusste, dass Sie ein gutes Herz haben, Fräulein Thomasius.«

»Wirklich? Vielen Dank.« Ihr wurde mulmig. Was würde als Nächstes kommen?

»Wir leben hier in enger Nachbarschaft zu den Eingeborenen. Da erfahre auch ich, wenn Europäerinnen ungewöhnliche Dinge tun.«

Antonia umfasste das Fläschchen fester. War sie etwa schon aufgeflogen? »Ja, natürlich.«

»Ich begrüße Ihre Initiative. Das wollte ich Ihnen nur sagen.« Der Klinikleiter berührte kurz ihren Oberarm. »Sie sind eine wunderbare Person, Fräulein Thomasius. Ich habe großen Respekt vor jemandem, der erkennt, wenn er gebraucht wird, und sich einbringt.«

Wieder war es ihm gelungen, sie zu überraschen. »Danke«, sagte sie.

»Nun, da Sie nicht mehr nachts hinaus in die Stadt müssen, um die Einheimischen zu behandeln … Vielleicht haben Sie Zeit, mit mir zu dinieren. Ich würde mich sehr freuen.«

»Ja«, sagte sie, denn ein Nein wäre in diesem Moment für ihn wie eine Ohrfeige gewesen.

»Heute Abend?«

»Morgen wäre besser.« Das gab ihr mehr Zeit, sich eine Strategie zu überlegen, wie sie ihm klarmachen konnte, dass es mit ihm und ihr nichts werden würde.

Sein Lächeln wurde noch heiterer. »Ich freue mich.«

Der Herr war in seinen späten Vierzigern und überaus elegant gekleidet, Anzug mit Weste, und musterte Antonia von Kopf bis Fuß. Die Dame in seiner Begleitung war etwas jünger und trug einen modisch leichten Rock mit Bluse. Sie hatte sich auf eine Weise eingehakt, als drohte sie jeden Moment ohnmächtig zu werden. Beiden war anzusehen, dass sie vornehmen britischen Kreisen entstammten.

»Sie sind Ärztin?«, fragte der Mann auf Englisch. Er hatte sich als Sir Brian Blackhurst vorgestellt. »Sind Sie sicher, dass Sie Lady Catherine helfen können?«

Es war früher Morgen, Antonia hatte bereits drei Stunden im *hospitali* gearbeitet. Und dabei festgestellt, wie viel sie dort lernen konnte über Krankheiten, die es in Deutschland nicht gab. Oder nicht mehr gab. Da Matti sich damit auskannte, war Antonias wichtigste Erkenntnis, dass es die kleinsten Lebewesen waren, die den Patientinnen und Patienten am meisten zusetzten: Würmer und Insekten. Außerdem gab ihr das *hospitali* das Gefühl, tatsächlich gebraucht zu werden. Man begegnete ihr nicht mit dem grundsätzlichen Misstrauen, das beispielsweise das vornehme britische Paar an den Tag legte, dem sie gerade gegenüberstand.

»Ob ich Ihrer Frau helfen kann, werde ich erst wissen, wenn ich sie untersucht habe«, erwiderte Antonia.

»Oh, Sie sind Deutsche«, sagte der Herr, dem ihr leichter Akzent offenbar nicht verborgen geblieben war.

»Krankheiten kennen keine Nationalität.« Die durch den britischen Kollegen Coleman erfahrene Ablehnung hatte Antonia gereizter antworten lassen, als sie es vorgehabt hatte.

»Brian, du kannst gehen«, sagte die Patientin gepresst, denn sie hatte offenkundig Schmerzen. »Diese deutsche Ärztin macht einen sehr entschlossenen Eindruck.« Sobald sie mit Antonia allein war, ergänzte Catherine Blackhurst: »Sie haben Haare auf den Zähnen. Das ist der einzige Weg, um mit meinem Mann umzugehen. Ich hoffe, Sie können wirklich etwas. Ich glaube nämlich, dass ich sonst sterben werde.«

»Wir werden natürlich versuchen, das zu verhindern. Sind Sie schon lange in Tanganjika?«, fragte Antonia im Plauderton.

»Wir leben zurzeit auf Sansibar. Die Überfahrt mit dem Schiff – ich weiß nicht, wie ich das überlebt habe.«

Das Erstaunliche war, dass die Dame über dieselben Symptome klagte wie afrikanische Patientinnen im *hospitali*: hohes Fieber, Müdigkeit, Blut im Stuhl, Bauchkoliken, juckende Stellen auf der Haut.

Lady Catherine war sehr blass, was nicht unbedingt auf eine Erkrankung schließen ließ. Edle Blässe galt auch in Berlin als vornehm. Machte es doch deutlich, dass man sich von körperlicher Arbeit im Freien fernhielt. In diesem Fall jedoch ging die fahle Haut mit großer Schwäche einher, was Antonia auf Blutarmut schließen ließ. Das passte zu dem über den Stuhl ausgeschiedenen Blut.

Die Patienten im *hospitali* ergaben sich aller Regel diesem Schicksal. »Manche Erkrankten sterben daran«, hatte Matti gesagt.

Der naheliegende Gedanke, Blut- und Stuhlproben der afrikanischen Patienten zu untersuchen, um die Ursache der Erkrankung herauszufinden, ging weit hinaus über die Möglichkeiten des *hospitali*. In der Patientin Lady Catherine sah Antonia nun die Gelegenheit, genau dies zu tun: Ihre Proben mit denen der Einheimischen zu vergleichen, um im Idealfall später auf diese Weise beiden helfen zu können. Dabei war klar, dass das Ergebnis schnellstens vorliegen musste. Denn wenn Matti mit ihrer düsteren

Prognose richtig lag, schwebte die Lady tatsächlich in so großer Gefahr, wie sie instinktiv ahnte.

Prompt sagte sie: »Frau Doktor, Sie gucken mich an, als sähen Sie dem Tod ins Gesicht.«

Antonia erschrak, dass sie ihre Mimik so wenig im Griff hatte, und bemühte sich, die Lady nicht noch mehr zu beunruhigen: »Oh nein! Ich sehe eine Dame, die mir vertraut. Wir werden Geduld brauchen, aber gemeinsam werden wir es schaffen, dass Sie gesund werden.«

Das war ein großes Versprechen, und Antonia war fest entschlossen, es einzuhalten.

Am Abend erzählte Antonia im *hospitali* Matti von ihrem Vorhaben. Sie erntete einen skeptischen Kommentar: »Für die weißen Patienten wirst du deine Erkenntnisse nicht gebrauchen können. Wurmerkrankungen haben nur arme Leute. Manche überleben es, andere nicht. Der Tod ist hier ein Teil des Lebens. Das gefällt dir zwar nicht, aber als Ärztin wirst du das irgendwann akzeptieren müssen.«

Das klang so kompromisslos, dass Antonia innerlich zusammenzuckte. Offenbar hatte ihr selbstloser Einsatz in Matti eine Härte entstehen lassen, die in solch seltenen Momenten sichtbar wurde. Es war, als wollte sie Antonia damit zu verstehen geben: Wach auf, dies ist kein Traum, sondern die erbarmungslose Wirklichkeit.

»Du schließt nicht aus, auch die Lady könnte Würmer haben?«, fragte Antonia erstaunt.

»Fragt Ungeziefer danach, über wen es herfällt?«, fragte Matti zurück.

»Ich denke schon«, sagte Antonia. »Ein reicher Mann fängt sich keine Bettläuse ein, weil er in keiner billigen Absteige nächtigt.«

»Es sei denn, er hat keine andere Wahl«, konterte Matti.

Wenn dem so wäre, könnte die Krankheit nicht nur der Armut geschuldet sein. Dann wären es die Lebensumstände, die sie hervorriefen. Welche mochten das in Lady Catherines Fall sein? Wo gab es Parallelen zu den Menschen im *hospitali*? Eine Frage, die Antonia absurd erschien. Es war doch offensichtlich, dass es kaum Überschneidungen geben konnte zwischen der Art, wie eine Dame lebte und wie die Kinder aus den Dörfern!

Wenn es dennoch so wäre? Antonia war wie elektrisiert.

In der Nacht machte sie sich im Labor des *Ocean Road* an die Arbeit. Um diese Zeit war der einzige Laborant, ein älterer Herr, längst heimgegangen. Schon vom Nachmittag an waren nur die Diakonissen in den langen Gängen unterwegs, um die Patienten zu versorgen. In sich gekehrt richteten sie den Blick stets demutsvoll gen Boden, wenn sie ihr begegneten. So aufgeschlossen wie Matti war sonst keine.

Während sie die Stuhlprobe ihrer neuen Patientin unter dem Mikroskop studierte, dachte sie an Celia. Ihre Freundin saß gerade an ihrer Promotion, und irgendwann nach ihrer Rückkehr aus Afrika stand Antonia das auch bevor. Allerdings fehlte ihr noch das Thema. *Wurmkrankheiten* mochte für die Ohren deutscher Professoren wenig einladend klingen, doch zehn Jahre nach dem Krieg wollten die Menschen wieder reisen. Tropenkrankheiten würden wichtig werden. War dies ein möglicher wissenschaftlicher Schwerpunkt, mit dem sie etwas Wichtiges beitragen konnte?

Was sie in den Proben fand, waren jedoch Eier und keine Würmer. Die entdeckte sie stattdessen sowohl im Blut der Lady als auch bei den Afrikanern. Es waren zwei Gruppen von winzigen Würmern, größere und kleinere, manchmal waren beide ineinander verschlungen. Fraßen sie einander oder paarten sie sich, lautete die Frage, die nur eine langfristige Beobachtung beantworten konnte.

Nach einer viel zu kurzen Nacht durchstöberte Antonia am nächsten Morgen die medizinische Bibliothek. Die vielen Nachschlagewerke führten auf eine mögliche Spur. Es mochte sich um eine Erkrankung handeln, von der Antonia an ihrer Universität in Berlin nie gehört hatte. Obwohl sie bereits siebzig Jahre zuvor entdeckt worden war: Nach ihrem aus Deutschland stammenden Entdecker hieß sie Bilharziose.

Wenn Bilharziose nicht behandelt wurde, konnte sie durchaus tödlich enden. Die pessimistische Prognose von Matti und ihrer Patientin war also nicht falsch. Antonia lief ein leichter Schauer über den Rücken. Doch was nutzte ihre Erkenntnis ohne eine Möglichkeit zur Behandlung?

Die erstaunlich gut sortierte Krankenhaus-Apotheke wies zwar Medikamente gegen Wurmerkrankungen auf. Gegen solche im Darm half angeblich *Piperazin* des in Berlin ansässigen Herstellers Schering. Aber die Egel genannten Saugwürmer versteckten sich im Blut! Von ihnen schien die Gefahr auszugehen, denn sie fraßen einander keinesfalls. Ihre Anzahl blieb nämlich konstant. Also paarten sie sich und produzierten jene Eier, die über den Darm ausgeschieden wurden. Somit waren es die Blutwürmer, die bekämpft werden mussten. Ansonsten blieben die Egel so lange im Blut, wie ihr Gastgeber zur Verfügung stand. Mit anderen Worten: bis zum Tod der Patienten.

Es waren alles nur Vermutungen! Antonia war verzweifelt. Wie sollte sie heilen, wenn sie zunächst einmal die Grundlagen dafür erschaffen musste? Während ihre Patientin spürte, wie ihre Kräfte immer weniger wurden. Kurz erwog Antonia, Doktor Lancaster ins Vertrauen zu ziehen, verwarf den Gedanken jedoch. Nicht nur, dass sie froh war, seine Gegenwart bis zu ihrer Verabredung am Abend meiden zu können. Rein medizinisch versprach sie sich davon keinen Fortschritt, weil Wurmerkrankungen bei Europäern so selten waren, dass auch Lancaster kaum etwas darüber wissen würde.

Bei der Visite fragte Lady Catherine: »Sie haben mich lange warten lassen. Ist das ein gutes Zeichen oder ein schlechtes?«

»Ein gutes«, sagte Antonia lächelnd und gab ihr das vermutlich wirkungslose Wurmmittel *Piperazin*.

Natürlich verlor sie kein Wort darüber, dass es etwas war, das in der Sprache der Mediziner *Placebo* hieß. Ärzte verabreichten es, wenn sie nicht weiterwussten. Es sollte dem Patienten gefallen, deshalb der klangvolle lateinische Name. Was gefiel, das half. Der Glaube war somit ein Teil der erhofften Heilung. Seit Jahrhunderten wurde dieses Rezept mit dem Stift ärztlicher Hilflosigkeit geschrieben.

»Das schmeckt aber bitter«, sagte die Patientin, während sie die in einem halb gefüllten Glas mit Wasser aufgelösten Tropfen trank. »Dann hilft es auch.«

Während der langen Stunden am Mikroskop war Antonia die Frage nicht aus dem Kopf gegangen, wieso diese feine Dame überhaupt von Würmern befallen wurde. »Erzählen Sie von Sansibar«, ermunterte Antonia Lady Catherine und setzte sich an ihr Bett. »Wie lebt man auf dieser Insel? Was haben Sie so getan?«

Ihre Patientin berichtete mit geradezu kindlicher Freude: »Was so schön war, war das Baden in einem kleinen See. Es war so still, kein Mensch war dort. Ganz ausgezogen habe ich mich. Es war kühl und schattig. Ich lag nur so da und meinte, ich wäre im Paradies.«

In einem See baden, das machten auch die Einheimischen. Rund um Daressalam gab es unzählige kleine Gewässer. Was war in diesem Wasser, fragte sich Antonia. Was darin konnte den Tod bringen?

Dr. Lancaster empfing Antonia am frühen Abend in seiner Wohnung. Ihr fiel sofort auf, dass er sich wieder große Mühe mit seinem Äußeren gegeben hatte. Der Anzug schien auch einen anderen Schnitt zu haben; er hatte ihn wohl gerade erst schneidern lassen. Im Revers steckte eine orangefarbene Blüte. Mit ihrer Kleidung konnte sie nicht mithalten: In ihrem Koffer hatte genau ein einziges elegantes Sommerkleid Platz gehabt. Eigentlich gehörte es der sentimentalen Erinnerung an jene Nacht, in der sie mit Ben auf dem Deck der *Wangoni* getanzt hatte.

»Ich habe arrangiert, dass wir heute Abend dort speisen, wo es Ihnen am besten gefällt«, sagte Dr. Lancaster und bot ihr seinen Arm.

Das war zu direkt, das war zu schnell, dachte sie. Er war ihr Chef, man würde über sie reden. Sie wich ein wenig zurück.

»Verzeihen Sie, aber ich möchte nicht, dass über uns getuschelt wird«, sagte sie.

»Getuschelt? Das ist ein Wort, das ich nicht kenne.«

»Dass man uns eine Affäre andichtet.«

»Oh, es tut mir leid, Fräulein Thomasius. Das habe ich nicht bedacht.« Er sah sie offen an. »Ich mag Ihre Art. Sie sind so erfrischend. Sie tun mir gut.«

»Sie machen mich verlegen. Ich bin Ärztin im Praktischen Jahr. Ich bin hier, um zu lernen.« Sie musste seine offenkundige Verliebtheit irgendwie bremsen. »Im Moment sorge ich mich um eine Patientin mit Bilharziose. Kennen Sie sich damit aus?«, fragte sie in dem Bemühen, schnell eine sachliche Ebene zu erreichen.

»Oh ja, ich habe das gehört. Sir Brian ist ein wichtiger Mann bei der *British Tea Company*. Ich bin ihm bereits vor ein paar Jahren in Indien begegnet. Da hatte er noch eine andere Ehefrau. Sie ist gestorben. Cholera oder Typhus, etwas in der Art.«

Was unter Umständen die Angst seiner gegenwärtigen Gemahlin erklärte, ein ähnliches Schicksal zu erleiden, dachte Antonia. Aber eine medizinische Antwort gab Dr. Lancaster auch nicht, als sie nun den Garten erreichten. Interessierte ihn das Wohlergehen der Patienten nicht? Oder war ihm sein Flirtversich wichtiger?

Antonia fühlte sich unwohl, obwohl das Ambiente durchaus hübsch war. Es war längst Nacht, zahlreiche Fackeln brannten. Ein gedeckter Tisch, Kerzenleuchter, bestes Geschirr, silbernes Besteck, edle Gläser.

»Das Personal hat sich sehr viel Mühe gegeben.«

Ihr distanziertes Kompliment erfreute ihn dennoch. »Danke. Ich wusste, dass es Ihnen gefällt.«

Es gab Weißwein und die scharfe Suppe, die nach Kokos schmeckte, und Hummer, der ihre ganze Aufmerksamkeit erforderte, weil sie so etwas nie zuvor gegessen hatte. Währenddessen erzählte Lancaster von sich. Er hatte in den letzten fünfzehn Jahren in etwa einem Dutzend Ländern, die zum Britischen Weltreich gehörten, gearbeitet.

Deshalb sagte sie etwas, von dem sie erst merkte, wie falsch es war, als sie es bereits ausgesprochen hatte: »So können Sie doch nicht ständig weiterleben. Irgendwann müssen Sie sesshaft werden.«

Er erwiderte, was sie hätte kommen sehen müssen, wenn sie nicht vom korrekten Essen des Hummers abgelenkt gewesen wäre: »Endlich habe ich die Frau gefunden, mit der ich eine Zukunft planen kann.« Sein Blick verriet, wie sehr er davon überzeugt war, dass das sie war.

Sie musste dieses Katz- und Maus-Spiel beenden! »Falls Sie von mir sprechen: Ich bin diese Frau nicht, Doktor Lancaster.«

»Sie wissen es nur noch nicht. Bitte, sagen Sie einmal nur meinen Vornamen. Ich heiße Damian. Sagen Sie es. Schon so lange habe ich keine Frau mehr meinen Namen sagen hören.«

Antonia legte das Besteck ab; sie konnte nichts mehr essen. Der erste Eindruck, den sie von Lancaster bekommen hatte, war der richtige gewesen. Nur hatte sie ihn falsch gedeutet. Seine offenkundige Vernachlässigung war der Einsamkeit geschuldet gewesen. Es hatte niemanden gegeben, für den er sich anstrengen musste.

»Tut mir leid«, sagte sie. »Das geht zu weit. Wir arbeiten zusammen. Mehr darf und wird nicht zwischen uns sein, Doktor Lancaster.«

»Ich liebe Sie, Fräulein Thomasius. Aus der Tiefe meines Herzens tue ich das. Meine Hoffnung, dass es für uns eine Zukunft gibt, wird nicht enden.«

Während sie aufstand, sagte sie mit Entschlossenheit: »Dass ich mich an diesen Tisch gesetzt habe, war mein Fehler. Ich werde künftig besser darauf achten, was ich tue. Guten Abend, Doktor.«

Der Andrang vor dem *hospitali* wurde mit jedem Tag größer. In den drei Stunden am Morgen war die Arbeit nicht mehr zu schaffen. Wenn es ihre eigentliche Pflicht zuließ, behandelte Antonia auch noch am Abend.

»Es sieht nicht gut aus für Lady Catherine«, sagte Matti, die sie ebenfalls versorgte. »Solltest du Lancaster nicht auffordern, ihren Mann auf das Unvermeidliche vorzubereiten?«

Inzwischen war Lady Catherine seit fast zwei Wochen

in Behandlung. Weder als Medizin noch als Placebo hatte *Piperazin* angeschlagen.

Zu den neuen Errungenschaften des *hospitali* gehörte ein kleiner gusseiserner Ofen, den Matti irgendwo aufgetrieben hatte. Seit es ihn gab, wurde darauf ein Tee zubereitet. Der kräftige Geruch zog in Antonias Nase.

»Was ist das eigentlich, was du da braust, Matti?«

»Die Einheimischen nennen ihn Wurmholztee. Sie kochen ihn selbst.«

»Und warum?«

»Wie das hier so ist: Alles hilft gegen alles. Das Wurmholz wirkt angeblich bei Husten, Fieber, Appetitlosigkeit, Bauchschmerzen, Malaria. Gewissermaßen ein Allheilmittel.«

»Heißt es Wurmholz, weil das Holz voller Würmer ist? Oder weil es bei Wurmbefall wirkt?«

»Ich weiß es nicht, Toni. Das ist so ein grüner Busch, der gelb blüht und direkt an den Tümpeln wächst.«

»Ich glaube, ich möchte das unserer Lady zum Trinken geben, Matti. Ist doch einen Versuch wert. Meinst du nicht?«

Wenig später, es war bereits tief in der Nacht, brachte Antonia den Tee zu ihrer Patientin. Sie musste ihn der entkräfteten Frau einflößen. Es war die letzte Hoffnung, die sie selbst hatte – ein Wurmholz, das dort wuchs, woher die Erreger der Krankheit vermutlich stammten. Unter medizinischen Aspekten war es nicht logisch, so vorzugehen. Aber vielleicht gehörten in der Natur diese beiden Dinge zusammen. Das, was krank machte, und das, was dagegen half?

»Sie sind eine ungewöhnliche junge Frau«, sagte die Patientin mit schwacher Stimme. »Leben Sie nur für Ihren Beruf? Sie sind jung und hübsch obendrein. Außerdem klug. Was macht ein deutsches Fräulein wie Sie in diesem Kaff, wenn es dunkel wird?«

Das mochte eine spezielle Form britischen Humors sein. Aber Antonia spürte, dass hinter der Frage eine Art von Falle lauerte. »Ich lerne«, sagte sie.

»Ist Doktor Lancaster ein guter Lehrer?«

»Oh, ich wusste gar nicht, dass er unterrichtet.« Sie mochte es nicht, dass die Patientin ihr Ratschläge für ihr Privatleben gab. Gerade weil sie so jung war, hielt sie es für wichtig, dass in ihr nur die Ärztin gesehen wurde.

»Sie sind smart, Miss Thomasius. Aber passen Sie auf, was Sie tun. Doktor Lancaster ist ein gefährlicher Mann.«

Antonia wollte schon nachhaken, woher die Dame das zu wissen meinte, und erinnerte sich an die Warnung ihrer Mutter vor der Gerüchteküche in den Kolonien. Zwischen Indien, wo sowohl Lancaster als auch Lady Catherines Gatte gelebt hatten, lagen tausende Seemeilen des Indischen Ozeans. Obwohl das *British Empire* die halbe Welt umspannte, war es für Lancaster und die Blackhursts ein eigenes, kleines Reich, in dem sich die sogenannten *Expatriates* untereinander kannten. Jene Mitglieder dieses exklusiven Zirkels, die Antonia bislang getroffen hatte, waren ihr nicht so sympathisch, dass sie mehr darüber wissen wollte.

»Miss Thomasius«, formulierte Lady Catherine ihre Warnung neu und eindringlich, »halten Sie sich fern von Doktor Lancaster.«

Genau das tue ich ohnehin, dachte Antonia, zeigte ein unverbindliches Dienstlächeln und sagte, dass sie morgen neuen Tee bringen würde.

Matti griff mit den bloßen Fingern in den *ugali*, den festen Maisbrei, der Bestandteil jeder Mahlzeit der einheimischen

Bevölkerung war. Die Freundin rollte ihn routiniert zu einem Bällchen und tunkte es in eine rote Chili-Sauce. Die war so scharf, dass Antonia sie nur einmal gekostet und dann darauf verzichtet hatte.

»Sie reden über dich und Doktor Lancaster«, sagte Matti.

Die Freundinnen saßen im warmen Licht eines offenen Feuers neben dem *hospitali*.

Als eine Art von Bezahlung hatten die Hilfesuchenden heute frittierte Fische und in Kokosmilch gekochten Maniok mitgebracht. Für die Menschen hier ein Festmahl, für Antonia noch immer eine ungewohnte Köstlichkeit. Allerdings konnte sie sich nicht daran gewöhnen, mit den Fingern zu essen.

»Über Lancaster und mich gibt es nichts zu reden«, sagte Antonia. »Er macht sich falsche Hoffnungen, weil er einsam ist.«

»Das mag sein, Toni, aber er schadet deinem Ruf.«

»Wie soll ich das verhindern? Ich muss mein Praktisches Jahr hier vollenden, Matti. Und ich brauche anschließend ein Zeugnis, das er mir ausstellen muss. Ansonsten habe ich dieses ganze Jahr verloren.«

»Man verliert keine Jahre, Toni. Jeder Augenblick ist kostbar, egal, was geschieht.«

Antonia widersprach nicht. Sie dachte anders als die Freundin, die sich gegen eine Karriere und stattdessen für den Dienst an den Menschen entschieden hatte. Sie selbst wollte zwar auch Gutes tun, aber sie hatte gleichzeitig eine Laufbahn im Blick. Jetzt, mit dem räumlichen Abstand, fragte sie sich ohnehin manchmal, ob ihre Mutter nicht recht hatte: Wäre es nicht doch richtiger, in einigen Jahren an der Charité eine Station zu leiten? Oder das zu tun, was Henny versucht hatte – in die Wissenschaft zu gehen. Seit ihrer persönlichen Entdeckung der Bilharziose notierte sie, was sie im *hospitali* oder im *Ocean Road* erlernte, in einer Art von wissenschaftlichem Tagebuch.

»Kann Lancaster dich mit deinem Zeugnis erpressen?«

»Nein«, sagte sie spontan und gestand sich im selben Augenblick ein, dass diese Befürchtung gar nicht so abwegig war.

Sie mochte das Thema nicht und bemühte sich, davon abzulenken: »Wie ist das eigentlich bei dir, Matti, mit der Liebe? Hast du nie so ein Herzklopfen, wenn du einen attraktiven Mann siehst?«

»Du bist nicht die Erste, die mich das fragt. Warum eigentlich? Ist eine Frau nur dann eine ganze Frau, wenn sie einen Mann hat?«

»Überhaupt nicht. Ich habe auch keinen. Aber …« Wie sollte sie das formulieren? Dass sie sich nach einem Mann sehnte und gleichzeitig unabhängig bleiben wollte? Dass sie also nach dem Unmöglichen strebte.

»Du fühlst dich nicht vollständig, wenn du keinen Mann hast?«, hakte Matti nach. Es war ihr gelungen, Antonias Frage ins Gegenteil zu verkehren!

»Ich fühle mich durchaus vollständig«, widersprach sie. »Es geht auch um körperliche Nähe. Fehlt dir das nicht?«

Die Diakonisse schüttelte den Kopf. »Nein, weil ich nicht begehrt werden will und auch nicht begehre. Meine Verbindung zu Jesus Christus ist so intensiv, dass daneben kein Platz für eine andere Beziehung bleibt. Das ist wie in einer Ehe. Man schwört ewige Treue. Durch meine Kleidung signalisiere ich das jedem: Ich bin vergeben.«

Mattis Bemerkung machte Antonia jenen Fehler bewusst, den sie im Umgang mit Lancaster gemacht hatte. Es war in dem unbedachten Moment gewesen, als er sie gefragt hatte, ob die Rosenblätter von ihrem Verlobten stammten. Vielleicht hätte sie nur Ja sagen müssen und ihr Chef hätte sich zurückgezogen.

»Weißt du eigentlich etwas über Lancaster?«, fragte sie die Diakonisse, die schon vor ihr im *Ocean Road* gearbeitet hatte.

Matti schüttelte den Kopf. »Mach dir keine Sorgen. Du bist in Gottes Hand.«

Noch lagen mindestens vier Monate im *Ocean Road Hospital* vor Antonia, auf die sie sich eigentlich freute. *Gefährlicher Mann* – so ein Unsinn, beruhigte sie sich selbst. Gefährlich waren Krankheiten wie die von Lady Catherine. Ob der Allheilmitteltee helfen würde?

DIE SPRACHE DER HAUT

— ◆ —

Berlin, September 1928

Du errätst nie und nimmer, was ich heute getan habe, Mutter!« Vickys Gesicht glühte vor Begeisterung, als sie am frühen Abend ins Sprechzimmer einbrach wie ein Wirbelwind.

Die letzte Patientin war gerade gegangen, ansonsten hätte Vicky ihr ungestümes Temperament durchaus zu zügeln gewusst. Obwohl Henny ahnte, wer hinter der Euphorie ihres Kindes steckte, freute sie sich dennoch: »Dein Vater hat dir wieder mal einen Wunsch erfüllt?«

»Ich wurde vor einer Kamera gefilmt, Mutter! Das war Vaters Vorschlag. Er ist der Produzent. Das entscheidet er. Da waren so viele Menschen, alle haben auf mich geguckt. Wusstest du, dass das Licht eingerichtet werden muss? Der Kameramann hat immer wieder gesagt, dass er es anders haben will. Damit ich zur Geltung komme. Mutter, es war ganz wunderbar.«

Victor lehnte im Türrahmen, die Hände in den Hosentaschen, den Hut leicht verwegen im Nacken und jenes Grinsen im Gesicht, wie es nur richtige Lausbuben zustande brachten.

Henny hingegen saß hinter ihrem Schreibtisch, streng gekleidet in einen weißen Arztkittel. Ihr war bewusst, dass sie gerade wieder einmal das Gegenteil verkörperte. Nichts war jetzt weniger angebracht, als ihm zu sagen, dass so viel

Aufmerksamkeit Vicky möglicherweise nicht guttat. Ihre Tochter hatte sich vernachlässigt gefühlt, und deshalb durfte sie nicht als Spielverderberin dastehen: »Und hat der Regisseur ›*Action*!‹ und ›*Cut*‹ gesagt?«

»Ja, genau so war es! Warst *du* schon mal bei Dreharbeiten, Mutter?«, fragte Vicky erstaunt.

»Ja, mein Schatz, ich war einige Monate lang in Hollywood Ärztin. Dann erwartete ich ein Kind. Rate mal, wen!«

»Das hast du mir nicht gesagt, Vater!«

Victor beschränkte sich darauf, zur Antwort die Schultern zu heben. »Vicky wurde beim Klavierspielen gefilmt«, sagte er. »Mit Ton. Ein Experiment. Bald werden alle Filme Ton haben.«

»Du hast gesagt, ich habe Talent«, erinnerte Vicky ihn.

»Oh ja, das hast du. Ein großes Talent sogar.«

So war das also, begriff Henny. Es ging nicht vorrangig um Vicky, sondern um die neue Methode, Bild und Ton gleichzeitig aufzunehmen. Vicky war zu jung, um das zu durchschauen, für sie war alles noch ein Spaß. Aber in der Frustration über ihre gescheiterte Ehe erkannte Henny darin den Mann wieder, der jeden für seine Interessen einspannte – und sei es die eigene Tochter.

Henny war schon froh, dass der Urlaub an der Côte d'Azur in Florentines Haus pünktlich am Ende der Schulferien geendet hatte. Zumindest für Vicky, die mit ihrem Vater im Zug zurückgereist war. Großmutter Florentine, die es schon immer vorgezogen hatte, ihre Neigungen spontan auszuleben, war am Meer geblieben. Die Hintergründe konnte Henny sich nur zusammenreimen. Florentines Sommerhaus war wohl ein Treffpunkt schöner und reicher Menschen, vor allem junger Männer. Offenbar umschwärmten sie Frieda, deren Niedergeschlagenheit verflogen war und ihrem alten Lebenshunger Platz gemacht hatte. Gewiss war dabei auch Glanz auf die sich jugendlich gebende Tante Flora gefallen.

»Ich möchte dich heute Abend ausführen«, sagte Victor. »Du leihst mir doch deine Mutter, nicht wahr, Vicky?«

»Das ist sehr spontan, Victor«, wandte Henny ein, bevor Vicky antworten konnte.

»Komm schon. Du musst etwas anderes sehen als nur Krankheiten. Ich habe eine Überraschung für dich.«

»Mutter, sag Ja«, lautete Vickys Kommentar. »Vater kennt viele gute Überraschungen.«

Da hast du leider sehr recht, dachte Henny missmutig.

Mit dem Ex-Mann ausgehen – und das nach Jahren, in denen sie sich bekriegt, voneinander entweder nichts gehört oder sich nichts zu sagen gehabt hatten. Es waren immer nur kurze Treffen gewesen, um sich gegenseitig Vicky zu übergeben. Plötzlich sollte das anders sein? Wahrscheinlich führte Victor wieder etwas im Schilde, und sie würde darauf hereinfallen.

Mit dieser Erkenntnis kämpfte Henny gerade. Dennoch saß sie jetzt in ihrem Schlafzimmer am Schminktisch und malte sich die Lippen dunkelrot an. Als hätte sie es geahnt, war sie am Morgen beim Friseur gewesen. Er hatte ihr schwarzes Haar mit einem Glätteisen und Haaröl in sogenannte *finger waves* gelegt, die seitlich in angedeuteten Schnecken ausliefen. Er meinte, die modische, aus Amerika stammende Frisur würde ihren schlanken Hals betonen.

Sie sah aus wie die Frau, die sie immer sein wollte – kühl, elegant und unverletzlich. Gleichzeitig fühlte sie, wie die Zeit unter ihren Fingern verrann. Als unnahbare Schönheit alt zu werden, konnte Einsamkeit bedeuten. Sollte das die Konsequenz aus der Enttäuschung über ihren Ex-Mann sein? Sie seufzte. Nun ja, besser, sie fand heraus, was er vorhatte, als vor vollendete Tatsachen gestellt zu werden. Was zwar stimmte, aber auch ein Vorwand war, um sich nicht eingestehen zu müssen, dass sie durchaus Lust hatte, mal wieder auszugehen.

Victor erwartete sie bereits vor dem Haus in einem Cabriolet. Seit sie ihn kannte, fuhr er solche Wagen. Früher war sie im Sommer mit zerzauster Frisur am Ziel angekommen und im Winter durchgefroren. Dass sie beide erwachsen geworden waren, zeigte der Umstand, dass Victor das Verdeck schloss, als er sie kommen sah.

»Du bist schön«, sagte er schlicht.

»Danke. Das ist das erste Kompliment seit Ewigkeiten, das ich von dir bekomme.«

»Das tut mir leid. Aber alle Menschen gewöhnen sich viel zu schnell an Schönheit.«

»Heute so philosophisch unterwegs?« Sie musterte ihn mit spöttischem Lächeln. In ihren Augen war Victor zwar im Herzen ein Künstler, aber eher ein Pragmatiker, ein Überlebenskünstler.

»Wir hatten hier einmal …«, er meinte das Haus in der Behrenstraße, von dem sie gerade fortfuhren, »… jeden Abend Gäste. Wie lange das zurückliegt! Anfang des Krieges, nicht wahr? Es war eine schöne Zeit.«

Das war es wirklich gewesen, dachte sie. »Wir hätten nie nach Los Angeles gehen sollen, Victor. Die Stadt war Gift für unsere Ehe.«

»Ja«, sagte er.

Sie sah ihn erstaunt an. »Wie bitte? Das gibst du zu?«

»Natürlich. Los Angeles ist wunderbar, um Filme zu machen und Affären zu haben.« Er lachte wie der Lausbub, der nicht nur Äpfel klaute. »Diese Tage liegen hinter mir. Ich bin ein anderer geworden.«

Er lenkte den Wagen Richtung Schöneberg.

»Und wer bist du jetzt?«

»Ein Mann, auf den du dich verlassen kannst. Habe ich Vicky rechtzeitig zurückgebracht, oder nicht?«

»Und was willst du?«

Er sah sie an, lächelnd. »Dich. Ich will dich zurück.«

»Warum? Nach all den Jahren.«

»Weil ich weiß: Wir beide passen zusammen wie der Hut auf den Kopf.«

»Es heißt: Jeder Topf findet seinen Deckel.«

»Und wer von uns beiden ist dann freiwillig der Topf?«

Sie lachten gleichzeitig. Aber sie wurde wieder ernst: »Es ist so viel zwischen uns beiden kaputt gegangen. Du hast mir sehr wehgetan.«

»Das tut mir aus ganzem Herzen leid, Henny. Ich bitte dich, mir das zu glauben. Ich war ein dummer Junge. Das bin ich nicht mehr.«

Victor hatte den Wagen am Potsdamer Platz anhalten müssen. In der Mitte befand sich die erste Ampel Berlins, und die Autos stauten sich.

Er sah sie an. »Gib uns eine zweite Chance, Henny. Bitte. Wir dürfen uns nicht aufgeben. Wir gehören zusammen. Und wir haben ein Kind, ein wunderbares Mädchen. Hast du gehört, wie sie sagte: ›Mutter, sag Ja‹? Vicky möchte, dass wir wieder ein Paar werden.«

Hinter dem Auto begann ein Hupkonzert.

»Siehst du?« Er grinste. »Die ganze Stadt stimmt mir zu.«

»Für dich ist alles wie ein Film«, sagte sie.

Er schüttelte den Kopf. »Das sieht nur so aus, Henny. Ich meine es ernst: Ich möchte, dass wir wieder ein Paar sind.«

»Wie Topf und Deckel? Das reicht mir nicht.«

Er fuhr weiter. »Wir haben so viele Widerstände überwunden, weil wir füreinander geschaffen sind. Ich glaube an unsere Liebe. Sie lebt, Henny. Sie ist nur eingeschlafen.«

Während er das Auto lenkte, warf er ihr einen tiefen Blick zu, der ihre Gefühle durcheinanderwirbelte. Es war wie früher, wenn er sie so ansah. Nun ja: fast.

»Wohin fahren wir eigentlich?«, fragte sie.

»Jemand hat ein Geschenk für dich. Das holen wir kurz ab«, erwiderte er vieldeutig.

Der große Salon in der herrschaftlichen Wohnung am Hohenzollerndamm befand sich in seltsamer Unordnung. Vor den Fenstern war ein Ding aufgebaut, das ein wenig wie ein Flugzeug aussah, dessen Tragflächen jedoch nur Stummel waren. Daneben lagen Taucheranzüge, und in der Ecke stand ein Boxsack. Der Esstisch war für vier Personen eingedeckt.

Der Gastgeber war ein athletisch gebauter Mann in Victors Alter, neben dem er nahezu zierlich wirkte.

»Henny, das ist Fritz Lang, der berühmteste Regisseur der Welt«, stellte er ihn vor.

»Ich bewundere Ihren Film ›Metropolis‹«, sagte sie.

»Küss die Hand, gnädige Frau«, erwiderte er mit leichtem Wiener Akzent.

»Henny Thomasius, meine große Liebe, um die ich wieder kämpfe«, stellte Victor sie etwas zu theatralisch vor.

»Und das ist Thea, um die ich mein halbes Leben lang immer wieder kämpfe«, sagte Lang. »Von ihr stammt das Drehbuch zu ›Metropolis‹.«

»Und einiges andere«, ergänzte die Hausherrin.

Kurz bevor sie die Wohnung im Stadtteil Schmargendorf betreten hatten, hatte Victor über sie verraten, dass sie höchst erfolgreich auch Romane verfasste. Henny schätzte sie auf ihr eigenes Alter. Ihre Kleidung war schnörkellos, auf Make-up verzichtete sie.

»Können wir Du sagen?«, fragte Thea von Harbou, als die beiden Männer sich zu einem kurzen Arbeitsgespräch zurückzogen.

Diesen direkten Umgangston war Henny zwar aus Amerika gewohnt, hier in Berlin jedoch nicht.

»Ich bin Henny.«

»Wir haben einen gemeinsamen Bekannten. Ich habe ihm gesagt, dass Victor und du zum Essen kommen. Da hat er mir etwas geschickt.« Sie setzte einen Schallplattenspieler in Gang. »Richard sprach von einer geheimen Botschaft, die nur für dich gedacht ist.« Sie zwinkerte Henny zu.

Ein Tango erklang, und dazu sang die Stimme von Richard Tauber: *»Ich küsse Ihre Hand, Madame, und träum', es war Ihr Mund.«* Henny lauschte verwundert, denn die letzten Verse waren recht anzüglich: *»Wenn Sie erst auf mich bau'n, küss ich statt Ihrer Hand, Madame, nur Ihren roten Mund.«*

»Da hat wohl jemand Feuer gefangen«, kommentierte Thea schmunzelnd, als die Nadel in die Leerrille gefunden hatte.

»Er singt wieder«, stellte Henny lakonisch fest. Sie wusste gerade nicht recht, wie sie reagieren sollte. »Das freut mich.«

»Richard hat eine Pause gemacht. Du hast ihn behandelt?«

»Ja, wegen seines Rheumas«, bestätigte Henny. Die Fortsetzung dieses Schwindels hielt sie angesichts seiner Liebeserklärung für vertretbar.

»Das Lied ist zu intim für dich? Mach dir nichts draus. Künstler nehmen ihre Anregungen, wo immer sie welche finden. Nun bist du heimlich in einem Schlager verewigt.«

Thea nahm die Platte vom Grammophon, steckte sie in eine Hülle und reichte sie Henny.

Darauf stand: *Ich küsse Ihre Hand, Frau Doktor. In Dankbarkeit, Ihr Richard Tauber.*

»Siehst du, alles ganz harmlos. Ein Freund schreibt gerade rund um diesen Schlager herum einen ganzen Film«, sagte Thea. Sie trat zu dem seltsamen Gebilde vor dem Fenster. »Fritz und ich bereiten etwas anderes vor. Das ist eine Rakete. Damit fliegt eine Frau zum Mond. Wie gefällt dir die Vorstellung, so etwas zu tun?«

»Faszinierend! Aber der Mond sieht kalt aus. Darum die Taucheranzüge?«

»Thea, verrate nicht alles!«

Fritz Lang und Viktor waren von ihrer Konversation zurückgekehrt.

»Richard hat für Sie ein Lied gesungen. Das is' a schönes Kompliment. Und ihr zwei …«, Lang meinte Henny und Victor, »… habt's an Krieg miteinand'? Speisen wir und dann erzählt.«

Während des Essens stellte Henny fest, dass ihre Gastgeber ein sehr lockeres Verständnis von dem hatten, was man Ehe nannte. Theas gegenwärtiger Liebhaber spielte in Fritz Langs letztem Film *Spione*, der gerade in den großen Kinos lief, die Hauptrolle. Und zwar an der Seite von Fritz' Geliebter, deren erster Film dies war und die er damit gerade berühmt machte. In jenem Film, in dem eine Frau zum Mond reisen sollte, würde Fritz' Geliebte erneut die Hauptrolle spielen. Auch hierzu hatte Thea die Vorlage geschrieben.

»Eifersucht?«, fragte Henny verblüfft. »Kennen Sie dieses Gefühl gar nicht?«

»Thea und ich lieben einander«, sagte der Regisseur.

»Anders als früher«, verbesserte seine Frau. »Körperliche Liebe ist wie die Hefe, die einen Teig aufgehen lässt. Wenn der Kuchen da ist, kann man davon essen«, sagte Thea mit leisem Lächeln. »Für uns ist es ebenso Liebe, wenn wir dem Partner Freiheit schenken.«

»Ein offener Geist hat auch ein offenes Herz. Weshalb sollten wir es in Ketten legen?«, gab ihr Mann zu bedenken.

Es war eine Frage, auf die keine Antwort erwartet wurde. Da auch Victor nichts sagte, fühlte Henny sich unbehaglich. Hatte er sie etwa mit dem Künstlerpaar zusammengebracht, um ihr gewissermaßen durch die Blume verstehen zu geben, wie er sich einen Neuanfang vorstellte?

Victors schlanke Pianistenhände hielten lässig das Lenkrad des Cabriolets, während er es durch das nächtliche Berlin steuerte.

»Wolltest du mir durch den Besuch bei den beiden etwas zu verstehen geben?«, fragte sie.

»Wie meinst du das?«

»Beide haben andere Partner, dennoch bleiben sie zusammen. Wenn du dir so etwas für uns beide vorstellst, Victor, dann ist für mich an dieser Stelle Schluss.«

Er sah sie erschrocken an. »Nein, das war nicht meine Absicht! Es tut mir leid, dass du das so verstehst.«

»Und weshalb waren wir dann bei ihnen? Etwa wegen dieser Schallplatte? Das glaube ich nicht.«

»Ich habe als Produktionsleiter für Fritz gearbeitet. Und ich bewundere ihn. Er erzählte von seinem nächsten Film. Ich riet ihm dringend, dass er die *Frau im Mond* als Tonfilm realisieren soll. Das ist die Zukunft. Er sagte: ›Nein, Thea hat das Buch als Stummfilm angelegt. Deshalb machen wir es so.‹ Darauf ich: ›Lass sie es umschreiben.‹ Er guckte mich verständnislos an: ›Victor, ein Mann ist nur so klug wie die Frau, die er erwählt.‹ Fritz verdankt nämlich Thea alle Erfolge, die er je hatte. Da musste ich an dich denken, Henny. Ohne dich wäre ich nicht der, zu dem ich vor vielen Jahren wurde.« Er warf ihr wieder einen seiner Verführerblicke zu. »Ich wollte, dass Fritz sieht, mit welch einer tollen Frau ich zusammen bin.«

»Du schmeichelst mir, Victor.«

»Nein, Henny, das muss ich gar nicht. Glaube mir bitte, dass ich mein früheres Ich ohrfeigen würde, wenn ich könnte.«

»Und doch klingst du, als hätte dein damaliges Verhalten dich erst zu dem gemacht, der du jetzt zu sein glaubst. Also war es doch gut.«

»Das war es nicht, Henny. Mit dem Wissen von heute hätte ich dich niemals so behandelt.«

»Gerade bist du dabei, mich nicht nach Hause zu bringen, wie ich es erwartet habe. Wohin fährst du?«, fragte sie.

»Morgen ist Sonntag. Ich habe versprochen, dich auszuführen. Fritz und Thea sind liebe Menschen, aber nicht die Krönung dieses Abends.«

»Sondern?«

Als Antwort parkte Victor das Auto am Potsdamer Platz. Wenige Tage zuvor war hier Berlins größter Vergnügungspalast eröffnet worden, das »Haus Vaterland«.

»Vergiss, wer wir nicht mehr sein wollen!«, sagte er und bot ihr seinen Arm. »Lass uns wie früher die Schwermut aus dem Leib tanzen!«

In den Zeitungen, die Henny im Wartezimmer ihrer Praxis auslegen ließ, stand viel über das wilde Berliner Nachtleben. Patientinnen hatten kürzlich erwähnt, dass sie im »Haus Vaterland« Nächte durchfeiert hätten. Henny hatte mit einem innerlichen Achselzucken zugehört und nicht in Erwägung gezogen, sich solch turbulentem Treiben auszusetzen. Sie war eine angesehene Ärztin, ihr Leben war solide, weil es von sinnvoller Arbeit bestimmt wurde, rief sie sich ins Gedächtnis.

Oder war es eher eintönig als solide?, fragte sie sich, als sie an Victors Arm den lauten, lustig lärmenden Tempel voll vergnügungssüchtiger Menschen betrat. Zwei Dutzend unterschiedliche Etablissements waren hier versammelt.

»Warst du schon einmal hier?«, fragte Henny.

»Kurz vor der Eröffnung haben wir die Premiere von Langs *Spione* im ›Palmensaal‹ feiern dürfen. Zuvor hat mir die Leitung des Hauses die ganze Anlage gezeigt.«

»Verbindet dich mit Fritz Lang Freundschaft?«

»Nicht so sehr, wie ich es mir wünschte. Er hat seinen eigenen Kopf. Hast du den Boxsack in seinem Salon gesehen? So ist er auch bei der Arbeit. Ach, für heute will ich ihn vergessen. Der Abend gehört nur uns beiden!«

Obwohl es schon spät in der Nacht war, drängten sich die festlich herausgeputzten Menschen. Keine der gegenwärtigen Moden schien verrückt genug, um sie nicht nachzuahmen. Frauen zeigten kaum bedeckte Haut, schmückten ihre Frisuren mit bunten Federn, die Gesichter mit grellem Make-up, die Dekolletés mit echtem und falschem Schmuck. Victors Überraschung war ihm geglückt.

»Was möchtest du?«, fragte Victor. »Es gibt alles. Eine spanische Bodega, ein türkisches oder ein italienisches Gasthaus, sogar eine Bar wie im Wilden Westen?«

»Das haben wir im Original erlebt«, sagte Henny lachend und spielte auf die Zeit an, als die ersten Studios in Los Angeles einsam in der Wüste standen. Es waren jene Monate, in denen sie improvisiert, aber glücklich gelebt hatten.

Zuerst tanzten sie im »Palmensaal« Tango. Obwohl

Henny das lange nicht mehr getan hatte, war ihr die Schrittfolge sofort wieder vertraut. Victor war schon damals ein guter Tänzer gewesen, dem die erotischen Bewegungen des Tangos im Blut zu liegen schienen. Während sie vergaß, dass es ihr Ex-Mann war, mit dem sie ausgerechnet diesen Tanz wagte, spürte sie es wieder: Er gehörte zu ihr, sie brauchte keinen anderen Mann.

Sofort rief sie sich zur Ordnung: War sie im Begriff, die Zeit zurückzudrehen?

Kopf ausschalten! Tanzen!, befahl sie sich, und es klappte wunderbar. Wie leicht sie sich fühlte! Und was sie ganz und gar verdrängt hatte: Sie sehnte sich nach körperlicher Nähe.

»Und jetzt ins ›Grinzing‹ auf einen Heurigen!«

Er nahm ihre Hand, und sie ließ sich durch den riesigen Tempel des Vergnügens lotsen. Nach dem Wein schwebten sie auf den »Rheinterrassen« zum Walzer über das Parkett und gönnten sich noch einen Schoppen, um schließlich in der »Japanischen Teestube« zu landen. Die halbe Welt versammelt auf mehreren Etagen an einem Ort, welch ein überbordender Irrsinn! Und wie wunderbar – in keine Stadt hätte das »Vaterland« besser gepasst als in diese, die auch ihre war.

Victor nahm ihre Hände und sah sie so an wie früher, wie ganz früher. »Ich bin so froh, dass wir uns wiedergefunden haben.«

»Ich auch.« Was hatte sie da gesagt! Jetzt waren die Worte draußen.

»Weil wir zusammengehören.«

»Ich weiß nicht, Victor, ob ich dir vertrauen kann.«

»Ich sagte es dir doch, ich …«

»Ja, du meinst, ein anderer zu sein.«

»Ich bin ein anderer und trotzdem derselbe.«

Er beugte sich zu ihr, und in einem Reflex wandte sie ihm ihren Mund zu. Er küsste ihre Lippen. Nicht verlangend, sondern wie eine Kostbarkeit.

»Ich muss dir etwas sagen, bevor es zu spät ist«, begann er.

Henny zuckte unwillkürlich zurück. Was war es dieses Mal?

»Nachdem mein eigener Film mit Lang geplatzt ist, müsste ich nächsten Monat zurück nach Amerika reisen. Man hat mich für einen neuen Film gebucht. Mit der Kalkulation habe ich schon begonnen. Ein Tonfilm, eine große Sache. Aber im Grunde möchte ich nicht fahren, Henny. Ich will bei dir bleiben und natürlich bei Vicky.«

»Ich kann meine Praxis nicht mehr aufgeben. Das weißt du.«

»Oh, versteh mich nicht falsch. Ich werde euer Leben nicht stören. Ich finde eine andere Arbeit.« Er verdrehte die Augen. »Berlin ist gigantisch. Hier muss man sein. Wir werden diese Stadt genießen, wir werden uns genießen. Was sagst du?«

»Du warst immer gut darin, uns eine blühende Zukunft auszumalen.«

»Es ist nicht viel, Henny, was ich möchte. Ein normales Leben. Mehr nicht.«

Das klang anders als alles, was er früher gesagt hatte. Allein das Wort *normal* war für ihn damals eine Art von Beleidigung gewesen.

»Lass uns gehen«, sagte sie.

»Wohin?«

»Nach Hause. Du weißt, wo das ist.«

Victor bedeckte Hennys Gesicht mit leichten Küssen. »Wie machst du das? Du bist nicht einen Tag älter geworden.«

»Charmeur!« Sie nahm seinen Kopf in die Hände und küsste ihn leidenschaftlich.

Sie lagen ineinander verschlungen auf ihrem Bett, das sie immer für zu groß gehalten hatte. Gelegentlich hatte Vicky mit ihr darin übernachten dürfen, aber das lag eine kleine Ewigkeit zurück. Jetzt war dieses Bett genau richtig, um Victor und sich selbst darin wieder zu entdecken. Hennys Scheu, nach Jahren wieder so viel Nähe zuzulassen, hatte nicht lange gedauert. Sie war beschwipst gewesen, gewiss hatte das Hemmungen abgebaut, aber auch jetzt hatte sie nicht das Gefühl, einen Fehler gemacht zu haben.

Die Sonne war längst aufgegangen, aber sie beide hatten noch keine Sekunde lang ein Auge zugetan. Wie aufregend es war, wie neu und doch so vertraut. Als spräche die Haut ihrer Körper miteinander auf eine Weise, die nur ihnen beiden geläufig war. Victor erinnerte sich an alles, was sie mochte, behandelte sie so einfühlsam, dass sie keine Scheu hatte, ihm zurückzugeben, was er brauchte.

Plötzlich musste sie lachen. »Liebe ist wie Hefe! Wie kommen die nur auf solch einen dummen Vergleich?«

Er schnupperte an ihrem Bauchnabel. »Daher wissen sie das. Genau hier duftet es so.«

»Das denkst du dir aus.«

»Nein.«

»Tust du doch.«

»Aber so ähnlich.« Er küsste ihren Bauch.

Henny schloss die Augen. Wie sehr sie Victor vermisst hatte, das merkte sie erst jetzt, als sie ihn wieder bei sich hatte.

Wie war das mit einer Liebe, die verloren geglaubt war? War das eine neue Liebe, eine alte, eine aufgewärmte? Eine Erinnerung, von der man nicht lassen konnte, weil sie einmal eine wunderbare Gegenwart gewesen war?

Und außerdem: Was war in der Zwischenzeit gewesen?

Wen hatte Victor geliebt? Wer war der Mann, der sie gerade liebte? Der, den sie kannte? Oder der, den sie meinte zu kennen? Betrog sie gerade ihre eigenen Gefühle, indem sie Vergangenheit mit Gegenwart verwechselte?

Gegenwart? Nein, sie hatte nie nur in der Gegenwart lieben können. Liebe war für sie untrennbar mit der Zukunft verbunden. Gefühle konnte sie nur zulassen, wenn Henny sich sicher fühlte, dass sie auch übermorgen noch Bestand hatten. Sie konnte nichts dafür. Es war die Lehre, die das Leben ihr erteilt hatte.

»Henny, was ist?« Victor beugte sich über ihr Gesicht. »Gerade warst du noch da. Jetzt bist du fort.«

»Ich bin ein Kopfmensch, das hat sich nicht geändert. In den schönsten Momenten beginnt es da oben zu arbeiten. Ich weiß so wenig von deinem Leben, Victor. Was hast du all die Jahre gemacht?«

»Geträumt von dir.« Er lachte. »Sag bitte nicht ...«

»Doch, ich sage es: Wie aus einem deiner Filme, so hört sich das an. Nimm mich ernst!«

»Das tue ich, Henny. Es ist wahr. Du bist die Frau, durch die ich erfahren habe, was Liebe ist. Körperlich und seelisch. Ich konnte dich nicht vergessen. Verdrängen? Ja. Vergessen? Nein.« Er legte sich neben sie. »Affären? Ich hatte welche. Das zu leugnen, wäre Unsinn.«

»Nancy.« Für Henny stand der Name für das, woran sie in Los Angeles gescheitert waren: an seiner Verführbarkeit.

»Du hast sie kennengelernt. Für dich war sie keine Gefahr.«

»Als sie schick zurechtgemacht vor mir stand, vor unserer Haustür, ich mit Vicky auf dem Arm, nachlässig gekleidet, ein wenig übergewichtig, einsam in der leeren Villa im Laurel Canyon – da habe ich sie durchaus als eine Gefahr empfunden.«

Sie spürte, wie die Erinnerung ihr Herz schneller schlagen ließ. Die Wochen, die Nancys Auftauchen vorangegangen waren, hatten das Fundament ihrer Ehe untergraben. In diesem Moment war es damals eingestürzt.

Victor strich sanft über ihre Wangen. »Ich verstehe. Wenn wir hier liegen, sind die Schatten der Vergangenheit bei uns. Wie kann ich sie verscheuchen?«

»Indem du mir Zeit gibst.«

»Selbstverständlich.« Er küsste sie auf den Mund. »Ich habe dich nicht zu etwas gedrängt, das du nicht wolltest?«

»Nein. Es ist schön, dass du da bist.«

Henny streichelte zärtlich die Narbe, die sich vom Ansatz seines Schambeins bis hinauf zum Hüftknochen zog. »Wie ist das passiert?«

Victor legte seine Hand auf ihre. »Das erinnert mich für immer an den Dummkopf, der ich war.«

Er suchte nach der Decke, die auf den Boden gefallen war, und zog sie über sie beide. Indem er sich an ihren Rücken schmiegte, schloss er sie in die Arme. Sie ahnte, er würde keine schöne Geschichte erzählen. Zumindest hüllte er sie dabei in ein Gefühl von Geborgenheit, das sie lange nicht gespürt hatte.

»Ich hatte mir ein Motorrad gekauft«, erzählte Victor. »Ein schweres Gerät, der Lenker weit nach hinten gezogen. Ich liebte es, damit zu fahren, und ich fuhr immer zu schnell. Ich dachte, ich kann es. Aber einmal rannte ein Hund vor das Motorrad, ich bremste. Ich hatte nicht bedacht, dass es nur eine Sandstraße war. Ich konnte die Maschine nicht halten, versuchte gegenzulenken. Aussichtslos. Das Motorrad verlor die Balance, rutschte auf den Straßengraben zu und blieb irgendwo mit mir darunter liegen. Als ich wieder zu mir kam, war der Lenker in meinem Bauch, und ich blutete. Ich dachte, wenn ich den Lenker rausziehe, sterbe ich. So lag ich irgendwo in der Wüste, spürte, wie ich immer schwächer wurde, und hatte viel Zeit zum Nachdenken. Das war der Tag, an dem ich ein anderer wurde, Henny.«

»Das muss schrecklich gewesen sein. Wie lange lagst du dort?«

»Ich weiß es nicht. Irgendwann kam ich im Krankenhaus zu mir. Erst viele Tage später erklärte mir ein Arzt meine Verletzung.«

»Der Leistenkanal wurde verletzt?«, fragte sie.

»Ja, auch der. Ich kann keine Kinder mehr zeugen.«

»Sonst funktioniert alles noch gut«, sagte sie und hauchte einen Kuss auf seine Hände, die ihre hielten. »Wir haben ja Vicky.«

Die Mütter hatten also die Wahrheit gesagt. Vicky würde ein Einzelkind bleiben. Seit ihrer Trennung hatte Henny nie vorgehabt, dass es anders sein könnte. Aber sie wusste, dass ihr Mann immer von einer großen Familie geträumt hatte, mit zahlreichen Kindern. Jetzt war nicht der Moment, das zur Sprache zu bringen.

Etwas anderes bewegte sie viel mehr: »Hattest du Angst zu sterben?«

»Ich dachte, dass ich mein Leben vergeudet hatte mit Dingen, die nicht blieben. Stattdessen hatte ich dich und unsere Tochter verloren.«

Sie spürte seinen Atem auf der Haut und dachte: Geh nie wieder fort, bleib für immer bei mir.

Aber das sagte sie nicht. Dafür war es noch zu früh.

Der schnelle Blick auf den Wecker neben dem Bett bestätigte die Rückkehr des Alltags. Es war kurz vor acht Uhr am Morgen. Und Vicky stand in der Tür.

»Mutter?«, fragte die Neunjährige in einer Stimmlage,

als wollte sie überprüfen, ob die Person, um die sich ein behaarter männlicher Arm schlang, noch dieselbe war, auf die ihr ganzes Leben ausgerichtet war.

»Dein Vater ist bei mir«, sagte Henny. Sie versuchte zu klingen, als wäre das nichts Besonderes. »Machst du uns Spiegeleier? Wir kommen gleich nach.«

»Ja!« Vicky strahlte über das ganze Gesicht. »Ich mache so viele Spiegeleier, wie ihr wollt! Hunderte!« Sie stürmte hinaus.

»Vicky kann Spiegeleier braten?«, fragte Victor schläfrig.

»Hat sie das in Floras Haus nicht getan? Sie liebt das an einem Sonntagmorgen. Das ist unser Ritual.«

»Meine Mutter hat Personal.« Victor drehte sich auf den Rücken. »Welch eine wundervolle Nacht. Henny, ich liebe dich. Und ich bin bereit, für unsere Liebe zu kämpfen.«

Henny schlüpfte in ihren Hausmantel. »Überlege gut, was du sagst. Du bist übernächtigt.« Sie lächelte ihn an.

»Ich bin bei klarem Verstand und meine jedes Wort, das ich sage.«

Während er sich ankleidete, glitten ihre Augen über seinen leicht sonnengebräunten muskulösen Körper, an dem die Narbe ins Auge stach.

»Wie geht es Großmutter Karla?« Es war seine erste Frage nach der übrigen Verwandtschaft. »Was meinst du, besuchen wir sie heute?«

»Du warst noch nicht in Freystetten, seitdem du wieder in der Stadt bist?«

»Dafür verehre ich Großmutter zu sehr. Sie hätte gefragt, was aus uns beiden geworden ist. Nun, du weißt es selbst.« Victor schüttelte den Kopf. »Nein, ich hätte nicht gewagt, die alte Dame zu verunsichern. Ich wollte zunächst herausfinden, ob du dir wieder ein Leben mit mir vorstellen kannst.« Sein Lächeln war voller Melancholie.

»Großmutter Karla war für mich immer der Inbegriff von Liebe, Verstehen und Verzeihen.« Er nahm Henny in die Arme. »Ich glaube, sie freut sich, wenn wir wieder ein Paar sind.«

Henny wollte gerade einwenden, dass das vielleicht ein wenig übereilt war. Schließlich lernten sie einander gerade erst wieder kennen. Aber da stand Vicky – mit einer Kochschürze über dem Kleid – bereits im Türrahmen und nahm Henny die Möglichkeit zu jedweder Ausflucht.

»Wir fahren zu Großmutter! Sie muss doch Vater kennenlernen«, rief sie.

Das hatte Henny nicht berücksichtigt. Das letzte Mal, als sie in Freystetten gewesen waren, war es für sie unvorstellbar gewesen, ein Kind zu haben. Wie waren die Jahre verflogen!

Für die Fahrt nach Freystetten wünschte sich Vicky, dass ihr Vater mit geöffnetem Verdeck fuhr. Das war schließlich das Besondere an seinem Auto, fand sie. Dadurch stieg der Geräuschpegel, was Henny sehr willkommen war. Schließlich hielt sie es für notwendig, vor dem Treffen mit der Großmutter die Vergangenheit ein wenig aufzuarbeiten, ohne dass die vom Fahrtwind umtoste Vicky davon etwas mitbekam.

»Ich habe gerade nachgerechnet«, sagte sie. »Weißt du, dass du seit vierzehn Jahren nicht mehr in Freystetten warst? Seit dem furchtbaren Streit mit der Familie zu Weihnachten.«

Hennys Patentante, Komtess Henriette, hatte behauptet, Henny und Victor wären Halbgeschwister. Was sich zwar noch am selben Tag als falsch herausgestellt hatte. Doch in der kurzen Zeit war so viel zwischen allen Beteiligten kaputtgegangen, dass nichts mehr zu retten gewesen war.

Bald darauf war das Liebespaar vor der Familie geflohen – bis nach Amerika.

»Vierzehn? Nein, das wusste ich nicht«, sagte Victor und verbesserte sich: »Ich will es auch vergessen, Henny. Das sollten wir beide. Das müsste zu unserem Neuanfang dazugehören, obwohl es schwer wird, da mache ich mir nichts vor. Großmutter hat nie gemeint, dass wir Halbgeschwister sind. Aber deine Mutter war davon sehr überzeugt. Ist sie das eigentlich noch immer?«

Henny sagte zwar Nein, denn irgendwann würden die beiden sich begegnen und es war klüger, das Verhältnis nicht noch mehr zu belasten. Aber sie hatte Zweifel, dass ihre Mutter ihre Ansicht geändert hatte. Schließlich hatte sie nicht nur einmal betont, wie glücklich sie wäre, dass Vicky ein gesundes Kind wäre. Und Henny hatte herausgehört: Wenn Halbgeschwister Nachwuchs haben, ist das ja nicht so selbstverständlich. Ricarda hatte ihren Vorbehalt, Victor könnte denselben Vater haben wie sie, nie offiziell aufgegeben. Sie hatte einfach nur nicht mehr darüber gesprochen. Ganz anders Victors Mutter Florentine. Die hatte zwar mit jenem Mann, der Ricarda vergewaltigt hatte, eine Weile zusammengelebt. Doch sie hatte rundheraus gesagt, dass sie in der Zeit ihrer Empfängnis mit einem anderen Mann geschlafen hatte, der definitiv als Einziger als Victors Vater infrage käme. Henny wusste, dass das ihre Mutter nie überzeugt hatte; sie traute Florentine nicht.

Henny verabscheute es, sich mit der unerfreulichen Familiengeschichte zu beschäftigen. Für sie war Liebe etwas Kostbares, fast schon Heiliges. Florentine zog es ihrer Meinung nach in den Schmutz. Ihr bedeutete Liebe nichts, schien rein körperlich zu sein. Deshalb war Henny ja so verletzt, als Victor sie betrogen hatte, denn sie erkannte darin das Verhalten seiner Mutter wieder.

Das Wiedersehen mit der Großmutter war also auch eine Konfrontation mit der Vergangenheit. Mittendrin Vicky, der Liebling von allen. Würde es gelingen, die hässliche Geschichte vor ihrer Tochter zu verbergen?

»Du fährst jetzt nicht gerne nach Freystetten«, sagte Victor. »Soll ich umkehren?«

Er hatte ihre Stimmung erspürt – so wie früher! Ohne Worte hatten sie miteinander kommunizieren können. Das war es! Der alte Funke sprang nach wie vor über.

Sie beugte sich zu ihm herüber, küsste ihn auf die Wange. »Nein, fahr weiter. Wir müssen die Vergangenheit hinter uns lassen, indem wir uns ihr stellen. Nicht, indem wir vor ihr davonlaufen. Großmutter Karla weiß nicht, dass Vicky und ich dich mitbringen«, sagte sie.

»Nicht, dass sie sich zu Tode erschrickt!«

Gleich nach der Entscheidung, noch an diesem Sonntag aufs Land zu fahren, hatte sich Henny in Freystetten angekündigt: »Großmutter, ich bringe einen Überraschungsgast mit. Jemanden, den du sehr lange nicht gesehen hast.«

»Ach, Henny, wenn man so alt ist wie ich, hat man sehr viele Menschen sehr lange nicht gesehen.«

»Dieser Gast wird deinen Apfelkuchen ganz besonders zu schätzen wissen«, hatte Henny bewusst nebulös angedeutet.

Nun stand die alte Frau, die sich trotz lebenslanger harter Arbeit erstaunlich gerade hielt, in ihrem grünen Idyll. Der Tisch war gedeckt, Bienen summten um den Kuchen, und Großmutter Karla blickte zu Victor auf mit einem Ausdruck im Gesicht voll ungläubiger Freude.

»Meine Güte, Junge, du bist wieder da.« Sie streckte ihm die leicht zittrigen Hände entgegen, um seinen Kopf zu sich herunterzuziehen.

Victors Augen füllten sich mit Tränen, als er sich vor der alten Dame gewissermaßen verbeugte, um ihren sanften Kuss auf die Stirn entgegenzunehmen.

»Gut siehst du aus, Junge. So ein schöner Mann bist du geworden.«

»Ach, Großmutter«, protestierte er verlegen.

»Das letzte Mal warst du noch ein halbes Kind. Ich danke Gott, dass ER mich das noch erleben lässt. Nimm mich in die Arme, Junge.«

Vickys Hand schob sich in Hennys. Die beiden tauschten einen langen Blick. »Vater bleibt bei uns, Großmutter«, sagte Vicky. »Er geht nie mehr weg.«

Henny lief ein Schauer über den Rücken. War das nicht alles viel zu schnell, zu überstürzt? Aber dann sah sie Victors Gesicht. Wie glücklich er lächelte! Wegen des unsteten Lebens, dem er durch seine Mutter ausgesetzt gewesen war, hatte er sich immer nach einer stabilen Familie gesehnt. Gleichzeitig hatte er nicht gewusst, wie er die dafür notwendige Geborgenheit herstellen konnte. Hatte Vicky ihn gerade dazu ermutigt? Mit ihrem resolut verkündeten Beschluss *Er geht nie mehr weg*?

Wie zum Zeichen, dass er genau das in diesem Moment so empfand, legte Victor seinen Arm um Hennys Hüfte und zog sie sanft an sich heran.

»Wirklich?« Erst jetzt verstand das älteste Mitglied der Familie die Zusammenhänge.

»Vicky sagt die Wahrheit, Großmutter«, bestätigte Victor.

»Ihr seid wieder ein Paar! Oh, ich freue mich so für euch. Ihr zwei wart schon immer wie füreinander geschaffen!« Sie atmete befreit durch. »Ich glaube, das ist einer der schönsten Tage meines Lebens.«

»Ja, wir wollen wieder eine Familie sein«, wiederholte Victor.

Was, wenn er wieder die alten Fehler machen würde? Konnte sie ihm trauen? Miteinander eine schöne Zeit zu verbringen, war das eine. Als kleine Familie eine gemeinsame Zukunft aufzubauen das andere. Vicky durfte nie wieder enttäuscht werden von ihren Eltern. Vor allem das zählte.

Während Ricarda Antonias neuen Brief las, der gerade eingetroffen war, saß ihr Siegfried am Küchentisch gegenüber. Erst vertiefte sie sich darin und berichtete, dann er. Die seiner Frau am wichtigsten erscheinenden Dinge erfuhr er somit, bevor er selbst die Zeilen in Händen hielt. Diese Zeremonie hatte den praktischen Hintergrund, dass die Postbotin stets kam, wenn Ricarda kurz davor war, zu ihrer Praxis aufzubrechen.

»Toni ist, wie wir damals waren, Siegfried. Immer nur die Arbeit. Aber sie hat da einen Vorgesetzten … Ich weiß nicht, ob wir uns Sorgen machen müssen. Das klingt nicht gut«, sagte sie, während sie gleichzeitig die Neuigkeiten zu Dr. Lancaster erfuhr.

»Unsere Tochter weiß, wie mit solchen Männern umzugehen ist«, sagte Siegfried.

»Sie braucht mehr Ausrüstung«, berichtete Ricarda. »Medizinschränke, Tischchen, all so was. Meinst du, wir bekommen das irgendwo gebraucht?« Der Transport würde ohnehin teuer werden.

»Ich rede mit dem Gesundheitsamt. Im Moment ist viel Geld da, um die Krankenhäuser zu renovieren. Ich werde etwas für Antonia auftreiben.«

Nach wie vor betreute er im Ehrenamt traumatisierte Soldaten, wofür er mit den Ämtern zusammenarbeitete.

»Darf ich jetzt auch mal lesen?«, fragte er nun doch leicht ungeduldig.

Das Telefon läutete.

Es war Henny. »Wir waren gestern in Freystetten. Ich wollte dir die Neuigkeiten selbst berichten, bevor du sie von Tante Rosel erfährst.«

Ricarda war in Gedanken bei Antonia: »Gut, dass du anrufst. Hast auch du nicht ein paar Sachen in der Praxis, die du nicht mehr benötigst? Toni braucht Schränkchen und solche Sachen.«

Für einen Moment herrschte in der Leitung Stille. »Ja, kann sie bekommen.« Nach einer weiteren Sekunde sagte Henny: »Ich wollte dir etwas Schönes erzählen, Mutter.«

»Hat Toni dir auch geschrieben?«

»Ja, hat sie. Sie forscht an einer Darmkrankheit bei den Eingeborenen. Sie hat mich gebeten herauszufinden, was dazu in letzter Zeit publiziert wurde. Ich bin aber noch nicht dazu gekommen.« Henny seufzte hörbar, um die Aufmerksamkeit ihrer Mutter auf sich selbst zu lenken. »Vicky und ich waren mit Victor in Freystetten, weil er Großmutter wiedersehen wollte.«

»Da wird Großmutter gestaunt haben!« Ricarda begann zu ahnen, was Henny ihr mit diesem Anruf zu verstehen geben wollte. Aber Henny sollte es selbst sagen. »Wenn du mit Victor und eurem Kind nach Freystetten fährst, was hat das zu bedeuten, Henny?«

»Victor und ich haben uns versöhnt.«

»Ach, du liebe Güte!« Ricarda wandte sich zur Küche. »Henny und Victor sind wieder zusammen!« Für sie war es eine so unglaubliche Nachricht, dass ihr Mann es sofort wissen musste. Victor, dieser Taugenichts! Henny hatte sich ihr Leben doch so schön eingerichtet! Nun machte er wahrscheinlich alles wieder kaputt.

»So etwas habe ich kommen sehen!«, rief Siegfried zurück. »Ist doch schön!«

»Gib mir bitte Vater«, verlangte Henny.

Ricarda reichte Siegfried den Hörer. Fast erleichtert war sie, erstmal in Ruhe nachdenken zu können, wie sie mit dieser Neuigkeit umgehen sollte. Gleichzeitig ärgerte sie sich, dass sie sich nicht im Griff gehabt hatte. Denn nun führte Siegfried das Gespräch, und sie hörte nur seine Antworten.

»Weshalb ich das ahnte? Weil du einmal bereit warst, seinetwegen zu sterben«, sagte er ohne Umschweife.

Nachdem Henny an jenem entsetzlichen Weihnachten vor vierzehn Jahren von ihrer Patentante entgegengeschleudert worden war, dass sie Victors Halbschwester wäre, hatte sie versucht, sich zu erschießen. Victor hatte ihr die Waffe entwunden und sich dabei selbst verletzt.

Siegfried schmunzelte, als er nun sagte: »Das mit euch beiden ist eine große Liebesgeschichte. Und die geht nicht ohne Dramen ab. Darum war mir klar: Wenn Victor wieder in der Stadt ist, werdet ihr eine Versöhnung versuchen.«

Er lauschte.

Dann: »Natürlich freut es mich auch für Vicky. Sie braucht einen Vater.«

Er schwieg lächelnd.

»Ich habe mir damals Mühe gegeben, dir ein Vater zu sein, Henny. Aber ich war nie der, den du gebraucht hättest. Mein Beruf war mir immer viel zu wichtig.«

Er hörte Henny konzentriert zu.

Nun erwiderte er: »Ich freue mich für dich, Henny, wenn du wieder glücklich sein kannst. Das allein zählt.«

Er wartete Hennys Antwort ab.

»Ja, ich gebe dir deine Mutter. Ich wünsche euch drei viel Glück.«

Ricarda nahm den Hörer. »Das tue ich doch auch, Henny«, setzte sie übergangslos an.

»Da bin ich mir nicht so sicher, Mutter.«

»Kannst du aber, Henny. Ich will keine alten Wunden aufreißen.«

»Ich möchte euch einladen«, sagte Henny. »Victor wird uns bekochen. Das konnte er schon immer unglaublich gut.«

»Er wohnt bei dir?«

»Bei uns, Mutter. Er ist Vickys Vater. Die beiden sind wieder vereint. Es ist, wie es sein sollte.«

Ricarda sagte zu, und bald darauf war das Telefonat beendet.

»Du siehst aus, als wärst du einem Gespenst begegnet«, meinte ihr Mann mit besorgtem Blick. »Das ist Hennys Leben, Rica. Wir sollten uns nicht einmischen.«

»Vicky braucht ihren Vater. Das habe ich Henny gesagt, und dazu stehe ich. Aber er ist der falsche Mann für Henny.«

»Henny ist alt genug, das selbst zu wissen. Die Liebe schlägt nun mal oft Wege ein, die nichts mit Vernunft zu tun haben …« Er grinste schelmisch.

Natürlich spielte er auf sie beide an. Ricarda war durchaus bereit, ihm zuzustimmen. Gleichzeitig spürte sie so etwas wie einen Stich im Herzen. Bislang war sie ohne Voranmeldung bei Henny und Vicky aufgekreuzt. Künftig musste sie davon ausgehen, dort Victor anzutreffen. Würde der Kontakt zu ihrer Enkelin schwinden?

Während des Herbstes war es für Henny und Victor zur Gewohnheit geworden, samstags auszugehen. »Wir haben so viel nachzuholen«, hatte Victor gesagt. Sie hatte ihm recht gegeben. Bislang war nur Ernsthaftigkeit in ihren Tagen gewesen. Seit sie mit ihm im »Haus Vaterland« gewesen war, hatte Henny begonnen, sich an die lockeren Sitten der Hauptstadt zu gewöhnen.

An diesem Samstagabend Anfang November begleitete sie Victor in einen Club in Schöneberg. Um die Gäste zum Mitmachen zu animieren, führten junge Frauen auf der Bühne den Tanz der Saison auf: den Charleston. Sie taten es in der Form, wie er kurz zuvor von der amerikanischen Revue-Tänzerin Josephine Baker bekannt gemacht worden war – mit nackten Brüsten und ein paar neckischen Accessoires um die Hüften. Baker hatte falsche Bananen benutzt, diese Tänzerinnen schmückten ihre Lenden mit Ketten, Seidenblumen oder eingefärbter Gaze. Die Band spielte laut und schnell, die Mädchen verdrehten Beine und Arme, rollten mit den Augen wie ihr berühmtes Vorbild, und alle lachten.

Auch Henny hatte den Charleston schon mit Victor getanzt. Da hatte sie einen Rock getragen, der die wilden Bewegungen überhaupt zugelassen hatte. An diesem Abend war das nicht der Fall. Obendrein erschien ihr die Atmosphäre als zu erotisch aufgeladen. Als sie den Club verlassen wollten, wurde Victor von einem eleganten Herrn von Mitte vierzig angesprochen.

»Meine Frau Henny.« Die Vorsilbe Ex ließ er stets weg. »Henny, das ist Kurt Vollmer«, machte er sie bekannt. »Kurt schreibt Drehbücher. Er ist genial.«

»Und Romane. Die sind auch genial.«

»Henny, lies bitte Kurts Romane. Sie sind genial«, verbesserte sich Victor halb scherzend.

Außer Drehbücher hatte Henny Victor nie Bücher lesen sehen, aber solche Situationen lagen ihm, und so kannte sie ihn auch. Da war er wieder wie früher. Vor dem Krieg, als seine damals mittellosen Freunde vom Theater oder der Operette zu Besuch gekommen waren.

Insofern dachte sie sich nichts dabei, als Kurt Vollmer sagte: »Gut, dass ich euch treffe. Ich lade euch ein! Bei mir steigt gerade eine Feier. Ich hole mir hier nur ein paar ›Witwen‹.«

Damit war eine Champagnersorte gemeint.

Während der Künstlerfreund an der Bar für eine horrende Summe etliche Flaschen *Veuve Clicquot* erstand, fragte Henny: »Kennst du ihn gut?«

»Nein. Wie's der Zufall will, schrieb er das Buch zu dem Film, den wir ab nächster Woche drehen. Ich kann ihn nicht vor den Kopf stoßen. Machst du mit?«

»Mit dir habe ich wirklich das Gefühl, die Zeit um anderthalb Jahrzehnte zurückzudrehen!«

»Alt werden wir von allein. Fürs Jungbleiben müssen wir schon was tun.«

»Klingt wieder wie aus einem Drehbuch.«

»Ist es diesmal auch.« Er setzte sein Lausbubengrinsen auf.

»Victor, hilfst du mir tragen?«, fragte Kurt.

Die Musik beschallte den von mehrstöckigen Gründerzeithäusern umstandenen Prager Platz. Unverkennbar war es wieder Charleston-Musik, die aus Kurt Vollmers Wohnung in der Beletage kam. Dort tummelten sich viele Gäste. In seiner Abwesenheit waren offenbar noch weitere hinzugekommen, wie er freudig feststellte. Die Herren trugen elegante Anzüge oder sogar Smokings, die anwesenden Damen so gut wie nichts oder waren gleich ganz und gar unbekleidet. Zwei Mädchen tanzten albern kichernd und vollständig nackt miteinander zum Klang einer Schallplatte Charleston und tauschten Zungenküsse. Eine der beiden kam Henny bekannt vor, aber – die Arme voller Champagnerflaschen – verdrängte sie den Gedanken. Jenes Mädchen, das sie meinte, würde sich wohl kaum hierher verlaufen, noch dazu in dieser Aufmachung. Dies hier ähnelte eher einem Bordell als einer Künstlerwohnung.

Auf einer mit schwarzem und goldenem Lack überzogenen Bar im Art déco-Stil befand sich ein Tablett mit etlichen weißen Linien eines berühmten, angeblich die Stimmung hebenden Pulvers.

»Das Kokain ist erstklassig«, lobte Kurt, als er Hennys Blick wahrnahm. »Nimm nicht zu viel. Es ist nur schwach verschnitten. Vorher ein Glas Schampus?« Er goss ein. »Schreibst du auch? Nein, du stehst vor der Kamera, oder? Verzeih, ich treffe so viele Leute. So viele Gesichter. Deins ist fantastisch, so klassisch.«

»Danke. Aber ich bin Ärztin.« Und fühle mich vollkommen fehl am Platz, setzte sie in Gedanken hinzu. Auch Victor gehörte nicht an einen solchen Ort. Die Gefahr, dass er wieder in sein altes Verhalten zurückfiel, erschien ihr hier sehr groß.

»An welchem Krankenhaus arbeitest du?«, fragte Kurt.

»Ich habe eine eigene Praxis in der Behrenstraße.«

Ihre Visitenkarte hatte sie stets bereit und überreichte sie. Wer so lebte, würde früher oder später eine Ärztin brauchen. So viel Geschäftssinn besaß sie auch jetzt.

Victor hatte sich aus einem Gespräch gelöst und gesellte sich zu ihr.

»Ich beneide dich um deine Frau, Victor«, sagte Kurt.

Victor grinste und legte den Arm um sie. »Ich hatte Henny verloren. Sie hat mich zurückgenommen. Mach dir also keine Hoffnungen auf sie.«

Die beiden nackten Tänzerinnen mischten sich nun unter die anderen Gäste. Eine strebte direkt zur Bar und damit auf sie zu. Es war ein rothaariges Mädchen mit einer sinnlichen Figur. Jene, die Henny bekannt vorkam. Leider, stellte sie fest, hatte sie sich zuvor nicht geirrt.

Seit der Weihnachtsnacht, in der jener grausame Unfall geschehen war, war ihr Frieda nur kurz begegnet, als sie Vicky zu Florentines Auto gebracht hatte, mit dem sie ans Mittelmeer gefahren waren. Damals hatte die schweigende Frieda zusammengesunken im Fond gekauert. Die selbstbewusst auftretende Schönheit dieser Nacht hatte mit jenem unglücklichen Mädchen von damals nichts gemein. Es war kein Wunder, dass sie sie nicht sogleich wiedererkannt hatte.

»Kusine Henny«, sagte Frieda. »So eine Überraschung!«

Offensichtlich schämte sie sich ihrer Nacktheit auch jetzt nicht, als sie ihre Verwandte erblickte.

»Und wer ist dein gutaussehender Begleiter?«

»Das ist Victor.«

Er war ihr zuletzt in Freystetten begegnet, als sie ein kleines Kind gewesen war.

»Ach, das ist er! Ich hab schon gehört: Ihr seid wieder ein Paar.«

»Ja.«

Zu mehr als dieser Silbe war Henny nicht fähig. Von Vicky wusste sie, dass Frieda nach Vickys und Victors Abreise bei Florentine an der Côte d'Azur geblieben war. Vicky hatte erzählt, dass sie mit Frieda nichts anzufangen gewusst hatte: »Ich mag sie nicht so sehr.« Ausführlicher hatte sie das nicht dargelegt.

»Ihr seid Kusinen?«, fragte Schriftsteller Kurt verwundert. »Bist du auch eine Gräfin?« Ratsuchend blickte er auf Hennys Visitenkarte.

»Unsere Mütter sind Schwestern«, sagte Henny.

»Ganz bürgerlich! Unsere Großmutter ist Köchin. Und zwar die beste der Welt. Aber meine Mutter hat sich den jungen Grafen geschnappt und ihn geheiratet«, führte Frieda aus. »Und der hat mich gemacht.« Offenkundig beschwipst kicherte sie.

»Darum bist du unsere nackte Gräfin! Und obendrein wunderschön. Stimmt doch, Victor, oder?«, fragte Kurt mit einem anzüglichen Grinsen

Victor verzog das Gesicht zu einem gequälten Lächeln. Offensichtlich war ihm Friedas freizügiger Auftritt peinlich. Schließlich waren seine Mutter und ihr Vater Geschwister und sie somit Cousin und Kusine.

Frieda beugte sich bereits über das Kokain, das sie mit dem daneben bereitliegenden Röhrchen aus Elfenbein in die Nase hinaufzog. »Hast du dich verlaufen, Henny?«, fragte sie.

In ihrem Entsetzen fand Henny keine schlagfertige Formulierung, nur die Frage: »Und was tust du hier in diesem Aufzug?«

»Spaß haben, Frau Doktor Kusine. Das Leben ist zu kurz, um es zu ernst zu nehmen.«

Sie versuchte, Henny zu küssen, doch die wandte sich schnell genug ab.

Ihr Abendkleid hatte Henny mit einem wärmenden Tuch kombiniert, das sie sich um die Schultern gelegt hatte. Sie breitete es schützend um Frieda.

»Weihnachten bist du fast gestorben. Und jetzt? Was soll das hier? Sich nackig auszustellen, um den Männern zu gefallen?«

Verächtlich ließ Frieda Hennys Tuch fallen. »Nein, nicht wegen der Männer, die meinen Körper haben wollen, Frau Doktor. Wegen mir tue ich es. Ich allein will es so. Begehren sollen sie mich. Alle. Ich fühle mich wohl unter ihren Blicken. Meine Schönheit bewundern sollen sie wie ein Juwel. Für kein Geld der Welt wird es ihnen gehören. Sondern nur mir allein.«

»Natürlich tut es das. Dazu musst du dich doch nicht ausziehen.«

»Doch. Und zwar jeden Tag. Und vor allem jede Nacht. Wie Phönix aus der Asche bin ich auferstanden. Weißt du, wie Phönix sich fühlt?« Ihre Lippen – das grelle Rot darauf leicht verschmiert – waren nah an Hennys Gesicht. »Lebendig fühle ich mich. Grüß die Toten, wenn du der Freystettener Gruft deinen nächsten Besuch abstattest.«

Frieda nahm dem entsetzt dreinblickenden Victor sein Glas aus der Hand, leerte es in einem Zug und warf es an die Wand, wo es zerschellte. Eines der Mädchen stieß einen spitzen Schrei aus. Ein paar der Herren klatschten Beifall.

»Sag ihnen, dass sich Frieda lebendig fühlt. Endlich!«, wiederholte sie eindringlich in Hennys Richtung. Sie wandte sich den Gästen zu: »Wer tanzt mit mir?« Sofort sprangen ein paar Männer auf.

Mit beiden Händen warf sie ihre feuerroten Locken zurück, streckte die Brust raus, reckte das Kinn und lachte ausgelassen über ihren Triumph. Henny blickte dem traurigen Spektakel voller Sorge zu.

DAS LICHT AFRIKAS

— ♦ —

Daressalam, Dezember 1928

Antonia hatte sich gewundert, wie einfach es gewesen war, im *Ocean Road Hospital* Gummistiefel aufzutreiben. Dann hatte sie erkannt, dass die Briten offenbar die Angewohnheit hatten, im Klima ihrer Heimat notwendige Dinge sogar bis nach Afrika mitzunehmen. Gerade war sie froh, dass es so war, obwohl es viel zu große Herrenstiefel waren, die sie trug. Damit sie passten, hatte sie die *rubber boots* mit Mullbinden ausgestopft. Sie wusste zwar nicht genau, was sich in dem Wasser verbarg, in dem sie stand. Aber sie war davon überzeugt, es machte so krank, dass man davon sterben konnte.

Diese düstere Erkenntnis passte ganz und gar nicht zu dem eigentlich heiteren Augenblick. Der Tümpel hatte sich während der Regenzeit gebildet, als der Fluss Kizinga, der in der Bucht von Daressalam ins Meer mündete, das Land überflutet hatte. Inzwischen waren die Wassermassen wieder zurückgegangen und hatten unzählige flache, kleine Seen hinterlassen. Fische waren nicht darin oder längst geangelt. Nur zahlreiche Schnecken lagen im Schlamm, die aber niemand herausholte, um sie zu essen. Für die Menschen war der Regen ein Segen gewesen; die Felder trugen anschließend reichlich. Alles war grün und blühte und leuchtete intensiv im kurzen Abendlicht.

Kinder saßen oder spielten im Wasser, bespritzten sich

gegenseitig, tranken davon und benutzten es gleichzeitig arglos als Toilette. Fast alle hatten aufgetriebene Bäuche. Einige von ihnen kannte Antonia aus dem *hospitali.* Mit unbeschwertem Lachen machten sie sich über Antonia lustig. Welch seltsame Sachen trieb die *msungu* da?

Langsam ließ Antonia Wasser aus dem braunen Tümpel in ein Reagenzglas fließen, stellte es in den Halter und verstöpselte es mit einem Korken. Dann watete sie – vorsichtig darauf bedacht, dass kein Wasser von oben in die Stiefel drang – an eine andere Stelle und wiederholte die Prozedur. Schließlich war ihre Sammlung vollständig. Sie beschriftete die Proben. Die Kinder lachten glucksend. Vermutlich hielten sie es für ein Spiel, das nur Weiße kannten.

Ob es tatsächlich das Wasser war, das krank machte, das hatte Antonia in den letzten Wochen nicht nachweisen können. Denn die bisherigen Proben enthielten weder Würmer noch Eier. Bemerkenswert war jedoch, dass die Zahl der Würmer im Blut von Lady Catherine konstant blieb, während die Eier im Darm nicht mehr nachweisbar waren. Antonia schloss daraus, dass der aus dem sogenannten Wurmholz hergestellte Tee zumindest teilweise wirkte.

Mit ihren Proben kehrte sie zum Krankenhaus zurück, bereit für eine weitere Nacht über dem Mikroskop, als ihr die Lady begegnete.

»Haben Sie denn schon gefunden, was Sie suchen, Miss Thomasius?«, fragte sie.

Lady Catherine war seit einigen Tagen wieder kräftig genug, um allein von ihrem Krankenzimmer bis zum Garten zu gehen. Allerdings stützte sie sich auf einen Stock.

»Noch nicht, Lady Catherine. Aber ich gebe nicht auf.«

Wegen der ungewöhnlichen Behandlung und der langwierigen Therapie hatte Antonia der Patientin die Wahrheit sagen müssen. Dass sie inständig hoffte, ihr mit der Teekur helfen zu können. Deshalb hatte sie auch ein wenig von den Hintergründen der Krankheit erzählt, die sie gerade erforschte.

»Sie sind eine Heldin«, sagte die Lady. »Ich fühle mich wieder viel stärker, und das verdanke ich Ihnen. Aber nun wird es Zeit, dass ich in mein bisheriges Leben zurückkehre. Darum habe ich meinem Mann ein Telegramm geschickt, dass er mich abholt.« Sie lächelte schwach. »Nicht, dass der Arme sich in meiner Abwesenheit in Nairobi zu Tode langweilt.«

Den Eindruck hatte der Herr Gemahl zwar nicht gemacht, aber eine echte Lady verlor wohl nie ihren Humor.

»In ein paar Wochen ist ja auch Weihnachten«, ergänzte Lady Catherine. »Unser Club in Nairobi feiert das immer sehr schön. Was machen Sie an Weihnachten?«

Daran hatte Antonia gar nicht gedacht! Hier in den Tropen – wie feierte man da Weihnachten? Sie überging die Frage: »Dann habe ich ein schönes Weihnachtsgeschenk für Sie, Lady Catherine. Ich werde Ihnen Wurmholz mitgeben. Und Sie versprechen, den Tee weiterhin zubereiten zu lassen und einzunehmen.«

Sie ließ sich nicht anmerken, wie ungern sie ihre Langzeitpatientin gehen ließ. Zu gern hätte sie beobachtet, ob die Blutwürmer ebenfalls verschwanden, wenn der Tee weiterhin gegeben wurde. Denn diese Frage war für alle künftigen Therapien ausschlaggebend.

Antonias Finger eilten über die Tasten der Schreibmaschine, die sie sich ins Labor gestellt hatte. Auf einem der Tische waren Reagenzgläser aufgereiht, in denen sich Wasser unterschiedlicher Färbung befand – von fast durchsichtig bis zu einem trüben Braun. Darunter hatte sie notiert, wo sie die jeweiligen Proben entnommen hatte. Es war eine enorme Fleißarbeit, daraus ein wissenschaftlich verwertbares Protokoll zu erstellen. Es würde noch viele Tage in Anspruch nehmen.

Sie war so konzentriert und das Klappern der Tastatur derart laut, dass sie nicht bemerkte, wie Dr. Lancaster den Raum betrat. Plötzlich stand er direkt hinter ihr. Erschrocken fuhr sie herum.

»Sie brauchen eine Pause, Fräulein Thomasius«, sagte er, in jeder Hand ein gefülltes Weinglas. Eines stellte er neben die Schreibmaschine, holte sich einen Tritthocker und setzte sich neben sie, um ihr zuzuprosten. »Woran arbeiten Sie?«

Er machte einen aufgeräumten Eindruck, und es war in der Tat spät, wie ein Blick auf die Uhr zeigte.

»Die Bilharziose«, sagte sie. »Ich versuche herauszufinden, ob der Krankheitserreger sich in den Seen der Umgebung verbirgt, und wie er schließlich in den Körper gelangt. Wenn ich das herausgefunden habe, will ich nach einer wirkungsvollen Behandlung suchen.«

»Ein ehrgeiziges Ziel! Aber wenn ich mich nicht irre, haben wir genau eine einzige Patientin, die daran leidet, Fräulein Thomasius.« Er lächelte kurz und fixierte sie dann mit durchdringendem Blick. »Es geht Ihnen gar nicht um unsere Patienten, sondern um die Eingeborenen, nicht wahr?«

»Wie wir durch Lady Catherines Erkrankung erfahren haben, beschränkt sich Bilharziose nicht auf die schwarze Bevölkerung. Aber Sie haben recht, dass vor allem jene darunter leidet. Jedoch nicht alle Menschen. Ich habe mich deshalb gefragt, ob sich das durch den Ort erklären lässt, an dem die Betroffenen leben. Dass es eben an der Nähe zum Wasser liegt.« Sie lächelte. »Das versuche ich gerade herauszufinden.«

»Was haben Sie mit dieser Erkenntnis vor?«

»Kommt darauf an, ob ich etwas entdecke, das der Wissenschaft weiterhilft«, antwortete sie nebulös. Er sollte nicht wissen, wie wichtig ihr Aufenthalt hier war: dass sie nämlich bereits ihre Dissertation vorbereitete. Da er ihr ein Zeugnis ausstellen sollte, hatte er sie ohnehin in der Hand. Weshalb ihm ein weiteres Druckmittel geben?

»Auf Ihr Wohl!« Lancaster hob sein Glas. »Ich hoffe, Sie haben Erfolg.«

Sie nahm einen Schluck, den sie gleich darauf im Magen spürte, und stellte das Glas fort. Den ganzen Tag über hatte sie kaum etwas gegessen. Wie zur Antwort knurrte ihr Magen.

Lancaster strich eine Locke, die ihr ins Gesicht fiel, zart zurück. »Wissen Sie eigentlich, wie schön Sie sind, Fräulein Thomasius?«

»Mir wäre es lieber, wir könnten über das sprechen, was *in* meinem Kopf ist, nicht darüber, wie er aussieht.«

Sein Lachen verriet seine Hilflosigkeit; ihm fiel keine Erwiderung ein. Sie rutschte ein Stück von ihm fort. Offensichtlich musste sie ihre Untersuchungen ein andermal fortsetzen. Ihr wurde mulmig. War Lancaster ein *gefährlicher Mann*? Oder einfach nur einer, der sich aus seiner Einsamkeit in eine Verliebtheit zu flüchten versuchte?

»Habe ich Sie verärgert? Das tut mir leid. Ich bewundere Sie nämlich«, sagte Lancaster.

»Würden Sie mein Interesse für brackiges Wasser auch bewundern, wenn ich ein Mann wäre?«

Lancaster kam wieder näher, versuchte, nach ihrer Hand zu greifen. Sie stand auf, trat weg vom Schreibtisch. Wie sah ein Mann aus, der sich gegen den Willen einer Frau nahm, was er begehrte?

»Zum Glück sind Sie eine Frau«, sagte er und folgte ihr.

»Das ist keinesfalls immer ein Glück. Es kann anstrengend sein.« Sie wich noch weiter zurück, hinter ihr war die Wand. »Wären Sie so freundlich, mich zu respektieren, Doktor Lancaster?« Ihr Ton war schärfer geworden. Sie hob die Hände bis auf Hüfthöhe, die Handflächen nach außen gewandt.

»Verzeihen Sie, Fräulein Thomasius, selbstverständlich tue ich das.«

Sein Blick fiel auf eine Packung *Piperazin*, die Antonia sich bereitgelegt hatte. Am nächsten Morgen wollte sie das Wurmmittel im *hospitali* den kleinen Patienten verabreichen.

»Die Bestände an Präparaten gehören dem Krankenhaus«, sagte Dr. Lancaster. »Ich drücke natürlich noch einmal ein Auge zu. Ich weiß schließlich, dass Sie nur Gutes damit vorhaben.«

Sein Lächeln war so anzüglich, als hätte er sie gerade gefragt, ob sie die Nacht mit ihm verbringen wolle.

Sie nahm ihre Tasche, öffnete die rettende Tür zum Gang.

Lancaster reichte ihr die Packung mit dem Wurmmittel. »Vergessen Sie das nicht, Fräulein Thomasius. Übrigens bin ich gekommen, um Sie zu einem späten Dinner einzuladen. Ihr Magenknurren verrät, dass Ihnen das guttun würde.«

Sie schüttelte den Kopf. »Vielen Dank, Doktor Lancaster, das ist freundlich. Aber ich würde Ihnen Hoffnungen machen, wenn ich mit Ihnen speise. Gute Nacht.«

Er griff nach ihrer Hand. »Ich verspreche, Ihnen nicht zu nahe zu treten. Wir sind zwei erwachsene Menschen, fern der Heimat. Wir sollten einander beistehen. Bestenfalls uns gegenseitig vervollständigen …«

»Danke für das Angebot, aber ich fühle mich durchaus vollständig.«

Er lachte. »Ich mag Ihren trockenen Humor.«
Sie lief los, aufmerksam lauschend, ob er ihr folgte.

Das kleine Mädchen presste die Lippen fest zusammen, um seinen Schmerz nicht zu zeigen. Doch eine verräterische Träne rollte über ihre Wange, während Antonia und Matti im *hospitali* ihr Bein bandagierten. Über Atija hatte Matti in Erfahrung gebracht, dass es beim Kochen auf dem offenen Feuer zu einem Unglück gekommen war, bei dem die Sechsjährige sich verbrüht hatte. Dass Kinder in dem Alter allein mit offenem Feuer hantierten, war nichts Ungewöhnliches.

»Was machen die Vorarbeiten für deine Dissertation?«, fragte Matti. »Du hast schon lange nichts mehr davon erzählt.«

»Es gibt nicht viel Neues«, antwortete Antonia.

Das entsprach nur insofern der Wahrheit, als sie sich schlichtweg nachts nicht mehr ins Labor traute. Obwohl Lancaster ihr nicht mehr nachgestellt hatte, war sie durch seinen Auftritt verunsichert. Das Krankenhaus, Ort ihrer frühen Kindheit, war für sie nicht länger ein Hort der Geborgenheit.

»Du hast mit so viel Optimismus angefangen«, sagte die Diakonisse.

»Vielleicht habe ich mir zu viel zugemutet: das *Ocean Road*, das *hospitali* und dazu die wissenschaftliche Arbeit«, wich Antonia aus.

Matti hatte ihr deutlich gesagt, was sie von Beziehungen zu Männern hielt. Eine Frau, die nach eigenem Bekunden ihr gesamtes Erwachsenenleben in der grauen Kutte einer Diakonisse verbracht hatte, erschien ihr als Gesprächspartnerin für ihre Sorgen ungeeignet.

Die kleine Patientin war verarztet. Als sie humpelnd davonging, wurde sie sofort von einer Kinderschar umringt. Alle sprachen auf sie ein. Atija blickte den Kindern kopfschüttelnd nach.

»Was reden Sie?«, fragte Antonia auf Swahili.

»Dass der Verband weiß ist wie die Haut von *daktari*. Also ist es eine gute *daua*.«

Das war das Swahili-Wort für Medizin.

»Darfst du eigentlich Urlaub nehmen?«, fragte Matti.

Irgendwie mutete die Frage seltsam an. War ihr ganzer Aufenthalt hier nicht ein wenig wie Urlaub? Immerhin gab es Palmen, Meer und Sonne. Allerdings war Anfang Dezember die heißeste Zeit des Jahres.

»Ich kenne ein paar Schwestern im Landesinnern«, fuhr Matti fort. »Zuletzt war ich vor ein paar Jahren bei ihnen in den Usambarabergen. Ein Luftkurort mit dem Namen Wilhelmstal, in der deutschen Kolonialzeit nach eurem Kaiser benannt. Das Klima ist wunderbar, viel kühler als hier am Meer. Wollen wir zusammen dorthin fahren?«

»Das klingt verlockend. Wann?«

»Weihnachten wird niemand im Krankenhaus sein. Die Briten reisen spätestens mit dem nächsten Schiff ab, um es beizeiten heim zu schaffen.«

»Ich muss Lancaster fragen.«

»Vielleicht fährt er selbst nach Hause«, sagte Matti.

»Er hat keines.«

»So wirkt er auch. Wie eine verlorene Seele.«

Aus dem Mund der gläubigen Matti klang das ebenso erschreckend wie Lady Catherines Formulierung, er wäre ein gefährlicher Mann.

Wenige Tage später trat ein, was Matti vorhergesagt hatte: Die Engländer fuhren zum Weihnachtsfest nach Hause. Als ein Schwesterschiff der *Wangoni* anlegte, pilgerten sie in Scharen zum Strand. Dr. Coleman begegnete Antonia, als sie gerade dem Postmeister ihre für Deutschland bestimmten Briefe gab und gleichzeitig die für sie bestimmte Fracht entgegennahm.

Zunächst sah es aus, als würde der Chirurg grußlos an ihr vorbeigehen. Doch er hielt kurz inne. »Ich bin beeindruckt«, sagte er auf Englisch. »Jeder andere hätte Lady Catherine aufgegeben. Leben Sie wohl.«

Dr. Coleman wartete ihre Erwiderung nicht einmal ab. Er lupfte nur seinen hellen Hut und strebte einer wartenden Dau zu. Antonia blickte ihm in vollkommener Sprachlosigkeit nach. Seine Weigerung, an seiner jungen indischstämmigen Landsfrau einen Kaiserschnitt durchzuführen, hatte nie Konsequenzen gehabt.

Obwohl es ein Lob aus unberufenem Mund war, hob es Antonias Stimmung. In welch eine eigenartige Umgebung war sie hier geraten!

Während sie zu dem auf Reede liegenden Dampfer blickte, spürte sie das Heimweh. Sie kannte das von sich; immer, wenn sie die Schiffe nach Europa sah, wäre sie am liebsten sofort an Bord gegangen. Vor dem nahenden Weihnachtsfest jedoch fühlte das Heimweh sich an wie eine große schwere Welle, die sie fast mitriss. Auch dieses Mal sagte sie sich: Ich bin hier noch nicht fertig. Mein Praktisches Jahr endet erst im Januar. Schon beim letzten Dampfer hatte sie hinzugefügt: Ich will die Feldforschung für meine Dissertation beenden.

Insgesamt musste Antonia sich eingestehen, dass sie in Daressalam nicht gefunden hatte, was sie sich erhofft hatte: eine zweite Heimat. Obwohl es anfangs ganz anders ausgesehen hatte.

Während Badili und ein paar seiner Freunde die aus Deutschland eingetroffenen Spenden bereits zum *hospitali* trugen, warf Antonia einen letzten Blick auf das Schiff. Was mochte aus Ben geworden sein, fragte sie sich. Der Gedanke gewann plötzlich an Tiefe: Wie wäre es gewesen, mit ihm durch dieses Land zu reisen? Mit ihm in Afrika zu leben? Natürlich ahnte sie die Antwort. Wie kaum sonst etwas vermochte die Liebe zu einem Menschen das Herz für die Fremde zu öffnen.

Auf dem Weg zum *hospitali*, die Briefe aus Deutschland wie einen Schatz an sich gedrückt, traf sie Dr. Lancaster.

»Fräulein Thomasius, ich habe Sie gesucht«, sagte er. »Lady Catherine wird abgeholt. Sie wollte sich von Ihnen verabschieden.«

Sie würde wohl mit dem Dampfer bis Mombasa und von dort mit dem Zug nach Nairobi weiterfahren. So wie damals Iris Whatley und Ben, vermutete Antonia.

»Das ist aber nett, dass Sie sich deswegen bemühen, Doktor Lancaster.«

»Nett? Ich verehre Sie! Und unsere Patientin verdankt Ihnen, noch am Leben zu sein.« Er blickte sie mit verliebten Augen an.

Antonias Patientin erwartete sie in der Lobby des Krankenhauses. »Ein Flugzeug bringt mich nach Nairobi«, sagte sie freudig. »Wir leben in modernen Zeiten!«

Antonia holte die Zutaten für den Tee und übergab sie. Lady Catherine reichte ihr ihrerseits einen dicken Umschlag.

»Nehmen Sie das bitte von mir an«, sagte sie. »Tun Sie Gutes mit diesem Geld, Fraulein Thomasius.« Sie ergriff die Hände ihrer überraschten Ärztin.

Und dann hörte sie die Britin zum ersten Mal Deutsch sprechen. Offenbar hatte sie jedes Wort auswendig gelernt: »Liebes Fraulein Thomasius, ich danke Ihnen mehr als Worte sagen konnen. Moge Gott Sie schutzen.«

So etwas hatte noch keine Patientin je getan! Antonia war so aufgewühlt, dass sie mit den Tränen kämpfte. »Lady Catherine, es war mir eine Ehre, Sie zu behandeln«, erwiderte sie auf Englisch. »Bitte schreiben Sie mir, wie es Ihnen ergeht.«

Da fuhr ein großes Auto vor dem Krankenhauseingang vor. Diener des Krankenhauses trugen das umfangreiche Gepäck der Lady aus der Lobby zu dem Wagen, um es einzuladen. Antonia wollte schon zum *hospitali* eilen, als auf der Beifahrerseite ein großgewachsener Mann ausstieg. Sein Kopf war in eine Lederkappe gehüllt, auf die er seine Fliegerbrille hochgeschoben hatte.

»Lady Blackhurst, ich bin Ben Jackson, Ihr Pilot.«

Antonia meinte, ihr Herz würde für einen Augenblick aussetzen.

»Antonia, schön, Sie hier wiederzusehen!«, sagte Ben, der sich ihr nun mit glücklichem Lächeln zuwandte.

Antonias Freude über Bens Auftauchen fiel Lady Catherine auf. »Sie kennen unsere engagierte deutsche Ärztin?«, fragte sie Ben. »Dann fliegen wir doch später. Und Sie können ein wenig Zeit mit Mister Jackson verbringen.«

Ein wenig … Wo Antonia ihn doch am liebsten gar nicht hätte gehen lassen wollen!

Bens unkomplizierte Art gab Antonia das Gefühl, dass es normal war, dass er ihr im Garten des Krankenhauses gegenübersaß. Er war herzlich und offen, so wie vor bald einem Jahr auf dem Schiff. Aber so schnell konnte sie nicht umschalten; sie konnte kaum glauben, ihn am Ort ihrer Kindheit zu treffen. Gerade hatte sie ihn noch weit fort gewähnt.

»Sie können ein Flugzeug steuern?«, fragte Antonia.

»Habe ich Ihnen das nicht erzählt? Als ich in Deutschland war, habe ich den Flugschein gemacht. Sir Roderick, der Besitzer der Plantage, die mein Vater verwaltet, hat die Kosten übernommen. Sein Land ist sehr groß. Ein Flugzeug kann da hilfreich sein. Zum Beispiel, wenn er zu seinem Club nach Nairobi will. Von dort kennen sich übrigens Sir Roderick und Lady Blackhursts Gatte. Er schuldete ihm wohl einen Gefallen.« Er schmunzelte. »Und ich übernahm diese Aufgabe nicht ganz uneigennützig.«

»Inwiefern?«, fragte sie mit klopfendem Herzen.

»Ich genieße es, über dieses herrliche Land zu fliegen.«

Spielte er gerade mit ihr? Hatte er gewusst, dass er sie hier treffen würde?

»Sie fliegen nur um des Fliegens willen von Nairobi nach Daressalam?«, fragte sie. »Es geht Ihnen also nicht so sehr ums Ankommen?«

Er blickte sie unverwandt und sehr offen an. »Nicht immer. Es gibt Ausnahmen. Manchmal mache ich mich auf einen weiten Weg, um einen ganz bestimmten Menschen wiederzusehen. Aber das bleibt dann mein Geheimnis, und mein Passagier meint, ich erledige nur einen Auftrag.«

»Sie stecken voller Überraschungen, Ben!«

Er lächelte. »Wo waren Sie bislang in Tanganjika, Antonia?«

»Antonia – das klingt aus Ihrem Mund so förmlich. Meistens nennt man mich Toni.« Sie hob die Schultern. »Bislang war ich nur hier, in diesem Krankenhaus, und in der Stadt.«

»Sie sind in Afrika und haben nichts davon gesehen?«, fragte Ben.

»Das Krankenhaus lastet mich nicht aus. Aber ich bereite meine Dissertation vor, baue mit einer Diakonisse eine Krankenstation für Einheimische auf, die sie später allein führen wird. Und seit Kurzem mache ich mich mit dem

Röntgengerät vertraut. Ich habe immer einen Bogen darum gemacht, aber bald kehre ich nach Deutschland zurück. Dort werde ich diese Kenntnisse brauchen.« Wohl oder übel, setzte sie in Gedanken hinzu und ärgerte sich gleichzeitig über ihre Redseligkeit. Aber endlich schien sich jemand für das zu interessieren, was sie tat. »Ich wollte nicht angeben.«

»Das tun Sie nicht. Sie haben offenbar viel um die Ohren. Und ein Röntgengerät bedienen zu können, ist sehr nützlich. In Kenia sind die rar. Nur in Nairobi gibt es eines, aber das ist schon seit Langem kaputt.« Er sah sie nachdenklich an. »Und wann reisen Sie nach Hause?«

»In vier bis sechs Wochen. Mit dem nächsten Schiff.«

»Dann zeige ich Ihnen zuvor dieses wundervolle Land.«

»Wann wollen Sie das tun?«

»Ich komme zurück.« In seinen Augen lag ein begeistertes Glitzern. »In ein paar Tagen.«

»Lassen Ihnen Ihre Verpflichtungen dafür denn Zeit?«

Er beugte sich zu ihr und nahm ihre Hände. »Ich komme wieder, Toni. Ganz bald. Versprochen.«

Wieder war Dr. Lancaster auf leisen Sohlen hinzugekommen. Ben zog seine Hände zurück. Der so kostbare Moment, ihn für sich zu haben, war vorbei.

Lächelnd sah der Arzt Ben an. »Woher kennen Sie beide sich so gut?«

»Vom Schiff, Doktor. Toni hat dort unglaubliche Dinge geleistet«, sagte Ben auf seine erfrischende Art. »Sie ist eine umwerfende Frau. Sie können sich glücklich schätzen, sie bei sich zu haben.«

»Oh ja, das tue ich, Mister Jackson.« Lancaster klang sehr britisch distanziert. »Toni. Nennt man Sie so, wenn man Sie gern hat?«

Ihm war ihr Spitzname natürlich aufgefallen. Aus seinem

Mund klangen die beiden sonst so vertrauten Silben wie der Verrat eines intimen Geheimnisses.

»Ich meinte natürlich Fräulein Thomasius.« Ben hatte nicht ahnen können, dass seine Vertrautheit nicht angebracht war. Sein Versuch, dies zu korrigieren, kam zu spät.

»Sie sind der Verlobte mit den Rosenblättern?«, fragte Lancaster.

»Ja«, erwiderte Antonia rasch.

»Natürlich. Ich ziehe mich zurück.« Was Lancaster auch tat.

Ben blickte sie verblüfft an. »Wir sind verlobt? Wann ist denn das geschehen?«

Sie wurde zwar rot, aber sie wagte dennoch einen Scherz: »Wenn ich mit einem Mann bei Nacht auf dem Promenadendeck tanze, gilt das für mich als Verlobung.«

»Dann haben Sie wohl viele Verlobte überall auf der Welt?«

»Hunderte!« Sie lachte.

»Ist er Ihr Chef?«, fragte Ben.

Sollte oder durfte sie ihm sagen, was wirklich los war? Oder war Ben nur ein Mann, den der Wind des Zufalls hierher geweht hatte? »Er macht mir den Hof«, gab sie zu. »Auf manchmal sehr unangenehme Art.«

»Das klingt, als wäre es besser, wenn Sie nicht zu lange in diesem Krankenhaus arbeiten«, sagte Ben.

Ein gefährlicher Mann.

Jeder kennt jeden in den Kolonien.

»Wissen Sie etwas über Dr. Lancaster?«, fragte Antonia.

»Nein«, erwiderte Ben mit offensichtlicher Arglosigkeit.

»Warum sagen Sie dann, ich sollte besser fortgehen?«

»Weil Sie sich mit mir verloben müssen, wenn Doktor Lancaster in Ihrer Nähe ist.« Er stand auf. »Ich gehe, aber ich komme wieder, Toni. Ich beeile mich.« Er sah sie lange an. »Und dann machen wir beiden Verlobten schon mal Flitterwochen.«

»Ich liebe Flitterwochen!«, sagte sie und gab ihrer Stimme einen optimistischen Klang.

Er stand so nah vor ihr, dass ihr sein Geruch nach Sonne und Luft in die Nase stieg. Warum nahm er sie jetzt nicht einfach in die Arme? Es musste ja nicht gleich die große, die leidenschaftliche Umarmung sein. Sondern einfach nur ein Zeichen, das ihr sagte: Ich mag Sie, Toni, ich habe Sie vermisst. Irgendetwas, an das sie in den nächsten Tagen, Wochen – oder wie lange auch immer – denken konnte.

Aber er reichte ihr zum Abschied lediglich die Hand.

Als er mit Lady Catherine ins Auto stieg, sah sie ihm versonnen nach. *Flitterwochen.* Was sollte sie von seiner Ankündigung halten? Ein Scherz, wie man ihn unter Freunden machte? Waren sie das – nur Freunde? Oder mehr? Gar weniger als das?

Im *hospitali* war inzwischen alles ausgepackt, was heute mit dem Schiff angekommen war. Die kleinen und großen Schränke, in denen Medikamente sicher aufbewahrt, und die Tische, auf denen etwas abgelegt werden konnte. Außerdem eine Auffrischung der Ausstattung: Spritzen, Zangen, Spreizer, jede Menge Reagenzgläser in allen Größen.

Antonia nahm es wahr, sie freute sich und war im Herzen dennoch nicht dabei. Warum hatte sie Ben so einfach gehen lassen? Anstatt selbst die Initiative zu ergreifen! So wie sie sonst sein konnte – kämpferisch, hartnäckig, selbstbewusst. Sie hätte sagen müssen: Ich habe auf dich gewartet, geh nicht, bleib, ich brauche dich. Nichts dergleichen war über ihre Lippen gekommen. Vielleicht war ihr Lächeln nicht so unverbindlich gewesen, wie es hätte sein sollen, wenn es darum gegangen wäre, die Form zu wahren. Wie das ein anständiges Mädchen eben tat, wenn es doch wusste, dass es unter Beobachtung stand. Die Kolonie, der Klatsch …

Noch immer wusste sie wenig über Ben. Zumindest hatte sie auf seine Hände geachtet und keinen Ehering entdeckt. Aber sie hatte nicht gefragt: Sind Sie ledig? Darf ich hoffen?

Lancaster zeigte seine Verliebtheit offen, bei Ben sah sie nichts dergleichen. Aber so war es ihr auch bei Guntram ergangen. Gab es ein größeres Rätsel als die Liebe?

Ob Ben überhaupt wiederkommen würde? Kurz vor Sonnenuntergang würde er in Nairobi landen, hatte er gesagt. Eine Tagesreise. Und die würde er unternehmen, um ihr Afrika zu zeigen?

Nein, er würde wohl nicht kommen. Er hatte nur etwas Nettes sagen wollen.

»Was ist, Toni? Schlechte Nachrichten aus der Heimat?«, fragte Matti.

Die Briefe von den Eltern, von Henny, von Celia! Alles hatte Antonia auf dem Tisch im Garten liegen gelassen. Sogar das viele Geld von Lady Catherine! Dummes, einsames Herz, schalt sie sich. Ben taucht auf, und du gerätst aus dem Takt.

»Nein, nein, es ist alles gut«, sagte sie und lief zurück, um das Vergessene zu holen.

Bei ihrer Rückkehr sprühte Matti vor Optimismus. »Gute Neuigkeiten aus Wilhelmstal. Die Schwestern haben telegrafiert. Sie schreiben: ›Ihr seid mehr als willkommen‹.«

»Das freut mich.«

»Danach klingst du nicht.«

»Ich glaube, jemand sollte hier für die Patienten da sein.«

»Toni, du hast so recht.« Matti, die stets so verantwortungsvolle Diakonisse, sank förmlich in sich zusammen. »Es tut mir leid. Ich dachte nur … Weißt du … Haben nicht auch wir mal eine Pause verdient?«

»Selbstverständlich, Matti. Du musst auf jeden Fall nach Wilhelmstal fahren. Ich bin erst kurz hier und du so lange. Das meine ich.«

Sie log. Denn sie wollte nicht zu Diakonissen reisen, die sie nicht kannte. Wenn doch die Möglichkeit bestand, dass Ben käme. Es war ein falsches Spiel. Dennoch hatte sie kein schlechtes Gewissen. Gehörte ihr Leben nicht zuallererst ihr selbst? Was auch immer aus Ben und ihr werden würde. Vielleicht wurde auch nichts daraus. Aber wenn sie nicht einmal da wäre, wenn er käme? Würde sie dann nicht sogar die Gelegenheit verpassen, ihm und sich selbst zumindest eine Chance zu geben?

»Ich bleibe an deiner Seite, Toni.« Matti verzichtete auf ein kleines Stück Freiheit. »Wir stellen unser Leben in den Dienst der Menschen, die uns brauchen. Mich hatte nur ein Moment der Schwäche übermannt.«

»Matti, Atija ist hier. Sie wird übersetzen, was ich nicht verstehe. Du hast dir die Zeit in Wilhelmstal mehr als verdient.«

Da Matti bei ihrer Meinung blieb, machte Antonia ihr spontan einen Vorschlag: »Lady Catherine hat mir eine riesige Summe Geld geschenkt. Was hältst du davon, ein richtiges Haus zu bauen? Eines aus Steinen mit einem festen Dach, das jedem Wetter trotzt?«

»Das wird etwas Bedeutendes werden, Toni. Lass uns noch heute beginnen.«

Ihre Begeisterung über die sich plötzlich ergebenden Möglichkeiten verdrängte den Umstand, dass ihre Zeit hier zu Ende war. Das Praktikum war im Januar vorbei.

Mattis nächste Bemerkung befeuerte das: »Wenn wir

es richtig anstellen, hättest du sogar Platz für ein Labor. Dann kannst du in Ruhe nach deinen Würmern und Eiern suchen.«

Endlich nicht mehr Lancaster und seinen Launen ausgeliefert sein! Etwas Sinnvolles tun! Deshalb war sie nach Afrika gekommen. Und vielleicht auch, um etwas zu hinterlassen. So wie einst ihre Mutter. Und Matti wäre hier, um dieses Werk fortzuführen.

Fort mit den Liebesträumen! Sollte sie hier sitzen und auf Ben warten wie ein vergessenes Mauerblümchen?

Am Mittag fand Antonia Zeit für die Briefe von daheim. Sie setzte sich an einen der beiden Tische im Garten und vertiefte sich in Hennys Zeilen. Ihre Schwester schien mit Victor glücklich zu sein, aber die Neuigkeiten zu Frieda entlockten Antonia ein entsetztes »Um Himmels willen!«

»Ist es so schlimm in Berlin? Man hat doch nicht etwa einen neuen Kaiser ernannt?« Dr. Lancaster lachte. Er trug ein Tablett. »Ein Imbiss für uns.«

Sie musste ihre Briefe vom Tisch entfernen, wollte sie nicht riskieren, dass er das Tablett darauf stellte. Seine als Aufmerksamkeit für sie getarnte Annäherung brachte sie kurz in Verlegenheit. Denn natürlich hatte sie wieder einmal nichts gegessen, obwohl es früher Nachmittag war.

»Ich habe dem Koch beigebracht, wie er das *Beef Wellington* zubereiten muss«, sagte Lancaster. »Es ist genau richtig geworden. Sehen Sie. Halb roh. Sie kennen doch *Beef Wellington*?«

»Nein. Ich glaube, der Krankenhauskoch hat so etwas wohl noch nicht zubereitet.«

»Ich habe meinen eigenen Koch, Fräulein Thomasius. Die Umhüllung ist reiner Blätterteig. Richtig wäre das mit einem Mantel aus Gänseleberpastete und gehackten Pilzen.

Aber so etwas bekommt man in Afrika natürlich nicht. Das Rinderfilet ist jedoch sehr zart. Dazu Kartoffelbrei. Probieren Sie«, ermunterte er sie.

»Nein, vielen Dank. Ich habe Ihnen dazu alles gesagt, was ich zu sagen hatte.« Sie nahm ihre Briefe, um aufzustehen.

Blitzschnell war er bei ihr und packte ihre Unterarme, um sie auf dem Stuhl zu halten. »Warum weisen Sie mich zurück? Ich will Ihnen nur Gutes tun.«

»Man kann nur Gutes tun, wenn die andere Person es so empfindet.«

»Der Pilot. Ihm gewähren Sie Ihre Gunst, ja? Dabei ist er gar nicht Ihr Verlobter. Sie sagten mir nämlich bei anderer Gelegenheit, dass Sie nicht verlobt wären.«

Daran hatte sie in der Tat in jenem Augenblick nicht gedacht! »Das geht Sie nichts an.«

»Ich habe Ihre Blicke gesehen. Sie sind in diesen Mann verliebt. Er ist nicht der Richtige für Sie. Das ist kein gebildeter Mann. Das sieht man doch.«

»Ihre Bildung, Doktor Lancaster, hilft Ihnen offensichtlich nicht dabei, eine Frau zu respektieren.« Sie stieß gegen seine Schulter und schob ihn zur Seite.

»Sie haben mich berührt«, sagte er verklärt lächelnd.

»Zur Seite geschoben habe ich Sie. Verwechseln Sie das nicht.«

Mit eiligen Schritten ging sie zum Labor, das sich im Erdgeschoss befand. Ihr Herz raste vor Verärgerung. Nach langem Suchen hatte sie einige Tage zuvor einen Schlüssel für das Türschloss gefunden. Sie trug ihn seitdem bei sich, schloss nun hinter sich zu und lehnte sich gegen die Tür.

Die Klinke wurde niedergedrückt. Von der anderen Seite hörte sie Lancasters Lachen, dann entfernten sich seine Schritte.

Direkt neben dem bestehenden *hospitali* wurde der Steinbau errichtet, und es ging rasch voran. Auch Matti und Antonia beteiligten sich am Bau. Gerade rührte die Diakonisse Mörtel an, während Antonia eine Schnur spannte, an der die zu setzenden Ziegel auszurichten waren. Die Arbeit lenkte sie jedoch nur unzureichend von ihren schweren Gedanken ab. Der letzte Vorfall mit Lancaster ging ihr nicht aus dem Kopf. Konnte sie so weitermachen – alles ignorieren und schnell genug davonlaufen? Was gar nicht ihre Art war. Also eine erneute Aussprache? Und zwar schärfer! Aber welche Konsequenzen hätte das für ihre Arbeit?

»Du bist sehr schweigsam«, stellte Matti fest.

»Lancaster stellt mir nach«, sagte sie. »Ich habe Angst, es könnte mir nicht mehr gelingen, ihn fernzuhalten.«

»Bist du sicher, ihn nicht zu ermutigen?«, fragte Matti.

»Ja, das bin ich! Weshalb sollte ich ihn ermutigen? Das ist eine seltsame Frage.«

»Du selbst hast gesagt, dir fehlt körperliche Nähe.«

»So habe ich es nicht ausgedrückt. Vor allem nicht in Bezug auf den Leiter der Klinik, von dem ich ein Zeugnis brauche.«

»Gerade deshalb«, sagte Matti.

Antonia ließ die Kelle sinken, mit der sie gerade den Mörtel sorgsam verstrich. »Hältst du so wenig von meiner Arbeit, dass ich Lancasters Nähe suchen muss, um eine gute Beurteilung zu bekommen? Matti, es tut mir leid, aber ich bin sehr verärgert.«

»Die Frau hat schon immer den Mann verführt. Denn der Mann ist schwach«, sagte Matti.

»Du solltest weniger die Bibel lesen und stattdessen hinsehen, wie Menschen tatsächlich miteinander umgehen!«

»Das tue ich durchaus, Toni, und sehe nichts anderes als das, was schon in der Bibel steht.«

Antonia war in Schweiß gebadet. Sosehr sie sich auch bemühte: Die Steine standen schief nebeneinander. Was tat sie hier eigentlich? Sie baute gemeinsam mit einer Frau ein Haus, die sich nicht einmal die Mühe machte, sie zu verstehen. Wie konnte man so in Zukunft ein gemeinsames Ziel erreichen?

»Um es klar auszusprechen, Matti: Entweder du bittest mich auf der Stelle um Verzeihung für deine völlig unangemessenen Unterstellungen oder …«

Sie brach ab und blickte sich um. Ringsum formten Menschen aus Steinen Mauern, sägten Holz für Fensterrahmen und hobelten in der Hitze Baumstämme glatt, um daraus Dachbalken zu machen. Frauen bereiteten auf offenen Feuerstellen Essen. Lady Catherines Geld verschaffte den Leuten Arbeit. Über den plötzlich aufgeflammten Streit der beiden weißen Frauen entsetzt, starrten diese Menschen sie an.

So viel hatten Matti und sie schon erreicht! Durfte sie alles hinschmeißen, weil die Freundin weltfremden Überzeugungen anhing?

»Ich kann dich nicht für meinen Glauben um Verzeihung bitten«, sagte Matti in Antonias Schweigen hinein und rührte weiter im Mörtel.

Hier stehe ich, ich kann nicht anders, hatte Martin Luther einst gesagt, als er seine Überzeugungen verraten sollte. So war es wohl auch mit Matti; es war unmöglich, auf ihre Ansichten Einfluss zu nehmen, sah Antonia ein. Es schmerzte, akzeptieren zu müssen, dass Matti keine Freundin, sondern nur eine Gefährtin war.

Sie wischte sich den Schweiß aus der Stirn, nahm Maß und klopfte die schief gesetzten Steine mit dem Griff gerade. Das neue *hospitali* brauchte solide Wände. Denn es zählte nur das Ziel, das sie beide erreichen wollten – den Menschen zu helfen. Gefühle hatten zurückzustehen.

Mit Lancaster würde sie allein fertig werden, beschloss sie.

Die junge Engländerin war hochschwanger und darum mit ihrem Mann zu Weihnachten nicht heimgefahren. Der missmutige Gatte schien ihr das persönlich zu verübeln. Mit hochrotem Gesicht nahm er einen Schluck aus der flachen silbernen Flasche, die in seiner Jacketttasche Platz hatte.

»Wie lange wird das hier noch dauern?«, fragte er.

Die Briten hatten viele Akzente. Manche klangen angenehm, andere weniger. Wie jener des betrunkenen werdenden Vaters, dessen Gesichtsfarbe auf Bluthochdruck schließen ließ.

»Jede Geburt dauert unterschiedlich lange«, sagte Ärztin Antonia. »Wollen Sie nicht zu Hause warten, bis das Kind da ist?«

»Die Bomben, die unsere Leute töteten und unsere Schiffe in die Luft sprengten, waren *Made in Germany*. Und das sind Sie auch. Nein, *German Lady*, ich bleibe hier und passe auf meine Frau auf.«

Energischen Schritts näherte sich Dr. Lancaster. Mit schnell hervorgestoßenen Worten in einem nasal ausgesprochenen Englisch stauchte er seinen Landsmann in einer Weise zusammen, dass der wortlos den Rückzug antrat.

»Fräulein Thomasius, ich bitte um Verzeihung für das Fehlverhalten dieses Mannes. Eines der Probleme des *Empire* ist, dass es Menschen in Positionen hievt, für die sie vollkommen ungeeignet sind. Ich habe ihm gesagt, dass er dankbar sein sollte, dass Sie so kurz vor Weihnachten überhaupt noch hier sind.«

Sie atmete auf. Endlich bezog er klar Position, um sich vor sie als seine Untergebene zu stellen.

Aber da wurde er schon wieder persönlich: »Welche Pläne haben Sie denn für Weihnachten?«

»Ich werde die Tage mit den Diakonissen verbringen.« So ähnlich würde das Fest wohl tatsächlich für sie verlaufen.

Er ging nicht auf ihre Antwort ein: »Für den späten Nachmittag erwarten wir einen Notfall-Patienten aus Nairobi. Er hat irgendwelche Brüche. Da dort das Röntgengerät kaputt ist, wurden wir gebeten, den Gentleman zu übernehmen.«

Nicht die Aussicht, ihre neu erworbenen Fähigkeiten am *General* unter Beweis zu stellen, ließ sie aufmerksam werden. Ihr Herz schlug schneller, da es nur eine Möglichkeit gab, wie jemand am selben Tag von Nairobi nach Daressalam verlegt werden konnte. Lancaster musste das ebenso bewusst sein, aber er verlor darüber kein Wort.

»*You are the German Lady doctor? I am pleased to meet you. I am Sir Roderick.*«

Dem Mann auf der Krankentrage war anzusehen, dass er am Ende seiner Kräfte war. Das hinderte ihn jedoch nicht daran, dem Sir, das er seinem Vornamen voransetzte, selbst in dieser Situation gerecht zu werden. Zwei Afrikaner transportierten ihn vom einzigen Krankenwagen, über den das *Ocean Road Hospital* verfügte, direkt in den Operationssaal. Es war bereits Nacht.

Ben – in seiner Pilotenkluft – schickte ein Lächeln zu Antonia. Er musste den Tag über geflogen sein, inzwischen war es Nacht. »Geht es Ihnen gut?«, fragte er.

»Vor allem bin ich gerade sehr überrascht, Sie so rasch wiederzusehen«, gestand sie.

»Ja, ich auch«, sagte Ben. »Sir Roderick ist verunglückt. Ich schlug ihm vor, ihn sofort hierher zu fliegen.«

»Zum Glück!«, bestätigte der Patient, dem das Reden schwerfiel.

Selbst diese dürren Worte veranlassten Lancaster zu einem misstrauischen Seitenblick.

Sir Roderick war in entsetzlichem Zustand. Er trug khakifarbene Jagdkleidung und Schnürstiefel. Das Gespräch mit ihm ergab, dass der vermögende Brite einen Felsen hinabgestürzt war, als er in der Morgendämmerung einem Leoparden nachgepirscht war. Er klagte vor allem über Schmerzen im Bein und der Schulter.

»Zunächst gebe ich Ihnen Morphium gegen die Schmerzen«, sagte Antonia. »Denn beim Röntgen müssen Sie ganz ruhig liegen.«

Matti und die finnische Schwester Hilla trafen ein, um zu assistieren. Die beiden desinfizierten zunächst die Wunden. Als der Patient betäubt war, wurde er zum Röntgen gebracht und vorsichtig von ihr, Lancaster und den beiden Diakonissen auf den Tisch gehoben.

In den letzten Monaten hatte Antonia anhand von Tierleichen ihre Kenntnisse im Umgang mit dem Gerät verfeinert. Dabei war ihr zugutegekommen, dass sie vor Humanmedizin einige Semester Tiermedizin studiert hatte. Im *Ocean Road* hatte sie sich anhand dieser Aufnahmen beigebracht, sie richtig zu interpretieren. Als sie nun neben ihrem Vorgesetzten vor den belichteten Aufnahmen der verschiedenen Körperregionen stand, fühlte sie sich ihrer Aufgabe gewachsen.

»Erklären Sie mir bitte, was ich gerade sehe«, forderte Lancaster sachlich.

Sie deutete auf feine Risse. »Der Oberschenkelknochen ist mehrfach angebrochen. Auf diesem Bild ist eine Fraktur des Schlüsselbeins zu sehen. Und hier ein Riss in der Elle. Auf diesem Bild sehen Sie eine Fraktur der beiden Rippen rechts. Zum Glück ist das Becken des Patienten unverletzt. Sir Roderick muss sehr große Schmerzen haben. Diesen langen Flug durchzustehen, das erfordert viel Willenskraft.«

»Die dürfte Roderick Finterton in der Tat in ausreichender Menge besitzen.« Lancaster musterte sie mit leicht spöttischem Blick. »Ihr Pilotenfreund hat Ihnen wohl nicht verraten, mit wem wir es zu tun haben?«

»Wie gut, dass Sie es wissen. Dann wird Ihnen die Operation gewiss gelingen.«

Lancaster sah sie verblüfft an und war erneut um eine Antwort verlegen. Selbst Matti konnte sich da ein heimliches Grinsen nicht verkneifen.

Ben lag zusammengerollt auf der Seite, unter dem Kopf seine Lederjacke, und schlief ganz fest. Nur eine Sturmlaterne brannte. Der Brunnen im Garten plätscherte gleichmäßig, die Tauben oben in den Palmenwipfeln gurrten beruhigend. Von jenseits der Krankenhausmauern waren noch immer Kinderstimmen zu hören, obwohl längst Mitternacht war.

Bis jetzt hatten Lancaster und Antonia den Patienten verarztet. Nun lag er in einem der geräumigen Zimmer. Schwester Matti sollte alle zwei Stunden nach ihm sehen, Blutdruck messen und im Notfall sofort Antonia herbeirufen.

Sie hatte gehofft, noch ein paar Worte mit Ben sprechen zu können, sah aber ein, dass ihn sein langer Tag erschöpft hatte. Während sie auf ihn hinabblickte, wurde ihr die Intimität des Moments bewusst. Ihm beim Schlafen zuzusehen, erinnerte sie an den Morgen, als sie neben Guntram aufgewacht war. Und doch war alles so ganz anders. Ben war ein nahezu Fremder. Wie anspruchslos er war. Warum hatte er sich kein Zimmer geben lassen? Es gab davon genügend. Stattdessen ruhte er auf dem nackten Boden.

Er schien sie bemerkt zu haben und schlug die Augen auf, lächelte verlegen.

»Ich bin wohl eingeschlafen.« Er setzte sich auf einen der Stühle. »Ist die Operation gut verlaufen?«

»Ich hoffe es.«

»Wenn Sie dabei waren, ist es sicherlich gut gegangen.«

»Sir Rodericks Verletzungen sind in einem normalen Krankenhaus durchaus zu behandeln. Hier jedoch – in dieser Wärme und nach einem derart langen Transport – ist die Gefahr einer Sepsis nicht von der Hand zu weisen. Was mich die ganze Zeit beschäftigt: Weshalb jagt jemand im Morgengrauen Leoparden?«

Ben reckte sich. »Vielleicht, weil diese Tiere kluge und umsichtige Jäger sind. Man muss sie überlisten, um sie überhaupt zu Gesicht zu bekommen. Und man hat sehr wenig Zeit, nur die kurze Phase der Dämmerung. Es ist unglaublich, Toni. Der frühe Morgen in der Savanne, wenn gerade so viel Licht da ist, dass man etwas erkennt. Eine fantastische Stimmung. Gleichzeitig liegt eine Anspannung in der Luft, weil sich die Jäger der Nacht in ihre Verstecke zurückziehen.«

Ben wirkte trotz des langen Tages, der hinter ihm lag, hellwach. Auf seinen Wangen lag ein Bartschatten, seine Augen blitzten im warmen Licht der Laterne.

Antonia ertappte sich dabei, an seinen Lippen zu hängen. »Erzählen Sie weiter.«

»Mir wäre es lieber, ich könnte Ihnen so etwas zeigen, Toni. Das sollten Sie erlebt haben, bevor Sie in Ihr Leben als Städterin zurückkehren. Davon zehren Sie jahrelang.«

»So eine richtige Städterin bin ich nicht«, protestierte Antonia. »Am liebsten würde ich irgendwann wie meine

Tante auf dem Land leben. Wegen meiner Tierliebe wäre ich fast Veterinärin geworden. Im Berliner Zoo habe ich sogar einen mutterlosen Affen betreut.« Sie lachte. »Das hört sich seltsam an, ich weiß. Ich war als Kind verrückt nach exotischen Tieren. Ben, haben Sie einen Leoparden gesehen?«

»Nur einen Schatten, der vorbeihuschte. Viel näher wollte ich diesen Tieren auch nicht kommen. Das kann gefährlich werden. Einer der Arbeiter wurde angefallen. Ein Biss am Hals. Er ist verblutet.«

»Sie waren also nicht in der Nähe, als Sir Roderick verunglückte?«

»Ich war ein Stück entfernt und trug seine Ersatzgewehre. Plötzlich hörte ich ihn nach mir rufen. Da war mir klar, dass etwas passiert war; jeder menschliche Ton vertreibt die Tiere. Er lag am Fuß eines Felsvorsprungs. In der Savanne sollte Derartiges nicht geschehen. Die Zivilisation ist weit entfernt. Wie üblich hatten wir einheimische Helfer dabei, die Sir Roderick zurück zu seinem Pferd trugen.«

»Und Sie beschlossen, Ihren Chef hierher zu bringen?«

»Ja, denn seine Verletzungen mussten angemessen behandelt werden.« Er lächelte. »Auch wenn er im Wortsinn nicht mein Chef ist. Mein wahrer Vorgesetzter ist mein Vater, weil er die Ländereien verwaltet. Sir Roderick kommt immer nur für ein paar Wochen oder manchmal auch Monate nach Kenia. Vor allem, um zu jagen. Ein Leopard fehlte ihm noch. Er lässt die Tiere ausstopfen. In seinem Schloss in England sind sie alle versammelt. Wenn er etwas nicht mehr mag oder doppelt hat, verkauft er es.«

»Das ist schrecklich!« Fast hätte sie gesagt, dass es vielleicht ganz gut war, dass Sir Roderick seine Grenzen aufgezeigt bekommen hatte.

»Was meinen Sie: Wie lange wird Sir Roderick hierbleiben müssen?«, fragte Ben.

Mit der Behandlung beschäftigt, hatte sie sich darüber noch keine Gedanken gemacht. Seine Frage erinnerte sie an den Zusammenhang: Solange der Patient nicht transportfähig war, musste wohl auch sein Pilot ausharren. »Einige Wochen«, sagte sie vage. »Je nachdem, ob es zu Komplikationen kommt.«

»Das dachte ich mir«, erwiderte Ben. »Ich hatte Ihnen etwas versprochen. Erinnern Sie sich?« Er schenkte ihr ein Lächeln, das ihr Herz schneller schlagen ließ.

Am übernächsten Morgen fuhr Ben mit ihr hinaus aus der Stadt. Und als er irgendwo hielt, wunderte sie sich, wie hier ein Flugplatz aussah: Ein gerades Stück Sandboden, durch schwere, allmählich verrottende braune Kokosnüsse als Startbahn markiert, ringsum Fächerpalmen, mittendrin ein kleines Flugzeug, die Nase keck zum unendlich weiten, klaren blauen Himmel gereckt. Antonias Herz schlug schneller. Endlich einmal fort vom Krankenhaus und den Pflichten. Sie atmete tief durch. Sie hätte vor Freude jubeln mögen.

Ben hatte für sie eine bereits leicht abgewetzte Herrenlederjacke aufgetrieben, die ihr zu groß war, eine Pilotenbrille und eine helle Herrenhose aus grobem, hellem Leinenstoff, die sie mit einer Kordel zugebunden hatte. Es war nur ein Behelf, denn ihre leichte Sommerkleidung taugte nicht für ein unvorhergesehenes Abenteuer wie dieses.

Während sie zum Flugzeug gingen, lachte Ben sie an. »Da staunen Sie, nicht wahr? Daressalam hat sogar einen Flughafen. Oder so etwas in der Art«, sagte er. »Die Deutschen haben das Flugfeld wegen des Kriegs angelegt.«

Ringsum tobten Meerkatzen herum, turnten sogar auf den Tragflächen. Als die beiden näherkamen, huschten sie in den nahen Dschungel. Dann half er ihr in den Soziussitz und kletterte hinter den Steuerknüppel. Kurz darauf polterte das ungefederte Fahrwerk über die Sandpiste und hob nach wenigen hundert Metern flach vom Boden ab. Ben zog die Maschine nicht sehr hoch, es kam ihm offenbar darauf an, ihr den Ort, an dem sie seit fast einem Jahr lebte, aus der Luft zu zeigen: die deutsche Altstadt mit ihren langen Alleen und den beiden Kirchen, den Fluss mit den vielen kleinen Daus, deren Segel sich im Wind blähten, und schließlich die weite Mündung.

Ben flog den endlos langen schneeweißen Strand entlang. Antonia sah die vorgelagerten Riffe, die eine Symphonie von Blau- und Grüntönen bildeten, die Gischt der Brandung. Schließlich drehte er ab ins Landesinnere und ließ das Flugzeug nah über die Wipfel von Palmen und Bäumen hinweggleiten. Vogelschwärme stiegen mit Geschrei auf. Die Luft war warm, roch satt nach der Feuchtigkeit des Morgens und dem nahen Meer. Es war ganz anders, als mit Celia über Brandenburg zu fliegen. Die Freiheit, von der die Piloten schwärmten, war in der unbewohnten Weite der afrikanischen Landschaft unendlich viel größer. Sie verstand Bens Begeisterung, dieses Gefühl über Stunden hinweg auskosten zu können.

Je weiter er das Flugzeug ins Landesinnere steuerte, umso trockener und wärmer wurde die Luft. Er deutete nach unten, wo die dichte Vegetation lichter wurde, weil die Savanne begann. Eine große Herde Elefanten stapfte über den rostroten Boden, ignorierte die kleine lärmende Maschine aber vollständig. Eine Gruppe Zebras bewies weniger Nervenstärke und sprengte davon, wobei die scheuen Tiere schwere Gnus zum Mitgaloppieren animierten.

Auf einem Weg, der wohl auch von den wenigen Autos als Straße benutzt werden konnte, landete Ben das Flugzeug.

»Dort hinten ist eine Erhebung, von der aus man einen

herrlichen Ausblick hat. Es ist, als säße man im Schoß der Erde.«

Das klang nach ungestörter Zweisamkeit! Würde er sich nun endlich ihr gegenüber erklären, ob sie sich Hoffnungen machen konnte? Oder wollte er nur den guten Freund spielen, der ihr Afrika zeigen wollte? Antonia war sich nicht sicher, was in ihm vorging, und deshalb entschlossen, es herauszufinden.

Ben hing sich ein Fernglas um den Hals, setzte sich einen großen Rucksack auf und nahm ein Gewehr.

Verwundert deutete sie auf die Waffe. »Ein Rendezvous mit Gewehr?«, scherzte sie.

Ihre Direktheit machte ihn einen Moment sprachlos. »In der Wildnis muss man auf alles gefasst sein.«

Sie unterdrückte ein Aufseufzen. Ein Gentleman und ein Naturbursche – dem würde sie wohl nicht so leicht romantische Geständnisse entlocken!

Nach einer Wanderung über das Hochplateau erreichten sie eine Stelle, von der sie einen Blick über ein tiefer gelegenes Tal hatten. Es war noch nicht ganz Mittag, und die rötlichen Felsen warfen Schatten. Sie waren gezackt und scharfkantig, und Ben erklärte, dass dies die Folgen eines Erdbebens vor Jahrmillionen waren. Es ging ein leichter Wind, der die Hitze angenehm machte. Am Himmel kreisten zwei große Greifvögel. Kein Laut war zu hören. Einen friedlicheren Ort von solch majestätischer Schönheit konnte Antonia sich nicht vorstellen.

»Deshalb bin ich so gern in Afrika«, sagte Ben nach einer Weile. Er reichte ihr das Fernglas und deutete auf die Vögel, die mit ausgebreiteten Schwingen zu segeln schienen. Inzwischen hatte sich zu dem Paar ein weiteres gesellt. »Geier. Sie haben wohl etwas zum Fressen entdeckt.«

»Hier zu überleben, dürfte schwierig sein«, gab sie zu bedenken.

»Und doch ist es manchen Kreaturen möglich. Es ist wohl alles eine Frage der Anpassung an die Umstände, die man vorfindet.«

Antonia sah in die Tiefe. Hunderte Meter fiel der Blick die Felsen entlang talwärts. Sie spürte ein Kribbeln im Bauch.

Ben ergriff ihre Hand und hielt sie für einen Moment fest. »Seien Sie vorsichtig.«

Sie drehte sich zu ihm um und sah in sein von der Sonne gebräuntes Gesicht, in dem die Augenpartie fast bleich war, weil er beim Fliegen die große Brille trug. Der Kontrast der beiden Farben seiner Haut brachte sie auf einen Gedanken, der sie lächeln ließ.

»Was ist?«, fragte er.

Ich würde Sie gern küssen, dachte sie und wartete, ob er diesen Augenblick seinerseits dazu nutzen würde. Was er nicht tat, obwohl sie das eindeutige Gefühl hatte, er würde es gern tun.

So sprach sie ihren ursprünglichen Gedanken aus: »Sie haben zwei recht unterschiedliche Seiten an sich, Ben. Sie sind tiefgründig, suchen aber auch das Abenteuer.«

»Ist das nicht dasselbe? Das Abenteuer ist dazu da, den Dingen auf den Grund zu gehen, denn es wird von der Neugier gespeist.«

Schade, dass er diese schlaue Einsicht nicht auf mich anwendet, dachte sie, machte aber keinen Versuch, die Initiative zu ergreifen. Sie hatte gelesen, dass manche Männer keine Draufgänger waren. Gentlemen, wie die Briten sagten. Solche Herren wären angeblich treu wie Gold. Also hielt sie sich zurück und blickte hinauf zu den Geiern, die in der scheinbaren Schwerelosigkeit ihre Kreise zogen.

»Haben Sie nie Angst, wenn Sie mit dem Flugzeug so ganz allein über diese menschenleere Einsamkeit fliegen, dass Sie abstürzen könnten?«

»Wenn es so wäre, könnte ich nicht starten. Kommen Sie, wandern wir noch ein Stück.«

Unter einem riesigen Baum sagte Ben und deutete dabei auf seinen Rucksack. »Ich habe uns eine Brotzeit eingepackt.«

»Brotzeit? So sagt man in Bayern, wenn man einen Imbiss nimmt. Ihre Mutter stammt ja auch von dort, nicht wahr?«

»Auch?«, hakte Ben nach. »Waren Sie schon einmal da?«

»Mein Bruder lebt in München. Georg ist sieben Jahre älter als ich. Es ist lange her, dass ich ihn gesehen habe.« Die Erinnerung stimmte sie melancholisch.

»Sie wirken, als wären Sie traurig, wenn Sie von ihm sprechen«, stellte Ben fest.

»Meine Familie ist sehr ungewöhnlich. Wir drei Geschwister haben drei Väter. Georg, der mittlere, wuchs jedoch nicht bei uns auf, sondern bei der Familie seines Vaters. Ich hatte schon lange vor, ihn zu besuchen.« Sie versuchte, die schweren Gedanken mit einem aufgesetzten Lachen zu vertreiben. »Im Moment ist der Zeitpunkt für solche Pläne recht ungünstig.«

»Bald werden Sie ja wieder in Deutschland sein«, stellte er fest. Es klang sachlich.

So hatte ich das nicht gemeint!, schrie Antonia innerlich auf. »Ich genieße es gerade sehr, hier zu sein«, sagte sie rasch.

Im Schatten des Baums breitete er eine Decke aus, schnitt Wurst und Brot mit einem Jagdmesser.

»Es gibt Männer, die diesen Augenblick anders nutzen würden als für eine Brotzeit«, sagte sie.

»Ja, ich weiß.« Er lächelte und blickte auf ihren Mund. »Aber das ist nicht meine Art.« Er reichte ihr eine Scheibe und ein paar Stücke Wurst. »Ohne Verpflegung darf man hier nicht unterwegs sein.« Er war offenbar entschlossen, seinen Scherz mit den *Flitterwochen* tatsächlich als Witz zu behandeln. Nun förderte er eine Wasserflasche zutage. »Die Savanne ist voller Geheimnisse. Unser Baum zum Beispiel, in ihm findet man Wasser. Viele Wurzeln kann man essen, sie sind gesund und nahrhaft.«

In der Ferne liefen Warzenschweine vorbei.

»Die kann man natürlich auch essen.« Er lachte und wurde wieder ernst. »Der moderne Mensch verlangt immer mehr. Dabei könnte alles so einfach sein.«

»Na, Sie sind gut! Wir sind mit einem Flugzeug hier!«

»Aber doch nur, weil wir keine Zeit haben. Vor zwanzig Jahren ging man hier auf Safari. Monatelang waren die Leute unterwegs und lebten von dem, was sie mitführten, fanden oder jagten.«

»Das klingt romantisch, aber so war es wohl nicht. Mein Vater war für alle Krankenhäuser in Deutsch-Ostafrika verantwortlich. Wenn er an den Viktoriasee musste, war er monatelang fort. Und es war gefährlich, sagt meine Mutter.«

»Ich glaube trotzdem, dass dieses ursprüngliche Leben Ihnen gefallen würde.«

»Für eine Weile, vielleicht.« Allmählich begann sie zu begreifen, was Ben gerade wirklich machte: Er versuchte herauszufinden, ob sie zu ihm passte! Er war kein Mann für ein Abenteuer. Er war einer fürs Leben – und zwar das ganze.

Sie musterte ihn unverhohlen. »Sie brauchen nicht viel, das ist mir aufgefallen, als Sie bei dem Brunnen am Boden schliefen. Wie leben Sie eigentlich, Ben? Haben Sie ein eigenes Haus, wenn Sie in Kenia sind? Was machen Sie so?«

»Meine Eltern bewohnen das Verwalterhaus. Es ist groß genug. Vater verdient nicht viel. Ich habe es einmal umgerechnet, ein paar hundert Mark, aber man braucht auch nicht viel.«

»Es sei denn, der Sohn möchte studieren«, gab sie zu bedenken.

»Das zahlte Sir Roderick.«

»Er scheint alles zu bezahlen«, warf sie ein. »Ist er dann nicht doch irgendwie Ihr Chef?«

Ben schüttelte den Kopf. »Er sieht in mir einen Sohn. Seine beiden eigenen fielen im Krieg. Er hat noch eine Tochter. Mabel reist ständig durch die Welt. Gerade ist sie wohl in Ceylon, vielleicht auch schon in Australien.«

Sein Lachen wirkte gehemmt. Es schien Antonia, als missbilligte Ben den Lebensstil dieser Mabel. Sie fragte nicht nach. Was ging sie Sir Rodericks vermutlich arg verwöhnte Tochter an?

»Und Sie? Was machen Ihre Würmer?«, erkundigte er sich.

»Allmählich unglücklich, das machen sie mich«, scherzte sie. »Ich verstehe nicht, wie sie sich vermehren. Ihre Eier gelangen über den menschlichen Stuhl ins Wasser. Darin habe ich sie aber nicht gefunden, obwohl sie dort sein müssten. Wenn ich nicht schnellstens dahinterkomme, wohin sie verschwinden, ist meine Dissertation in Gefahr.«

»Was ist denn im Wasser? Ich meine, welche Lebewesen gibt es darin?«

»Zumindest keine Fische. Nur kleine Schnecken, die sind ganz hübsch. Wie Posthörner sehen sie aus.« Sie lachte verlegen. »Da machen wir Brotzeit irgendwo in der Savanne und reden über so etwas!«

Mit seiner Antwort überging er ihren Einwand: »Haben Sie schon mal etwas von Symbiose gehört? Lebewesen aus ganz unterschiedlichen Bereichen tun sich zusammen, um ein Ziel zu erreichen. Meistens geht's um Nahrung, aber auch um Fortpflanzung, oftmals beides gleichzeitig. Wenn ich weiß, wie das zusammenhängt, kann ich in der Landwirtschaft auf diese Weise Schädlinge bekämpfen.«

»Sie meinen, es könnten die Schnecken sein? Dass die mit den Würmern eine Art von Kooperation haben?«

»Das wäre zu untersuchen. Noch haben Sie ja Zeit.«

»Zeit?«

»Wollten Sie nicht nach Deutschland zurück?«, fragte Ben.

»Oh, ich habe gerade damit begonnen, unser kleines Buschkrankenhaus zukunftssicher zu machen«, antwortete sie. Und ertappte sich bei dem Gedanken, dass die Erweiterung des *hospitali* nur ein Vorwand gewesen sein könnte. Denn während sie Ben ansah, fragte sie sich, was sie sich bislang noch nicht zu fragen getraut hatte: Woran erkenne ich den idealen Mann? Dieser hier hatte eine Menge Eigenschaften, die dafürsprachen, dass er es war. Er war an dem interessiert, was sie tat, und bereicherte es sogar mit eigenen Ideen. Er mochte sowohl das einfache Leben als auch im edlen Anzug das Tanzparkett.

Es gab jedoch wieder einen Haken: Er flirtete nicht mit ihr. Was machte sie nur falsch mit den Männern? Die, die ihr gefielen, hielten sich selbst in den romantischsten Momenten zurück. Und die, die sie ablehnte, überfielen sie mit Aufdringlichkeiten. Was war denn mit Ben? Hatte er auf dem Schiff etwa nicht mit ihr geflirtet? Hatte sie sich derart geirrt?

Es war Abend geworden. Nach dem Ausflug hatte Ben Antonia ins Krankenhaus zurückgebracht. Danach war er verschwunden und war nun zurückgekommen, gekleidet in einen eleganten weißen Anzug.

»Ich muss Lebewohl sagen.«

Er klang tatsächlich so, als wäre er dazu gezwungen.

»Ich hatte gehofft, Sie könnten noch ein wenig bleiben«, sagte Antonia. Schnell ergänzte sie: »Um Sir Roderick Gesellschaft zu leisten.«

»Er kommt gut ohne mich zurecht«, erwiderte Ben. »Meine Eltern erwarten mich. Ich habe Weihnachten schon länger nicht mehr mit ihnen gefeiert.«

»Wann werden wir Sie zurückerwarten können?« Sie versteckte sich extra hinter dem Plural, der für das Krankenhaus stand.

»Sir Roderick wird mir telegrafieren.«

»Gibt es auf Ihrer Plantage etwa einen Telegrafen?«

»Dort gibt es alles, denn Sir Roderick ist nicht irgendwer, Toni. Sie werden es erleben, sobald er sich erholt hat.«

Lancaster hatte eine ähnliche Andeutung gemacht, aber was gingen sie die Lebensumstände eines reichen Briten an, der Leoparden auflauerte?

»Wo bleiben Sie heute Nacht?«, fragte sie. »So, wie Sie aussehen, werden Sie wohl kaum in einem der hiesigen Hotels absteigen?«

Die hatten nicht nur wegen Ungezieferbefalls einen schlechten Ruf. Die Hafenstadt zog Soldaten, Handlungsreisende, Matrosen und Dirnen gleichermaßen an.

»Ich war bereits in Sir Rodericks Villa. Sie ist nicht weit entfernt. Höchstwahrscheinlich wird er sich dorthin verlegen lassen, sobald er wieder bei Kräften ist.«

»Unser Krankenhaus ist ein ausgesprochen luxuriöser Ort!«

»Ich weiß, Toni. Es war schön mit Ihnen. Ich habe unseren Ausflug genossen.«

»Danke, das fand ich auch«, sagte sie etwas linkisch.

»Bis bald. Ich hoffe, Sie haben schöne Weihnachten. Nächstes Jahr findet es auch wieder statt.«

Seltsame Bemerkung! »Das vermute ich auch.«

»Ich wollte damit sagen: Dann werden Sie bei Ihren Lieben sein.«

Sie sah ihm nach, wie er die Straße entlangging. Sie befürchtete schon, er würde ohne weiteren Gruß verschwinden. Doch kurz bevor er in eine Seitenstraße abbog, blieb er stehen. Für einen Moment hoffte sie, er würde zurückkommen. Doch er hob nur die Hand, winkte und ging.

Selbstverständlich wäre nächstes Jahr ebenfalls Weihnachten! Warum hatte er das gesagt? Und dann der Zusatz, dass sie bei ihrer Familie wäre. Was sollte das?

Da fiel es ihr wie Schuppen von den Augen: Er warb nicht um sie und flirtete nicht mit ihr, weil er ohnehin für sie beide keine Zukunft sah!

Als Antonia sich umdrehte, blickte sie in das amüsiert wirkende Gesicht von Dr. Lancaster. »Der Herr Pilot ist wohl ein Gentleman. Aber Sie machen mir den Eindruck, als bräuchten Sie keinen Gentleman.«

»Wenn ich ehrlich sein darf: Sie machen den Eindruck, als verstünden Sie nichts von Frauen. Schönen Abend!«

SEIN VIERZIGSTER GEBURTSTAG

— ♦ —

Freystetten, Silvester 1928

In Hennys Augen wirkte Franz von Freystetten wie ein Mann, der sich in seiner Haut nicht wohlfühlte. Er hielt sich kerzengerade, trug Uniform, die Glatze spiegelblank poliert. Entgegen der gängigen Mode verzichtete er auf einen Bart. Ihr kam es so vor, als versuchte ihr Cousin, das mütterliche Erbe – die roten Haare – zu verbergen. Vielleicht, weil rote Haare und ein roter Bart an einem hochrangigen Offizier nicht seriös genug wirkten. Die Uniform war, wie es sich gehörte, offensichtlich eine Maßanfertigung und betonte die breiten Schultern. An dem Mann war kein Gramm Fett zu viel. Aber Henny sah ihm an, wie sehr er es verabscheute, hier sein zu müssen. Denn dies war sein vierzigster Geburtstag. Seine Schuld war es nicht, dass sein Ehrentag stets mit Silvester zusammenfiel.

Im Gartensaal von Schloss Freystetten hatte sich die gesamte Familie versammelt. Längst hatte Henny festgestellt, dass außer Toni niemand fehlte. Selbst der über Franz' exzentrische Tante Florentine verhängte Bann war für diesen Anlass aufgehoben worden.

Flora schmückte sich wie immer mit Blumen. Heute war es der breitkrempige Hut, den rote Seidenpapierrosen zierten. Die neben ihr an der langen Tafel sitzende Frieda stach die Aufmachung ihres Vorbildes Flora allerdings aus. Das Haar war straff zurückgelegt, der schlanke Hals ohne

Schmuck, sodass das tiefe Dekolleté bestens zur Geltung kam. Herren, die Friedas Freizügigkeit zu schätzen gewusst hätten, konnte Henny allerdings nicht ausmachen.

Der einzige anwesende halbwegs junge Mann war vorgestellt worden als Adjutant des Jubilars. Ein zarter, anmutiger Mensch von höchstens zwanzig mit vollem blonden Haar, der den ganzen Nachmittag nicht von der Seite seines Vorgesetzten gewichen war. Mit den Dienstabzeichen kannte Henny sich nicht aus. Bei Franz prangten Eichenlaub und Sterne auf den Schulterklappen sowie einige Abzeichen auf der Brust. Sein Assistent war diesbezüglich noch ein unbeschriebenes Blatt.

»Wir werden nur den Nachmittagstee gemeinsam genießen. Leider«, hatte Tante Rosel vor einigen Tagen am Telefon gesagt. »Franz hat für den restlichen Abend Verabredungen. Jeder will ihn für sich haben. Er ist ja so erfolgreich.«

Alle aus der Familie, hatte Henny mittlerweile herausgefunden, hatte Rosel nicht nur per Einladungskarte ins Schloss gebeten. Zusätzlich hatte sie bei jedem angerufen.

»Zu schade, dass Antonia noch in Afrika ist! Du und Vicky werden doch kommen. Wie ist es mit Victor?« Rosel hatte die Antwort nicht abgewartet. In vorauseilender Diplomatie hatte sie gleich hinzugesetzt: »Ich plane ihn mit ein. Es wäre so schön, wenn sich alle wiedersähen.«

»Na, und ob ich dabei bin«, hatte Victor dazu gesagt. »Solch ein Schauspiel lasse ich mir nicht entgehen.« Er hatte früher einmal im Schloss für einen Eklat gesorgt. Darum beruhigte er Henny sogleich: »Ich werde nur Zuschauer sein.«

Nun spielte ein Streicherquartett vor den Panoramafenstern des Saals, hinter denen der Schlosspark im Dämmerlicht des Spätnachmittags lag. Es klang sehr feierlich, während die Teegesellschaft andächtig lauschte. Als Vicky verstohlen gähnte, wusste die der Kunst unkundige Henny, dass nur Mittelmaß geboten wurde. Der Beifall der Anwesenden war dennoch wohlwollend.

»Liebe Familie, danke für dieses wundervolle Fest«, sagte Franz. »Vierzig zu werden ist gleichwohl kein Verdienst, das ich mir erworben habe. Nicht in den heimischen vier Wänden leistet der Soldat Großes. Das Vaterland steht vor einem neuen Aufbruch. Nicht wahr, Vater, du wirst mir beipflichten.«

Friedemann, an der Stirnseite der Tafel im Smoking, klopfte zum Beweis mit den Fingerknöcheln auf den Tisch. Dem Grafen stand der Stolz auf den Filius ins Gesicht geschrieben.

Stolz stellt keine Fragen, dachte Henny. Zum Beispiel nicht danach, weshalb Franz die Familie nicht an seinem Privatleben teilhaben ließ. Stattdessen brachte er seinen blutjungen Gehilfen zu diesem Anlass mit. An seine Mutter richtete er kein Wort, fiel Henny zudem auf. War Rosel es nicht, die ihn zur Welt gebracht hatte und deren Leben sich durch seine Geburt vor vierzig Jahren vollkommen verändert hatte? Aber so dachten wohl nicht viele Männer, räumte sie in Gedanken ein.

Franz erhob sich von der Tafel und winkte seinen etwas verloren abseits wartenden jungen Untergebenen heran. Er legte ihm die Hand auf die Schulter. »Liebe Familie, Horst Schmidtkotte kennt ihr als meinen Adjutanten. Erlebt ihn jetzt von der künstlerischen Seite, die sich in diesem prächtigen Soldaten versteckt.« Er klatschte ermutigenden Beifall, in den die Versammelten einstimmten.

Der junge Mann setzte sich an das Klavier. Ohne jene Umständlichkeit, die Henny von Vicky kannte und zu der das Einstellen des Hockers gehörte, spielte er munter drauflos. Alle hörten ergriffen zu, aber Henny linste zu ihrer Tochter, um deren Reaktion zu überprüfen. In Vickys leicht skeptischer Miene las Henny, dass sie das Stück ebenfalls beherrschte. Und dann fiel es ihr selbst auf: Immer wieder stockte das Spiel des Pianisten für Sekundenbruchteile.

Tante Rosel hatte Vicky nicht darum gebeten, eine Kostprobe ihres Könnens zu geben. Dies wäre der Moment gewesen, ihre Begabung vor der Familie unter Beweis zu stellen. Stattdessen wurde dem Unbekannten diese Gelegenheit geboten. Wofür es gewiss Gründe gab.

Die starre Tischordnung wurde nach dem Tee aufgehoben, und die Gäste mischten sich neu. Unvermittelt stand Henny ihrem Cousin Franz gegenüber, der von seinem Adjutanten begleitet wurde.

»Ach, das ist deine Tochter«, sagte Franz und blickte aus seinen ein Meter neunzig auf seine Großkusine herab. »Was machst du denn so, Kind?«

»Ich spiele Klavier. Aber ich habe natürlich mehr Zeit zum Üben als ein Soldat«, sagte Vicky in ihrer hintergründigen Art.

Der junge Schmidtkotte lief dunkelrot an.

Franz legte seine Hand in den Nacken des halb so alten Mannes. »Die Reichswehr weiß, was sie an einem Mann wie Ihnen hat, Schmidtkotte.« Er lächelte in Richtung Vicky: »Dann übe mal fleißig, Kindchen.«

»Wie ist es mit dir, Franz«, sagte Henny. »Tante Rosel hätte so gern Enkel. Zeichnet sich eine Verlobung ab?«

»Henny, sorge du für den Nachwuchs. Ich sorge dafür, dass dein Nachwuchs sicher aufwachsen kann.«

Victor hatte sich der Runde angeschlossen. »Es soll Männer geben, die schaffen beides«, sagte er.

Franz musterte Hennys Mann. »Es gibt Männer, die

flüchteten in Feindesland, als das Vaterland sie im Krieg gebraucht hat. Und es gibt Männer, die reden kein Wort mit solchen Feiglingen.«

»Das ist auch besser so. Denn solche Männer reden Unsinn, sobald sie nur den Mund aufmachen«, sagte Victor.

Henny hielt den Atem an. Sie hatte geahnt, dass diese beiden sich nicht hätten begegnen dürfen. Warum konnte Victor nicht einfach schweigen! Schon als Knaben, in den Jahren, als Victor in Freystetten gewohnt hatte, waren er und Franz sich spinnefeind gewesen.

»Ach, wirklich?« Franz spannte sichtbar seinen Brustkorb. »Bist du noch immer Amerikaner?«

»Aber ja.«

»So siehst du auch aus, Victor. Lächerlich und verweichlicht.«

»Aufhören!«, sagte Henny scharf. »Wir wollen dich doch als unseren Helden feiern, Franz.«

Wohl nicht ganz zufällig kam Graf Friedemann vorbei, der seinen Ältesten in ein Gespräch über Politik verwickelte. In Vickys Anwesenheit wollte Henny ihrem Ex-Mann keine Szene machen, aber innerlich kochte sie vor Wut.

Sobald Vicky mit ihren Großmüttern zusammen war, nahm Henny kein Blatt vor den Mund. »Warum gehst du Franz so an, Victor?«, fragte sie ihn leise. »Er hat Geburtstag. Da gehört sich das nicht. Auch wenn er ein unangenehmer Zeitgenosse ist.«

»Ich hätte nicht mitkommen sollen.«

»Oder dich innerlich darauf einstellen sollen, wen du triffst.«

»Es tut mir leid, Henny. Franz löst in mir etwas aus, gegen das ich machtlos bin.«

Sie sagte nichts dazu. Als seine Mutter ihn hier im Schloss

abgegeben hatte, um die Welt zu bereisen, war der kleine Victor ein Außenseiter gewesen. Man hatte ihm unbewusst vorgeworfen, die falsche Mutter zu haben. Auch bei diesem Fest suchte Florentine nicht die Nähe ihres Sohns. Das gemeinsame Filmprojekt hatte sich vor ein paar Wochen zerschlagen, was die Mutter ihm verübelte.

Stattdessen hielt Florentine sich an Hennys Mutter Ricarda. Die beiden Großmütter begleiteten Vicky zum Klavier. Henny freute sich, dass ihr Kind endlich seine Chance bekam. Nach ihrer üblichen Aufwärm-Zeremonie spielte sie los. Die Gespräche im Raum erstarben allmählich. Die Gäste gruppierten sich andächtig lauschend um die junge Pianistin.

Victor nahm Hennys Hand und drückte sie fest. »Das ist unsere Tochter. Sie wird sehr berühmt werden«, flüsterte er.

Die Kinder sollen die unerfüllten Träume der Eltern leben, dachte Henny und gab ihrem Ex-Mann einen raschen Kuss auf die Wange.

Sobald das Stück geendet hatte, klatschte der junge Adjutant Schmidtkotte mit vor Begeisterung hochroten Wangen. »Das war fantastisch«, jubelte er.

»Aber Sie waren auch gut«, erwiderte Vicky. »Lernt man bei der Reichswehr, wie man Klavier spielt?«

»Dann würdest du wohl auch Soldat werden, was?«, meinte Franz in zackigem Ton, während sein Adjutant schwieg.

»Großmutter Ricarda sagt, im Krieg sterben die Menschen«, erwiderte Vicky. »Musik tötet niemanden.«

»Kindermund tut Wahrheit kund!«, rief Frieda in das betretene Schweigen hinein.

»Jetzt stoßen wir endlich auf unseren Franz an«, forderte Florentine. »Man bringe Champagner!« Sie wandte sich Vicky zu. »In Frankreich hattest du so viele fröhliche Stücke gespielt. Das schaffst du hier auch!« Dann streckte sie dem Geburtstagskind die Hand entgegen. »Franz, Stolz unseres Hauses, tanz mit deiner Tante!«

Vicky wählte einen schnellen, fröhlichen Walzer, und Jubilar Franz stellte unter Beweis, dass er sich durchaus leichtfüßig bewegen konnte.

»Das hier ist das reinste Irrenhaus«, sagte Victor grinsend. »Ich glaube, so allmählich gefällt's mir wieder.«

Im nächsten Moment führte er Henny galant über das Parkett.

Graf Friedemann scheute offensichtlich keine Mühen, um das kleine Fest so zu gestalten, dass es lange in Erinnerung blieb. Kurz nach Sonnenuntergang tauchte ein Feuerwerk als glanzvollen Abschluss des Teeempfangs den verschneiten Schlosspark in ein buntes Meer aus unruhigem Licht. Immer wieder stiegen Raketen in den schon fast schwarzen Himmel, explodierten und sprühten ihren Funkenregen hinab auf das weiß bestäubte Land. Ricarda hatte sich bei Siegfried eingehakt und bestaunte die schnell vergängliche Schönheit ebenso wie die restliche Familie. Direkt neben ihr war Rosel, schräg hinter ihr befanden sich in diesem Moment Franz und sein Adjutant.

»Sehen Sie, Schmidtkotte, das ist deutsche Größe. Haben Sie so etwas Prächtiges je zuvor gesehen?«, hörte Ricarda den Jubilar sagen.

»Nein, Herr Oberst. Bin beeindruckt.«

»Sehr gut, Schmidtkotte. Holen Sie uns Champagner für die Fahrt, und dann geht's zurück nach Berlin.«

»Sehr wohl, Herr Oberst.«

Der Schaumwein und die Autofahrt! Ricarda fühlte sich ungut erinnert an das Unglück von vor einem Jahr. Franz und Frieda, so unterschiedlich sie auch waren, genossen das Leben in Saus und Braus. Wenigstens hatte Franz einen Chauffeur, der gewiss nur nüchtern hinter dem Lenkrad saß.

Als das Feuerwerk vorbei war, wandte sich Ricarda ihrem Neffen zu. »Dein Vater möchte, dass du in die Politik gehst. Wie wirst du dich entscheiden, Franz?«

»Ich bin unschlüssig, Tante Rica. Vater und ich vertreten letztlich doch unterschiedliche Auffassungen, welcher Partei wir zuneigen.«

»Das heißt, du bleibst dem Militär treu?«

»Da gibt's doch die niedlichen Adjutanten, Tante Rica«, sagte Frieda.

Ein Glas Champagner in der Hand hatte sie sich zwischen Franz und Ricarda geschoben.

Die Spannungen zwischen den Kindern ihrer Schwester waren Ricarda durchaus bekannt. Und auch, dass Frieda die Provokation suchte, wo immer sie einen Anlass dafür finden konnte.

»Du solltest weniger trinken, Frieda«, zischte Franz. »Letztes Weihnachten ist dir das wohl nicht bekommen.«

»Das sagst du, während dein süßer Horst dir den Schampus für die Rückfahrt organisiert.«

»Das verstehst du falsch, Frieda. Wir sind … Ich bin eingeladen und brauche ein Mitbringsel aus unserem Schlosskeller.«

»Wie dumm von mir, Franz. Der süße Horst braucht in der Tat keinen Schampus. Wo sein Oberst doch etwas viel Besseres für ihn hat, an dem er nuckeln kann.«

Franz schoss das Blut ins Gesicht. »Du weißt ja nicht, was du redest.«

»Doch, doch. Ich sage, du bist vom anderen Ufer.« Frieda sprach das mit mehrjährigen Gefängnisstrafen geahndete Tabu so gelassen aus, als würde sie die aktuellen Tagestemperaturen vortragen.

Ricarda sah ihrer Schwester Rosel an, wie sie um Fassung rang. Sie selbst hatte sich etwas in der Art bereits gedacht, ihre Vermutung aber um Rosels willen verdrängt. Wo Rosel doch so stolz auf ihren Ältesten war.

»Mir das zu unterstellen ist eine Unverschämtheit.« Franz bleib noch erstaunlich ruhig.

»Nein, das ist eine Tatsache, Franz. In Schöneberg pfeifen es die Spatzen von den Dächern. Wenn es heißt, ›der Oberst kommt‹, holt man die Lederstiefel heraus. Denn man weiß, dass du die so gern magst.« Sie lächelte falsch. »Wenn der Bursche sonst nichts anhat.«

»Das lasse ich mir nicht bieten!« Franz strebte zum Ausgang.

Frieda eilte ihrem Bruder nach. »Von mir wird erwartet, dass ich jede Menge Kinder gebäre.« Ihre Stimme wurde schrill. »Und du? Was tust du für Freystetten? Heirate endlich irgendein Weib, mach ihr kleine Grafen und lass mir mein Leben. Männer kannst du immer noch beschlafen.«

Franz, ein paar Schritte vor ihr, drehte sich blitzschnell um, holte aus und gab seiner Schwester mit einer solchen Wucht eine Ohrfeige, dass sie zur Seite geschleudert wurde. Ihr Glas zersprang direkt vor Ricardas Füßen in tausend Scherben. Frieda prallte gegen das Klavier, an dem Vicky kurz zuvor noch Walzer gespielt hatte. Ihre Knie sackten ein, das zarte Kleid gab das Dekolleté frei. Halbnackt lag sie auf dem edlen Parkett vor ihrer Familie, die entsetzt auf sie herabsah.

Niemand sagte ein Wort, Franz stürmte hinaus.

Frieda lachte los wie von Sinnen und rief ihm nach: »Franz, mein Bruder, du Held meiner Kindheit!«

Im Schloss hatte es schon etliche Skandale gegeben. Vor allem zu den Zeiten, als Ricarda noch ein Kind gewesen war. Damals hatte sie zumeist die Hintergründe nicht gekannt. Stets hatte das Personal die Launen der *Herrschaft* zu ignorieren verstanden. Auch jetzt wurde nach Plan verfahren und kalte Platte serviert, wie es sich für den Silvesterabend gehörte. Ricarda war zwar danach zumute heimzufahren, sie wollte ihre Schwester jedoch nicht mit den frischen Scherben ihres Familienglücks allein lassen.

Seit Franz und Frieda für den Eklat gesorgt hatten, ließ sich Rosel jedoch nicht mehr blicken. Auch der Graf war verschwunden. So saßen Siegfried und sie allein mit Großmutter Karla, Henny und ihrer kleinen Familie zusammen.

Plötzlich eilte Florentine herein. Sie war bereits im Pelzmantel. »Hat jemand Frieda gesehen? Es ist acht, ich wollte sie im Wagen nach Berlin mitnehmen.«

Beide hatten angekündigt, den Jahreswechsel bei ihren jeweiligen Bekannten feiern zu wollen.

»Ich traf sie vor etwa einer Stunde«, sagte Siegfried. »Sie verließ das Schloss über den Seiteneingang und meinte, sie müsse an die kalte Luft.«

»Ging sie in Richtung Park?«

Siegfried nickte. »Das mag gut sein.«

»Dieses kleine Luder!«, stöhnte Florentine und stob hinaus.

»Was ist denn nun wieder los?«, fragte Großmutter Karla. »Warum verträgt sich denn niemand?«

Ricarda stand auf, um Florentine zu folgen.

»Mutter, misch dich lieber nicht ein«, warnte Henny.

»Ich mache mir Sorgen um Frieda«, erwiderte Ricarda. »Sie wird traurig sein, dass sich ihr Bruder so verhalten hat. Jemand muss ihr beistehen.« Wozu Flora ihrer Meinung nach nicht taugte.

Ricarda bemerkte den Blick, den Victor und Henny wechselten, bevor sich Henny ebenfalls vom Tisch erhob. »Ich begleite dich, Mutter«, sagte ihre Tochter nun und klang eigentümlich angespannt.

Florentine stapfte voraus durch den Schnee in Richtung der seitlich vom Schloss gelegenen Ställe, rief Friedas Namen und ging weiter zur nahe gelegenen Orangerie.

»Ich sollte dir vielleicht von einer Episode erzählen, die Victor und ich mit Cousine Frieda erlebt haben«, begann Henny vorsichtig, während sie und ihre Mutter Flora folgten.

»Wenn du so anfängst, kommt wohl kaum etwas nach, das ich gern hören möchte«, erwiderte Ricarda und erinnerte sich an Andeutungen ihrer Patientinnen. Die Menschen in dieser Stadt waren außer Rand und Band, und es war ihr unerklärlich. Der Wohlstand war zurück, der Frieden währte nun schon genau zehn Jahre. Doch auf den Straßen nahmen die Demonstrationen sowohl der Linken als auch der Rechten immer rücksichtslosere Formen an; es wurde geprügelt und geschrien. Und in gewissen Etablissements feierte man Orgien. Prompt berichtete Henny von einem Künstlerfest in Charlottenburg, auf dem Frieda nackt getanzt hatte.

Ricarda hörte aufmerksam zu. Ihre Nichte brauchte Hilfe, nach wie vor. Nur das zählte. Aber sie war nicht diejenige, von der die orientierungslose Frieda diese Hilfe wollte. Schließlich hatte sie ihr vergeblich angeboten, bei ihnen in Berlin zu leben. Ihre Ansichten galten zudem wohl als altbacken, ihr Lebensstil als gestrig. Vermutlich wäre ein Psychiater, der nach den Lehren des Professor Freud behandelte, die richtige Adresse.

Mutter und Tochter erreichten die Orangerie kurz nach Florentine. In Ricardas Kindheit war das Winterquartier der exotischen Pflanzen, die im Sommer den Park schmückten, der Zufluchtsort ihres Vaters gewesen. Wenn sie ihn gesucht hatte, war er in der kalten Jahreszeit bei seinen Palmen und Orangenbäumchen zu finden gewesen. Auch die gegenwärtigen Gärtner hatten die tropischen Gewächse hier untergestellt. Die Luft war feuchtwarm, es duftete nach Erde.

»Hier war ich seit Jahren nicht mehr«, sagte Henny. »Um den Kopf abzukühlen, ist es dennoch nicht der richtige Ort«, fügte sie hinzu.

Da erklang schon Florentines empörte Stimme. Sie schimpfte auf Italienisch, was Ricarda nicht verstand.

Henny grinste. »Ach, du liebe Güte«, sagte sie mit wissendem Lächeln. »Ich glaube, hier werden wir eher nicht gebraucht.«

Da huschte ein junger Mann mit dunklen Locken an ihnen vorbei, der sich im Laufen mühte, seine Kleidung zu richten.

»Wer war denn das?«, fragte Ricarda.

»Florentines Chauffeur«, gab Henny zurück. »Er heißt Francesco, wenn du es genau wissen willst. Victor behauptete neulich, er spräche nur Italienisch. Aber unsere Frieda hat ihn wohl auch nicht wegen schöngeistiger Gespräche aufgesucht.«

»Das darf Rosel nicht erfahren«, stöhnte Ricarda auf.

»Das darf niemand erfahren«, verbesserte Henny.

Vor Jahrzehnten war in der Orangerie eine Statue aus Sandstein abgestellt worden. Es hieß, Florentines Vater habe sie angefertigt. Vollendet hatte er sie nie; ihr Gesicht fehlte. Das Standbild war auf einem schweren Sockel befestigt worden. Davor saß nun Frieda und blickte verklärt grinsend in die Runde. Frisur und Kleidung waren in größter Unordnung, auf ihrer Wange zeichnete sich ein blauer Fleck ab.

»Frieda, was soll das?«, fragte Ricarda entsetzt.

»Ich will mich lebendig fühlen, wenn ich unserer Familiengruft entsteige«, gab sie zurück.

Florentine streckte ihr kopfschüttelnd und mit einem amüsierten Lächeln die Hand entgegen. »Steh auf, du verrücktes Huhn.«

Am Neujahrsmorgen waren die Waggons der Ostbahn fast leer. Während Siegfried ein Buch von Siegmund Freud las und sich Notizen machte, sah Ricarda auf die verschneite Brandenburger Landschaft hinaus und hing ihren Gedanken nach.

Ihre Schwester hatte sie bis zu ihrer Abreise nicht mehr zu Gesicht bekommen. Nur durch die geschlossene Tür hatte Rosel ihr zugerufen: »Kommt gut heim.« Es brauchte nicht viel Vorstellungskraft, um sich auszumalen, was in Rosel vor sich ging. Von der eigenen Tochter mitgeteilt zu bekommen, dass der älteste Sohn homosexuell war, kam gewiss der Zerstörung eines Ideals gleich.

»Siegfried, entschuldige, wenn ich dich störe«, sagte Ricarda zu ihrem in sein Buch vertieften Mann. »Wie ist das in der Reichswehr mit Homosexualität? Wird Franz nicht geächtet?«

Ihr Mann schüttelte den Kopf. »Seit wir den Krieg verloren haben, gibt es nur Berufssoldaten. Wir dürfen ja nur noch etwa hunderttausend haben. Diese Männer bilden eine eingeschworene Truppe mit eigenen Regeln. Je höher einer von ihnen in der Rangordnung steht, umso unangreifbarer ist er. Geächtet werden diejenigen, die diesen Korpsgeist nicht mittragen. Nein, von daher droht ihm keine Gefahr.«

Das Geschlechtsleben ihres Neffen ging sie nichts an. Der Silvestertag erinnerte Ricarda jedoch sehr an jene Zeiten, als Florentines Vater Schloss und Gut Freystetten durch seine Eskapaden fast in den Bankrott geführt hatte. Die Verkäufe von Ländereien hatten das Schlimmste verhindert. Siegfried kannte diese Geschichten nicht alle, also umriss sie die bewegte Vergangenheit kurz.

»Dass der alte Adel dekadent ist, ist keine Neuigkeit«, sagte er, als sie geendet hatte. »Aber Franz als führender Offizier bei der Reichswehr, das bereitet mir durchaus Sorge. Ich war schließlich lange genug dabei, um zu wissen, was Männer wie er mit Macht anstellen: Sie missbrauchen sie. Die Ideen dieses Herrn Hitler kommen deinem Neffen gerade recht. Hitler propagiert den Arier, den Mann reinen deutschen Bluts. Einen wie Franz von Freystetten, den die Vorstellung aufbaut, etwas Besonderes zu sein.«

»Gehst du wirklich davon aus, dass Franz und seine Kameraden diesen Herrn Hitler gut finden?«

Siegfried griff nach ihrer Hand und drückte sie: »Selbst wenn es so wäre: Mach dir keine Sorgen, Rica. Nicht alle Berufssoldaten denken wie Franz. Außerdem leben in unserem Land zig Millionen gute Deutsche. Die werden sich von ein paar Wirrköpfen nicht über den Tisch ziehen lassen.«

Er wollte sich wieder in sein Buch vertiefen.

Aber Ricarda quälte noch eine andere Frage: »Was hat Rosel falsch gemacht, dass ihre Kinder so sind, wie sie sind?«

Siegfried hob ratlos die Schultern. »Haben wir alles richtig gemacht?«

»Nein«, antwortete sie spontan.

Ihr Mann legte sein Buch endgültig beiseite. »Warum sagst du das so hart?«

»Ich habe keine Liebe zu Henny in mir gespürt. Vielleicht ist das sogar heute noch so. Ich bin mir nicht sicher. Stolz bin ich auf sie, das schon, aber das hat nichts mit Liebe zu tun.«

»Du kannst dich nicht dazu zwingen, jemanden zu lieben. Auch dann nicht, wenn es deine eigene Tochter ist.«

»Es fühlt sich falsch an, nichts für sie zu empfinden, wenn ich sie treffe. Toni möchte ich umarmen, sobald ich ihr begegne. Das ist doch nicht richtig, Siegfried.«

»Und was ist mit der kleinen Vicky? Du warst so sehr dagegen, dass Henny sie bekommt.«

»Weil ich überzeugt war, dass Victor und sie Halbgeschwister wären. Das hat sich ja in der Zwischenzeit als Irrtum erwiesen.«

»Florentine hat seltsam reagiert, als sie Frieda und ihren Chauffeur gestern in flagranti ertappte. Der junge Mann ist doch ihr Geliebter, aber sie schien überhaupt nicht eifersüchtig zu sein«, sagte Siegfried. »Was sind das für Leute? Oder bin ich zu altmodisch, um das noch zu verstehen?«

»Flora ist zwei Jahre jünger als du!« Ricarda lachte. »Das wird nicht das erste Mal gewesen sein, dass sie und Frieda sich einen Mann teilen.«

»Rica, wie redest du! Das ist doch keine Selbstverständlichkeit.«

»Was Moral betrifft, haben die beiden Damen eben ihre eigenen Regeln.«

»Und was denkst du über Victor?«, fragte Siegfried.

»Er tut Henny gut, das sehe ich. Nur das zählt.«

»Das klingt aber schon nach der Liebe einer Mutter«, gab Siegfried zu bedenken.

Ricarda stutzte. Ihr Mann mochte recht haben, vielleicht hatte sie begonnen, ihre Älteste zu lieben, ohne dass es ihr bewusst geworden wäre. Ihr Verhältnis hatte sich zum Positiven geändert. Was sich auch daran zeigte, dass Henny ihrer Mutter ein Geheimnis anvertraut hatte. Das wollte Ricarda bewahren, denn sie hatte es Henny versprochen.

IM FEUER

— ◆ —

Daressalam, Januar 1929

Es war tatsächlich so gekommen, wie Ben es vorausgesagt hatte: Genau eine Woche nach seiner Einlieferung ins *Ocean Road Hospital* hatte sich Sir Roderick verlegen lassen. Er besaß an der Hauptstraße von Daressalam eine für hiesige Verhältnisse alte Villa. Ein deutscher Kaufmann hatte sich *Haus Sonne* 1903 erbauen lassen. Es sah aus, als stünde es in Berlin: rote Ziegel, die Fenster in hellen Sandstein gefasst. Hinter den dicken Mauern war es zwar erheblich kühler als draußen, aber immer noch sehr warm.

Einige Tage vor seinem Auszug aus dem Krankenhaus hatte der Brite Antonia zu sich gerufen und ihr große englische Banknoten in die Hand gedrückt. »Ich glaube, das können Sie gut gebrauchen, Fraulein Thomasius. Und ich brauche Ihre Hilfe, um gesund zu werden. Was halten Sie von diesem Arrangement?« Sein Englisch war so geschliffen deutlich, dass sie ihn stets verstand. Und so suchte Antonia ihren Patienten seither täglich auf. Der Oberschenkelknochen heilte schlecht. Immer wieder bildeten sich offene Wunden an der Naht, was an der tropischen Hitze lag.

Sir Roderick war offensichtlich nicht unglücklich darüber, dass er sowohl Weihnachten als auch Silvester nicht auf seiner Farm in Kenia, sondern in Daressalam hatte verbringen müssen. Der Grund dafür hieß Sherry, war blond, hübsch, vermutlich Jahrzehnte jünger als Sir Roderick. Sie war die Gattin eines Buchhalters, der für eine britische Firma arbeitete, frustriert war und deshalb zu viel trank.

Als ihr Sherry an diesem Nachmittag Anfang Januar an der Eingangstür der Villa begegnete, fragte Antonia: »Wie geht es Ihnen?«

»Oh, diese Hitze bringt mich um!«, stöhnte die rotwangige Sherry. »Ich glaube, ich brauche eine kalte Badewanne.«

»Langsam einsteigen, Sherry. Denken Sie an Ihren Kreislauf.«

»Sie sind ein solcher Schatz, Toni!«

Smalltalk nannten die Briten das, hatte Antonia gelernt. Zu mehr wäre sie auch nicht in der Lage gewesen, denn Sherrys Englisch klang sonderbar polternd. Antonia verstand nur jedes zweite Wort, aber um Nettigkeiten auszutauschen reichte das ja auch. Da Sir Rodericks Stil so ganz anders war als der seiner Geliebten, vermutete sie, dass es auch ihm vor allem um eine besondere Form von Nettigkeiten ging.

Antonia kam fast jeden Tag, um die Wunden neu zu verbinden und so Entzündungen zu verhindern. Sie war froh um diese Arbeit, da es im Krankenhaus noch immer so still war wie während der gesamten Weihnachtszeit.

»Ich habe nachgedacht über Sie, Fraulein Thomasius«, sagte Sir Roderick, während Antonia begann, die Verbände zu wechseln. »Wollen Sie tatsächlich mit dem nächsten Schiff in drei Wochen nach Hause fahren?«

»Ich denke schon«, wich sie aus.

Nach wie vor versuchte sie, nicht daran zu denken, dass sich Matti künftig allein um die Kranken kümmern müsste. Wofür die Diakonisse im Fall der meisten Verletzungen geeignet war. Wenn sie wieder in Berlin wäre – so hatte es sich

Antonia inzwischen überlegt –, würde sie regelmäßig Medikamente schicken.

»Ich möchte, dass Sie noch ein wenig in Afrika bleiben«, sagte Sir Roderick.

»Ja, das würde ich in manchen Momenten auch gern! Zumindest Sie werden mich bald nicht mehr brauchen.«

»Warum wollen Sie so eilig zurück in das kalte Europa?«

»Wie Sie wissen, will ich dort meine Dissertation schreiben.«

»Sie sind jung, Fraulein Thomasius. Sie haben alle Zeit der Welt.«

So jung, wie es scheint, bin ich nicht, dachte Antonia. Seit einigen Wochen hatte sie sogar das Gefühl, viel zu schnell alt zu werden. Was, wie Matti ihr erklärt hatte, daran lag, dass sie von der Heimat so weit entfernt war. Es stellte sich das Gefühl ein, etwas Wichtiges zu verpassen, weil sie nicht erfuhr, was in Berlin vor sich ging. Worin Antonia den Beweis sah, dass sie nach Hause gehörte. Sie hatte in Daressalam keine Wurzeln schlagen können, obwohl sie im *hospitali* ihre gegenwärtige große Aufgabe sah. Doch es waren die Menschen, die sie liebte, die ihr fehlten. Die gab es hier nicht. Im Gegenteil: Selbst das Verhältnis zu Matti bezog sich im Prinzip vor allem auf die Krankenstation.

»Ich mache Ihnen ein Angebot, Fraulein Thomasius.« Sir Roderick blieb hartnäckig. »Sagen Sie nicht Nein, bevor Sie darüber nachgedacht haben.«

Der Patient zuckte mit keiner Wimper, während Antonia die wieder offene Wunde desinfizierte. In den Tropen mussten Entzündungen unbedingt vermieden werden; Blutvergiftungen töteten viele Menschen.

»Sie haben mir von Ihrem kleinen Krankenhaus für die Eingeborenen erzählt. Ich möchte, dass Sie dasselbe auf meinem Land aufbauen. Ein *hospitali*, wie Sie es nennen. Sie haben freie Hand. Sie sagen, was Sie brauchen, und Sie bekommen es.«

Was für eine Chance er ihr bot! Aber sie lehnte ab: »Ich habe doch bereits ein *hospitali*, für das ich mich verantwortlich fühle! Dennoch: Danke für Ihr Vertrauen, Sir Roderick.« Mehr aus Höflichkeit fragte sie: »Sind es viele Menschen, die auf Ihrem Land leben?«

»Einige hundert. Sie sterben so schnell. Oftmals ausgerechnet die guten Arbeiter. So kam ich auf die Idee, dass Sie das ändern könnten. Die Leute liefern schließlich bessere Arbeit ab, wenn sie gesund sind.«

Sir Rodericks Ehrlichkeit war entwaffnend.

Vor zehn Jahren, am Ende des Kriegs, war Antonia gerade dem Backfischalter entwachsen und Kommunistin gewesen. In Berlin hatte sie Soldaten aufgefordert, die sich in einer Schule verschanzt hatten, ihre Waffen fortzuwerfen. Demokratie! Das Volk sollte regieren. Und hier sprach ein Mann wie selbstverständlich davon, über Wohl und Wehe von Menschen gebieten zu können, die für ihn arbeiteten.

Auch wenn Antonia längst keine Kommunistin mehr war, so mochte sie dennoch die Vorstellung nicht, sich zu Sir Rodericks Handlangerin zu machen. Das wollte sie ihm nicht sagen, denn seine Haltung gegenüber den Einheimischen konnte sie nicht ändern. Sollte er sein Angebot erneuern, so würde sie sich herausreden mit dem Hinweis auf ihre baldige Rückkehr.

Matti zählte das Geld, das Antonia im *Haus Sonne* heute als Lohn für ihre Krankenpflege erhalten hatte, mit skeptischem Blick. »Versucht Sir Roderick etwa, dich zu kaufen?«

Es war in der Tat mehr, als sie sonst bekommen hatte,

wie Antonia erst jetzt feststellte. Denn im Gegensatz zu Matti hatte sie die Höhe des Betrags nicht überprüft. Sie sah es schließlich nicht als ihr Geld an; es gehörte dem *hospitali*.

»Weshalb sollte Sir Roderick mich denn wohl kaufen wollen?«, fragte Antonia arglos.

»Weil alte reiche Männer das mit jungen Frauen so machen.«

»Es geht nicht um Männer und Frauen, Matti«, widersprach sie. »Sir Roderick bezahlt meine Arbeit.«

»Warum bittet er nicht eine der Diakonissen, ihn zu versorgen?«

»Frag ihn das bitte selbst.«

»Ich frage dich, Toni. Ich fürchte, du lässt dich benutzen und merkst es nicht.«

»Es stimmt, er benutzt mich. Aber als jemanden, der ihn behandelt. Er benutzt mich nicht als Frau und nicht als Person. Nicht einen Penny nehme ich von seinem Geld für mich. Wie du selbst gerade siehst, fließt alles in unser *hospitali*.«

Nach dem, was Sir Roderick heute über seine Arbeiter gesagt hatte, sah sie darin sogar so etwas wie höhere Gerechtigkeit.

»Es ist nicht unser *hospitali*, Toni. Es gehört den Menschen, die hier zu Hause sind.«

»Genauso sehe ich das auch! Du weißt, dass ich nicht für immer hierbleibe, Matti. Ich kann nur versuchen, etwas zu hinterlassen, auf dem du aufbauen kannst«, sagte Antonia.

»Wie großzügig von dir«, blaffte Matti.

Mit dem raschen Voranschreiten des *hospitali* hatte sich die Beziehung zu ihrer Mitstreiterin verändert. Antonia meinte den Tag, an dem die Trübung ihrer Freundschaft begonnen hatte, benennen zu können. Es war, als sie das

Geld ihrer einstigen Kommilitonin Celia beigesteuert hatte. Das gemeinsame Vorhaben schien dadurch seine Unschuld verloren zu haben. Plötzlich konnte man das benötigte Material kaufen und die Einheimischen standen Schlange, um mitzumachen. Weil es einen Lohn gab, auch wenn es für europäische Verhältnisse winzige Summen waren. Und jetzt die dicken Pfund-Noten von Sir Roderick, der nicht gab, um zu helfen, sondern um aus Antonias Hilfe für seine Arbeiter einen Profit zu ziehen.

Andererseits musste das *hospitali* fertig sein, bevor die Regenzeit begann. Das Dach musste noch gedeckt werden. Statt Palmen- und Bananenblättern konnte nun das teure, aus England importierte Wellblech dafür hergenommen werden. Zwei schlanke Männer kletterten oben herum und fixierten gerade das letzte Stück. Antonia plante, das Geld, das sie heute bei Sir Roderick verdient hatte, für vier Metallbetten auszugeben. Bislang lagerten die Kranken auf dem Boden, was auch die Behandlung verkomplizierte.

Auch deshalb ärgerte sich Antonia über Mattis Reaktion. Schweigend begann sie mit ihrer abendlichen Arbeit. Wieder waren es die Kinder, die unter Wurmkrankheiten litten. Fleißig gab sie den Müttern das *Piperazin.*

Am Abend machte sie sich auf zum gut ausgestatteten *Ocean Road*. In der dortigen Apotheken-Kammer gab es nach wie vor genügend von dem Mittel. Kein einziger Europäer hatte etwas davon gebraucht. Wie stets schob sie die entwendeten Packungen in die Außentasche ihres Kittels, um anschließend im Labor zu forschen.

Bens Idee, die er bei ihrem Ausflug geäußert hatte, ließ ihr keine Ruhe: In dem trüben Wasser, in dem die Kinder spielten und das sie auch tranken, könnte sich etwas verbergen, das sie bislang nicht entdeckt hatte. Weil sie nicht wusste, wonach sie überhaupt suchte. Folglich hatte sie die letzten Wochen damit verbracht, die Wasserproben noch gründlicher zu mikroskopieren.

Außerdem hatte sie ein zunächst vielversprechendes Experiment begonnen: Die Eier, die sie im Stuhl gefunden hatte, reiften im Labor zu winzigen Larven heran. Dennoch sah diese Erkenntnis nach einer Sackgasse aus: Die Larven starben ab, ohne sich weiterentwickelt zu haben. Etwas hatte sie falsch gemacht. Aber was? Sie würde sich noch einmal über die Proben beugen.

Spät in der Nacht verließ Antonia das Labor. Wie stets seit der unheimlichen Begegnung mit Dr. Lancaster hatte sie sich dort eingeschlossen gehabt. Sie trug einen Eimer stinkenden Wassers, aus dem sie die Proben entnommen hatte. Für den unter Trockenheit leidenden Garten eignete es sich nach wie vor. Plötzlich trat Dr. Lancaster aus einer der Türen heraus in den Gang.

»Darf ich Ihnen tragen helfen?«, fragte er.

»Danke, so schwer ist das nicht.«

»Sie gehen mir aus dem Weg, Fräulein Thomasius. Dabei bin ich doch nur freundlich zu Ihnen.«

»Gut, Sie zu treffen, Doktor: Mein Praktisches Jahr ist fast um. Ich habe Sie bereits gebeten, mir mein Zeugnis auszustellen.«

Blitzschnell griff Lancaster in die Tasche ihres Kittels und förderte die beiden Packungen des Wurmmittels zutage; durch den dünnen Stoff hatten sie sich abgezeichnet.

»Wie gehen wir denn damit um, Fräulein Thomasius? In welcher Form darf ich das in Ihrem Zeugnis erwähnen?«

»Gar nicht.«

»Das ist Diebstahl, Fräulein Thomasius. Sie bestehlen das *British Empire*.«

»Nicht direkt, Doktor. Das Präparat kommt schließlich

den Einheimischen zugute. Das sind ebenfalls Untertanen Seiner Majestät, des britischen Königs.«

Er lachte kurz auf. »Sie sind eine kluge Frau! Aber so einfach ist das nicht, denn das *Ocean Road Hospital* hat ein Budget, das für seine Patienten bestimmt ist. Verwenden Sie etwas zu einem anderen Zweck, muss ich Sie anzeigen.«

Es war dämmrig in dem Krankenhausflur, Antonia konnte sein Gesicht kaum erkennen. Aber sie ahnte sein triumphierendes Grinsen. Er hatte sie in der Hand, Matti hatte es vorausgesagt. Nun stand sie vor ihm mit einem Eimer Dreckwasser, in dem Erreger schwammen, die Menschen auf ihr noch unbekannte Weise schwer krank machen konnten. Sie hatte größte Lust, ihm die Brühe über den Kopf zu kippen.

»Dann müssen Sie mich wohl anzeigen«, sagte sie mit vor Verärgerung rasendem Puls.

Ein Jahr verloren! Sie hätte schreien mögen vor Wut. Aber sie biss die Zähne zusammen.

»Sie haben einmal gesagt, ich würde mich nicht für das interessieren, was in Ihrem Kopf vor sich geht. Das ist so schwer, weil Sie so schön sind. Ich muss Sie haben, Toni. Ich darf Sie doch so nennen, nicht wahr?«

»Sie dürfen mich weder ›haben‹ noch mich so nennen, Doktor Lancaster. Wir sind keine Freunde. Wenn Sie mir mein Zeugnis verweigern wollen, dann ist das eben so. Und jetzt werde ich dieses Wasser weggießen.« Sie schob sich an ihm vorbei.

Er packte ihren freien Oberarm, um sie zurückzuhalten. »Ihr Widerstand macht Sie noch attraktiver, Toni. Sie sagen mir damit, dass Sie erobert werden wollen.« Er versuchte, sie an sich heranzuziehen.

»Nein, das sage ich nicht!«, rief sie wütend. »Lassen Sie mich los!«

»Ihre Leidenschaft ist wundervoll. Aber Sie leben wie eine Diakonisse, so keusch. Das sind Sie nicht. Sie sind ein Vulkan, der sich mir öffnet. Von mir bekommen Sie, was Sie dringend brauchen.«

»Sie tun mir weh, Doktor. Geben Sie meinen Arm frei.«

»Stellen Sie das Wasser fort.« Er versuchte, nach dem Eimer zu greifen. »Diese Nacht gehöre ich dir, Toni.«

Antonia umklammerte den Eimer, das Wasser schwappte. Die Brühe durfte nicht auf den Boden fließen, denn darin verbargen sich vermutlich unzählige Bakterien. Sie, die dieses Wasser ins Haus gebracht hatte, sah sich auf dem Flur herumkrabbeln, um das verschmutzte Wasser aufzuwischen. Diese Vorstellung stachelte ihre Wut noch mehr an. Gleichzeitig war es ein Irrsinn, begehrt zu werden, während sie mit einem Dreckeimer unterwegs war. Der Geruch stach ihr in die Nase. Inzwischen war der Behälter durch das Gerangel auf beider Hüfthöhe.

Antonia ließ einfach los. Dadurch ergoss sich die Brühe über Lancasters Hose. Abrupt gab er Antonia frei, sie sprang zur Seite.

Er sah an sich herunter. »Was ist das?«, brüllte er.

»Ich forsche zur Bilharziose, das habe ich Ihnen doch schon gesagt«, antwortete sie. »Jetzt sehen Sie endlich, mit was ich mich beschäftige.« Sie lachte laut und rannte den Flur entlang zum Ausgang.

»Bleiben Sie hier!«, rief Lancaster ihr nach.

Antonia ergriff die Klinke, stieß die Tür auf. Die warme, klare Nachtluft schlug ihr entgegen und roch nach dem Salz des Meers. Nach Freiheit, dem unfassbar erleichternden Gefühl, noch einmal davongekommen zu sein.

»Ich mache Sie fertig!«, brüllte Lancaster ihr nach.

In dieser Nacht war der Himmel klar und von unzähligen Sternen übersät. Es war Neumond und somit stockfinster. Die einzigen Lichter stammten von den wenigen offenen Holzfeuern, die noch brannten. Die Stadt schien nie ganz zur Ruhe zu kommen. Irgendwo brutzelte noch jemand ein Essen, Kinder liefen herum, Hunde jagten sich gegenseitig. Nur die Meerkatzen, die tagsüber herumturnten, schliefen jetzt.

Nach dem zurückliegenden Jahr und den vielen nächtlichen Exkursionen an Mattis Seite konnte Antonia sich blind orientieren. Sie wollte jetzt nicht allein sein. Ihre Füße fanden den Weg zum *hospitali* mit schlafwandlerischer Sicherheit.

An der Tür aus Wellblech gab es noch kein Schloss, aber nachts hielt immer jemand Wache. Die mittlerweile gute Ausstattung der kleinen Station weckte schließlich Begehrlichkeiten. Badili schrak hoch, als Antonia die Tür öffnete. Er hatte eine Taschenlampe, mit der er ins Innere des *hospitali* leuchtete. Wie in jeder Nacht schliefen am Boden Menschen, egal ob gesund oder krank. Das war schon immer so gewesen.

Badili fragte Antonia in seinem eigenen Englisch, ob sie Matti suche. Die wäre nämlich schon fort.

»Nein, ich werde heute hier schlafen«, sagte sie.

Es lag noch eine aus den harten Fasern der Raphia-Palme gefertigte Matte unter dem Doktor-Tisch, an dem sie bislang morgens und abends gearbeitet hatte. Die rollte sie aus und stellte fest, wie sehr ihre Hände zitterten. Gleichzeitig fror sie, obwohl es viel zu warm war. Wie ein kleiner Hund rollte sie sich zusammen. Ihre Gedanken begannen zu rasen.

Der erste war, dass sie nicht mehr im *Ocean Road* arbeiten konnte. Der zweite, dass Lancaster sie sich mit Gewalt gefügig machen wollte. Der dritte, dass sie Glück gehabt hatte. Alles zusammen hatte zur Folge, dass ihr Praktisches Jahr in dieser Nacht mit einem Knall zu Ende gegangen war. Sie war gescheitert. Wenngleich nicht selbstverschuldet.

Das Zittern verschlimmerte sich, sie versuchte, dagegen anzuatmen.

Zweimal hatte sie das an sich erlebt. Damals, als der Wolf auf den Heuwagen gesprungen war und ihren alten Hund vor ihren Augen zerfetzt hatte. Und dann hatte sie das Zittern überfallen, als sie in der Charité zu sich gekommen war, nachdem sie an sich selbst eine – minutiös nach dem Lehrbuch durchgeführte – Abtreibung versucht hatte. Die Erkenntnis, durch die naive Risikobereitschaft das eigene Leben aufs Spiel gesetzt zu haben, hatte sie sich nicht verzeihen können. Dennoch hatte sie keinen anderen Ausweg gesehen. Dabei wäre es so einfach gewesen. Sie hätte sich nur beizeiten an ihre Mutter wenden müssen, die letztlich dann doch auf dem Operationstisch ihr Leben hatte retten müssen.

Und jetzt? Was hätte sie anders machen können?

Sie suchte nach der Antwort und fand sie nicht. Das verstärkte das Zittern. Es kam aus der Ohnmacht, ausgeliefert zu sein. Nichts mehr richtig machen zu können.

In dem großen Raum war die Luft stickig, es wurde geschnarcht, im Traum geredet. Während sie erwog, doch wieder zurück in ihr winziges Zimmer im Krankenhaus zu gehen, und das wegen der möglichen Gefahr verwarf, Dr. Lancaster zu begegnen, wurde ihr bewusst, weshalb sie hier war: Sie war ins *hospitali* geflohen, um auf Menschen wie Matti zu treffen. Sie brauchte sie, um mit ihnen atmen zu können, zu leben und zu hoffen, dass alles besser werden würde.

Diese Erkenntnis fühlte sich an wie der Trost, nach dem sie unwissentlich gesucht hatte.

Eine Hand legte sich auf Antonias Schulter. Sie schrak so abrupt hoch, dass sie mit dem Kopf gegen den Arzttisch schlug, unter dem sie geschlafen hatte.

»Was tust du hier, Toni?«, fragte Matti mit Verwunderung in der Stimme.

»Schlafen.« Sie rieb sich den schmerzenden Kopf.

»Warum hier?«

Antonia setzte sich auf. Ihr Rücken tat auch weh. Der Fußboden bestand zwar aus gestampftem Lehm, hart war er dennoch.

»Wenn ich dir das sage, gibst du mir vermutlich die Schuld an meiner Misere«, sagte sie.

Durch das dichte Blätterdach der umstehenden Bäume und Riesenstauden fiel wie an jedem Morgen ein rötlicher Schimmer ins *hospitali*. Die Sonne ging gerade auf. Demnach war es etwa Viertel vor sechs.

»Lancaster?« Als Antonia nickte, fragte die Diakonisse: »Hat er sich an dir vergangen?«

»Nein. Ich lief davon. Aber es ist alles aus. Kein Zeugnis. Er will mich sogar anzeigen wegen der Medikamente, die ich hierher mitgenommen habe.«

»Welch ein Scheusal! Bitte verzeih mir, Toni. Ich bin manchmal ungerecht.« Sie sank in sich zusammen. »Wie siehst du überhaupt aus? Du bist vollkommen verdreckt.«

»Das Wasser aus den Tümpeln. Ich hatte es untersucht und wollte es ausgießen. Da stand er vor mir im dunklen Gang.« Sie grinste. »Die dreckige Brühe war meine Rettung.«

»Das ist ja furchtbar. Es tut mir wirklich leid, dir so schreckliche Dinge unterstellt zu haben.«

»Vergeben und vergessen. Ich werde mich ganz und gar auf die Arbeit hier konzentrieren.«

Matti stutzte und rümpfte die Nase. »Riechst du das auch? Was ist das?«

»Riecht wie Benzin«, sagte Antonia.

Der rötliche Schein der aufgehenden Sonne wurde rasend schnell heller. Und Antonia begriff ihren Irrtum: Das war nicht allein der Sonnenaufgang, denn plötzlich war die Helligkeit nicht nur auf einer, sondern hinter den Fenstern zweier Seiten zu sehen.

»Es brennt doch nicht etwa?«, fragte Matti zunächst verwundert. Dann schrie sie aus Leibeskräften: »*Moto, moto!*« – Feuer, Feuer!

Augenblicke später leckten Flammen an den Fensteröffnungen der übrigen Seiten; das *hospitali* war von Feuer umschlossen. In ihrem hellen Schein rannten die aus dem Schlaf gerissenen Menschen durcheinander und verstellten sich gegenseitig den Weg. Jemand riss die Wellblechtür auf, verbrannte sich an dem heißen Metall und schrie vor Schmerzen auf. Vor dem Eingang stand eine Wand aus Flammen, alle drängten zurück in den Raum.

Erst jetzt erkannte Antonia, dass es weit mehr als ein Dutzend Personen waren, mit denen sie gemeinsam eingeschlossen war. Es gab kein Entrinnen, denn die Fenster waren engmaschig vergittert, um die Meerkatzen und größeres Ungeziefer fernzuhalten.

»Wir müssen die Wand niederrennen, Matti. Alle gleichzeitig«, sagte Antonia.

An drei Seiten war sie bereits gemauert. Die letzte verbliebene Wand war noch traditionell aus Lehm und Zweigen errichtet worden und nur wenige Zentimeter dick. Das musste zu schaffen sein.

»So machen wir es.« Matti gab die Anregung sofort auf Swahili weiter.

Gleich neben den beiden waren Atija mit ihren beiden kleinen Kindern und ihr Bruder Badili. Der warf sich gegen die Wand, doch die hielt stand. Frauen kamen ihm zu

Hilfe; immer wieder stürmten sie dagegen an. Die Kinder begannen vor Angst zu schreien. Die Luft war schwer vom schwarzen Qualm, es stank unerträglich nach Benzin.

Nicht das Feuer würde ihnen den Tod bringen, erkannte Antonia. Vorher würden sie ersticken.

Mit noch mehr Wut und Verzweiflung rannte sie gemeinsam mit allen anderen gegen die Wand an, die sie für so dünn gehalten hatte. Endlich bildeten sich Risse. Die Mauer fiel um und löschte das Feuer direkt davor. Hustend strömten alle nach draußen. Bis auf Badili waren es nur Frauen und Kinder.

Ringsum wimmelte es von Menschen, die mit den großen Blättern der Bananenstauden versuchten, die Flammen daran zu hindern, auf Hütten überzugreifen, die sich in der Nähe des *hospitali* befanden.

Antonia zuckte zusammen, als nun das so teuer erworbene Wellblechdach, das als Schutz über Jahre hinweg hätte halten sollen, krachend in das Gebäude hineinstürzte.

Erschrocken blickte sie sich um. »Matti!«, schrie sie aus Leibeskräften. »Matti, wo bist du?«

Sie fragte Badili, ob er sie gesehen hatte. Vergeblich. Er suchte selbst jemanden – Atijas kleinen Sohn.

Die Rufe nach Matti hallten noch über die rauchenden Trümmer des *hospitali*, während die Sonne schon in all ihrer Kraft am Himmel stand.

Fast alle, die im *hospitali* übernachtet hatten, waren mit dem Leben davongekommen. Nur Atijas Einjähriger fehlte. Und Matti. Von den Einheimischen traute sich niemand in die Ruine. Soweit Antonia es verstand, gingen die Menschen davon aus, ein *Sheitani* hätte die kleine Klinik angezündet. Was auch immer das war.

Sobald die Trümmer abgekühlt waren, wagte sich Antonia hinein. Höchstwahrscheinlich lag Matti unter den auseinandergebrochenen Teilen des Wellblechdachs. Innerlich stellte sich Antonia auf das Schlimmste ein. Mit aller Kraft mühte sie sich, die Stücke anzuheben.

»Das ist zu schwer für Sie. Lassen Sie das.«

Antonia schrak zusammen. Dr. Lancaster war neben ihr aufgetaucht. »Woher kommen Sie denn?«

»Ich war in Sorge, als ich hörte, was passiert ist. Geht es Ihnen gut, Fräulein Thomasius? Sind Sie verletzt?«

»Nein. Matti ist hier irgendwo.«

»Unsere Diakonisse? Oje! *Njooni msaada*!«, brüllte er die verschreckten Einheimischen an.

Plötzlich sprach der Mann Swahili, stellte Antonia erstaunt fest. Einen ganzen Wortschwall stieß er aus. Irgendwie gelang es ihm, den Bann zu brechen. Das einstige *hospitali* füllte sich mit Menschen, die die Trümmer beiseiteschafften. All die Errungenschaften, die Matti und Antonia so mühsam besorgt und die den weiten Weg von Europa zurückgelegt hatten, waren entweder verbrannt, verrußt oder zerbrochen. Auch die Schränke und Liegen aus Berlin: Schrott, alles Schrott und Müll. Wäre sie nicht in Sorge um ihre Mitstreiterin gewesen, Antonia wäre schon allein darüber in Tränen ausgebrochen.

Ganz zuletzt stand noch ein Dachstück schräg angelehnt zwischen einem Schrank und dem Hauptpfosten des Dachs. Als man es fortnahm, lag darunter Matti. Mit ihrem Körper schützte sie Atijas noch vermissten Sohn. Antonia nahm ihr den Jungen aus den leblosen Armen. Er war bewusstlos.

Inzwischen waren wohl die Bewohner aller umliegenden Hütten in den Trümmern zusammengekommen. Darunter auch Atija, die ihr Kind in die Arme nahm und es sanft wiegte.

Antonia kniete sich neben ihre Freundin. »Matti? Hörst du mich?«

Ihre Stirn war blutig, das Gesicht verrußt, die so empfindsame Partie um die Nase fast schwarz. Atem ist Leben, sagte der Volksmund zu Recht.

»Wir bringen sie ins Krankenhaus«, sagte Dr. Lancaster und stieß wieder einen Schwall Swahili aus, woraufhin jemand loslief.

Vorsichtig lupfte Antonia eines von Mattis Augenlidern, fühlte den Puls. Nichts. Dann verlor sie die Kraft, sich zu beherrschen, und weinte hemmungslos.

Matti hatte Fehler wie jede und jeder. Aber sie hatte stets das Richtige gewollt. Sie war eine eigenwillige, tapfere Frau mit einem großen Herzen voller Nächstenliebe. Ihr Tod ergab keinen Sinn.

Plötzlich ein Schrei, die Einheimischen jubelten, manche tanzten, und Antonia begriff gar nichts. Erst als sie Atijas Freude sah, verstand sie. Ihr kleiner Sohn guckte verschreckt, weil plötzlich so viel Lärm um ihn herum herrschte. Dann lachte auch er. Matti hatte ihm mit ihrem Körper das Leben gerettet.

»Das hast du gut gemacht, Matti«, sagte Antonia. »Ich hätte dir nur gewünscht, du könntest sehen, wie glücklich alle sind.«

Sie stand auf, ihr war schwindlig. Lancaster reichte ihr die Hand, um sie zu stützen. Sie wies ihn wortlos ab.

»Das wollte ich nicht«, sagte er und wirkte betroffen.

»Was wollten Sie nicht?«

»Ich …«, setzte er an und suchte nach Worten. »Ich wollte nicht, dass Sie sich vor mir ängstigen.«

Als Antonia vor ihm stand, roch sie Benzin und Ruß. Er stank danach … Aber das tat sie auch. Schließlich war der beißende Geruch ebenso in ihrer Kleidung.

Dreckig wie sie war, ging Antonia zum Strand und ließ sich auf dem Sand nieder. Sie hatte Tage und Nächte aufgewandt, um ein kleines Spital aufzubauen. Nichts war übriggeblieben von dieser Vision. Es war sogar noch viel schlimmer gekommen. Ihre einzige Unterstützerin des Unterfangens war umgekommen, während sie selbst unverletzt geblieben war. Instinktiv umfasste sie den heiligen Christophorus an ihrem Hals und dachte an Großmutter Karlas liebe Worte.

Aber Mattis Leben hatte an diesem Morgen geendet. Sie hatte sich in den Dienst anderer gestellt, und so war sie gestorben. Antonia sah sie neben sich, wie sie voller Entschlossenheit mit den anderen gegen die Mauer anrannte. Danach musste sie zurückgekehrt sein, um Atijas Kind zu suchen. Sie hatte geahnt, dass sie dabei das eigene Leben riskierte. Geopfert hatte sie sich.

Kreischend flogen die Möwen über Antonia hinweg, sanft rollten die Wellen zu ihren Füßen aus. Was früher wie ein kleines Stück vom Paradies gewirkt hatte, führte ihr nun ihre Einsamkeit vor Augen. Wie in einem Reflex blickte sie zum Horizont. Kein Dampfer war zu sehen. Wie sollte es weitergehen? Ins Krankenhaus zurückzukehren, kam nicht infrage.

Lancaster stellte ihr seit Monaten nach. Mit seinem gewundenen Satz hatte er nicht etwa um Entschuldigung für sein Verhalten gebeten. Er hatte eher so geklungen, als verlange er Nachsicht. *Nicht ängstigen* habe er sie wollen. Seine Absicht war richtig, aber sein Vorgehen falsch? Widerling!

Das *Ocean Road* war für sie kein sicherer Ort. Aber wo sollte sie bleiben? Ihre Kleidung einer Krankenhausärztin war zerfetzt und dreckig. So konnte sie unmöglich durch Daressalam laufen. Man würde über sie reden. In der Kolonie kannte jeder jeden, hatte ihre Mutter ihr eingeschärft.

»Und wenn schon! Versuch, am Leben zu bleiben! Das solltest du in dieser entsetzlichen Nacht gelernt haben«, sagte sie und erschrak über ihre eigene Stimme.

Sie griff mit beiden Händen in das salzige Wasser des Ozeans, um sich den Ruß abzuwaschen, und ging barfuß in die Stadt. In der Nähe des Hafens gab es verrufene Hotels, aber sie kannte deren Preise nicht. Zwielichtige Gestalten musterten sie. Eine weiße Frau in einem zerlumpten und rußigen Arztkittel war hier nicht so oft unterwegs.

Plötzlich stellte sie fest, dass sie in Richtung von Sir Rodericks *Haus Sonne* unterwegs war. Sie stand gerade vor der Tür, als seine Geliebte, die blonde, junge Sherry, herauskam.

Erst erkannte sie Antonia nicht, um dann »*Oh, my God! What happend to you?*« zu rufen.

»Ich bin in ein Feuer geraten«, antwortete Antonia auf Englisch.

Instinktiv hatte sie den richten Weg genommen. Falls Sir Roderick zustimmen würde, könnte sie die Zeit überbrücken, bis der Dampfer sie nach Deutschland zurückbringen würde. Es war nicht die beste Lösung, aber eine andere fiel ihr nicht ein.

»Ob ich Sie hier bis zu Ihrer Abreise wohnen lasse?« Sir Roderick lächelte. »Selbstverständlich, Fraulein Thomasius. Dieses Haus ist groß, und wer hätte etwas dagegen, wenn die eigene Ärztin in der Nähe ist?«

Antonia stellte schnell fest, dass er ihre Lage nicht ausnutzte. Er bezahlte ihre Arbeit wie zuvor, aber sie durfte umsonst eines der ohnehin leerstehenden Zimmer bewohnen. An die Fortsetzung der so hoffnungsfroh begonnenen Dissertation war nicht zu denken.

Der Schock, Matti verloren zu haben und selbst fast gestorben zu sein, ließ es nicht zu, dass sie einen klaren Gedanken fassen konnte. Sie versorgte Sir Roderick zwar fast mechanisch, blieb aber ansonsten grübelnd in einem Liegestuhl im Garten.

Da ihr für Medikamente nicht mehr die Bestände des Krankenhauses zur Verfügung standen, suchte sie ein paar Tage später die Stadt-Apotheke in der Strandstraße von Daressalam auf. Die strahlte mit ihrer dunklen Holzvertäfelung nach wie vor deutsche Behaglichkeit aus.

Antonia war etliche Male dort gewesen, wenn etwas gebraucht wurde, das im *Ocean Road* ausgegangen war. Die englische Besitzerin freute sich stets, wenn Antonia kam. Ihr Deutsch war lückenhaft, aber sie konnten sich unterhalten. Allerdings hatte Antonia sich nie erkundigt, woher die Dame ihre Sprachkenntnisse hatte.

Nun erfuhr sie, dass die ursprünglichen Besitzer während des Kriegs vertrieben worden waren. »Man brachte meine Schwiegereltern in ein Internierungslager«, sagte die Apothekerin.

»Hatten sie gegen Gesetze verstoßen?«

»Ja, sie waren Deutsche«, sagte die Apothekerin schmallippig lächelnd. Sie hatte einen Scherz im Stil des eigenwilligen britischen Humors versucht. »Ich war in dem Lager Krankenschwester und lernte ihren Sohn kennen. Es war eine verbotene Liebe. Wir durften erst vor zwei Jahren heiraten und eröffneten die Apotheke wieder. Aber mein Mann starb wenig später. Seitdem mache ich alles allein.«

»Das muss schwer für Sie sein.«

Die Dame lächelte. »Ich hoffe, es wird besser. Sie kennen ja Doktor Lancaster, nicht wahr? Er macht mir schon eine Weile den Hof. Manchmal denke ich, ich sollte mich vielleicht erneut vermählen. Was halten Sie von ihm? Sie kennen ihn doch gewiss recht gut.«

Antonia lief ein eisiger Schauer über den Rücken. Mit wie vielen Damen flirtete Lancaster wohl gleichzeitig? Lag es an ihr, dass es mit dem Arzt so schiefgelaufen war? Die seriös wirkende Apothekerin schien Lancaster nicht von seiner höchst unangenehmen Seite zu kennen.

»Ich bin überrascht«, sagte sie einer spontanen Eingebung folgend. »Mir sagte Doktor Lancaster schon vor Monaten, er wolle das Land verlassen. Er hätte Sehnsucht nach England.« Sie sah, wie die Apothekerin erschrak, und versuchte, ihr eine Brücke zu bauen, sodass die Frau nicht ihr Gesicht verlor: »Sie wollten wahrscheinlich mit ihm nach England. Das ist ja auch klimatisch viel angenehmer.«

»Er hat gesagt, er wolle Daressalam verlassen? Sie irren sich ganz gewiss nicht?«

Nun stand Antonias Entschluss fest: Sie musste die Dame vor diesem Mann warnen! »Er wäre des Umherziehens müde. So in etwa habe ich Doktor Lancaster verstanden. Er sagte mir, der Kollege, der ihn hier ersetzen sollte, wäre in Muansa von einem Krokodil verschlungen worden. Nur deshalb hätte er in Daressalam verlängern müssen.«

Die Apothekerin schwieg einen Moment, dann fragte sie: »Warum haben Sie Knall auf Fall aufgehört, im *Ocean Road* zu arbeiten, Miss Thomasius? Die Diakonissen kaufen hier auch ein. Sie wären nach dem Brand nie ins Krankenhaus zurückgekehrt, sagen sie. Schwester Hilla habe Ihre Habseligkeiten abgeholt und ins *Haus Sonne* gebracht. Was ist geschehen?«

Seitdem Matti ihr unterstellt hatte, Lancaster gewissermaßen verführt zu haben, hatte sich Antonia vorgenommen, vorsichtig zu sein. Die Wahrheit war ein Gut, dessen Wert jeder anders bemaß. Darum ließ sie den Teil der furchtbaren Nacht weg, als sie vor Lancaster Reißaus genommen hatte. Sie erzählte nur von dem am Morgen ausgebrochenen Feuer und dass der Klinikleiter etwa eine Stunde nach Sonnenaufgang wie durch Zauberhand aufgetaucht war, um zu helfen.

Antonia endete mit einer Frage: »Sie sprechen gewiss Swahili. Die Leute sagten, ein *Sheitani* habe das Feuer gelegt. Was könnten sie damit meinen?«

»*Sheitani* hat viele Bedeutungen. Ein böser Geist oder sogar der Teufel. Der Begriff steht im Grunde für alles Unerklärliche. Aber ich verstehe nicht: Was hatte Doktor Lancaster dort in der Frühe zu tun?«, fragte die Apothekerin. »Er wird doch nicht etwa in Ihrer kleinen Klinik mitgearbeitet haben?« Sie lachte, als hätte sie einen Scherz gemacht.

»Nein, natürlich nicht. Ich hatte ihm zwar davon erzählt, aber mir war nicht bekannt, dass er wusste, wo sie sich befand. Sie lag ziemlich versteckt zwischen den Anpflanzungen und Häusern der Einheimischen und war schwer zu finden.«

»Ich habe davon auch noch nie zuvor gehört«, sagte die Apothekerin. »Was die Schwarzen so machen, erfährt man ja nicht. Und die hätten ihre Medikamente ja auch bei mir einkaufen müssen.« Sie musterte Antonia mit einem zunehmend kritischen Blick. »Sie haben mir noch immer nicht gesagt, warum Sie im *Ocean Road* alles so schnell hingeworfen haben, Miss Thomasius.«

Antonia erkannte ihren Fehler: Die Britin hieß es keinesfalls gut, dass es das *hospitali* gegeben hatte. Schlimmer noch: Sie schien davon auszugehen, dass Antonia ihrerseits gegen Gesetze verstoßen hatte. Darum entschloss sie sich, die Vorgeschichte jener Nacht in aller Deutlichkeit zu erzählen. Und vielleicht konnte sie auf diese Weise auch verhindern, dass die Frau ohne Vorwarnung in ihr Unglück rannte.

Der Friedhof der Europäer lag hinter einer hohen Mauer. Gleich gegenüber war ein Seiteneingang des *Ocean Road*, aber Antonia verbot sich den Gedanken, darin einen Zusammenhang zu erkennen. Briten, die im Ausland starben, wurden nach England gebracht, um in der Erde ihrer Heimat beigesetzt zu werden, hieß es. Bei den Deutschen, die diese Totenstätte angelegt hatten, war das offensichtlich seit fast siebzig Jahren nicht der Fall. Die pompösen Grabstellen, verziert mit Putten oder Soldatenhelmen – je nach Würdigung der von den Nachkommen bewerteten Lebensleistung – verfielen im tropischen Klima schnell.

Zu Mattis Beerdigung waren zahlreiche Einheimische gekommen. Atija weinte, und Badili stützte sie. Um das Grab hatte sich außerdem eine Schar grau gekleideter Diakonissen versammelt. Antonia erschienen sie an diesem dunstigen Morgen in ihren weiten Gewändern wie eine Gruppe irdischer Engel. Schließlich entdeckte sie auch Dr. Lancaster, der etwas abseits stand.

Als er Antonia erblickte, machte er Anstalten, zu ihr zu gehen. Dies war nicht der Zeitpunkt, um eine Konfrontation zu riskieren. So tauchte sie in der Schar der Diakonissen unter. Wenig später war Lancaster wie vom Erdboden verschlungen.

Keine der Frauen hatte Blumen mitgebracht, Antonia war die Einzige. Sie hatte in Sir Rodericks Garten einen kleinen Strauß gelber Rosen zusammenstellen dürfen, den sie als letzten Gruß auf den Sarg aus ungehobeltem Holz warf. Über den Kreislauf des Lebens hatten die Freundinnen nie miteinander gesprochen oder darüber, was danach käme. Sie hatte die kurzzeitige Begleiterin ihres Weges als praktisch denkende Person erlebt. Schnörkellos.

»Matti war zu jung, um zu sterben«, sagte Antonia, als sie neben der Finnin Hilla zum Friedhofsausgang ging.

»Die, die Gott am meisten liebt, ruft ER früh zu sich. Daran solltest du denken«, erwiderte Hilla sanft.

Ihr Lächeln erschien Antonia so verklärt, dass sie sich fragte, ob Hilla und Matti ihre aufopferungsbereite Arbeit nur für die Menschen taten. Oder für ein höheres Wohl, das sich ihrem durch Logik geschultem Denken nicht erschloss. So gesehen machten Blumen auf Mattis Sarg tatsächlich keinen Sinn.

Mochte für Hilla der Gedanke an Gott ein Trost sein, so quälte Antonia die Frage, wer das Feuer gelegt hatte und mit welcher Absicht. Wer nahm in Kauf, dass Menschen starben, die zufällig in jener Nacht in der Klinik geschlafen hatten?

Vertieft in ihre Gedanken, kehrte sie zum *Haus Sonne* zurück und wechselte Sir Rodericks Verbände. Die intensivere Betreuung hatte seine Wunden schnell heilen lassen.

»Ich denke, Sie werden bald zu Ihrer Farm fliegen können. Sie könnten Ben allmählich telegrafieren, Sie abzuholen«, sagte sie.

Die zusätzliche Bemerkung, dass er sich gewiss auf sein Zuhause freuen würde, verkniff sie sich. Schließlich blieb Sherry jeden Tag länger bei ihm, bevor sie zu ihrem Mann heimkehrte. Warum sie nicht ganz zu Sir Roderick gezogen war, hatte Antonia nie gefragt; sie fand, das ginge sie nichts an.

Sir Rodericks Antwort geriet entsprechend: »Ich habe eine bessere Idee, Fraulein Thomasius. Sie fliegen an meiner Stelle.«

Britischer Humor! Sie lachte.

»Ich meine das ernst«, sagte Sir Roderick. »Ich habe Ihnen schon einmal das Angebot gemacht, auf meinem Land ein *hospitali* zu bauen. Sie sagten zwar nicht direkt Nein. Aber Ihres wurde ja nun durch ein Feuer vernichtet. Starten Sie neu, Fraulein Thomasius.«

»Ich weiß nicht«, murmelte sie und befestigte die Enden des Mullverbands. Innerlich bereitete sie sich doch längst auf den Abschied aus Daressalam vor! Tanganjika, Afrika, das war fast schon Vergangenheit.

»Sie sind Ärztin, Fraulein Thomasius. Sie haben nicht erreicht, weshalb Sie gekommen sind. Ich gebe Ihnen die Möglichkeit, zu Ende zu bringen, was Ihnen hier auf so schreckliche Art nicht glücken wollte.«

Antonia entdeckte im Gesicht des ihr im Grunde fremden Mannes denselben Optimismus, mit dem sie nach Afrika aufgebrochen war. Ihr war die Zuversicht abhandengekommen. Sir Roderick hätte ihr Vater sein können, in ihm wohnte weiterhin der Wille, sich nicht unterkriegen zu lassen.

»Ben kommt heute Abend«, sagte Sir Roderick. »Nutzen Sie die Gelegenheit für einen neuen Anfang.«

Schon in den letzten Nächten hatte Antonia kein Auge zugetan. Das Feuer, die um ihr Leben bangenden Menschen, der beißende Geruch, die tote Matti … Die Bilder wollten nicht verschwinden. Und nun die Aussicht, dass Ben käme. Der Mann, der ihr schon auf dem Schiff Mut gemacht hatte.

Mit ihm über Afrika fliegen! Irgendwohin. Sie hatte keine Vorstellung davon, was sie auf Sir Rodericks Ländereien erwarten mochte. Wenn das Land so groß war, dass man ein Flugzeug brauchte, um es zu erkunden, ob man dann überhaupt am gleichen Ort wohnte? Oder gar im selben Haus? Sie sah sich mit ihm unter dem Riesenbaum sitzen, er schnitt Brot und Wurst. Ein Mann, der sich um andere sorgte. Jemand, dem sie vertrauen konnte.

Und er konnte so gut tanzen. Aber er unternahm keinen Versuch, sie zu küssen.

Am Morgen stand Antonia vor dem viel zu großen Kleiderschrank in ihrem Zimmer, in dem sich ihre beiden Kleider verloren. Jenes, in dem sie mit Ben getanzt hatte, und ein zweites, welches ihr eine hiesige Schneiderin für wenig Geld angefertigt hatte. Der Schnitt war schlicht, der Stoff englische Baumwolle, gelb und dunkelgrün gemustert. Nacheinander zog sie beide an und entschied sich für das Tanzkleid. Sorgfältig bügelte sie es, kämmte ihr kräftiges Haar und besah das Ergebnis im Spiegel. Sie war viel zu dünn, hatte mehrere Kilo abgenommen; sie aß zu wenig, und Hunger hatte sie im Grunde nie. Aber ob er das überhaupt wahrnahm?

Sie beschloss, es herauszufinden.

Ben saß bereits am Frühstückstisch und stand sofort auf, als sie in den Salon kam. Er war perfekt rasiert und frisiert, der helle Anzug gebügelt. Antonia dachte, dass er ihr als Pilot im Lederzeug besser gefiel. Sein Lächeln war offen.

»Guten Morgen. Wie geht es Ihnen, Toni?«

Wenn ich Sie sehe, besser. Das zu sagen lag ihr nur auf der Zunge. »Danke. Und Ihnen?«

»Sir Roderick berichtete mir, was hier geschah. Das ist furchtbar! Sie haben nicht nur Ihre Freundin verloren, auch Ihr Traum ist geplatzt. Es tut mir so leid für Sie.«

»Alles war umsonst. Ich habe ein Jahr verloren«, sagte sie. »Doch das kann ich nachholen.« Ich hätte auch tot sein können, setzte sie in Gedanken hinzu. Sie wollte nicht sein Mitleid. »Viel schlimmer als mein Pech ist Mattis Tod.«

»Wie kam es zu dem Feuer?«

»Es roch nach Benzin, das jemand verschüttet hatte. Die Einheimischen werden das kaum gewesen sein. Sie meinten, ein *Sheitani* habe das getan«, sagte sie.

»So werden die Europäer genannt, die weißen Teufel.« Er sah ihr verblüfftes Gesicht. »Wussten Sie das nicht?«

Darauf hätte sie nach dem Gespräch mit der Apothekerin vielleicht kommen können, gestand Antonia sich ein. Aber die Dame war selbst den Einheimischen gegenüber nicht besonders freundlich eingestellt. Da sprach Ben auch schon die Vermutung aus, die zu ungeheuerlich war, um von ihr in Erwägung gezogen zu werden: »Vorstellbar wäre, dass jemand den Brand gelegt hat, um etwas zu zerstören, das nur den Schwarzen zugutekommen sollte.«

»Wer tut so etwas?«

»Jene, die die Vorherrschaft der Weißen zementieren wollen, Toni. Das ist hier die Mehrheit. Diesen Leuten ist so etwas wie Ihr *hospitali* ein Dorn im Auge.«

Gedanken wirbelten durch Antonias Kopf. War Lancaster da gewesen, weil er helfen wollte? Wusste er, dass sie frühmorgens dort sein würde? Hatte er sie retten wollen, als er merkte, dass es brannte? Oder war das Gegenteil der Fall: Dass er sie hatte töten wollen? Aus verschmähter Liebe? War ihm solch ein Verbrechen zuzutrauen? Weil sie ihn zurückgewiesen hatte, bedeutete das nicht automatisch, dass er sie umbringen wollen würde! Oder etwa doch?

Ben schenkte Tee ein. »Probieren Sie. Der ist von unserer Plantage. *Second Flush*, das ist die Sommerernte und schmeckt etwas kräftiger. Gut, um wach zu werden.« Er reichte ihr Zucker und Milch. »Die Briten trinken keinen Tee, sie zelebrieren ihn.«

Das Geschirr im *Haus Sonne* war so dünn, dass es bei bestimmtem Lichteinfall durchscheinend war. In Bens kräftigen Händen wirkte es zerbrechlich.

»Sir Roderick sagte, Sie wollen auf der Plantage ein kleines Krankenhaus aufbauen«, sagte er.

»Soweit ist meine Entscheidung noch nicht, Ben. Es ist eher sein Vorschlag.«

»Warum zögern Sie?«

»Was soll ich dort?«, fragte sie. »Ich kenne niemanden. In den letzten zwölf Monaten war ich zu oft allein. Ich sehne mich danach, wieder Menschen um mich zu haben, denen ich etwas bedeute. Die nicht nur meine Arbeitskraft brauchen. Das klingt vielleicht … Ich weiß nicht: kindisch? Aber so ist es nun mal.«

Er nahm ihre Hand. »Nein, Toni, das ist überhaupt nicht kindisch. Das ist ehrlich. Danke, dass Sie sich trauen, das so offen auszusprechen.«

»Einem Fremden gegenüber«, ergänzte sie.

»Nein, Toni, ich bin kein Fremder. Wenn es Ihnen so erscheint, dann möchte ich das ändern. Trinken Sie Ihren Tee, und dann bummeln wir durch die Stadt. Ich kenne eine Patisserie, die einem Franzosen gehört. Der Herr backt köstliche Croissants. Da vergessen Sie vollkommen, im *British Empire* zu sein.«

»Der Tee ist gut«, lobte sie. »Ansonsten habe ich mich nicht an die hiesigen Speisesitten gewöhnt. Ich fürchte, ich habe ziemlich abgenommen.«

»An Ihnen ist kein Gramm zu wenig oder zu viel, Toni. Sie sind genau richtig«, sprudelte er los und merkte wohl, dass er ein wenig über das Ziel hinausgeschossen war. Er wurde rot.

Und sie auch.

»Was ich eigentlich sagen wollte«, fuhr er rasch fort, »meine Mutter kocht vorzüglich. Echte deutsche Küche. Das hilft gegen Heimweh.«

»Wenn Sie mich mit dem Flugzeug zum Essen abholen«, sagte sie scherzend, aber mit durchaus ernstem Hintergrund.

»Oh nein, Sie würden auf der Plantage leben. Es gibt ein Häuschen, das gerade für Sie hergerichtet wird.«

»Ein Häuschen für mich?«

»Möchten Sie das lieber nicht?«

»Doch, das würde mir gefallen.«

»Ach, ich werde Sie schon noch überzeugen, Toni.« Er stand auf, reichte ihr seinen Arm. »Gehen wir Croissants essen?«

Der französische Patissier verstand sich nicht nur auf Croissants, sondern auch auf Crêpes mit Schlagsahne. Von der großen Veranda seiner Feinbäckerei ging der Blick auf den Ozean. Antonia spürte, wie ihre Lebensfreude zurückkehrte.

»Wer ist Sir Roderick wirklich?«, fragte sie. »Ich möchte mehr über ihn wissen, wenn ich für ihn arbeiten soll.«

»Seine Familie besitzt Stahlwerke. Er mag England nicht, sagt er immer.« Ben schien ratlos zu sein, wie er seinen Chef beschreiben sollte. »Er ist großzügig und hat Humor.«

»Und ehrlich: Es geht ihm nicht um die Arbeiter, sondern um das Geld, das er durch sie verdient. Das sagte er mir ganz unverblümt.«

»Er möchte, dass es den Leuten gut geht. Das hat Tradition in England, Toni. Fabrikbesitzer wie die Fintertons, also Sir Rodericks Familie, haben rund um ihre Produktionsstätten Siedlungen mit hübschen Häuschen und Gärten für die Arbeiter errichtet. Außerdem hat er Sie sofort bei sich aufgenommen.«

»Dafür bin ich ihm dankbar.«

»Sie sind eine Idealistin, Toni.«

»Ja, das bin ich. Und was sind Sie, Ben?«

Er blickte sie versonnen an. »Kein Idealist, schätze ich. Meine Eltern sind einfache, aber gute Menschen. Sie hatten nie die Muße, sich um Ideale zu kümmern. So bin ich auch. Ich richte mich nach den Gegebenheiten.«

»Wenn ein Flugzeug gebraucht wird, lernen Sie eben fliegen.«

»Genau das meine ich. Darum auch meine Ausbildung. Ich habe fast immer auf dem Land gelebt.«

»Ben, angenommen, ich lasse mich auf das Abenteuer Kenia ein: Was, wenn ich nach ein paar Wochen fort will?«

»Dann steigen Sie in das Flugzeug, und ich bringe Sie nach Mombasa. Darauf gebe ich Ihnen mein Wort, Toni. Glauben Sie mir das?«

»Ja«, sagte sie. »Denn Sie halten sich an die Gegebenheiten.«

Ben grinste. »Stimmt. Auch, wenn mir das nicht immer leichtfällt.«

»Wann – zum Beispiel – fällt Ihnen das schwer?«

Ben sah sie lange schweigend an. Sie hatte das Gefühl, er starrte auf ihren Mund. Ihr wurde heiß und kalt.

»Jetzt«, sagte er.

»Was ist jetzt?«, fragte sie.

»Ich würde Sie gerne küssen«, sagte er. »Aber das – zum Beispiel – darf ich nicht.«

In der Patisserie saßen ein paar Weiße und hatten nichts Besseres zu tun, als sie und Ben zu beobachten. Futter fürs Geschwätz, den Kolonial-*Gossip*, das gesellschaftliche Krebsgeschwür.

»Wegen der Gegebenheiten«, neckte sie ihn. »Vielleicht küssen Sie mich dann ein anderes Mal?«, fragte sie.

»Ich denke schon, dass ich das tun möchte«, sagte er.

Bens Grinsen wirkte nicht frech, sondern weich. Vielleicht sogar verliebt. Antonia war sich noch immer nicht sicher, wie ein verliebtes Lächeln aussah. Liebe war für sie ein Buch mit sieben Siegeln. Gerade hatte sie das Gefühl, das erste dieser Siegel aufzubrechen. Vielleicht, dachte sie, habe ich übersehen, dass das erste Kapitel jenes ist, das am langsamsten beginnt: das Kennenlernen.

Wie klein die *Wangoni* war, von hier oben gesehen, einige hundert Meter über der Erde. Ihr Tuten klang weit über die Bucht von Daressalam, während sie auf ihrem Weg nach Süden einen Schweif aufgewirbelten Wassers hinter sich herzog. Ben drehte die Nase des Flugzeugs nach Nordwesten, um über das tropisch dichte Grün der Küstenwälder zu fliegen.

Antonia hatte sich einige Tage Zeit gelassen, bis sie sich schließlich bereiterklärt hatte, nach Kenia zu reisen. In Briefen nach Hause hatte sie geschrieben, was hinter ihr lag und was sie vorhatte. Diese Post war nun auf dem Weg, während sie selbst über Afrika flog. Ihre Gefühle waren ein einziges Durcheinander, denn vor ihr lag Ungewissheit. Nur einen Anhaltspunkt hatte sie – eine Packung Tee im Haus von Sir Roderick. Darauf waren grüne Hügel abgebildet und ein Zweig mit kleinen Blättern.

»Das ist unsere Plantage. Und so sieht der Tee aus, wenn er gepflückt wird«, hatte Ben gesagt.

Ben senkte das Flugzeug ein wenig ab, damit Antonia hinabsehen konnte. Für eine Weile folgte er dem Lauf eines Flusses. An seinen Ufern sonnten sich Krokodile, deren helle Panzer sich auf dem dunkelbraunen Schlamm abzeichneten. Ein Stück weiter stürzten Bäche aus Schluchten herab und fingen sich in beschatteten kleinen Tümpeln, aus deren Wasser eine Elefantenherde trank. Offenbar wohnte hier der Zauber Afrikas, und Antonia dachte, dass sie die richtige Entscheidung getroffen hatte. Was aus ihr und Ben werden würde, stand in den Sternen. Aber zumindest würde sie nicht heimkehren, ohne das afrikanische Inland gesehen zu haben. Schon das erfüllte sie mit Dankbarkeit.

Nach einigen Stunden steuerte Ben das Flugzeug auf eine Sandpiste zu und ließ es vor einem Schuppen ausrollen.

»Wir müssen tanken«, sagte er.

Afrikaner eilten herbei, die den Eindruck machten, als wüssten sie genau, was sie tun mussten.

Ben nahm ihre Hand. »Kommen Sie, Toni! Holen wir uns etwas zum Essen.«

Einige Häuschen von Einheimischen befanden sich in der Nähe. Auf offenem Feuer wurde Fleisch gebraten. Ansonsten gab es nur riesige Bäume und undurchdringliches Grün. Nach ein paar Schritten blieb Antonia stehen und atmete tief ein. Wie ruhig es war, wie friedlich. Sie schloss die Augen. Vögel sangen, Meerkatzen lärmten, ein leichter Wind verfing sich in Palmwedeln und ließ sie rascheln. Zum ersten Mal hatte sie das Gefühl, dass alles richtig war.

»Was ist mit Ihnen?«, fragte Ben.

»Jetzt ist der richtige Moment«, sagte sie.

»Jetzt?«

»Ja, genau jetzt«, bestätigte sie.

Und dann spürte Toni Bens Lippen auf ihren.

NUR DER MOMENT ZÄHLT

— ◆ —

Berlin, März 1929

Sitzt meine Krawatte richtig?«, fragte Viktor.

Henny ruckelte ein wenig an dem dunkelblauen, schmal gebundenen Knoten. »Perfekt wie immer.« Sie gab ihm einen schnellen Kuss auf den Mund.

Dass Viktor vor einem Besuch bei ihren Eltern Unsicherheit zeigte, hätte sie sich nie träumen lassen. Doch genauso war es gekommen. Waren sie bei dem Arztehepaar Thomasius zu Gast, so verwandelte er sich unbewusst in den kleinen Jungen, der gemocht werden wollte. Seit der verunglückten Feier zu Franz von Freystettens vierzigstem Geburtstag hatte sich nämlich eine Regelmäßigkeit eingestellt. Die drei Vandenbergs kamen jeden zweiten Sonntag zum Mittagessen, der Gegenbesuch in der eleganten Wohnung in der Behrenstraße fand deutlich seltener statt. Hennys Mutter mochte das Großbürgerliche nicht; entsprechend wohler fühlte sie sich auch mit ihrer bescheidenen Praxis am Savignyplatz.

»Sagt ihr es Großmutter und Großvater heute endlich?«, drängelte Vicky, als Henny gerade am Hauseingang in der Luisenstraße den Klingelknopf betätigen wollte.

»Dazu muss die Stimmung richtig sein«, wehrte Henny ab.

»Das ist sie doch immer«, unterstützte Victor seine kleine Tochter. »Gib dir einen Ruck.«

Wir wollen noch einmal heiraten. Oder: Wir versuchen es noch einmal. Oder: Wir haben uns vorgenommen, dieses Mal alles besser zu machen. Oder: Wir sind älter geworden. Wir wissen, wie wichtig wir füreinander sind.

Formulierungen hatte Henny in ausreichender Menge vorbereitet. Sie hatte es ihrer Mutter schon Silvester zugeraunt: »Ich denke, ich heirate Victor noch einmal. Aber behalte das bitte für dich. Ich muss mir erst ganz sicher sein.«

War sie sich mittlerweile *ganz sicher*? Man gab in der vor Kreativität brodelnden Stadt viel auf Victors Rat, das spürte sie bei den nun wieder regelmäßigen Soiréen, die sie bei sich zu Hause gaben. Ihr Ex-Mann, mit dem sie wieder wie ein Ehepaar – allerdings als frisch verliebtes – zusammenlebte, hatte sich erneut in der Berliner Bohème eingelebt, den, wie Henny fand, überheblichen Künstlerkreisen. Victor genoss einen Ruf als jemand, der sich in Hollywood auskannte. Sogar der geniale Fritz Lang hatte neulich eingestanden, einen Fehler gemacht zu haben, sein Werk »Frau im Mond« als Stummfilm gedreht zu haben. Vor wenigen Tagen war mit »Melodie der Welt« der erste deutsche Tonfilm in die Kinos gekommen. Das Publikum war begeistert; Victors Branche stand vor einem tiefgreifenden Wandel. Dass ihr Mann den *richtigen Riecher* hatte, wie man in Berlin sagte, trug auch dazu bei, dass Henny sich immer *sicherer* wurde. Am wichtigsten war für sie allerdings, dass er nicht mehr den Frauen nachblickte.

»Also gut.« Sie drückte den Klingelknopf. »Wir sagen es ihnen heute.«

Den Kalender neben dem Buffet im Wohnzimmer hatte Ricardas Enkelin Vicky selbst gebastelt. Jetzt im Frühling zierten aufgeklebte, getrocknete Stiefmütterchen das Papier. Es war Mitte März, und Ricarda war stets davon ausgegangen, dass Antonia nun wieder nach Hause käme. Stattdessen war gestern ihr Brief eingetroffen.

Ich habe beschlossen, noch eine Weile in Kenia zu bleiben, hatte Antonia mitgeteilt. *Vielleicht gelingt es mir dort, aufzubauen, was hier zerstört wurde.* In der folgenden Passage schilderte sie den Brand.

Als Mutter war Ricarda zu Tode erschrocken: Offenbar war ihre Tochter in Lebensgefahr gewesen. Henny hatte also mit ihrer Sorge recht gehabt. Toni hatte sich auf ein unkalkulierbares Abenteuer eingelassen, und sie selbst hatte die Gefahren zu sehr auf die leichte Schulter genommen.

Zumindest schien Antonia mit Optimismus nach vorn zu blicken: *Ben Jackson wird mich mit dem Flugzeug hinbringen. Ich mag ihn gern. Er ist ein Mann, auf den man sich verlassen kann. Also macht euch keine Sorgen.*

Ihre Jüngste war ganz offensichtlich verliebt und gab sich alle Mühe, das nicht zu zeigen! Toni und die Liebe. Ob es dieses Mal gutging? Als ihre Mutter hätte Ricarda gern mehr erfahren. Wer war denn dieser Ben? Ihre Jüngste war so fern!

Es läutete, und kurz darauf platzte eine glückliche Vicky ins Zimmer und überreichte Weidenkätzchenzweige. »Heute wirst du dich freuen, Großmutter«, versprach die Zehnjährige.

Beim Essen hielt das Mädchen die innere Spannung nicht mehr aus: »Vater, wolltest du nicht den Großvater um etwas bitten?«

»Um was denn, Kind?«, fragte Siegfried fast schon erschrocken.

Er wurde nicht mehr gern um etwas gebeten. Im nächsten Jahr wurde er siebzig, und seine Frau merkte es ihm an. Seine geistige Beweglichkeit war zwar noch gut, aber sie ließ zusehends nach.

»Um Hennys Hand wollte ich Sie bitten, Doktor Thomasius«, antwortete Victor anstelle seiner Tochter.

»Was denn? Ihr seid geschieden, und nun wollt ihr noch einmal heiraten? Seid ihr sicher, dass ihr es diesmal besser hinbekommt?«

»Ja, sind wir«, antwortete Henny entschlossen.

Ricarda sah ihr an, dass sie keinen Zweifel hatte. Mit einem stummen Kopfnicken signalisierte sie Henny ihre Unterstützung.

»Beim letzten Mal konnte ich Sie leider nicht um Ihre Zustimmung bitten«, sagte Victor. »Dieses Mal möchten wir mit Ihrer beider Segen heiraten, Frau Doktor Thomasius.«

Ricarda bemerkte Siegfrieds skeptischen Blick. »Hast du das gewusst, Rica?« Sie musste nichts sagen, er las die Antwort in ihrem Gesicht. »Verstehe. Nun denn, wenn sich alle einig sind: Ja, Herr Vandenberg, Sie dürfen meine Tochter heiraten. Eines jedoch verlange ich: Brechen Sie ihr nicht noch einmal das Herz. Das müssen Sie Henny jetzt vor uns als Zeugen versprechen.«

Henny kämpfte mit den Tränen. Ein so gefühlsbetontes Bekenntnis zu ihr hatte Siegfried wohl noch nie abgegeben.

»Ja, Katharina Henriette Vandenberg, das gelobe ich hiermit. Ich liebe dich und werde immer für dich und unsere Tochter Victoria da sein«, sagte Victor.

Als ihre Eltern einen liebevollen und vor Rührung tränennassen Kuss tauschten, strahlte Vicky über das ganze Gesicht. »Jetzt sind wir wieder eine richtige Familie.«

»Dazu gehört, dass wir uns mit dem Vornamen anreden«, sagte Siegfried. »Ich glaube, in der Speisekammer steht noch eine Flasche Sekt, die von Silvester übriggeblieben ist. Vicky, holst du sie mal? Sie ist am Fenster, wo es schön kühl ist.«

Henny umarmte ihren Adoptivvater. »Danke.«

Kurz darauf wurde auf die erweiterte Familie angestoßen.

»Wann soll denn die Hochzeit sein?«, fragte Ricarda.

»Wir warten natürlich, bis Toni zurück ist«, erwiderte Henny.

»Das kann eine Weile dauern«, gab Ricarda zu bedenken. »Habt ihr auch einen Brief bekommen, dass sie in der Nähe von Nairobi leben wird, beziehungsweise dort inzwischen lebt?«

»Sie schreibt, sie macht noch einmal ein *hospitali* auf, diese kleine Verrückte«, murrte Henny. »Besser wäre es, sie würde ihre Dissertation schreiben.«

»Da ist auch etwas schiefgegangen. Ein Zeugnis bekommt sie ebenfalls nicht«, wusste Ricarda.

»Dieses Afrika!«, rief Henny aus. »Wie kann man sich das freiwillig antun!«

»Es ist gut möglich, dass es Toni noch um etwas anderes als ein *hospitali* geht, Henny.«

Ricarda ahnte, was Siegfried sagen wollte und dass er dafür nach einer möglichst behutsamen Formulierung suchte. Sie sprang ihm bei: »Es gibt da einen Ben, der sie auf die Teeplantage begleitet hat.«

»In dem Brief, den ich von ihr bekam, las sich das andersherum: Toni begleitet ihn.« Henny seufzte. »Ich freue mich ja, wenn sie die Liebe findet. Ich fürchte nur, es bedeutet gleichzeitig, dass sie dortbleibt. Ich habe keine Ahnung, wo Nairobi ist. Wie kommt man da denn wieder weg?«

Ricarda schmunzelte. Das war typisch für Henny. Wenn sie an Afrika dachte, stellte sich für sie zuerst die Frage, wie man es wieder verlassen konnte.

»Mit dem Automobil bräuchtest du mehrere Wochen bis Mombasa. Mit dem Zug sind es mehrere Tage. Dazwischen liegen Gebirgsketten. Nun ja, und dann das Schiff nach Hause«, sagte Siegfried.

»Weißt du, wie das klingt, Vater? Als wolltest du sagen: Wer dahin geht, der bleibt.« Henny stöhnte auf.

»So muss es ja nicht kommen, Henny«, sagte Ricarda. »Wichtig ist doch, dass ihr euch zueinander bekennt. Das könnt ihr vor dem Standesbeamten. Sobald Toni hier ist, wird groß Hochzeit gefeiert. Was denkst du darüber?«

»Ja, Mutter, das ist wahr. Dann haben wir einen Grund mehr zum Feiern.«

Victor griff in seine Anzugtasche, holte eine kleine Ringschatulle hervor, die er aufschnappen ließ. »Damit du mein Versprechen stets vor Augen hast, dass ich dein Mann bin und bleibe«, sagte er.

Henny streifte den schlichten Diamantring über und küsste Victor. »Der ist wunderschön!«

Vicky zog die Hand ihrer Mutter zu sich heran und strahlte über das ganze Gesicht. Manchmal, dachte Ricarda, nahmen Dinge, die anfangs gar nicht gut aussahen, eine überraschend positive Wendung.

Henny nahm ihre Mutter beiseite. »Ich muss dir noch etwas zeigen.«

Sie nutzte einen Moment nach dem Kaffeetrinken, als sich Siegfried und Victor angeregt über die Berliner Kunstszene unterhielten. Die beiden Männer, die sich erst in diesem Jahr näher kennenlernten, verstanden sich gut, obwohl sie auf den ersten Blick sehr unterschiedlich waren. Vicky beschäftigte sich unterdessen mit einem Werk aus der Bibliothek ihrer Großeltern, dem *Großen Buch der Hausmedizin*.

Aus ihrer Handtasche holte Henny eine Zeitschrift hervor und faltete sie auseinander. Worte musste sie über die darin prominent abgedruckten Fotos nicht verlieren. Sie zeigten Frieda in kompletter Nacktheit.

»Meine Güte!«, stöhnte Ricarda. »Woher hast du das, Henny?«

»Das ist der *Uhu*«, sagte Henny. »Die Zeitung richtet sich ganz klassisch an linksstehende Intellektuelle. Kurt Vollmer, einer von Victors Bekannten, veröffentlicht darin. Und hier schreibt er über Nacktheit.«

»Wie gut, dass Frieda das Thema gleich veranschaulicht. Sonst wüsste man ja nicht, um was es geht«, sagte Ricarda ironisch.

»Ich habe beschlossen, mir das nicht länger anzusehen. Frieda muss zur Vernunft kommen.«

»Ist der Grund für deine Besorgnis etwa der gute, alte Name der Familie?«

»Der ist mir ehrlich gesagt ziemlich schnuppe. Ihre extravertierten Auftritte ärgern mich. Frauen wie du haben dafür gekämpft, dass wir ernst genommen werden wie die Männer. Wir haben die gleichen Rechte. Darum kann ich heute als Ärztin arbeiten, ohne wie du damals ständig beweisen zu müssen, dass Frauen einen Kopf haben, der sie zu eigenständigen Gedanken befähigt. Frieda posiert als Männerfantasie. Wie eine Puppe, ein Spielzeug. Sie verrät unser Anliegen.«

»Was willst du unternehmen, um sie zur Vernunft zu bringen?«, fragte Ricarda.

Henny deutete auf den Namen des Verfassers des Textes zu Friedas Fotos. »Bei dem Herrn hält sie sich meistens auf. Victor hat seine Telefonnummer. Ich werde sie dort anrufen und zu mir in die Praxis bitten. Als Vorwand benutze ich die neueste Erkenntnis zur Empfängnisverhütung.«

»Du meinst die Knaus-Ogino-Methode?«

»Genau. Von mir als Ärztin erhält sie gewissermaßen eine Privatkonsultation. Aber in Wahrheit werde ich ihr den verdrehten Kopf waschen – als Kusine und als Frau. Was hat sie davon, sich so darzustellen? Das werde ich sie fragen.«

Ricarda schüttelte den Kopf. »Ich weiß nicht, Henny. Friedas Seele ist verletzt, vielleicht sogar krank. Wenn du sie so zur Rede stellst, erreichst du gar nichts. Geh behutsam vor. Sonst schlägst du Türen zu, die sich möglicherweise nie mehr werden öffnen lassen.«

Frieda kam zwei Stunden zu spät. Henny war längst davon ausgegangen, dass sie gar nicht mehr auftauchen würde, und hatte die Praxis abgesperrt. Sie ging gerade mit Vicky deren Hausaufgaben durch. Bald begannen die Osterferien und danach ihr viertes Schuljahr.

Als die Türglocke ging, lautete Vickys berlinerisch gefärbter Kommentar: »Siehste, Mutter, da isse.«

Henny mochte es nicht, wenn ihr Kind so redete. »Vicky, sprich bitte Hochdeutsch.«

Minuten später rauschte Frieda herein, in einen teuren Pelzmantel gehüllt, umgeben vom Duft eines exquisiten Parfüms. »Kusine, du machst ein Gesicht wie sieben Tage Regenwetter. Vicky, mein Schatz, wie geht's dem Klavier? Kommt schon, ihr beiden, die kleine Verspätung nehmt ihr mir nicht ernsthaft übel! Freigeister kennen keine Zeit.«

Vicky grinste, und Henny entschied sich für eine Spitze gegen ihre überdrehte Kusine: »Der Geist kann nur so frei sein wie die Umstände, unter denen man lebt.«

»Wie klug deine Mutter ist, Vicky. Du musst sehr stolz auf sie sein.«

»Das bin ich auch, Frieda. Sie ist die einzige Mutter in meiner ganzen Schule, die eine Ärztin ist.«

»Bedankst du dich dafür auch jeden Tag artig bei ihr?«

Henny stutzte. Diese stille Art von Angriffslust kannte sie nicht von Frieda.

Vicky überforderte der Gesprächsstil, spürte aber wohl die Spannung, die im Raum lag. Sie nahm ihre Hefte und ging in ihr Zimmer.

»Dann erzähle mir mal, womit du mich verblüffen möchtest, Frau Doktor!« Frieda verzog den Mund zu einem verächtlichen Lächeln. »Du hast da wohl ganz etwas Neues entdeckt.«

Da Henny ihrer Kusine weismachte, dass es sich um ein Arztgespräch handle, begleitete Frieda sie bereitwillig hinunter in die Praxis im Erdgeschoss.

»Ganz so ein großes Geheimnis ist es nicht mehr, in das ich dich einweihen möchte, Frieda. Aber es ist sehr nützlich, wenn wir Frauen wissen, an welchen Tagen wir schwanger werden können«, begann Henny.

Gynäkologie war zwar nicht ihr Spezialgebiet, aber sie wollte Schwangere keinen Röntgenstrahlen aussetzen. Dabei war sie auf die Methode des Österreichers Knaus gestoßen. Indem eine Frau die Tage vor und nach dem Eisprung zählte, war es ihr möglich, die fruchtbaren Tage zu errechnen. Bevor Henny die Patientin röntgte, erklärte sie, wie notwendig das war. Ihr war die doppelte Möglichkeit klar, die sie den Patientinnen damit gab: Wer schwanger werden wollte, konnte gezielt an diesen Tagen die Nähe des Partners suchen. Wer kein Kind wollte, musste damit keine direkte Verhütung praktizieren. Kondome und Pessare waren ohnehin gerade umstritten. Plötzlich hieß es wieder, Frauen sollten Kinder gebären und sich nicht in den Gedanken verrennen, Männerberufe zu ergreifen. Die Gesellschaft schien sich gerade zurückzuentwickeln. Auch unter diesem Aspekt hielt Henny Friedas freizügige Fotos für unpassend.

»Du kannst genau ausrechnen, an welchen Tagen dein Körper bereit ist, schwanger zu werden«, sagte Henny.

Für ihre Patientinnen hatte sie den weiblichen Zyklus auf einer Tafel aufgemalt und die fruchtbaren Tage markiert.

»Dazu musst du nur genau aufschreiben, wann du blutest. Dann rechnest du das nach diesem Schema aus.«

Ihre Kusine starrte auf Hennys Grafik. »Deswegen sollte ich kommen?«, fragte sie.

»Ja. Du bist jung. Du musst so etwas wissen.«

Frieda lächelte abfällig. »Weißt du, dass du mich gerade zum Lachen bringst, liebe Kusine? Meine Mutter sieht in mir so etwas wie die Gebärmutter von Freystetten. Und du gibst mir Hinweise, wie ich verhindern kann, dem Stammbaum neue Triebe hinzuzufügen?«

Henny spürte, dass ihr das Gespräch über den Kopf wuchs. Tante Rosels überaus konservative Einstellung war ihr zwar bekannt. Sie hatte jedoch nicht bedacht, dass das jetzt eine Rolle spielen könnte.

»Was zwischen Tante Rosel und dir vorgeht, kann ich nicht beurteilen. Es geht mich auch nichts an. Ich möchte dich als Ärztin beraten.«

»Ach, Henny, mach mir doch nichts vor. Die Familie hat dich beauftragt, mir die Leviten zu lesen. Ihr habt die Fotos im *Uhu* gesehen. Stimmt's?«

»Victor hat sie mir gezeigt, wenn du es genau wissen willst. Diese Fotos machen Frauen zu einer Ware, die sich Männern anbietet.«

Frieda ließ den Vorwurf mit einem sanften Lächeln an sich abprallen. »Henny, du hättest Kurts Text dazu lesen sollen, bevor du dich ereiferst. Meine Nacktheit stellt meine

Freiheit dar. Ich tue genau das, was ich will. Und nicht das, was du oder sonst wer von mir erwartet. Ich bin frei. Frei von Kleidung, frei von Zwängen.«

»Wer redet dir das ein? Kurt Vollmer? Lächerlich! Er ist ein Mann. Alle Männer begehren, was sie sehen. Sie wollen es besitzen. Du wirst nicht dadurch frei, dass du die Anzahl deiner Liebhaber erhöhst.«

»Im Gegenteil! Gerade das macht mich frei, Henny. Ich bin die Göttin ihrer Fantasie. Ich beherrsche sie. Sie sind meine Untertanen. Das war schon immer so. Aber Frauen durften das weder wissen noch anwenden. Ich sehe meine Aufgabe darin, das zu ändern. Weißt du, was ein Matriarchat ist, liebe Kusine? Frauen suchen sich ihre Männer aus. Nicht umgekehrt. Genauso mache ich es.«

»Und wenn du schwanger wirst?«

Frieda lächelte wissend. »Zähle du brav die fruchtbaren und die unfruchtbaren Tage, liebe Kusine. Ich verlasse mich auf mein Pessar. Hattest du noch weitere hilfreiche Ratschläge für mein Sexualleben?«

Nachdem Frieda gegangen war, blieb Henny zurück mit dem Gefühl, das Gespräch vollkommen falsch geführt zu haben. War sie schon zu alt, um die sechzehn Jahre jüngere Frieda zu verstehen?

In der Nacht bedeckte Victor Hennys Körper mit Küssen. Aber sie war in Gedanken bei dem Treffen mit Frieda. Denn während Viktor sie mit Zärtlichkeit verwöhnte, war ihr klar geworden, dass ihre Kusine etwas Entscheidendes außer Acht ließ: Sie mochte recht damit haben, als Frau ihr Sexualleben selbst bestimmen zu wollen – was keineswegs selbstverständlich war. Aber würde sie das stets durchsetzen können? Männer waren Frauen in der Regel physisch überlegen, weshalb manche Begegnung zwischen den Geschlechtern von Gewalt geprägt war. Hennys eigenes Leben war dadurch entstanden. Daran erinnert zu werden, ließ sie oft schwermütig werden.

Sanft schob sie Victor von sich.

»Was ist?«, fragte er.

»Es war schön, was du gemacht hast. Mir geht gerade zu viel durch den Kopf. Verzeih.«

»Es gibt nichts zu verzeihen. Lässt du mich an deinen Gedanken teilhaben?«

»Weißt du, ich dachte zuerst, ich müsste mich über Friedas mangelndes Verständnis von Moral ärgern. Ich sehe ein, dass es letztlich um etwas anderes geht«, sagte sie.

»Um was denn?«, fragte Victor verblüfft.

»Inzwischen habe ich den Artikel deines Freundes Kurt Vollmer gelesen …«

»Ich auch«, warf Victor ein. »Leeres Geschwafel.«

»Genau. Weil dieses Gerede von Freiheit nichts mit Friedas eigenem Leben zu tun hat. Aber der ist Grund für alles: Tante Rosel interessiert sich nicht für Friedas Glück, sie sieht in ihr nur die Frau, die viele Stammhalter zur Welt bringen soll. Dagegen begehrt Frieda auf.«

»Also eine private Revolte? Keine von gesellschaftlicher Bedeutung?«

»Beides, Victor! Von der Mutter in eine Rolle gedrängt zu werden, das hat schon manchen Menschen rebellisch werden lassen. Mit ihrem ganzen Verhalten tritt Frieda die Erwartungen ihrer Familie – vor allem die ihrer Mutter – mit Füßen.«

»Was Rosel betrifft, kann ich nicht mitreden«, gestand Victor. Er stützte den Kopf auf den Arm und blickte sie nachdenklich an. »Frieda ist im Krieg aufgewachsen, verlor ihre Brüder. Und Franz schwärmt dennoch von der Reichswehr. Was soll sie von dieser Familie halten?«

»Nichts ist von dauerhaftem Wert. Nur der Moment

zählt. Das ist wohl Friedas Überzeugung, darum auch der Auftritt zu Weihnachten«, sagte Henny.

»Darf ich dich in die Arme nehmen und nur halten?«, fragte Victor. »Denn mancher Moment ist einfach nur schön. Und das zählt sehr viel.« Er küsste sie sanft.

In ihrer Praxis versuchte Ricarda gerade, eine Patientin von der neuen Methode der Empfängnisverhütung zu überzeugen. Die junge Frau schüttelte jedoch energisch den Kopf.

»Nee, Frau Dokta, komm' Se mich nich' mit die Zählerei von die Tage. Ick weeß ja nich' mal, welcher heute is'!«

Ricarda musste diese Frau mit der Erkenntnis ziehen lassen, dass die meisten Frauen sich nicht hinreichend für die Vorgänge im eigenen Körper interessierten und deshalb die Methode des Österreichers Knaus nicht anwenden wollten.

Die nächste Patientin war schwanger und hoffte auf Hilfe: »Ick hab jehört, hier hat mal 'n Dokta jearbeitet, der wo die Kinda wechjemacht hat. Dat sind aba wohl nich' Sie, wa?«

»Nein, das bin ich nicht.«

»Dacht ick mia.«

Ricardas Sprechstundenhilfe Josefine kam gleich darauf herein und meinte: »Wieder so eine. Sie sagen den Damen, dass Sie keine Abtreibung machen, Frau Doktor. Dann fragen die mich. Ob ich da nicht jemanden wüsste, der …« Josefine seufzte. »Ist das in anderen Praxen auch so? Die Doktoren sagen Nein, die Vorzimmerdamen verteilen diskret Zettelchen?«

»Ich könnte mir denken, das geschieht mit Wissen der Kollegen.« Ricarda war selbst oft zwiegespalten, ob sie die richtige Entscheidung traf. In vielen Fällen verstand sie die

Nöte der Frauen sehr gut. Dennoch blieb sie stets hart und verweigerte jede Abtreibung.

Josefine kündigte die letzte Patientin des Tages an: »Die Dame verschweigt ihren richtigen Namen und will bar bezahlen.«

Ein solches Vorgehen war nicht selten.

Josefine ließ die Frau eintreten.

»Nanu«, sagte Ricarda. »Das ist eine Überraschung.«

»Ja, nicht wahr?« Frieda lächelte zwar zurückhaltend, ihr Auftreten war aber wie immer extravertiert. Der schmale violette Glockenhut war mit roten Seidenblumen verziert, ihr weites Kleid wirkte romantisch verspielt.

»Was kann ich für dich tun, Frieda?«, fragte die Ärztin.

Auch sie hatte ihre Nichte seit der Jahreswende nicht mehr gesehen; inzwischen war Ostern vorbei.

»Vor ein paar Wochen war ich bei Kusine Henny«, erwiderte Frieda. »Sie erzählte mir etwas von Verhütung. Im Grunde wollte sie mir eine Standpauke halten wegen meiner angeblich schlechten Moral. Aber das weißt du ja gewiss.«

»Nein, Frieda, tut mir leid. Ich weiß nichts davon.«

In der Tat hatte sie mit Henny nur über deren entsprechendes Vorhaben gesprochen. Zu Friedas späterem Besuch hatten die beiden sich nicht ausgetauscht. Gerade innerhalb der Familie war es den Ärztinnen wichtig, die Geheimnisse ihrer Patientinnen voreinander zu bewahren. Beruf und Privatleben mussten getrennt bleiben.

»Weshalb ich zu dir komme, Tante Rica …«

Es war eindeutig, dass sie es vor allem ungern tat.

»Du bist Frauenärztin, und ich bin sicher, dass du aufgrund deines Alters mehr Verständnis hast für meine Lage als Henny.«

Ricarda beschlich ein ungutes Gefühl.

»Ich möchte mir keine Moralpredigten anhören, Tante. Mein Leben ist, wie es ist. Ich stehe zu allem, was geschehen ist. Ich schäme mich für nichts.«

Ricarda lauschte schweigend.

»Ich bin schwanger.«

Das hatte ich befürchtet, dachte Ricarda, stellte die üblichen Fragen einer Gynäkologin und nahm schließlich eine Untersuchung vor. Frieda war etwa in der achten Schwangerschaftswoche.

Ihre Nichte nagte an der Unterlippe. »Ich weiß nicht, wer der Vater ist«, platzte sie heraus. »Bitte verurteile mich nicht.«

»Ich bin Ärztin und deine Tante. Ich verspreche dir, dass ich diese Doppelrolle nicht missbrauche, Frieda. Egal, was geschieht. Meine Reaktion wird jedoch beides sein – als deine Tante sowie als Ärztin.«

»Verstehe. Was soll ich tun?«

»Weißt du selbst das denn noch nicht?«

»Ich will mich ins Bett legen und die Decke über den Kopf ziehen.«

»Zum Glück tust du das nicht, sondern bist zu mir gekommen.«

»Aber du machst mir das Kind nicht weg, oder?«

Ricarda schüttelte den Kopf. Bis zu diesem Punkt hatte sie das Gespräch so ähnlich unzählige Male mit zahllosen Frauen geführt. Stets stellte sie nun dieselbe Frage: »Warum willst du, dass das Kind nicht zur Welt kommt?«

»Ich will keine Mutter sein. Mein Leben ist so schön, so unkonventionell, ich habe interessante Freunde. Das will ich nicht gegen das Geschrei eines Kindes eintauschen.«

Auch dies hörte Ricarda nicht zum ersten Mal. »Kinder werden schneller groß, als man denkt. Ob sie schreien, hängt auch davon ab, wie geduldig die Mutter ist.«

»Es gibt auch kranke Kinder, Tante.«

»Weshalb sollte dein Kind krank sein? Du bist kerngesund und jung.«

»Du tust, als wäre das alles ganz einfach.«

»Um Mut zu machen. Denn den braucht man, um ein Kind zu bekommen.«

Ricarda zögerte, ob sie von sich berichten sollte. Und entschloss sich dazu, denn sie war überzeugt, Frieda nur so erreichen zu können. Sie setzte sich neben Frieda auf den anderen Stuhl vor dem Arzttisch.

»Kurz vor dem Abschluss meines Studiums begann die schwärzeste Zeit meines Lebens. Ein Mann fiel über mich her.« Ricarda konnte die Gelegenheiten, jemandem davon erzählt zu haben, an einer Hand abzählen. »Er tat es aus Rache, weil ich ihn nicht ernst nahm. Nie zuvor war ich mit einem Mann zusammen gewesen. Ich wurde schwanger.«

»Wie furchtbar! Das ist dir widerfahren? Das wusste ich nicht.«

»Ich würde nicht darüber reden, wenn ich dich nicht für stark und eigensinnig genug hielte, dasselbe zu schaffen wie ich damals. Allerdings stand ich nicht allein vor dieser großen Aufgabe. Ich hatte den bedingungslosen Beistand zweier alter Freundinnen. Sie boten mir an, mir und meinem Kind immer zur Seite zu stehen. Es wäre mir eine Ehre, wenn du das Vertrauen in mich hättest, nun dir diesen Beistand schenken zu dürfen. Du würdest mir damit einen großen Gefallen tun, Frieda. Ich dürfte ein Geschenk weitergeben, das einst ich bekam.«

Ihre Nichte beugte sich zu ihr und umarmte sie. »Danke. Ich weiß, dass du das ehrlich meinst. So schnell kann ich dazu jedoch nichts sagen.«

»Das habe ich nicht erwartet. Wie erreiche ich dich?«

»Kurt Vollmer weiß meistens, wo man mich findet. Aber

er ist nicht mein Liebhaber. Ich kenne nicht mal seine Telefonnummer auswendig. Victor ist mit ihm so etwas wie befreundet. Wenn du dir um mich Sorgen machst, ruf ihn an.«

Ricarda entließ ihre Nichte mit einem schlechten Gefühl. Die große Stadt war zwar voller Menschen, aber umso einsamer konnte man sich darin fühlen, wenn man Hilfe brauchte. Frieda war obendrein anfällig für Stimmungsschwankungen. Und sie selbst hatte gerade eine große Verantwortung übernommen, indem sie ihrer Nichte Beistand anbot. Konnte sie das allein leisten?

Ricarda fand nicht in den Schlaf. Sie quälte sich mit der Erinnerung an das Gespräch mit ihrer Nichte Frieda. Sie hatte ihr gegenüber nicht erwähnt, dass es Henny gewesen war, von der sie gesprochen hatte. In ihre eigenen Sorgen eingesponnen, hatte Frieda auch nicht nachgefragt. Und es war nach wie vor richtig, sie ermutigt zu haben, das Kind auszutragen. Doch so einfach, wie sie es dargestellt hatte, war es nicht gewesen: Bis Ricarda Henny tatsächlich als ihr Kind angenommen hatte, waren Jahre vergangen.

Seit einigen Monaten war das Verhältnis zwar so gut wie nie, aber es hatte eine Zeit gegeben, in der es ihr schwergefallen war, ihre Erstgeborene überhaupt anzusehen. Denn sie ähnelte vom Aussehen her ihrem Erzeuger. Deshalb hatte Ricarda sie oft ungerecht behandelt. Das schlechte Gewissen ließ ihr deshalb keine Ruhe.

Auch Siegfried lag wach. Bislang hatte sie weder ihm noch sonst jemandem gegenüber Friedas Schwangerschaft erwähnt, um ihr Vertraulichkeitsversprechen gegenüber Frieda nicht zu brechen.

»Was beschäftigt dich?«, fragte Ricarda in die Dunkelheit hinein.

»Es ist nichts, Rica. Verzeih, dich gestört zu haben.«

»Ich habe nicht geschlafen. Sorgst du dich um Toni?«

»Ja und nein. Letztlich weiß sie, was sie tut. Wir sind auch in Afrika zurechtgekommen. Wichtig ist die innere Einstellung, und sie hat die richtige.«

»Was beschäftigt dich dann?«, fragte sie nach.

»Von Daiki Sotomori ist heute ein Brief aus Tokio gekommen«, sagte er.

Mit dem Namen stürzte eine ganze Flut von Bildern auf Ricarda ein. In Daressalam hatten sie beide den japanischen Arzt kennengelernt. Jahre später – nach der verlorenen Schlacht um die deutsche Kolonie im chinesischen Kiautschou – hatten sie ihn wiedergetroffen. Zu der Zeit war Siegfried ein Kriegsgefangener der siegreichen Japaner gewesen. Sotomori hatte die ärztliche Aufsicht gehabt und somit die Möglichkeit, dem alten Freund zur Freiheit zu verhelfen. Siegfried, der sich als Stabsarzt zur Treue den weiterhin gefangenen Kameraden gegenüber verpflichtet gesehen hatte, hatte sich geweigert, die Hilfe anzunehmen. Unter großen Mühen und mit Sotomoris Beistand war es Ricarda schließlich gelungen, ihren Mann zur Einsicht zu bringen. Sie war überzeugt, dass Siegfried ohne Daiki Sotomoris Einsatz in Asien gestorben wäre.

Aufgewühlt schaltete sie das Licht an und setzte sich auf. »Wie geht es Sotomori, was schreibt er?«

Im Gesicht ihres Mannes las sie Unsicherheit, aber auch Hoffnung und etwas Traurigkeit.

»Er steht kurz vor der Pensionierung und lädt uns ein, Rica. Nach Tokio. Stell dir das mal vor. Nach so langer Zeit.«

Wir sehen uns hoffentlich sehr bald unter besseren Umständen in Japan wieder, Ricarda. Ich weiß, Sie reisen nicht mehr gern in ferne Länder. Aber das müssen Sie versprechen, hörte sie ihn zum Abschied sagen.

Wer hatte damals ahnen können, dass darüber vierzehn lange Jahre vergehen würden!

»Jetzt fragst du dich, ob wir fahren sollen«, stellte Ricarda fest. Die Neuigkeit war zu frisch, um so schnell eine eigene Einstellung dazu zu finden.

Seine Gegenfrage bat genau darum: »Was meinst du? Sollen wir?«

»Es fällt leicht, Ja zu sagen, weil Daiki einer der wichtigsten Menschen in unserem Leben war«, sagte sie und kämpfte mit ihren Gefühlen. »Aber ich sehe uns an, Siegfried.« Sie ließ den Satz verklingen, ohne hinzuzusetzen: wie alt wir geworden sind.

»Genau deshalb finde ich nicht in den Schlaf. Wir sind in die Jahre gekommen, Rica. Nein, ich bin gebrechlich. Darum geht es. Du musst auf meine Gesundheit Rücksicht nehmen.« Er atmete schwer, weil er sich zu Eingeständnissen durchringen musste, die ihm missfielen.

Welche Strapazen hatte Siegfried in Deutsch-Ostafrika auf sich genommen, um die ihm unterstellten Krankenhäuser aufzusuchen! Und die schwere Zeit in Kiautschou, wo der plötzlich ausgebrochene Krieg sehr viel Kraft gekostet hatte. Dabei war sein Antrieb nicht nur die Menschenliebe gewesen, es war ihm durchaus um die eigene Neugier gegangen. Darum reizte ihn die Einladung nach Japan.

»Ich nehme auf dich so Rücksicht wie du auf mich«, sagte Ricarda. »Es geht aber um unsere Grenzen. Erkennen wir sie jetzt, wo wir altersbedingt immer schlechter sehen?«

Er lachte. »Ein Wortspiel! Und das zu nachtschlafender Zeit. So viel Wahrheit liegt darin, Rica. Bekomme ich einen Kuss?«

»Ich suche erst mal meine Brille, damit ich deinen Mund finde!« Damit beugte sie sich über ihn und küsste ihn.

Sie hatten das Licht wieder gelöscht, als Siegfried sagte: »Ich schreibe Daiki. Er ist Buddhist, du erinnerst dich, nicht wahr? Ich werde ihm sagen, dass wir es in diesem Leben nicht schaffen werden, ihn in Japan zu besuchen. Aber vielleicht im nächsten.«

Kurz darauf hörte sie seinen ruhigen Atem. Vielleicht hatte Siegfried heute Nacht einen Schlussstrich unter die Vergangenheit gezogen. Jene innere Bilanz, die jedem bevorstand. Damit wurde das Leben keinesfalls abgeschlossen; die eigene Abrechnung ermöglichte vielmehr einen unverstellten Blick auf die Zukunft. Nicht mehr alles war möglich, aber vieles. Herauszufinden, was das war, darum würde es gehen.

Da dachte Ricarda wieder an Frieda und dass sie Rosel treffen und auch mit Henny reden musste. Die Familie würde sich hinter ihr im Moment zerbrechlichstes Mitglied stellen müssen.

Das Glück lag nicht mehr in der Ferne, am *Platz in der Sonne*, wie es zu Kaisers Zeiten geheißen hatte. Für Ricarda war an diese Stelle der Zugang zu den Herzen der Menschen getreten. Menschen, die ihr etwas bedeuteten.

»Was soll ich denn bei einem Boxkampf, Victor?«, fragte Henny amüsiert an diesem Morgen.

Sie wollte gerade in die Praxis, und er lud sie für den Abend in den »Sportpalast« in Schöneberg ein, die größte Halle der Stadt. Vierzehntausend Menschen passten hinein, allein das war schon keine erbauliche Vorstellung für Henny, die Massenveranstaltungen nicht mochte.

»Das ist nicht irgendeine Klopperei«, sagte Victor. »Max Schmeling ist Deutschlands einziger Boxer von Weltrang. So einen Mann gab es noch nie! Auf dem Schwarzmarkt kosten die Karten ein Vermögen. Ganz Berlin wird dort sein. Das musst du erlebt haben.«

»Wieso hast du Karten?«

»Ich kenne seinen neuen Manager noch aus New York.«

Victor eben. Irgendwen kannte er immer von irgendwoher. Er konnte sie dennoch nicht überzeugen.

Seltsamerweise rief ihre Freundin Cornelia am selben Tag an: »Du musst dabei sein, Henny! Ums Boxen geht es dabei weniger.«

»Hat Victor auch gemeint, Nelly. Nehmt es mir nicht übel, aber ich mag nicht.«

»Na gut, ich weiß, womit ich dich kriege, Henny«, trumpfte die Freundin auf, der Henny die Bekanntschaft mit Richard Tauber verdankte. »Ich stelle dir eine der interessantesten Frauen von Berlin vor. Übrigens kennt die halbe Stadt ihre Arbeit, aber noch weiß niemand, wer sie ist.«

Das klang so widersprüchlich wie interessant. Nellys Gewerbe waren schließlich *Public Relations*, das Zaubermittel aus den USA, mit dem sich Unbekannte in Stars verwandeln ließen.

»Eine Frau, die sich für Boxen interessiert? Das wird mir schon so eine sein!«

Den sensationsheischenden Zeitungsberichten zufolge hatte die Berliner Boxszene einen Ruf wie Donnerhall. Es hieß, die berüchtigten Ringvereine, Organisationen der Unterwelt, hätten ihre Finger im Spiel.

»Meine liebe Henny«, sagte Nelly nun, »komm mit, und ich verspreche dir: Ich stelle deine Vorurteile auf eine harte Probe!«

Am Abend glich der Sportpalast, eine mehrere hundert Meter lange Halle mit zwei senkrecht übereinander angeordneten Galerien, einem Hexenkessel. Es wurde gebrüllt, gejohlt, gekreischt, gepfiffen, gesungen, geraucht, geküsst und vieles andere, was sich Henny gar nicht ausmalen wollte. Der Gestank stach ihr in einem Maße in die Nase, dass sie meinte, ihr würde gleich übel werden. Natürlich musste Victor dort sein, wo das Gedränge am größten war, nämlich beim Star des Abends, dicht am Boxring. Da war auch Nelly – umgeben von unzähligen Menschen strahlte sie wie eine kleine Sonne. Im Gegensatz zu Henny genoss sie das Bad in der Menge; die Freundin hatte den richtigen Beruf für sich gefunden.

Die Luft war so dick, dass man meinte, sie mit einem Messer zerschneiden zu können. Es roch nach Schweiß, Zigarrenrauch und verschüttetem Bier, nach Talkumpuder und Damenparfüms. Männer mit geschäftigen Mienen, die je nach Charakter Risikobereitschaft oder kühle Überlegenheit ausdrückten, fachsimpelten. Hübsch zurechtgemachte junge Frauen hingen an ihren Armen wie überteuerter Schmuck. Hunderte von Scheinwerfern beleuchteten die Szene mit einer Lichtstärke, dass Henny der Schweiß ausbrach. Die Hitze, der Lärm, das Gedränge gehörten offenbar dazu.

»Maxe, hier! Zu mir kieken!«, »Maxe, zeig mir deine Fäuste!« Die Fotografen schrien durcheinander. »Lass die Muskeln tanzen!«

Schmeling, ein Hüne, der fast alle überragte, war der neue Europameister im Boxen. Die durchtrainierten Arme, Beine und der enorme Brustkorb des erst Dreiundzwanzigjährigen waren beeindruckend, hatten aber wohl nicht alle Angriffe aufgehalten, die auf seine mehrfach gebrochene Nase eingeprasselt waren. Er schenkte jeder Kamera mit Engelsgeduld das Lächeln eines gutmütigen Riesen, der keiner Fliege etwas zuleide tun konnte. Währenddessen wieselte sein Manager Joe um ihn herum, ein dünner, nervöser Mann mit starkem osteuropäischem Akzent, der seine wahren Wurzeln verriet.

Etwas abseits stand eine etwas unscheinbare zarte, blonde Frau von schwer schätzbarem Alter, die nach Hennys Empfinden hier nicht hergehörte. Die Art, wie sie das Geschehen beobachtete, machte Henny stutzig. Möglicherweise eine Reporterin, vermutete sie. Erstaunlich, dass sich Frauen nun auch an dieses Metier herantrauten! In diesem Moment mischte sich Nelly ins Geschehen ein, indem sie dafür sorgte, dass verschiedene Personen mit dem berühmten Sportler fotografiert wurden. Nun widerfuhr das auch der unscheinbaren Frau, und Nelly winkte gleichzeitig Henny hinzu. Die Fotografen knipsten wie wild, obwohl sie garantiert nicht wussten, wen sie ablichteten.

Nelly erklärte es ihnen, denn das war ihre Arbeit. »Vicki Baum, die berühmte Schriftstellerin«, sagte sie im Falle der für Henny Unbekannten.

»Ach, det sind Sie!«, rief einer der Lichtbildner und ließ seinen Blitz erneut aufzucken. Die Kollegen machten es ihm nach.

Nelly grinste wissend. Henny vermutete, dass der Rufer von ihr angeleitet worden war. Der Herdentrieb funktionierte im Journalismus so wie überall. Kurz darauf veranstaltete Nelly dasselbe Spiel mit Henny. Sie war die »Ärztin der Stars«. Es hatte dieselbe Wirkung, auch wenn es ihr peinlich war.

Kurz bevor der Kampf begann, nahmen die beiden Frauen – wie von der Freundin versprochen – nebeneinander am Ring Platz. Henny machte noch immer die schlechte Luft zu schaffen. Sie träufelte Kölnisch Wasser auf ein Tuch und hielt es sich diskret vor die Nase.

»Sie sind gut vorbereitet«, sagte die Schriftstellerin neben ihr und streckte ihr die Hand entgegen. »Ich bin Vicki Baum. Ihren Namen habe ich leider nicht mitbekommen. Welche Art von Ärztin sind Sie?«

»Onkologin. Und auf alle Fälle keine, die nur Stars behandelt«, sagte Henny lächelnd.

»Fräulein Herz macht eine fantastische Arbeit. Ich schätze sie sehr. Mein Verlag wollte, dass ich schnell berühmt werde, und engagierte sie.« Sie lachte. »Fräulein Herz hat das hinbekommen. Sogar mein Äußeres hat sie verändert und mich gebeten, meine Haare zu färben. Blond habe mehr Glamour.« Sie lächelte, als belustigte es sie, sich für den Ruhm verändern zu müssen.

Frau Baum trug einen modischen Pagenschnitt. Aus der Nähe gesehen schätzte Henny sie auf ihr eigenes Alter.

»Darf ich fragen, warum Sie so schnell berühmt werden wollen?«

»Natürlich dürfen Sie! Ich habe wieder ein Buch geschrieben.« Sie lächelte scheu. »Davon schreibe ich zwar drei bis vier in jedem Jahr. Dieses Mal jedoch soll es der ganz große Erfolg werden. Das geht nur, wenn die Leser wissen, wer die Autorin ist.« Sie hob die Schultern, als ergäbe sie sich ihrem Schicksal. »Das meint zumindest mein Verleger.«

»Aber es steht doch gewiss Ihr Name darauf.«

»Erst seit einem der letzten, davor benutzte ich männliche Pseudonyme. Man traut einer Frau noch keinen Bucherfolg zu. Erst recht nicht mir. Man würde mich übersehen, sagt der Verleger.«

»Kränkt Sie das nicht?«, fragte Henny, von der Offenheit der ihr Fremden überrascht.

Vicki Baum schüttelte den Kopf. »Ich habe nicht angefangen zu schreiben, damit daraus Literatur wird. Sondern des Geldes wegen. Das sage ich jedem. Darf man aber nicht, weil dann angeblich keine Literatur dabei herauskommen kann. Aber nun ist mein Ruf eh schon ruiniert.«

Henny gefiel die Ironie, mit der die Autorin sich selbst auf den Arm nahm. »Das neue Buch ist auch keine Literatur?«

»Ich schreibe für Leser, nicht für Kritiker, die ihre Federn wie Pfauen spreizen. Denn ich wette, wenn ich einen Pfau rupfe, kommt ein nackertes Huhn zum Vorschein«, sagte sie mit ihrem leichten Wiener Zungenschlag.

Längst war der Kampf im Gange, der Gong zur Pause wurde geschlagen, Helfer kletterten unter den Seilen hindurch in den Ring, reichten ihren Schützlingen Schwämme, damit sie sich mit etwas Wasser erfrischen konnten. Schmeling wirkte munter wie am Anfang, sein Gegner jedoch bereits leicht ermattet. Henny bekam das nur am Rande mit.

»Wovon handelt das neue Buch?« Das interessierte sie viel mehr.

»Es geht um Liebe, die muss immer dabei sein. Eine weltberühmte Primaballerina meint, zu alt zu sein, und will sich das Leben nehmen. Als sie den Todestrunk an die Lippen führt, taucht ein Mann auf. Er hatte sich hinter dem Vorhang versteckt. Denn er ist ein Dieb und wollte ihre Perlen stehlen. Noch nie hat er eine so wunderbare Frau gesehen! Obwohl er sich in große Gefahr begibt, wenn er sich zeigt, rettet er sie. Es ist für sie beide die ganz große Liebe.« Sie machte eine Kunstpause. »Obwohl diese Liebe unmöglich ist.«

»Fantastisch! Wie kommen Sie auf solche Ideen?«

»Das Leben ist voller Inspiration. Ständig machen die Leute sich gegenseitig etwas vor. An kaum einem Ort wird das deutlicher als in einem Hotel, wo die Handlung spielt. Darum heißt es auch ganz schlicht ›Menschen im Hotel‹.«

Max Schmeling tänzelte um seinen Gegner herum,

duckte sich, richtete sich auf und schlug wie aus dem Nichts zu. Der dumpfe Aufprall des Lederhandschuhs auf der nackten Haut des anderen ließ Henny zusammenzucken. Schmelings Gegner blutete über dem Auge. Ihre Nachbarin sah zu, ohne Emotionen zu zeigen.

»Erschreckt Sie diese Gewalt nicht?«, fragte Henny.

»Nein. Ich boxe selbst«, erwiderte die Schriftstellerin.

»Wie bitte?«

»Wissen Sie, ich war immer das kleine Pummelchen, das niemand ernst nahm. Das tat ich ja selbst nicht. Seitdem ich boxe, ist das anders. Es gibt mir Selbstvertrauen. Jeden zweiten Tag mache ich das.«

Im Ring klammerte der Kontrahent, Schmeling schob ihn von sich, mit Sanftheit, Kraft und Entschlossenheit. Er brauchte Raum zum Schlagen, nicht zum Rangeln, worin der andere angesichts der Übermacht Zuflucht nahm. In dem von Seilen gerahmten Ring wirkte Schmeling wie ein Herrscher, der keine Nähe zum Untertan duldete. Atemlos sah Henny zu, wie der Schwächere schließlich nach mehreren Runden zu Boden ging. Kurz darauf erhob sich die Schriftstellerin in aller Eile.

»Sie gehen schon?«, fragte Henny.

»Ich habe zwei Kinder zu Hause, und ich muss noch schreiben. Ein neues Buch! Vielleicht trifft man sich mal wieder. Die Welt ist klein.« Sie reichte ihr die Hand und eilte davon.

»Hast du dich gut unterhalten?«, fragte Victor, als er nun zu Henny kam.

»Oh ja! Eine wunderbare Person. Sehr inspirierend!«

»Dachte ich mir doch, dass dir Boxen gefällt«, sagte Victor. »Es würde auch zu dir passen.«

Schnatternd rannten die weißen Gänse vor Vicky davon, die ihnen lachend nachlief. Es war ein Spiel, dem Ricarda amüsiert zusah. Das sonst so ernsthafte Mädchen wurde manchmal hier draußen in Freystetten zu dem unbeschwerten Kind, das sie ebenfalls war. Was sie als Großmutter oft übersah, da Vicky zu allem ihre altklugen Kommentare gab. Ricarda fiel gleichzeitig auf, dass Henny sich nicht wohlfühlte. Ständig hielt sie sich ein Taschentuch mit Kölnisch Wasser unter die Nase. Gewiss, die Gänse rochen etwas streng, aber so geruchsempfindlich kannte Ricarda ihre Tochter nicht.

Ricarda, ihre Tochter und die Enkelin waren an diesem Samstag Ende April hinausgefahren zum Grafenschloss, das gleichzeitig ein Landgut war. Die Gänsezucht gab es erst seit wenigen Jahren. Friedemann hatte damit den erhofften Erfolg. Freystettener Hirsche, Hühner, Fasanen und Gänse lasteten einen der vielen Schlachtbetriebe im nahen Gusow aus.

Grund für den Besuch war, dass der Graf Vicky Reitunterricht gab, und Ricarda hatte die Gelegenheit genutzt, um aus der Stadt herauszukommen. Einer von Friedemanns Stallburschen führte ein gesatteltes Pferd heran.

»Victoria, wir sind so weit!«, rief der Graf, der sein eigenes, leicht nervöses Pferd straff am Zaumzeug hielt.

»Vater hat gesagt, ich soll aufpassen, dass ich mir nicht die Finger breche. Sonst kann ich nicht mehr Klavier spielen«, sagte die Kleine. Heute durfte sie erstmals mit dem Grafen ausreiten.

»Damit das nicht passiert, achte auf das, was ich dir beigebracht habe«, erwiderte der Graf. »Du weißt doch: Eine Dame sollte sattelfest sein, Victoria. Das ist eine Frage von Stil und Bildung.«

Das waren Argumente, die Vickys Widerworte verstummen ließen. Victoria nannte sie nur der Graf, und sie wusste bereits, dass der lateinische Name für die Göttin des Sieges stand. Im Moment hatte Ricarda den Eindruck, dass das ihre Enkelin zu erhöhter Leistung anspornte.

Als die beiden losgeritten waren, sagte Henny: »Victor hat erzählt, dass du ihn angerufen und nach der Telefonnummer von Kurt Vollmer gefragt hast. Wieso wolltest du die haben?«

»Frieda hatte erwähnt, dass sie bei ihm wohnt«, sagte Ricarda leichthin.

Dem Vorsatz, über die eigenen Patientinnen mit niemandem zu sprechen, wollte sie treu bleiben. Gleichzeitig steckte sie in der Zwickmühle, weil Henny nun ahnte, dass mit Frieda etwas nicht stimmte.

Prompt fragte ihre Tochter: »Was ist denn mit Frieda?«

»Ich habe lange nichts von ihr gehört. Wir beide wissen ja, dass sie zu Extremen neigt.«

»So kann man es auch sagen!« Henny lächelte. »Hast du Herrn Vollmer, beziehungsweise unsere Frieda, denn ans Telefon bekommen? Geht es ihr gut?«

»Nein, es hob niemand ab.« Dass sie es mehrfach versucht hatte, erwähnte sie nicht. Schließlich wollte sie nicht Hennys Interesse wecken. Obwohl es ihr gutgetan hätte, ihre Sorgen mit ihr teilen zu können. Aber das war der Preis der ärztlichen Schweigepflicht.

»Heißt das etwa, Frieda ist verschwunden?«, hakte Henny nach.

»Ich weiß es nicht«, erwiderte Ricarda mit einem unbeabsichtigten schweren Seufzer.

»Mutter, sag mir die Wahrheit. Du weißt etwas über Frieda und willst es nicht verraten. Stimmt's?«

»Ja. Ich weiß nicht, wie ich meiner Aufgabe als Ärztin, deine Mutter und ihre Tante gleichzeitig gerecht werden soll.«

»Ich verstehe: Du siehst keinen Ausweg aus einem Dilemma. Dann sollten wir darüber reden. Andernfalls wird ein Teil von dir zutiefst unglücklich – die Mutter, die Tante oder die Ärztin.« Henny sah Ricarda tief in die Augen. »Frieda hat dich konsultiert. Richtig? Hat sie eine Geschlechtskrankheit?«

»Nein, hat sie nicht.«

»Also ist sie schwanger«, stellte Henny lakonisch fest. »Sie wollte vermutlich eine Abtreibung, die du ihr verweigert hast. Und jetzt weißt du nicht weiter. Natürlich. Das wäre mir genauso ergangen.«

»Hättest du mich eingeweiht?«

»Schwer zu sagen.« Sie dachte einen Moment lang nach und präzisierte: »Ja, ich hätte dich um Rat gebeten. Als Ärztinnen erfahren wir von so viel menschlichem Leid. Immer müssen wir das mit uns selbst ausmachen. Aber wenn es um jemanden aus der Familie geht, ist das viel komplizierter. Es ist unmöglich, allen Anforderungen gleichzeitig gerecht zu werden. Darum muss in solch einer Situation unser Beruf ein Stück zurücktreten, Mutter.«

»Das ist wahr.« Ricarda zögerte kurz, dann fasste sie Friedas Lage mit knappen Worten zusammen. »Was soll ich machen, Henny?«

»Ich werde Victor bitten, sich unauffällig nach Frieda umzuhören. Ohne ihn einzuweihen, versteht sich. Nach dem Motto: Die überdrehte Kusine darf man nicht aus den Augen verlieren. Das versteht Victor, er wird nicht nachfragen. Und du, mach dich nicht verrückt! Frieda wird daran nicht zerbrechen. Und sie hat Geld, Mutter. Sie kann sich einen teuren Arzt leisten, der ihr aus der Klemme hilft.«

Ricarda sah ihrer Tochter an, dass sie gerade nur versuchte, sie zu beruhigen. In Wahrheit war sie nicht weniger als sie selbst in Sorge um die wilde Frieda.

Sie hatten das Hirschgehege erreicht, von wo aus der Ausblick so schön war. Über die sanften, frühlingsgrünen Hügel des weiten Brandenburger Landes ritten zwei Reiter im gemächlichen Trab: Vicky und Graf Friedemann. Ricarda genoss die Aussicht, aber Henny wandte sich abrupt ab. Sie übergab sich.

Ricarda rieb Hennys Rücken, sobald sie sich aufgerichtet hatte. »Hast du etwas Falsches gegessen?«

»Ich sollte wohl mal zum Arzt gehen.«

Es war ein Scherz von Henny, aber ihre Mutter wusste, dass gerade Ärzte ihre gesundheitlichen Beschwerden oft auf die leichte Schulter nahmen.

Henny fuhr aus dem Schlaf hoch. Sie hatte geträumt. Einen Moment lang versuchte sie, sich zu orientieren, doch der Traum begann schon wegzurutschen.

Ein Unfall. Das Motorrad. Victor. Das Krankenhaus.

Sie schüttelte sich. Unsinn. Victor besaß kein Motorrad, und er lag friedlich schlafend neben ihr, wie Gott ihn geschaffen hatte. Als sie seinen nackten Unterleib im Schein des durchs Fenster fallenden Lichts der Straßenlaternen sah, begriff sie. Der Traum war eine Botschaft ihres Unterbewussten an sie als Frau, die sich zu denken weigerte, was sie als Ärztin besser wusste.

Schon lange hatte sie den Verdacht gehabt, aber immer wieder weit von sich geschoben. Bei jeder Patientin hätte sie es als Erstes vermutet. Rein theoretisch passte schließlich alles zusammen: das Ausbleiben der Regel, das Spannungsgefühl in den Brüsten, das übersteigerte Geruchsempfinden und nun die Übelkeit. Victor und sie genossen ihr wiedergefundenes Eheglück mit einer Intensität, als müssten sie die versäumten Jahre nachholen. Henny achtete dabei auf keinen Schutz, selbst ihre Zählmethode war ihr egal. Victor war schließlich zeugungsunfähig. Das hatte er ihr zumindest gesagt, und sie hatte keinen Grund, ihm nicht zu vertrauen.

Aber ein gesunder Mann hatte zwei Samenstränge! Mochte einer auch durchtrennt worden sein, so nahm das dem anderen keinesfalls die Funktionsfähigkeit. Es würde vermutlich nur länger dauern, bis eine Schwangerschaft ausgelöst wurde.

Henny legte sich wieder hin, ihre Gedanken rasten. Schwanger. Also doch. Und jetzt? Wie eine Art von Reflex dachte sie an Victors Wunsch nach vielen Kindern. Sie hingegen hatte ihr Leben nicht darauf ausgerichtet, noch einmal ein Kind zu bekommen. Die neue Praxis, die dafür aufgenommenen Kredite. Die Selbstständigkeit. Die Möglichkeit, sich auf die Arbeit zu konzentrieren.

Und ja: auch ihr Alter. Wie das klang: Alter! Sie wurde im Oktober neununddreißig. Bei Patientinnen würde sie von einer Risikoschwangerschaft sprechen. Andererseits wäre es das zweite Kind. Von ihrer eigenen Gesundheit war sie überzeugt.

In der Praxis müsste sie sofort aufhören. Ein Gedanke, der ihren Puls beschleunigte. Eines ließ sich nicht leugnen: Sie würde Hilfe brauchen.

Die Mutter fragen, ob sie die Vertretung übernehmen würde?

Aber die hatte keine Ahnung vom Röntgen! Damit entfiel diese Möglichkeit.

Wer dann? Kurz streiften ihre Gedanken Antonia. Selbst wenn sie in Berlin wäre, ihre Ausbildung wäre dennoch nicht abgeschlossen.

Victor spürte offensichtlich ihre Unruhe, seine Hand tastete nach ihr. »Henny? Was ist?«

»Schlaf, Schatz, ich denke über uns nach.«

»Gut.« Er drehte sich um und sogleich wieder ihr zu. »Ich liebe dich.«

»Ich dich auch«, antwortete sie.

»Ist es wegen der Hochzeit?«

»Nein, eigentlich nicht. Ich glaube, in diesem Bett sind drei Menschen.«

»Vicky? Ist sie nicht in ihrem Zimmer?«

»Doch.«

Einen Moment lang herrschte Schweigen, dann setzte er sich ruckartig auf, riss beim Versuch, das Licht einzuschalten, fast die Nachttischlampe herunter. »Es ist nicht möglich, dass du schwanger bist«, stellte er sodann fest.

»Doch. Leg dich mal hin«, sagte Henny sanft und gab ihm ein klein wenig praktische Nachhilfe in Anatomie.

»Ein zweites Kind, Henny! Das ist wie ein Wunder. Ich freue mich so!« Victor küsste sie.

»Ich mich auch«, sagte sie und dachte: Aber was mache ich mit dem Teil meines Lebens, in dem ich nicht Mutter bin oder werde?

In ihrer gemütlichen Praxis beugte sich Ricarda erneut über Hennys Bauch und lauschte gebannt. Sie hatte sich nicht verhört. Das waren eindeutig Herztöne. Gerührt gab sie ihrer Tochter einen Kuss auf die Stirn.

»Ja, Henny, du wirst Mutter«, sagte sie. »Das ist unglaublich. Ich freue mich für dich. Und ich bin überzeugt, dass alles gut gehen wird. Du bist gesund und vor allem glücklich. Das bist du doch?«

»Ja, und ein wenig verunsichert. Ich werde bei der Geburt neununddreißig sein. Muss ich mir Sorgen machen?«

Die Mehrzahl der Schwangeren, die Ricarda betreute,

war etwa zwanzig. Gleichzeitig nahm die Anzahl der sogenannten Spätgebärenden schon lange zu. Teilweise lag es daran, dass es seit einigen Jahren wirtschaftlich bergauf ging. Manches Paar hatte deshalb erst jetzt den Mut zu einem Kind oder einem Geschwisterkind. Als Ärztin kannte sie auch einige wenige Frauen, die zuvor für eine erfolgreiche berufliche Laufbahn auf das Muttersein verzichtet hatten.

»Ich meine nicht, dass du dir wegen deines Alters Sorgen machen musst, Henny. Wir beide werden wachsam sein und die Signale deines Körpers gut beobachten. Aber du musst kürzertreten, das weißt du.«

»Natürlich schließe ich die Praxis«, sagte Henny.

»Bei jeder meiner Geburten habe ich aufgehört zu arbeiten. Das Risiko sich zu infizieren, ist unkalkulierbar. Die Pause wird dir schwerfallen. Die Frage ist doch: Wirst du damit zurechtkommen?«

Henny stand von der Untersuchungsliege auf. »Die Schwangerschaft stellt mein Leben auf den Kopf. Damit muss ich mich erst mal anfreunden. Aber ich will das Kind, und darum habe ich keine andere Wahl.«

»Das klingt nicht nach Freude. Sondern als würdest du dich deinem Schicksal ergeben.«

»Das tue ich ja auch, Mutter. Aber ich akzeptiere es. Das neue Kind ist die Krönung unserer Liebe.« Sie lachte. »Ich weiß: Das klingt altmodisch. Aber so empfinde ich es. Und ich freue mich für Vicky. Ihr wird es guttun, ein Geschwisterchen zu haben.«

»Ja, da gebe ich dir recht. Aber es ist auch für uns beide etwas ausgesprochen Positives«, sagte Ricarda. »Ich war damals nicht in deiner Nähe, als du mit Vicky schwanger warst. Es ist ein unverhofftes Glück, dich diesmal unterstützen zu können. Als drehten wir die Zeit ein Stück zurück. Ich würde dich gern betreuen.«

»Was denkst du denn, zu wem ich gehe!« Henny lachte.

Ricarda durchströmte ein Wohlgefühl. Eine weitere Chance für sie beide als Mutter und Tochter, welch ein Geschenk. Und erneut Großmutter werden! »Weiß Vicky es schon?«, fragte sie.

»Ich möchte noch ein paar Monate warten, bevor ich sie einweihe. Vicky ist damals einige Wochen zu früh zur Welt gekommen. Ich habe dir erzählt, dass ich wochenlang um ihr Leben gebangt habe«, sagte Henny.

Ihre Ehe war auch daran zerbrochen, dass Victor nicht die innere Reife gehabt hatte, mit Frau und Kind Geduld zu haben. Das hatte Henny ihrer Mutter Jahre später berichtet.

»Dann freuen wir uns zunächst im Stillen über euer neues Glück«, sagte Ricarda. »Wo wir gerade über Familiengeheimnisse sprechen: Hast du etwas von Frieda gehört?«

Henny schüttelte den Kopf. »Ich kümmere mich darum.«

Einige Tage später meldete sich Henny bei ihrer Mutter per Telefon. »Victor hat seinen Bekannten Kurt Vollmer draußen in Babelsberg getroffen«, sagte sie.

»Hat er sich nach Frieda erkundigt?«

»Natürlich hat er das. Vorsichtig natürlich. Es heißt, Frieda wäre auf Capri«, berichtete Henny. »Jemand, den sie kenne, habe dort ein Haus.«

»Vermutlich weiß niemand, ob sie noch schwanger ist«, sagte Ricarda.

»Wie vereinbart habe ich Victor nicht eingeweiht. Also hat er Kurt auch nicht gefragt.«

»Meinst du, er hätte es ihm erzählt?«

»Ich vermute, Kurt weiß nichts von der Schwangerschaft. Denn Frieda behauptet, er wäre nicht ihr Liebhaber.« Henny klang ratlos.

Nachdem sie aufgelegt hatten, setzte sich Ricarda im Wohnzimmer auf das Sofa. Musste sie sich Sorgen um Frieda machen? Capri mochte wohl ein schöner Ort sein, um eine Schwangerschaft zu genießen, aber auch, um das Leben zu feiern. Denn ihr Gefühl sagte Ricarda, dass Frieda nicht so schnell ihr rauschhaftes Leben aufgeben würde. Wofür würde sich Frieda entscheiden?

WAS DU ZU GEBEN BEREIT BIST

— ◆ —

Kiambu, Mai 1929

Der junge Mann sah Antonia mit strahlendem Lächeln an. »*You like*?« Er war so stolz auf seine Arbeit.

Auf einem Stück frischen Holzes hatte er mit seiner besten Schrift und roter Farbe *hosital* geschrieben. Zwei andere Männer machten sich bereit, die Tafel anzubringen. Der Zeitpunkt war zwar etwas früh, denn noch war das kleine Krankenhaus nicht so weit, dass dort jemand behandelt werden konnte. Zumindest war die Ankündigung des großen Vorhabens ein wichtiger Schritt.

Wie sollte Antonia ihm nur sagen, dass ein Buchstabe fehlte? Mit dem Finger zeichnete sie ein P zwischen S und I. »Du hast einen Buchstaben vergessen«, sagte sie ihm auf Englisch. Im Landesinneren beherrschte kaum jemand die an der Küste geläufige Sprache Swahili. Darum trug Antonias künftige Wirkungsstätte die englische Bezeichnung.

»*No problem*!«, rief er lachend und quetschte das P an die bezeichnete Stelle.

Da die beiden Helfer bereits warteten, verlief die feuchte Farbe ein wenig.

»*You like*?«

Antonia nickte. Das nicht ganz perfekte Schild war recht passend für diesen Ort, an dem im Moment vor allem Improvisationstalent gefragt war.

Die Plantage mit dem volltönenden Namen *Kiambu* lag

in einer nahezu unwirklich schönen Landschaft. Über die sanften Hügel dehnten sich die Teefelder wie Teppiche, die in verschiedenen Grüntönen leuchteten. In großen Abständen wurden sie von Bäumen mit Schatten spendenden, weit ausladenden Kronen überragt. Es sah aus, als gäbe es keine Menschen. Obwohl es hunderte waren, die zwischen den hüfthohen Büschen unterwegs waren, um die Blätter zu pflücken. Alles geschah mit größtmöglicher Ruhe. Das Wachstum des Tees schien die Geschwindigkeit von allem zu bestimmen.

Mittlerweile war Antonia seit drei Wochen auf *Kiambu*. Schon in Daressalam hatte sie sich an das – verglichen mit Deutschland – unterschiedliche Tempo gewöhnt; auf der Plantage verlief das Leben noch einmal langsamer. Dennoch waren sie und Ben nicht untätig gewesen. Etliche Male waren sie mit einem Lastwagen nach Nairobi gefahren, um Dinge zu holen, die für das Hospital gebraucht wurden. Für jede Strecke in die über vierzig Kilometer entfernte Hauptstadt wurden anderthalb Stunden benötigt.

Bislang standen nur einige Äste als künftige Stützen für das Dach, und ein paar Lehmwände waren auch errichtet worden. Denn bei Antonias Ankunft war Regenzeit. Um das künftige kleine Krankenhaus hatte sich niemand gekümmert.

»Bei Regen arbeiten die Kikuyu nicht. Es ist die Zeit ihrer Zeremonien«, hatte Ben das Verhalten der Einheimischen erklärt. Die Menschen sähen darin ein gutes Zeichen, denn Wasser bedeutete Fruchtbarkeit und somit eine gute Ernte. »Irgendwann hört es ja wieder auf zu regnen.«

Gerade richtete Ben mit einem Lot eine Wand aus und wirkte dabei sehr konzentriert. Überall war er gleichzeitig und verkörperte die Kraft und Harmonie der Plantage.

Noch immer dachte Antonia mit klopfendem Herzen an

die Anreise. Schon im Anflug hatte der ganz eigene Zauber dieses Stückchens Erde sie ergriffen. Ben hatte dafür gesorgt, dass die Inszenierung stimmungsvoll war.

Sie waren von Daressalam aus am schneebedeckten Gipfel des Kilimandscharo vorbeigeflogen zu den tiefen Tälern des Rift Valley, das von den endlosen Weiten der Savannen umgeben war. Weiter nördlich hatten sie eines der Naturphänomene der ohnehin einzigartigen Landschaft überflogen. Der Natronsee schimmerte in Farbtönen von hellem Rosa bis Glutrot. Unter ihnen stiegen Flamingos auf und begleiteten das Flugzeug. Schließlich die junge Hauptstadt Nairobi, eine Ansammlung von wenigen Steinhäusern, zahlreichen Hütten und Zelten, die sich in der Landschaft verloren. Weiter nördlich endlich das Ziel der Reise, die fruchtbaren Hügel der Hochebene, wo Tee und Kaffee gediehen. Wie dunkle Narben sahen die Täler dazwischen aus und waren das Ergebnis von Jahrmillionen zurückliegenden Erdverschiebungen. Die Sonne hatte vom Himmel gebrannt und die Feuchtigkeit war aus dem Boden aufgestiegen.

Nun kam Ben zu ihr und riss Antonia aus ihren Gedanken. »Hast du Hunger?«, fragte er. »Es gibt gleich Mittagessen.«

An diesen Rhythmus hatte sie sich immer noch nicht gewöhnt. Denn es war erst elf Uhr und bedeutete vier Stunden Pause. Danach würde bis Einbruch der Dunkelheit gearbeitet werden.

Vom künftigen Hospital zu den Häusern des Verwalters und der leitenden Angestellten war es ein kurzer Fußweg von wenigen Minuten, aber Ben reichte ihr die Hand, um ihr auf seinen Traktor hinaufzuhelfen. Denn nach der Regenzeit waren die Wege matschig. Darum ließ sie sich fahren.

Sein hellbraunes Hemd und die weiten Hosen waren

verschmutzt, der Hut saß im Nacken. Seine Augen funkelten unternehmungslustig, als er sie ansah. Sie hätte ihn am liebsten geküsst. Aber es war in gewisser Weise wie in der kleinen französischen Feinbäckerei in Daressalam. Obwohl auf der Plantage wenige Weiße lebten, standen sie unter ständiger Beobachtung. Sie war dem Mann, in den sie verliebt war, nah und dennoch fern. Nur die Besorgungsfahrten nach Nairobi gaben die Möglichkeit zu ungestörter Zweisamkeit. Mehr als Küsse hatte Ben jedoch auch dabei nicht zugelassen.

»Wenn man dich für meine Geliebte hält, nimmt dich niemand mehr als Ärztin ernst«, hatte er gesagt.

Das sah Antonia ein; in Freystetten wäre es nicht anders gewesen. Unverheiratete Frauen, die sich mit einem Mann einließen – wie es hieß –, genossen einen schlechten Ruf. Irgendwann würde deshalb eine große, eine schwere Entscheidung fällig werden: Würde aus Ben und ihr ein Paar werden?

Vor dem weiß gestrichenen Häuschen, das sie bewohnte, hielt er an, ließ aber den tuckernden Motor laufen. »Mutter hat Kürbiseintopf gemacht«, sagte er.

Die Nennung des Gerichts war gleichzeitig die Einladung zum Essen. An die spröden Umgangsformen auf dem Land musste Antonia sich noch gewöhnen, obwohl es sie ein wenig an die Brandenburger Wortkargheit im Freystettener Umland erinnerte.

Das kleine Haus, das sie allein bewohnte, verfügte nur über einen Raum mit weiß getünchten Wänden, in dem sich das Nötigste befand: Bett, Schrank sowie ein kleiner Holzofen für die bisweilen kühlen Tage, jedoch keine Kochgelegenheit. Unter dem Schreibtisch stand die alte Arzttasche ihrer Mutter und wartete auf ihren ersten hiesigen Einsatz. Frisch machte Antonia sich in einer improvisierten Dusche hinter dem Haus, deren Blechtank von der Sonneneinstrahlung erwärmt wurde. Es war ihr eigenes kleines Reich, in dem sie ungestört war. Welch angenehme Abwechslung im Vergleich zum *Ocean Road*!

Wenig später brach sie zum Verwalterhaus auf. Auch heute tat sie es mit denselben gemischten Gefühlen, mit denen sie Bens Eltern stets begegnete.

»Da ist ja auch Miss Thomasius. Ich werde nun das Gebet sprechen«, sagte Bens Vater auf Englisch und faltete die Hände. Sobald alle versammelt waren, tat er das vor dem Essen.

Das Speisezimmer im Verwalterhaus war ein langgestreckter Raum, vor dessen niedrigen Fenstern sich ein liebevoll angelegter Nutzgarten erstreckte, der an einen weiten, kurz geschnittenen Rasen grenzte. An der langen Tafel trafen sich jeden Mittag fünf bis zehn Personen, die zur Leitung der Plantage zählten.

Schon beim ersten Mal hatte Antonia bemerkt, dass sie die Jüngste und außer Bens Mutter die einzige Frau in der Runde war. Sie hatte auch gemeint, die einzige Deutsche zu sein. Bis sie sich daran erinnerte, dass Bens Mutter ebenfalls aus ihrer Heimat stammte. Wie alle anderen sprach sie elegantes Englisch. Tiefgreifende Gespräche fanden nicht statt, stets ging es um die praktischen Belange der Farm, das Wetter und nun um das Hospital.

»Ende der nächsten Woche sind wir fertig mit dem Rohbau«, sagte Ben gerade.

»Wie lange werden Sie brauchen, bis Sie alles eingerichtet haben, Miss Thomasius?«, fragte Bens Vater James auf Englisch.

Wenn Antonia ihn anschaute, konnte sie sich vorstellen, wie Ben einmal aussehen würde. Sein volles dunkles Haar war von feinen grauen Fäden durchzogen, die Haut leicht gebräunt, die Haltung aufrecht. Im nächsten Jahr würde er sechzig Jahre alt werden.

»Je nachdem, wie viel Hilfe ich bekomme, kann ich einige Tage später eröffnen.«

»Lassen Sie sich Zeit, Miss«, meldete sich Mr. Flowers zu Wort, ein hagerer Mann mit Adlernase von Ende sechzig, der die Fabrik leitete, wo der Tee verarbeitet und abgepackt wurde. »Die Schwarzen sind stark, und sie haben ihre eigene Medizin. Die brauchen die Klinik nicht.«

Trotz seines freundlichen Namens hatte Antonia Mr. Flowers bislang nur mürrisch erlebt.

»Ich denke, Sir Roderick weiß, was er tut, indem er die Klinik errichten lässt«, sagte Bens Vater. »Übrigens erwarten wir ihn gegen Ende der Woche aus Daressalam zurück.«

Antonia sah Ben an, dass auch ihn diese Neuigkeit überraschte.

»Sir Roderick würde es gewiss begrüßen, wenn das Hospital bis dahin fertig wäre«, setzte Bens Vater hinzu.

Das hätte er mir auch direkt mitteilen können, dachte Antonia.

Bens Mutter beteiligte sich selten an der Konversation. Ihre Aufgabe schien darin zu bestehen, den beiden schwarzen Bediensteten einzig mit Blicken Arbeitsanweisungen zu erteilen. Obwohl sie laut Bens Angaben acht Jahre jünger als sein Vater war, wirkte sie wesentlich älter. Ihre Wangen waren eingefallen, das Haar grau, auf einundfünfzig hätte Antonia sie nie geschätzt. Und sie war die einzige Person, von der Antonia überzeugt war, nicht gemocht zu werden.

Nach dem Essen rief Andrea Jackson sie zu sich, und wieder vermied sie die gemeinsame Muttersprache: »Miss Thomasius, Sie brauchen eine Uniform, um seriös zu wirken. Ich habe eine Schneiderin bestellt. Die Dame erwartet Sie im Salon.«

Antonia benutzte Deutsch: »Eine Uniform? Haben Sie schon genaue Vorstellungen davon?« Allenfalls hielt sie einen Kittel für angebracht.

Die Antwort kam auf Englisch: »Selbstverständlich. Die Lady ist informiert.«

Antonia entschloss sich, ihren Unmut auf Deutsch auszudrücken: »Warum können wir nicht freundlicher miteinander umgehen?«

»Ich bin freundlich, Miss Thomasius. Haben Sie einen guten Tag.« Wieder auf Englisch, als müsste sie künstlich eine Distanz zwischen ihnen aufbauen.

Wie konnte sie jemals daran denken, Ben näherzukommen, wenn seine Mutter sie so schroff behandelte? Antonia musste versuchen, einen Weg zum Herz der frustriert wirkenden Frau zu finden.

Die Schneiderin war in der Tat eine Dame aus England. Von Bens Mutter hatte sie ganz genaue Anweisungen erhalten: eine gerade geschnittene Hemdbluse, ein knielanger schlichter Rock, beides in mausgrauer grober Baumwolle. Das Material war so fest, dass Antonia darin in Kürze in Schweiß gebadet sein würde, und es erinnerte an die Kleidung einer Diakonisse.

»Tut mir leid«, sagte Antonia. »Das, was Sie mir schneidern sollen, werde ich ohnehin nicht tragen.«

Sie machte sich auf die Suche nach Bens Mutter und fand sie in deren Garten am Haus, wo sie gerade Unkraut rupfte.

»Ich muss mit Ihnen reden, Frau Jackson.«

»Warum?« Andrea Jackson blickte nicht einmal auf.

Jetzt sprach sie ihre Muttersprache. Lag es daran, dass keine Briten anwesend waren?

»Ich habe das Gefühl, Sie möchten mich loswerden.«

»Es liegt nicht an mir, wie lange Sie bleiben, Fräulein Thomasius.«

»Sie haben großen Einfluss, Frau Jackson. Wenn Sie gegen mich sind, wird es für mich klüger sein zu gehen.«

»Mister Flowers hat es schon gesagt: Man braucht Sie hier nicht, Fräulein Thomasius.«

»Sir Roderick sieht das anders.«

Bislang hatte Bens Mutter unbeirrt weiterhin in der Erde gewühlt. Nun richtete sie sich auf und sah Antonia direkt an. »Das glaube ich Ihnen gerne, Fräulein.«

»Was wollen Sie damit sagen?«

»Wollen Sie es nicht verstehen? Oder wollen Sie mich an der Nase herumführen? Sie sind doch nie im Leben Ärztin!«

»Aha. Und was bin ich dann?«

»Zwingen Sie mich nicht, es auszusprechen.«

»Doch, genau dazu fordere ich Sie auf.«

»Sie sind eine von diesen Vagabundinnen, die reichen Männern ihre Gunst schenken. Weil es in der Kolonie Weibermangel gibt.« Sie trat nun ganz dicht an Antonia heran. »Aber eines sage ich Ihnen, Fräulein: Wenn Sie meinem Sohn zu nahekommen, verlassen Sie *Kiambu* nicht in einem Flugzeug. Sondern in einer Holzkiste.«

»Das passende Leichenhemd sollte mir Ihre Schneiderin wohl verpassen.« Antonia flüchtete sich in hilfloses Lachen. »Sie irren sich, Frau Jackson. Ich war in Daressalam am Krankenhaus und hatte außerdem ein Eingeborenen-Spital. Das brachte Sir Roderick überhaupt auf die Idee, so etwas für seine Arbeiterinnen und Arbeiter haben zu wollen.«

»Sir Roderick interessiert sich nicht für die Menschen, die er beschäftigt. Verrecken lässt er die, wenn es ihm gefällt. Das sind doch Schutzbehauptungen. Der will Ihnen an die Wäsche, der alte Weiberheld. Oder Sie an sein Geld.

Wie auch immer. Da werden sich schon die Richtigen gefunden haben.«

»Sie tun mir leid, Frau Jackson. Wie kann man so verbittert sein?«

»Sie können sich über mich kein Urteil erlauben, Fräulein.« Damit beugte Andrea Jackson sich wieder über ihre Pflanzen und jätete das Unkraut.

Das vertraute Tuckern des Traktors war laut und deutlich zu hören. Seit ein paar Minuten schon. Ben wartete draußen, um Antonia zur Baustelle des Hospitals zu bringen. Doch sie lag auf dem schmalen Bett in ihrem Häuschen und rührte sich nicht. Seit dem Gespräch mit seiner Mutter waren mehr als zwei Stunden vergangen. Wie tot fühlte sie sich. Zuerst hatte sie gemeint, weinen zu müssen, weil ihre Kehle wie zugeschnürt gewesen war. Dann hatte sie eine unbändige Wut gepackt. Nun war einfach nur Leere in ihr. Nichts hatte sie falsch gemacht und dennoch war alles falsch, was sie getan hatte!

Es klopfte, während der Motor weiterhin tuckerte. »Toni? Bist du hier drin?«

»Wann fliegst du nach Daressalam?«, fragte sie durch die geschlossene Tür.

»Was sagst du? Ich verstehe dich nicht.«

»Dann mach den Traktor aus!«, rief sie.

»Warum kommst du nicht raus?«

»Weil ich abreise.«

»Was sagst du?«

»Ich verschwinde von hier! Du sollst mich mitnehmen, damit ich das Schiff nach Deutschland erreichen kann.«

»Toni, ich verstehe kein Wort.«

Noch immer lief im Hintergrund der Motor. Irgendwie war das wie ein Sinnbild der Situation, in die sie geraten war. Sie sprang auf und öffnete die Tür mit einem solchen Ruck, dass Ben fast in das karg eingerichtete kleine Zimmer hineingestolpert wäre.

»Komm halt rein«, brummte sie.

»Wir müssen zur Baustelle. Du hast doch gehört, was mein Vater gesagt hat. Es soll schnellstens fertig werden!«

Bens Eifer war so gegensätzlich zur Einstellung seiner Mutter.

»Die Frau des Verwalters hat mir gerade unmissverständlich klargemacht, dass ich keine Ärztin bin. Sondern ein Flittchen, das es auf Sir Rodericks Geld abgesehen hat«, schleuderte sie dem verdutzten Ben entgegen. »Bring mich zurück an die Küste, wie du es versprochen hast. Ich will nur noch fort von hier.«

Ben stand mit hängenden Schultern vor ihr. Küssen hätte sie ihn mögen. Trösten, weil sie ihn so ungerecht behandelte. Aber es ging nicht. In ihr war eine derartige Verzweiflung, dass sie keine Lust mehr hatte, um ihn zu kämpfen.

»Um Himmels willen, was ist passiert?«, fragte er.

Antonia erklärte es ihm.

»Ich mache mal den Motor aus«, sagte er, und dann herrschte endlich Stille.

Sie setzten sich auf die kleine Zweierbank in der winzigen Loggia vor dem Haus. Plötzlich schienen es die guten Sitten zuzulassen, dass er ihre Hände in seine nahm.

»Meine Mutter ist nicht so, wie du sie erlebst«, begann er. »Tief in ihrem Herzen ist sie ein guter Mensch.« Er wagte ein vorsichtiges Lächeln.

»Wickle mich bitte nicht mit deinem Charme ein«, sagte sie. »Ich wäre längst zu Hause in Berlin, wenn du und dein Sir mich nicht beschwatzt hätten, zu bleiben. Das war mir ja auch recht.«

»Und mir auch, Toni. Ich möchte dich bei mir haben.«

»Genau darum geht es, Ben. Weißt du, was deine Mutter mir noch an den Kopf geworfen hat?«

Sein Hoffnungslächeln verschwand.

»Dass sie mich umbringt, wenn ich dir zu nahekomme.« Instinktiv zog sie ihre Hände aus seinen zurück.

»Oh Gott!«

Ben griff nach ihr, aber Toni stand auf. Er folgte ihr. Sie ging auf die Rückseite des Hauses. Direkt dahinter stieg der Berg voller Teefelder steil an.

»Geh dort nicht hinauf, Toni. Man sieht uns von überall.«

Sie setzte ihren Weg fort. »Ich habe nichts zu verbergen, Ben. Jeder darf sehen, was ich tue. Ich bin ein freier Mensch. Wenn du nicht in meiner Nähe sein willst, dann geh. Ich brauche auch dein Flugzeug nicht. Irgendwie komme ich nach Nairobi und nehme den Zug bis Mombasa.« Sie kämpfte mit Tränen der Wut und Enttäuschung.

»Warte, Toni, bitte.«

»Auf was denn, Ben? Auf dich? Warum? Was ist schon zwischen uns passiert? Ein paar Küsse. Mehr nicht. Davon geht die Welt nicht unter. Nur ein wenig schöner war sie deshalb.«

»Toni, ich habe mich in dich verliebt.«

»Das mag sein, Ben. Ich bin auch verliebt. Oder ich war es, ich weiß es nicht mehr. Wir müssen mehr tun, als uns das zu sagen. Um Liebe muss man kämpfen. Aber ich kann nicht um dich kämpfen, wenn alle gegen mich sind.«

Vor ihren Augen erstreckten sich die sanften grünen Hügel. In langen Bögen zogen sich die parallel zueinander angeordneten Reihen der Teebüsche über das Land. Die Schatten der weißen Wolken, die an einem tiefblauen Himmel standen, schufen zusätzliche Farbnuancen. Schön wie ein gigantisches Gemälde mutete der Anblick an.

»Du bist hier, weil dich eine Aufgabe erwartet, Toni.«

»Ist das so? Mister Flowers hat vielleicht recht, und die Leute können sich selbst helfen.« Sie dachte an den Wurmholztee.

»Flowers ist Rassist, Toni. Die Arbeiter auf *Kiambu* werden etwa vierzig Jahre alt, dann sterben sie. Flowers kümmert das nicht. Das ist hier die Wirklichkeit. Sir Roderick zahlt jeder Witwe und jedem Witwer einige hundert Schilling.«

Das waren ein paar Englische Pfund.

»Er will, dass die Leute länger leben, das spart Geld. Ja, das klingt schrecklich, aber darum geht es – immer nur ums Geld, nicht um Menschen, nicht um Schicksale, nicht um Familien. Meine Mutter weiß das ebenso wie Flowers oder ich. Aber es ist ihr einerlei, weil ihr Herz gebrochen ist. Sie empfindet nichts mehr. Denn ihr geschah so großes Unrecht, dass sie jeden Menschen hasst, dem es gut geht. Das sind vor allem junge Menschen. In einer gesunden, strahlend schönen Frau, wie du es bist, sieht sie eine Feindin.«

Ben stand ein paar Schritte von ihr entfernt. Das Gefälle des Hangs zwang ihn, zu ihr aufzublicken.

»Was ist mit ihr geschehen, dass so viel Hass in ihr ist?«, fragte Antonia.

»Als der Weltkrieg ausbrach, war ich gerade fünfzehn geworden«, begann Ben. »Meine Eltern waren hier auf *Kiambu* und dachten: Was geht uns ein Krieg an, der in Europa stattfindet? In Afrika sind wir genauso weiß wie unsere deutschen Nachbarn und wollen dasselbe – in Frieden leben. Ich hingegen ging in Nairobi auf das Internat und erlebte das ganz anders. Plötzlich wurde auf Deutschland geschimpft und Hassreden geschwungen.«

Antonia und Ben waren wieder nach unten gestiegen

und hatten sich nun hinter ihr kleines Haus in den Schatten gesetzt, den Blick auf die Teereihen. Ben steckte sich eine Zigarette an.

»Eines Tages – es waren Ferien, das Internat geschlossen – kam ich heim. ›Sie haben deine Mutter abgeholt‹, sagte mein Vater. Du kennst ihn inzwischen ein wenig: Sein Glaube gibt ihm Kraft. ›Man wird sie bald freilassen‹, sagte er. Ich war fast noch ein Kind, aber an dem Tag endete meine Jugend. Denn anders als Vater ahnte ich Schlimmes.«

»Sie wurde interniert?«

Ben sah sie erstaunt an. »Du weißt davon?«

Antonia berichtete von der Begegnung mit der Apothekerin, deren Mann zwei Jahre nach seiner Entlassung gestorben war. »Wie lange war deine Mutter im Lager?«, fragte sie.

»Fast vier Jahre, Toni. Für nichts. Sie hatte nur die falsche Staatsangehörigkeit. Das Lager, in dem sie den ganzen Tag so gut wie nichts tun konnte außer zu warten, machte aus meiner stets gutgelaunten, optimistischen Mutter eine verbitterte Frau …« Seine Stimme brach. Er zog an seiner Zigarette. »Vater war in Sorge, dass auch mir etwas zustoßen könnte. An dieser Stelle griff Sir Roderick erstmals in mein Leben ein. Und das, obwohl seine Söhne gegen die Deutschen kämpften. Er ermöglichte es, dass ich nach Deutschland reisen konnte zu Mutters Verwandten. Es sind gute, einfache Leute. Meine Mutter hatte ihre Heimat verlassen, weil sie dort keine Zukunft für sich gesehen hatte. Und ihre Familie hatte nach wie vor kein Geld, um mir eine Ausbildung zu ermöglichen. Sir Roderick bezahlte alles, Toni. Mein Abitur, mein Studium. Ihm verdanke ich, wer ich bin.«

Nun begriff sie die Zusammenhänge. Der Großgrundbesitzer bestimmte die Geschicke der Menschen, die für ihn arbeiteten, ebenso wie das Los ihrer Kinder. Die Bemerkung über die Abfindung, die er beim Tod eines Arbeiters zahlte, war genauso gemeint. *Kiambu* war nicht nur eine Plantage; es war eine Schicksalsgemeinschaft. Ben war ein Teil davon. Wenn sie mit ihm zusammen sein wollte, würde es ihr genauso ergehen.

»Du hast gesagt, Sir Rodericks Söhne sind im Krieg gefallen. Und dass er in dir einen Sohn sieht. Wenn ich das alles jetzt weiß, Ben, was heißt das?«, fragte sie. »Wie muss ich das deuten?«

Er sah sie lange an, drückte schließlich die Zigarette sorgfältig im Erdreich aus. »*Kiambu* ist mein Schicksal.«

Antonias Blick folgte dem sanften Schwung, mit dem sich die Reihen der Teesträucher den Hang hinaufwanden. »Du wolltest, dass ich das Hospital aufbaue, damit auch ich für immer bleibe. Du wolltest mir eine Aufgabe geben. Es war deine Idee. Nicht die von Sir Roderick. Es geht nicht nur um die schwarzen Teepflückerinnen und die Arbeiter. Es geht um dich und um mich. Nicht wahr?«

Sie hatte sich doch nur in einen hübschen, jungen Mann verguckt! Und plötzlich war da eine unerwartete Schicksalsschwere, die auf ihr lastete.

»Ja, Toni, es geht um uns. Das ging es aber schon die ganze Zeit. Was hat sich daran geändert?«

»Die Endgültigkeit«, sagte sie. »Ich war nicht darauf vorbereitet. Du hast nicht gesagt: Toni, ich liebe dich. Stattdessen versprachst du mir eine Aufgabe. Besser gesagt: Dein väterlicher Freund tat dies. Damit habt ihr mich geködert, wie man einen Fisch anlockt.« Sie stand auf. »Ich bin verwirrt, Ben. Was ist das mit uns? Liebe, Verliebtheit? Arbeit? Ich muss das in meinem Kopf und meinem Herzen sortieren.«

Er erhob sich ebenfalls, aber er sprang nicht auf. Es war

eine bedächtige Bewegung, mit der er ihr nahekam. »Es tut mir leid, wenn ich es falsch angefangen habe, Toni. Ich werde diesen Moment nie vergessen: wie du mich ansprachst in jener Nacht. Ein wenig zornig und gleichzeitig belustigt. ›Entschuldigen Sie, warum haben Sie mich nicht direkt gefragt, ob ich mit Ihnen auf Ihrer Sisalplantage leben möchte.‹ Jedes Wort weiß ich noch. Du wirktest so selbstständig. Jemand wie du war mir zuvor nicht begegnet.«

»Du hast mich zum Tanzen aufgefordert. Unter einem klaren Sternenhimmel. Es war so unwirklich. Ich hielt dich für einen Draufgänger.«

»Irgendwie war ich das in jener Nacht tatsächlich. Das ist sie, dachte ich. Das ist die Frau, die ich gesucht habe. Aber dann wusste ich nicht weiter.« Sein Lächeln spiegelte Hilflosigkeit wider. »Denn das war ja nicht ich, der da mit dir getanzt hat. Das ist so auf solch einem Schiff: Man zieht sich einen Smoking an zum Dinner und wird ein Gentleman. Man schlüpft in eine Rolle. Die habe ich weitergespielt, als ich mit dir tanzte. Ich schwöre es, Toni: In dem Moment habe ich mich in dich verliebt. Danach konnte ich nicht mit deinen Gefühlen spielen. Ich nahm dich ernst. Dieser Ernsthaftigkeit wollte ich gerecht werden und wusste nicht wie. Und dann kam ich auf die Idee mit dem Krankenhaus. Ja, es ist wahr: Ich habe Sir Roderick überzeugt.«

Es war ein ehrliches Geständnis, mit dem er sich jeden Geheimnisses beraubte.

»Was erwartest du von mir?«, fragte sie.

Er hob die Schultern. »Was du zu geben bereit bist.«

Sie fragte nicht, was er damit meinte. Ihre Liebe, ihre Arbeitskraft oder ihre Gesellschaft? Sie beschloss stattdessen, sich und ihm die Zeit zu geben, das herauszufinden.

Die folgenden Tage vergingen, als hätte das Gespräch hinter Antonias Haus nicht stattgefunden. Die Essensrunden im Verwalterhaus liefen ab wie zuvor. Es kam Antonia so vor, als hätte Ben nicht mit seiner Mutter gesprochen, aber es ergab sich keine Gelegenheit, ihn das zu fragen. Das kleine Krankenhaus wurde fertig gebaut und die bereits vorhandenen Gegenstände hineingebracht. In Gedanken verglich Antonia dieses Hospital mit dem abgebrannten; es hielt dem Vergleich nicht stand. Sie rätselte, weshalb, und fand keine Antwort. Denn an der Ausrüstung lag es nicht; es war alles vorhanden. Erst als Ben nach Daressalam flog, um Sir Roderick abzuholen, und sie innerlich zur Ruhe kam, dachte sie darüber nach und auch über das lange Gespräch mit ihm.

Was du zu geben bereit bist. Was konnte sie tatsächlich geben? Aber die Frage ließ sich auch umkehren: Was konnte sie zurückbekommen?

Erschöpft von der anstrengenden Arbeit, das Hospital in der drückenden Schwüle fertigzustellen, saß sie an diesem Abend nachdenklich auf ihrer Veranda. So groß *Kiambu* auch war, erschien es ihr dennoch wie eine abgeschlossene, kleine Welt. Sie würde niemanden haben außer Ben – keine Freunde, die Familie Wochenreisen entfernt. Ihr Heimweh wog zwar nicht mehr so schwer wie anfangs, doch sobald sie darüber nachdachte, fühlte sie den Schmerz. Die Briefe an zu Hause hatte sie Ben mitgegeben und würde gewiss irgendwann welche zurückerhalten. Aber das war nicht dasselbe. Ben würde die Familie nicht ersetzen können.

Oder doch? Sie mochte ihn, aber er hatte so große Erwartungen, auch wenn das anders klang. War er denn davon ausgegangen, dass sie auf *Kiambu* bliebe? Er wusste doch, dass sie die Vorarbeiten zu ihrer Dissertation abgebrochen hatte und fortsetzen wollte. Um auf der Plantage zu praktizieren, würde sie allerdings keinen Doktortitel brauchen. Sie seufzte. So sah Ben das vermutlich: Bei ihm war sie am Ziel ihres Lebens angekommen. Irgendwann wäre er der Verwalter und sie die Frau des Verwalters.

Wenn das so vorgezeichnet schien, warum dann die nach wie vor bestehende Ablehnung durch seine Mutter? Je länger sie grübelte, desto logischer erschien ihr die Antwort, die sie sich zusammenreimte: Frau Jackson wusste aus eigenem Erleben, wie schwer es für Antonia sein würde, sich für ein Leben auf *Kiambu* zu entscheiden. Und damit für ihren Sohn Ben. Wenn Antonia die Plantage wieder verließe, würde sie ihrem Sohn das Herz brechen. Darum vergraulte Frau Jackson Antonia lieber, bevor es dazu kommen konnte.

Ebenso schwer war es für Antonia, sich gegen Ben zu entscheiden. Im Juli würde sie neunundzwanzig werden, die guten Männer wären irgendwann vergeben. In ihrer Generation fehlten ohnehin viele, die im Krieg gefallen waren. Sie dachte an Guntram. Er hatte noch zweimal geschrieben, aber es hatte keine Rosenblätter mehr geregnet. Stattdessen hatte er von seiner Dissertation erzählt. Würde er auf sie warten? In ihren Briefen hatte sie ihm keine Hoffnungen gemacht. Es wäre unfair gewesen zu versuchen, sich Guntram warmzuhalten, wenn das mit Ben nichts wurde.

Sie seufzte schwer. Wenn sie doch nur jemanden gehabt hätte, dem sie sich hätte anvertrauen können! Das war auf alle Fälle der größte Schwachpunkt in ihrer gegenwärtigen Lage – sie hatte keine Freundin.

Als sie am nächsten Morgen ihre kleine Wirkungsstätte betrat und sich umsah, wusste sie die Antwort auf die Frage, warum dieses Hospital nicht an das in Daressalam heranreichte. Matti fehlte und mit ihr der Feuereifer, der sie beide angetrieben hatte. Das *hospitali* war mehr als eine Hilfsstation gewesen, es war ihrer beider Mission, mit der sie jenen beistehen wollten, die ansonsten ignoriert wurden. Hier ging Antonia nur einer Arbeit nach, bei der es niemanden wie Atija und Badili gab. Obendrein half das in Daressalam erlernte Swahili kaum weiter. Auf der Plantage herrschte ein Sprachengewirr. Die meisten Arbeiter gehörten den Kikuyu an, denen die britischen Kolonialherren ihr ursprüngliches Territorium abgekauft hatten. Ihre Frauen kamen oftmals aus Gegenden, in denen anders gesprochen wurde. Um Tee pflücken zu können, mussten sie nur wissen, dass die obersten drei jungen Blätter abzuknipsen und in den Jutesack auf dem Rücken zu legen waren.

Da jede Pflückerin es auf mehrere Kilo pro Tag bringen musste, arbeiteten sie wie Maschinen, fand Antonia, wenn sie ihnen zusah. Den Teesack am Rücken, hatten sie sich die Säuglinge auf die Hüfte oder vor die Brust gebunden. In ihr Hospital kam niemand, was Antonia nachvollziehen konnte. Die Frauen hatten keine Zeit, um krank zu werden. Sie wussten auch nicht, was Antonia ihnen zu bieten hatte.

Wozu also der Aufwand mit diesem Krankenhaus? War es tatsächlich ein Selbstzweck, um sie auf *Kiambu* zu halten?

Bens Rückkehr – und damit auch die Anreise von Sir Roderick aus Daressalam – verzögerte sich. Antonia begann, sich Sorgen zu machen.

»Manchmal geht der Motor des Flugzeugs kaputt«, sagte Bens Vater. »Das kommt vor.«

»Hoffentlich nicht in der Luft«, erwiderte sie etwas unbedacht.

»Mein Sohn weiß sich zu helfen, Miss Thomasius«, wehrte er ihre Sorge schroff ab.

Nahm er sie nicht ernst? Weil auch er, wie seine Frau, in

ihr nur ein Mädchen sah, das heute hier und morgen fort war? Oder wollte er verschweigen, weshalb die beiden Männer nicht heimkamen? Hatte Sir Roderick zu großen Gefallen an der netten Sherry gefunden?

Sie beschloss, die Grübelei beiseitezuschieben und sich ihre Arbeit selbst zu suchen. Schon am Morgen, als die Pflückerinnen ihr Tagwerk begannen, streifte sie durch die Pflanzung. Der von Frau Jackson vorgesehenen Uniform hatte sie sich erfolgreich verweigert. Sie trug einen grünen Kittelmantel, darüber das Stethoskop, wohlwissend, dass die Einheimischen diese ärztliche Basisausstattung nicht kannten.

Während sie mit Ben auf dem Traktor unterwegs gewesen war, hatte sie herausgefunden, dass die Unterkünfte der Pflückerinnen und ihrer Familie dort lagen, wo der Tee-Anbau sinnlos war – in den schmalen Tälern, die von der Sonne so gut wie nie erreicht wurden. Bislang war sie immer daran vorbeigefahren und hatte gemeint, die Häuschen wären ganz hübsch. Sie ähnelten jenem, das sie selbst bewohnte. Nun stand sie vor einem, klopfte an den Türrahmen, um Einlass zu erbitten und blickte hinein. Der Boden war übersät mit Schlafmatten, auf denen Kinder und Erwachsene ruhten. Eine Frau stöhnte so vernehmlich, als litte sie unter großen Schmerzen. Als man Antonia entdeckte, sprangen Frauen und Männer auf, redeten durcheinander und gestikulierten. Man wollte sie fortschicken.

Sie zögerte. Durfte sie sich darüber hinwegsetzen, was die Leute ihr zu verstehen gaben? Aber konnte sie diesen Menschen als Ärztin beistehen, wenn sie sich fortschicken ließe, sobald es schwierig wurde? Sie lächelte freundlich und ging zu der am Boden sich in Schmerzen windenden Frau. Die Zeit im *hospitali* hatte sie gelehrt, Autorität sanft und dennoch entschieden zu zeigen.

Offenbar hatte ein Geburtsvorgang begonnen, doch darauf war Antonia nicht vorbereitet. Mit Gesten und Freundlichkeit brachte sie in Erfahrung, dass dies das achte Kind der höchstens Dreißigjährigen war. Über mehr als einige Plastikhandschuhe und das Stethoskop verfügte Antonia nicht. Das reichte jedoch, um die Gefahr zu erkennen, in der die Frau schwebte. Das Kind lag quer, was nach so vielen Geburten nicht ungewöhnlich war. Geschah nichts, würden Mutter und Kind sterben.

Sollte sie versuchen, den Fötus zu drehen? Unter diesen unhygienischen Umständen? Die Frau ins Hospital schaffen lassen? Mit ebenfalls nicht garantiert positivem Ausgang? Dann wäre der Ruf der neuen Einrichtung von Anfang an ruiniert. Einfach wieder gehen? Das liefe auf dasselbe hinaus.

Sie musste es schaffen, die Frau im Hospital zu entbinden. Auch in Daressalam war ihr das Kunststück gelungen, einen Fötus zu drehen. Hier wie dort half ein simpler Trick dabei, Vertrauen zu schaffen. Jeder durfte das Stethoskop ausprobieren. Das Rauschen des Bluts, das Schlagen des Herzens zu hören – Atija hatte es Zauberei genannt. Die Gesten der weißen Ärztin verstanden die Frauen, aber nicht, dass sie die Gebärende dafür ins Hospital schaffen lassen wollte.

Antonia ging hinaus, suchte nach etwas, womit die Frau transportiert werden konnte. Schließlich entdeckte sie eine Schubkarre, und nun begriffen die Leute. Lachend beschafften sie eine Trage aus Bambusstöcken.

Gegen Mittag hielt die junge Mutter ihr Kind erschöpft und lachend im Arm. Die Menschen aus der Unterkunft hatten draußen gewartet. Was sie sagten, verstand Antonia nicht, aber sie las es in den Gesichtern. Es war pures Glück, die scheinbar ausweglose Situation heil überstanden zu haben. Antonia machte sich nichts vor: Auch sie selbst hatte Glück gehabt. Die Sache hätte anders ausgehen können.

Noch am selben Tag kamen zwei weitere Schwangere zu ihr und wollten abgehorcht werden. Es zeichneten sich in beiden Fällen keine Komplikationen ab. Drei Patientinnen am ersten Tag. Nicht schlecht für den Anfang, fand sie.

Ein kleiner Junge, der seinen von Antonia geschienten Arm überall stolz herumzeigte, lockte in den nächsten Tagen auch die jüngsten Patienten in Antonias Hospital. Immer noch hatte sie viel Leerlauf, aber sie fühlte sich gebraucht. Ihre Unruhe, ob Ben etwas zugestoßen sein mochte, hatte jedoch zugenommen. Wie war das überhaupt in diesem dünn besiedelten Land, wenn ein Flugzeug nicht sein Ziel erreichte?

»Ben weiß, was er tun muss. Sir Roderick ist bei ihm«, antwortete Bens Vater beim Mittagessen stoisch.

Tatsächlich tauchte Ben erst am Abend des zehnten Tages nach seiner Abreise auf. Das Gesicht gebräunt, die Augen unternehmungslustig blitzend.

»Wie geht es dir?«, fragte er.

Auf den Begrüßungskuss wartete sie vergeblich.

»Bekomme ich keinen Kuss?«, fragte Antonia.

»Ja, natürlich.« Seine Lippen berührten ihre Wange.

»Ich bin ein großes Mädchen und kann mehr als das vertragen«, scherzte sie.

»Wollen wir uns nicht erst mal wieder aneinander gewöhnen?«

»Hast du dich so schnell entwöhnt?«, neckte sie ihn.

»Ich bin den ganzen Tag geflogen. Lass mich erst ankommen, Toni.«

»Du warst lange fort. Ich hatte Sorge, es könnte dir etwas zugestoßen sein.«

»Am Motor ging ein Teil kaputt, und ich musste jemanden finden, der mir bei der Reparatur half«, sagte er. »Sir Roderick gibt nachher ein Abendessen. Ich weiß, dass er sich etwas Besonderes für dich hat einfallen lassen.«

»Hast du dir auch etwas für mich einfallen lassen?«, provozierte sie ihn.

Diesen kräftigen Mann vor sich zu haben und sich nicht in seine Arme schmiegen zu können, verwirrte sie. Aber er hatte recht mit seiner Vorsicht, dass man in ihr nicht sein *Verhältnis* sehen durfte, das sah sie inzwischen ein. Das sagte ihr Verstand, ihr Gefühl sah das anders.

»Oh, ich habe Briefe für dich mitgebracht.« Er zog sie aus seiner Jacke hervor.

Sie überflog rasch die Absender. Henny war dabei, ihre Mutter, ihre Freundin Celia und wie als Ergänzung dazu auch Guntram, aber ihr Herz schlug deshalb nicht schneller. Ben gab ihr Zeit, die Schreiben der Familie zu lesen.

Henny schwanger! Noch dazu von Victor! Was für eine unglaubliche Neuigkeit und welch ein Sieg für die Liebe! Schon immer war Antonia überzeugt gewesen, dass die beiden zusammengehörten. Wenn sie wieder Victor an ihrer Seite hätte, vielleicht würde Henny dann ihre dominante Art ablegen! Die ständige Bevormundung war ja nicht auszuhalten gewesen. Aber wie sollte Antonia es anstellen, bei der Hochzeit dabei zu sein?

Schlagartig kehrte das Gefühl zurück, sich am Ende der Welt zu befinden. Die Tränen liefen ihr über das Gesicht. Was tat sie hier, bei diesen Menschen mit den versteinerten Herzen? Sie musste nach Hause!

»Schlechte Nachrichten aus Berlin?« Ben stand ein paar Meter von ihr entfernt, eine Zigarette in der Hand. »Ich weiß, es wühlt einen auf, wenn man liest, was daheim geschieht, und man ist hier.«

»Am Ende der Welt.«

»Wie?«

»Man ist hier am Ende der Welt. Das wolltest du doch wohl sagen.«

»Nein, wollte ich nicht. Hier schlägt das Herz einer guten Welt, davon bin ich überzeugt.«

»Ben, gib mir eine ehrliche Antwort: Halten deine Eltern mich für ein Flittchen? Für eine von deinen Geliebten?«

»Nein!«, rief er übermäßig laut. »Wie kommst du darauf?«

»Sie behandeln mich so. Ich war in Sorge, weil du ausbliebst. Dein Vater hat mich – gelinde gesagt – abgebürstet. Als ginge mich das nichts an.«

»Ich rede mit Vater.«

»Was sagst du ihm dann?«

Er blickte sie nachdenklich an. »Dass du hier als Ärztin arbeitest und er dich respektieren muss.«

»Warum hast du keinen männlichen Arzt mitgebracht, wird er fragen.«

»Das wird er nicht.«

»Warum?«

»Weil es keine Ärzte gibt.« Ben machte eine weitere Pause, räusperte sich. »Keine, die bereit wären, Teepflückerinnen zu behandeln …«

»… deren Leben ein paar hundert Schilling wert ist«, ergänzte Antonia seinen Satz.

»So ist es.«

»Eines habe ich retten können, Ben. Ein Ungeborenes und seine Mutter, die sonst gestorben wäre.«

»Das ist gut, Toni. Danke.«

»Du musst mir nicht danken, wenn ich einem Kind auf die Welt helfe. Dafür bin ich an diesem Ort, es ist meine Arbeit.« Und die bedeutete nicht mehr als ein Tropfen auf einem heißen Stein.

Die Distanz zwischen ihnen wollte nicht weichen. Er war ihr nah und dennoch fern. Sie riss sich zusammen: »Dein Sir hat also eine Überraschung für mich? Dann mal her damit!«, rief sie und tat, als wäre alles wieder gut.

Um Sir Rodericks Villa zu erreichen, musste das Auto genommen werden. Ben saß auf dem Beifahrersitz, während sein Vater fuhr, Antonia teilte sich mit Andrea Jackson die Rückbank. Es war eine zwanzigminütige Fahrt über Wege, die von den Regenfluten der letzten Wochen ausgewaschen waren. Wieder und wieder leuchteten die Scheinwerfer bei einer Kurve die Reihen der grünen Büsche an und richteten sich gleich danach auf den rostroten Erdboden. Sehr viel mehr als ein forciertes Schritttempo war nicht möglich. Um bei der Schaukelei nicht unabsichtlich Bens Mutter zu berühren, spannte Antonia jeden Muskel an. Die Fenster waren wegen der Wärme heruntergekurbelt, der Motor des Ford lärmte, die Gangwechsel krachten, niemand sagte ein Wort. Antonia glaubte, die Fahrt würde kein Ende nehmen.

Endlich rief Bens Vater auf Englisch: »Da sind wir schon!« Auch er schien erleichtert zu sein.

Die Scheinwerfer erfassten eine kurz geschnittene Rasenfläche, schließlich eine von Säulen getragene Veranda, hinter der sich die Villa verbarg. Tropische Blumen verströmten süßlichen Duft. Nach der Regenzeit zeigte die Natur sich mit verschwenderischer Kraft.

Antonia spürte durchaus die üppige Sinnlichkeit der Nacht. Es machte sie eher traurig. Sie hätte sie gern genossen und war gewissermaßen gezwungen, sie zu ignorieren. Denn Sinnlichkeit war das Letzte, das von ihr erwartet wurde. Darum hatte sie sich für das unscheinbare Kleid der Schneiderin in Daressalam entschieden. Das Tanzkleid wäre ganz falsch gewesen!

»Unsere Ärztin! So eine Freude, Sie auf *Kiambu* zu haben!«

Sir Roderick begrüßte Antonia überschwänglich als Erste. Es war ihr peinlich, dass er damit unter Umständen den falschen Verdacht von Frau Jackson nährte. Auch Ben freute sich offensichtlich, und sie begriff, weshalb sie bereits am ersten Abend des Hausherrn auf seiner Plantage zu Gast sein musste: Das hatten die beiden Männer so abgesprochen. Ob es in ihrem Sinn war, würde sich zeigen.

»Die Fraktur des Beins ist gut verheilt?«, fragte sie.

Er humpelte leicht.

»Ich war ein-, zweimal bei Doktor Lancaster zur Nachuntersuchung«, sagte Sir Roderick. »Er lässt Grüße ausrichten.«

Seit sie ihn bei Mattis Beerdigung flüchtig gesehen hatte, war er ihr nicht wieder begegnet.

»Ich hätte mich mehr gefreut, wenn Doktor Lancaster Ihnen mein Zeugnis mitgegeben hätte«, warf Antonia ein. Sie bereute die Bemerkung im selben Moment, denn sie fing einen skeptischen Blick von Bens Mutter auf.

Doch Sir Roderick sprang Antonia bei: »Ich werde ihn bitten, das nachzuholen.« Beim Abendessen erkundigte er sich interessiert nach seinem *hospital*, um dann zu sagen: »Sie haben sich eine Belohnung verdient, Fraulein Thomasius. Können Sie reiten?«

Sie berichtete von ihren vielen Ausritten in Freystetten.

»Und haben Sie schon einmal gejagt?«

Sie schüttelte den Kopf und wollte klarstellen, dass sie keine Tiere töten könnte. Aber da gab Ben jenes Geheimnis preis, das sie ihm während einer der Fahrten nach Nairobi anvertraut hatte: »Fräulein Thomasius hat sogar schon mal einen Wolf erschossen.«

Die Umstände dieses Zwischenfalls hatten mit einer Jagd

zwar nichts zu tun, aber nun stand sie da als erfolgreiche Jägerin.

»So viele Ladys zieren sich. ›Oh, die armen Tiere‹, rufen sie«, mokierte sich der Großgrundbesitzer. »Wir Jäger sind die wahren Tierfreunde, lieben und kennen ihre Gewohnheiten, spüren ihnen nach. Ich, Ben und Sie, Fraulein, werden morgen in der Früh zum Jagen aufbrechen.« Er wandte sich an Bens Vater: »James, ich brauche mindestens zehn Boys und den großen Eselkarren. Sorgen Sie bitte dafür, dass alles bereit ist. Und Sie, Andrea, werden endlich wieder die Kühlkammern mit Wild bestücken können. Wissen Sie, Fraulein Thomasius, wir müssen gutes Fleisch für die Angestellten besorgen. Das ist unsere Aufgabe. Also, enttäuschen Sie mich nicht!«

Schweigend säbelte Antonia an ihrem blutigen Rindersteak. Konnte sie jetzt noch einen Rückzieher machen? Sie, die einmal Tierärztin hatte werden wollen, auf der Jagd! Wie konnte sie diesen Irrtum berichtigen?

Spät in der Nacht rumpelte der Ford mit seinen vier Fahrgästen zurück zu den Häusern der Angestellten.

Da sagte Bens Vater: »Ich kann mich nicht erinnern, dass Sir Roderick je eine Frau mit zur Jagd genommen hätte.«

Ben drehte sich zu ihr nach hinten. »Er hält große Stücke auf dich, Toni.«

Kurz vor Sonnenaufgang schwang sich Antonia auf einen ihr fremden Hengst, der einen leicht nervösen Eindruck machte. Nicht die Jagd an sich interessierte sie, sondern die Aussicht, etwas Ungewöhnliches zu erleben.

Es war noch kühl, als sie mit vier Männern in Richtung Westen ritt, wo der Himmel fast schwarz war. Sir Roderick hatte außer Ben und seinem Vater noch den Fabrikleiter Mr. Flowers dazu gebeten. Alle hatten sich Gewehre umgehängt, für Antonia hatte man eine Halterung am Sattel angebracht. Auch zwei Afrikaner waren zu Pferde unterwegs, ausgerüstet mit Ersatzgewehren.

Als Ärztin hatte Antonia einen Tornister gepackt, in dem sich eine Ausrüstung für Notfälle befand – vom Verband bis zu Morphium. Darüber hatte sie jedoch kein Wort verloren. Echte Kerle, vermutete sie, würden derartige Vorsorge wohl als Aberglauben abtun.

Je heller es wurde, umso deutlicher wurde die Schönheit der Landschaft. Die Ausläufer einer Bergkette erstreckten sich in herrlicher Weite vor ihnen. Noch zeichneten sich die breiten Wipfel der Schirmakazien wie Scherenschnitte vor dem Grasland ab. Die nur für eine kurze Zeit flach einfallenden Strahlen der Morgensonne brachen sich im hochstehenden Gras, spielten mit den hellen Spitzen und ließen sie aufleuchten wie goldenes Feenhaar. Hin und wieder sprangen kleine Antilopen auf, für die sich die Jägergruppe nicht interessierte. Nur großes Wild wollten sie vor die Flinten bekommen, vor allem die schweren Büffel mit ihren ausladenden Hörnern.

Sir Roderick ritt voraus, machte aber keine gute Figur dabei. Er saß schwerfällig im Sattel; sein Pferd hatte Mühe mit ihm. Ganz anders Ben, der sich kerzengerade hielt und den Bewegungen seines Tiers folgte. Die beiden wirkten wie ein eingespieltes Gespann. Flowers war wie immer mürrisch, benutzte als Einziger eine kurze Reitgerte, um mit seinem Pferd zu kommunizieren. Bens Vater hingegen schien im Sattel zu Hause zu sein. Er hatte am Vorabend einfließen lassen, dass er früher keinen Weg mit dem Auto oder dem Traktor zurückgelegt hatte.

Nun lenkte er sein Pferd an Antonias Seite. »Wir werden Ausschau halten müssen nach einem männlichen Löwen«, sagte er. »Normalerweise kommen sie den Siedlungen nicht so nah, dass von ihnen eine Gefahr ausginge. Bei diesem Löwen ist das anders. Er hat zwei Männer verschleppt, die unsere Rinder hüteten. Dieser Aufgabe werden wir uns zuerst widmen. Bleiben Sie deshalb in meiner Nähe.«

Einen Löwen töten. Antonia hatte sich manches ausgemalt, was ihr in Afrika widerfahren mochte. Für dieses Abenteuer hatte ihre Fantasie jedoch nicht gereicht. Falls sie das Pech hätte, dem Löwen ins Auge zu sehen, würde sie so schießen, dass er fliehen könnte. Wobei ihr nicht klar war, wie sie das anstellen wollte. Sie hoffte, der Herrscher der Savanne mied diese Jagdgesellschaft.

Einer der Afrikaner eilte bald darauf zu Sir Roderick, der sein Pferd stoppte und das Fernglas hob. Stumm deutete er in Richtung Osten. Alle folgten seinem Blick, niemand sagte ein Wort, ein Pferd schnaubte. Auf einer leichten Anhöhe ruhte tatsächlich ein Löwe. Majestätisch zeichnete sich seine Gestalt in dem sanften Morgenlicht ab.

Ben ritt neben Antonia. »Der Wind steht gut. Er wittert uns nicht, wir haben großes Glück. Wir teilen uns auf, Toni. Sir Roderick und ich pirschen uns von links an, du und Vater bleiben in der Mitte, Flowers kommt von rechts.«

Sie bemerkte sehr wohl, dass Ben nicht von der Seite des Mannes wich, dem er so viel verdankte. War Ben der bessere Schütze von den beiden?

Alle stiegen von den Pferden, die afrikanischen Helfer übernahmen die Zügel. Antonia hatte nicht damit gerechnet, wie scharfkantig und feucht das Savannengras war. Vom Boden aus war der Blickwinkel ein anderer. Worauf hatte sie sich eingelassen! Das Herz schlug ihr bis zum Hals. Wem sollte sie davon jemals in Berlin erzählen, dachte sie. Man würde sie für eine Aufschneiderin halten. Hauptsache überleben, machte sie sich Mut. Neben ihr spannte Bens Vater den Abzug. So machte man das wohl, folgerte sie, denn wenn so ein großes Tier auf einen zuliefe, bliebe dazu keine Zeit.

Überhaupt: Wo war der Löwe? Von seinem Ausguck war er verschwunden. Nun machte auch Antonia ihr Gewehr bereit. Tierliebe war eine gute Sache. Aber wusste der Löwe, was sie für ihn empfand?

Am Vorabend hatte Flowers vom Bau der Bahnstrecke Mombasa–Port Florence am Viktoriasee erzählt, von der aus ein Abzweig nach Nairobi führte. Damals hatte ein Löwenpaar Dutzende Arbeiter gefressen. Ein mutiger britischer Ingenieur hatte sich allein den Ungeheuern gestellt und sie schließlich erschossen. »Sonst wäre die Bahntrasse nie fertiggebaut worden«, hatte Flowers gesagt. Alle hatten bedeutsam genickt. Jägerlatein, hatte Antonia gedacht. Die Geschichte von ihrem Wolf wurde von den anderen wohl ähnlich eingeordnet.

Bens Vater blieb stehen, lauschte. Totenstille. Antonia hob das Gewehr. Zwei Schüsse konnte sie damit abgeben, dann müsste sie den Lauf abknicken, zwei neue Patronen aus der Tasche holen und einlegen. Das würde wohl nicht so schnell gehen, ausprobiert hatte sie das noch nie. Es war wohl besser, gleich zu treffen ... Noch ein anderer Gedanke durchfuhr sie: Wie groß war ein Löwe eigentlich? War sein Schultermaß höher als das Gras? Sie packte das Gewehr fester.

Bens Vater signalisierte ihr, dass er ein Stück nach rechts gehen würde und sie bleiben solle, wo sie war. Das hielt sie als Jagdtaktik für richtig, sicherer fühlte sie sich deshalb nicht. Offenbar traute man ihr jedoch zu, sich selbst verteidigen zu können.

Die Stelle, an der sie sich befand, lag im Schatten der Berge, hinter denen die Sonne sich allmählich erhob. Ein milchiges Licht aus grauem Blau, über dem das zunehmend kräftigere Rot der Sonne aufstieg. Und kein Ton war zu hören.

Oder doch? Eine Art Rascheln, als käme etwas sehr schnell näher. Direkt auf sie zu. Sie hatte das Gewehr bereits sinken lassen, riss es jetzt hoch. Da kam er auf sie zu, den Kopf gesenkt, die gelben Augen direkt auf sie gerichtet. Sie sah seine schmalen Pupillen. Im selben Moment federte er vom Boden ab, direkt auf sie zu. Ihr Denken setzte aus, sie zielte, drückte ab. Der Knall zerfetzte die Morgenstille.

Damals, bei der Begegnung mit dem Wolf, war es ähnlich knapp und sie als junges Mädchen nicht dem Rückstoß der Waffe gewachsen gewesen. Jetzt warf sie sich zur Seite. Direkt neben ihr kam der Löwe mit einem dumpfen Aufprall auf, überschlug sich und blieb ein paar Meter von ihr entfernt liegen. Antonia sprang auf die Füße, ihr Körper war jetzt bis in die letzte Faser angespannt. Hatte sie die riesige Katze so erwischt, dass sie keine Gefahr mehr darstellte? Jedes Lebewesen, in eine existenziell ausweglose Lage gebracht, mobilisierte ein letztes Mal all seine Kraft.

Die Flinte auf den Löwen gerichtet, ging sie vorsichtig auf ihn zu. In seiner unmittelbaren Nähe wurde deutlich, welch ein perfektes Geschöpf sie niedergeschossen hatte. Seine Mähne war viel dunkler und floss bis weit auf den Rücken, als sie es von den Löwen im Berliner Zoo kannte. Das Fell war auch nicht sandfarben, sondern von einem hellen Braun. Die perfekte Tarnung in seinem Revier, einer Mischung aus Gras- und Buschland. Der muskulöse Leib war gezeichnet von Narben; sein Leben lang hatte er kämpfen müssen.

Noch einmal hob er den Kopf, sah sie an, machte aber keine Anstalten, sie anzugreifen. Ein wahrer König der Wildnis erkannte wohl, wann er besiegt war. Stattdessen ließ er das schwere Haupt sinken, schloss die todesmüden Augen und rollte sich auf die Seite.

Wie versteinert stand Antonia daneben. Was war ihr gerade widerfahren? Sie hätte tot sein können! Es waren Bruchteile von Sekunden gewesen, die über ihr Weiterleben entschieden hatten. Der Löwe oder sie. In ihr stieg eine eisige Kälte hoch, sie begann zu zittern.

Von allen Seiten eilten nun ihre Begleiter herbei. »Nicht mehr schießen!«, rief Sir Roderick. »Ich brauche das Fell. Ein Mähnenlöwe. Die sind selten.«

Selten. Das Worte hallte in ihrem Kopf so laut nach wie der Gewehrschuss, mit dem sie das Tier niedergestreckt hatte. Nicht das Leben an sich zählte, sondern der Preis, der dafür geboten wurde.

Mit erhobenen Speeren näherten sich die einheimischen Helfer und ließen die Waffen erst sinken, als sie sich vom Tod des Tiers überzeugt hatten.

Ben musterte sie. »Geht es dir gut, Toni?«

Er nahm Antonia nicht in die Arme. Sie wusste auch nicht, ob sie das gewollt hätte. Vielleicht hätte es gereicht, wenn er ihr nur zu ihrem Mut gratuliert hätte. Jetzt, wo sie völlig unvorbereitet mit ihrer eigenen Endlichkeit konfrontiert worden war.

Wer war denn wessen Feind? Der Löwe dem Menschen oder umgekehrt? Wessen Land war dies? Die alte, mühsam verdrängte Frage schob sich wieder in den Vordergrund: Was hatte sie hier überhaupt zu suchen?

»Der Schuss ging direkt ins Herz«, stellte Sir Roderick fest, während er das Tier in Augenschein nahm. »Respekt, Fraulein Thomasius.«

Ausgerechnet Mr. Flowers erkannte ihren Zustand und reichte ihr eine Feldflasche. »Nehmen Sie mal einen kräftigen Schluck schottischen Whisky. Dann geht's Ihnen besser.«

Antonia griff zu und dachte, dass das nicht sie selbst war, die aus Flowers' Flasche trank. Das war eine Frau, die sich in Gesellschaft von Männern begeben hatte, die sie lieber nicht gekannt hätte.

In der größten Tageshitze erreichte Antonia mitsamt ihren Begleitern und deren Helfern Sir Rodericks Landsitz. Sie sah das Haus erstmals bei Tageslicht. Es lag im Schatten verschiedener großer und kleiner Palmen und Kasuarinen, die von ferne Fichten ähnelten. Die Villa war weiß gestrichen, einstöckig, mit umlaufenden Säulenveranden und umgeben von weitläufigen, englisch kurz geschnittenen Rasenflächen. Die britische Sitte, Blumen und damit die Insekten vom Rasen zu verbannen, diente hier einem praktischen Zweck. Die Schlangen, hatte Ben erklärt, waren auf diese Weise besser auszumachen.

Sir Roderick war mit seiner Jagd zufrieden. »Einen Dank an alle«, rief er in die Runde. »Sie sind eingeladen zu einem Fest. Es beginnt am kommenden Samstag um drei. Unsere Kikuyu werden tanzen. Auch die Massai werden da sein. Wir erwarten Gäste von außerhalb. Sie dürfen gespannt sein, wer kommt!«

Wer soll hier schon kommen, dachte Antonia. Das werden wahrscheinlich lauter Jagd-Verrückte sein. Sie ritt an dem Eselkarren vorbei, von dem gerade zwei Kudu-Körper abgeladen wurden, hübsche, mittelgroße graue Tiere mit weißen Senkrechtstreifen. Zweimal waren die Helfer hierher zum Abladen zurückgefahren, so erfolgreich war die Jagd gewesen. Der Löwe war noch vor Ort gehäutet und der Kadaver in der Wildnis zurückgelassen worden. Am Himmel im Westen, in Richtung der Berge, kreisten nach wie vor unzählige Aasgeier. Das kostbare Fell hatte Antonia nicht mehr gesehen. Es hieß, dass es bei einem darauf spezialisierten Präparator in London bearbeitet werden würde. Wieder eine Trophäe für das Schloss.

Sie glitt aus dem Sattel und spürte jeden Muskel. Früher war sie auf Freystetten oft geritten, aber diese Zeiten lagen lange zurück.

Da seine Eltern im Herrenhaus zu tun hatten, brachte Ben Antonia mit dem Auto zurück, und sie konnte offen sprechen: »Du benimmst dich, als wären wir einander fremd.«

»Es tut mir leid, wenn du das so empfindest, Toni. So ist das nicht gemeint, das weißt du. Ich kann nicht mit dir flirten, wenn alle zusehen.«

»Ben, der Löwe war sehr nah. Ich war schockiert, wie schnell das ging, dass er bei mir war.«

»Damit hatte niemand gerechnet. Du warst sehr geistesgegenwärtig. Ich bewundere dich dafür.«

»Ich will doch nicht bewundert werden! Sogar Flowers spürte, wie entsetzt ich war. Von dir kam nichts.«

Sie legte die Hand auf seinen Arm. Die nächste Kurve kam, er entzog sich ihr zwangsläufig.

»Ziehst du das hübsche Kleid am Samstagnachmittag an?«, fragte er, als sie ihr Häuschen erreichten, und beugte sich zu ihr hinüber. Aber nur, um die Tür aufzustoßen. Er roch nach Sonne, Luft, Löwe, Pferd, Schweiß und Tierblut. Eine ähnliche herbe Geruchsmischung umgab wohl auch sie. Sehr verführerisch. Die Wildnis war offenkundig nur romantisch, wenn man in der Ferne davon schwärmte.

Antonia duschte in der simplen Konstruktion hinter ihrem kleinen Häuschen. Danach setzte sie sich mit ihren Briefen in den Schatten der Veranda.

Für Guntrams Schreiben hatte sie noch keine Zeit gehabt: *Ich warte auf Dich, Toni.*

Celia ließ sie wissen, dass Guntram sich in den Kopf gesetzt habe, Antonia zu heiraten. Ihre Freundin fragte in ihrem Brief: *Was ist mit Ben, Deinem Abenteurer? Wird es etwas mit euch? Soll ich Guntram allmählich beibringen, dass Du in Afrika bleibst?*

Kurzentschlossen begann Antonia mit einer Antwort: *Ich komme zurück. Wann die Schiffe gehen, weiß ich nicht. Ich telegrafiere Dir.*

Sie ließ das Blatt sinken. War sie soweit? Sollte sie nun endlich aufgeben? Sie legte den begonnenen Brief fort. Nicht wegen Ben war sie nach *Kiambu* gekommen: Das Krankenhaus wartete auf sie. Aber machte sie sich da nicht etwas vor? Ging es nicht doch um Ben? War es nicht in Wahrheit immer nur um ihn gegangen?

Am Tag nach der Jagd erwartete sie morgens vor dem Hospital ein schmächtiger, hochaufgeschossener Junge. Seiner Statur nach mochte er Massai sein, obwohl die umherziehenden Hirten nicht auf der Plantage arbeiteten. Die Kleidung sagte nichts über seine Herkunft aus – ein zu großes, altes Männerhemd, eine lange, staubige schwarze Hose.

Da Massai im Gegensatz zu den ortsansässigen Kikuyu mehrere Sprachen zumindest oberflächlich beherrschten, fragte sie ihn auf Swahili: »Hast du Schmerzen? Zeigst du mir die Stelle?« Es waren die üblichen Sätze, mit der sie auch im *hospitali* die Behandlung eröffnet hatte.

»Ich habe keine Schmerzen. Ich will bei dir arbeiten«, antwortete der Junge ebenfalls auf Swahili.

»Was kannst du denn?«

»Nichts. Du musst mir alles beibringen.«

So viel Ehrlichkeit war verblüffend. »Welche Sprachen sprichst du?«

Er ratterte fast ein halbes Dutzend herunter. Es waren jene der Menschen auf der Plantage. Ob er das leisten kann, was Atija getan hatte, fragte sie sich.

»Gut«, sagte sie, »du übersetzt. Ich zeige dir, was ich mache. Wenn ich Frauen und Mädchen behandle, wartest du draußen und hörst durch die Tür zu, was gesagt wird.«

Er nickte ernsthaft.

»Wie heißt du?«

Er sah sie groß an. »Simba.«

Sie lachte. »Du heißt Löwe? Das ist Swahili. Ich glaube dir nicht, dass du einen Swahili-Namen trägst.«

»Ich wollte wissen, ob du klug bist. Jetzt weiß ich es. Du hast erkannt, dass ich etwas Falsches sage. Ich heiße Tajeu.«

»Zu mir sagst du *daktari*. Wo wohnst du?«

Er streckte den Arm aus und deutete in Richtung Westen, dorthin, wo das Gebiet der Massai begann. Demnach musste er bei absoluter Dunkelheit aufgebrochen sein.

»Möchtest du, dass ich dir hier einen Schlafplatz besorge?«, fragte sie.

Wieder stimmte er feierlich nickend zu.

Den ganzen Vormittag über hatten sie gut zu tun. Verbrennungen, Schnittwunden, Brüche, Durchfall, aber keine einzige Schwangerschaft. Nie waren die Stunden so dahingeflogen, es fühlte sich fast an wie im *hospitali*. Als Antonia die Krankenstation verschloss, folgte Tajeu ihr mit einigen Schritten Abstand zu ihrem Häuschen. Ohne ein Wort zu sagen, rollte er sich auf der Veranda zusammen und schlief sofort ein.

Antonia holte eine leichte Decke und breitete sie über ihn. Nicht, weil er eventuell fror. Vielmehr, weil er so schutzlos aussah.

»Wer ist das?«, fragte Ben, als er kam, um sie zum Lunch abzuholen.

»Tajeu, mein Assistent«, erwiderte sie lächelnd.

»So jemanden hätte ich dir längst besorgen sollen«, sagte er. »Wie hast du ihn gefunden?«

»Er hat mich gefunden.«

»Er scheint ein Massai zu sein. Die sind unstet. Gewöhn dich nicht zu sehr an ihn.«

Während des Gehens streiften sich ihre Hände. Er fasste zu und hielt sie fest. Bis sie das Verwalterhaus erreichten. Da ließ er los, aber das war für Antonia nichts Neues. Ihre Gedanken waren bei Tajeu: Wenn er derart weit entfernt lebte, wie hatte er vom Hospital erfahren? Warum war er zu ihr gekommen? Nur um zu lernen?

Am Tag des großen Fests fielen die Kikuyu auf, die überall auf der Plantage bunt bemalt unterwegs waren. Ihre rote Kleidung verlieh dem satten Grün der Hänge fröhliche Tupfen. Auch die Gesichter waren mit roter Farbe überzogen, auf der sich weiße Streifen und Tupfer abzeichneten, als trügen sie Masken. Die wahren Mienen konnte Antonia selbst dann nicht erkennen, wenn es Menschen waren, die ihr täglich begegneten. Es lag eine ausgelassene Fröhlichkeit über der Plantage, alle hatten frei. Antonia beschloss, die ungewöhnlich feierliche Atmosphäre in sich aufzunehmen, indem sie den Weg zum Herrenhaus zu Fuß zurücklegte. Tajeu, der seit seinem plötzlichen Auftauchen kaum von ihrer Seite gewichen war, folgte ihr wie ein Schatten.

Bislang empfand sie seine Anwesenheit als angenehm. Er redete nur, wenn er gebraucht oder gefragt wurde, aber seine wachen Augen bekamen alles mit. Fiel ihr ein Instrument zu Boden, sprang er herbei und hob es auf. Nachdem sie ihm gezeigt hatte, dass es zuerst desinfiziert werden musste, übernahm er das.

Sein Diensteifer verwirrte sie anfangs, aber am Ende dieser kurzen Woche hatte sie sich bereits daran gewöhnt. Und wenn sie ihn nachts auf der Veranda zudeckte, fragte sie sich, was das mit ihnen beiden war. War er wie ein kleiner Bruder für sie? Gar ein Kind? Ein Schützling? Oder so etwas wie ein Spiegelbild? Erkannte sie ihre Einsamkeit in ihm wieder?

In ihrem Rücken hörte sie das vertraute Geräusch des Ford-Motors und trat zur Seite. Tajeu tat dasselbe, der Wagen fuhr an ihm, der wenige Meter hinter ihr gegangen war, vorbei und stoppte auf ihrer Höhe. Ben, festlich angezogen mit blütenweißem Hemd, aber noch ohne Jacke, saß allein im Wagen.

»Ich habe dich gesucht. Weshalb gehst du Fuß?«, fragte er.

»Mir war danach. Aber jetzt steige ich gern zu dir ein.« Sie ging um den Wagen herum und winkte dabei Tajeu zu sich.

»Das geht nicht, Toni. Tut mir leid. Der Junge fährt nicht mit.«

»Verstehe. Dann fahr du voraus.«

»Stell dich bitte nicht so an, Toni. Ich bin nicht Flowers. Aber wenn ich anfange, einen von denen mitzunehmen, muss ich es so mit allen handhaben.«

»Einen von denen«, echote sie und lächelte bitter. Sie schlug die Tür zu. »Wir sehen uns dann später.«

Offenbar hatte Ben Mühe, einen Gang einzulegen; es krachte vernehmlich. Aber dann rumpelte der Wagen davon, und sie ging weiter. Sie dachte an die Kriegszeit, an den Grafen und sein Schloss.

Man hatte alle Knechte eingezogen, nur ein alter Mann war übrig geblieben. Er hatte Gicht und konnte nicht mehr auf den Bock der Pferdekutsche hinaufklettern, aber das Heu musste zur Futterstelle der Hirsche im Wald gebracht werden. Der betagte Knecht hatte versucht, den Kutschbock zu erklimmen; es gelang ihm nicht. Graf Friedemann, damals ein kräftiger Mann im besten Alter, hatte tatenlos zugesehen. »Dann mache ich das«, hatte Antonia, der Backfisch, angeboten und schließlich die Fütterung übernommen, weil der Graf keine Knechtsarbeit hatte machen wollen.

So in etwa war es hier auf *Kiambu* auch, obwohl es weder Knechte noch Grafen gab. Nur verschiedene Hautfarben. Antonia war nach diesem Erlebnis mit dem Knecht lange nicht mehr auf dem Gut gewesen und als sie wieder zu Besuch gekommen war, hatte der Graf seinen Heuwagen wie selbstverständlich selbst gefahren. Antonia fragte sich, ob *einer von denen* jemals würde zu Ben ins Auto steigen dürfen.

Von allen Seiten strömten die bunt geschmückten Afrikaner heran. Zwar hatte Antonia im Buschland viele Massai gesehen, die eleganten Männer in ihren rot gemusterten Umhängen. Hier mussten es Hunderte sein, die sich auf dem kurzgeschorenen Rasen versammelten. Und sie hatten sich ganz besonders ausstaffiert. Anders als die Kikuyu mit ihrer bunten Maskierung trumpften die Savannenbewohner mit prächtigem Federschmuck auf, den sie auf den Schultern trugen. Das gab jedem die Erscheinung eines mächtigen Kriegers, dazu die Schilde und Speere, die Gesichter Angst einflößend weiß und schwarz bemalt. Als bloße Zuschauerin wusste sie nichts über die geheime Symbolik dahinter.

Schon jetzt, während immer wieder Limousinen vorfuhren, aus denen festlich gekleidete weiße Damen und Herren ausstiegen, schwebte Trommelklang über dem Anwesen. Obwohl die Sonne noch am Himmel stand, brannte Holz in Feuerschalen. Für die weißen Gäste waren sowohl im Haus als auch auf der Veranda geschmückte Tische aufgebaut, das Personal trug schwarze Uniformen.

»Ach, diese Feste sind etwas Wunderbares«, befand eine Dame neben ihr, die ebenso wie sie zusah, wie die Massai sich in großen Gruppen versammelten.

»Es sind so viele«, sagte Antonia. »Wo kommen die nur alle her?«

»Die Massai haben große Rinderherden. Sir Roderick schoss einen Löwen, der die Gegend terrorisierte. Da zeigt man sich als gute Nachbarn dankbar«, erklärte die Dame.

Sir Roderick hatte also geschossen, nicht sie. Antonia nahm es zur Kenntnis.

»Sie sind neu auf *Kiambu*«, stellte die Fremde fest und beäugte sie interessiert. »Was tun Sie hier?«

Die Frau hatte ein schmales, hageres Gesicht, das von dunklen Haaren umrahmt und einem breitkrempigen Hut gekrönt wurde. Ihr breiter Mund lachte, aber die dunklen Augen schlossen sich diesem Lachen nicht an. Etwas Schwermütiges umgab sie. Sie trug ein schlichtes Hängekleid, wie es gerade Mode war, und wirkte darin älter, als sie vermutlich war.

»Ich habe mich darauf eingelassen, auf *Kiambu* als Ärztin zu arbeiten«, antwortete Antonia.

»Sind Sie denn eine?«

Ihre Direktheit war erstaunlich!

»Durchaus.« Weshalb trauten Frauen einander nie zu, anspruchsvolle Arbeit verrichten zu können? »Ich wurde an der Charité in Berlin ausgebildet«, sagte sie mit Nachdruck.

»Eine Deutsche. Da sind wir fast Nachbarn. Ich stamme aus Dänemark.« Sie streckte ihr eine schmale, kräftig zupackende, sich kühl anfühlende Hand entgegen. »Ich bin Karen Blixen. Ihr Englisch ist hervorragend. Für gewöhnlich verhunzen Ihre Landsleute diese Sprache der Aristokratie jämmerlich.«

»Die Briten, die ich bislang traf, schaffen das aber auch, Frau Blixen!«

»Ihr Humor gefällt mir. Den brauchen Sie hier, nicht wahr?«

»Sie sprechen mir aus der Seele«, sagte Antonia und spürte, dass sie ein wenig zu bitter klang.

»Ich bin seit fünfzehn Jahren in diesem Land. Nicht weit von hier habe ich eine Farm am Fuße der Ngong-Berge. Mein Mann – mein damaliger Mann, muss ich sagen – und ich begannen mit Kaffeepflanzungen. Der falsche Boden, der falsche Mann. Viele Erfahrungen, noch mehr Enttäuschungen.« Sie lachte. »Männer wie unser Gastgeber haben es richtiger gemacht als wir damals. Wir erhofften uns eine Zukunft …« Frau Blixen unterbrach sich selbst mit einem enttäuschten Lächeln. »Nun, ich hoffte es. Bror, mein Mann, versoff diese Zukunft. Unser gemeinsamer Freund Roderick wollte keine neue Zukunft; diese nette Pflanzung dient eher seiner Zerstreuung. Kann man es ihm verübeln? Seine Familie hat eine so reiche Vergangenheit, dass jede Zukunft, die er aufbauen könnte, dagegen ärmlich wirken muss.« Sie lachte. »Selbst angesichts dieser Prachtentfaltung.«

Die Massai-Männer hatten mittlerweile mit Tänzen begonnen, bei denen ihre schmalen Körper mit angelegten Armen meterhoch in die Luft federten, wobei sie unverständliche Töne ausstießen. Antonia wunderte sich, dass die weißen Gäste das Schauspiel nicht zu beeindrucken schien; sie blickten drein, als hätten sie das alles schon mehrfach gesehen.

»Meine Eltern«, sagte sie leise, »schwärmten immer, Afrika wäre ein Platz an der Sonne. Irgendwann verließ meine Mutter mit mir Afrika. Jetzt, wo ich hier lebe, habe ich das Gefühl, sie ging, weil sie ihre Träume verloren hatte.«

»So wird es wohl auch gewesen sein«, bekräftigte Frau Blixen. Sie blickte auf die tanzenden Massai, während sie sagte: »Wir Europäer haben dieses Land entweder verteufelt, als archaisch oder zumindest als zurückgeblieben gebrandmarkt. Zeitweise haben wir unseren Nachbarkontinent als Wiege der Menschheit verklärt, weil jahrtausendealte Skelette angeblich beweisen, dass der *homo sapiens* hier den aufrechten Gang erlernte. Was bedeutet, dass unsere Vorfahren Affen waren. Daran möchten wir denn doch lieber nicht erinnert werden.« Die Dänin lächelte. »Meine Liebe, erschrecke ich Sie mit meinen düsteren Gedanken?«

»Ich frage mich nur, weshalb Sie bleiben, wenn Sie alles in derartiger Klarheit erkennen.«

»Weil ich pleite bin.« Ihr kraftloses Lächeln begleitete den Satz. »Meine Farm ist keinen Pfifferling mehr wert. Die Böden sind ausgelaugt und zu trocken. Kaffee ist die falsche Pflanze. Mein Ex-Mann hat eine neue Frau und ich bei allen Banken Schulden.« Ihrem herben Gesicht war anzusehen, wie machtlos sie ihrem Schicksal ausgeliefert war. »Ich hänge hier fest. Im Grunde nicht ungern, denn die Menschen auf meiner Farm verehren mich und ich sie. Sie haben mich gelehrt, was es bedeutet, Ehrfurcht vor dem Leben zu haben. Gerade ging ich Sie etwas hart an, als ich fragte, ob Sie überhaupt Ärztin wären. Denn ich habe mir vieles selbst beigebracht, um meinen Kikuyus beizustehen. Manches mutet an wie die Tricks eines Kopenhagener Taschenspielers. Es wirkt dennoch, denn wahre Heilkunst hat etwas von Magie. Ein Thema, zu dem ich Sie unbedingt mit jemandem bekanntmachen muss. Kommen Sie mal mit!«

Die ungewöhnliche Frau Blixen lotste Antonia in das Gewühl der Gästeschar hinein.

»Es gibt tatsächlich Naturmittel, mit denen geheilt werden kann«, sagte die Farmbesitzerin. »Die Frau, die ich Ihnen vorstellen werde, ist der lebende Beweis.«

Antonia wollte gerade von ihrer entsprechenden Erfahrung berichten, als ihre Begleiterin schnurstracks auf eine elegante Lady im weißen Kleid und mit weißem Hut zusteuerte. Es war Lady Catherine Blackhurst.

»Miss Thomasius!« Ihrer einstigen Patientin schossen Tränen in die Augen, als sie die Arme ausbreitete und Antonia herzlich an sich drückte. »Der ganzen Welt erzähle ich von Ihnen, meiner Lebensretterin! Und Sie sind hier. Welch ein Zufall.«

»Die Welt ist klein, Catherine, wie man sieht«, sagte Karen Blixen und musterte Antonia. »Dann sind Sie das mit dem Tee aus Wurmholz? Da habe ich ja noch einmal Glück gehabt, dass ich der Erfinderin des Wundermittels nicht vorgeschlagen habe, es anzuwenden.«

»Ich hab's ja nicht erfunden, sondern mich nur getraut, es anzuwenden.«

»Darum geht es doch, meine Liebe!«, sagte Frau Blixen. »Ich habe kaum Arznei aus Europa zur Verfügung. Ich behandle meine Kikuyu mit den Dingen aus der Natur. Die Magie dabei ist, dass es von mir kommt. Man vertraut mir, dass ich weiß, was ich tue.«

»Weil das die Basis jeder Beziehung einer Ärztin zu ihren Patienten ist«, bestätigte Antonia.

»Ich habe gemerkt, dass Sie mit Ihrem Latein am Ende waren, als Sie mir den Tee verordneten«, sagte Lady Catherine.

»Und Sie haben es trotzdem genommen. Das war mutig.«

Ihre einstige Patientin schüttelte den Kopf. »Ich sah Ihre Augen, Miss Thomasius. Darin las ich Ihre Hoffnung.

Wenn Sie hoffen, darf ich das auch. Das war meine Überzeugung.«

»Wo gibt es dieses Wurmholz? Ich habe meine Kikuyu danach gefragt, aber sie kennen es nicht«, warf Frau Blixen ein.

»Ich schätze, diese Gegend ist zu trocken dafür. Es wächst an Gewässern, dort, wo die Krankheit herkommt, die Sie hatten, Lady Catherine. Ich hatte begonnen, die Bilharziose zu erforschen.« Antonia brach ab. Was sollte sie auf einer Party von ihren privaten Problemen berichten?

»Warum haben Sie nicht weitergemacht? Was ist passiert?«, hakte die Lady nach.

»Ich hatte Schwierigkeiten mit einem Kollegen.«

»Lancaster!« Die Lady stieß die drei Silben förmlich aus. »Was hat er getan?«

Antonia zögerte, Mattis harsche Worte im Ohr von den Frauen, die Männer ermutigten, ihnen zu nahezutreten.

Die Lady sprach es an ihrer Stelle aus: »Lancaster hat Sie belästigt.«

»Ja.«

»Wer ist dieser Lancaster?«, erkundigte sich Karen Blixen.

Lady Catherine erklärte, warum sie Antonia vor dem Klinikarzt gewarnt hatte: »Mein Mann und ich waren frisch verheiratet, als wir ihm begegnet sind. Das war vor ein paar Jahren in Indien. Auch er war damals verheiratet. Silvia war eine kapriziöse Frau, keine Frage, sie langweilte sich, aber das ist normal in den Tropen. Was soll man auch den ganzen Tag tun? Außer Karten spielen und Tee trinken. Für Tennis ist es zu heiß. Silvia vertrieb sich die Zeit mit Flirten.« Die Lady lächelte spöttisch. »Vielleicht war es manchmal auch mehr als das. So ein junges Ding. Eines Tages brannte plötzlich das Haus. Sie starb.«

Das sagte die Lady so lakonisch, dass Antonia meinte, ihr gefröre das Blut in den Adern. »Sie kam im Feuer um?«

»Ja, meine Liebe.« Die Lady nahm sich einen von den Eistees, die ein Diener auf dem Silbertablett herumtrug, und trank einen Schluck. »Es gab Gerüchte, dass Silvias Tod kein Zufall sei. Doch niemand ermittelte. Lancaster entzog sich dem Klatsch, indem er von einem Tag zum anderen verschwand. Es hieß, er wäre nach Afrika gegangen.«

»Es wird viel geredet«, warf Karen Blixen ein. »Wenn man nur immer wüsste, was stimmt.« Sie sah Antonia an. »Sie sind ganz blass geworden. Ist Ihnen nicht wohl?«

»Die Diakonisse Mathilde Bitterli und ich, wir hatten in Daressalam ein kleines *hospitali* aufgebaut. Das Vorbild für dieses auf *Kiambu*. Eines Nachts legte jemand rund um das Haus mit verschüttetem Benzin Feuer. Gemeinsam mit Matti und vielen Frauen und Kindern war ich darin eingeschlossen. Ich konnte entkommen. Matti starb. Sie erstickte.« Sie wandte sich ab, um ihre Tränen nicht zu zeigen.

Catherine Blackhurst strich Antonia beruhigend über den Rücken. »Wurde ein Ermittlungsverfahren eingeleitet?«

Antonia schüttelte den Kopf. »Es mochte etwas mehr als eine halbe Stunde nach dem Brand vergangen sein, als Doktor Lancaster dort auftauchte. Er roch nach Benzin. Aber das taten wir alle, überall war dieser Gestank. Es war merkwürdig, dass er überhaupt dort war. Die Sonne war gerade aufgegangen, und wir befanden uns mitten im Busch, wo Doktor Lancaster nie zuvor gewesen war. Ich hätte ihn wohl anzeigen sollen, aber ich war so verwirrt. Ich wollte nur fort.«

»Wie furchtbar«, sagte Frau Blixen. »Sie wussten ja von nichts.«

»Doch, ich hätte es wissen können«, gab Antonia zu. »Lady Catherine sagte mir, Lancaster wäre ein gefährlicher Mann. Ich bezog das auf etwas anderes.«

»Sie meinen, dass er sich Ihnen auf unangemessene Weise nähern könnte?«, fragte die Lady. Als Antonia mit einem Nicken zustimmte, räumte sie ein: »Ich hätte mich klarer ausdrücken sollen. Das bedaure ich sehr.«

»Was wurde aus Lancaster?«, erkundigte sich Karen Blixen.

»Er ist nach wie vor am *Ocean Road Hospital*, berichtete mir Sir Roderick.«

»Ich denke, wir sollten etwas gegen diesen Mann unternehmen«, stellte Lady Catherine fest.

»Ein weißer Mann, der frühmorgens im Busch unterwegs ist, fällt auf«, sagte Frau Blixen. »Es muss Zeugen geben.«

»Die Afrikaner sprachen von einem *sheitani*, der das *hospitali* angezündet habe.« Mit dem zeitlichen Abstand konnte Antonia klarer über die Vorgänge jener Nacht urteilen. »Das heißt ...«

»... weiße Teufel.« Die afrikakundige Karen Blixen nahm Antonia die Worte aus dem Mund. »Dieser Lancaster stellte Ihnen nach, und Sie wiesen ihn zurück.«

»Ja.«

»Verschmähte Liebe, gekränkte Eitelkeit – klingt das nicht nach denselben Motiven, die in Indien zum Tod jener Silvia geführt haben dürften?«, fragte die Farmerin.

»Da drüben steht mein Mann«, stellte Lady Catherine fest.

Ihr Ehemann befand sich in geselliger Runde. Die Herren, allesamt Whiskygläser in den Händen, hatten hochrote Gesichter. Als Ärztin war Antonia in leichter Sorge wegen des vermutlich viel zu hohen Blutdrucks der Herrschaften. Alkohol und Hitze waren wie ein Gift für den Organismus.

»Entschuldigen Sie mich. Ich muss meinem Gemahl ein wenig Feuer unter dem Hintern machen.« Erschrocken hob Lady Catherine die Hand vor den Mund, als wollte sie die unachtsam entschlüpften Worte zurückschieben. »Verzeihen Sie, Miss Thomasius, Sie wissen, wie ich das meinte. Mein Mann hat Einfluss. Den soll er geltend machen. Und zwar nicht nur auf den Konsum von Whisky.«

Nachdem sie im Lauf des Abends zum wiederholten Mal auf das Feuer im *hospitali* angesprochen worden war und völlig Fremden alles wieder und wieder hatte erzählen müssen, war sich Antonia endgültig der Macht des *gossip* bewusst. Plötzlich kannte sie jeder. Auch die, die zuvor nicht mit ihr gesprochen hatten, lächelten ihr nun wohlwollend zu. Lady Catherine wich nicht mehr von ihrer Seite und vergrößerte Antonias Bekanntheit um die Geschichte ihrer eigenen wundersamen Genesung. Antonia ging zwar davon aus, die wenigsten wiederzutreffen, es war jedoch makaber, dass Mattis schrecklicher Tod Teil einer schauerlichen und gleichzeitig als unterhaltsam empfundenen Erzählung war.

Mit Ben hatte sie kaum mehr als oberflächliche Worte gewechselt. Jeder unterhielt sich mit ihm. Sie sah ein, dass er für sie keine Zeit hatte, und hoffte auf den späteren Abend, denn von vielen Gästen hatte sie erfahren, dass sie dann zu ihren teilweise sehr weit entfernten Anwesen zurückkehren würden.

Von den vielen Tanzdarbietungen hatte Antonia nur am Rande etwas mitbekommen. Nun aber war die tropische Nacht hereingebrochen, Lady Catherine hatte sich mit ihrem Mann ins Haus zurückgezogen, und Antonia ging zu dem Platz vor dem Haus, auf dem gerade die Kikuyu sangen und tanzten. In der Dunkelheit zeichneten sich die weißen Streifen auf ihrer Haut deutlich ab. Überall brannten Fackeln, die Schatten verzerrten Antonias Wahrnehmung.

Eine sehr junge Frau, die einen Kinderwagen schob, kam auf sie zu. Antonia erkannte in ihr sofort Iris Whatley wieder, obwohl die auf dem Schiff so betrübt wirkende Iris vor Glück strahlte. »So eine schöne Überraschung!«, rief sie.

»Ich habe mich nicht getraut, Sie anzusprechen«, sagte Iris, die Antonia schon an Bord der *Wangoni* als zurückhaltend empfunden hatte. »Ich habe heute erst erfahren, dass Sie in Daressalam so eine schwere Zeit hatten und nun hier arbeiten. Sonst hätte ich Sie längst besucht. Sehen Sie nur, wie groß Anthony geworden ist!«

Antonia lugte in den Wagen. Der Junge, dem sie auf die Welt geholfen hatte, schlief bereits tief trotz des Trubels um ihn herum. Während draußen noch getrommelt wurde, erklang von drinnen ein Tusch; die Musikkapelle spielte auf.

»Das macht man hier so, wenn jemand heimkommt, der lange fort war«, sagte Iris. »Gehen wir doch mal nachsehen, wer das ist.«

Sir Rodericks Haus, in dem die mit afrikanischer und britischer Kunst geschmückten Salons ineinander übergingen, war voller festlich gekleideter Gäste. Man saß auf Sofas, plauderte im Stehen, flanierte herum, grüßte Menschen, die man wohl länger nicht gesehen hatte. Entsprechend hoch war der Geräuschpegel. Wegen der Hitze wurden stets neue Köstlichkeiten serviert, die gerade in der Küche angerichtet worden waren. Nun, da offenbar ein wichtiges Ereignis bevorstand, drängten alle in den größten Salon, wohin Antonia Iris begleitete. Dabei erkundigte sie sich danach, wie es der einstigen Patientin und Reisebekanntschaft erging, die so ungern auf die Farm ihres Mannes zurückgekehrt war.

Die deutsche Auswanderin lächelte verklärt. »Unser Junge hat alles verändert. Mein Mann trägt mich auf Händen.«

Endlich mal eine gute Nachricht! »Wann immer Sie möchten, Iris, bringen Sie Anthony in mein kleines Spital.«

»Nach diesem Fest werden Sie sich wundern, wie viele Weiße Ihren ärztlichen Rat suchen.« Sie lächelte abfällig. »Aber Sie werden es erleben: Keiner der Herrschaften wird sich dort behandeln lassen, wo Sie Afrikaner behandeln.«

»Dann mache ich einfach eine zweite Klinik auf«, scherzte Antonia.

Im selben Moment sah sie Ben, der eine junge Frau begrüßte, die sich bei Sir Roderick eingehakt hatte. Sie trug ein nachtblaues, sehr eng geschnittenes Seidenchiffonkleid. Ihr dunkles Haar trug sie hochgesteckt, was ihren schlanken Hals zur Geltung brachte. Ihr offenherziges Dekolleté zierte ein Diamantcollier. Die ganze Aufregung galt offensichtlich ihr.

Da Antonia mit Iris und deren Kinderwagen nicht bis ins Zentrum des Geschehens vorgedrungen war, reckte sie sich, um besser sehen zu können. »Wer ist das?«, fragte sie Iris.

»Mabel Finterton. Sie war in Australien. Ich glaube, ihr Vater hat das Fest ausgerichtet, um sie willkommen zu heißen. Er war sich wohl nicht sicher, ob sie wirklich heimkommt. Mabel gilt als launisch. Was man so hört, möchte Sir Roderick, dass sie Ben heiratet.«

Antonia wurde heiß und kalt. Das erklärte einiges! So ein abgekartetes Spiel! Sie hatte das Gefühl, ihr würde die Luft wegbleiben.

Er hat noch eine Tochter. Mabel reist ständig durch die

Welt, hatte Ben gesagt. Wie beiläufig das geklungen hatte. Bei dem Picknick unter dem Baum in der Savanne hatte sie keinen Gedanken darauf verwandt, dass sich mehr dahinter verbergen mochte. So nah hatte sie sich ihm gefühlt, alles schien möglich zu sein. Sogar ein gemeinsames Leben …

Doch Antonia war niemand, der davonlief. Stattdessen schob sie sich gezielt in die Nähe von Mabel und Ben.

Sir Roderick bemerkte sie und stellte sie vor: »Miss Thomasius ist eine Ärztin, die unsere Kikuyu behandelt.«

Das, dachte sie, hätte er auch wesentlich persönlicher formulieren können.

Sie und Mabel waren fast gleich groß. Mabel war nicht hübsch, nur sehr gut zurechtgemacht. Es war eher ihre Ausstrahlung, mit der sie punktete. Sie signalisierte ihrer Umgebung, dass sie eine Gewinnerin war.

Antonia lächelte ihr ungutes Gefühl fort. »Guten Abend! Wie war Australien? Ist es da sehr viel anders als hier?«

»Eigentlich nicht. Außer dass die Menschen fehlen, die einem etwas bedeuten.« Ihr Blick ging zu Ben.

Ist das eine Spitze gegen mich, fragte sich Antonia. Weiß Mabel, dass Ben und ich uns nähergekommen sind? War dies jenes Signal, das Frauen einander so gern sandten: Ich bin zurück, also lass die Finger von ihm!

»*Home is where your love is*«, sagte Antonia und setzte hinzu: »Das ist auch meine Einstellung.« Sie wandte sich wieder Iris Whatley zu, die ihr mit dem Kinderwagen gefolgt war, und sagte im Ton gepflegten britischen *Smalltalks*, aber so laut, dass Ben es hören musste: »Und wenn man dann erst ein Kind hat, ist das Glück wahrhaft perfekt, nicht wahr?«

Antonia meinte Bens verblüffter Miene ansehen zu können, dass er sie durchschaute: Sie hatte einen bitteren Scherz gemacht.

Gemeinsam mit ihrer einstigen Patientin schob sie den Kinderwagen aus dem Gedränge fort. »Iris, erzählen Sie von Ihrem neuen Leben auf der Farm.«

»Wie Sie schon bei unserer ersten Begegnung vermuteten: Es ist wundervoll«, schwärmte Iris.

Antonias Herz raste. Zumindest hatte sie das Gefühl, einen einigermaßen anständigen Abgang hinbekommen zu haben. Als ein Diener mit dem Weißwein vorbeikam, schnappte sie sich ein Glas von dessen Tablett und leerte es in einem Zug.

Das erste Sonnenlicht fiel flach in Antonias Häuschen, als sie die Augen aufschlug. Geschlafen hatte sie so gut wie gar nicht.

Tajeu hatte sie in der Nacht im Schein einer Taschenlampe nach Hause begleitet. Sie hatte sich klammheimlich vom Fest verdrückt. Den ganzen Weg hatte sie tapfer durchgehalten, sich dann ins Bett verzogen und den Tränen freien Lauf gelassen.

Beim Aufwachen waren die schweren Gedanken wie dunkle Schatten wieder im Raum versammelt. Welch eine niederschmetternde Bilanz nach anderthalb Jahren Afrika! Nichts war gelungen. Aber das war nicht das Schlimmste. Wie ein naiver Backfisch hatte sie sich von Ben an der Nase herumführen lassen. Benutzt hatte er sie, um sie von der Küste ins Hinterland zu locken. *Kein Arzt käme hierher …* Das gelang nur mit der Aussicht, mehr als eine erfüllende Arbeit zu bieten. Wie dumm konnte man nur sein, darauf hereinzufallen!

Nur eine Konsequenz war denkbar: Abreise. Das ließ Antonia an ihre Zufallsbekanntschaft Karen Blixen denken, die schon lange fortwollte und der das nicht gelang. Eine Farm oder Plantage im afrikanischen Irgendwo verließ man nicht so, wie man in den Bus zum Alexanderplatz stieg.

Auch sie selbst konnte nicht von heute auf morgen verschwinden. Aber sich durchaus gedanklich vorbereiten, das war möglich! Der Fernschreiber stand im Verwalterhaus. Ein paar Mal hatte sie ihn benutzen dürfen, um Bestellungen für das Hospital nach Nairobi zu telegrafieren. Zu ihrem Tagesablauf am Morgen gehörte ohnehin, sich in der Küche des Verwalterhauses einen Tee zu holen – und einen zweiten für Tajeu, beides in Verbindung mit einer Scheibe Toast.

Wenig später saß Antonia an Sir Rodericks *Creed*-Fernschreiber, der die Tastatur einer Schreibmaschine hatte. Was sie tippte, würde beim Empfänger als langer Lochstreifen ankommen, der in Buchstaben übersetzt werden musste. Ihren kleinen Hilferuf auf Deutsch zu verfassen, machte keinen Sinn, da er über mehrere Zwischenstationen geleitet wurde.

My dream died. Stop. Coming home. Stop. Take next ship. Stop. Toni

Wie karg das klang, aber in gewisser Weise auch wohltuend, es so simpel auf den Punkt bringen zu können.

War es dennoch richtig?

Schluss damit, alles zu hinterfragen! Eine Hoffnung war wie ein Luftballon geplatzt. Das Leben ging weiter. Irgendwie. Jetzt erst mal fort von *Kiambu*!

Sie stellte das Gerät so ein, dass ihre Nachricht in die Welt hinausging. Sie hatte sich entschieden, Celia als Empfängerin auszuwählen. Die zweimal verheiratete Freundin würde verstehen, was damit gemeint war, dass ihr Traum gestorben war. Henny dagegen hatte ohnehin nie an diesen Traum geglaubt, und ihre Eltern wollte sie nicht enttäuschen. Fernschreiben taugten nicht als Begräbnisstätte toter Träume.

Anschließend schickte sie eine Nachricht an die *Deutsch Ost-Afrika Linie* und buchte einen Platz auf dem nächsten Schiff nach Europa.

Als sie zum Hospital kam, warteten so viele Patienten wie nie auf sie. Als wollten die Leute ihr zu verstehen geben, dass sie gebraucht wurde. Antonia versorgte zwar alle, aber die Enttäuschung hatte sich in ihrem Herzen eingenistet wie ein krankmachendes Bakterium. Bei aller Liebe für die Menschen, die auf sie bauten, war es an der Zeit, an sich selbst zu denken. Schließlich ging sie müde zurück zu ihrem Haus und wusch das Kleid, das sie getragen hatte, als sie mit Ben auf dem Schiffsdeck getanzt hatte und das er sie gebeten hatte, beim Fest anzuziehen. Nicht ein einziges Mal hatten sie dort miteinander getanzt. Das fiel ihr erst jetzt auf.

In der Hitze des Mittags trocknete es so schnell, dass es bald gebügelt werden konnte.

Da erschien Ben an der offenstehenden Eingangstür, den Ausdruck des Fernschreibers in der Hand. Erstaunt sah er zu ihr herein. »Du verlässt *Kiambu*?«

Derselbe Mann hatte einmal zu ihr gesagt: *Ich bin in dich verliebt.* Und nun stellte er eine derart nüchterne Frage!

Ihr fiel als Antwort nur ein: »Wundert dich das?«

»Ja.«

»Tatsächlich? Du hast mit mir gespielt, Ben. Mein einsames Herz ist auf dich hereingefallen. Wie ein Mauerblümchen hast du mich nur einsammeln und hierher verfrachten müssen. ›Flieg mit mir, Toni.‹ Ich stieg in dein Flugzeug, weil ich meinte, endlich das wahre Afrika zu sehen. Oder weil mir der Pilot so gut gefiel. So einfach war das für dich. Nun bin ich aufgewacht. Keine Illusionen mehr. Ich verliere meine Selbstachtung, wenn ich länger bleibe.«

»Du irrst dich, Toni. Es ist nicht so, wie du sagst.«

»Ich bin seit Monaten hier, und du lässt keine Nähe zu. Gestern Nacht taucht Mabel Finterton auf, und Iris sagt mir, dass Sir Roderick dich als ihren künftigen Mann sieht. Welche Schlüsse soll ich aus alldem ziehen?« Sie deutete auf das Papier in seiner Hand. »Was schreiben sie?«

»Dein Schiff verlässt Mombasa in zehn Tagen. Ich fliege dich natürlich hin. Ist doch selbstverständlich.«

»Du fliegst ja so gern.«

Er hob schweigend die Schultern. Ihr war, als machte er einen Versuch, ihr etwas zu sagen. Er unterließ es und reichte ihr stattdessen das Fernschreiben.

Es war vorbei. Sie hatte nicht einmal den Eindruck, dass Ben aufgegeben hatte. Er hatte ja nie um sie gekämpft.

Brandgeruch stieg in ihre Nase. Sie hatte das Bügeleisen nicht bewegt. Auf dem Tanzkleid zeichnete sich schwärzlich braun der Umriss des Eisens sb. Das Kleid würde sie nie mehr tragen können.

»Es ist schade darum. Ich habe es so gemocht«, sagte Ben. »Die Schneiderin kann versuchen, es zu reparieren.«

»Das taugt nur noch zum Wegwerfen«, urteilte Antonia.

Eines der wichtigsten Medikamente in Antonias kleinem Hospital war eigentlich keines. Viel mehr war *Lysol* ein Allzweckmittel, das zum Desinfizieren von Böden und Operationsbesteck ebenso benutzt wurde wie direkt auf der Haut vor einer OP. Ein paar Flaschen standen ständig herum, aber Antonia fiel auf, dass die Bestände schneller schwanden, als sie diese benutzte. Direkten Zugang hatte vor allem Tajeu. Sie mochte ihn, aber über die wahren Beweggründe für sein Aufkreuzen hatte sie ihn noch nicht befragt. Da sie nur noch neun Tage hatte, bevor sie *Kiambu* für immer verließ, hätte sie sich sagen können, dass es ihr egal war. Vielleicht verkaufte er das *Lysol*. Gehalt bekam er ohnehin keines, und der Schaden traf allenfalls Sir Roderick. Die Neugier ließ ihr dennoch keine Ruhe.

»Weißt du, warum wir immer weniger davon haben?« Sie zeigte dem Jungen die Flasche.

»Ich habe es genommen«, gab er unumwunden zu.

»Du musst fragen, bevor du jemandem etwas wegnimmst«, sagte sie und dachte gleichzeitig an ihre eigenen Diebstähle für das damalige *hospitali*. Mit zweierlei Maß zu messen, war auch nicht richtig.

»Du gehst fort, *daktari*. Ich brauche Dinge für zu Hause.«

»Willst du selbst ein *daktari* werden?«

Er strahlte sie an, und dann legte sich eine Traurigkeit auf sein Gesicht. »Ich kann nicht von dir genug lernen, weil du in das Land der Weißen gehst. Komm mit zum Haus meines Vaters. Er ist krank. Er kann nicht zu dir kommen.«

»Das Haus deines Vaters ist weit entfernt?«

»Ja, und du musst ein Gewehr mitnehmen. Du kannst schießen, du hast den Löwen getötet. Es war nicht der weiße Mann. Alle wissen, dass du es warst.«

Sie hatte pures Glück gehabt, aber das sagte sie nicht. Ihr stellte sich viel mehr die Frage, ob sie sich so kurz vor ihrer Abreise noch auf eine solche wohl nicht ganz ungefährliche Wanderung einlassen sollte. Und sie brauchte eine Waffe. Außerdem war sie keine gute Wanderin, sie ritt lieber.

»Nein, Tajeu, das kann ich nicht machen. Lass deinen Vater zu mir bringen.«

Es war wohl das erste Mal, dass sie ganz klar Nein gesagt hatte, als sie um Hilfe gebeten wurde, fiel ihr auf. Sofort überkam sie ein schlechtes Gewissen. Doch die wilde Natur Afrikas hatte Seiten, die sie nicht gekannt hatte, bevor sie aufgebrochen war. Der Löwe hatte ihr gezeigt, wie sie beschaffen sein konnten.

Sie ließ sich von Tajeu die Beschwerden seines Vaters beschreiben, stellte die Medikamente zusammen. »Geh und bring das deinem Vater. Du hast fünf Tage, um zurückzukommen. Wenn du es nicht schaffst, bin ich abgereist.«

Der Junge packte das Bündel mit den Medikamenten und sauste wie der Blitz davon. Antonia lächelte in sich hinein. Er würde rechtzeitig wiederkommen, davon war sie überzeugt.

Im Verwalterhaus setzte sie sich an den Fernschreiber, zögerte noch kurz, aber dann schrieb sie die endgültigen Worte und setzte sowohl ihre Eltern als auch Henny als Adressaten ein.

Ankunft mit Wangoni Hamburg Stopp 16. Juli Stopp Toni

Zumindest wäre Sommer, tröstete sie sich. Sie würde über die Felder von Freystetten reiten, schwimmen im See …

Als es spätabends an Antonias Haustür klopfte, hoffte sie für einen Moment, es wäre Ben. Dass er eine der letzten Gelegenheiten für eine Wende suchen würde. Doch draußen stand Sir Roderick, der sich hier bislang nie hatte blicken lassen.

»Hoher Besuch«, scherzte sie.

»Ich bedaure die Störung, Miss Thomasius. Ich bin zu Ihnen gekommen, weil ich Sie um einen sehr großen Gefallen bitten muss. Es wäre gut, wenn Sie mir den nicht abschlagen würden.«

»Sie haben mir geholfen, als ich Beistand brauchte. Warum sollte ich Ihnen das nicht zurückgeben?«

»Danke. Setzen wir uns?«

Sie nahmen auf der Veranda Platz. Sir Roderick schien es spannend machen zu wollen.

»Wir Grundbesitzer müssen uns gelegentlich in den

Dienst der Verwaltung der Kronkolonie stellen, wenn wir dazu aufgefordert werden. In diesem Fall handelt es sich um einen Ausbruch von Pocken. Es sind bereits mehrere hundert Eingeborene betroffen. Alles muss getan werden, um eine Epidemie zu verhindern.«

»Selbstverständlich. Was kann ich tun?« Eine Floskel. Nur eine groß angelegte Impfaktion half.

»Ben ist gerade nach Nairobi geflogen. Wir hatten schon mehrere Pocken-Ausbrüche und sind vorbereitet. Es gibt eine Fabrik, die den Impfstoff herstellt. Er muss anschließend sofort verimpft werden. Ben kommt morgen sehr früh zurück. Ich bitte Sie, mit ihm dann sogleich zu den betroffenen Stämmen aufzubrechen und mit dem Impfen zu beginnen.«

»Aufzubrechen? Es wird also nicht auf *Kiambu* geimpft?«

»Nein, es geht um die nomadisierenden Massai. Sie sollen die Krankheit nicht weiter verbreiten.«

»Sie wissen, dass ich nicht mehr lange hier bin.« Nur zwei Tage blieben dafür!

»Das habe ich bedacht. Anschließend fliegt Ben mit Ihnen nach Mombasa.« Sir Roderick legte einen Stapel britische Pfund-Noten auf den Tisch. »Ihr Gehalt, Fraulein Thomasius, plus ein Bonus für Sie, wenn Sie die Leute gegen Pocken impfen. Ich danke Ihnen für Ihre Arbeit. Es tut mir leid, dass Sie nach Hause wollen. Andererseits verstehe ich Sie. Es ist schön hier, aber wie Sie selbst sagten: *Home is where your love is.*«

Verstand er sie absichtlich falsch, oder war ihm nie aufgefallen, dass sie in Ben verliebt war? Sie fasste sich ein Herz: Was hatte sie noch zu verlieren?

»Ich mag Ben sehr gerne«, sagte sie.

»Ich bin nicht blind«, erwiderte der Patriarch ungerührt.

»Ich hatte nichts dagegen, dass Ben Sie auch mag. Ein Mann muss sich umgucken, bevor er sich bindet. Sie sehen mich so erschrocken an. Das gilt auch für eine Frau. Ich bin ein moderner Mann, Fraulein Thomasius. Ich gestattete auch Mabel ihren Freiraum. ›Nun ist es gut‹, habe ich ihr gesagt. ›Ab jetzt wirst du das Leben ernst nehmen.‹ Nun, sie hat es verstanden.«

Sir Roderick lächelte fortwährend, während er so sprach, als hätte er die Allmacht, Schicksal zu spielen.

»Mabel und Ben werden nicht dauerhaft auf *Kiambu* leben. Ende des Jahres werden sie als Ehepaar nach England heimkehren. Und Sie, Fraulein Thomasius, werden Ihre Dissertation schreiben. Vielleicht heiraten auch Sie. Alles geht weiter, nicht wahr?« Er reichte ihr die Hand. »Also, habe ich Ihr Wort? Sie fliegen morgen früh und impfen?«

»Ja.« Sie war über den Verlauf des Gesprächs so verblüfft, dass sie nichts weiter zu sagen wusste. Aber sie schlug ein.

Der Großgrundbesitzer stand auf. »Oh, bevor ich es vergesse: Ich soll Grüße ausrichten von Lady Catherine und ihrem Gatten, Sir Brian Blackhurst. Sie erhalten Ihr Zeugnis von Doktor Lancaster. Ein Bote wird es rechtzeitig bringen, bevor Sie uns verlassen.«

»Danke.« Immer noch war sie überwältigt von der Urgewalt, mit der dieser Mann die Dinge regelte.

Das Zeugnis – dann war wohl nicht alles umsonst. Ein schwacher Trost.

Aber mit Ben in einem Flugzeug? Nachdem sie all das wusste? Wie sollte sie seine Nähe aushalten? Ihm so nah sein, dass es schmerzte?

Ein Mann muss sich umgucken, bevor er sich bindet. Im Deutschen hieß es: Ein Mann muss sich die Hörner abstoßen. Klang auch nicht netter, gemeint war dasselbe. Ben hätte sich also bei ihr austoben sollen. Was er aber nicht getan hatte. Stattdessen hatte er sich wie ein Gentleman verhalten. Langweilig war ihr das erschienen. Und plötzlich verstand sie: Er hatte schon auf dem Schiff gewusst, dass sie nur eine Affäre sein konnte. Und dass er ihr Herz bräche, wenn er dann Mabel heiratete.

Sie erschauerte. Liebte er sie etwa so sehr, dass er sich zurückgehalten hatte, um ihr nicht wehzutun? Wenn es sich so verhielt, alles eben ganz anders war, als sie gedacht hatte, dann gab es keinen Grund, alle Hoffnung fahren zu lassen! Ein warmes Gefühl großen Glücks durchströmte sie.

Sir Roderick hatte ihr ein Geschenk gemacht: zwei Tage mit Ben. Jetzt, wo sie zu wissen glaubte, was er empfand, bot sich ihr unverhofft die letzte Gelegenheit, den Lauf der Dinge zu ändern.

Sie standen in langer Reihe, die rot und braun gemusterten Decken um die schlanken Körper gewickelt, einen geraden Ast als Stock nutzend. Ringsum dehnte sich das Land in endloser Weite. Büsche, Gras, Gestrüpp, brauner Boden, Schirmakazien mit vom Wind geformten Kronen, darüber ein tiefblauer Himmel. Einige Ziegen liefen herum, dünne Kühe rupften das spärlich wachsende Gras. Es mochten wohl mehr als zwei Dutzend Männer sein, die angetreten waren, um sich impfen zu lassen.

Ganz so freiwillig, wie ihre stoische Haltung es vermuten ließ, waren sie nicht hier. Davon zeugten die beiden sogenannten Stammeswächter mit ihren Gewehren, die im Dienst der Kolonialverwaltung standen, sowie die zwei weißen uniformierten britischen Beamten der Gesundheitsbehörde mit ihren Waffen im Hüfthalfter. Ebenso wie Antonia trugen sie Atemschutzmasken, was in der Hitze sehr unangenehm war.

Kurz vor ihrem Aufbruch hatte Ben gefragt, ob sie ihn impfen müsse. Nachdem er sich daran erinnert hatte, ebenso wie sie selbst als Kind den Impfschutz erhalten zu haben, hatte ihm das seine Sorge genommen.

Antonia saß zwischen den beiden Beamten unter einem schnell aufgeschlagenen Zelt. Der Herr zu ihrer Linken forderte den jeweiligen Massai auf, seine Kennkarte vorzuweisen, die jeder verpflichtet war, in einem flachen Metallgefäß stets um den Hals zu tragen. Der Name wurde mit der Liste abgeglichen, dann forderte der Beamte zu Antonias Rechten den Impfling auf, Platz zu nehmen. Sie als Ärztin ritzte mit einer Lanzette genannten Nadel die Haut und führte das Vakzin somit ein. Die Männer der Massai brachten die Prozedur ohne sichtbare Reaktion hinter sich.

Um die Frauen und Kinder zu impfen, gingen die sogenannten Stammeswächter anschließend zu jeder der flachen Hütten, die in der Landschaft verteilt waren. Antonia und Ben folgten ihnen bei dieser langen Wanderung. Nur unter Zwang gelang es, die Frauen und Kinder zu impfen. Es waren hässliche Szenen, die sich abspielten. Die Mühe, alles zu erklären, machten sich die Beamten nicht. Notwendig war das Vorhaben auf jeden Fall. In manchen Häusern verbargen sich Kinder und Frauen, deren Gesicht und Körper bereits mit dem Ausschlag übersät war. Die Kleinsten würden sterben; jeder wusste das. Darum hielten sich die Männer fern.

Sobald die Kinder die Ärztin erblickten, brachen sie ohnehin in Tränen aus.

»Sie kennen keine Weißen. Niemand von uns verirrt sich sonst hierher«, sagte Ben, der Antonia begleitete, obwohl er nicht helfen konnte. »Sie haben vor uns Angst, weil wir so anders als sie aussehen.«

»Und sie haben eine ungewöhnliche Art zu leben. Warum zum Beispiel stinken die Hütten der Massai?«, fragte Antonia.

»Das ist Kuhdung. Der desinfiziert. Die Kühe spielen bei den Massai eine große Rolle. Unsere Pocken stammen eigentlich von den Kühen. Man benutzt auch die Rinder, um das Serum herzustellen, und nennt es Vakzin. Weil es von *vacca* stammt, im Lateinischen die Kuh.«

»Hast du das auch in Deutschland gelernt?«

Ben nickte. »So etwas fasziniert mich.«

Die Fremdheit, die auf *Kiambu* zwischen Ben und ihr zuletzt gewesen war, hatte sich verflüchtigt. Dennoch war es nicht so, wie Antonia es sich erhofft hatte. Sie beide waren sich zwar nah, aber nur um der guten Sache willen. Noch hoffte sie auf Momente innigen privaten Zusammenseins, um ihm sagen zu können, dass sie ihn durchschaut hatte.

Abrupt wechselte er das Thema: »Was ist mit deiner Dissertation? Bleibst du bei dem Thema? Du machst doch weiter, oder?«

»Ja, natürlich. Ich muss sehen, wie ich das hinbekomme.« Sie machte einen naheliegenden, unsachlichen, vom Herzen geleiteten Gedankensprung: »Kannst du dich mit Mabel über Vakzine unterhalten?«

»Nein!«, rief er laut auflachend. »Die Fintertons interessieren sich nur für eine Art von Tieren: Sie züchten Windhunde. Mabel mag diese Rasse.«

»Und du?«

»Sind mir zu dünn. Und nutzlos obendrein. Spielzeug für wettverrückte Briten. Arme Kreaturen. Sie sterben früh.«

»Sir Roderick sagt, du heiratest Mabel dieses Jahr.«

»Ja, ich weiß, das sagt er.«

Das klang nicht nach überschäumender Vorfreude.

»Liebst du Mabel? Ben, rede mit mir. Bitte. Wenn wir jetzt nicht gut aufpassen auf uns, fliegst du mich nach Mombasa. Danach sehen wir uns nie wieder. Vermutlich in unserem ganzen Leben nicht. Ist dir das klar? Es geht für uns gerade um alles oder nichts.«

Sie waren stehen geblieben, die anderen steuerten auf eine der Hütten zu. Die Stammeswächter riefen irgendetwas sehr laut und hoben ihre Gewehre, die Beamten sahen zu, wie ihre Diener das Zelt, den Tisch und die Stühle aufstellten, auf denen sie sich niederließen.

»Du fragst, ob ich Mabel liebe? Ich kenne sie kaum«, sagte Ben. »Aber so einfach ist das nicht: Liebe oder nicht Liebe.«

Er kämpfte mit sich, das spürte sie deutlich. Würde er doch sein Herz siegen lassen?

Die Beamten riefen nach Antonia. Es war Zeit zu impfen. Sie mussten das Gespräch abbrechen.

Eine halbe Stunde vor Sonnenuntergang wurde die Impfaktion wegen des schwindenden Lichts beendet. Es war ein Erfolg, obwohl Antonia gehofft hatte, viel mehr Impfdosen verabreichen zu können. Für die Nacht hatten einheimische Helfer Zelte aufgebaut, eines für die Beamten, zwei für Ben und Antonia. Zumindest standen sie nebeneinander. Ein Koch bereitete auf einem Spieß ein im Lauf des Tages erlegtes Stück Wild zu. Es duftete köstlich.

Das Licht der untergehenden Sonne tönte den rostroten Erdboden noch intensiver, Hirten trieben Ziegen vorbei. Die Stimmung verklärte den Moment so romantisch, dass Antonia sich beim besten Willen nicht vorstellen konnte, dass sie übermorgen auf dem Weg nach Mombasa und kurz darauf für immer fort wäre aus Afrika.

Ben setzte sich neben sie vor ihr Zelt. »Alles oder nichts,

hast du gesagt.« Übergangslos legte er seine Gedanken offen: »Wie soll ich dir das erklären, Toni? Ich schulde Sir Roderick so viel. Er hat mich zu seinem Nachfolger aufgebaut. Was ich bin und was ich sein werde, das bin und werde ich sein durch ihn.«

»Vielleicht solltest du ihn heiraten?«

Er grinste gequält. »Es war nicht vorgesehen, dass ich mich in dich verliebe.«

»Hast du das wirklich?«

»Am liebsten würde ich mir das Herz herausreißen, um nicht mehr so zu fühlen.«

»Küss mich.«

»Das kann ich nicht.«

Sie deutete auf die beiden Beamten, die ebenfalls vor ihren Zelten saßen, Whisky tranken und Pfeife rauchten. »Die Männer dort, was bedeuten sie? Nichts. Beamte, die Listen führen. Was sollen sie erzählen und wem?«

Seine ganze Zurückhaltung brach in sich zusammen und entlud sich in einem langen, leidenschaftlichen Kuss.

»Ich rede mit Sir Roderick«, sagte er und strich ihr zart eine Haarsträhne aus dem Gesicht.

»Was willst du ihm wirklich sagen?«

»Du hast recht. Ich weiß es nicht. Es ist besser, erst mit Mabel zu reden. Sie will diese Ehe auch nicht.«

»Und wenn sie sagt: Das ist ein Arrangement, Ben. Du musst mich nicht lieben. Mein Vater will dich nicht als meinen Ehemann, sondern als seinen Nachfolger. Was tust du dann, Ben? Willigst du dann ein?«

»Du bist so anders als alle Frauen, die mir begegnet sind. Dein Denken ist so frei und ungezwungen. Du bist neugierig. Du bist spontan, wie neulich mit dem Löwen. Das bist du. Ich will ohne dich nicht sein.«

»Das ist schön, was du sagst. Aber ich sagte dir bereits:

Das reicht nicht. Du machst deine Entscheidung von Sir Roderick abhängig oder von Mabel. Was willst du für dein Leben? Nur darum geht es«, beschwor sie ihn.

»Ich habe eine gute Ausbildung. Ich kann machen, was ich will. Eigentlich bin ich frei.«

»Man ist frei oder nicht. Eigentliche Freiheit ist keine Freiheit.«

»Das mag sein. Aber die Fintertons sind wie meine Familie. Ich kann mich nicht gegen sie entscheiden.«

»Also entscheidest du dich gegen mich.«

Sie starrte in das offene Feuer vor dem Zelt. Ben versuchte, ihre Hand zu halten. Sie ließ es zu, aber es spielte keine Rolle mehr.

»Jemand hat einmal gesagt: Um wirklich zu lieben, braucht man Mut. Ich habe nie verstanden, was damit gemeint war.« Antonia lachte bitter. »Schade, dass ausgerechnet du mich das gelehrt hast.«

»Du würdest doch nicht auf *Kiambu* leben wollen.«

»Danach hast du mich nie gefragt, Ben. Es steht auch nicht zur Debatte, weil Mabel zurück ist. Aber du könntest mit mir nach Deutschland kommen. Wir würden übermorgen gemeinsam mit der *Wangoni* heimreisen.«

Er schüttelte den Kopf. »Ich war lange in Deutschland. Das Leben dort ist nichts für mich.«

»Dann ist das also unsere letzte gemeinsame Nacht«, sagte sie mit einem Kloß im Hals. Es fühlte sich entsetzlich an, das sagen zu müssen. Sie hatte gekämpft – und verloren. In Wahrheit hatte sie jedoch nie eine Chance gehabt zu gewinnen.

Sie wussten voneinander, dass sie sich liebten, aber es gab nichts mehr zu sagen.

Nach einer Weile meinte Ben: »Schau, da sind die ersten Sterne. Sind sie nicht schön?«

Hinter ihren Tränen verschwamm alles. Sie wollte den wundervollen Sternenhimmel auch gar nicht sehen, denn er würde sie für immer an diese Nacht erinnern.

Am nächsten Morgen, als die Sonne gerade aufging, holte Ben aus dem Cockpit seines Flugzeugs eine Landkarte hervor. »Hier ist unser Ziel, an dem sich die nächste Impfstelle befindet. Dort erwarten uns andere Beamte und Stammeswächter.« Er deutete auf einen Punkt, der mit einem Kreuz gekennzeichnet war. »Es ist eine Gegend, in der ich nie zuvor war. Kannst du Karten lesen?«

»Ich denke schon.«

»Du navigierst mich. Nimm den Stand der Sonne, um dich zu orientieren. Es sind etwa fünfzig Meilen. Das ist ein Klacks. Wir werden in etwa zwanzig Minuten da sein.«

Mit dem Auto hätte man dafür drei Stunden gebraucht.

Er half ihr galant in den Soziussitz, und sie blickte noch einmal in seine Augen, in denen sie nun keinen Optimismus mehr sah.

»Ben, hast du noch einmal über unser Gespräch von letzter Nacht nachgedacht? Willst du bei deiner Meinung bleiben?«

»Ich kann nicht aus meiner Haut, Toni. So bin ich nun mal.«

Er startete den Motor.

Der Untergrund war uneben, das leichte Flugzeug sprang von Bodenwelle zu Bodenwelle und brauchte lange, um die erforderliche Geschwindigkeit zu erreichen. Dann jedoch gewann es rasch an Höhe. Die Karte zeigte jede Erhebung an, dementsprechend waren sie auf dem richtigen Weg.

Die noch immer flach einfallenden Sonnenstrahlen schufen ein wie verzaubert wirkendes, weiches Licht, das sie im

Rücken hatten, da sie in die wilde Weite der Savannen des afrikanischen Hochlands unterwegs waren. Trotz der Wehmut über Bens Unnachgiebigkeit versuchte Antonia, den Ausblick auf die herrliche Landschaft zu genießen. Es fühlte sich alles nach Endgültigkeit an, nach Abschied. Sie legte den Kopf in den Nacken, blickte hinauf in den klaren Himmel über sich. Sie wusste, dass sie diesen Moment niemals vergessen würde, denn er war unvergleichlich schön, und zugleich war ihr zum Weinen zumute.

Plötzlich klang der Motor, als hätte er einen Schluckauf, aber Ben hielt unbeirrt Kurs. Und mit einem Schlag war Ruhe. Nur der Wind rauschte. Die noch kühle Luft wehte Antonia ins Gesicht. Sie empfand die Stille sogar als schön. Zumindest für einige Momente.

Bis Antonia die Gefahr erkannte. Sie warf einen Blick nach unten, wo Giraffen an Baumkronen fraßen. Unter Bäumen verharrten Zebras, die nun kein Motorengeräusch mehr erschreckte. Kurz glitt der Schatten des Flugzeugs über sie hinweg. Das nach dem Regen immer noch grüne Land dehnte sich in scheinbarer Endlosigkeit. Keine Menschenseele war zu sehen. Ganz allmählich kam die Erde näher, und Antonia wurde immer mulmiger.

»Die Benzinzufuhr!« Ben sprach über die Schulter zu ihr nach hinten. Jetzt, wo der lärmende Motor verstummt war, war er gut zu verstehen. »Abgerissen wegen der Erschütterung beim Start. Das repariere ich. Habe ich schon ein paar Mal gemacht. Mach dir keine Sorgen!« Wortfetzen, die an ihre Ohren drangen. »Gehe runter. Wird rumpeln. Gut festhalten!« Noch einmal blickte er über die Schulter zu ihr. »Tut mir leid!«, rief er.

Immer näher kam der Erdboden. Büsche sausten unter ihnen hinweg, dann nur Gras, kein Hindernis. Es würde gutgehen, hoffte sie und taste nach dem Heiligen Christophorus an ihrem Hals. Sie dachte an ihren ersten Flug. Damals, in einer Zeit, die Jahre zurückzuliegen schien. Ihre Freundin Celia hatte die Strecke, auf der sie in Freystetten landen wollte, zunächst langsam überflogen, war durchgestartet, umgekehrt und hatte dann erst aufgesetzt.

Mit einem Flugzeug, dessen Motor stillstand, war das unmöglich.

Wir sind viel zu schnell, erkannte Antonia, als die Räder den Boden berührten. Das kleine Flugzeug sprang einige Meter in die Höhe, segelte sogar noch ein Stück vorwärts und setzte erneut auf. Die Bodenwelle in einigen Metern Entfernung sah Antonia überdeutlich näherkommen. Die ist nicht hoch, dachte sie noch. Die Nase mit dem stillstehenden Propeller an der Spitze hielt direkt darauf zu. Ben hatte keinen Einfluss mehr auf das, was geschehen würde.

Da sah Antonia, was von der leichten Erhebung verborgen worden war – dahinter lag ein Felsen quer. Es würde kein Entkommen mehr geben.

Antonia bedeckte den Kopf mit ihren Händen, zog ihn zwischen die Schultern und die Knie an den Körper.

Es gab einen Knall, dem ein brutal heftiger Schlag folgte. Eine riesige Hand schien das Flugzeug aufzuhalten.

So gern hätte ich Mutter noch einmal in die Arme genommen, dachte Antonia, bevor es dunkel um sie wurde.

ES LIEGT IN DER FAMILIE

— ◆ —

Berlin, Juni 1929

Ankunft mit Wangoni Hamburg Stopp 16. Juli Stopp Toni

Henny strich sich über ihren bereits deutlich runden Bauch, während sie das Fernschreiben las, das gerade gebracht worden war. Demnach war ihre Schwester in diesem Moment bereits an Bord des Schiffs, das sie zurückbrachte.

Sie setzte sich im Flur auf einen Stuhl und atmete erst mal tief durch: Dann war ja alles gutgegangen!

Die vielen langen Monate über hatte sie stets ein schlechtes Gefühl gehabt, wenn sie an die Abenteuer der *Kleinen* gedacht hatte. Ganz allein in der Fremde, die nun mal Gefahren bot. Ob man das kleinredete oder nicht; es war so. Nun war sie also auf dem Schiff.

In den letzten Nächten hatte Henny von ihr geträumt, furchtbare Träume: Toni blutend in der Wüste, dem Verdursten nah. Sie hatte das selbst interpretiert und als Unsinn entlarvt. Denn die Bilder von Daressalam hatten sich ihr schließlich für immer eingeprägt: der breite Flussarm, der ins Meer mündete. Die Strände, die urwaldartige Umgebung – weit und breit keine Wüste! Es war ein Gleichnis, durch das ihre Psyche zu ihr zu sprechen versuchte. Die Leere mochte stehen für die Eifersucht auf den Liebling der Mutter. Vielleicht hing es auch mit der Schwangerschaft zusammen, und es ging nicht so sehr um Toni, sondern um ihr Verhältnis zu Victor, das sich mit dem neuen Kind zwangsläufig ändern würde. Das hatte sie schon nach Vickys Geburt erlebt. Träume, lehrte der gerade so hochverehrte Professor Freud, zeigten nie die Wirklichkeit.

Nun dieses Fernschreiben! Sie spürte, wie die Last von ihr fiel. Selbst wenn die Träume von der unbewussten Angst um Toni kündeten, so würden sie von dieser Nacht an schweigen. Ihre Schwester war in Sicherheit.

Sie rief ihre Mutter an.

»Gerade war die Postbotin auch bei mir«, sagte Ricarda mit vor Freude und Erleichterung bebender Stimme. »Vater und ich kommen am Abend zu euch, wenn du magst, Henny. Jetzt können wir deine Hochzeit planen.«

Mit dieser Reaktion hatte Henny nicht gerechnet, eher damit, dass die Mutter noch einmal von Tonis Mut berichten würde. Aber nein, sie dachte an ihre Älteste, deren Leben ja auch weiterging.

Es hatte sich während Tonis Abwesenheit offensichtlich etwas zwischen ihnen beiden verändert. Sie waren einander nähergekommen.

»Vicky, könntest du eventuell später weiter am Klavier üben?«

Henny spürte selbst, wie gereizt sie war. Obwohl sie sich auf das Kind freute, bekam die Schwangerschaft ihren Nerven nicht gut. Sie war stets nervös, es fiel ihr schwerer, sich zu konzentrieren. Merkte Vicky das? Musste sie ausgerechnet deshalb gerade jetzt den dummen ›Flohwalzer‹ spielen? Vermutlich ärgerte sie sich, nicht mehr im Mittelpunkt zu stehen. Obwohl sie behauptete, sich auf das Geschwisterchen zu freuen. Henny kam das aus ihrer eigenen Kindheit bekannt vor. Und sie ermahnte sich, schon jetzt für einen Ausgleich zu sorgen und Vicky besser auf das neue Familienmitglied vorzubereiten. Aber Theorie und Praxis, das wusste sie als Ärztin nur zu gut, waren selten ein und dasselbe.

Victor entschärfte die Situation, indem er sich neben seine Tochter auf den Schemel quetschte und eine ruhige Melodie anstimmte.

Ricarda und Siegfried waren wie besprochen in die Wohnung in der Behrenstraße zum Abendessen gekommen. Henny hatte selbst gekocht. Was sie nicht hätte tun sollen, wie sie fand. Die Kalbsleber Berliner Art war ihr zu zäh geraten. Sie hatte vergessen, das Fleisch zuvor zu wässern und in Buttermilch einzulegen. Sie war ständig zerstreut. Ihre Mutter hatte sich jeden Kommentar verkniffen. Als Schwangere genoss sie wohl so etwas wie Narrenfreiheit in der Küche.

»Wo waren wir stehen geblieben?«, fragte Henny nun.

»Bei deiner Hochzeit«, sagte ihre Mutter.

»Ich werde mit einem dicken Bauch vor den Traualtar treten. Ich bin bereits im sechsten Monat. Wenn ich in Berlin heirate, mache ich mich gesellschaftlich unmöglich.«

Das war das Verrückte: Frauen sollten Kinder gebären. Eine Schwangerschaft durfte jedoch nicht sichtbar sein. Denn schwanger konnte eine Frau nur durch Geschlechtsverkehr werden. Eine Ärztin, eine hochangesehene wie sie obendrein, hatte *so etwas* nicht. Sie musste geschlechtsneutral sein, um neben den Männern zu bestehen, denen die Folgen ihres Sexuallebens nicht anzusehen waren.

»Ich habe mir überlegt, was du schon einmal vorschlugst: in Berlin standesamtlich zu heiraten. Ohne großes Brimborium. Die kirchliche Trauung findet nach Tonis Heimkehr ganz altmodisch in Freystetten statt. Victor und ich hatten schon beim ersten Mal keine richtige Zeremonie. Und Großmutter würde sich so freuen.«

Ihre Mutter war selbstverständlich derselben Meinung: »Niemand weiß, wie lange Großmutter noch lebt. Ihr würdet auch ihr eine unglaublich große Freude bereiten.«

Siegfried, von dem bekannt war, dass er sowohl Atheist als auch ein heimlicher Sozialist war, stimmte zu. »Wenn alle glücklich damit sind, bin ich es auch.«

»Vicky, wenn Papa und Mama heiraten, wirst du unser Blumenmädchen!«, rief Henny ihrer Klavier spielenden Tochter zu.

Vicky wandte sich den Erwachsenen zu. »Im Berliner Dom? Darf ich dort für euch auch spielen?«

Das waren die Dimensionen, in denen ihre Tochter neuerdings dachte. Henny war es manchmal unheimlich. Kürzlich, nach einem Klavierkonzert, das sie besucht hatten, hatte sie gesagt: »So berühmt wie der Pianist werde ich auch.«

Wir haben sie total verwöhnt, hatte Henny gedacht. Aber Victors Kommentar hatte gelautet: »Berühmt wird man nicht von allein. Zuvor musst du hart arbeiten.«

Jetzt antwortete er auf die Frage nach dem Dom: »Nein, Vicky, wir werden in der Freystettener Dorfkirche heiraten. Denn unsere Gefühle teilen wir nur mit Menschen, die wir lieben.«

Henny las im Gesicht ihrer Mutter, was sie dachte: Dass aus ihm doch noch der Schwiegersohn geworden war, den sie sich gewünscht hatte. Die Schwierigkeiten in der Familie schienen überwunden. Sie würde heiraten, ganz bescheiden auf dem Dorf, und ihre Schwester wäre zurück. Sie würde die Praxis nach der Geburt des Kindes wiedereröffnen, Toni bei ihr mitarbeiten.

Eine Unsicherheit gab es. Victor war nicht der Typ Mann, der ganz ohne öffentliche Anteilnahme zurechtkam. Vermutlich würde er aus der ländlichen Hochzeit so etwas wie ein publizistisches Ereignis machen wollen. In dem Stil, wie Nelly Aufmerksamkeit erregte. Dem konnte sie vorbeugen, indem sie die gemeinsame Freundin im Vorhinein einspannte.

Henny sah in die gelösten Gesichter der Eltern. Vicky und ihr Vater bearbeiteten die Klaviertasten und wirkten glücklich und konzentriert zugleich.

Die Alpträume würden schweigen. Alles war gut.

Dass Rosel in der Luisenstraße anrief, kam ohnehin selten vor. Ricardas Schwester war Briefeschreiberin, was auch ihrem Charakter mehr entsprach. Die Schnörkel an den Buchstaben, die wohlüberlegten Absätze, eine selbstgemachte Verzierung am Rand. Der Inhalt war fast nebensächlich. Als sie sich nun bei Ricarda meldete, klang das gar nicht nach ihrem üblichen Stil.

»Frieda ist hier«, sagte Rosel. Das war weniger eine Feststellung als vielmehr ein verzweifelter Aufschrei. Als wäre eine Katastrophe über sie hereingebrochen.

Ricarda musste gut aufpassen, wie sie reagierte. Als Ärztin wusste sie mehr, als sie als Rosels Schwester verraten durfte. »Du klingst erregt«, sagte sie abwartend. Schließlich wusste sie nicht, was Frieda seit ihrem Besuch in der Praxis unternommen hatte.

Die Erwiderung platzte förmlich aus Rosel heraus: »Frieda ist schwanger und hat keinen Vater zu dem Kind.«

Das war eine Neuigkeit, die Ricarda erst einmal verarbeiten musste: Nach dem letzten Gespräch und Friedas anschließendem Verschwinden war sie davon ausgegangen, dass ihre Nichte das Kind nicht ausgetragen hatte. Ihre Reaktion fiel deshalb ein wenig zu flapsig aus: »Geben wird es schon einen.«

»Himmel noch mal, Rica! Du weißt, wie ich das meine. Das ist ein Unglück!«

»Nur wenn wir es dazu machen. Zunächst mal bin ich froh, dass Frieda sich entschieden hat, das Kind zu behalten.«

Am anderen Ende der Leitung herrschte einige Sekunden lang tiefes Schweigen. Dann: »Du weißt es also? Warum hast du nichts gesagt, Rica?«

»Ich konnte nicht, oder besser: Ich durfte nicht. Das ist ärztliche Schweigepflicht.«

»Aber ich bin doch deine Schwester!«

»Tut mir leid, Rosel. Jede Patientin muss ihrer Ärztin vertrauen können. Und in dem Augenblick war ich auch nicht mehr in erster Linie ihre Tante.«

»Ja, natürlich, das verstehe ich. Aber das ist ein entsetzlicher Skandal, Rica! Wenn das rauskommt! Friedemann ist als Abgeordneter ein bekannter Mann.«

So bekannt nun auch wieder nicht, schränkte Ricarda in Gedanken ein. Aber Rosel war eben jener Typ Frau, die in erster Linie stolz auf ihren Gatten und damit den eigenen gesellschaftlichen Status war. Die Kinder kamen an zweiter Stelle.

»Wichtig ist doch, dass wir dafür sorgen, dass es Frieda und dem Ungeborenen gut geht. Wir sind jetzt gefragt. Ich könnte mir vorstellen, dass Frieda nach Freystetten gekommen ist, weil sie deine Hilfe braucht, Rosel. Verurteile sie nicht. Ich bitte dich von ganzem Herzen vor allem darum. Frieda ist jung und leichtsinnig. Lass nicht zu, dass sie dafür einen Preis zahlen muss, den sie nicht zahlen kann.«

Vom anderen Ende der Leitung war ein Aufschluchzen zu hören.

Fruchtete der Appell an das mütterliche Herz ihrer Schwester? Ricarda vermochte es nicht einzuschätzen.

Ricarda glaubte, nicht richtig zu sehen: Inmitten der gräflichen Hühnerschar stand eine hochschwangere junge, rothaarige Frau, einen Korb auf der Hüfte, und warf in weitem Bogen Maiskörner unters aufgeregte Federvieh. Ein Maler hätte dieses Bild personifizierter Fruchtbarkeit kaum schöner hinbekommen. Unter Umständen hätte man ihm vorgeworfen, ein kitschiges Bild von gestrigem Verständnis nährender Weiblichkeit geschaffen zu haben.

Vor allem aber passte es überhaupt nicht zu ihrer Nichte.

Frieda wandte sich Ricarda zu, als sie näherkam. Ihr Gesicht war voller geworden, die Haut leicht gebräunt. Sie war schön und ganz offensichtlich mit sich und der Welt im Reinen. Zumindest sah es so aus.

Ricarda hatte absichtlich zwei Tage verstreichen lassen, bis sie nach Freystetten gefahren war. Zum einen war der Praxis-Terminkalender seit Hennys Zwangspause noch voller, zum anderen fand sie, dass Rosel und Frieda erst mal genügend Gelegenheit zur Aussprache haben sollten. Ihre Arzttasche hatte sie jedoch mitgebracht, was sie schon lange nicht mehr getan hatte.

»Gehen wir spazieren?«, fragte Ricarda.

»Ich hatte ganz vergessen, wie schön Freystetten ist«, sagte Frieda, während sie gemächlich zum See gingen.

»Wenn man sich darauf einlässt, dann ist es das.«

»Kluge Tante Rica.« Frieda lächelte. »Wie geht's Henny? Ist Toni schon zurück aus Afrika?«

»Henny wird wohl in etwa zum gleichen Zeitpunkt niederkommen wie du. Sie heiratet hier, sobald Toni wieder da ist. Der Hochzeitstermin soll der vierte August sein.«

»Mit dem dicken Bauch in der Kirche. Mutig«, lautete Friedas Kommentar. »Ich werde nicht heiraten, obwohl Mutter daran komplett irre zu werden droht.«

»Rosel wird sich beruhigen. Ich finde es auch sehr mutig,

dass du die Dinge so durchziehst, wie du sie für richtig hältst. Nach unserem letzten Treffen bin ich nicht davon ausgegangen, dass du das Kind bekommst.«

Frieda lief eine Weile schweigend neben ihr her. »Ich konnte es nicht«, sagte sie schließlich. »Ich bin mit unserer Clique nach Capri gefahren. Dieses wundervolle Meer. Es war grün wie ein Smaragd. Und die Blütenpracht, der Duft, die Kraft des Lebens. Ich war so überwältigt. Eine meiner Freundinnen sagte, es läge an der Schwangerschaft, dass ich das so sehe. Das würde sich ändern. Spätestens, wenn ein Schreihals um meine Füße herumkrabbelt, scheißt, stinkt und spuckt.« Sie lachte hell auf. »Verzeih, Tante, sind nicht meine Worte. Ist ein Zitat. Meine Schwangerschaft war natürlich das große Thema. Beinahe jede Frau hatte einen Rat, wohin ich mich wenden solle, um das Kind wegmachen zu lassen. Irgendwann dachte ich mir: Nee, ich habe die Sachen immer auf meine Weise geregelt.«

»Was heißt das?«

»Na, ich bekomme es.«

»Das habe ich durchaus verstanden. Die Frage ist doch: Wie willst du die gesellschaftlichen Konventionen einhalten? Oder meinst du damit, dass du genau das nicht willst?«

Frieda strahlte sie an. »Oh, meine Idee ist viel besser. Alle Konventionen werden eingehalten. Wenn das Schicksal mir schon den für Freystetten benötigten Nachwuchs in den Bauch zaubert, dann kann ich bei der Gelegenheit doch gleich der von mir verlangten Pflicht Genüge tun. Findest du nicht?«

»Hast du deine Mutter in deine verantwortungsvollen Überlegungen eingeweiht?«

Ricarda schwante, dass die stürmische Frieda ein wesentliches Detail außer Acht gelassen hatte: Ein uneheliches Kind, selbst das einer jungen Baroness, war nicht erbfähig.

»Nur zum Teil. Meinen eigentlichen Plan wollte ich zuvor mit dir besprechen. Du hattest doch angeboten, mir beizustehen.«

»Ich halte mein Wort.« Bevor sie Frieda auf das aufmerksam machte, was sie wohl übersehen hatte, wartete sie ab.

Frieda setzte sich auf eine der Bänke am See, die dort erst seit Kurzem standen; Friedemann erwog, den Park für die Öffentlichkeit zu öffnen. Ricarda nahm neben ihrer Nichte Platz.

»Was ich mir überlegt habe, kann ich nicht allein bewerkstelligen, Tante Rica. Dafür brauche ich deine Hilfe.« Sie legte Ricardas Hand auf ihren Bauch. »Spürst du, wie es strampelt?«

»Da ist ja ganz schön was los bei deinem Kind!«

»Das ist nicht mein Kind. Es wird das meines Bruders Franz sein.«

Ricarda musste unwillkürlich lachen. Diese Freystettener! Eine durch und durch verschlagene Familie. Dennoch hätte sie Frieda einen solch klugen Schachzug nicht zugetraut. »Franz weiß nichts von seinem Glück, nehme ich an.«

»Wie sollte er?« Sie kicherte vergnügt.

»Wenn das Kind ehelich sein soll …«

»… braucht Franz eine Frau, die damit einverstanden ist«, vollendete Frieda den Satz. »Dann kann er das Kind adoptieren.«

»Woher bekommt Franz seine Frau?«, fragte Ricarda mit einer Mischung aus Belustigung und leichter Empörung. Es war eine unmoralische Komödie, die ihre Nichte sich ausgedacht hatte. Gleichwohl konnte sie funktionieren.

»Ich habe einen großen Bekanntenkreis. Was glaubst du, wie gern einige davon adelig sein würden!«, rief Frieda.

»Irgendwann wird es – wie sagtest du – schreien, stinken,

spucken oder so ähnlich. Du wirst dennoch fühlen: Das ist mein Kind, es ist in mir gewachsen. Aber es läuft zu einer anderen Frau und nennt sie Mutter. Kannst du dir vorstellen, wie du damit umgehen wirst?«

»Sieh mal, Tante Rica, mit dir führe ich ein so vertrauensvolles Gespräch, wie es mit meiner eigenen Mutter absolut undenkbar wäre«, sagte Frieda. »Vielleicht bin ich irgendwann für mein Kind der Mensch, den es in Not um Hilfe bittet. Als Mutter könnte ich das möglicherweise nicht sein.« Sie lächelte hintergründig. »Aus eigener Erfahrung habe ich große Zweifel, dass Mütter das Beste für ihren heranwachsenden Nachwuchs sind.«

Darin liegt eine gewisse Weisheit, gab Ricarda in Gedanken zu.

»Ich will aus einer unmöglichen Situation eine machen, von der alle profitieren. Hilfst du mir dabei?«, fragte Frieda.

Ihre Arzttasche, die sie früher stets begleitet hatte und die nun immer seltener bei ambulanten Einsätzen gebraucht wurde, hatte Ricarda nicht umsonst ins Schloss mitgebracht. Benötigt wurde vor allem das Hörrohr, das sie auf den Bauch ihrer Nichte legte. Immer wieder lauschte sie.

Auch eine Frauenärztin wurde älter, das Hörvermögen konnte eventuell nachlassen. Oder es war so, wie es klang: Da schlugen zwei kleine Herzen!

»Ist etwas nicht in Ordnung?«, fragte Frieda.

Wäre sie einige Jahrzehnte jünger gewesen, Ricarda hätte rundheraus geantwortet: Du erwartest Zwillinge. Jetzt jedoch bremste sie sich. Die Situation war ohnehin kompliziert. Zwei Kinder machten die Lage nicht einfacher. Frieda wollte ja im Grunde nicht mal eines. Sie hatte sich lediglich entschieden, die Schwangerschaft auszutragen. Danach würde sie ihr ausschweifendes Luxusleben fortführen.

»Das klingt sehr gut«, sagte Ricarda, maß den Puls, guckte der Schwangeren in die Augen. Routine.

»Ich sehe dir an, dass du mir etwas nicht sagen willst, Tante Rica.«

»Weißt du, in eurer Familie gibt es ein Phänomen, das oft beobachtet wird. Ich glaube, es ist wissenschaftlich noch nicht erforscht. In solchen Familien kommt es häufiger als bei anderen Familien zu Zwillingsgeburten.«

»Das ist nicht dein Ernst!« Frieda richtete sich abrupt auf. »Da drin sind zwei? Oh nein!« Sie warf sich zurück und schüttete sich aus vor Lachen. »Das wird ja lustig! Du musst zugeben, Tante Rica: Der Freystettener Stammbaum ist gerettet!«

»Das kann man so sagen.«

Wie leichtfertig die junge Frau mit der gigantischen Verantwortung umging, die auf sie zukam, dachte Ricarda. Als wäre das Leben ein Spiel, ein Scherz, ein Spaß. Als beträfe sie das nicht persönlich.

»Bis wir von einer Rettung eures Stammbaums sprechen können, müssen wir ein paar Dinge klären«, sagte Ricarda und war sich ihres Tons einer Spaßbremse sehr wohl bewusst. »Am besten fangen wir gleich mal mit deiner Mutter an. Wir werden sie noch heute in deine Pläne einweihen. Machen wir uns nichts vor, Frieda. Deine Mutter wird mithelfen müssen, auf die eine oder andere Weise. Sie wird empört sein und sich wehren und am Ende die liebevollste Großmutter sein, dic man sich wünschen kann.«

»Oh ja! Es wird ein Traum.« Frieda lachte gekünstelt. »Schon allein deshalb werde ich mich weiterhin von Freystetten fernhalten. Die Kinder kann Mutter haben, mich bekommt sie deshalb noch lange nicht!«

»Es muss mit euch beiden doch nicht so weitergehen wie bisher. Rosel hatte Zwillinge, sie wird verstehen, dass sich eine Tradition fortsetzt. Es liegt nun mal in der Familie. Damit erreichst du das Herz deiner Mutter, Frieda. Sie wird dich bei deinem ungewöhnlichen Vorhaben unterstützen. Nicht sofort, das ist nicht ihre Art, aber später, glaube mir.«

Frieda schüttelte vehement den Kopf. »Nein, Tante Rica, ich spreche ganz gewiss nicht mit meiner Mutter über die Absichten, die ich mit Franz habe. Der einzige Mensch außer dir, der mich unterstützen kann, ist mein Vater. Bitte arrangiere ein Gespräch mit ihm und Mutter.« Sie schloss Ricarda in die Arme. »Danke. Ich bin froh, dass ich dich habe. Deinen Optimismus teile ich dennoch nicht.«

Als gewissenhafte Ärztin überprüfte Ricarda nun den Blutdruck. Er war viel zu hoch. »Trinkst du Alkohol?«

»Der gute Champagner gehört zum Leben wie die Luft zum Atmen. Du trinkst nie welchen. Du weißt nicht, was dir entgeht.«

»Wir reden nicht von mir, sondern von den Kindern in deinem Bauch. Sie kommen debil zur Welt, wenn du nicht sofort gesund lebst. Sonst ist der schöne Stammbaum, den du erhalten willst, ein welkes Pflänzchen.«

Ihre Nichte sah sie erschrocken an. »Meinst du?«

Friedemann traf erst am Abend in seinem Schloss ein, nachdem er die ganze Woche über in Berlin gewesen war. Dass Frieda zurück war, wusste er von einem Telefonat mit seiner Frau. Über Friedas Schwangerschaft war er im Bilde, als sich mit Rosel, seiner Tochter Frieda und Schwägerin Ricarda eine Art Familienkonferenz im kleinen Salon traf.

»Danke, Radomir«, sagte der Graf zum Hausdiener, der gerade den Tee auf einem Stövchen abgestellt hatte. »Keine Störung bitte. Wir bleiben unter uns.«

Sobald der Diener die Tür hinter sich geschlossen hatte,

sagte Friedemann genau das, was Ricarda erwartet hatte. Für ihn stellte es das Fazit des noch nicht geführten Gesprächs dar: »Nun, ich denke, du wirst den jungen Mann heiraten, Frieda, nicht wahr? Eine kleine Zeremonie auf dem Standesamt. Das Kirchliche kann man immer noch nachholen. Das siehst du doch auch so?«

»Nein. Denn es gibt keinen jungen Mann, den ich heiraten kann. Außerdem erwarte ich Zwillinge.«

»Zwillinge?« Rosel schnappte entsetzt nach Luft.

»Ich gehe davon aus, dass …«, begann Frieda.

… es mehr als einen Vater gibt, setzte Ricarda den Satz schnell gedanklich fort und unterbrach ihre Nichte: »Langsam, eines nach dem anderen.« Sie sah kommen, was verhindert werden sollte: eine Katastrophe. »Ich bin hier, um zu vermitteln, Friedemann. Die Lage ist etwas komplizierter, als sie scheint.«

»Ich stehe mit beiden Beinen im Leben und weiß mir durchaus zu helfen. Das solltest du wissen, Ricarda.«

»Genau deshalb setzen wir auf dein Verständnis für die Lösung, die wir uns überlegt haben«, fuhr Ricarda fort.

Ihre Nichte griff Halt suchend nach ihrer Hand.

»Ihr zwei habt euch also eine Lösung einfallen lassen?«, fragte Friedemann, der nächste Blick ging zu seiner Frau. »Und du, Rosel?«

Nach wie vor war die Schlossherrin nicht in die Pläne eingeweiht, die ihren Erstgeborenen Franz ungefragt miteinbezogen.

»Es ist besser, ein uneheliches Kind gleich nach der Geburt im Krankenhaus zur Adoption freizugeben. Meinetwegen auch zwei«, erklärte Rosel entschieden. »Ich habe gehört, dass man das in Berlin so macht«, sagte sie und versuchte, sich mit einem fragenden Blick zu ihrer Schwester dahingehend abzusichern.

Mit dieser radikalen Position hatte Ricarda nicht gerechnet. »Ja, das geschieht häufig. Aber wohl nicht so oft mit Zwillingen gräflicher Herkunft«, setzte sie hinzu.

Sie sah Rosel an, dass sie ihre Widerworte hinunterwürgte.

»Ich hatte dich so verstanden, liebe Schwester, dass es dir wichtig ist, dass Freystetten einen Erben bekommt«, betonte Ricarda. »Der Stammbaum müsse fortbestehen.« Sie machte eine winzige Pause. »Nun, Frieda ist auf dem besten Weg dafür zu sorgen, dass es so kommt.«

»Rica, du sprichst von zwei Bankerts!«

»Das kannst du so sehen. Oder aber du erinnerst dich daran, dass Kinder, die deine Tochter bekommt, deine Enkel sind.«

Rosel rang nach Luft, Frieda versuchte, ein triumphierendes Grinsen zu unterdrücken, und Friedemann zeigte überhaupt keine Regung.

»Betrachten wir doch mal eure Lage«, fuhr Ricarda fort. »Franz hat Silvester klar zum Ausdruck gebracht, dass eine Ehe für ihn keine Priorität hat«, fuhr Ricarda fort. »Seine Schwester wird in wenigen Monaten zwei Kinder haben, für die es keinen Vater gibt.«

»Franz soll Friedas Kinder adoptieren? Das ist eure Absicht?« Friedemann hatte schnell kombiniert. »Abgesehen von allem anderen, das dagegen einzuwenden wäre: Er ist Junggeselle. Wie soll das möglich sein?«

»Ich werde ihm eine Frau aussuchen«, sagte Frieda.

»Das schlägt dem Fass den Boden aus!« Rosel gab jede Zurückhaltung auf und stand empört auf. »Was denkst du dir eigentlich? Du kannst doch nicht einfach über das Leben deines Bruders bestimmen, Frieda!«

»Stimmt. Das kann ich nicht. Das muss Vater als Familienvorstand tun«, erwiderte Frieda nur scheinbar ungerührt. Ricarda spürte, wie die Hand ihrer Nichte vor Anspannung feucht wurde.

Da ihr Mann weiterhin schwieg, sagte Rosel, mit einer steilen Zornesfalte auf der Stirn: »Das ist doch auf deinem Mist gewachsen, Ricarda. Genauso hast du es damals gemacht, als du mit Henny schwanger warst. Du hast Georg geheiratet und sie ihm untergeschoben.«

Es hatte eine Zeit gegeben, in der Ricarda diese scharfen Worte der Jüngeren übelgenommen hätte. Doch der Angriff perlte an ihr ab. Wohl auch deshalb, weil zwischen Henny und ihr inzwischen alles geklärt war; die alte Wunde war endlich verheilt.

»Georg hat mich geheiratet, weil er mich liebte«, erwiderte Ricarda ruhig. »Dazu gehörte, mich und das Kind unter meinem Herzen zu schützen. Er wusste, dass Henny nicht seine Tochter war.« In die Umstände der Zeugung hatte sie auch ihn nie eingeweiht.

»Lasst Tante Ricarda aus dem Spiel. Ich habe mir das einfallen lassen«, sagte Frieda. »Erinnert ihr euch noch an Franz' Vierzigsten? Wie er hier war mit seinem kleinen Adjutanten? Franz ist homosexuell. Er wird nie den Erben zeugen, den Freystetten braucht. Das wisst ihr beiden ganz genau.«

»Nein, Frieda, das weiß ich nicht!«, ereiferte sich der Graf.

»Reg dich nicht auf, Friedemann. Sie meint das nicht so«, sagte Rosel und eilte zu ihm.

»Doch, ich meine es so. Ich habe eine Menge schwuler Freunde. Darum weiß ich, dass in Berlin immer öfter homosexuelle Männer angezeigt werden. Die gesellschaftliche Stimmung verändert sich gerade. Sie bekommen hohe Geldbußen auferlegt und noch dazu ist ihr Ruf ruiniert. Es gab auch schon Gefängnisstrafen.«

»Das will ich alles nicht wissen, Frieda!« Rosel rang mit den Tränen.

»Das gehört leider dazu, um Friedas Vorhaben zu verstehen, Rosel«, warf Ricarda ein. »Sie will Franz gleichzeitig schützen.«

»Schützen? Benutzen willst du deinen Bruder, Frieda. Dir geht es nur um dich«, empörte sich Rosel und brach zusammen. »Ich habe alles falsch gemacht. So geliebt habe ich dich, meine Jüngste.«

»Es wäre schön, wenn du mich immer noch lieben würdest, Mutter. Ich habe jedoch den Eindruck, dass dir deine Prinzipien und dein falscher Dünkel wichtiger sind.«

»Frieda, ich denke, wir alle haben deinen Standpunkt vollständig verstanden. Mäßige dich bitte.« Friedemann setzte sich in seinem Sessel auf, nippte an dem erkalteten Tee, stellte die Tasse behutsam ab. »Rosel, unsere Tochter hat recht«, sagte er schließlich bestimmt.

»Friedemann, was sagst du da!«

»Du musst dich beruhigen, mein Schatz. Du verschließt die Augen vor der Wahrheit, wenn es um Franz geht.« Er griff erneut nach der Tasse. »Ich habe das auch lange getan.« Er seufzte, trank. »Wir brauchen also eine Schwiegertochter. Wenn ich das mal so auf den Punkt bringen darf.«

»Friedemann, das ist … Wie soll ich sagen? Unmoralisch. Ja, das ist es: verdorben. Oh mein Gott. Wenn das Mutter erfährt. Das bringt sie ins Grab.«

»Niemand erfährt es, Rosel«, widersprach Ricarda. »Niemand, von dem wir es nicht wollen.«

»Ich weiß nicht. Das kann ich nicht gutheißen.«

»Doch, Rosel, mein Schatz, das kannst und wirst du«, widersprach Friedemann. »Wir stehen diese schwere Zeit gemeinsam durch. Das haben wir immer so gehandhabt. Die Familie hält zusammen.« Er wandte sich an Ricarda.

»Du bist Friedas behandelnde Ärztin, nehme ich doch an. Geht es den Kindern gut? Frieda, wie geht es dir?«

Endlich fragt jemand danach, dachte Ricarda. Sie sah ihrer Nichte die Erleichterung an. Offenbar kannte Frieda ihren Vater so gut, dass sie den Ausgang dieses heiklen Gesprächs nicht gefürchtet hatte: Letzten Endes ordnete er moralische Bedenken den rein praktischen Erwägungen unter. In Freystetten hatten schließlich schon immer lockere Sitten geherrscht; man sprach nur nicht offen darüber.

Rosel konnte das eindeutig nicht verstehen. Zwar lag es ihr fern, ihrem Mann zu widersprechen. Eine Mitstreiterin war deshalb noch lange nicht aus ihr geworden. Die alten Prinzipien machten es ihr unmöglich, sich der neuen Lage anzupassen. Ricarda konnte nur hoffen, dass sich das ändern würde. Zumal jetzt das Schwerste bevorstand: Franz musste überzeugt werden. Wie würde er reagieren?

Frieda hatte den Vorschlag gemacht, das so wichtige Gespräch mit ihrem Bruder im Nebenraum des Schöneberger »Café Balthasar« zu führen. Als Ricarda das Lokal betrat, wunderte sie sich über diese Wahl, denn es verströmte eine plüschige Wohnzimmeratmosphäre, Stil Biedermeier, mit Bommeln an den Lampenschirmen. Im ersten Moment dachte sie, dass es nicht zum Anlass passte. Dann verstand sie, mit welchem Hintersinn sich ihre Nichte für dieses Café entschieden hatte.

Das bevorstehende Gespräch würde für alle Beteiligten unangenehm werden. Der Rahmen war zugleich halb öffentlich und halb intim, niemand würde aus der Rolle fallen dürfen, ohne das Gesicht zu verlieren. Ansonsten würde der Klatsch morgen in ganz Berlin tropische Blüten treiben.

»Weiß Franz, was ihn erwartet?«, fragte Ricarda.

»Nein.« Frieda lächelte spitzbübisch.

Ihr weites Kleid war ein sogenannter Hänger, ein der aktuellen Mode geschuldeter glücklicher Umstand, der ihre Figur kaschierte.

Auch Friedas Mutter hatte einen derartigen, fast spießig anmutenden Rahmen für das gewiss kontrovers verlaufende Gespräch wohl nicht erwartet; das sah Ricarda ihrer Schwester an. Rosel hatte Berlin noch nie ausstehen können, das wusste jeder, der sie kannte. Umso schlimmer war es für sie, dass Friedemann immer öfter in der Hauptstadt zu tun hatte.

Den Grafen schien das Ambiente nicht zu stören. »Nett hier«, sagte er.

Anders als seine Frau wirkte er entspannt, obwohl er wusste, dass sein Sohn in ein heikles Unterfangen einwilligen sollte. Vielleicht war das der Politiker in ihm, dachte Ricarda. Auf einem brodelnden Vulkan tanzen und so tun, als wäre die Hitze angenehm für die Fußsohlen.

Franz kam allein, aber in Zivilkleidung. Offenbar hatte er nicht damit gerechnet, wer alles anwesend sein würde. »Was wird das denn?«, sagte er zur Begrüßung. »Ich dachte, nur du wolltest mich sprechen, Frieda.«

»Die Ziele deiner Schwester sind die unsrigen«, sagte sein Vater. »Wir haben beschlossen, dass sie auch deine sein müssen.«

»Ich verstehe nicht.«

»Frieda erwartet Zwillinge und hat keinen Gemahl«, sagte Friedemann.

»Das sieht dir ähnlich«, schnappte Franz in Richtung seiner kleinen Schwester.

»Wir können dieses Gespräch nur führen, wenn wir alle sachlich bleiben«, sagte Ricarda. »Darum freue ich mich zunächst einmal, dass es möglich ist, dass wir hier zusammen sind.«

»War diese Begegnung deine Idee, Tante Rica?«, fragte Offizier Franz.

»Ich möchte nur zwischen euch vermitteln, Franz. Eigene Interessen habe ich keine.«

Der Offizier straffte sich. »Also gut. Was wollt ihr von mir?«

»Wir haben uns eine unorthodoxe Lösung einfallen lassen, Franz«, sagte Ricarda. »Es kann sein, dass sie dir nicht behagt. Hör sie dir bitte dennoch erst einmal an. Wärst du so gut?«

Franz hob abwartend die Schultern.

Nun übernahm Friedemann: »Du hast dich klar positioniert, dass du die Linie Freystetten nicht fortsetzen wirst. Ist das richtig?«

»Frieda ist in der Hoffnung. Was habe ich damit zu tun?«

»Beantworte bitte meine Frage.«

Franz zupfte an seinen exakt einen Zentimeter unter dem Ärmel hervorstehenden Manschetten, richtete die Krawatte. »Ich stelle mein Leben voll und ganz in den Dienst des Vaterlandes«, wich er schließlich aus.

»Wir alle wissen, wie wichtig es ist, dass du deine Pflicht als Offizier tust«, sagte Rosel.

»Sehr richtig«, stellte der Graf fest. »Dennoch hast du dieselbe Pflicht gegenüber deiner Familie.«

»Ich möchte dich bitten, meine Zwillinge zu adoptieren«, sagte Frieda ausgesprochen höflich.

»Kommt gar nicht infrage!«, rief Franz wie aus der Pistole geschossen. »Denn das setzt voraus, dass ich heirate. Was ich nicht tun werde.«

»Du nötigst mich, offen zu sprechen, Franz. Du führst dein Leben auf eine Weise, die dich sehr schnell kompromittieren kann. Was auch dem Ruf der Familie schadet«, sagte Friedemann.

»Das sind Hypothesen und Mutmaßungen, Vater.«

»Verzeih, wenn ich widerspreche: Das sind keinesfalls nur Mutmaßungen«, sagte Ricarda. Mittlerweile hatte sich Victor auf Hennys Bitte hin nach Franz umgehört. Um Rosel nicht zu verunsichern, wollte Ricarda darüber jetzt nicht reden. Die Andeutung allein reichte ohnehin: Franz wich ihrem Blick aus und schwieg. Ricarda schöpfte Hoffnung, dass der erwartete Eklat ausbleiben könnte.

»Mit einer Frau an deiner Seite wird dir der Aufstieg in eine höhere politische Verantwortung leichter möglich sein. Noch dazu mit Zwillingen«, setzte Friedemann nach. »Ich werde meinen Einfluss entsprechend geltend machen.«

Franz strich sich ein imaginäres Stäubchen von den Schultern. »Ich werde über den Vorschlag der Familie nachdenken.«

»Die folgenden Schritte müssen sorgsam vorbereitet werden. Die Zeit ist dabei nicht auf unserer Seite«, sagte sein Vater. »In achtundvierzig Stunden möchte ich deine Antwort wissen.« Der Graf lächelte mit einem harten Blick in den Augen. »Bitte.«

Wieder der Traum von der Wüste. Leere, Gras, nichts. Keine Menschenseele zu sehen. Nur ein seltsames Brummen, das von irgendwo kam.

Henny setzte sich auf. Sie war in Schweiß gebadet.

Es war kurz nach Mitternacht. Also hatte sie gerade mal eine Stunde geschlafen. Diese erschreckenden Alpträume waren doch nicht normal!

Das Bett neben ihr war zwar noch leer, aber gerade

wurde das Wohnungstürschloss aufgesperrt. Victor kam nach Hause. Daher das Brummen – der Motor seines Autos unten vor dem Fenster.

Sie stand auf, ging in die Küche, ließ Wasser in ein Glas laufen.

»Ich habe versucht, leise zu sein. Tut mir leid.« Victor umarmte sie und küsste sanft ihren Hals.

Sie sog seinen Duft ein. Es war ein Reflex, den sie sich nicht abgewöhnen konnte. Dennoch stellte sie erleichtert fest, dass er nach keinem Damenparfüm roch.

Er spürte ihre augenblickliche Verunsicherung nicht, war ganz bei dem gerade Erlebten: »Du hast mir doch erzählt, dass dich die boxende Schriftstellerin so beeindruckt hat. Du weißt schon: der Schmeling-Kampf im Sportpalast.«

»Vicky Baum. Sie heißt wie unsere Tochter. Eine bemerkenswerte Frau. Was ist mit ihr?«

»Nelly hat mich mit ihr und ihrem Verlagslektor zusammengebracht.« Victor strahlte. »Henny, wir sind uns einig geworden: Ich werde die Rechte an ihrem Buch kaufen. Ich mache daraus einen Film.«

»›Menschen im Hotel‹, nicht wahr? Wird dein ebenfalls boxender Freund Fritz Lang die Regie übernehmen?«

»Ich habe ihn bislang nicht fragen können. Aber ich bin sicher, jeder bekannte Regisseur wird sich darum reißen. Die Geschichte ist sowohl universell als auch ein Abbild unserer Stadt!« Er glühte vor Begeisterung.

Henny kannte diesen Zustand an Victor. Er besaß eine Fähigkeit, die sie in ihrer Kindheit bei Afrikanern beobachtet hatte. Man rieb zwischen seinen Händen ein Stöckchen, dessen Spitze in der Auskerbung eines Holzes stak. Plötzlich brannte es. So ahnte sie, was auf sie zukommen könnte: »Du willst mit dem Stoff zurück nach Hollywood.«

»Nicht wahr? Der Gedanke ist attraktiv.«

»Auf diese Weise willst du dir die Rechte sichern. Vicky Baum ist eine sehr sympathische Frau, aber sie lechzt nach Anerkennung. Und du, Victor, kennst dich mit Menschen aus. Also wirfst du ein altes Pfund in die Waagschale: Hollywood, weltweiter Ruhm.«

»Genauso ist es, Henny. Ich weiß, was ich kann. Du weißt es offensichtlich auch. Wenn mir mein Bauchgefühl sagt, dass es das ist, dann kann ich ihm nicht antworten: ›Halt die Klappe.‹« Er zog sie an sich und küsste sie auf den Mund. »Henny, ich bin der Mann, den du liebst. Nimm mich so, wie ich bin.«

Sie schob ihn sanft von sich. »Victor, bitte, lass Frau Baum solche Dialoge schreiben.«

»Das war improvisiert.« Er grinste. »Sie schreibt das garantiert besser. Es ist dennoch wahr: Ich bin überzeugt, das Richtige zu tun.«

»Das bin auch ich«, sagte Henny. »Also verzeih bitte, wenn ich noch einmal unschöne Dinge feststelle: Den Umbau meiner Praxis habe ich mit Krediten finanziert. Meine Schwangerschaft hilft nicht dabei, sie abzutragen. Frau Baums Romanrechte bekommst du nicht für einen Apfel und ein Ei. Woher soll das Geld kommen?«

»Henny, mein Ein und Alles, du sagst mir doch nichts Neues. Sieh mal: Ein Filmproduzent hat ein Goldkörnchen. Wenn er seine Arbeit richtig macht, wird daraus ein dicker Goldklumpen. Diese Art von Magie beherrsche ich.«

Victor hielt sich für einen Zauberer, ihr Metier war die Wissenschaft. Wieder prallten Welten aufeinander, wo sie doch angenommen hatte, diese Phase überstanden zu haben.

Sie ließ sich von ihm ins Bett bringen und mit Küssen

verwöhnen. Das Misstrauen blieb. Sie wollte nicht zurück nach Hollywood. Auf gar keinen Fall. Es gab zwei Orte auf der Welt, die sie mit den schlimmsten Erinnerungen ihres Lebens verband. Der eine war Hollywood, der andere Afrika. Nach diesem Gespräch ahnte sie, dass sie wieder versuchen würde, in ihren Alpträumen alles zu verarbeiten.

Als Victor schon längst schlief, starrte sie noch immer hellwach an die Decke. War mit Antonia wirklich alles in Ordnung?

EIN ALTER LÖWE

— ◆ —

Massai Mara, Juni 1929

Das Geräusch, das sie weckte, kam Antonia bekannt vor. Ratsch, ratsch, ratsch. Ein Pferd rupfte Gras vom Boden: Sie war zurück in Freystetten!

Oder nicht?

Die Fahrt mit der *Wangoni.* Wieso erinnerte sie sich nicht daran?

Aber sie war ja gar nicht mit der *Wangoni* gefahren!

Ben! Wo war er?

Sie riss die Augen auf. So nah neben ihr, dass sie danach hätte greifen können, äste ein Zebra. Durch ihre abrupte Bewegung wich es zurück und fraß ein Stück entfernt weiter. Ringsum ästen noch mehr Zebras und einige Gnus; sie schien an einem ausgesprochen friedlichen Ort zu sein. Aber Antonia begriff nicht richtig, wo dieser Ort war. Mit quälender Langsamkeit begann ihr Gehirn, das Puzzle aus Wahrnehmung und Erinnerung zusammenzusetzen. Ihr Rücken schmerzte entsetzlich, ebenso ihre Schulter. Sie sah an sich herunter. Ihre helle Leinenhose war zerfetzt und wies dunkle Flecken auf. Die Lederjacke, die sie anhatte, war zerkratzt. Ihr Kopf war von einer Fliegerhaube eng umschlossen.

Nun entdeckte sie das Leitwerk eines kleinen Flugzeugs. Es ragte in einiger Entfernung steil in die Luft.

Jetzt kam die Erinnerung zurück, mit aller Wucht. Bens

Blick über seine Schulter zu ihr nach hinten. *Gehe runter. Wird rumpeln. Gut festhalten! Tut mir leid!*

»Ben!« Sie rief so laut sie konnte.

Im selben Moment begann der Erdboden unter Hufschlägen zu vibrieren. Die Zebras galoppierten erschrocken los, und wenig später wogte eine Welle gestreifter Leiber in die Weite der Savanne hinein. Nun schlossen sich die dunklen Gnus an, die so schwerfällig wie Kühe rannten.

Mühsam stand Antonia auf und kam nicht weit. Ihre Beine gaben einfach nach, sie stürzte auf die Knie, ignorierte den Schmerz, rappelte sich auf, lief und krabbelte atemlos zu dem Wrack. Zwischen der Bodenwelle und dem Felsen befand sich eine breite Stelle aufgestauter Feuchtigkeit, darin steckte der vordere Teil des Flugzeugs. Aus der dunkelbraunen Senke stiegen Fliegen auf. Sie zog sich am rauen Stein des Felsens hoch, lugte ins Cockpit.

Es war leer.

»Ben!«, schrie sie verzweifelt. »Wo bist du? Hörst du mich?«

Ihr Ruf ging im wilden Trommeln der Hufschläge der empfindsamen Tiere unter.

Ein Gedanke durchfuhr sie wie ein Blitz und versetzte sie augenblicklich in Panik: Wenn Ben ebenso wie sie aus dem Cockpit herausgeschleudert worden war, mochte er irgendwo hilflos liegen. Die Tiere würden über ihn hinwegtrampeln!

Wann war das Unglück geschehen? Auf jeden Fall war es früher Morgen gewesen, als sie losgeflogen waren, um das Impfen fortzusetzen. Sie hatte navigiert, die aufgehende Sonne im Rücken, plötzlich die Stille, als der Motor abstarb. Die Benzinzufuhr! Dann die misslungene Notlandung.

Antonias Armbanduhr war kaputtgegangen, aber die Sonne hatte ihren Zenit verlassen. Ihre Strahlen fielen in einem Winkel auf den Boden, sodass der einzige Baum in der Nähe bereits einen kurzen Schatten warf. Das bedeutete, sie war mehrere Stunden bewusstlos gewesen.

Ihre Zunge klebte am Gaumen, sie zitterte. Wasser, sie brauchte Wasser!

Plötzlich erkannte Antonia die Gefahr, in der sie schwebte. Sie mochte überlebt haben. Aber dass sie am Leben blieb, war längst nicht sicher. Sie musste Ben finden! Sofort!

Antonia wusste, dass Ben stets einige Liter Wasser mitführte, um auf Notfälle vorbereitet zu sein. Es kostete sie sämtliche Kraft, in das Flugzeugwrack hineinzugelangen. Ein Arm war kaum zu belasten. Wahrscheinlich hatte sie sich einen Muskel gezerrt, als sie aus dem Flugzeug geschleudert worden war.

Die drei Blechflaschen, mit Lederriemen am Rumpf befestigt, waren da. Gierig trank sie ein paar Schlucke. Der Gedanke an Ben ließ sie sofort innehalten.

Da fiel ihr das Gewehr auf, welches längs am Boden festgezurrt war. Sie würde es benutzen, um Ben und sich zu verteidigen. Ohne weiteres Nachdenken quälte sie sich mit einer Flasche und der Waffe aus dem Rumpf heraus. Erst danach erinnerte sie sich, dass Ben stets Proviant dabeihatte. Einerlei. Erst musste sie ihn finden; er konnte unmöglich weit entfernt sein.

Sobald Antonia sich ein Stück vom Flugzeugwrack entfernt hatte, fielen ihr die Geier auf, die sich weit oben am Himmel zu versammeln begannen.

»In der Wildnis gehören sie zum ständigen Kreislauf aus Leben und Sterben«, hatte Ben philosophiert, als sie über den Löwen gesprochen hatten, der, seines schönen Fells beraubt, zurückgelassen worden war. »Vielleicht sind die Geier wie im griechischen Mythos der Fährmann, der die Toten ins Jenseits begleitet.«

In Antonias Kopf hämmerte der Schmerz wie verrückt, als sie die Suche nach Ben begann. Die Fliegerkappe schützte zwar gegen die Sonnenstrahlen, aber darunter war die Hitze unerträglich. Sie nahm sie ab, die Jacke hatte sie bereits am Flugzeug zurückgelassen.

»Toni, hier.« Bens Stimme war kaum zu hören.

Die Luft flirrte, das trockene, gelbe Gras stand hoch.

»Wo bist du?«

»Hier.«

Wie geschwächt er klang! Sie ging seiner Stimme nach und fand ihn in der Nähe eines Buschs, der ihn zwar verdeckt, aber nicht vor der prallen Sonne geschützt hatte. Ihr fiel sofort auf, dass er nichts unternommen hatte, um sich in den Schatten zu begeben. Erst danach bemerkte sie, dass seine Gliedmaßen unnatürlich verdreht waren. Und er rührte sich nicht.

Sie kniete sich neben ihm, hob vorsichtig seinen Kopf an, führte die Wasserflasche an seinen Mund.

Er kniff die Lippen zusammen. »Trink du.«

»Du dehydrierst!«

»Du brauchst das Wasser, Toni.«

»Du doch auch!«

»Nein, nicht mehr.«

Ihr fast hysterischer Wille, ihm das Wasser einzuflößen, wich einigermaßen klarem Nachdenken. »Wo hast du Schmerzen?«

Seine Antwort fiel genauso grausam aus wie befürchtet: »Nirgendwo, Toni. Alles taub, vom Kopf abwärts.«

Fraktur der Halswirbelsäule. Sie sah die Anatomiekarte

des menschlichen Skeletts plastisch vor sich im Hörsaal der Charité.

»Guck mal hinter dich. Erschrick nicht, bleib ruhig.«

Sie fuhr dennoch herum. Wenige Meter entfernt ruhte ein Löwe im Gras, gut getarnt durch seine schwarzgraue Mähne, das fast graue, von Narben übersäte Fell. Sie hob das Gewehr, wollte durchladen.

»Spar die Patrone«, sagte Ben mit matter Stimme. »Der ist zu alt und krank, um anzugreifen. Für ihn bleibt nur Aas.«

Ben hatte recht, ein Hinterlauf war offenkundig gebrochen. Das Tier würde kaum aufstehen können.

»Ich bringe dich hier weg, Ben.«

»Das schaffst du nicht, Toni. Überlebe selbst. Mehr ist nicht drin.«

»Ich lasse dich nicht zurück.«

»Ich hätte dich nie nach *Kiambu* bringen dürfen. Es war falsch und egoistisch von mir ...« Er rang um jedes Wort. »Es tut mir leid, was ich dir angetan habe, Toni. Wenn du kannst, verzeih mir bitte.«

Sie nötigte ihn, etwas Wasser zu trinken.

»Ich bin aus freien Stücken mit dir geflogen. Du hast mir nichts angetan, Ben. Sag so etwas nicht. Man wird uns suchen.«

»Nun kann ich dich nicht einmal mehr in die Arme nehmen.« Er lächelte müde.

»Aber ich kann dich umarmen.« Sie küsste sanft seine spröden Lippen und strich sein volles Haar aus der Stirn.

»Es ist schade um uns. Ich habe dich so gern, aber nicht den Mut gehabt, mein Leben zu verändern.«

»Es ist nicht vorbei, Ben. Man weiß doch, dass wir unterwegs sind. Man wird uns finden.«

»Du wirst dich wieder in jemanden verlieben, Toni. Mach es nicht wie ich ... Sag es ihm, wenn du ihn liebst.

Warte nicht, bis es zu spät ist. Du hast es verdient, geliebt zu werden. Lass dein Leben nicht ohne Liebe verrinnen … Versprichst du mir das?«

Tränen liefen über ihr Gesicht. »Wie kann ich das? Mit dir hatte ich glücklich werden wollen. Nicht mit einem anderen.«

Ein Lächeln spielte um seine Lippen, dann schloss er die Augen. Antonia legte ihren Kopf auf seine Brust. Noch rang sein Herz mit dem Tod, aber es klang, als fiele ihm das immer schwerer.

Erschöpfung und Verzweiflung hatten Antonia jede Kraft geraubt. Nichts konnte sie für den Sterbenden tun. Lange horchte sie auf seinen schwächer werdenden Herzschlag. Bis sie nichts mehr hörte.

»Ben? Bist du noch da?«

Er reagierte nicht.

Sie fühlte nach seinem Puls und erinnerte sich daran, die Arzttasche mitgenommen zu haben. Sie war wohl ebenso herausgeschleudert worden wie die beiden Insassen. Aber die Energie, sie zu suchen, fehlte ihr.

Der alte Löwe war immer noch da. Vielleicht hatte er irgendwann über diesen Teil der Savanne geherrscht. Auch seine Zeit näherte sich dem Ende. Er musste geduldig warten, was ihm noch zufallen mochte.

Sie richtete sich auf. Ben lag, als schliefe er tief und friedlich. Endlich sagte sie ihm, was sie ihm vielleicht zu Lebzeiten hätte sagen müssen, was sie aber nie getan hatte. Vielleicht, weil sie erst jetzt verstand, warum aus ihnen beiden nie ein Paar wurde. »Du warst ein guter Mensch. Du warst loyal. Gegenüber deinem Sir, deinen Eltern, Mabel gegenüber. Mir natürlich ebenfalls. Aber wo bist du selbst dabei geblieben, Ben?«

Sanft strichen ihre Finger über sein entspanntes Gesicht, fuhren dem Schwung seiner Lippen nach, und für einen Moment war ihr danach, sie ein letztes Mal zu küssen. »Es ist so schade«, flüsterte sie. »Um dich, um uns.« Ihre Tränen fielen auf sein Gesicht. »Mach's gut, Ben. Wo auch immer du sein wirst, dort wird man dich so lieben, wie du es verdienst.« Die Hand auf seinem Mund hielt inne, dann führte sie ihre Finger an ihre eigenen Lippen. »Ich sollte dir versprechen, wieder zu lieben. Ich werde es versuchen. Irgendwann.«

Die Nacht würde diesen grausamen Tag bald unter ihrer Schwärze begraben. Zuvor musste sie dafür sorgen, dass sein Leichnam geschützt war. Der alte Löwe würde Ben nicht bekommen. Sie war keine Afrikanerin, die Mythen vom Jäger und dem Gejagten mussten nicht von ihr bedient werden.

Nachdem sie den ersten großen Stein gefunden hatte, stellte sie fest, dass sie überall verstreut lagen. Da sie nur einen Arm belasten konnte, nahm sie nur solche, die sie transportieren konnte. Stück für Stück trug, schleifte, rollte sie sie zu der Senke, in die sie Bens Körper geschleppt hatte. Es war wie ein langer schwerer Abschied, bei dem Ben allmählich unter den Steinen verschwand.

Die Sterne und ein Helligkeit spendender Mond standen längst am Himmel, als sie ihr Werk beendete. Antonia brach über den Steinen zusammen, unter dem der Mann begraben war, mit dem sie ein neues Leben hatte beginnen wollen.

Über ihr dehnte sich der unendliche Himmel, unter dem sie einmal mit Ben getanzt hatte und der für sie bedeutungslos geworden war. Selbst den kranken, alten Löwen hatte sie vergessen. Nichts hatte einen Wert. Weder die Gegenwart noch die Zukunft.

Als Antonia wieder erwachte, saß die Kälte der Nacht in jedem Muskel, jedem Knochen. Die Massai Mara lag hier weit mehr als tausend Meter über dem Meeresspiegel. Noch immer war der Himmel über der Savanne von Sternen übersät, doch sie begannen zu verblassen. Im Osten entflammte bereits glutrotes Leuchten den Horizont. Die ersten Sonnenstrahlen brachen sich im flachen Schirm einer einzelnen Akazie und umrissen ihre Konturen, als wäre es ein Scherenschnitt. Der Morgentau in den zarten Rispen der Gräser glitzerte mit der Helligkeit Millionen kleiner Diamanten. Es war so kalt, dass Antonia ihren Atem sah. Der Geruch feuchter Erde verband sich mit den würzigen Aromen unbekannter Sträucher. Eine unvergleichliche Stille lag über dem Land. Antonia hatte das Gefühl, ganz allein auf der Welt zu sein.

Ihr erster Blick galt dem alten Löwen. Er befand sich an derselben Stelle, hatte sich jedoch zur Seite gerollt, die Beine von sich gestreckt. Seine Flanken ruhten ganz still, die Augen waren geschlossen. Vielleicht, dachte sie, hatte der alte Löwe nicht allein sein wollen beim Sterben.

Beim Aufstehen stützte sie sich auf das Gewehr und blickte ein letztes Mal auf das improvisierte Grab hinab, das sie für Ben geschaffen hatte. Die vielen Steine schützten ihn, die Aasgeier würden sich nicht über seinen Leichnam hermachen können. Und wenn ein Suchtrupp käme, war das Wrack des Flugzeugs nicht zu übersehen. Hoffte sie. Um das improvisierte Grab als solches zu kennzeichnen, suchte sie zwei Äste, die sie zu einem Kreuz zusammenlegte.

Von Minute zu Minute wurde die goldrote Sonne größer, das kupferfarbene Erdreich erglühte und ließ den Ort so friedlich wirken, als wäre er aus der Zeit gefallen. Kein Weg, kein Pfad sichtbar. Es sah aus, als gäbe es kein Fortkommen von dieser Hochebene inmitten der Wildnis. Das machte ihr das Wunder bewusst, dem sie ihr Leben verdankte. Während Ben so unglücklich auf dem Erdreich aufgeschlagen war, dass seine Wirbelsäule brach, schmerzte nur ihre Schulter und das Atmen tat weh. Eine vorsichtige Berührung der Rippen bestätigte den Verdacht – entweder eine schwere Prellung oder ein Bruch. Aber sie lebte. Der Schmerz, Ben verloren zu haben, durfte nicht größer sein als der Wunsch, am Leben zu bleiben. Das hatte Ben so gewollt.

Sie kletterte noch einmal in das Flugzeugwrack und nahm mit, was sie brauchte. Viel war es nicht: die restlichen zwei Blechflaschen, in denen noch Wasser war, die mit einem Ledergurt verschlossene Dose mit dem Proviant, eine Gürteltasche mit Patronen, die Landkarte. Sie erinnerte sich, dass Ben ein Messer an der Hüfte getragen hatte. Das, mit dem er bei ihrem ersten Ausflug mit dem Flugzeug Brot und Wurst geschnitten hatte. In der Wildnis könnte es überlebenswichtig sein, das war ihr klar. Sie brachte es dennoch nicht fertig, die Steine beiseite zu räumen, um es ihm abzunehmen.

Sie musste jetzt aufbrechen, bevor es zu heiß zum Gehen wurde. Es war überlebenswichtig, bis Mittag einen Platz im Schatten gefunden zu haben. Sie starrte die Karte an. Wo befand sie sich? Sie blickte wie hypnotisiert auf das Kreuz, wohin sie hatten fliegen sollen. Das lag im Osten, weit weg von Nairobi. Wahrscheinlich war dort längst niemand mehr. Also auf nach Westen. Die Sonne im Rücken. So schwer konnte das nicht sein. Einen Fuß vor den anderen. Nicht nachdenken, befahl sie sich.

Nach ein paar Schritten stolperte sie fast über die Arzttasche. *Möge sie dir Glück bringen*, hörte sie ihre Mutter beim Abschied sagen. Durch den Aufprall war die Tasche aufgesprungen, der Inhalt lag verstreut umher. Sie sammelte alles ein und dachte dabei, dass das ein wenig war, als würde sie die Trümmer ihrer Zeit in Afrika zusammenklauben. Sie packte den Rest ihrer Habseligkeiten dazu. Als sie sich mit der Hand über den Hals fuhr, um den Schweiß fortzuwischen, streiften ihre Finger die Kette, die sie seit anderthalb Jahren trug und gar nicht mehr wahrnahm.

Das ist der Heilige Christophorus, der Schutzheilige der Reisenden, hatte Großmutter Karla gesagt und ihr mit dem Finger ein Kreuz auf die Stirn gezeichnet. *Möge Gott dich schützen*, hörte sie die geliebte alte Dame sagen.

Antonia brach in Tränen aus und sah hinauf zum wolkenlosen Himmel. »Danke«, sagte sie. »Danke, dass ich leben darf.«

Ben tot, ein zerstörtes Flugzeug, ein verendeter Löwe. Ein Ort der Zerstörung. Sie wusste nicht, was mehr schmerzte – ihr Herz oder ihr Körper.

Geh!, rief sie sich zu, geh und dreh dich nicht mehr um!

Antonia hatte das Wasser zu schnell verbraucht, die letzte Flasche war nur noch zur Hälfte voll. Ihre Zunge klebte am Gaumen, die Füße brannten, das Atmen und der Kopf schmerzten. Sie nahm einen winzigen Schluck. Die Sonne stand an ihrem höchsten Punkt. Wohin gehen? Wie orientierte man sich in dieser Unendlichkeit?

Als direkt vor ihr ein Schwarm Perlhühner kreischend aufstieg, erschrak sie kaum. Was geschah gerade mit ihr, wenn nicht einmal ihre Reflexe richtig funktionierten?

In der Ferne war ein Baum, auf den sie zusteuerte, um in seinem Schatten zu rasten. Je weiter sie vorankam, desto weiter schien er entfernt. Nun sah sie sich bizarr geformten Termitenhaufen gegenüber, von den Insekten mehrere Meter hoch erbaut. Vielleicht boten die Schatten. Sie umrundete die gezackten Lehmtürme und blickte auf das Hinterteil eines Nashorns. Ihr Bewusstsein für Gefahren erwachte schlagartig. Offenbar befand sie sich im Windschatten des urzeitlichen Tiers. Vorsichtig nahm sie das Gewehr von der Schulter, dabei fiel die Wasserflasche scheppernd zu Boden. Das Nashorn drehte sich mit ungeahnter Geschmeidigkeit herum.

Antonia richtete die Waffe auf den gepanzerten Riesen. Und ließ sie sinken. Was sollte eine vermutlich falsch platzierte Kugel diesem tonnenschweren Giganten anhaben können?

Sie blieb nur stehen. Da drehte das Nashorn sich um und trottete gemächlich davon. Der Boden vibrierte ganz leicht unter seinem Gewicht.

Aber sie hatte die Botschaft verstanden: Sie lief umher wie ein Kind, das sich verirrt hatte. Als sie den Biss an ihrem Fuß spürte, sah sie hinunter. Unzählige Tierchen krabbelten an ihr empor. Sie wischte sie hastig fort. Ihre Spur führte zu einem Erdloch – Ameisen. Ben hatte erzählt, es gäbe welche, deren Biss für den Menschen lebensgefährlich werden konnte. Sie hob die Flasche und die Tasche auf und rannte davon, blieb stehen. Die Orientierung war ihr verloren gegangen. Sie suchte den vereinzelten Baum; er schien weiter entfernt als zuvor. Und ihr ausgetrockneter Hals brannte.

Sie ging stur weiter. Schließlich sah sie in weiter Ferne etwas, in dem sich das Sonnenlicht brach. Wie eine Lampe blinkte es und zog sie magisch an. Dass in derselben Richtung Geier am Himmel kreisten, wunderte sie nicht. An deren Begleitung hatte sie sich gewöhnt.

Immer näher kam sie dem seltsamen Licht, bis sie erkannte, was es war: das Flugzeugwrack. Mit der Sonne im Rücken war sie im Kreis gelaufen. Sie hätte verzweifelt aufschreien und weinen mögen. Aber was nutzte das? Vielleicht hatte die Menschheit das Weinen vor Jahrmillionen entdeckt, weil es das Mitgefühl anderer Menschen hervorrief. Aber hier war niemand, der mit ihr fühlte. Niemand sah ihre Tränen.

Die Geier hielten es nicht einmal für nötig, von ihrer Beute – dem alten Löwen – abzulassen. Sie ignorierten Antonia.

Du hast oft gezweifelt?, hatte Antonia ihre Mutter am Tag vor ihrer Abreise gefragt.

Ja, Toni, natürlich, hörte sie jetzt klar und deutlich die Antwort ihrer Mutter. *Es wurde besser, wenn ich mich daran erinnert habe, warum ich mich gerade an dem Ort befand, an dem ich war. Dadurch wurde mir klar, dass meine aktuellen Probleme vorbeigehen würden. Sie waren schließlich nicht das Ende, sondern eine Zwischenstation. So gewann ich wieder Hoffnung.*

Antonia sah nur eine Möglichkeit: wieder der Sonne folgen. Diesmal dorthin, wo sie unterging.

ANGST UM TONI

— ◆ —

Berlin, Juni 1929

Es war wieder Afrika, wovon Henny geträumt hatte. Die Bilder zu ihrem Traum waren jedoch im Vergessen des Erwachens verschwunden. Das Gefühl von Angst, Einsamkeit und Hilflosigkeit war geblieben.

Victor schlief noch fest, ein leichtes Lächeln im Gesicht, vermutlich war er gerade in Hollywood. Wie schaffte er es nur, sich niemals Sorgen zu machen?

Sie ging zum Telefon. »Fräulein, verbinden Sie mich mit der Reederei der *Deutsch Ost-Afrika Linie.*«

Minuten geduldigen Wartens verstrichen, bis eine kurzangebundene Frauenstimme Henny fragte, wann sie reisen möchte. Jetzt im Sommer gäbe es keine freien Kabinen.

»Ich möchte nicht buchen, sondern wissen, ob Fräulein Antonia Thomasius auf einer Passagierliste steht.«

»Das kann ich leider nicht sagen. Ich kann Ihnen nur sagen, keines unserer Schiffe wird vermisst. Möchten Sie eine Passage zu einem späteren Zeitpunkt buchen?«

»Danke, nein.«

Die Telefonistin hatte offenbar nicht verstanden, worum es ging. Henny legte den Hörer auf. Nachdenklich sank sie auf den Stuhl neben dem Telefon. So kam sie nicht weiter. Es mochte absurd sein, der Stimme ihrer Träume Gewicht beizumessen, aber sie konnte nicht anders. Es waren zu viele Träume. Sie hatten eine Bedeutung.

Sobald Vicky in der Schule war, rief sie ihre Mutter an. »Ich mache mir Sorgen um Toni. Ich habe Alpträume. Wie können wir herausfinden, ob es ihr gut geht?«

»Sie hat geschrieben, sie nähme die *Wangoni*. Hast du die Reederei angerufen, ob sie an Bord ist?«

»Habe ich und erfahre nichts.«

»Es ist seltsam«, sagte ihre Mutter und klang jetzt anders. Betroffen, fast ängstlich. »Manche Schwangere haben eine Empfindsamkeit, die sie etwas spüren lässt, das anderen Menschen nicht zugänglich ist.«

»Was willst du damit sagen?«

»Ich versuche etwas und melde mich bei dir, Henny, sobald ich weiß, ob ich damit etwas erreiche.«

Über Ricardas Körper lief ein Zittern, als fröre sie. In ihrer Bemerkung über die übernatürlichen Fähigkeiten Schwangerer lag eine tiefe Wahrheit, die nichts mit ärztlichem Wissen zu tun hatte. Es ging vielmehr darum, nach Jahrzehnten als Frauenärztin gewisse, rein logisch nicht erklärbare Phänomene ernst zu nehmen. Tatsache war schließlich, dass Henny und Toni einander nicht so nahstanden, wie Schwestern das sollten. Verfolgte Tonis Schicksal Henny bis in den Schlaf, hatte das etwas zu bedeuten. Als Mutter durfte sie das nicht ignorieren.

Gleich nachdem das Gespräch mit Henny beendet war, hob sie erneut ab. »Vermittlung, verbinden Sie mich bitte mit Frau Celia Fahrland.«

Die Vermieterin von Ricardas Praxis am Savignyplatz besaß eine elegante, großzügige Etagenwohnung am Bayerischen Platz in Schöneberg. Nach ihrer Scheidung hatte Celia Fahrland sie behalten und lebte dort nur mit ihrer vier Jahre alten Tochter. Das kleine Mädchen war zwar auf den Namen Frieda getauft worden, denn ihr Großvater war der einflussreiche Industrielle Alfred Hinnes gewesen, aber Celia rief ihre Tochter Ida. Sie sah aus, wie ihre Mutter in dem Alter wohl ausgesehen haben mochte – ein kleines blondes Mädchen mit Pausbäckchen, das allerdings noch sehr schüchtern war. Es drückte sich an die Mutter, als Ricarda den Salon betrat.

»Sie hatten recht«, sagte Celia. »Mein Name hat natürlich Gewicht. Die Familie Hinnes besitzt immer noch erhebliche Anteile an der *Deutsch Ost-Afrika Linie*. Als ich dort anrief, gab man mir selbstverständlich Auskunft.«

Ihre junge Gastgeberin machte einen derart betretenen Eindruck, dass Ricarda sich kaum zu fragen traute: »Antonia ist nicht an Bord?«

»Die *Wangoni* hat sowohl Daressalam als auch Mombasa ohne Toni verlassen, Frau Thomasius.«

»Was schließen Sie daraus?«, fragte Ricarda. Ihre eigene Schlussfolgerung war jene, die sie aus Hennys Träumen zog. Mit Logik hatte das nichts zu tun, aber gerade die war in einem Moment wie diesem gefragt.

»Ich bekam ein Fernschreiben von Toni.« Celia reichte es Ricarda.

My dream died. Stop. Coming home. Stop. Take next ship. Stop. Toni

»Welcher Traum starb? Haben Sie mit Antonia darüber einen Briefwechsel geführt?«

»Sie hatte sich unglücklich verliebt …«

»Ja, Ben, ein Farmer.«

»Er ist wohl der Sohn des Verwalters der Teeplantage, auf der sie eine Krankenstation einrichten wollte. Das wird sie vermutlich abgebrochen haben, als das mit Ben scheiterte. Wo doch schon in Daressalam so viel schiefgegangen war. Ich fürchte, Toni hatte kein Glück in Afrika. Obwohl sie mit so großen Hoffnungen aufgebrochen war.« Celia bemühte sich offensichtlich darum, sachlich zu bleiben. Aber Ricarda spürte, wie sehr Celia mit Toni mitfühlte. »Sie war darüber traurig, dass Ben ihre Gefühle nicht erwiderte.«

»Folglich würde sie der Liebe wegen die Schiffspassage nicht verfallen lassen«, folgerte Ricarda.

»Ich hoffe aus ganzem Herzen, dass alles ganz harmlos ist. Denn manchmal schlägt die Liebe Haken wie ein fliehender Hase«, gab Celia zu bedenken.

»Das ist wahr«, sagte Ricarda. Sie berichtete Celia von Hennys Alpträumen.

»Ich möchte mich ebenfalls nicht auf eine vage Hoffnung verlassen«, sagte Celia. »Deshalb habe ich bereits ein Gespräch zum Gouvernement der Kronkolonie Kenia angemeldet, um Einzelheiten in Erfahrung zu bringen. Ich weiß nicht, wann die Verbindung hergestellt sein wird. Es kann Tage dauern, wurde mir gesagt. Ida und ich werden warten, bis dieser Anruf kommt.«

»Ja, Mutter, wir warten«, sagte die Kleine.

»Antonia war so voller Euphorie gewesen, als sie hier aufbrach. Sie waren dagegen, dass sie reist. Weshalb, Frau Thomasius?«

»Wenn Sie darauf anspielen, dass ich eine düstere Vorahnung gehabt hätte: Nein, die hatte ich nicht. Antonia ist unkompliziert, kämpferisch und hart im Nehmen. Deswegen habe ich nicht versucht, sie aufzuhalten. Ich hielt es nur für unnötig, ausgerechnet in Daressalam das Praktische Jahr zu absolvieren. Als sie sagte, sie wolle ihre wahren Wurzeln entdecken, gab ich nach. Aber ich weiß, dass sie dort nicht sind.«

»Sie musste das selbst herausfinden«, beharrte Antonias Freundin.

Hoffentlich ist der Preis dafür nicht zu hoch, dachte Ricarda. Sie hätte lieber darauf gewartet, dass das Telefonat mit Kenia zustande kam, aber sie musste in ihrer Praxis Termine wahrnehmen. »Melden Sie sich bitte sofort, wenn Sie etwas über Toni erfahren«, bat sie zum Abschied.

Seit sie schwanger war, sah Henny überall Frauen, die ebenfalls guter Hoffnung waren. Selbst hier im schicken Herzen Westberlins, im »Romanischen Café«, wo die Damen ihre neueste Garderobe ausführten, schien es plötzlich im Trend zu liegen, einen runden Bauch zu haben. Entsprechend selbstbewusst kam ihr auch Frieda entgegen, begrüßte sie mit Wangenküssen.

»Zwei Frauen an einem Caféhaustisch, und trotzdem sitzen fünf Menschen da«, alberte die Kusine.

»Du siehst prächtig aus«, sagte Henny.

»Ich habe ein Kilo Make-up aufgetragen. Du wohl auch.«

»Wenn es unbedingt dieser Treffpunkt sein muss«, gab Henny zurück. »Wie fühlst du dich?«

»Wie 'n Sack Mehl«, erwiderte die junge Baroness mit einem maskenhaften Lächeln; schließlich konnte man nicht wissen, von wem man gerade beobachtet wurde. Das Café war vor allem wegen seiner prominenten Gäste bekannt. »Ich bin so froh, wenn die wieder draußen sind.« Sie klopfte kurz auf ihren Bauch, als forderte sie ungebetene Gäste zum Gehen auf. »Ich bin jetzt schon kurzatmig wie ein altes Weib. Und du? Genießt du es etwa?«

Dass die stets mit sich selbst beschäftigte Frieda fragte, wie es ihr ging, war eine neue Entwicklung! »Ich habe lange gebraucht, um mich damit abzufinden, dass ich nicht praktizieren kann. Inzwischen geht es. Ich sehe das Kind als Geschenk.«

»Es gibt Geschenke, die man nicht zurückgeben kann.« Frieda seufzte.

»Aber teilen, deshalb treffen wir uns schließlich. Deine Kandidatin scheint sich zu verspäten.«

Womit Henny auf den Grund des Stelldicheins der Kusinen anspielte: Frieda hatte sie um Beistand bei der schweren Entscheidung gebeten, jene *Kandidatin* auszusuchen, die ihr Bruder Franz von Freystetten zur Gemahlin nehmen sollte. Henny ging davon aus, dass sich mehrere Damen vorstellen würden.

»Fühl ihr bitte nicht zu sehr auf den Zahn, Frau Doktor.« Frieda war plötzlich ganz ernst. »So einfach, wie ich es mir vorgestellt habe, jemanden zu finden, ist es nämlich nicht. Franz ist zu alt.«

»Mit vierzig?« Sie selbst wurde bald neununddreißig!

»Meine Freundinnen sind anderthalb Jahrzehnte jünger.« Sie verdrehte die Augen. »Brandenburgischer Landadel ist auch nicht so spannend.«

»Wie viele Damen kommen denn?«, fragte die argwöhnisch werdende Henny.

»Eine«, erwiderte Frieda bündig.

Henny stöhnte auf. »Für so eine wichtige Sache ist das keine große Auswahl.«

Frieda beugte sich vor, flüsterte vertraulich: »Kann ich offen sprechen? Mir ist deshalb 'ne Idee gekommen.«

»Noch eine?«, zog Henny sie auf.

»Fast so frivol wie die erste.« Frieda grinste. »So 'ne Ehe muss doch nicht für die Ewigkeit sein, oder?«

»Schöner ist es schon. Wenn du mich fragst.«

»Es geht doch nur darum, dass die beiden …«, sie meinte die ungebetenen Gäste in ihrem Bauch, »… von einem verheirateten Paar adoptiert werden. Man lässt eine Anstandsfrist verstreichen, gibt ein Communiqué heraus, dass man sich getrennt habe, weil's doch nicht gepasst habe, und so weiter. Kann man doch machen. Oder?«

»Kann man«, bestätigte Henny. Das war vielleicht die beste Lösung, aber das sagte sie nicht. Schließlich fand Henny, dass der erste vor dem zweiten Schritt getan werden sollte.

»Da kommt sie«, sagte Frieda und zauberte sich ein entzückend falsches Lächeln ins Gesicht.

Henny fand, dass es am klügsten war, dasselbe zu tun. Bei einer Komödie lächelten schließlich alle. Auch wenn's zum Heulen war.

Die passt zu Franz wie die Faust aufs Auge, dachte Henny sofort.

Die Kandidatin war gut und gerne eins achtzig groß, gertenschlank, trug das kurzgeschnittene pechschwarze Haar streng zurückgebürstet, ihre Haut war schneeweiß, der schmale Mund blutrot, die Kleidung – enge Hose und weite Bluse – schwarz. Henny fand, die Dame gehörte weniger ins Freystettener Schloss als in eine der Galerien, von denen es hier am Auguste-Viktoria-Platz etliche gab.

»Grit von Pollheim«, stellte Frieda die aparte Person vor. »Meine Kusine, Doktor Vandenberg.«

»Ich freue mich, Sie kennenzulernen, Frau Doktor.« Sie sprach mit einer erstaunlich weichen Stimme.

»Henny. Ich denke, wir können uns beim Vornamen nennen. Der Anlass unseres Treffens ist kompliziert genug.«

»Grit, sehr angenehm.« Ein warmes Lächeln begleitete ihre Worte. »Ich halte Friedas Idee für sehr einleuchtend. Jeder hat einen Vorteil davon.«

Frieda lächelte siegesgewiss.

»Sie hätten zwei Kinder«, wandte Henny leicht verblüfft ein.

»Meinen Sie?« Grit schüttelte den Kopf. »Wenn ich dich recht verstanden habe, Frieda, schwebt dir in erster Linie ein gesellschaftliches Arrangement vor.«

»Völlig richtig. Nicht mehr als das«, bestätigte Frieda.

»Um die gewiss ganz reizenden Kinder wird sich eine Person kümmern, die sich damit besser auskennt. Sprechen Sie für die Familie, Henny?«

»Sie ist die Kundschafterin«, warf Frieda rasch mit verschmitztem Lächeln ein. »Wie wäre es, Grit, wenn du ein wenig von dir erzählst? Damit Henny dich besser kennenlernt.«

Grit winkte einen der zahlreichen Kellner heran. »Für mich eine Melange und eine frisch gepresste Orange, dazu ein Croissant, aber ohne Butter.« Sobald der Ober fort war, wandte sie sich an Henny. »Wissen Sie jetzt mehr über mich?« Sie sah Henny interessiert an.

»Sie scheinen Österreicherin zu sein.«

»Sehr aufmerksam! Meine Familie stammt aus der Steiermark. Landadel, natürlich verarmt, was sonst. Meine Mutter kam 1918 mit mir nach Berlin. Sie ist ein praktisch veranlagter Mensch, und ich bin es auch. Gegenwärtig habe ich die Oberaufsicht über die Damenschneiderei im KaDeWe. Meine Berufsbezeichnung ist Couturière. Ich bin weder geschieden, verwitwet oder verlobt, kinderlos, Vegetarierin und mag Geld. Womit wir bei dem Punkt wären, um den es mir geht.«

»Über das Geld müssen Sie mit Cousin Franz sprechen.«

»Werden Sie mich ihm empfehlen?«

»Sie mögen klare Worte. Die schätzt Cousin Franz ebenfalls.« Henny tauschte einen kurzen Blick mit Frieda. »Ich könnte mir vorstellen, dass Sie und Franz sich einigen werden.«

»Zumindest für eine Weile«, ergänzte Frieda.

»Niemand spricht von der Ewigkeit, meine Liebe«, sagte Grit.

Das war in der Tat eine neue Herangehensweise an das Thema Ehe, dachte Henny.

Grit trank nur ihren Saft zügig aus und rührte den Rest nicht an. »Ich muss zurück ins Studio. Hat mich sehr gefreut. Vielleicht sieht man sich wieder. Ich bin gespannt.«

Sobald sie gegangen war, fragte Henny: »Ist das wirklich deine einzige Kandidatin?«

»Ja.«

»Sie ist sehr herb.«

»In einem Brautkleid sieht jede Frau weich aus.«

»Es sollte nicht zu offensichtlich sein, dass diese Ehe nur dem Schein nach geschlossen wird, Frieda. Woher kennst du sie überhaupt?«

»Kurt hat sie mir empfohlen. Gelegentlich schneidert sie für Filme extravagante Kostüme. Hilfst du mir, Franz zu überzeugen?«

Henny seufzte. Sie hatte sich schon auf einige Missionen eingelassen, von denen sie besser die Finger gelassen hätte.

Für das Ärztehepaar Thomasius gab es nur noch ein Thema: Was war mit Toni? Siegfried spielte die Sorgen seiner Frau herunter: »Ich vertraue ihr, Rica. Sie weiß sich zu helfen.«

Ricarda hatte die Briefe ihrer Tochter erneut gelesen. Den entscheidenden hielt sie in der Hand. »Ben hat ein Flugzeug. Toni schwärmt davon, wie schön es ist zu fliegen. Siegfried, ich habe Angst, etwas könnte geschehen sein.«

Sie ging zum Telefon, ließ sich zum zweiten Mal an diesem Tag mit Celia Fahrland verbinden.

»Nichts«, sagte die Freundin ihrer Tochter. »Die Verbindung mit Nairobi kommt nicht zustande.«

»Wenn wir uns verrückt machen, helfen wir Toni auch nicht«, sagte Siegfried.

Ricarda wusste, dass es in ihm nicht anders als in ihr selbst aussah. Er zeigte es nicht. In Afrika war er sehr oft in lebensgefährliche Situationen geraten. Im Grunde wusste er besser als sie, dass ihre Angst begründet war.

Als das Telefon am Abend endlich läutete, war es Friedemann von Freystetten. Der sich sonst so kontrolliert gebende Graf klang aufgeregt.

»Ricarda, ich sprach heute mit Frieda. Sie hatte sich mit Henny getroffen. Ihr vermisst Antonia, sagte sie ihr. Warum hast du mich nicht angerufen? Ich hatte Antonia versprochen, ihr beizustehen, wenn sie mich braucht. Also habe ich sofort zum Auswärtigen Amt Kontakt aufgenommen. Gerade bekam ich die aus Nairobi übermittelte Antwort.« Seine Stimme bebte.

Offenbar hatten seine politischen Verbindungen etwas zustande gebracht, um das Celia sich vergeblich bemüht hatte.

»Was hast du erfahren?«, fragte Ricarda aufgeregt.

»Bei einem Volk namens Massai gibt es eine Pockenepidemie. Im Auftrag des Gouverneurs sollte ein Mister Benjamin Jackson eine Impfaktion durchführen. Er war mit dem Flugzeug unterwegs und kam nicht am Ziel an. In seiner Begleitung war eine Ärztin, aber den Namen hat Nairobi nicht mitgeteilt.«

»Oh Gott! Das kann nur Toni sein! In ihren Briefen ist immer von einem Ben die Rede!« Hennys Alpträume, ihre Sorgen. Es stimmte. Ricarda wurde schwindlig. »Aber man sucht die beiden doch!«

Sie hörte ihren Schwager zwar reden, aber es waren nur mehr Wortfetzen, die ihr Verstand sich weigerte zu akzeptieren: Das Gebiet wäre zu groß und menschenleer, nicht zu überblicken.

»Du meinst, man sucht nicht nach ihnen?«, folgerte sie fassungslos.

»Es sieht danach aus, Ricarda«, erwiderte er. »Es ist spät. Ich muss nachdenken, was jetzt zu tun ist. Ich werde versuchen, alles in meiner Macht Stehende zu unternehmen.« Der Graf legte auf.

»Ich war nie östlich des Victoriasees«, sagte nun Siegfried, der neben seiner Frau gestanden und mitgehört hatte. »Aber was Friedemann gesagt hat, trifft wohl zu.«

Toni mitten in der Wildnis! Sie konnte nur hoffen, dass dieser Ben wusste, wie man dort überlebte. Wenn Toni doch nur ein wenig mehr über ihn geschrieben hätte!

Ricarda spürte, wie eine Welle von Wut, Verzweiflung und plötzlich aufflammender Kraft in ihr aufstieg. »Wir trommeln alle zusammen, Siegfried. Wir beraten uns. Wir suchen sie. Ich weiß nicht wie, aber wir werden Toni finden.« Den Gedanken, dass ihre Jüngste nicht mehr leben könnte, ließ sie gar nicht erst zu.

»Vielleicht ist es eine andere Ärztin, Rica.«

»Das würde ich auch gerne glauben. Aber wenn es hier schon kaum welche gibt, gibt's dort gar keine Frau, die Ärztin ist. Gut, Ben Jackson ist ein Allerweltsname. Aber eine Ärztin und Ben … Siegfried, das ist unsere Toni.«

»Ja, das mag wohl so sein.«

Wie abgeklärt er sich gab! Sein ganzes Leben hatte er so getan, als könne ihm nichts etwas anhaben. Selbst damals, als er in japanischer Kriegsgefangenschaft dem Tod näher als dem Leben gewesen war. So kannte Ricarda ihren Mann und akzeptierte auch jetzt, was wie Gefühlskälte aussah.

»Ich weiß nicht einmal, wo Toni ist. Wie heißt das?«, fragte Ricarda.

Siegfried führte sie ins Wohnzimmer. Das *Große Diercke-Buch der Weltkarten* lag aufgeschlagen auf dem Tisch. Die darauf liegende Lupe verriet, dass Siegfried in Gedanken ganz nah bei seiner Tochter war.

»Hier, da ist Toni, in der Massai Mara.«

Er deutete auf eine Region, für die von den Geographen wegen der Höhe über Null ein helles Braun als Färbung gewählt worden war. Als wüchse dort kein Grashalm.

Von Afrika träumte Henny nicht mehr. Es war schlimmer. In ihren Alpträumen schien sie sich am Verhältnis zu ihrer Schwester abzuarbeiten. Diese Nacht erlebte sie, wie ihre hochschwangere Mutter in einem Liegestuhl saß. Das klapprige Holzmöbel brach unter ihr zusammen, und eine rasch größer werdende Lache aus Blut bildete sich, in der sie zu ertrinken drohte.

Am nächsten Morgen rief sie ihre Mutter an.

»So ähnlich war es tatsächlich«, räumte Ricarda ein. »Die Fruchtblase platzte im Garten unserer Wohnung in Daressalam. Kurz darauf kam Toni zur Welt.«

»Mutter, was ist, wenn Toni nicht mehr lebt?«

»Das würde ich spüren, Henny. Toni lebt. Davon bin ich felsenfest überzeugt.«

Henny zwang sich zu demselben Optimismus. Aber es blieben Fragen, auf die es keine Antworten gab: Einen Absturz mit einem Flugzeug zu überstehen – schon allein dafür brauchte es einen Schutzengel. Aber im Nirgendwo, in einer ganz gewiss menschenfeindlichen Umgebung zu überleben … Wie sollte Toni das schaffen?

Niemand hatte darüber in den vergangenen Tagen sprechen wollen. Es verbot sich von selbst. Stattdessen hatte eine enorme Geschäftigkeit die Familien Thomasius und Freystetten erfasst, um alles zu Tonis Auffinden zu unternehmen.

Am Nachmittag trafen sich alle bei Tonis Freundin Celia Fahrland. Sie hatte ihren Salon mit Wandkarten ausstaffiert. Schon der Anblick der Entfernungen ließ Henny nichts Gutes ahnen.

»Mein Flugzeug wurde von der Firma Lockheed gebaut. Es gibt auf der ganzen Welt nur ein paar Stück davon. Es ist das modernste«, sagte Celia. »In einer Stunde fliegt es etwa 250 Kilometer weit. Der direkte Weg nach Nairobi wären rund 8.500 Kilometer reine Luftlinie. Das bedeutet eine theoretische Reisezeit von 34 Stunden. Meine Maschine muss nach rund drei bis vier Stunden nachtanken. Der direkte Weg nach Süden ist unmöglich. Zum einen hat mein Flugzeug wie alle anderen auch ein offenes Cockpit. Die Alpen kann man damit nicht überqueren. Erforderlich wäre somit ein Umweg über den Balkan und Kreta nach Kairo. Sodann über die britischen Kronkolonien Ägypten, Sudan und Uganda nach Nairobi. Das Unterfangen nähme etwa drei Wochen in Anspruch.«

Nun ergriff Graf Friedemann das Wort: »Ich habe Franz gefragt, ob er etwas erreichen kann. ›Unsere Reichswehr darf keine Flugzeuge besitzen, die eine solche Strecke zurücklegen könnten‹, sagt er. Ich habe ihn dann gebeten, Frau Fahrlands Vorschläge prüfen zu lassen. Man zeigte sich ausgesprochen skeptisch: Nötig wäre eine Vorbereitungszeit von sechs Monaten, da entlang der Route Tanklager angelegt und Überflugrechte eingeholt werden müssten. Und noch einiges mehr, das ich euch erspare aufzuzählen.«

Celia zog die Bilanz, die den tollkühnen Plan endgültig zunichtemachte: »Darüber würde es bei uns tiefer Winter werden.«

Henny sah allen die Enttäuschung an. Es schmerzte, helfen zu wollen, aber es nicht zu können.

»Das heißt, wir bleiben tatenlos?« In Ricardas Stimme schwang nicht nur Unverständnis, sondern auch Angst mit.

»Wir können nicht direkt eingreifen«, antwortete der Graf. »Es geht nur, wenn die Briten selbst aktiv werden.«

»Was heißt das, Friedemann?«, meldete sich Siegfried zu Wort. »Die vermissen doch einen der ihren: Mister Jackson. Weshalb suchen sie nicht nach ihm, wenn sie schon nicht nach unserer Tochter suchen wollen?«

»Eine Frage, für deren Beantwortung ich Tage brauchte, Siegfried. Die Kommunikation ist extrem kompliziert. Nun denn, die Antwort ist so schlicht wie erschütternd: Sie haben in Nairobi zwei Flugzeuge, und beide sind kaputt«, sagte der Graf. »Ersatzteile sollen irgendwann mit dem Schiff und der Bahn kommen. Niemand weiß, wann.«

»Afrika!« Dieses verzweifelte Aufstöhnen hatte Henny nicht unterdrücken können. So sehr war sie gegen Tonis Reise gewesen!

»Dann möge man Suchtrupps losschicken! So würden wir es machen«, beharrte der einstige Sanitätsoffizier Siegfried Thomasius.

»Wir hoffen darauf, dass das geschieht, Siegfried. Frau Fahrland hat eine weitere Idee ins Spiel gebracht«, sagte Friedemann.

»Über die Firma Lockheed erfuhr ich, dass zurzeit ein junger Pilot in Kairo arbeitet, der dabei hilft, entlang des Roten Meers Ölfelder zu erkunden«, berichtete Celia. »Mister Post ist Amerikaner und besitzt eine eigene Maschine. Ich habe ihm ein Angebot gemacht, damit er Antonia sucht.«

Henny sah in den Gesichtern ihrer Eltern, die selbst weit gereist waren, dass sie die Entschlossenheit dieser jungen Frau faszinierte.

»Was hat Mister Post geantwortet?«, fragte Ricarda.

»Er hat noch nicht geantwortet«, räumte Celia ein. Sie reckte kämpferisch das Kinn. »Ich bin sicher, er wird Ja sagen.«

Später nahm Henny Celia zur Seite. »Warum sind Sie so sicher, dass Mister Post einwilligt?«

Celia, die gerade ihre Dissertation als Ärztin abgegeben hatte, antwortete: »Geld, Frau Vandenberg. Ich will meine Freundin zurück. Ich zahle jeden Preis, den Mister Post verlangt, und lege noch etwas drauf.«

»Und wenn …«

Celia unterbrach sie: »Toni lebt.«

»Weshalb sind Sie da so sicher?«

»Ich bin Pilotin. Wer kein Optimist ist, steigt in kein Flugzeug.« Sie beugte sich zu ihrer Tochter Ida hinunter, nahm sie schwungvoll hoch und küsste sie auf die Wange. »Wir haben keinen Hinweis auf einen Absturz«, betonte Celia. »Sie können ebenso gut wegen Treibstoffmangels notgelandet sein. Das könnte ich mir angesichts der Weite des Landes durchaus vorstellen. Wenn man da von der vorgesehenen Route abweicht – warum auch immer –, wo soll man tanken?«

»Ich hoffe, Sie haben recht«, sagte Henny und war tatsächlich ein wenig beruhigt. »Meine Schwester ist ein Dickkopf. Irgendwie wird sie sich durchbeißen.«

»Davon bin ich auch überzeugt«, sagte Henny, aber sie, die so gern in den Lauf der Dinge eingriff, kam sich nutzlos vor.

Zumindest war sie mit ihrer Aufgabe weitergekommen, eine Pseudomutter für Kusine Friedas Zwillinge zu finden. Auch wenn es lächerlich anmutete, sich ausgerechnet jetzt darum zu kümmern, während *die Kleine* vermisst wurde. Aber auch Friedas Kinder brauchten eine Zukunft.

Im nächsten Schritt würde ein Anwalt einen Ehevertrag aufsetzen. Und sie wusste auch schon, wen sie darum bitten würde: ihren eigenen Bruder. Sie hatte Georg schon lange nicht mehr gesehen. Es war an der Zeit, auch ihn endlich wieder in die Arme zu schließen. Auch er sollte spüren, Teil dieser Familie zu sein. Schließlich musste er nur den Zug nehmen, um aus München nach Berlin zu reisen.

Und dann kam Henny eine weitere Idee, die sie unverzüglich umsetzte. Am Schreibtisch ihrer Wohnung begann sie einen Brief.

Liebe Toni, wenn Du dies liest, dann war meine Sorge um Dein Leben unnötig. Und ich bete darum, dass es so ist. Denn ich muss Dir unbedingt sagen …

Sie konnte nicht weiterschreiben, die Tränen nahmen ihr die Sicht.

DAS HERZ DER ZIEGE

— ◆ —

Massai Mara, Juli 1929

Zunächst dachte Antonia, auch das wäre nur ihre Einbildung. Dass da ein Mensch stand, der sich nicht vom Fleck rührte. Hier mitten im Nirgendwo.

Sie wusste nicht, wie lange sie schon durch die Savanne irrte. Tage und Nächte verschmolzen zu einem Brei der Zeit. Sobald es hell wurde, lief sie los. Schien ihr die Sonne ins Gesicht, suchte sie einen Schattenplatz und verließ ihn erst wieder, wenn sie sich der Himmelsrichtung sicher war, in der sie unterwegs war. Nie war ihr jemand begegnet.

Ein Prinzip, das ihr einmal wichtig gewesen war, hatte sie aufgeben müssen – Tiere zu töten. Die Perlhühner, die sich vor allem morgens aufschrecken und leicht abschießen ließen, hatten ihr Überleben gesichert. Jetzt zahlte sich aus, dass sie zugesehen hatte, wie man Feuer machte. Leider hatte sie zwei der geleerten Blechflaschen irgendwo zurückgelassen. Bis auf die letzte. Ben hatte ihr gezeigt, wie den Affenbrotbäumen Wasser zu entnehmen war. Aber der eine Liter, der hineinpasste, war zu wenig, um die immer häufiger auftretenden Halluzinationen zu verhindern.

Die extrem schlanke Person, die sich auf einen Stock stützte und ihr bewegungslos entgegensah, war Realität. Aber Antonia musste nah an den Mann herantreten, um sich von seiner Gegenwart zu überzeugen. Sein Gesicht war mit kleinen, nach einem bestimmten System geordneten, lange verheilten Hauteinritzungen geschmückt. Seine Augäpfel waren gelblich, die Pupillen wässrig, und sie erinnerte sich daran, dass sie einmal hatte Ärztin werden wollen. Es war eine Ewigkeit her, dass sie das gewollt oder überhaupt ein Ziel gehabt hatte. Jetzt zählte nur noch, am Leben zu bleiben.

Als er auf Swahili sagte: »Wir suchen dich«, versagten ihre Kräfte. Sie fiel einfach nur um.

Es stank und war so dunkel, dass Antonia kaum etwas erkannte. Sie lag am Boden, roch an ihrer Kleidung, stellte fest, dass sie selbst es war, die wie ein wildes Tier roch. Nur schemenhaft erkannte sie ihre Umgebung. Menschen hockten und kauerten ganz in ihrer Nähe, sprachen leise und ernsthaft. Als jemand eintrat, fiel kurz Licht durch eine Türöffnung herein. Draußen brannte die Sonne. Sie hörte das Meckern von Ziegen und fühlte sich geborgen. Denn wo Ziegen waren, war sie so sicher, als wäre sie in Freystetten. Jemand hob ihren Kopf an und gab ihr zu trinken. Köstliche, fast kühle Ziegenmilch.

Sie war bei Menschen, die sich um sie kümmerten. Sie hatte überlebt.

»*Asante sana*«, sagte sie in die Dunkelheit hinein. Was natürlich nicht annähernd reichte, um ihre Dankbarkeit auszudrücken. Aber genug war, um sich im Leben zurückzumelden.

»*Daktari, karibu!*«

Antonia brauchte einen Moment, um zu verstehen. Wenn man wusste, wer sie war, sie sich dennoch nicht auf *Kiambu* befand ... Allmählich fügte ihr Verstand alles zusammen.

»Tajeu, bist du das?«, fragte sie auf Swahili. Sein Gesicht war kaum zu erkennen.

»Wie geht es dir, *daktari*? Mein Onkel fand dich. Du warst krank.«

»Du wolltest, dass ich deinem Vater helfe. Nun hast du mir geholfen. Ich danke dir, Tajeu.«

»Ich gab meinem Vater die Medizin von dir. Er ist wieder gesund. Er ist bei den Rindern. Hier bist du im Haus meiner Mutter.«

»Wie viele Tage bin ich schon hier?«

»Viele. Du hast nur geschlafen und getrunken und geschlafen. Meine Mutter pflegte dich.«

Antonia setzte sich auf und dachte, wie dringend sie ein heißes Bad brauchte. Oder etwas anderes zum Anziehen als diese Fetzen. Als sie versuchte, aufzustehen, versagte ihr Kreislauf. Tajeu stützte sie, als sie zur Tür ging, die von einem dicken Vorhang geschützt wurde. Das grelle Sonnenlicht schmerzte in den Augen. Es dauerte lange, bis sie sich daran gewöhnen konnte.

In weitem Abstand zueinander standen ein paar längliche Hütten auf dem rostroten Boden, Hühner pickten, doch niemand war zu sehen.

Tajeu deutete in die Ferne. »Sie hüten die Rinder«, antwortete er auf die ungestellte Frage nach den anderen Menschen.

»Ich muss nach *Kiambu*«, sagte Antonia. »Wie viele Tage ist das entfernt?«

»Zwei. Du musst warten. Du bist zu schwach. Ich schlachte eine Ziege, du wirst essen und stark werden.«

»Warst du in *Kiambu*?«

Er nickte. »Dort ist große Trauer. Der alte weiße Mann starb. Sein Herz blieb stehen.«

»Sir Roderick? Er ist tot?«, fragte sie entsetzt.

»Die junge weiße Lady fuhr mit ihm nach Nairobi. Man sagt, sie bringt seinen Körper nach England.«

Das erklärte, weshalb niemand nach Ben und ihr gesucht hatte. »Auch Ben ist tot. Wir flogen mit einem Flugzeug, der Motor blieb stehen, und wir hatten so etwas wie einen Unfall«, sagte sie, denn um einen Absturz hatte es sich ja nicht wirklich gehandelt. Und was mochte der Junge sich auch darunter vorstellen?

»Danach irrte ich viele Tage herum, bis ich deinen Onkel traf. Er sagte: ›Wir suchen dich‹. Hast du nach mir suchen lassen, Tajeu?«

»Du warst nicht da, als ich von meinem Vater zurückkam. Dann hörte ich, Mister Ben wird vermisst und du auch. Ich wartete einen Tag, dann ging ich zurück zu meiner Familie. Ich fragte einen der weisen Männer unseres Volks. Er weiß Dinge, die andere Menschen nicht wissen.«

Antonia hätte gern erfahren, was es mit dieser Andeutung auf sich hatte. Jemand auf *Kiambu* hatte gemeint, dass die Massai alte Zeremonien der Zukunftsdeutung beherrschten. Doch sie unterbrach Tajeu nicht und ließ ihn fortfahren.

»Der weise Mann sagte: ›Die weiße Frau hat sich in der Savanne verlaufen.‹ Er wusste, wo wir dich finden können: ›Es ist dort, wo wir unsere Rinder jetzt grasen lassen.‹ Alle Hirten suchten dich.«

Tajeu sprach emotionslos. Die Selbstverständlichkeit, mit der er etwas ganz und gar Ungewöhnliches schilderte, überwältigte Antonias ohnehin aufgewühlte Gefühle. Obwohl sie ahnte, dass Umarmungen nicht zu Gesten aus seinem Kulturkreis zählten, drückte sie den schmalen Jungen spontan an sich. »Du hast mein Leben gerettet«, sagte sie.

Er lächelte scheu, und sie spürte, dass ihm die Nähe fremd und unangenehm war. Sie gab ihn frei.

Allmählich verstand sie, weshalb von *Kiambu* aus niemand nach Ben und ihr gesucht hatte. Die mit der Impfaktion betrauten Beamten würden sie bestenfalls als vermisst gemeldet haben, kannten aber nicht den Grund ihres Ausbleibens. Von dem tatsächlichen Unglück – und Bens Tod – hatte niemand etwas erfahren, da sie nicht aufgespürt worden waren. Ewigkeiten – das wurde Henny gerade klar – hätte sie herumirren können, bis sie irgendwann verdurstet wäre. Wenn die Menschen der Savanne nicht nach ihr gesucht hätten. Menschen, die sie nicht kannten. Zu erfahren, dass von *Kiambu* aus wohl nichts unternommen worden war, war ein fast noch größerer Schock.

»Das ist vom Herz der Ziege«, sagte Tajeu abends am offenen Feuer und reichte Antonia ein Stück dunkles Fleisch.

Vor ein paar Stunden war er dem Tier nachgeeilt, es war ihm immer wieder entkommen, hatte ausgekeilt und ihn mit seinen Hörnern geboxt. Der Junge hatte die Ziege schließlich niedergerungen, ein anderer Bursche hatte eine Blechwanne unter den Hals gehalten, ein gezielter Schnitt in die Halsschlagader, und das Tier war langsam ausgeblutet. Antonia hatte zugesehen und sich eingestanden, dass sie nicht mit dem Tier mitleiden konnte. Das Gesetz hier draußen war simpel: Versuche, am Leben zu bleiben.

Nun das Herz zu essen, widerstrebte ihr dennoch. Ein Stück vom Bein hätte es auch getan. Dennoch nahm sie das Herz; es bedeutete gewiss eine große Ehre, es essen zu dürfen. Vorsichtig biss sie hinein. Es war sehr zäh. Sie kaute darauf herum wie auf altem Leder.

Die um das Feuer Versammelten – viele Kinder, junge und alte Frauen, einige alte Männer – lachten sie an, unterhielten sich ganz ungeniert über sie, die kein Wort verstand.

»Was sagen sie?«, fragte sie Tajeu.

»Weiße können keine Massai-Ziege essen«, antwortete er.

»Doch, ich kann es.«

Tajeu übersetzte. Sie schluckte das Stück hinunter. Es war gewiss gesund. Die Menschen lachten, und der Junge gab ihr ein anderes Stück Fleisch, das weniger zäh war.

Das Feuerholz barst, Funken stiegen in den Himmel auf. Die Nacht war hell, der klare Mond stand so nah über dem Horizont, als küsste er die Erde. Es war wunderschön. Antonia hätte es genossen, wenn sie nicht erfahren hätte, wie brutal der Überlebenskampf in der Wildnis war. Menschen wie sie hatten da draußen nichts zu suchen.

Antonia blickte in die Gesichter der Menschen, bei denen sie zu Gast war. Seit Jahr und Tag behaupteten sie sich hier, kamen mit dem Wenigen aus, das sie hatten. Wie schafften sie das? Sie hatte nicht die Kraft, nach einer Antwort zu suchen, denn in ihr war nur noch ein Gedanke: Ich will nach Hause. Auch wenn dies das vermutlich Extremste war, das sie erfahren und nie mehr vergessen würde. Afrika war für sie ein Ideal gewesen, ein Kindheitstraum. Mit der Wirklichkeit hatte das nichts zu tun.

Bens Vater starrte Antonia an, als wäre sie ein Gespenst. »Woher kommen Sie?«, fragte er. »Wo ist Ben?«

Sie nahm es ihm nicht übel, dass er ihr nicht einmal ein Guten Tag zur Begrüßung gönnte. Auch dieser sich hart gebende Mann musste wohl vor Sorge vergangen sein; seit mehreren Wochen war sein Sohn verschollen.

Verdreckt wie sie war, hatte sie mit Tajaeu den direkten Weg zum Haus des Verwalters gewählt, um sich zurückzumelden. Entkräftet wie sie immer noch war, hatten sie beide drei Tage gebraucht statt zwei.

So behutsam sie konnte, setzte Antonia nun Mr. Jackson

ins Bild. Es war erschreckend mitanzusehen, wie sich aus der Miene von Bens Vater mit jedem Wort, das sie sagte, die Hoffnung zurückzog. Nur noch Fassungslosigkeit blieb.

»Ich habe Ben ein sicheres Grab bereitet. Sie können es finden«, sagte Antonia. »Das Flugzeug weist den Weg.«

Sie hatte sich geirrt, zumindest was die Sorge des Vaters um Ben betraf. Er hatte zwar ein Fernschreiben nach Nairobi geschickt, aber nicht, um Ben und sie als vermisst zu melden. Sondern nur, um mitzuteilen, dass die Impfaktion nicht – wie vom Gouverneur verlangt – fortgesetzt werden konnte. Wie schon vor einigen Wochen, als Sir Roderick und Ben nicht heimgekommen waren, war er auch dieses Mal von einem Problem mit dem Flugzeug ausgegangen. Ben würde es richten, hatte er sich gesagt. Man war hier in Gottes Hand, und Gott war gnädig. War er es nicht, konnte man auch nichts mehr machen. Also wartete man ab.

Das war die Schlussfolgerung, die Antonia aus seiner Tatenlosigkeit zog, die sie unter anderen Umständen das Leben gekostet hätte.

Bei Bens Mutter hatte Antonia hingegen den Eindruck, dass sie in großer Sorge gewesen war. Die ohnehin verbittert wirkende Deutsche war bereits einmal vom Schicksal auf eine harte Probe gestellt worden. Hatte sie sich bislang bemüht, ihre Gefühle zu verbergen, so wählte sie jetzt einen ungewöhnlichen Weg, um sie zu zeigen.

»Sie brauchen ein heißes Bad.« Bens Mutter sprach jetzt lupenreines Deutsch, was sie sonst in Gegenwart ihres Mannes nie getan hatte. »Ich werde es Ihnen einlassen, Fräulein Thomasius.«

»Danke, Frau Jackson.«

»Ich schrubbe Ihnen den Rücken, wenn Sie möchten. Sie sind eine tapfere Frau.«

Zu Bens Lebzeiten war es Antonia nicht gelungen,

Andrea Jackson nahezukommen. Der Schmerz, den sie beide teilten, schien sie nun zu vereinen. Ben – so hart es auch war, sich das eingestehen zu müssen – stand nicht mehr zwischen ihnen. Antonia konnte ihn seiner Mutter nicht mehr wegnehmen; das Schicksal hatte entschieden, nicht die Menschen.

»Ich hörte, Sir Roderick ist gestorben. Das tut mir sehr leid.«

Nicht Mr. Jackson antwortete, sondern seine Frau: »Er hat sich einen schlechten Zeitpunkt für seinen Tod ausgesucht, Fräulein Thomasius. Es war der Mittag desselben Tags, an dem Sie mit Ben aufgebrochen waren. Sonst hätten Sie ihm vielleicht helfen können.«

»War Sir Roderick erkrankt? Nachdem sein Bein geheilt war, machte er auf mich einen gesunden Eindruck«, sagte Antonia.

»Er hatte sich gerade einen Tennisplatz anlegen lassen, nahe seines Hauses«, antwortete Frau Jackson. »Das musste er mit Champagner feiern und anschließend hat er mit Mabel auf dem Platz gespielt. Wir hatten über dreißig Grad.«

Mehr sagte sie nicht, aber um das Risiko eines solchen Verhaltens einzuschätzen, musste man keine Expertin für Herz und Kreislauf sein: Sir Roderick war an einem Infarkt gestorben.

»Was werden Sie tun? Jetzt, wo Ben und Sir Roderick nicht mehr leben?«, fragte Antonia.

»*Kiambu* ist unser Zuhause«, antwortete Bens Vater. »Wir gehören hierher. Wohin sonst sollten wir gehen? Wahrscheinlich verkauft Mabel Finterton alles.« Er hob die Schultern. »Aber auch der neue Besitzer wird einen Verwalter brauchen.« Er gab Antonia einen Umschlag, der auf dem Tisch lag. »Ihr Zeugnis, Miss.«

Andrea Jackson ergänzte: »Lady Catherine ließ sich eigens deshalb nach *Kiambu* chauffieren, um es Ihnen persönlich zu überreichen. Sie war enttäuscht, Sie nicht anzutreffen, und lässt Sie grüßen.«

Antonia atmete erleichtert auf. »Danke.« Sie nahm das so dringend benötigte Zeugnis an sich, lesen würde sie es später.

»Ich muss Ihnen eine Frage stellen. Auch wenn die sehr persönlich ist.«

»Fragen Sie, Fräulein«, sagte Bens Mutter.

»Ich hatte immer das Gefühl, Sie lehnten mich ab.«

»Wir haben Sie weder gemocht noch nicht gemocht, Miss Thomasius. Wir kannten Sie nicht«, sagte Bens Vater.

»Ich bekam auch keinen Vertrauensvorschuss. Ich wollte nur helfen. Sie haben es mir so schwer gemacht, mich einzuleben.«

»Wir machen es niemandem schwer, Miss Thomasius. Jeder geht seiner Arbeit nach.«

»Doch, James«, widersprach seine Frau, »wir haben es Miss Thomasius schwer gemacht. Das bedaure ich aus ganzem Herzen. Unter anderen Umständen wären Sie und Ben vielleicht ein gutes Paar geworden.«

Andrea Jackson hatte keine Tränen in den Augen; es war eine Feststellung. Es zählte nur, was man sah und was man tat.

Genau genommen richtete Antonia ihr Leben an ähnlichen Grundsätzen aus. Und vielleicht hätte sie sich tatsächlich auf *Kiambu* wohlgefühlt, wenn das Schicksal Bens und ihrer Liebe noch eine Chance gewährt hätte.

Nach einem ausgiebigen Bad kehrte Antonia in ihr eigenes Häuschen zurück. Wie klein und eng es war, fiel ihr in diesem Moment zum ersten Mal auf. Wochenlang war sie in ihrer Einsamkeit nur von Wind, Licht und Weite umgeben gewesen. Die Savanne hatte gewirkt, als böte sie keinerlei Schutz. Dennoch hatte Antonia dort überleben können. Sie dachte an die Massai, die sie gefunden hatten, und daran, wie sehr sie sie bewunderte, weil diese Menschen so genügsam waren.

Wie würde es sein, wieder in Berlin zu leben, fragte sie sich. Dort, wo es eng und hektisch, laut und rücksichtslos zuging? Wie eingesperrt fühlte sie sich in ihrem Häuschen, das ihr früher Geborgenheit gegeben hatte.

Hier drinnen konnte sie nicht bleiben.

Im Hinausgehen entdeckte sie neben ihrem Bett einen Zettel. Sie nahm ihn und stellte fest, dass es die Reservierungsbestätigung für die *Wangoni* war. Sie sah Ben vor sich, wie er ihr das Blatt reichte.

Dein Schiff verlässt Mombasa in zehn Tagen. Ich fliege dich natürlich hin. Ist doch selbstverständlich, hatte er gesagt, und sie war so verwirrt gewesen, dass sie während des Gesprächs ihr schönstes Kleid mit dem Bügeleisen versengt hatte.

Es hing nach wie vor in dem fast leeren Schrank, der Brandgeruch war nicht verflogen. *Es ist schade darum. Ich habe es so gemocht*, hatte Ben gemeint. *Die Schneiderin kann versuchen, es zu reparieren.* Und sie hatte verärgert erwidert, dass es nur noch zum Wegwerfen tauge. Was sie natürlich nicht getan hatte, denn es war so viel Erinnerung damit verbunden! Und nun sogar noch mehr.

Sie setzte sich hinter das Haus mit dem Blick in die steil aufsteigenden Teefelder. Am Boden lagen die Zigarettenkippen, die Ben ausgedrückt hatte. Sie sah ihn nachdenklich rauchen und floh vor der Erinnerung vor das Häuschen, vertiefte sich in das von Lancaster geschriebene Zeugnis.

Erstaunt stellte sie fest, dass er sich Mühe damit gegeben

hatte. Sogar ihren Kampf um Lady Catherine erwähnte er darin und ihr Interesse an tropischen Krankheiten. Es las sich fast schon zu überschwänglich. Als wollte er auf diesem Weg etwas gutmachen.

Aus dem Brief, den Lady Catherine dem Zeugnis beigelegt und offenbar in Eile in *Kiambu* verfasst hatte, als sie Antonia nicht angetroffen hatte, erfuhr sie, dass Lancaster Daressalam verlassen hatte – mit unbekanntem Ziel. Eine *verlorene Seele*? Ein *gefährlicher Mann*? Gar ein Mörder? Sie würde es wohl nie erfahren.

Antonia betrachtete die Bestätigung für ihre Rückreise. In drei Wochen würde man sie in Deutschland erwarten. Sie musste telegrafieren, dass sie später käme.

Wie sollte sie das formulieren? Ich lebe noch?

Aber es wusste doch niemand, was ihr widerfahren war! Wenn sie es recht bedachte, war das auch ganz gut. Henny mit ihrer Riesenschlange, die den Hund verschlungen hatte! Diese unsinnige Angst ... Lächerlich! Antonia schüttelte den Kopf und spürte, wie ihr gleichzeitig die Tränen über die Wangen liefen.

Was hatte sie sich von der großen Schwester bevormundet gefühlt. Und jetzt wünschte sie sich nichts mehr, als sie in die Arme zu nehmen. Ihr fiel ein, dass das vielleicht etwas kompliziert werden könnte, denn Henny war ja hochschwanger. Schon als Vicky in Los Angeles auf die Welt gekommen war, hatte sie nicht dabei sein können.

Sie sprang auf. »Ich muss nach Hause!«, rief sie laut und rannte zum Verwalterhaus.

Bis sie den Fernschreiber erreicht hatte, wusste sie bereits, wie sie sich ausdrücken musste, damit daheim niemand vor Sorge verging:

Habe Wangoni verpasst. Komme später.

Verpasst – in gewisser Weise stimmte das sogar. Sollte sie

noch *Es geht mir gut* schreiben? Sie ließ es, denn das wäre eine Lüge gewesen.

Nachdem sie das Telegramm abgeschickt hatte, stellte sich die Frage, wie sie so rasch als möglich heimkäme. Oder wenigstens bis nach Nairobi.

»Es tut mir leid. Ich würde Sie ja hinbringen, Miss Thomasius«, sagte Bens Vater. »Aber das Getriebe des Ford ist nun endgültig kaputt.« Und er setzte hinzu, was sie fast erwartet hatte: »Ein Ersatzteil fehlt.«

Er hätte auch sagen können: Mir fehlt Ben, meine Verbindung zur restlichen Welt, dachte Antonia.

Sie saß fest.

Die Teepflückerinnen standen schon morgens in langer Schlange vor dem Hospital an. Tajeu übersetzte, Antonia behandelte. Es war wie in der kurzen Zeitspanne zwischen der Eröffnung und ihrem ersten Abschied. Der Junge sog gelehrig auf, was sie ihm beibrachte. Es war das Mindeste, um ihre Dankbarkeit zu beweisen.

Da tauchte über den sanften grünen Hügeln von *Kiambu* ein Flugzeug auf. Für einen kurzen Moment hatte Antonia die Illusion, es wäre Ben. Die Maschine war jedoch größer und schwerer.

Wenig später erschien Mr. Jackson am Hospital. In seiner Begleitung befand sich ein drahtiger Mann von etwa dreißig Jahren. Er trug eine Augenklappe, Fliegermontur und hatte den typischen, wettergegerbten Teint der Piloten – die obere Gesichtshälfte war wegen der großen Brille blass. Antonias Herz raste, denn für einen kurzen Moment meinte sie, Ben hätte einen Fliegerkollegen beauftragt, sie nach Mombasa zu bringen. Und damit das Versprechen eingelöst, das er ihr gegeben und nicht hatte einhalten können.

Da sagte Bens Vater: »Das ist Mister Wiley Post. Er ist gekommen, um Sie abzuholen.«

»Aber das ist unmöglich«, erwiderte sie. Schließlich konnte Ben ihr keinen anderen Piloten als Ersatz für sich selbst schicken.

»Sie sind doch Miss Antonia Thomasius?«, fragte der Fremde in breitem, amerikanischem Englisch.

»Ja, das bin ich! Aber woher wissen Sie, dass ich nach Hause möchte?«

»Eine Misses Celia Fahrland zahlte mir eine Menge Geld dafür«, erwiderte der Amerikaner.

»Celia? Aber wieso?« Antonia schossen die Tränen in die Augen. Was für eine Freundin! So weit entfernt und doch genau dann zur Stelle, wenn ihre Hilfe dringend gebraucht wurde.

»Ich bin Pilot, Miss. Ich übernehme einen Job, nicht die Fragen zu dem Job. Und mein Job ist es, Sie heimzubringen. Wollen Sie mitkommen?«

Der amerikanische Pilot warf den Propeller an, ging um das Flugzeug herum und streckte ihr eine Hand entgegen, womit er sie aufforderte, auf dem Sozius-Sitz Platz zu nehmen.

Antonia trug ihre zerkratzte Lederjacke, denn es war jetzt, um kurz nach halb sechs, auf der kurzen Startpiste von *Kiambu* kühl und neblig. Sie fror, und das Zittern überlief ihren ganzen Körper, aber sie wusste, es war nicht allein die Kälte. Sie hatte niedrigere Temperaturen überstanden. Es war der Anblick des Flugzeugs, auf den sie sich innerlich nicht eingestellt hatte. Es war ihr unmöglich, dieses Flugzeug zu besteigen!

»Are you okay, Miss?«, fragte Mister Post in seinem ungewohnten Englisch.

Ich habe Angst, hätte Antonia gern geantwortet. Stattdessen fragte sie, mühsam bemüht, die Unsicherheit in ihrer Stimme zu unterdrücken: »Wissen Sie, wo Sie das erste Mal tanken werden?«

Mister Post stutzte nur kurz: »Ja, ich habe eine genaue Route mit Tankstopps.«

»Gut«, sagte sie, atmete tief durch und ließ sich ins Flugzeug hineinhelfen. Es war Zeit fortzukommen.

Ihre Arzttasche, ramponiert, aber intakt, reichte Mr. Post ihr nach und vergewisserte sich noch einmal: »Miss, Sie haben doch keine Angst zu fliegen?«

Ihre Erwiderung variierte das, was Ben einmal gesagt hatte, als sie ihn dasselbe gefragt hatte: »Wenn es so wäre, könnten wir nicht starten.«

Tajeu stand am Rand der Piste, winkte, und sie grüßte zurück. Er würde sich noch heute auf den Weg zu der ungewöhnlichen Kaffeefarmerin Blixen machen, um zu lernen, was sie ihn lehren konnte.

Als die Nase des Flugzeugs anhob und dem Himmel entgegenstrebte, spürte Antonia wieder das überwältigende Gefühl, das sie durch Celia kennengelernt hatte. Die Freiheit, die sie das erste Mal in der Maschine der Freundin empfunden hatte! Dieses Glück, stellte sie erleichtert fest, war nicht an Ben gebunden; es gehörte ihr, sie hatte es selbst entdeckt.

Ein letzter Blick hinunter auf *Kiambu*, das Paradies, in dem sie das Glück gesucht hatte. Die kühle Luft lag als leichter Nebel über dem Land und sorgte dafür, dass hier so viel Tee gedieh. Wie harmonisch sich die Reihen mit den Büschen über die Hänge zogen! Dazwischen die vereinzelt stehenden Bäume, gepflanzt, um die Feuchtigkeit der Nacht möglichst lange in der Luft zu halten.

Zwei Männer hatten Antonia hierhergelockt: Sir Roderick und Ben, von denen sie nun wusste, dass sie füreinander wie Vater und Sohn waren. Ohne vom Schicksal des anderen zu erfahren, hatte der Tod sie im Abstand von wenigen Tagen ereilt. Auf *Kiambu* kam damit eine ungewisse Zukunft zu. Und sie, die deutsche Ärztin, hatte durch reinen Zufall die letzten Wochen einer Epoche erlebt, die mit diesen beiden Männern endete. Würde je wieder eine Ärztin oder ein Arzt hierherfinden, um sich um die Angestellten zu kümmern?

Der Pilot drehte nach Nordwesten, dorthin, wo die Zivilisation noch nicht hingefunden hatte: in die karge Weite der Massai Mara. Im Licht der aufgehenden Sonne leuchtete das Heck von Bens Flugzeug. Es zu bergen, war zu kostspielig. Bens Vater hatte nur den Leichnam holen und auf dem Friedhof der Plantage beisetzen lassen. Mr. Post flog dicht über das Flugzeugheck hinweg. Antonia hatte ihm von dem Unglück berichtet, und nun zog er eine lange Schleife darüber, um Ben eine letzte Ehre zu erweisen. Das Motorengeräusch schreckte eine Löwin und ihre Jungen auf, die im Schatten des Wracks geruht hatten. Das Leben ging weiter, so schwer es auch fiel, sich mit diesem Gedanken zu trösten.

Nun öffnete Antonia die Arzttasche ihrer Mutter. Das Kleid, in dem sie mit Ben über Deck getanzt und das sie durch einen Brandfleck ruiniert hatte, lag obenauf. Sie nahm es heraus, führte es an ihre Lippen, hob es hoch, sodass es im Wind flatterte. Dann ließ sie es einfach los. Sie sah über die Schulter, wie das leichte Stück Textil über dem weiten Land dahinflog – befreit von jeder Last.

Mr. Post richtete sein Flugzeug in Richtung Uganda aus. Die Route, die er fliegen wollte, ging entlang der britischen Kolonien bis hinauf nach Ägypten. Es würde eine tagelange Reise werden. Er hatte ihr ein wenig von sich erzählt.

Dass er ein Auge bei einem Unfall auf einem Ölfeld verloren hatte. Es schien ihn nicht zu beeinträchtigen.

Während der Motor zuverlässig brummte und die Landschaft unter Antonia hinwegzog, fiel ihr der Rat ihrer Mutter ein: *Bleib nur so lange, bis du wirklich weißt, wer du bist oder ob du die werden kannst, die du sein möchtest.*

Wusste sie nach den vergangenen fast zwanzig Monaten, wer sie war? Die Arbeit mit der Diakonisse Matti im *hospitali* hatte ihr gezeigt, wie erfüllend es war, etwas zu erschaffen, mit dem Menschen geholfen werden konnte. Das in ihrer Tasche aufbewahrte wissenschaftliche Tagebuch mit ihren Notizen zur Bilharziose war ein Schatz, den sie mit nach Berlin brächte. Daran würde sie weiterforschen, das hatte sie sich fest vorgenommen. Würde ihr das in Deutschland gelingen? Oder käme sie zurück nach Afrika, um das Begonnene hier zu beenden?

Während unter ihr ein Schwarm Flamingos gemächlich über die weite Ebene zog, dachte sie, dass es die Sehnsucht gewesen war, die sie nach Afrika getrieben hatte. Würde diese Sehnsucht nun für immer schweigen?

Sie blickte zum Horizont und gestand sich ein, dass sie es nicht wusste. Noch nicht …

In ihrer Jackentasche knisterte der Ausdruck von Fernschreiben, die sie von Freundin Celia und ihren Eltern erhalten hatte. Alle warteten ungeduldig auf ihre Rückkehr. Nun reichte Mr. Post ihr einen Brief nach hinten.

»Das hier habe ich vergessen, Ihnen zu geben!«, rief er.

Behutsam, damit der Wind ihr das Schreiben nicht entriss, öffnete sie den Umschlag. Es war Henny, die geschrieben hatte.

Liebe Toni, wenn Du dies liest, dann war meine Sorge um Dein Leben unnötig. Und ich bete darum, dass es so ist. Denn ich muss Dir unbedingt sagen, wie sehr ich Dich liebe.

Das habe ich viel zu selten, oder vielleicht auch nie getan. Die Angst, Dich zu verlieren, hat mir die Augen geöffnet, wie kaltherzig ich oft war, wenn Du meine Liebe gebraucht hättest. Ich möchte versuchen, das gutzumachen. Victor und ich werden heiraten, ich glaube, das weißt Du. Und ich möchte nichts dringender, als dass Du meine Trauzeugin wirst. Also komm heim! Deine Henny, die Dich sehr lieb hat.

»Gute Nachrichten?«, fragte Mr. Post.

»Ja! Fliegen Sie schneller! So schnell Sie können!«

Die Geschichte um Henny und Toni,
Töchter der legendären Ärztin Ricarda Thomasius,
geht weiter! Freuen Sie sich auf ›Zeit der Hoffnung‹.

LESEPROBE:

ISBN 978-3-423-21876-4

DAS NEUE GLÜCK

— ◆ —

Freystetten, September 1929

Ausgerechnet jetzt gestand Henny sich ein, dass sie Zweifel hatte. War das wirklich die richtige Entscheidung? Victor noch einmal zu heiraten, obwohl so viele Fragen offen waren? Die wichtigste war zwar geklärt: dass sie beide sich liebten. Aber würde das reichen? Angesichts all dessen, was vor ihnen lag?

Victor erwartete sie bereits im Frack vor dem Altar, als ihr Vater sie in die Freystettener Kirche führte. Die Orgel spielte mit feierlicher Schwere das »Brautlied« aus Richard Wagners »Lohengrin«. Ihr cremefarbenes Brautkleid raschelte beim Gehen, der Brautstrauß aus gelben Rosen duftete lieblich und der Schleier tauchte alles in lichtes Weiß. Es war, als befände sie sich in einem Traum.

In der ersten der nicht einmal ein Dutzend Kirchenbänke erkannte sie Vicky, ihre elf Jahre alte Tochter. Von ihr stammte die Idee, dass die Kleider aller Frauen der Familie sonnengelb sein sollten. »Weil wir zeigen wollen, wie glücklich wir darüber sind, dass sich Vater und du wieder liebhaben.« Vickys Brautjungfernkleid war mit einem kleinen weißen Hut kombiniert, um dessen Krempe die Andeutung eines Schleiers spielte. Hennys Mutter Ricarda, die sonst immer dunkle Farben bevorzugte, war ebenfalls in Sonnengelb gekleidet. Im Arm hielt sie den erst vier Wochen alten Säugling, der tief schlief und noch nicht ahnen konnte, was ihm gleich widerfahren würde. Antonia stand das Gelb besonders gut, passte es doch ausgezeichnet zu der Bräune ihres Gesichts, das wochenlang dem Wind und dem Wetter Afrikas ausgesetzt gewesen war. Die späte Heimkehr von Hennys Schwester war der Grund, weshalb die Hochzeit erst heute stattfand, am vorletzten Samstag im September.

Der letzte Ton der Orgel brauste eben noch durch den aus Feldstein errichteten Bau, da begann der Pfarrer schon mit der Predigt. Der weit über Siebzigjährige war kurzfristig für den erkrankten Dorfpfarrer eingesprungen. Er hatte keinen Hehl daraus gemacht, dass er Scheidungen ablehnte und damit auch diese erneute Trauung; schließlich sollten Mann und Frau in guten wie in schlechten Zeiten zusammenhalten. Victor und Henny war das beim letzten Mal nicht gelungen: Das Vertrauen ineinander war ihnen abhandengekommen und damit ihre Liebe.

»Was nun Gott zusammengefügt hat, das soll der Mensch nicht scheiden«, donnerte der Gottesmann. »Heute ist der einundzwanzigste September, der Tag des Apostel Matthäus, der diese Worte geschrieben hat. Zusammengefügt …,« betonte der Geistliche, »… das heißt: Von dieser Stunde an sind Mann und Frau eins.«

Er klang, als verbiete er dem Paar eine erneute Scheidung. Was nicht nötig gewesen wäre, hatte Henny sich doch selbst geschworen, dieses Ja, das sie Victor gleich geben würde, nie mehr rückgängig zu machen – komme was wolle. Sie hätte damals mehr um ihn kämpfen sollen. Künftig würde sie aber auch ihm zu verstehen geben, dass ihre Liebe es wert war, darum zu ringen, denn sie war nichts, das sie beide für selbstverständlich halten sollten.

»So frage ich dich, Victor Vandenberg, willst du die hier anwesende Katharina Henriette Vandenberg …« Der Gottesmann brach ab und blickte irritiert auf seine Notizen.

Zweimal derselbe Nachname? Das brachte ihn kurzfristig aus dem Konzept. »Ähm ja, natürlich, darum geht es ja«, brummelte er und fuhr fort: »… Henriette Vandenberg zur Frau nehmen, antworte mit …«

»Ja, ich will!«, platzte Victor dem Mann ins Wort.

»Man merkt: Sie haben darin Übung«, bemerkte der Pfarrer halblaut mit einem Anflug von Humor, den Henny ihm nicht zugetraut hatte.

»Und Sie, Katharina Henriette …«

»Ja, ich will!«

Als Hennys Trauzeugin übernahm Antonia den Brautstrauß, während Victors Trauzeuge die Eheringe brachte, die golden auf einem schwarzen Samtkissen leuchteten.

Victors Wahl war auf den Schriftsteller Kurt Vollmer gefallen, der nicht einmal ein sehr guter Freund von ihm war. Hinter dieser Entscheidung vermutete Henny Kalkül, denn Kurt galt als einflussreich. Doch Henny hatte einen noch viel schwerwiegenderen Einwand, den sie in diesem Moment lieber verdrängte.

»Dieses Mal für immer«, sagte Victor nun leise zu Henny und schob ihr den Ring auf den Finger.

»Sie dürfen die Braut jetzt küssen«, erlaubte der Pfarrer und Victor hob Hennys Schleier.

»Ich freue mich so für euch beide!« Antonia gab Henny den Brautstrauß zurück.

»Nachher werfe ich den Strauß, Toni. Gib gut Acht!«

Aber Antonia hob lächelnd die Hände, als wehrte sie eine mögliche Gefahr ab.

Vorn in der Bank tupfte sich Großmutter Karla Tränen der Rührung von den Wangen. Hennys erste Eheschließung hatte ohne sie und ohne den Segen der Kirche stattgefunden, was die tiefgläubige Fünfundachtzigjährige nie überwunden hatte. Nun schloss sie Henny in ihre Arme.

Und dann geschah das, womit Henny niemals gerechnet hatte: Ihre Mutter umarmte nicht nur sie, sondern anschließend auch Victor, den sie früher so abgelehnt hatte.

»Passt gut auf euer neues Glück auf«, flüsterte Ricarda.

Victor war nicht nah am Wasser gebaut, aber dieser Zuspruch seiner Schwiegermutter ließ seine Augen feucht werden. Dieses Mal würde die Ehe halten, das spürte Henny. Zart küsste sie ihren schlafenden kleinen Sohn auf die Stirn. Sein hübsches Gesicht hatte eindeutige Ähnlichkeit mit Victors. Immer, wenn sie den Kleinen ansah, geschah dasselbe mit ihr – sie musste lächeln, weil sie glücklich war. Er war ein wahrhaftiges Wunder, das ihr geschenkt worden war. Sie legte den Arm um Vicky. Wie schön eine Hochzeit mit Kindern doch war!

»Nun wollen wir auch das jüngste Mitglied in unserer Gemeinde willkommen heißen«, verkündete der Pfarrer und schritt zum Taufbecken.

Vorsichtig nahm Antonia dem Kleinen das Mützchen vom Kopf. Wie sanft sie das macht, dachte Henny. Toni wird unserem Kind eine liebevolle Patentante sein.

Über das Taufbecken halten durfte ihn nach altem Brauch der Patenonkel. Als zweifacher Vater meisterte Hennys und Antonias Bruder Georg diese Aufgabe mit sicherer Hand, als dem Säugling das Wasser über den Kopf gegossen wurde.

Aus diesem doppelt feierlichen Anlass hatte Henny endlich wieder ihre beiden Geschwister um sich. Sie hatte den fünf Jahre jüngeren Georg lange nicht gesehen und ihn kaum wiedererkannt. Der fast eins neunzig große Mittdreißiger hatte sich einen sorgfältig gestutzten Vollbart wachsen lassen, und offensichtlich an Gewicht zugelegt. Sein Aussehen entsprach seinem Berufsstand: Georg hatte sich entschieden, wie sein Vater als Rechtsanwalt zu arbeiten, obwohl auch er eine Zeitlang nach dem Vorbild seiner Mutter mit dem Arztberuf geliebäugelt und sogar einige Semester Medizin studiert hatte.

Henny hatte bislang kaum Gelegenheit gehabt, mit ihm zu reden. Doch der Blick, den er ihr gerade zuwarf, sagte ihr, dass sich zwischen ihnen nichts verändert hatte. Sie brauchten nicht viele Worte, um sich zu verstehen zu geben, wie viel sie einander bedeuteten.

»Ich taufe dich auf den Namen Leonhard Georg«, sagte der Pfarrer nun.

Über die Störung seines Schlafs empört, brach der kleine Leonhard Vandenberg in Weinen aus. Im Grunde gehörte dieser Tag ihm. Ohne Leonhard hätte Henny sich nicht auf das neue Abenteuer in ihrem Leben eingelassen – erneut Ehefrau zu werden. Obendrein als Ärztin mit eigener Praxis. Und einem Berg Schulden.

»Leo weiß, wie man sich Gehör verschafft«, scherzte Kurt Vollmer. »Das wird er brauchen.«

Henny zwang sich zu einem Lächeln. Ausgerechnet der Anblick von Victors Trauzeugen erinnerte sie an die große Prüfung, vor der ihre frische Ehe sehr bald gestellt sein würde. Denn Kurt – das hatte Henny erst kürzlich herausgefunden – war die treibende Kraft hinter Victors nächstem großen Plan als Filmproduzent: Der nächste Film der beiden sollte unbedingt in Hollywood entstehen. Das bedeutete entweder Trennung auf Zeit oder ein Leben an der Westküste der USA. Beides war für Henny unvorstellbar. Im Moment wusste sie keine Lösung.

Daran wollte sie aber nicht ausgerechnet jetzt denken. Irgendwie würden Victor und sie das schon alles hinbekommen.

»Det sind die modernen Zeiten: Rin inne Kirche als Braut, raus als Mutter«, hörte Henny eine der Frauen aus dem Dorf sagen, als sie kurz darauf an Victors Arm dem Ausgang der Kirche zustrebte.

»Man sollte die Zeit des lieben Gottes schließlich nicht über Gebühr beanspruchen«, gab Henny lächelnd zurück und dachte, dass alles genauso war, wie sie es sich für diesen Tag gewünscht hatte. Der Himmel strahlte blau, geschmückt mit ein paar leichten Wölkchen, das Laub der Bäume leuchtete golden im milden Licht der Herbstsonne, die beiden Kirchenglocken läuteten hell, die Blumenmädchen zauberten einen Teppich aus Blüten, und die Menschen aus dem Dorf ließen das Brautpaar hochleben.

Henny drehte ihnen den Rücken zu und warf den Strauß mit beiden Händen hinter sich. Noch bevor sie sehen konnte, wer gefangen hatte, hörte sie Antonias helles Lachen.

Gerade sie, die Henny in der Kirche bedeutet hatte, um die Liebe künftig einen großen Bogen zu machen, hielt den Strauß in Händen.

»Nein! Ich bin die Falsche!«, rief sie und warf den Strauß mit großem Schwung weiter in die Menge, wo ein anderes Mädchen beherzt zupackte und glücklich strahlte.

So viele Menschen! Alle kannten und grüßten sie, weil jeder in Freystetten wusste, welche Odyssee hinter Antonia lag. Und wie groß die Angst gewesen war, die ihre Familie um sie gehabt hatte.

Sie hatte sich Mühe gegeben, unter viel Puder zu verstecken, dass ihr Gesicht zwei Farben hatte – der obere Teil war hell, wohingegen der untere während des mehrtägigen Flugs Wind und Wetter ausgesetzt gewesen war.

Eine lange Reise von Afrika nach Berlin lag hinter ihr, während der sie über Wochen hinweg jeden Tag und jede Nacht an einem anderen Ort verbracht hatte. Und davor die aufwühlende Zeit in Afrika, die Weite der Landschaft, die Einsamkeit in der Savanne ... Sie spürte, dass sie Zeit brauchen würde, um sich wieder einzufinden in die Welt, die sie verlassen hatte, um in der Ferne nach einer anderen Heimat zu suchen. Es kam ihr vor, als sähe sie Freystetten mit anderen Augen.

Henny mochte geahnt haben, wie schwer ihr die Eingewöhnung fallen würde. Mit der kirchlichen Hochzeit auf Antonia zu warten, damit sie ihre Trauzeugin sein konnte, war wie eine ausgestreckte Hand, die sie ihr reichte. Dass Henny sie obendrein als Patin für Leonhard ausgesucht hatte, war ein noch größerer Vertrauensbeweis. Schließlich hatte die zehn Jahre ältere Schwester in ihr stets »die Kleine« gesehen.

»Eine schöne Hochzeit«, sagte ihre Freundin Celia Fahrland, die sich zu Antonia gesellte, während sie vor der Kirche noch auf ihre restliche Familie wartete. »So romantisch und schlicht.«

Die Freundin drückte vertraut ihre Hand.

»Du hast dich wirklich nicht verändert, Toni. Schmeißt den Brautstrauß einfach weiter. Ich glaube, ich wüsste keine Zweite, die das getan hätte.«

»Was soll ich damit? Das Letzte, nach dem ich mich gerade sehne, ist eine neue Liebe.«

Womit Antonia darauf anspielte, dass zwar ihre Familie und all ihre Freunde sie am Bahnhof begrüßt hatten. Einer hatte jedoch gefehlt, obwohl Antonia damit gerechnet hatte, dass er sie mit einer Rose erwarten würde. Und zwar mit einer roten, nicht mit einer weißen wie bei ihrem Abschied einundzwanzig Monate zuvor. Aber Guntram war nicht gekommen und sie war zu stolz gewesen, Celia bei der erstbesten Gelegenheit nach ihrem ehemaligen gemeinsamen Studienkollegen zu fragen.

»Also gut, Lia, ich will es jetzt wissen«, platzte es aus ihr heraus. »Was ist mit Guntram?«

»Die ganze Wahrheit, Toni? Wirklich jetzt?«

»Einen besseren Zeitpunkt gibt es nicht. Schließlich habe ich gerade eben alles getan, um mir weiteres Liebesglück vom Leib zu halten.«

In diesem Augenblick kam die Schwester ihrer Mutter, Tante Rosel, mit der hochbetagten Großmutter Karla aus der Kirche. Sie waren im Begriff, die Stufen zu dem Sandweg hinunterzugehen, der zwischen Kirche und Schloss verlief. Da Ricarda noch den kleinen Leonhard auf dem Arm hielt, sprang Antonia hinzu.

»Ich helfe euch!«, rief sie, obwohl sie deshalb nicht von Celia erfuhr, was Guntram aufgehalten hatte.

»Toni, was hast du da gerade getan«, tadelte die Großmutter, während Antonia sie stützte. »Den Strauß verschmähen! Das bringt Unglück, Kind.«

Antonia drückte die geliebte alte Frau an sich und wusste, wie sie sie versöhnlich stimmen konnte: »Ich hab ihn weitergegeben, um mein Glück zu teilen!«

Ihre Großmutter schmunzelte. »So kann man das natürlich auch sehen. Ich bete dafür, dass auch du den einen findest, der erkennt, was für ein wunderbares Mädchen du bist.«

Für den ersten Stehempfang ließen Hausherr Graf Friedemann und seine Frau Rosel direkt vor dem Haupteingang des Schlosses Sekt ausschenken. Die Bewohner des Dorfs, die eleganten Städter aus Berlin, das Brautpaar und ihre Familien – alle waren versammelt. Wobei bemerkenswert war, dass beide Kinder des Grafenpaars fehlten: Weder Franz, Antonias älterer Cousin, war anwesend, noch Frieda, seine deutlich jüngere Schwester.

Schon in der Kirche war Antonia jedoch eine schlanke aparte Frau – eindeutig eine Großstädterin – aufgefallen. Da auch jetzt der Schriftsteller und Trauzeuge Kurt Vollmer an ihrer Seite war, den Antonia heute zum ersten Mal getroffen hatte, konnte sie die Dame eindeutig Victors Künstlerkreisen zuordnen.

Da sagte Celia bereits: »Soll ich dir die frischgebackene Ehefrau deines Cousins Franz vorstellen?«

Antonia selbst hatte sich zum Zeitpunkt der Trauung im Roten Rathaus noch auf dem Rückweg von Afrika befunden.

»Die Hochzeit war als reine Formalität gedacht, nichts, das groß Aufsehen erregen sollte«, erzählte Celia. »Aber die neue Gräfin von Freystetten hat das Gegenteil daraus gemacht: Die halbe Berliner Presse war anwesend!« Die Freundin machte ein besorgtes Gesicht. »Die Dame hat es faustdick hinter den Ohren. Bin gespannt, was die Freystettener von der noch zu erwarten haben.«

Eher beiläufig hatte Henny einmal erwähnt, dass sie daran mitgewirkt hatte, in einer Art von Komplott für Cousin Franz eine Frau zu finden. Antonia hätte ihrer Schwester nie zugetraut, bei so etwas mitzumachen.

Die neue Gräfin musterte Antonia: »Ach, Hennys kleine Schwester!«

»Sie dürfen mich Antonia nennen, gnädige Frau.«

Die Fremde stutzte kurz, begriff offenbar, dass sie es falsch angefangen hatte, und setzte ein breites Lächeln auf. »Aber nur wenn Sie mich Grit nennen. Können wir Du sagen?«

Das Angebot kam so überraschend, dass es Antonia, die sonst immer eine freche Antwort wusste, kurz die Sprache verschlug. Ihr fiel es schwer, Grits Alter richtig einzuschätzen, denn sie trug viel Make-up, hatte das schwarze Haar streng zurückgelegt, und die Lippen grellrot geschminkt.

»Du warst allein in Afrika! Wie mutig!«, rief Grit.

»Cousin Franz zu heiraten war gewiss auch eine mutige Entscheidung«, sagte Antonia. Sie konnte davon ausgehen, dass Grit wusste, dass sie es mit jemandem zu tun hatte, der in das Komplott eingeweiht war.

»Wo ist denn eigentlich dein gräflicher Gatte?«, mischte sich jetzt Kurt Vollmer ein. »Sollte er nicht hier sein?«

»Mein Gatte!« Die Dame lachte amüsiert. »Ich habe nicht die leiseste Idee, wo der steckt.«

»Hast du ihn nach eurer Hochzeit überhaupt ein zweites Mal gesehen?«

»Wo denkst du hin! Ich weiß nicht einmal, ob meine Kinder schon geboren wurden!«

Grit ließ ihren seltsamen Worten ein spitzes, helles Lachen folgen.

Antonia beschlich eine Ahnung, weshalb die mondäne Grit sich auf die Ehe mit Franz, einem ihrer Meinung nach steifen Offizier, eingelassen hatte. Es ging entweder um den Namen oder um ein finanzielles Abkommen. Wobei der Hintergrund für dieses Arrangement die Kinder waren, die das ungleiche Paar adoptieren wollte, um den Freystettener Stammbaum zu erhalten. Es würde spannend werden, wie Franz und Grit die Frage klären würden, wer sich um die Kinder kümmern sollte.

Gerade als Antonia sich endlich mit Celia ungestört über Guntram unterhalten wollte, eilte eine der Angestellten aus dem Schloss direkt auf Antonias Mutter zu und flüsterte ihr etwas zu.

Ricarda sah sich suchend um und kam auf Antonia zu. »Bei Frieda geht es los«, sagte sie eindringlich.

»Heute schon?«, fragte Antonia erstaunt.

Die erfahrene Gynäkologin Ricarda Thomasius hatte einen späteren Geburtstermin vermutet, aber Frieda erwartete Zwillinge, die sich manchmal nicht so viel Zeit ließen.

Heute, mit all den fremden Gästen im Schloss, war der Geburtszeitpunkt keineswegs günstig. Viel stand auf dem Spiel. Niemand sollte von den Hintergründen erfahren, denen Grit es verdankte, eine frischgebackene Gräfin zu sein.

Auch Celia, die in den Monaten von Antonias Abwesenheit ihre Dissertation in Medizin geschrieben hatte, begleitete Antonia und Ricarda die Treppe hinauf ins erste Stockwerk, wo sich Comtesse Friedas Zimmer befanden.

»Ich hatte ihr geraten, in der Charité zu entbinden«, sagte Ricarda besorgt.

»Das bekommen wir schon hin!«, meinte Antonia, die selbst schon Erfahrungen mit schwierigen Geburten hatte sammeln können, voller Zuversicht.

»Ich weiß nicht«, murmelte Ricarda und machte jenes nachdenkliche Gesicht, von dem ihre Tochter wusste, dass es nichts Gutes bedeutete.

»Unter Umständen müssen wir die Kinder per Kaiserschnitt holen.«

»Mutter! Das kann nicht dein Ernst sein! Ein Kaiserschnitt hier in Freystetten? Wie soll das gehen?«

ENDE DER LESEPROBE

Band 2 erscheint im November 2023